以厚積薄發四字篆印一方
贈高等教育出版社

厚積薄發

李嵐清
二〇〇七年初秋

生也有涯
学無止境

任继愈

教育部哲学社会科学研究后期资助项目

明代词学编年史

Mingdai Cixue Biannianshi

张仲谋 王靖懿 著

高等教育出版社·北京

图书在版编目（CIP）数据

明代词学编年史 / 张仲谋，王靖懿著. --北京 :
高等教育出版社，2015.1
ISBN 978-7-04-040973-4

Ⅰ. ①明… Ⅱ. ①张… ②王… Ⅲ. ①词学-诗歌史
-中国-明代 Ⅳ. ①I207.23

中国版本图书馆CIP数据核字(2014)第204394号

策划编辑 孙 璐　　责任编辑 孙 璐　　封面设计 王 睢　　版式设计 王 莹
责任校对 杨凤玲　　责任印制 朱学忠

出版发行 高等教育出版社
社 址 北京市西城区德外大街4号
邮政编码 100120
印 刷 北京信彩瑞禾印刷厂
开 本 787 mm× 1092 mm 1/16
印 张 32.5
字 数 510千字
插 页 2
购书热线 010-58581118

咨询电话 400-810-0598
网 址 http://www.hep.edu.cn
http://www.hep.com.cn
网上订购 http://www.landraco.com
http://www.landraco.com.cn

版 次 2015年1月第1版
印 次 2015年1月第1次印刷
定 价 98.00元

物 料 号 40973-00

总　序

哲学社会科学是探索人类社会和精神世界奥秘、揭示其发展规律的科学，是我们认识世界、改造世界的有力武器。哲学社会科学的发展水平，体现着一个国家和民族的思维能力、精神状态和文明素质，其研究能力和科研成果是综合国力的重要组成部分。没有繁荣发展的哲学社会科学，就没有文化的影响力和凝聚力，就没有真正强大的国家。

党中央高度重视哲学社会科学事业。改革开放以来，特别是党的十六大以来，以胡锦涛同志为总书记的党中央就繁荣发展哲学社会科学作出了一系列重大决策，党的十七大报告明确提出："繁荣发展哲学社会科学，推进学科体系、学术观点、科研方法创新，鼓励哲学社会科学界为党和人民事业发挥思想库作用，推动我国哲学社会科学优秀成果和优秀人才走向世界。"党中央在新时期对繁荣发展哲学社会科学提出的新任务、新要求，为哲学社会科学的进一步繁荣发展指明了方向，开辟了广阔前景。在全面建设小康社会的关键时期，进一步繁荣发展哲学社会科学，大力提高哲学社会科学研究质量，努力构建以马克思主义为指导，具有中国特色、中国风格、中国气派的哲学社会科学，推动社会主义文化大发展大繁荣，具有十分重大的意义。

高等学校哲学社会科学人才密集，力量雄厚，学科齐全，是我国哲学社会科学事业的主力军。长期以来，广大高校哲学社会科学工作者献身科学，甘于寂寞，刻苦钻研，无私奉献，开拓创新，为推进马克思主义中国化，为服务党和政府的决策，为弘扬优秀传统文化、培育民族精神，为培养社会主义合格建设者和可靠接班人做出了重要贡献。本世纪头20年，是我国经济社会发展的重要战略机遇期，高校哲学社会科学面临着难得的发展机遇。我们要以高度的责任感和使命感、强烈的忧患意识和宽广的世界眼光，深入学习贯彻党的十七大精神，始终坚持马克思主义在哲学社会科学的指导地位，认清形势，明确任务，振奋精神，锐意创新，为全面建设小康社会、构建社会主义和谐社会发挥思想库作用，进一步推进高校哲学社会科学全面协调可持续发展。

哲学社会科学研究是一项光荣而神圣的社会事业，是一种繁重而复杂的创造性劳动。精品源于艰辛，质量在于创新。高质量的学术成果离不开严谨的科学态度，离不开辛勤的劳动，离不开创新。树立严谨而不保守，活跃而不轻浮，锐意创新而不哗众取宠，追求真理而不追名逐利的良好学风，是繁荣发展高校哲学社会科学的重要保障。建设具有中国特色的哲学社会科学，必须营造有利于学者潜心学问、勇于创新的学术氛围，必须树立良好的学风。为此，自2006年始，教育部实施了高校哲学社会科学研究后期资助项目计划，旨在鼓励高校教师潜心学术，厚积薄发，勇于理论创新，推出精品力作。原中央政治局常委、国务院副总理李岚清同志欣然为后期资助项目题字“厚积薄发”，并篆刻同名印章一枚，国家图书馆名誉馆长任继愈先生亦为此题字“生也有涯，学无止境”，此举充分体现了他们对繁荣发展高校哲学社会科学事业的高度重视、深切勉励和由衷期望。

展望未来，夺取全面建设小康社会新胜利、谱写人民美好生活新篇章的宏伟目标和崇高使命，呼唤着每一位高校哲学社会科学工作者的热情和智慧。让我们坚持以马克思主义为指导，深入贯彻落实科学发展观，求真务实，与时俱进，以优异成绩开创哲学社会科学繁荣发展的新局面。

教育部社会科学司

目　录

凡　例

1. 编录内容：（1）词人的生卒、科第、仕履及著述情况；（2）词作系年；（3）词选、词话、词谱、词别集、词集丛刻等编辑刊行情况；（4）词籍序跋编年及要点摘录；（5）词人间的唱和、宴集、结社、交往情况；（6）与词相关的音乐、散曲、民歌等文化现象及相关文献。其中，于某些词学文献中的重要论词文字适当节录，非仅为省读者翻检之劳，更为客观展示词学观念及理论的发展进程。其他背景性材料，如重要的政治事件、哲学思潮和文学活动，尤其是小说、戏曲等通俗文学，对明词及明代词学的发展均有一定影响，然而兼收并蓄则容易泛滥无归，反而冲淡了词学主题，故不具录。

2. 起讫范围：本书编年载录，上起明太祖朱元璋洪武元年戊申（1368），下迄明毅宗朱由检崇祯十七年甲申（1644）。凡发生于其间的词人著述或词学活动，皆在采录范围。即使按照传统判断方法，其人虽由元入明而实当为元人者（如倪瓒、邵亨贞等），其入明后有关词的创作或出处行迹，均予采录；又由明入清而当为清人者（如吴伟业、宋征璧、钱继章、曹尔堪等），其在入清前的词作或词事，亦予采录。

3. 编排顺序：全书按年代先后编排。每年之中，首先介绍卒于本年词人之生平及词学事迹；其次，简介于本年出生者字号、籍贯等基本信息；再次，列词学文献编刊情况；最后，按季度月份顺序罗列可系年之词。季度月份均不详者，列于本年之末。年份不详而仅知大体时段者，统于该时段最可能或关系最密切之一年中，作集中介绍。对于某些时间跨度在数年以上的词学事件，适当采用“追叙法”以求“纪事本末”，即在某一事件（如词谱或词集之续补改编）发展的重要时间节点，用“先是”、“其初”之类提示语交代其“前史”背景。如某年内确无词学史事可载，则仅录年份以保持连续性，而不勉强拾凑。

4. 词人简介：关于词人姓名、字号、籍贯等简介一般置于生年，而由于起讫时段的关系，由元入明者一般置于洪武元年（1368）；其著述情况及相关评论一般置于卒年，而由明入清者则系于生年。其生卒年不详或生年、卒年有一项不详者，其相关材料随人编录。

5. 纪年：以帝王年号纪年为首，并注干支纪年及公历年份。年下之月份实从农历。若词家生卒或重要词学活动可证知发生在岁末确切日期者，则据东西历比照查实而加以说明。

6. 卷帙划分：借鉴近数十年间出现的编年体文学史之例，在客观排比纪事的基础上，依据明词创作与词学的发展分为5卷。卷1（明初词坛），自洪武元年（1368）至建文四年（1402），凡35年；卷2（明前期词坛），自永乐元年（1403）至成化二十三年（1487），凡85年；卷3（明中期词坛），自弘治元年（1488）至嘉靖五十四年（1566），凡79年；卷4（晚明词坛），自隆庆元年（1567）至万历四十八年（1620），凡54年；卷5（明季词坛），自天启元年（1621）至崇祯十七年（1644），凡24年。为了使初涉明代词学者不致茫然无绪，每卷之首设“引言”之例，以便简明扼要介绍本期词坛概况及要点。

7. 辨证：明代词学资料的搜集还处于较为粗放的初始阶段，所谓去粗取精，去伪存真，还需要花费很多爬罗剔抉、刮垢磨光的工夫。为了在客观排比资料的基础上辨讹证伪或征实补阙，本书特设“辨证”之例，以便提升其学术性与可信度。至于某些较小的讹误，则以按语形式随文说明。

8. 附录四种：《词人年代简表》、《明代词籍序跋一览表》、《明代词选编刻年代一览表》、《明词别集叙录》等，应是全书内容的有机组成部分，也是对编年部分的整合与补充。虽然其中内容不无交叉，但通过梳理集成，仍有助于读者对明代词学纵向发展情况的总体把握。

9. 本书于正文、附录之后附《词人词籍索引》。为方便读者查阅，同时又省却烦琐，《索引》中各词条并非有见必录。一是就词人词籍而言，着意选择明代词人及相关词籍（非明代词人一般不收）；二是就索引页码而言，着意选择该词条出现时附载有较多词学资料信息的页码。

前　言

一

进入21世纪以来的十余年间，明词研究有了很大进展。这主要表现在文献建设与学术研究两个方面。文献建设方面的主要成果，是两部明词总集的编纂出版。2004年，由饶宗颐先生初纂、张璋总纂的《全明词》由中华书局出版，该书共收词作者1390余人，词作约二万首。2007年，由周明初、叶晔编著的《全明词补编》由浙江大学出版社出版，该书补收明词作者471人，词作5021首。再加上近年来出现的辑佚增补的成果，粗略统计，明词作者已有近2000人，词作近三万首。虽然关于明词的辑佚工作还远没有完成，但也可以说，明词的作家作品总量已"基本见底"，关于明词的全面研究也就具备了良好的文献基础。

在明词及明代词学研究方面，近年来卓有建树的是一批富有才学的青年博士的学位论文。如陶子珍《明代词选研究》（台湾东吴大学2000年），李康化《明清之际江南词学思想研究》（华东师范大学2001年），刘勇刚《云间派研究》（南京师范大学2002年），余意《"词学吴中"与明代词学重建》（华东师范大学2006年），张若兰《明代中后期词坛研究》（中国社科院研究生院2007年），江合友《明清词谱发展演变研究》（南京大学2007年），陈雪军《明清嘉兴梅里词派研究》（华东师范大学2008年），岳淑珍《明代词学研究》（河南大学2008年），郑海涛《明代词坛词风嬗变研究》（陕西师范大学2009年）等。除了这些博士学位论文之外，中青年词学家如王兆鹏、张宏生、沈松勤、孙克强、朱惠国、陈水云、胡元翎、田玉琪、谭新红等，或由宋词而下延，或由清词而上溯，在明词研究方面也发表了一些高质量的论文。所有这些，使明词研究较快地跨越了创榛辟莽的初始阶段，展现出全新的学术空间与发展前景。

二

文学编年史是一种借鉴古代编年体史书而成的一种文学史著述体例。早在20世纪30年代，郑振铎《插图本中国文学史》例言中就提出文学史著作要附年表。1950年，陈寅恪先生的《元白诗笺证稿》由岭南大学中国文学研究社刊行，其中亦提出关于编年体文学史的构想。陈先生说："苟今世之编著文学史者，能尽取当时诸文人之作品，考定时间先后，空间离合，而总汇于一书，如史家长编之所为，则其间必有启发，而得以知当时诸文士之各竭其才智，竞造胜境，为不可及也。"[①]进入20世纪80年代之后，出于对五六十年代形成的文学史叙述模式的反拨，傅璇琮先生一直在大力倡导文学编年史的研究与著述。在《〈唐代诗人丛考〉前言》、《〈唐代诗人丛考〉余论》和《关于唐代文学研究的一些想法》等文中，傅先生一直在倡导文学编年史的研究与撰述。他认为，我们过去的文学史体例，总是在概述之后加作家论，一个作家写完了再写另外一个。这种单个罗列的方式不可能反映出文学史丰富多彩的原生态来，而文学编年史的形式将有助于解决文学史的整体性问题。在傅先生关于古代文学研究的总体设计中，有两大基础工程，一个是中国作家传记丛书，另一个就是逐步形成全覆盖的历代文学的编年史。傅先生曾以唐代文学为例，他说："我们如果分段进行唐代文学的编年，把唐朝廷的文化政策，作家的活动，重要作品的产生，作家间的交往，文学上重要问题的论争，以及与文学邻近的艺术样式如音乐、舞蹈、绘画、建筑等的发展，扩而大之如宗教活动、社会风尚，等等，择取有代表性的材料，一年一年编排，就会看到文学上的'立体交叉'的生动情景，这也必将引出现在还想不到的新的

---

① 陈寅恪:《元白诗笺证稿》，上海：上海古籍出版社1978年版，第9页。

研究课题。”①

文学编年史著作的出现，较早的有陆侃如先生的《中古文学系年》，此书写成于1947年，1985年始由人民文学出版社正式出版。其后有刘知渐《建安文学编年史》（重庆出版社1985年版），熊笃《天宝文学编年史》（重庆出版社1987年版），傅璇琮等《唐五代文学编年史》（辽海出版社1998年版），曹道衡、刘跃进《南北朝文学编年史》（人民文学出版社2000年版），杨镰《元代文学编年史》（山西教育出版社2005年版），刘跃进《秦汉文学编年史》（商务印书馆2006年版），一直到近年出版的赵逵夫《先秦文学编年史》（商务印书馆2010年版），曾枣庄、吴洪泽合著的《宋代文学编年史》（凤凰出版社2010年版），易小平《两汉文学编年史》（上海古籍出版社2012年版），王庆生《金代文学编年史》（中华书局2013年版），以及由陈文新任总主编的18卷本《中国文学编年史》（湖南人民出版社2006年版），基本形成了一个与断代文学史相并行的编年文学史系列。

和一般文学史致力于概括、提炼的旨趣不同，文学编年史几乎是在作一种逆向的努力，即尽可能地把已经初步形成的文学史认知还原到原生态的混沌场景中去。也就是说，文学编年史的特点在于其客观性、资料性、原始性、实证性，看似散乱而意在浑成。目的就在于客观地展示特定历史时空的文学的细节、画面和素材，让读者从不同的背景、角度、知识结构与参照系统，“横看成岭侧成峰”，并通过进一步的追索研究，得出自己的结论，或推翻已有的“未定之论”。

三

本书编年隶事，始于明太祖朱元璋洪武元年（1368），讫于明毅宗朱由检崇祯十七年（1644），涵盖276年间七百多个词人（其中含由元入明和由明入清者）的生平与创作情况。通过吸纳整合明代词学文献及明代以来相关研究成果，采录

---

① 傅璇琮：《关于唐代文学研究的一些想法》，见傅璇琮《唐诗论学丛稿》，北京：京华出版社1999年版，第116页。

明代词人和词学家的生卒、科第、仕履、著述，词作系年及本事，词人之间的交往、唱酬等词学活动，以及词选、词话、词谱、词集等各类词籍的编集、刊行情况，力求最大限度地还原明代词学发展的原生态图景，为明代词史及词学发展提供一部较为全面系统的编年史和资料集。

当然，相对于唐诗、宋词这些成熟的学科，明词研究基本上处于起步阶段，有很多基础性研究还没有全面展开。譬如明代词人小传订补、词作系年、词人交往及词学活动的钩沉索引、词学资料的辑录考释等等，都是亟待开展的工作。在这些工作还没有完成的情况下，就来编撰这样一本《明代词学编年史》，是否有点操之过急了？是的，我们的学术目标是想编成一部内涵丰富而又事按俱实的《明代词学编年史》，但这个目标目前来说还是心向往之而未能至，准确地说，这部书稿应该叫《明词年表初编》。这不仅是水平问题，更主要的是明词研究整体的学术积累还不足以负载这种高起点的课题。然而话又说回来，正像十余年前撰写出版的《明词史》一样，那时《全明词》和《全明词补编》都还没有问世，应该说更不具备写作词史的条件，但是《明词史》的出版，仍然对明词研究起到很大的推动作用。有人说，现在有不少硕士生或博士生不仅以《明词史》作为明清词研究的入门读物，有不少人就是从书中找题目作学位论文。这使我们感到很欣慰，同时我们也认识到，任何一种学术著作，只要能在特定领域与特定发展阶段起到一定的导引或推动作用，那就不算是枉抛心力、灾梨祸枣了。

本书研究、写作的初衷，是想实现两个方面的学术价值。其一是明代词史与词学发展的原生态的还原与展示。即借助编年史体例，走进历史场景，以明代的原始文献及明代以来相关研究成果，最大限度地还原或展示明词发展的原生态图景，使得过去那些在传统文学史体例下被遮蔽的史实得以显露，为重新审视、建构明代词史及词学史提供思维与建构的材料。虽然《明词史》出版已经十余年，但是我们并不认为明词的发展脉络已经理清，在发展分期、明词的“异量之美”、明代俗文化对词的影响等方面，都有待更深入地梳理辨识与分析解读。因此，这部书稿的研究写作过程，就是我们重新思考的过程，而该书的出版发行，也将引领明词研究的同道们一起来“重新打量”明词的发展，共同建构更具有历史现场感的词史体系。其二是明代词学研究的平台建构。即充分吸收明代、清代、现代尤其是近十余年间关于明词及明代词学的研究成果，以编年形式予以吸附整合，从而为推动明词研究提供一个新的研究平台。这将不仅省却研究者的翻检之劳，更重要的是把既往成果集成“打包”，提醒新加入明词研究队伍的人不必再从零起点开始，而是在前人已做工作的基础上继续前行。

为了充分提升本书的史料价值，整合打造新的研究平台，本书于词人生平创作，尽可能广泛采撷吸纳前贤或时彦的研究成果。前代著述，除《明史》与《清史稿》本传外，如钱谦益《列朝诗集小传》、朱彝尊《静志居诗话》、陈田《明诗纪事》等，皆为重要参考书。当代著述中，如唐圭璋先生《全金元词》，饶宗颐、张璋先生《全明词》，周明初、叶晔二君之《全明词补编》，以及南京大学《全清词》编纂委员会所编的《全清词》，当然都是最常用的基础文献。其他如邓之诚先生《清诗纪事初编》，李灵年、杨忠先生主编的《清人别集总目》，张慧剑先生《明清江苏文人年表》，徐朔方先生《晚明曲家年谱》，王兆鹏先生《词学史料学》，崔建英等编撰《明别集版本志》，尤其是马兴荣、吴熊和、曹济平三位先生主编的《中国词学大辞典》，皆为本书多所取资。其中除别立新说者例皆随文注明外，关于词人生平著述的客观介绍，因为博采旁搜，斟酌取舍，故未能一一随文注出，谨于此说明并以致谢！

明词研究正在成为词学研究新的增长点，同时也愈益显示出巨大的研究空间，我们为此感到欣慰，也愿为此付出更大的努力！

卷1 明初词坛
（洪武至建文年间，1368—1402）

引言

所谓“明初词坛”，即由明太祖朱元璋洪武元年（1368）到明惠帝朱允炆建文四年（1402），仅有35年时间。把这个时期视为明代词史与词学史上一个相对独立的阶段，主要是从词体自身的逻辑发展来考虑的。

首先，这是一个沿袭宋元词之流风余韵的时期。而自永乐以后，这个词统就日渐陵替了。晚明钱允治即云：“国初诸老，犁眉、龙门，尚沿宋季风流，体制不谬。”[①]这里“犁眉”指犁眉公刘基，“龙门”当指龙门子宋濂。事实上宋濂并无词作，钱允治的表述或不免粗疏。其后如朱彝尊《词综·发凡》云：“明初作手，若杨孟载、高季迪、刘伯温辈，皆温雅芊丽，咀宫含商。李昌祺、王达善、瞿宗吉之流，亦能接武。”[②]王昶《〈明词综〉序》谓：“明初词人，犹沿虞伯生、张仲举之旧，不乖于风雅。”[③]王国维《〈人间词话〉附录》云：“有明一代，乐府道衰。《写情》、《扣舷》，尚有宋元遗响。仁、宣以后，兹事几绝。”[④]诸家说法大同小异，虽然不无辗转因袭的痕迹，然而大致是合乎实际的。

---

①（明）钱允治辑，陈仁锡笺释：《类编笺释国朝诗余》，卷首钱允治序，明万历四十二年（1596）刻本，《续修四库全书》第1728册。

②（清）朱彝尊、汪森：《词综》，卷首《发凡》，上海：上海古籍出版社1978年版，第15页。

③（清）王昶：《明词综》，卷首自序，清刻本。

④ 王国维：《人间词话》，上海：上海古籍出版社1998年版，第74页。

其次，这是一个“借才异代”的时期。虽然被称为“元代词宗”的张翥恰好于洪武元年去世，似乎标志着一代元词的大幕垂落，然而在明初词坛上扮演主要角色的，当然还是那些由元入明的词人。明王朝开国之年，刘基已58岁，杨基37岁，高启33岁，明初词坛上最年轻的词人瞿佑也已经22岁了。至于一般被视为元代词人的谢应芳（1296—1392）、邵亨贞（1309—1401）、梁寅（1303—1389）等，入明以后也还有数十年的创作经历，甚至比刘基、杨基、高启这些入明后不到十年即先后死于非命的“明代词人”创作时间更长。一般人总是把刘基视为“楚才晋用”的典范，而从明初词坛来看，那些成熟的词家几乎都是元末词坛的过来人。所以，探讨明词的发展，洪武元年只是一个天然的、历史的标点符号，寻源溯流，元末与明初是无法截然分开的。

再次，这又是一个战乱频仍与新旧王朝鼎革的时期。易代之际的战乱与苦难，遭逢沧海桑田的出处抉择，这些都使这一代的词人自然地冲破了刻红剪翠、伤春伤别的传统模式，在词中融入了更为深广的社会内涵，所以他们的词更富于真性情、真感慨。我们看邵亨贞作于洪武元年（1368）的《齐天乐》（六朝千古台城路）①、作于洪武二年（1369）的《满江红》（风雨重阳）②、作于洪武三年（1370）的《渡江云》（朔风吹破帽）③，看谢应芳作于洪武九年（1376）的《水调歌头》（战骨缟如雪）④，以及张肯的《水龙吟》（十年不到东城）⑤、刘炳的《虞美人》（信陵门下簪缨客）⑥，那种蒿目时艰、伤时悯乱的情怀，使得这些词颇有慷慨而多气的建安风骨，反衬得和平年代的风流与绮怨都未免轻淡而浅薄了。与此同时，刘基、高启、杨基这些在开国之初即被卷入政治漩涡的词人，在霸悍而忮刻的朱元璋的淫威制控之下，其精神上的压抑与忧惧，在词中亦有潜隐的表现。如

---

① 饶宗颐初纂、张璋总纂：《全明词》，北京：中华书局2004年版，第65页。按：本书所引词作除个别作特殊说明的以外，其余均出自饶宗颐、张璋《全明词》（北京：中华书局2004年版）或周明初、叶晔《全明词补编》（杭州：浙江大学出版社2007年版），故下文所引词作出自上述两部总集者，仅于脚注中标注书名和页码，版本信息从略。

②《全明词》，第53页。

③《全明词》，第52页。

④《全明词》，第5页。

⑤《全明词》，第202页。

⑥《全明词》，第133页。

高启幻想着冲决罗网、逸世自保的《沁园春·雁》[①]，以及杨基因高启被杀而作的《摸鱼儿》(问黄花为谁开晚)[②]，皆能使人充分感受到当时流氓政治的野蛮血腥以及词人的敏感脆弱。总之，无论是邵亨贞、谢应芳诸人的伤时悯乱，还是高启、杨基在暴君淫威下的压抑摧折，都使得明初词具有超乎寻常的感染力，而这些在永乐以后的明代词史上，再也不可复现了。

明初词坛尚不足以言词学。其间刊刻的词集只有一种，即洪武二十五年(1392)由遵正书堂刊行的《增修笺注妙选群英草堂诗余》4卷，它是其后多种《草堂诗余》改编本的祖本。从词学理论来看，该时期虽然有若干篇词集序跋，以及一些散见的词话，从词学史来看却未见有新的观念或新的提法。

洪武元年　戊申　1368

正月，朱元璋登基，国号明，建元洪武，定都南京，是为明太祖高皇帝。八月，明兵入大都，改大都为北平府。元朝灭亡。

张翥卒，年八十二。张翥(1287—1368)，字仲举，号蜕庵，晋宁(今山西临汾)人。元至正初，以隐逸荐，召为国子助教，寻退居淮东。复起为翰林国史院编修官，预修辽、金、宋三史，累官翰林侍读，兼国子祭酒，以翰林承旨致仕。有《蜕庵集》5卷、《蜕岩词》2卷。《四库全书总目·蜕岩词》"提要"评其"以一身历元之盛衰，故其诗多忧时伤乱之作，其词乃婉丽风流，有南宋旧格"[③]。刘熙载《艺概》评其词"大抵导源白石，时或以稼轩济之"[④]。陈廷焯谓其"不独炼字炼句，且能炼气炼骨"[⑤]，称其词为"一代正声"[⑥]，有"元代词宗"[⑦]之目。《全金元词》存其词133首。

---

①《全明词》，第163页。
②《全明词》，第120页。
③(清)永瑢等:《四库全书总目》卷199，北京：中华书局1965年版，第1822页。
④(清)刘熙载:《艺概》，卷4《词曲概》，上海：上海古籍出版社1978年版，第113页。
⑤(清)陈廷焯:《词坛丛话》，见唐圭璋《词话丛编》，北京：中华书局2005年版，第3728页。
⑥(清)陈廷焯:《白雨斋词话》卷3，见唐圭璋《词话丛编》，北京：中华书局2005年版，第3822页。
⑦(清)叶申芗:《本事词》卷下，见唐圭璋《词话丛编》，北京：中华书局2005年版，第2381页。

【辨证】 金代先已有一张翥，字仲扬，永安（县治在今河南巩义西南）人。泰和五年（1205）以诗名召见，应制称旨，特恩授监御府书画。其诗大抵好浮艳语，如“矮户小窗寒不到，一炉香火四围书”，又“西风了却黄花事，不管安仁两鬓秋”，人号“张了却”。事见刘祁《归潜志》卷8。诸书援引或误作一人，非也。

陶安卒，年五十七。陶安（1312—1368），字主敬，当涂（今属安徽）人。元至正初举乡试，授明道书院山长，避兵家居。明太祖渡江，安率父老出迎，留参幕府，授左司员外郎。明洪武初，命知制诰，兼修国史，历江西行省参知政事。卒谥文宪。《明史》卷136有传。著《陶学士先生文集》20卷，词附，明弘治十三年（1500）项经刻补修本，惜阴堂裁为《陶学士词》1卷，有词24首。赵尊岳评其词“清旷之气，扑人眉宇，初不为经师理学所范围。其他酬赠之作，要亦不失规矩，上者南宋，下亦可登《凤林》选本者也”①。

【辨证】 陶安卒年，历来有两说。一说卒于洪武四年（1371），所据为李贽《续藏书》之《陶安传》。南京大学历史系编著《中国历代名人辞典》、马兴荣诸先生主编《中国词学大辞典》等皆主此说。另一说认为陶安卒于洪武元年（1368），主要依据为明代史书记载。《明实录·太祖实录》卷35记载：（洪武元年九月癸卯）“江西行省参政陶安卒。”②又《明史·陶安传》：“洪武元年四月，江西行省参政阙，帝以命安，……其年九月卒于官。”③窃以为明代史书记载更为切实可信，此处从之。

谢应芳（1296—1392），是年73岁。字子兰，号龟巢，武进（今江苏常州）人。

释梵琦（1296—1370），是年73岁。字楚石，号昙曜，象山（今属浙江）人。

唐桂芳（1299—1371），是年70岁。一名仲，字仲实，号白云，又号三峰，

---

① 赵尊岳：《惜阴堂汇刊明词提要·〈陶学士词〉一卷》，《词学季刊》1934年第2卷第1号，第76页。
② 《明实录·太祖实录》卷35，台北：“中央研究院”历史语言研究所1983年校印本，第627页。
③ （清）张廷玉等：《明史》卷136，北京：中华书局1974年版，第3926~3927页。

歙县（今属安徽）人。

张以宁（1301—1370），是年68岁。字志道，号翠屏山人，古田（今属福建）人。

周南老（1301—1383），是年68岁。字正道，号拙逸子，其先本湖广道州（今湖南道县）人，徙家吴中（今江苏苏州）。

王蒙（1301—1385），是年68岁。字叔明，湖州（今属浙江）人，王国器子，赵孟頫外孙。

梁寅（1303—1389），是年66岁。字孟敬，新喻（今江西新余）人。

舒頔（1304—1377），是年65岁。字道源，号贞素，绩溪（今属安徽）人。

倪瓒（1306—1374），是年63岁。字元镇，号云林，又署云林子、云林散人，别号荆蛮民、净土居士、朱阳馆主、萧闲仙卿、幻霞生，无锡（今属江苏）人。

【辨证】 倪瓒生年，历来有两说。一说以周南老撰《元处士云林先生墓志铭》所记“洪武甲寅十一月十一日甲子，以疾卒，享年七十有四”[①]为准，洪武甲寅即公元1374年，依中国岁数算法前推73年则为元大德五年辛丑（1301）。另一说据倪氏诗中自述及画中题识等推算，证实倪氏实生于元大德十年丙午（1306）。具体考证参见黄苗子、郝家林编著《倪瓒年谱》[②]。

华幼武（1307—1375），是年62岁。字彦清，号栖碧，无锡（今属江苏）人。

俞和（1307—1382），是年62岁。字子中，号紫芝逸民，桐江（今浙江桐庐）人，寓居钱塘（今浙江杭州）。

邵亨贞（1309—1401），是年60岁。字复孺，号清溪，原籍淳安（今属浙江），徙居华亭（今上海松江）。

顾德辉（1310—1369），是年59岁。一名瑛，又名阿瑛，字仲瑛，昆山（今属江苏）人。

宋濂（1310—1381），是年59岁。字景濂，浦江（今属浙江）人。

---

①（元）倪瓒：《清閟阁全集》，卷11周南老撰《元处士云林先生墓志铭》，《景印文渊阁四库全书》第1220册。

② 黄苗子、郝家林：《倪瓒年谱》，北京：人民美术出版社2009年版。

高明（1310—1380），是年59岁。字则诚，号菜根道人，浙江瑞安人。

刘基（1311—1375），是年58岁。字伯温，号犁眉，处州青田（今属浙江）人。刘基于元元统元年（1333）23岁时中进士，至元二年（1336）任江西高安县丞，其后时隐时出。至正二十三年（1363）始应朱元璋之召，赴应天参与军机。是年三月，刘基由太子率更令改太子赞善大夫。

【辨证】 陈廷焯《白雨斋词话》卷3曰："伯温《临江仙》云：'镜中绿发渐无多。泪如霜后叶，摵摵下庭柯。'以开国元勋而作此哀感语，盖已兆胡惟庸之祸矣。"①此评看似知人论世，实乃郢书燕说。其实这首词的创作背景，刘基在词前小序中说得很清楚。问题是王昶《明词综》往往删去小序，而晚清词家谈论明词，大多不出《明词综》选录的范围。刘基《写情集》原词小序曰："予在江西时，与李爟以庄善。以庄尝赋诗，有曰：'泪如霜后叶，摵摵下庭柯。'郑君希道深爱赏之。今郑君已卒，以庄与予别亦二十年。梦中相见道旧好，觉而忆其人，不知今存与亡。因记其诗，属为词，以写其悲焉。"②由此小序可知，这是一首记梦之作。歇拍处"泪如霜后叶，摵摵下庭柯"二句，原是刘基在元代任职江西时故友李爟（字以庄）的诗句，此处嵌入词中，正是为了表示对故友的怀念与欣赏。考刘基于元至元二年（1336）出任江西高安县丞，后调任江西行省掾吏，至元六年（1340）愤而辞职。据此推算，此词或当作于至正二十年（1360）前后，刘基正在家乡青田隐居，尚未应朱元璋之请赴金陵。故"开国元勋"云云尚未曾梦见，胡惟庸之祸更是无从谈起。陈廷焯大概仅凭"镜中绿发渐无多"一句，便把词系于刘基晚年，遂不免郢书燕说之弊。

刘三吾（1312—？），是年57岁。初名如孙，以字行，号坦甫，又号坦之，自称坦坦翁，茶陵（今属湖南）人。元末任永平教谕，授清江路儒学副提举。洪武十八年（1385）迁翰林学士。洪武三十年，主会试，以多中南人坐罪戍边。建文初召还，永乐中卒。《明史》卷137有传。有《坦斋先生文集》3卷，明成化俞

---

①（清）陈廷焯：《白雨斋词话》卷3，见唐圭璋《词话丛编》，北京：中华书局2005年版，第3824页。
② 赵尊岳：《明词汇刊》，上海：上海古籍出版社1992年版，第1462页。

荛校刻本。《惜阴堂汇刻明词》裁其词12首为《坦斋先生词》1卷，赵尊岳谓其词“多酬赠之作，间有流畅之笔”，《大江东去》、《木兰花慢》、《水调歌头》诸词“均能于颂扬语中见其笔气，亦非易致也”[①]。《全明词》存其词12首。

刘夏（1314—1370），是年55岁。字迪简，号商卿，江西安福人。

王礼（1314—1389），是年55岁。初字子尚，改字子让，庐陵（今江西吉安）人。

吴会（1316—1388），是年53岁。字庆伯，一字伯庆，号书山，又号独足翁，江西金溪人。

陶宗仪（1316—？），是年53岁。字九成，号南村，黄岩（今属浙江）人。元季寓松江，著书授徒，累辞辟举。明初尝任学官，永乐元年（1403）犹存。《明史》卷285有传，生平行状可参见孙作撰《陶先生小传》，今人昌彼得撰《陶宗仪生年考》、《陶南村先生年谱初稿》。著有《草莽私乘》1卷、《古刻丛钞》1卷、《游志续编》2卷、《书史会要》9卷、《补遗》1卷、《辍耕录》30卷、《南村诗集》4卷、《沧浪棹歌》1卷，又编有《说郛》120卷。工书，善小篆，能诗。词存6首，见《沧浪棹歌》，附于诗后。周泳先《唐宋金元词钩沉》辑为《南村诗余》1卷。邓子勉《宋金元词话全编》据《辍耕录》等辑录其论词文字22则。

赵汸（1319—1369），是年50岁。字子常，休宁（今属安徽）人。

王逢（1319—1388），是年50岁。字原吉，号梧溪子、席帽山人，晚号最闲园丁，江阴（今属江苏）人。

凌云翰（1323—1388），是年46岁。字彦翀，号柘轩，又号避俗翁，钱塘（今浙江杭州）人。据万历《杭州府志》卷85凌云翰本传，洪武初年，云翰为杭州府学训导。

王行（1331—1395），是年38岁。字止仲，自号淡如居士，又号半轩、楮园，吴县（今江苏苏州）人。

刘昭年（1331—1410），是年38岁。号主一，江西万安人。

杨基（1332—1378后），是年37岁。字孟载，号眉庵，祖籍嘉州（今四川乐

① 赵尊岳：《惜阴堂汇刊明词提要·〈坦斋先生词〉一卷》，《词学季刊》1934年第2卷第1号，第102页。

山），后徙吴（今江苏苏州）。因曾在张士诚军中任职，是年与徐贲、余尧臣等被谪居临濠。此后历荥阳知县、山西按察副使，因事夺职，罚劳役，卒于工所。与高启、张羽、徐贲号称“吴中四杰”。《明史》卷285有传。杨基善文章，工书画。有《眉庵集》12卷、《补遗》1卷，明成化二十一年（1485）张习刻本。词见于卷12，曰《眉庵词》，以小令胜，词风清新流逸。《古今词话》引《乐府纪闻》，称其词“饶有新致”①。赵尊岳《明词提要》谓其“词笔清新雅令，间失之弱，而不伤靡”，并举其《多丽》、《清平乐·柳枝》、《千秋岁》、《如梦令》等词，谓“要于缠绵中有清气，亦词家之上流也”②。《全明词》据《惜阴堂汇刻明词》本《眉庵词》录其词71首，另从《古今词统》中录其七绝体《西湖竹枝》、《柳枝》3首；《全明词补编》复从《盛明百家诗选》及《诗渊》辑得其词6首。胡玉缙《续四库提要三种·眉庵词》评曰：“诗、词之界甚严。北宋人词，类皆清新雅正，可以入诗；南宋人诗，类皆流艳巧侧，可以入词。至元，而诗与词几更无别。基生当元季，其诗语之类词者殊夥，朱彝尊《静志居诗话》，尝摘出数十联。其词则婉约流利，韶秀独绝，不得不推为词家正宗。盖惟诗近于词，故其词尤胜也。徐泰《诗谈》称其诗‘天机云锦，自然美丽，独时出纤巧，不及高启之冲雅’云云，此即其诗词界限不分处。今移以评其词，则‘云锦’、‘美丽’，可为定论矣。”③

韩奕（1334—1406），是年35岁。字公望，号蒙斋，平江（今江苏苏州）人。

【辨证】 韩奕生卒年，诸书多不载。如唐圭璋先生《全金元词》、马兴荣诸先生主编《中国词学大辞典》等，多谓其“生卒年不详”，或仅称其“生于元文宗时”。实际传本《韩山人诗集》所附明赵友同撰《故韩隐士行状》中明确记载：“隐士生于甲戌三月十一日，卒于丙戌七月五日，享年七十有三。”④据韩奕生活年代可知其生于元惠宗元统二年甲戌（1334），卒于明成祖永乐四年丙戌（1406）。

---

①（清）沈雄：《古今词话》词评下卷，见唐圭璋《词话丛编》，北京：中华书局2005年版，第1024页。
② 赵尊岳：《惜阴堂汇刊明词提要·〈眉庵词〉一卷》，《词学季刊》1934年第2卷第1号，第78~79页。
③ 胡玉缙：《续四库提要三种：四库未收书目提要续编》卷4，上海：上海书店出版社2002年版，第390页。
④（元）韩奕：《韩山人诗集》，附赵友同撰《故韩隐士行状》，清钞本，《四库全书存目丛书》集部第23册。

林大同（1334—1410），是年35岁。字逢吉，号范轩，祖籍长乐（今属福建），曾祖时迁居常熟（今属江苏）。

胡奎（1335—1409），是年34岁。字虚白，号斗南老人，海宁（今属浙江）人。

【辨证】 宋末、元末各有一胡奎。南宋刘辰翁有《双调望江南·胡盘居生日》，词末自注曰："丁酉生，奎其名。"辰翁又有《鹧鸪天·和谢胡盘居贶橘为寿》词[①]。知宋末亦有名胡奎者，其字或号曰盘居。清陆心源《宋诗纪事补遗》卷79胡奎小传曰："字斗南，号贯斋，宋末庐陵人。有《斗南老人集》。"[②]应是把宋末跟刘辰翁交往唱酬的胡奎与明初《斗南老人集》的著者胡奎混为一谈了。《唐宋词汇评》于刘辰翁《双调望江南·胡盘居生日》词下"编年"，乃仍陆心源之误。

姚广孝（1335—1418），是年34岁。初为僧，名道衍，字斯道，长洲（今江苏苏州）人。

高启（1336—1374），是年33岁。字季迪，号槎轩，又号青丘子，长洲（今江苏苏州）人。

瞿佑（1347—1433），是年22岁。字宗吉，号存斋，钱塘（今浙江杭州）人。与凌云翰等结为忘年交，约在本年前后。按：《乐府遗音》丁丙跋云："洪武元年，先生二十二岁，凌彦翀、邱彦能、吴敬夫相与订忘年交。杨廉夫访之，出所作《香奁咏》以示，先生悉和之。廉夫叹曰：此瞿家千里驹也。凌彦翀作《梅柳争春》，先生一日尽和之。凌亦惊叹。"[③]杨维桢作《香奁八咏》，事在前一年，即元至正二十六年（1367）春。《香奁八题》载杨氏《复古诗集》卷5，诗前有小序，序署"至正丙午春三月初吉锦窭老人杨维桢叙"[④]。

胡俨（1361—1443），是年8岁。字若思，号颐庵，南昌（今属江西）人。

---

① 具体考证参见吴熊和《唐宋词汇评·两宋卷》，杭州：浙江教育出版社2006年版，第3723页。

②（清）陆心源：《宋诗纪事补遗》卷79，太原：山西古籍出版社1997年版，第1851页。

③（清）丁丙：《〈乐府遗音〉跋》，见（明）瞿佑著，乔光辉校注《瞿佑全集校注》，杭州：浙江古籍出版社2010年版，第316页。

④（元）杨维桢：《复古诗集》，卷5《香奁集》自序，《景印文渊阁四库全书》第1222册。

杨士奇（1365—1444），是年4岁。名寓，以字行，泰和（今属江西）人。

黄淮（1366—1449），是年3岁。字宗豫，号介庵，永嘉（今属浙江）人。

虞原璩（1367—1439），是年2岁。字叔囿，号环庵，浙江瑞安人。

周巽于是年前后在世。周巽（生卒年不详），字巽亨，号巽泉，吉安（今属江西）人。尝从征道州、贺州瑶民，以功授永明主簿。其《性情集》卷1《拟古乐府序》末署"岁在丙辰九月望日龙唐耄艾周巽谨识"①。"丙辰"乃洪武九年（1376），知其当时仍在世。四库馆臣据《永乐大典》搜罗其诗歌编为《性情集》6卷，其卷6存词12首，周泳先《唐宋金元词钩沉》辑为《性情乐府》1卷，《全金元词》及《全明词》均有著录。又《性情集》卷1《拟古乐府序》云："余读太原郭茂倩所辑乐府诗"，"服膺岁久，粗会其意，因以汉鼓吹、横吹、相和、清商、舞曲、琴曲、杂曲并近代新乐府辞，仿其体制，杂以平昔见闻，积成百有五十四篇"，"暇日令丘彬编次为二卷，以俟知音者相与正焉"②，以词（近代新乐府辞）上接乐府源流，可补词话之遗。

正月，谢应芳作《江城子》词，贺张克让初度生孙。调下自注曰："贺萧墅张克让戊申正月九日初度生孙，是日立春节也。"③

正月十五日，邵亨贞在云间观灯，作《水龙吟》，调下注："戊申灯夕，云间城中作。"其词曰："兵余重见元宵，浅寒收雨东风起。城门傍晚，金吾传令，遍张灯市。报道而今，依然放夜，纵人游戏。望愔愔巷陌，星毬散乱，经行处、无歌吹。　　太守传呼迢递，谩留连、通宵沉醉。香车宝马，火蛾面茧，是谁能记。犹有儿童，等闲来问，承平遗事。奈无情野老，闻灯懒看，闭门寻睡。"④另，寒食日，邵亨贞作《六州歌头》，词前小序曰："戊申岁，一春强半风雨，不可出户者至有兼旬之久。三月九日寒食，烟雨中望邻墙桃花，殆欲零落，感人事之不齐，叹芳时之易失，信笔纪述，斐然成章。桓司马谓树犹如此，人何以堪，今乃信之矣。"其词曰："刘郎老去，孤负几东风。思前度，玄都观，旧游踪。怕重逢。新种桃千树，花如锦，应笑我、容颜改，浑不比、向时红。我亦无情久矣，

---

①（元）周巽：《性情集》卷1，《景印文渊阁四库全书》第1221册。

②（元）周巽：《性情集》卷1，《景印文渊阁四库全书》第1221册。

③《全明词》，第11页。

④《全明词》，第66页。

繁华梦、过眼成空。纵而今再见，何似锦城中。往事匆匆。任萍蓬。　忆欢娱地，经行处，秦楼畔，灞桥东。春冉冉，花可可，雾濛濛，水溶溶。几度题歌扇，欹醉帽，绕芳丛。时序改，人面隔，鬓霜浓。别有武陵溪上，秦人在、仙路犹通。待前村浪暖，鼓楫问渔翁。此兴谁同。”①又，其《齐天乐》(当年放浪苏台下)及《齐天乐·寄张翔南》词2首作于是年秋杪，词前小序曰：“张翔南寓金陵时，尝有寄金子尚、魏彦文诸词友之作。乃辱彦文见念，独以赏音见许，而不知予频年连婴逆景，久疏词笔，非复向时怀抱矣。戊申秋杪，郏仲义持示词卷，且辱彦文寄声，并索近作入卷。乃为倚歌二阕，其一以答彦文，其一以喜翔南还家。”②

洪武二年　己酉　1369

南京设局修《元史》，宋濂、王祎等任总裁。高启等与修《元史》。

杨基本年从谪所放回，初任荥阳知县，上书乞留京，改任太常寺典簿。

顾德辉卒，年六十。风流豪爽，家饶于资。年三十始折节读书，举茂才，署会稽教谕，辟行省属官，皆不就。元末张士诚据吴，德辉避隐嘉兴之合溪，自号金粟道人。元亡，随子徙濠州。《明史》卷285有传。有《玉山璞稿》2卷、《逸稿》4卷，编有《玉山名胜集》8卷、《外集》1卷、《草堂雅集》14卷。周泳先《唐宋金元词钩沉》辑其词为《玉山璞词》1卷，凡4首，《全金元词》据录。《四库全书总目》提要称其词作“清丽芊绵”，“亦复自饶高韵”③。

赵汸卒，年五十一。博通诸经，尤邃《春秋》，筑东山精舍，读书著书其中，学者称东山先生。明初与修《元史》。《明史》卷282有传。有《东山存稿》7卷、《周易文诠》4卷、《春秋集传》15卷、《春秋师说》3卷、《春秋属辞》15卷、《春秋左氏传补注》10卷、《春秋金锁匙》1卷。《全金元词》据其《东山存稿》录存其词2首。

---

①《全明词》，第61页。

②《全明词》，第64页。

③(清)永瑢等:《四库全书总目》，卷168《〈玉山璞稿〉二卷》提要，北京：中华书局1965年版，第1460页。

解缙生。解缙（1369—1415），字大绅，一字缙绅，号春雨，吉水（今属江西）人。

九月九日，邵亨贞作《满江红》（风雨重阳）怀念友人，词前小序曰：“己酉九日，雨中家居，忆夏士安、颐贞、蒙亨叔侄，唐元望、元泰、元弘昆季，六人皆常年同萸菊者，一载之间，俱罹患难，各天一方，信笔纪怀，有不胜情者矣。”①

十月，周南老作《水龙吟·裴庄故业》，词前小序曰：“在常熟县。裴庄故墟，因唐相裴公而名焉。予先祖得之，迨今百余年。再经兵燹，日就荒芜。予因奔走宦途，踪迹不至者一十五载。己酉冬孟，重过故墟，不觉恻然，谩赋此以寓怀感。洪武二年南老题。”②

洪武三年　庚戌　1370

释梵琦卒③，年七十五。俗姓朱。年十六，为杭州昭庆寺僧，历主杭州报国寺、嘉兴本觉寺，退隐海盐永祚寺西斋，自号西斋老人。事见明《补续高僧传》中“楚石琦禅师传”。有《西斋净土诗》3卷，其卷3为词，共32首，均调寄《渔家傲》。其中《娑婆苦》16首，每首均以“听说娑婆无量苦”起句，《西方乐》16首，每首均以“听说西方无量乐”起句。《全明词》与《全金元词》所录相同。

张以宁卒，年七十。元泰定四年（1327）进士，官至翰林侍读学士。明初，召为侍讲学士，奉使安南，还，卒于道。《明史》卷285有传。著有《春秋胡传辨疑》、《春王正月考》，另有《翠屏集》4卷，附词，明成化十六年（1480）张淮刻本。《惜阴堂汇刻明词》裁其词2首为《翠屏词》，赵尊岳赞其词“意境高迥”④。《全明词》存其词5首。

刘夏卒，年五十七。元末客寓洪州，后避居瑞州。元至正二十五年（1365）

---

①《全明词》，第53页。

②《全明词补编》，第1页。

③《全金元词》“梵琦”小传系其卒年于洪武二年（1369），见唐圭璋《全金元词》，北京：中华书局1979年版，第1162页。

④ 赵尊岳：《惜阴堂汇刊明词提要·〈翠屏词〉一卷》，《词学季刊》1934年第2卷第1号，第100页。

因劝说宜春守将归附吴王朱元璋，被授尚宾馆副使。洪武三年（1370）奉使至交趾，事竣，返至南宁病故。有《刘尚宾文集》5卷、《续集》10卷，今有《续修四库全书》本，文集附录有杨胤撰《尚宾馆副使刘公墓志铭》。刘崧有《刘尚宾〈东溪词稿〉后序》，其中称刘夏“所赋词稿一帙，凡数十阕”①，今未见传本。《全明词补编》据《刘尚宾文续集》卷2录其词5首。

王偁生。王偁（1370—1415），字孟扬，永福（今属广西）人。

十二月，邵亨贞与郏经同过无锡，作《渡江云》一词，颇有姜夔《扬州慢》（淮左名都）意味。词前小序云：“庚戌腊月九日，与郏仲义同往江阴。是夕泊舟无锡之高桥。乱后荒寒，茅苇弭望，朔吹乍静，山气乍昏复明，起与仲义登桥纵目，霜月遍野，情怀恍然，口占纪行，求仲义印可。”其词曰：“朔风吹破帽，江空岁晚，客路正冰霜。暮鸦归未了，指点旗亭，弭棹宿河梁。荒烟乱草，试小立、目送斜阳。寻旧游、恍然如梦，展转意难忘。　　堪伤。山阳夜笛，水面琵琶，记当年曾赏。嗟老来、风埃憔悴，身世微茫。今宵到此知何处，对冷月、清兴犹狂。愁未了，一声渔笛沧浪。”②按：郏经，元末明初戏曲作家，字仲谊③，号观梦道人，又号西清居士，浙江仁和（今杭州）人，至正间进士，至正十五年（1355）任平江路儒学学录，明洪武四年（1371）为浙江省考试官，后定居杭州。尝跋《录鬼簿》，序《青楼集》，有杂剧《西湖三塔记》等。

青城隐者作《醉蓬莱》，其词曰：“忆兔走乌飞，龙争虎战，许多时候。走狗良弓，尽忘生桃阃。被甲朝眠，衔枚夜进，万死功成就。地老天荒，英雄安在，惟有青山依旧。　　退隐林泉，竹篱茅舍，木枕藤床，自甘卑陋。面麦雕胡，薿薿连云茂。女织男耕，桑麻满圃，不用青蚨售。酒酝松花，羹烹葵菽，自歌还自寿。”按：《明词纪事会评》引明代赵弼《效颦集》下卷《青城隐者记》（节录）：“华阳士人李有，字若无，涉猎书史，工于诗词，而乐山水之趣。一日，引一家僮，负琴剑，携酒肴，游于青城山。见一老叟，庞眉皓发，衣冠甚伟。生因睹景忘情，失其归路，欲假一宿，叟许之。随叟行，及五里许，则见云寒翠嶂，烟锁

① （明）刘崧：《槎翁文集》卷8，明嘉靖元年（1522）徐冠刻本，《四库全书存目丛书》集部第24册。
② 《全明词》，第52~53页。
③ 邵亨贞词序中作“仲义”。

琪林，岩桧铺青，泉声漱玉，真若神仙之境。复转一迳，则川平地广，茅屋参差，鸡犬声喧，桑麻掩映，居有百余家。生问曰：'敢问丈人尊族出于何氏？何年栖迟于此？愿聆其详。'叟曰：'山林野夫，焉有姓字？潜呼青城隐者。孟蜀广政中，叨受太常典礼。后因宋遣王全斌下蜀，吾携妻子避兵于此，其诸比邻亦皆同时来者也。初于此处披榛诛茅，创立居第，耕田而食，凿井而饮，男婚女嫁，已见云仍，但见梅开菊绽，寒暑往来，不知是何年、是何代也！'生大骇曰：'宋自太祖下蜀，历至徽钦二帝，遭金虏之寇，中原失守。高宗南渡中兴，历孝光宁理度五君，至幼主德祐二年，归于大元，宋祚已终。元自世祖至顺宗，天命归于圣朝，国号大明，四海混同，万方一轨，今临洪武庚戌万年之岁也。'叟曰：'审如此，宋至元，元至今，几何年欤？'生曰：'宋太祖建隆庚申开基，传一十六帝，至幼主德祐乙亥，凡三百一十六年，鼎移于元。元自世祖中统庚申平一，传一十帝，至顺宗至正丁未，凡九十三年，归于大明。至今四百一十四年矣！'叟垂泣叹曰：'吾归山野，不知年华遄迈，已过三朝矣。忆曩时之事犹昨日，静言思之，良可伤感。'生因请问孟蜀兴废之故，叟具述孟氏据蜀二世，凡四十一年而亡。明日，烹鸡煮酒，与生对酌。酒行数巡，叟自制《醉蓬莱》一阕以侑觞。其词云云。生大醉而寝，明日告归，叟遂送生出于谷口，再拜而别。至家数日，忆叟必非常人，乃具酒肴，寻旧路访焉。至则荆棘丛丛，不可复得，但见苍崖翠壁，白石青松，老树生风，寒猿长啸而已。生惆怅久之，无聊而归。因追思世事，遂入青城山修道，不知所终。"[①]今按：赵弼《效颦集》系追仿洪迈《夷坚志》和瞿佑《剪灯新话》而作的文言小说集，故所谓"青城隐者"亦当视为小说中人物。

洪武四年 辛亥 1371

唐桂芳卒，年七十三。元至正中，荐授崇安县儒学教谕，迁南雄路儒学正，丁忧归。入明，为紫阳书院山长，人称白云先生。著有《白云集》7卷及《武夷小稿》。《全金元词》存词2首，《全明词》存其词9首。

---

① 尤振中、尤以丁：《明词纪事会评》，合肥：黄山书社1995年版，第90~91页。

杨荣生。杨荣（1371—1440），初名子荣，字勉仁，后明成祖为其改名荣，建安（今福建建瓯）人。

倪瓒作《折桂令·辛亥过陆庄》[①]。

洪武五年　壬子　1372

正月十五日，邵亨贞应郏经之约作《虞美人》词二首。词前小序曰："壬子岁元夕，与郏仲义同客横泖，义约予偕作词，纪节序。予应之曰：'古人有观灯之乐，故形之咏歌，今何所见而为之乎。'义曰：'姑写即景可也。'夜枕不寐，遂成韵语。时予有子夏之戚，每无欢声，诘朝相见，而义词竟不成云。"按：子夏之戚，指殇子之痛。从词中可见江南战乱后的萧条景象。录其第二首："无情世事催人老，不觉风光好。江南无处不萧条，何处笙歌灯火作元宵。　承平父老头颅改，就里襟怀在。相逢不忍更论心，只向路傍握手共沉吟。"[②]

九月九日，杨基作《念奴娇·壬子重阳感旧》[③]，寄古今伤离之慨。另，其《贺新郎·句曲闲居春暮》亦当作于是年，词前小序曰："自离西江省幕谪句曲，已徂春矣。寓居无聊，未免感时抚事，爰填古词，用拨新闷云。"[④]

【辨证】据《明诗纪事》作者陈田考证，杨基曾一度任太常典簿，此后被荐为江西行省幕官[⑤]。然而时间不长，又以省臣得罪落职，时间当在洪武五年。史传只说他得罪去职，六年又起，奉任湖广，而据《贺新郎·句曲闲居春暮》一词可知，杨基由江西落职后曾谪居句曲，该词亦可补其仕履之阙。

九月二十五日，倪瓒访照庵高士，书其近作《蝶恋花》（夜永愁人偏起早）一词。词后"跋"曰："壬子九月二十五日，访照庵高士留饮，因书近词，以求

---

①《全明词》，第27页。
②《全明词》，第41页。
③《全明词》，第121页。
④《全明词》，第117页。
⑤ 陈田：《明诗纪事》甲签卷7，上海：上海古籍出版社1993年版，第172页。

是正之益。”①

洪武六年 癸丑 1373

六月，邵亨贞作《江城子》(疏云过雨漏斜阳)一词，步赵孟頫韵。词前小序曰：“癸丑岁季夏下浣，信步至渔溪潘氏庄，暑雨初霁，夕照穿林，与吴野舟坐绿树间。适行囊中有松雪翁所书《江城子》，逸态飞越，不忍释手，因依调口占，以寄清兴。古人云：‘人生百年间，大要行乐耳。’卒章以此意为消忧之勉云。”②

洪武七年 甲寅 1374

倪瓒卒，年六十九。家富饶，多聚古鼎名琴，藏书数千卷。至正初，忽散其财，弃家隐居五湖三泖间，自谓“懒瓒”，又称“倪迂”，张士诚召之不出。晚岁黄冠野服，混迹编氓。《明史》卷298、《新元史》卷238均有传。其绘画与黄公望、吴镇、王蒙并称“元四家”。亦善诗文，著有《清閟阁全集》20卷。词有江标《宋元名家词》本《云林词》1卷。陈廷焯《白雨斋词话》称其词“风流悲壮，南宋诸巨手为之亦无以过”③。《全金元词》存其词17首，《全明词》增辑其词达31首，然所多出的《凭阑人》等10首为曲，《竹枝》3首为七绝体诗，《江南春》是否为词亦有争议。邓子勉《宋金元词话全编》“倪瓒词话”录其涉及词的文字5条。

高启卒，年三十九。元末隐居吴淞之青丘。明洪武初，召修《元史》，授翰林院编修，擢户部右侍郎，辞归，授书自给。洪武七年(1374)以文字获罪，腰斩于市。《明史》卷285有传。启家北郭，与王行等10人卜居相近，号“北郭十友”，又以能诗，号“十才子”。有《高太史大全集》18卷、《凫藻集》5卷，又有词集《扣

---

①《全明词》，第26页。
②《全明词》，第50页。
③(清)陈廷焯：《白雨斋词话》卷3，见唐圭璋《词话丛编》，北京：中华书局2005年版，第3822页。

舷集》1卷，有词32首。沈雄称其词“大致以疏旷见长”①。胡玉缙《续四库提要三种·扣舷集》云：“此乃词集，原附正统刊本《凫藻集》后，为江南图书馆所藏。‘提要’所据《凫藻集》，为雍正间（1723—1735）刻本，无此集，词曲类亦未收也。启诗才富健，允称巨擘。其词则驿骑于宋元之间，虽未能深造，而和雅流丽，秀雅天成，亦不愧为作手。盖诗人之言，清新华妙，与词人之妖冶淫荡者殊也，使终其天年，当不止是。乃知明祖之诛之，实天之忌之矣。”②赵尊岳《明词提要》谓其“词凡三十二首，虽较柔脆，而思理才情，咸臻上乘”，又称“其雄放者，如《沁园春》云云，亦颇足观也”③。其《扣舷词》有《惜阴堂汇刻明词》本。《全明词》据《古今词统》与《历代诗余》增辑其词3首。

杨基《摸鱼儿·感秋》④一词，当作于是年九月高启被腰斩之后。

【辨证】是年春，苏州知府魏观因于张士诚故宫旧址重建府衙，被人诬告获罪。高启因作《上梁文》一并得罪。九月，高启与魏观同被腰斩。杨基《摸鱼儿·感秋》词曰：“问黄花、为谁开晚，青青犹绕西圃。秋光赖有芙蓉好，那更薄霜轻雾。江远处，但只见、寒烟衰草山无数。凭栏不语。恨一点飞鸿，数声柔橹，都不带愁去。　当时梦，空忆邯郸故步。山阳笛里曾赋。黄金散尽英雄老，莫倚善题鹦鹉。君看取，且信提携，如意樽前舞。浮名浪许。要插柳当门，种桃临水，归老旧游路。”按：此词中“山阳笛里曾赋”一句，具有极强的暗示性。魏晋时嵇康、吕安被司马昭所杀，向秀过山阳闻笛而作《思旧赋》。杨基此词亦当是因高启、魏观等被杀而作。杨基与高启同为“北郭十子”的核心成员，也同属于被朱元璋忌恨的张士诚领地的吴地文人，惺惺相惜，兔死狐悲，应是十分自然的。上海古籍出版社1985年版《高青丘集》附录部分附有同侪吊高启诗文多篇，杨基之诗曰：“鹦鹉才高竟殒身，思君别我愈伤神。每怜四海无知己，顿觉中年少故人。祀托友生香稻糈，魂归丘陇杜鹃春。文章穹壤成何用？哽咽东风泪

---

①（清）沈雄：《古今词话》词评下卷，见唐圭璋《词话丛编》，北京：中华书局2005年版，第1024页。

② 胡玉缙：《续四库提要三种：四库未收书目提要续编》卷4，上海：上海书店出版社2002年版，第390页。

③ 赵尊岳：《惜阴堂汇刊明词提要·〈扣舷词〉一卷》，《词学季刊》1934年第2卷第1号，第77页。

④《全明词》，第120页。

满巾。”[①]此诗首句与《摸鱼儿》词“莫倚善题鹦鹉”一样，均以作《鹦鹉赋》的祢衡比高启，亦可证《摸鱼儿》词确是为高启之死而作。

洪武八年 乙卯 1375

华幼武卒，年六十九。平生不乐仕进，吟咏自适。顾嗣立《元诗选》初集有其小传。《四库全书存目丛书》收录华幼武撰《栖碧先生黄杨集》3卷、《补遗》1卷、《附录》1卷。《全金元词》据澹生堂抄本《黄杨集》录其词3首。

刘基卒，年六十五。元元统元年（1333）进士，官高安县丞，后弃官归。明太祖朱元璋起事定括苍，聘至金陵，佐太祖定天下，授太史令，累迁御史中丞。基为明朝开国功臣，明初各种典章制度多由他与宋濂等拟定，封诚意伯，以弘文馆学士致仕，卒谥文成。《明史》卷128有传。博通经史，精工诗词古文，有《诚意伯文集》20卷。其词有《写情集》4卷，赵尊岳惜阴堂题为《诚意伯词》。《古今词话》转引杨守醇语云：“子房不见词章，玄龄仅办符檄，文成勋业灿然，可谓千古人杰。小词亦见一斑，有《文成集》。”[②]王世贞《艺苑卮言》曰：“我明以词名家者，刘诚意伯温，秾纤有致，去宋尚隔一尘。”[③]叶蕃《〈写情集〉序》论刘基词云：“感四时景物，托风月情怀，皆所以写其忧世拯民之心。”[④]《全明词》存其词243首，《全明词补编》另辑其词1首。

洪武九年 丙辰 1376

李祯生。李祯（1376—1452），字昌祺，庐陵（今江西吉安）人。

八月十五日，谢应芳卜居昆山之千墩，作《水调歌头·中秋言怀》，于当时犹存的战乱气象深致慨叹。其词曰：“战骨缟如雪，月色惨中秋。照我三千白发，都是乱离愁。犹喜淞江西畔，张绪门前杨柳，堪系钓鱼舟。有酒适清兴，何

---

①（明）高启著，（清）金檀辑注：《高青丘集》，上海：上海古籍出版社1985年版，第1016页。
②（清）沈雄：《古今词话》词评下卷，见唐圭璋《词话丛编》，北京：中华书局2005年版，第1023页。
③（明）王世贞：《艺苑卮言》，见唐圭璋《词话丛编》，北京：中华书局2005年版，第393页。
④（明）叶蕃：《〈写情集〉序》，见赵尊岳《明词汇刊》，上海：上海古籍出版社1992年版，第1456页。

用上南楼。　　擐金甲，驰铁马，任封侯。青鞋布袜，且将吾道付沧洲。老桂吹香未了，明月明年重看，此曲为谁讴？长揖二三子，烦为觅菟裘。”①按：谢应芳于洪武十三年（1380）六月作《水调歌头》（牙齿豁来久）一词，所用韵同，词前小序曰：“洪武九年秋，余卜居千墩，尝作《水调歌》。今也人事乖违，欲还故土，故复和前韵，以述其情，并以留别吴下诸友，时十三年六月初也。”②序中所言《水调歌》当指该词。

闰九月九日，瞿佑作《南乡子·丙辰闰重阳》③，抒闲适放旷之情。

陈谟作《张子静乐府序》。按：陈谟生于元大德九年（1305），据文中“予七十又二”④句可知，该序当作于是年。

洪武十年　丁巳　1377

舒頔卒，年七十四。元至元三年（1337）辟贵池教谕，秩满调丹徒。至正十年（1350）转台州路儒学正，道阻不赴，归隐山中。朱元璋军定徽州，交章礼聘，以病辞。有《贞素斋集》8卷、《附录》1卷、《北庄遗稿》1卷，词存集中，《彊村丛书》辑为《贞素斋诗余》1卷，共22首，《全金元词》删去其中曲调3首，存其词19首。其词于时艰世乱多有咏叹，《四库全书总目》“提要”称：“頔不忘旧国之恩，为出处之正；不掩新朝之美，亦是非之公。”⑤

白朴孙白湨据家藏本校刊白朴词集《天籁集》。白朴词，原为其手自编定，至元二十四年丁亥（1287）编成后，嘱友人王博文为序。王序略云：“太素与予三十年之旧，时会于江东。尝与予言：‘作诗不及唐人，未可轻言诗。平生留意于长短句，散失之余，仅二百篇，愿吾子序之。’读之数过，辞语遒严，情寄高远，音节协和，轻重稳惬。凡当歌对酒，感事兴怀，皆自肺腑流出。予因以《天

---

①《全明词》，第5页。
②《全明词》，第5页。
③《全明词补编》，第52页。
④（明）陈谟：《海桑集》卷5，《景印文渊阁四库全书》第1232册。
⑤（清）永瑢等：《四库全书总目》卷168，北京：中华书局1965年版，第1456页。

籁》名之。”[①]此本当时似未刊行。至洪武十年丁巳（1377），白朴孙白溟据家藏本校刊，孙大雅为之序。《增订四库简明目录标注》之《〈天籁集〉二卷》[续录]称：“李木斋有曹寅藏传抄明洪武丁巳刊本《兰谷先生天籁集》一卷，附《兰谷世系图》二卷，与四印斋本异。”[②]原刊本今已不传。

孙大雅为白朴词集《天籁集》作叙。其文曰：“余以洪武甲寅春，掾姑孰郡文学时，真定白溟子南分教诸生，间示其祖兰谷先生《天籁集》。谨按：先生讳朴，字仁甫，后改字太素，姓白氏，号兰谷。金季寓斋先生枢密院判之子也。寓斋生三子，先生其仲子也。先生生长兵间，流离窜逐，父子相失，遂鞠于元遗山先生所。遗山教之成人，始归其家。先生少有志天下，已而事乃大谬。顾其先为金世臣，既不欲高蹈远引以抗其节，又不欲使爵禄以干其身。于是屈己降志，玩世滑稽，徙家金陵，从诸遗老放情山水间，日以诗酒优游，用示雅志，以忘天下。诗词篇翰，在在有之。是编计词二百余首，名《天籁集》。兵燹散失，其孙溟得之姑孰士大夫家，传写失真，字多谬误。余既考订一二，归之。比召赴京，复求语以叙之。余惟先生词章翰墨，挥洒奋迅，出于天才。既以得名当时，板行于世，余又何足以轻重哉。然有不可以不一言者：先生出处大节，微而婉，曲而肆，庸人孺子所不能识，非志和、龟蒙、林君复往而不返之俦可同日语。故序以著其出处之大较云。洪武丁巳春二月，国学助教江阴孙大雅叙。”[③]

是年夏，瞿佑寄居岳家，作《摸鱼儿》词10首，分咏西湖十景。自序云：“丁巳岁夏，寄居富氏余清楼。俯视西湖，如开一镜。凡阴晴风雨，寒暑昼夜，未尝不与水光山色相接也。技痒不能忍，因制《望西湖》十阕，其腔即晁无咎《买陂塘》旧谱也。”[④]按：《买陂塘》一名《摸鱼儿》。《乐府遗音》丁丙跋云：“长苦不第，筑一室，自署曰‘西泠草堂’。洪武十年，先生卅一岁，寄居外家富子

---

①（元）白朴：《天籁集》，卷首王博文序，见（清）王鹏运《四印斋所刻词》，上海：上海古籍出版社1989年版，第450页。

② 邵懿辰撰，邵章续录：《增订四库简明目录标注》，上海：上海古籍出版社1979年版，第953页。

③（元）白朴：《天籁集》，卷首孙大雅序，见（清）王鹏运《四印斋所刻词》，上海：上海古籍出版社1989年版，第449页。

④《全明词》第184~187页收录瞿佑《摸鱼儿》咏西湖十景词10首，但系取自《历代诗余》卷92，仅存词作而无序跋文字。该序乃见于（明）陈霆《渚山堂词话》卷2，见唐圭璋《词话丛编》，北京：中华书局2005年版，第363页。

明氏，有余清楼，调寄《摸鱼儿》，制《西湖十景》词十阕，盛传人口。”①《明词纪事会评》引明代陈霆《渚山堂词话》卷1：“刘后村作《摸鱼儿》，以咏海棠。后阕云：‘君试论。花共酒、古来二字天犹吝。年光更迅。谩绿叶成阴，青苔满地，做取异时恨。’旧见瞿山阳《摸鱼儿》尾云：‘怕绿叶成阴，红花结子，留作异时恨。’殆全用后村句格。或者宗吉诵刘词久熟，不觉用为己语耶？不然，则连盗数言，恐渠亦自知避。”②是年另有《清平乐·丁巳端午，岁歉民荒，风景寥落。午窗草酌，偶成此词》③。

八月十五日，刘炳作《凤凰台上忆吹箫·丁巳中秋感旧》④。按：刘炳（生卒年不详），字彦昺，以字行，鄱阳（今属江西）人。明洪武初献书言事，授中书博士，出为大都督府掌记，除东阿知县，旋引疾归，卒年69岁。事迹附《明史》卷285《王冕传》后。有《鄱阳集》9卷，又称《刘彦昺集》，其卷8为“南词”，惜阴堂裁为《鄱阳词》1卷。《四库全书总目·刘彦昺集》“提要”称其“盖亦才识之士，故诗格伉爽挺拔，类其为人”⑤。《明词提要》赞其“词笔宛转如意，犹《凤林草堂》之遗”，并举《虞美人》、《凤凰台上忆吹箫》、《春草碧》等词，以为“均韵雅可诵”，“明人至此，殊复未已，鄱阳足以厕诸青邱、诚意之大家者矣”⑥。《全明词》存其词19首。

十月十六日，林大同作《万年欢·丁巳十月十六，寿均达》⑦。

洪武十一年　戊午　1378

朱高炽生。朱高炽（1378—1425），明成祖朱棣长子，永乐二十二年（1424）即帝位，以次年（1425）为洪熙元年。

---

①（清）丁丙：《〈乐府遗音〉跋》，见（明）瞿佑著，乔光辉校注《瞿佑全集校注》，杭州：浙江古籍出版社2010年版，第316页。
② 尤振中、尤以丁：《明词纪事会评》，合肥：黄山书社1995年版，第60页。
③《全明词补编》，第58页。
④《全明词》，第135页。
⑤（清）永瑢等：《四库全书总目》卷169，北京：中华书局1965年版，第1471页。
⑥ 赵尊岳：《惜阴堂汇刊明词提要·〈鄱阳词〉一卷》，《词学季刊》1934年第2卷第1号，第99~100页。
⑦《全明词补编》，第10页。

瞿佑《剪灯新话》成书。书分上下卷，载文言短篇小说20篇，另附《秋香亭记》。序署“洪武十一年岁次戊午六月朔日，山阳瞿佑书于吴山大隐堂”①。

林大同作《满庭芳·戊午六月一日，寿东母韩》。是年另有《无俗念·寿李伯润，戊午七月二十一日》、《百字令·戊午再韵，答李伯润》、《清平乐·戊午八月八日，寿夏一泉》二首、《满庭芳·戊午八月二十九日，寿叶孟贞，和李伯润》、《天香·戊午年八月二十九日，寿蒋妈妈》、《一枝春·戊午十月十六日，寿介舟轩》②。

洪武十二年　己未　1379

贝琼卒。贝琼（约1314—1379），字廷琚，一名阙，字廷臣，崇德（今浙江桐乡）人。元末领乡荐，遭乱退居殳山。洪武初，征修《元史》，除国子监助教。《明史》卷137有传。博览经史，尤工于诗。有《清江贝先生诗集》10卷、《文集》30卷，清康熙五十八年（1719）金坛燕翼堂刻本。《惜阴堂汇刻明词》辑其词15首为《清江词》1卷。《全明词》复据《百琲明珠》卷5录其《天净沙》13首，其实是曲而非词。邓子勉《宋金元词话全编》从《四部丛刊》本《清江诗集》、《清江文集》中辑录其词话3则。

朱有燉生。朱有燉（1379—1439），号诚斋，又号锦窠老人、全阳子、全阳翁、全阳道人、全阳老人、老狂生。明太祖朱元璋第五子朱橚长子。

王直生。王直（1379—1462），字行俭，泰和（今属江西）人。

林大同作《满庭芳·己未寿孙产和，次伯润韵》。是年另有《木兰花慢·己未三月初□，寿叶妈妈》、《苏武慢·己未六月一日，寿东母韩》、《锦缠道·己未七月二十一日，和李伯润自寿》二首、《苏武慢·己未十月十六日，寿弓均达六十》③。

---

①（明）瞿佑:《剪灯新话》，卷首自序，上海：上海古籍出版社1981年版。

② 诸词作依次见于《全明词补编》第11~13页。

③ 诸词作依次见于《全明词补编》第13~14页。

洪武十三年　庚申　1380

高明卒，年七十一。元至正五年（1345）进士，授处州录事。洪武初，召修《元史》，以老病辞归，卒于宁海。《明史》卷285有传。著《柔克斋集》，有南戏《琵琶记》。《明词综》卷1存其词1首，《全金元词》、《全明词》据以录入。

王洪生。王洪（1380—1420），字希范，号毅斋，钱塘（今浙江杭州）人。

刘基子仲璟刊刘基词集《写情集》4卷本，有叶蕃序。序称："《写情集》者，诚意伯括苍刘先生六引三调之清唱，四上九成之至音也。先生生于元季，蚤蕴伊吕之志，遭时变更，命世之才，沉于下僚，浩然之气，厄于不用，因著书立言，以俟知者。其经济之大，则垂诸《郁离子》；其诗文之盛，则播为《覆瓿集》；风流文采英余，阳春白雪雅调，则发泄于长短句也。或愤其言之不听，或郁乎志之弗舒，感四时景物，托风月情怀，皆所以写其忧世拯民之心，故名之曰《写情集》，厘为四卷。其词藻绚烂，慷慨激烈，盎然而春温，肃然而秋清，靡不得其性情之正焉。宜其遇知圣主，君臣同心，拨乱世反之治，以辅成大一统之业，垂宪于万世也。先生当是之时，深知天命之有在，其盖世之姿，雄伟之志，用天下国家之心，得不发为千汇万象之奇，而龙翔虎跃也！呜呼，千载之前，千载之后，英迈挺卓，能几人哉！今先生既薨，其仲子仲璟，与其长孙廌，谋以是篇锓梓垂远，以蕃于先生辱平昔之好，命为之序。顾蕃愚陋，何敢措词。追摹高风，其容让乎！时洪武十三年岁在庚申春正月，上澣永嘉儒学训导安固紫华叶蕃叔昌序。"①此洪武刊本为以后所传刘基词各本之祖本。原刻已不传，今有陶湘《景刊宋金元明本词》影刊洪武本。

正月二十五日，林大同作《烛影摇红·庚申正月二十五日，寿弓伯高》二首。是年另有《青玉案·庚申三月初口，寿叶母》、《凤凰台上忆吹箫·庚申六月一日，寿东母韩》、《苏武慢·庚申十一月二十日，寿卫伯京》②。

六月，谢应芳作《水调歌头》（牙齿豁来久），自和前作。词前小序曰："洪

---

①（明）叶蕃：《〈写情集〉序》，见赵尊岳《明词汇刊》，上海：上海古籍出版社1992年版，第1456页。
② 诸词作依次见于《全明词补编》第14~15页。

武九年秋，余卜居千墩，尝作《水调歌》。今也人事乖违，欲还故土，故复和前韵，以述其情，并以留别吴下诸友，时十三年六月初也。”[①]

洪武十四年 辛酉 1381

宋濂卒，年七十二。元至正中，荐授翰林院编修，以亲老不赴，隐东山著书。明初，除江南儒学提举，命授太子经，修元史，累官至翰林学士承旨知制诰，以老致仕。长孙慎坐法，举家谪茂州，道中遇疾卒。正统中，追谥文宪。《明史》卷128有传。有《宋学士文集》75卷，明正德九年张缙刻本。《古今词统》卷2存其七言绝句体《竹枝》6首，《全明词》据以录入。

正月十五日，林大同作《清平乐·辛酉上元日，寿祥坦翁》[②]。

九月九日，刘炳作《木兰花慢·辛酉九日》[③]，词中有“西风鬓影苍苍”等句，故该词当为其晚年之作。

洪武十五年 壬戌 1382

俞和卒，年七十六。不乐仕进，至正初，诏浙省缮写辽、宋、金三史以备镂板，有司聘为校正官，事毕欲授之以官，不受。《全金元词》据清代吴荣光《辛丑消夏记》卷4录其《满江红》1首。

董纪举贤良方正，廷试对策称旨，擢江西按察佥事。董纪（生卒年不详），字良史，以字行，更字述夫，上海人。建文元年（1399），典南闱试，未几引疾归，结西郊草堂以终老。董纪词翰俱佳，作品平易朴实，清新自然。赵尊岳于金陵得《西郊笑端集》所附词6首，归示况周颐，相与欣赏，并赞其词“稳沉淡泊，大有元代许鲁斋之风”，又举《点绛唇》中“谁在秋千，却是风来袅”句，以为

---

①《全明词》，第5页。
②《全明词补编》，第15页。
③《全明词》，第135页。

“一转一入，深思多致，盖元《草堂》之余派也”[①]。《惜阴堂汇刻明词》裁其词6首，称《西郊笑端词》，《全明词》据录。

九月六日，林大同作《醉蓬莱·壬戌九月六日，寿陆祐之》[②]。是年另有《曲游春·壬戌十月十六日，寿弓均达》[③]。

洪武十六年　癸亥　1383

周南老卒，年八十三。元末以荐授永丰县学教谕，改当涂县，迁吴县主簿，历官至权江浙行省理问。明初征赴太常议郊祀礼，礼成，发临濠，寻放还。《全明词补编》据《姑苏杂咏》卷下录存其词2首。

林鸿于是年前后在世。林鸿（生卒年不详），字子羽，福清（今属福建）人。洪武初以人才荐至京师，太祖亲试《龙池春晓》、《孤雁》二诗，称旨，授将乐县（今属福建）训导，后官至礼部精膳司员外郎。年未四十，自免归。《明史》卷286有传。鸿为“闽中十子”之首。有《鸣盛集》4卷，附词，惜阴堂裁为《鸣盛词》，凡31首。其中《蝶恋花》（记得红桥西畔路）一词传为林鸿恋人张红桥所作，后收入《女子绝妙好词选》，故《全明词》裁出以归张红桥。

七月二十一日，林大同作《清平乐·癸亥七月二十一日》、《意难忘·癸亥年七月二十一日，寿李伯润》[④]。

洪武十七年　甲子　1384

二月八日，林大同作《满庭芳·甲子二月八日，寿汪泽民》[⑤]。

---

① 赵尊岳:《惜阴堂汇刊明词提要·〈西郊笑端词〉一卷》,《词学季刊》1934年第2卷第1号，第102页。

②《全明词补编》，第17页。

③《全明词补编》，第18页。

④ 二词均见于《全明词补编》第18页。

⑤《全明词》，第18页。

洪武十八年　乙丑　1385

王蒙卒，年八十五。敏于文，工画山水，兼善人物。元末，官理问，遇乱弃官，隐居仁和黄鹤山，自称黄鹤山樵。入明，知泰安州事，坐胡惟庸事，瘐死狱中。《明史》卷285有传。《全金元词》据《珊瑚木难》卷7录其《忆秦娥》（花如雪）1首；《全明词补编》复从《蟫精隽》卷3辑得《卜算子》（舞袖怯西风）1首。

陈循生。陈循（1385—1462），字德安，泰和（今属江西）人。

洪武十九年　丙寅　1386

洪武二十年　丁卯　1387

洪武二十一年　戊辰　1388

王逢卒，年七十。元至正间（1341—1370），作《河清颂》，台臣荐之，以疾辞。明初欲辟用之，坚卧不起，隐上海乌泾，自号最闲园丁。《明史》卷285有传。有《梧溪诗集》7卷。词存《如梦令》1首，见《铁网珊瑚》卷4。邓子勉《宋金元词话全编》从《梧溪集》中辑出其词话3则。

吴会卒，年七十三。元至正三年（1343）乡荐第一，托足疾不应。入明，屡辟不出。有《吴书山先生遗集》20卷，今已收入《四库全书存目丛书》。《全明词补编》据该集卷14录存其词8首。

凌云翰卒，年六十六。元至正十九年（1359）举人，除平江路学正，不赴。洪武十四年（1381）以荐授成都府学教授，坐贡举乏人，谪南荒以卒。工诗，有《柘轩集》5卷，其中3卷为诗，1卷为文，1卷为词，有《四库全书》本。另有《武林往哲遗著》所收4卷本，有附录2卷。其诗“华而不靡，驰骋而不离乎轨”①。

①（清）朱彝尊：《静志居诗话》卷5，北京：人民文学出版社1990年版，第112页。

亦工词，《彊村丛书》辑为《柘轩词》1卷。瞿佑尝谓云翰有“梅词《霜天晓角》一百首，柳词《柳梢青》一百首，号梅柳争春者，属予和之”[①]，然不见于今存词中。沈雄《古今词话》引《柳塘词话》云：“柘轩词格爽逸，非俪玉骈金者比。”[②]《全金元词》存其词28首，《全明词》同。

洪武二十二年　己巳　1389

王礼卒，年七十六。元至正十年（1350）江西乡试第一，授安远县教官。十六年（1356）除兴国主簿，以亲老辞归。入明不仕，家居讲授，学者称麟原先生。《新元史》卷238、《元史类编》卷36、《元书》卷91有载。有《麟原文集》24卷。词存2首，见《麟原后集》卷12。

梁寅卒，年八十七。家贫力学，屡应乡试不利。至元间就馆建康，以荐授集庆路儒学训导。元末兵起，隐居课徒。明洪武初，征入京修述礼制，书成辞还，结庐石门山，四方从学，学者称“梁五经”，又称石门先生。《明史》卷282有传。寅以经学名家，兼攻史学，其诗词亦工。有《新喻梁石门先生集》10卷，词附，清乾隆十五年（1750）刻本，惜阴堂裁为《石门词》。另有《彊村丛书》本《石门词》1卷。其词多涉村居情趣，常关合农事生计。《全金元词》据嘉靖刻本《石门集》卷上录其词39首，并以光绪十五年（1889）《石门集》刻本及朱氏《彊村丛书》本校订。《全明词》据赵尊岳《惜阴堂丛书》本录存40首，多出的1首为《折桂令·留京城作》，其他各首文字间有不同。《全明词补编》复从《文翰类选大成》卷160辑得《西江月·临终作》1首。

【辨证】 梁寅卒年，一般系于洪武二十二年己巳，然而按公元纪年，则或作1389年，或作1390年，如邱树森《中国历代人名辞典》、南京大学历史系编《中国历代名人辞典》、江西省新余市政协文史委员会编《新余历代名人》等。按，梁寅卒于洪武二十二年十二月二十四日，以公元纪年则为1390年1月10日。故按

---

①（明）瞿佑:《归田诗话》下卷，见周维德《全明诗话》，济南：齐鲁书社2005年版，第42页。
②（清）沈雄:《古今词话》词评下卷，见唐圭璋《词话丛编》，北京：中华书局2005年版，第1023页。

阴历当系于本年，按西历则当系于1390年。

洪武二十三年 庚午 1390

王达于是年前后在世。王达（生卒年不详），字达善，号耐轩居士，无锡（今属江苏）人。洪武初，举明经，为本县训导，荐升国子助教。永乐初累官侍读学士。博通经史，有《翰林学士耐轩王先生天游杂稿》10卷，明正统胡滨刻本。惜阴堂裁其词为《耐轩词》，凡24首，《全明词》据录。《全明词补编》另辑录3首。

【辨证】王达《耐轩词》，单行本流传已久，非待赵尊岳《明词汇刊》裁出始有其名。明代前期吴讷于正统元年（1441）编录《百家词》时，其中已收王达《耐轩词》。《百家词》又称《唐宋名贤百家词》、《唐宋名贤词》、《宋元百家词》、《四朝名贤词》等。但无论称“唐宋”抑或称“宋元”，皆不当收入明人词别集。所谓“四朝名贤词”，其“四朝”也应是指唐宋金元四朝；若含明朝在内，则如刘基、杨基、高启、瞿佑等明初词家皆当收入，单单收入王达一家也是很令人奇怪的事情。赵万里《明钞本唐宋名贤百家词》40册题记所谓“误收明人作”，即针对王达《耐轩词》而言；然而考虑到《百家词》中已收入由元入明的词家倪瓒，因为王达生卒年不详，吴讷很可能是把王达看成元末词人了。

正月十六日，王达为其词《忆梅十咏》作跋。按：王达此前曾作《忆梅十咏》词10首，其序称：“塞外百物不产，所见者黄沙而已。平生清事，付之茫然。缅怀故乡梅花，赋成十咏，时一歌之，亦足以遣鄙恶之怀云。不用诗而用词者，盖余有《梅花百咏》，板行于世，今不再用诗也。”[①]10首词分别寄调《贺新郎》、《木兰花慢》、《满江红》、《烛影摇红》、《喜迁莺》、《醉蓬莱》、《水调歌头》、《汉宫春》、《念奴娇》、《昼锦堂》，分咏月中梅、鹤边梅、竹边梅、水底梅、雪中梅、杖头梅、灯前梅、瓶中梅、松下梅、琴边梅。词后跋曰：“余赋成十咏之后，一

①《全明词》，第215页。

以寄浙江诸高僧，一以寄梁溪诸朋友，俾知我怀抱未尝一日忘清事也。客曰：先生学道二十年，而犹未免于凝滞，非谓达者也。余曰：梅花清物也，古人爱者多矣，咏之何害。况乡园者，祖宗坟墓骨肉之所在也，讵能忘情耶。于此而忘情，则入荒唐不伦之学也，岂吾儒之道哉。客退，复自识于十咏之后。时庚午正月十六日，天游道者灯下书。”①

洪武二十四年　辛未　1391

洪武二十五年　壬申　1392

谢应芳卒，年九十七。平生潜心性理，亦工诗文，以道义名节自励。至正初，隐居白鹤溪，筑室曰“龟巢”，因以自号，荐授三衢书院山长，不就。元末天下兵起，避乱吴中。明洪武中归里。《明史》卷282有传。著有《思贤录》5卷、《续录》1卷、《辨惑编》4卷，又有《龟巢稿》20卷，词存集中，《彊村丛书》辑为《龟巢词》1卷，《补遗》1卷。词风诙谐，多用方言白话，不避俚俗。《全金元词》存其词65首，《全明词》同。邓子勉《宋金元词话全编》录其论词文字4则。

《草堂诗余》遵正书堂刊本刻于是年，题《增修笺注妙选群英草堂诗余》，目录则题“类选群英诗余总目”。书牌作“洪武壬申孟夏遵正书堂新刊”。此本经民国初年吴昌绶双照楼影刊后，已成今日通行本。

洪武二十六年　癸酉　1393

张肯于是年前后在世。张肯（生卒年不详），字继梦，一字寄梦，号梦庵，其先浚仪（今河南开封）人，南渡居钱塘（今浙江杭州）。少从宋濂学。《式古堂书画汇考》收录张肯《米南宫书天马赋》，末署“永乐甲辰秋前五日，后学张肯识”②，可知其永乐二十二年甲辰（1424）尚在世。钱谦益《列朝诗集小传》乙集

① 《全明词》，第218页。
② （清）卞永誉：《式古堂书画汇考》，《中国书画全书》本，上海：上海书画出版社1993年版，第307页。

说他“卒年八十余”[①]，则其生年当在元至正初年也。诗文清丽有法度，工词，有元人遗音。胡玉缙《续四库提要三种·梦庵词》提要有云：“其词秾秀温丽，的为晚唐、五季以来之嫡派，虽不能方驾高启《扣舷集》，要亦杨基《眉庵词》之流亚也。”[②]惜阴堂裁其词27首为《梦庵词》1卷，《全明词》复据《古今词统》辑得1首。

张肯《齐天乐》（晓风吹醒蓬窗梦）[③]作于是年十月十五日。按：张丑《清河书画舫》（卷7上）收录此词，词后有跋云：“余尝放舟武昌，泛赤壁矶，登黄鹤楼，上巫峡，涉瞿塘之险，于楚江晨夕，饱览奇胜，回首又廿余年矣。今披此图，恍然梦寐，追想旧游，姑谱《齐天乐》词以寓所慨云。岁癸酉十月望日梦庵识。”[④]此词乃题燕肃《楚江秋晓图》之作。癸酉即为洪武二十六年（1393）。

三月，瞿佑作《满江红·癸酉暮春和胡子固教授韵》[⑤]。

洪武二十七年　甲戌　1394

清明，邵亨贞作《齐天乐·甲戌清明雨中感春》[⑥]。

洪武二十八年　乙亥　1395

王行卒，年六十五。洪武初，有司延为学官，已而谢去，隐于石湖，后坐蓝玉事死。《明史》卷285有传。王行《半轩集》卷首有杜琼所作传记，钱谦益《列朝诗集小传》甲集、《明史·文苑传》皆以杜琼所作传记为本，然而钱谦益所为传中说王行“数以兵法进说，凉国大喜，颇与商举事，卒用是败”[⑦]云云，乃钱

① （清）钱谦益：《列朝诗集小传》乙集，上海：上海古籍出版社1983年版，第220页。
② 胡玉缙：《续四库提要三种：四库未收书目提要续编》卷4，上海：上海书店出版社2002年版，第391页。
③《全明词》，第206页。
④（明）张丑：《清河书画舫》卷7上，《景印文渊阁四库全书》第817册。
⑤《全明词补编》，第39~40页。
⑥《全明词》，第63页。
⑦（清）钱谦益：《列朝诗集小传》甲集，上海：上海古籍出版社1983年版，第102页。

氏信口生发，参见邓之诚《桑园读书记》“半轩集”一则[①]。其诗格清刚肃爽，善泼墨山水，为“北郭十友”之一。王行著作，《明史·艺文志》著录有《半轩集》12卷、《补遗》1卷，又《楮园集》15卷。据清黄丕烈《荛圃藏书题识》之《〈半轩集〉十二卷》叙录，《半轩集》12卷之后，复有《半轩集补遗》与《半轩集方外补遗》[②]。今存《半轩集》12卷，有《四库全书》本。据卷末《刊〈半轩集〉后录》，原本《半轩集》所收“乃元末诸作，尤为粹美”，张习访得《半轩》、《楮园》二集抄本，汇为一集，统编为12卷[③]，可知今本《半轩集》包含《半轩》、《楮园》两集的内容。其卷11存词15首，《惜阴堂汇刻明词》裁出为《半轩词》。《全明词》据《四库全书》本《半轩集》卷11收录。

王璲《台城路》（黄陵庙下潇湘浦）一词作于是年四月十一日。按：王璲（1349—1415），字汝玉，号青城山人，遂宁（今属四川）人，幼年随父侨居长洲（今江苏苏州）。少从著名诗人杨维桢学，年十七，随父徙浙江时中举人。洪武末，以荐授郡学教授，改应天训导。永乐初，擢翰林五经博士，历迁左春坊赞善，与修《永乐大典》。永乐七年（1409），以修礼书紊制度，当戍边，皇太子监国宥之，改为翰林典籍，寻进左赞善。后为解缙案所累，下狱，病死狱中。洪熙中追赠太子宾客，谥文靖。善诗赋，亦工书善画。有《青城山人集》8卷，明景泰四年（1453）华靖刻本。《全明词》及《全明词补编》皆未著其词。

【辨证】 此词见于明张丑《清河书画舫》（卷7上）题燕肃《楚江秋晓图》，而《全明词》及《全明词补编》均失收。词曰：“黄陵庙下潇湘浦，依稀少年羁旅。梦泽风生，渚宫花落，收尽峡云巫雨。长天带水。正日出三竿，客船犹舣。四望苍苍，秋光都在白蘋渚。　　流年暗惊易度，向画中空见，旧游如许。鼓瑟人遥，纫兰事往，谁折芳馨寄与。魂消凝伫。待收拾闲情，写成新句。心与鸿飞，空江烟浪里。”词后有跋云：“去年秋，友人谢彦起氏为孟敷陈孝廉索赋《楚江秋晓词》，久未能成。今日偶过许澜伯读书山房。时夏雨初霁，轩窗明澈，因

---

① 邓之诚著，邓瑞点校：《桑园读书记》，《新世纪万有文库》本，沈阳：辽宁教育出版社1998年版，第96~98页。

②（清）黄丕烈：《荛圃藏书题识》，上海：上海远东出版社1999年版，第760~761页。

③（明）王行：《半轩集》，卷末张习“识”，《景印文渊阁四库全书》第1231册。

援笔赋此，留澜伯归诸孟敷，殊愧不工也。洪武廿八年孟夏十有一日，吴人王璲。”[1]《楚江秋晓图》为宋人燕肃（字穆之）山水画卷，元季明初为吴地陈谦（字孟敷）所藏，谦曾索当时名士为赋诗词，王璲《台城路》及张肯《齐天乐》即应此而作。画卷所附诗词题咏甚多，词作除上述王、张二作外，另有《氐州第一·题楚江秋晓图后》一阕，署“枫江老渔”，其人虽不详，但据诸题跋排列顺序，亦当为明洪武末所作。该词亦不见于《全明词》及《全明词补编》。词曰：“秋色翻霞，开晓闪闪，金乌已动江渚。细夔靴纹，平铺练带，帆矗船移长水。商旅蝉联，到认有、南冠行李。卉服巴人，蛮琛洞客，沸来蜂蚁。　　总翠繁阴交杞梓。应坡坂、豫章风起。写韵轩楹，祛蚊府靖，玉宇云霄里。想燕生、情思喜，苍凉景、轻摹笔底。一片齐纨，便流芳、千年画史。”[2]

洪武二十九年　丙子　1396

洪武三十年　丁丑　1397

兰茂生。兰茂（1397—1476），字廷秀，号止庵，又号和光道人，嵩明县杨林（今属云南）人。

洪武三十一年　戊寅　1398

闰五月，明太祖朱元璋卒，皇太孙朱允炆即位，是为惠帝。按：朱元璋（1328—1398），字国瑞，濠州（今属安徽凤阳）人。为明朝开国皇帝，在位31年，庙号太祖，谥高皇帝，年号洪武。《全明词》据《金坛县志》卷2录其阙调名词1首。

朱瞻基生。朱瞻基（1398—1435），仁宗朱高炽长子。

朱权编著《太和正音谱》于是年成书。按：《太和正音谱》2卷，为现存最早的北曲曲谱。上卷为论述部分，依次论述戏曲的体制、流派、制曲方法，以及杂

---

①（明）张丑：《清河书画舫》卷7上，《景印文渊阁四库全书》第817册。
②（明）张丑：《清河书画舫》卷7上，《景印文渊阁四库全书》第817册。

剧的题材分类、脚色源流等。下卷为北杂剧的曲谱，依据北曲的黄钟、正宫、大石调、小石调、仙吕、中吕、南吕、双调、越调、商调、商角调、般涉调十二宫调，列举出每一宫调里每一支曲牌的句格谱式，详细注明四声平仄，分别标出正字衬字；每支曲牌皆选录元人或明初的杂剧、散曲作品为例，共收录335支曲牌。作为现存最早的曲谱，它不仅对后来如明人范文若《博山堂北曲谱》、清初李玉《北词广正谱》等深有影响，南曲谱如蒋孝《南九宫十三调曲谱》、沈璟《南词全谱》等亦采用了该书的体例框架。另外，《太和正音谱》对明代词谱的编撰亦应有所启发。沈璟编著的《古今词谱》按宫调分卷隶谱，与明代其他词谱按小令、中调、长调由短到长排列的体制明显不同，应是从《太和正音谱》得来的启示。《太和正音谱》卷首自序末题“时岁龙集戊寅序”①。戊寅年即为洪武三十一年（1398）。

建文元年　己卯　1399

春，邵亨贞作《齐天乐·己卯春，客楼雨中，怀小谿故人行乐》②。另，其《江城梅花引·己卯除夕》③作于是年除夕。

建文二年　庚辰　1400

七月七日，邵亨贞与卫立礼同赋《八归》七夕词。邵氏之作《八归·庚辰七夕，与卫立礼同用此调》④见存于《蚁术词选》，卫氏之词已佚。

建文三年　辛巳　1401

邵亨贞卒，年九十三。元末隐居乡里，入明，为松江府儒学训导。子邵谜得

①（明）朱权：《太和正音谱》，卷首自序，见中国戏曲研究院编《中国古典戏曲论著集成》第3册，北京：中国戏剧出版社1959年版，第11页。

②《全明词》，第63页。

③《全明词》，第54页。

④《全明词》，第56页。

罪系狱，亨贞亦受牵连。有《野处集》4卷、《蚁术诗选》8卷、《蚁术词选》4卷。《全明词》存其词146首。《全金元词》以《后庭花》2首、《凭阑人》1首为曲调，删去，存词143首。邓子勉《宋金元词话全编》“邵亨贞词话”辑录3则。

【辨证】邵亨贞词集之名，或作《蚁术词选》，或作《蛾术词选》。如《词话丛编》中，张德瀛《词征》卷4著录“旧抄本”作《蚁术词选》，而沈雄《古今词话》、冯金伯《词苑萃编》、郑文焯《大鹤山人词话》等均作《蛾术词选》。今人著述中，杨镰、薛天纬主编《中国文学通典·诗歌通典》作《蚁术诗选》、《蚁术词选》，而赵景深、张增元《方志著录元明清曲家传略》称邵有《蛾术文集》16卷、《蛾术词选》4卷。《四库全书总目·野处集》“提要”云：“并所著《蛾术诗选》、《蛾术词选》为十六卷。今诗词二选世已无传”[①]；而同书所附阮元《四库未收书目提要》则云：“《四库全书总目》云，亨贞所著《蚁术诗选》，世已无传。”[②]今按：蚁术、蛾术，字异意同。《礼记·学记》云：“蛾子时术之。”郑玄注：“蛾，蚍蜉也。蚍蜉之子，微虫耳。时术蚍蜉之所为，其功乃复成大垤。”[③]孔颖达疏：“蚁子小虫，蚍蜉之子，时时术学衔土之事，而成大垤，犹如学者时时学问，而成大道矣。”[④]后因以“蛾术”比喻勤学。阮元直接转“蛾”作“蚁”而不加说明，盖亦视为同义字也。

建文四年　壬午　1402

六月，燕王朱棣即皇帝位，是为明成祖。

程本立卒。程本立（？—1402），字原道，号巽隐，嘉兴府桐乡（今浙江桐乡）人。洪武九年（1376），以明经荐为秦王府引礼舍人，官至右佥都御史，闻

---

①（清）永瑢等：《四库全书总目》卷167，北京：中华书局1965年版，第1449页。
②（清）永瑢等：《四库全书总目》，附阮元《四库未收书目提要》，北京：中华书局1965年版，第1860页。
③（汉）郑玄注，（唐）孔颖达疏：《礼记正义》卷36，李学勤主编《十三卷注疏》本，北京：北京大学出版社1999年版，第1053页。
④（汉）郑玄注，（唐）孔颖达疏：《礼记正义》卷36，李学勤主编《十三卷注疏》本，北京：北京大学出版社1999年版，第1054页。

燕王兵入京师，自缢死。《明史》卷143有传。朱彝尊《静志居诗话》云："建文诸臣，文莫过方希直，诗莫过程原道。……原道之诗，刻意杜陵，下亦不失为陈简斋也。"①《四库全书总目·巽隐集》"提要"称："本立文章典雅，诗亦深稳朴健，颇近唐音。不但节义为足重，即以词采而论，位置于明初作者之间，亦无愧色矣。"②有《巽隐程先生文集》4卷，附词2首，明嘉靖吴昂刻本。《惜阴堂汇刻明词》裁为《巽隐诗余》,《全明词》据录。

聂大年生。聂大年（1402—1456），字寿卿，临川（今江西抚州）人。

---

①（清）朱彝尊:《静志居诗话》卷5，北京：人民文学出版社1990年版，第136页。
②（清）永瑢等:《四库全书总目》卷170，北京：中华书局1965年版，第1481页。

卷2　明前期词坛
（永乐至成化年间，1403—1487）

引言

从明成祖朱棣永乐元年（1403）起，到明宪宗朱见深成化二十三年（1487），其间共经七帝85年，我们称为明前期词坛。在明初刘基、杨基、高启诸家次第凋谢之后，在弘治年间，陈霆、张綖、杨慎、陈铎诸家崛起之前，这是明代词史上一段漫长平衍的低谷，甚至可以说是千年词史上最为平庸乏味的时期。在这期间，除了得享高寿的瞿佑一直活到宣德八年（1433）之外，也许只有《花影集》的作者马洪算得上真正意义的词人。虽然马洪的词传下来的只有30首左右，但他却是这一时期唯一的专力为词的人，其他人不过偶尔染指，没有谁把词当回事。

张仲谋《明词史》曾把这一时期的词坛概括为“词坛三体”，即台阁体、打油体、理学体①，虽然未能涵盖所有词人，然而基本可以反映当时词坛面貌。

台阁体主要词人为永乐时期的杨士奇（1365—1444）、杨荣（1371—1440）、朱有燉（1379—1439）等人，后来的倪谦、王鏊是他们的追随者。这些人本来并不以词见长，却把诗文中的台阁体作风带入词坛，借节庆大典、恩荣盛事，铺陈祥瑞，歌时颂圣，把标语口号式的辞句组织成长短错落的韵语，其中充斥着做作

---

① 张仲谋:《明词史》，北京：人民文学出版社2002年版，第86~101页。

夸张的政治激情与知恩图报的效忠之辞。这和诗文中的台阁体一样，是朱元璋、朱棣父子屠刀和大棒的威压下造成的文学的异化形态。

打油体的基本特征是多用白话俗语，打油钉铰，率意涂抹。代表作如李祯《摸鱼儿·辛丑生朝自寿》[①]、邱濬《水龙吟·癸巳初度》[②]等。而耐人寻味的是，打油体词的作者，并不是没有文化的下里巴人，而是文名学问掩映一时的文坛大老。这其中较早的有李祯（1376—1452），即《剪灯余话》的作者李昌祺。他是永乐二年（1404）进士，预修《永乐大典》，以学识渊博为人所重。又如《水东日记》的作者叶盛（1420—1474），他是正统十年（1445）进士，官至吏部左侍郎。邱濬（1418—1495），景泰五年（1454）进士，官至礼部尚书。从这些人的身份来看，他们显然不是限于学力只能写这种文字浅俗的打油之作，而是他们在生日自寿或老来自省的时候，对于人生世事的一种无奈的调侃，当然也不妨视为一种自我排解的手段。

理学体与打油体看上去相似而有所不同。打油体的主要特征是白话俚语，理学体的主要特征是议论说理，当然理学体往往也会表现为俳谐风格，所说的人生哲理也往往从眼前事、口头语切入。这种作风的渊源或可追溯至宋代邵雍的《伊川击壤集》，而“击壤体”恰恰是打油与理学二体混合的产物。理学体的代表人物有姚绶（1422—1495）、周瑛（1430—1518）等人，受宋僧晦庵和元代虞集等人影响，他们常用《满江红》、《苏武慢》、《无俗念》等词调，表达安时处顺、无争无竞的人生哲理。弘治年间，朱存理曾把虞集所作《苏武慢》12首及后人和其韵者汇编为一册[③]，更使得《苏武慢》好像汉代由《七发》而成“七体”一样，成为一种表达性理的专用词调了。

此期亦不足以言词学。值得一提的词学现象是吴讷（1368—1454）于正统六年（1441）辑成的《唐宋名贤百家词》（亦称《百家词》）。这是现存最早的一部大型词集丛书，在保存词学文献方面有重要贡献。此期词籍序跋亦只有寥寥数篇，其中叶盛《书〈草堂诗余〉后》较有内容。其中云：“此则书坊本，前后

---

①《全明词》，第226页。
②《全明词》，第272页。
③ 参见祝允明《苏武慢》组词小序，见《全明词》第417页。

集上下四卷。始周美成《水龙吟》，终苏东坡《卜算子》。”[①]考叶盛卒于成化十年（1474），因此不可能得见成化十六年（1480）据洪武本校刊的刘氏日新书堂本，故其所见本只能是洪武二十五年（1392）遵正书堂刊《增修笺注妙选群英草堂诗余》。所谓“始周美成《水龙吟》”，《水龙吟》当为《瑞龙吟》之误。叶盛以此本与别本互校，录此本所阙者74首为《补遗》1卷附后，为后人考证《草堂诗余》版本提供了重要信息。

永乐元年　癸未　1403

晏璧于是年前后在世。晏璧（生卒年不详），字彦文，庐陵（今江西吉安）人。明永乐间为徐州判官，累迁至山东按察司佥事。夙擅文名，有《史钺》、《孝经刊误》。《全明词》从《历代诗余》辑录其词1首，《全明词补编》复从《天机余锦》辑录11首。

永乐二年　甲申　1404

永乐三年　己酉　1405

祝颢生。祝颢（1405—1483），字维清，长洲（今江苏苏州）人。

永乐四年　丙戌　1406

韩奕卒，年七十三。初曾习举子业，未几弃去，潜心性理之学，以医术称。与王宾、王履并称“吴中三高士”。有《韩山人诗集》9卷、《续集》8卷，今已收入《四库全书存目丛书》。朱祖谋辑《彊村丛书》，据明刊本《韩山人集》辑出其词28首，题为《韩山人词》，《全金元词》及《全明词》皆据以录。

---

①（明）叶盛：《菉竹堂稿》卷8，清初钞本，《四库全书存目丛书》集部第35册。

永乐五年　丁亥　1407

徐有贞生。徐有贞（1407—1472），初名珵，字元玉，吴县（今江苏苏州）人。

永乐六年　戊子　1408

永乐七年　己丑　1409

胡奎卒，年七十五。曾游贡师泰之门，明初以儒学征，官宁王府教授。洪武七年（1374）告归，卒于乡。有《斗南老人集》6卷，卷首有宁王朱权序，《四库全书》收录。《四库全书总目·斗南老人集》“提要”曰：“奎诗不事雕饰，往往有自然之致。彝尊谓其功力既深，格调未免太熟，诵之若古人集中所已有者。其言诚不为过。然舂容和雅，其长处亦不可掩，视后来之捃拾摹拟者，固有间矣。”[①]陈田《明诗纪事》录其诗多达41首。《全明词补编》从《斗南老人集》卷2辑录其词8首。

永乐八年　庚寅　1410

张宇初卒。张宇初（？—1410），字子璿，又字信甫，号无为子，贵溪（今属江西）人。洪武十年（1377）袭掌道教。善画墨竹兰蕙及山水。有《岘泉集》6卷，清乾隆十九年（1754）张昭麟刻本，存词12首，惜阴堂裁为《岘泉词》，《全明词》据录。

刘昭年卒，年八十。处士。天顺年间以其孙广衡贵，累赠官至刑部尚书。有《先世遗芳集》10卷，清抄本。《全明词补编》从其本集卷10录存其词15首。

---

①（清）永瑢等：《四库全书总目》卷169，北京：中华书局1965年版，第1478页。

林大同卒，年七十七。洪武四年（1371）进士，授石首县丞，历开封府学训导，以病归。永乐初再召，以疾辞。有《范轩集》12卷，清抄本，《全明词补编》从中辑出其词48首，均为寿词。

永乐九年　辛卯　1411

永乐十年　壬辰　1412

卢格生。卢格（1412—1489），字正夫，东阳（今属浙江）人。

永乐十一年　癸巳　1413

郑棠于是年前后在世。郑棠（生卒年不详），字叔美，号道山，浦江（今属浙江）人。永乐中，官至翰林检讨。受学于宋濂，有文行。有《道山集》，《明史·艺文志》著录为20卷；今传本为6卷本，已收入《四库全书存目丛书》。赵尊岳称其“词非专长，而真挚之致，见于楮墨。《谒金门》歇拍云云。《醉蓬莱》换头云云。《青玉案》歇拍云云。凡此均能以平淡之语，达简旷之怀。本来词家境界，不尽以旖旎秾纤胜，南宋逸流，时露高致。此其余绪，足以掩百瑕而有余已”[①]。其《道山集》中有词9首，《惜阴堂汇刻明词》裁为《道山词》1卷，《全明词》据录。

永乐十二年　甲午　1414

商辂生。商辂（1414—1486），字弘载，号素庵，淳安（今属浙江）人。

正月十五日，瞿佑作《西江月·甲午元夕》[②]。

---

① 赵尊岳:《惜阴堂汇刊明词提要·〈道山词〉一卷》，《词学季刊》1934年第2卷第1号，第80页。
②《全明词》，第174页。

永乐十三年 乙未 1415

解缙卒，年四十七。洪武二十一年（1388）进士，授中书庶吉士，后改御史。成祖即位，擢侍读，命与黄淮、杨士奇等入直文渊阁参预机务，累进翰林学士兼右春坊大学士，主持修撰《太祖实录》、《永乐大典》，颇受器重。因赞立太子，为汉王朱高煦所恶，出为广西参议，后又陷于他事，被逮下狱死。《明史》卷147有传。有《文毅集》、《古今列女传》、《春雨杂述》、《春雨轩集》等。赵尊岳《惜阴堂汇刻明词》裁其词2首为《解学士诗余》，《全明词》复从郎瑛《七修类稿》卷29辑得其词1首。

王偁卒，年四十六。洪武中领乡荐，永乐初授翰林院检讨，充《永乐大典》副总裁。学博才雄，最为解缙所推重，后坐缙事系狱死。《明史》卷286有传。为"闽中十才子"之一。有《虚舟集》5卷，明弘治王俊刻、嘉靖陈墀等补修本，词附。赵尊岳《惜阴堂汇刻明词》之《虚舟词》存其《唐多令》词1首。《全明词》复从其《虚舟集》卷4辑出《杨柳枝》1首。实际在其本集中，仅于卷4之末标明"附词一阕，调寄《唐多令》"[①]。此首《杨柳枝》乃与《陇头水》、《梅花落》、《小垂手》、《巫山高》等同在"五言律诗"类中，可见实际是诗而非词。

瞿佑是年69岁。七月十四日，作《水调歌头·乙未初度日自寿》，其词曰："六十九年我，老作塞垣民。更无官守言责，依旧一闲身。试把光阴屈指，明日中元到也，不觉遇生辰。尊酒自相慰，谁主复谁宾。 对蓬荜，思往事，独伤神。遥知妻子垂念，坐久嚏声频。四度儒宫设讲，六载王门效职，贺客竞来亲。今日异前日，聊且认吾真。"[②]

---

①（明）王偁：《虚舟集》卷4，《景印文渊阁四库全书》第1237册。
②《全明词》，第174页。

永乐十四年　丙申　1416

二月，瞿佑在保安，作《临江仙·丙申二月寿王理都司》①。按：王理都司，当为保安州指挥王礼。参见徐朔方《小说考信编·瞿佑年谱》②。

永乐十五年　丁酉　1417

永乐十六年　戊戌　1418

姚广孝卒，年八十四。年十四度为僧。好读书，工诗画。洪武中，以荐选侍燕王。燕王立，录功第一，拜太子少师，复其姓，赐名广孝。尝监修《太祖实录》，又纂修《永乐大典》。卒赐荣国公，谥恭靖。《明史》卷145有传。广孝为高启"北郭十友"之一。著有《逃虚子集》10卷、《续集》1卷、《逃虚类稿》5卷，清金氏文瑞楼抄本，《全明词》据以录其词7首。

邱濬生。邱濬（1418—1495），字仲深，号琼山，别署赤玉峰道人，琼州（今属海南）人。

顾恂生。顾恂（1418—1505），字维城，号桂轩，昆山（今属江苏）人。

正月十五日，瞿佑作《临江仙·戊戌元夕有怀》③，为忆故乡元夕之作。

永乐十七年　己亥　1419

瞿佑是年73岁。在保安。七月，作《清江引》等北曲10首，编于《乐府遗音》卷末，跋云："右北乐府十首。己亥岁夏，颁降佛曲，从学诸生，多被拘集在官歌唱。其于音律，素所未习，不免有扞格之患。为制北曲十首授之，俾度腔

---

①《全明词》，第175页。
② 徐朔方：《小说考信编》，上海：上海古籍出版社1997年版，第466~491页。
③《全明词》，第176页。

按谱、依声依永以歌焉。庶或得其梗概，而音律克谐，抑亦指引之一助也。是岁七月在保安城南寓舍。”[①]

永乐十八年 庚子 1420

王洪卒，年四十一。洪武三十年（1397）进士，授行人，擢吏科给事中，以荐入翰林，历官修撰、侍讲，为《永乐大典》副总裁。《明史》卷286有传。与闽人王偁、王恭、王褒皆有文名，时称“四王”，亦为“闽中十才子”之一。其《毅斋集》8卷，有明成化十一年（1475）刻本及《四库全书》本，其中卷4末为“诗余”，共收《舟人竹枝词》5首、《卜算子·夹城八景》8首。赵尊岳《惜阴堂汇刻明词》裁为《毅斋诗余》，《全明词》据录。赵尊岳《明词提要》谓其“词笔清迥，似山林间人，作濠濮上想，弥复佳胜”，并赞其《卜算子》（江桥暮雨）、（西山晚翠）二首“景中弥有情致，而雅怀若契，闲韵欲流，以久历台阁之人，作此萧然物外之语，此非文行兼至者，不易有此造诣也”[②]。

叶盛生。叶盛（1420—1474），字与中，号仲盛，别号蜕庵，又号泾东道人、淀东老渔，昆山（今属江苏）人。

瞿佑在保安。正月十五日，作《望江南·庚子元夕》，小序曰：“元夕，城市寂寥，惟闻戍卒击柝声，幼童数辈沿街歌唱佛曲而已，怀想故乡，慨然有作。”[③]

永乐十九年 辛丑 1421

李祯是年46岁，作《摸鱼儿·辛丑生朝自寿》[④]。

瞿佑在保安。正月十五日，作《望江南·辛丑元夕》词4首，词前小序曰：“自兴河失守后，民多逃窜，城市萧索，唱佛曲者亦不复出。学子王和侍寝，因

---

①（明）瞿佑著，乔光辉校注：《瞿佑全集校注》，杭州：浙江古籍出版社2010年版，第315~316页。
② 赵尊岳：《惜阴堂汇刊明词提要·〈毅斋诗余〉一卷》，《词学季刊》1934年第2卷第1号，第87页。
③《全明词》，第177~178页。
④《全明词》，第226页。

与话吾乡风景之盛，于枕上赋《望江南》四阕，歌以授之。和，南京直隶广德人，省父来此，相从数载矣，年十六，能通四书大义，工五七言律诗。异日南还，如咏此曲，当记一时师友相聚之好也。”[①]按：“兴河”，当作“兴和”，即今河北省张北县。

永乐二十年　壬寅　1422

姚绶生。姚绶（1422—1495），字公绶，号谷庵，自号仙痴，晚号云东逸史，嘉善（今属浙江）人。

永乐二十一年　癸卯　1423

王越生。王越（1423—1498），字世昌，浚县（今属河南）人。

永乐二十二年　甲辰　1424

七月，成祖朱棣卒。八月，皇太子朱高炽即位，是为仁宗。

洪熙元年　乙巳　1425

五月，仁宗朱高炽卒，年四十八。按：朱高炽（1378—1425），明成祖朱棣长子。永乐二年（1404）立为皇太子，二十二年（1424）即帝位。在位一年卒，谥孝昭皇帝，庙号仁宗。《明史》卷8有纪。有《御制诗集》2卷传世，明洪熙元年刻本。其第6卷附词8首，惜阴堂裁为《仁宗皇帝御制词》，《全明词》据录。

六月，皇太子朱瞻基即位，是为宣宗。

张弼生。张弼（1425—1487），字汝弼，自号东海，华亭（今属上海）人。

胡超生。胡超（1425—1488），字彦超，号耻庵，浙江龙游人。

---

① 《全明词》，第178页。

瞿佑在保安。八月十五日，作《归田诗话自序》，末署：“洪熙乙巳中秋日，存斋瞿佑序。”[①]是年冬，瞿佑获释回京。

宣德元年 丙午 1426

马文升生。马文升（1426—1510），字负图，号三峰居士，河南钧州（今禹州）人。

瞿佑《鹧鸪天》词4首或作于是年。词前小序曰：“丙午暮秋，寓居吴江别业。邻翁王韶颇好客，日酿莲花白酒相邀，且请留题，以志一时之乐。醉后率口成俚语四章，走笔戏书，付樵童牧竖击壤而歌之，叩牛角而和之，甚有山野意趣。于是宾主乐甚，剧饮而归。”[②]按瞿佑生年，此亦可能作于元至正二十六年丙午（1366）。姑系于此。

宣德二年 丁未 1427

沈周生。沈周（1427—1509），字启南，号石田，又号白石翁，长洲（今江苏苏州）人。

宣德三年 戊申 1428

瞿佑是年82岁，作《满庭芳·戊申初度日迪迎诸侄置酒延款》[③]。

二月，杨士奇作《清平乐·赐从游万岁山词》10首，词前小序曰：“宣德三年仲春之日，天气清和，风尘不作。皇上万几之暇，驾幸西苑，特召尚书、学士皆从。臣士奇与焉。既游万岁山，命就御舟，游太液池，以遍历苑囿之胜。群臣俯伏，言陛下宠恩之厚，非愚臣等所宜蒙荷。上指御舟，谕曰：‘以操以济，群

---

①（明）瞿佑：《归田诗话》，卷首自序，《丛书集成初编》本，上海：商务印书馆1936年版。
②《全明词补编》，第38~39页。
③《全明词》，第183页。

卿之力；君臣之义，欣戚是同。’圣谕再三，奖与过分。是日，果茗酒馔之赐，皆出天厨之珍，加之赉予之厚，下暨舆皂均沐洪赐。遭逢之幸，在古鲜俪。敬赋《清平乐》词十章，以识盛事。”①按：《明词纪事会评》引明代杨荣《杨文敏集》卷1《赐游万岁山诗序》：“宣德三年，三月庚辰，上命尚书臣蹇义等十有八人同游万岁山。顷之，中官传旨，许乘马及将从者二人，既入东上北门乘马及乾宁门，下马步出度桥，中官导引，登山周览。复赐登御舟，泛太液池，赐茶及素馐十余品，而凡荡桨持楫者皆中使，唱和合律。既而抵新建圆殿，地势奇胜，金碧照耀，恍若身在蓬莱宫阙。有间，上乘马至，慰劳甚周，臣等皆叩首称万岁。上大喜，徘徊久之，特召臣士奇、臣荣，谕以天下无事，虽不可流于安逸，而政务之暇，命卿等至此，以开豁心目，庶几古人游豫之乐，不在拘检也。臣士奇、臣荣叩首称谢而退，传谕群臣。方凭槛观中官拿舟网鱼，复有旨：人赐御酿玉醅一瓯饮。复命乘马游小山，行一里许，上乘马继至，群臣匆促将下马迎，特旨：勿下。谕中官：人赐钞三千贯，从者人三锭。且令中官陪至小山饮馔，尽醉而归。驾遂回。未半里，遇池中水鸟群飞，上亲发一矢，中一鸟，坠马前。诸臣方入小山门，遥见中官持鸟至，传命赐义等炙食之。群臣望阙叩首谢。遂遍游小山，观二狮子滚球，并睹金龙喷水水帘及曲水流觞之处，皆雕琢奇异，布置神巧，莫不称赞。良久乃退，坐松柏间享酒馔，皆珍奇之品。中官相与劝酬甚欢。酒未阑，人赐鹨鸥一，将彻，复赐从者酒食，皆醉饱而归。及出西安门，天已暝，抵家更初鼓作，群臣莫不感恩怀德，以为万世之奇逢。翌日，臣义等方相率诣御前称谢，而中官传旨：免谢。群臣不胜惶恐，感戴天恩之至。臣荣窃以为君臣相遇，自古为难，昔唐太宗之世，房玄龄辈十八人，得承宠眷，时以为登瀛洲，至今相传，以为盛事。臣荣何幸，遭际圣明，夙夜竞惕，深以弗克报称为愧。伏蒙圣上不以臣荣不肖为嫌，屡锡宠恩，谕奖甚至，今复得预斯列，恩荣之盛，无以复加。敢不勉尽心力，以图报效于万一乎！因不揆芜陋，谨赋五言律诗十首，以述皇上眷待臣下恩礼之隆，以纪群臣遭际之盛，且使后之为臣者有所劝勉焉。”②按：杨荣诗序与杨士奇词序所记赐游万岁山之事在时间上有出入，或并非因笔误

①《全明词补编》，第66页。

② 尤振中、尤以丁：《明词纪事会评》，合肥：黄山书社1995年版，第70~71页。

所致，二人所记可能本就是发生在不同时间的性质相似的两件事情。

宣德四年 己酉 1429

宣德五年 庚戌 1430

周瑛生。周瑛（1430—1518），字梁石，号蒙中子、白贲道人，晚号翠渠，莆田（今属福建）人。

宣德六年 辛亥 1431

萧显生。萧显（1431—1506），字文明，号履庵，又号海钓，山海卫（今河北秦皇岛）人。

宣德七年 壬子 1432

彭华生。彭华（1432—1496），字彦实，号素庵，安福（今属江西）人。

周恭作《长相思》(阻佳期)[①]。按:《明词纪事会评》引明梅鼎祚《青泥莲花记》卷6:“刘盼春者，汴梁乐工刘鸣高女，年十八，初定情于汴人周恭，两情甚笃。而恭父严禁之，不令往来，绝不通者凡半载，盼春杜门以待。有云间富商赍金帛往，母必欲夺其志，固不应，加之捶楚。恭闻之，致书使且从母命，其略云:‘纵远莺朋燕友，难禁蝶使蜂媒。既居月户云窗，莫吝雨期云会。暂时依彼，将就瓦全。终日违他，恐防玉碎。’因缀以词云云。盖《长相思》调也。盼春得词，笑曰:‘妾岂常人比哉！既委身于子，可他适耶！’居数日，复逼之，投缳而死。及火其尸，余烬悉焚，而所佩香囊独鲜好。取而发之，中藏所得恭词简一纸，宛然如故，众皆惊异。事在宣德七年。周藩诚斋为传奇曰《香囊怨》，且自

①《全明词》，第265页。

序以表其节焉。”[①]按：《青泥莲花记》为梅鼎祚所著文言小说集，所记刘盼春、周恭故事应为小说家言。因作者明言“事在宣德七年”，姑系于此。

三月十五日，朱瞻基作《锦堂春》(映日秾花旖旎)。《全明词》于词后附注：“杭州灵隐寺藏铜版，题宣德七年三月十五日。有万寿祺款。”[②]

宣德八年　癸丑　1433

瞿佑卒，年八十七。洪武元年（1368）以明经荐，先后官仁和、临安、宜阳训导，升为国子助教。永乐年间任周王府长史，以诗祸编管保安（今陕西延安），洪熙元年（1425）始释归。佑学博才赡，著述丰富，有《存斋诗集》、《乐全诗集》、《乐全续集》、《归田诗话》、《剪灯新话》、《春秋贯珠》、《阅史管见》及词集《乐府遗音》、《余清词》等。田汝成《西湖游览志余》卷12：“宗吉风情丽逸，见之诗篇者，往往有歌扇舞裙之兴。金公素谓之司空见惯者，诚然也。夏时正修《杭州府志》，独不录其诗词，而白、苏、杨、萨，偎红倚翠之篇，悉皆裒采，岂非贵耳而贱目者哉？”[③]又《四库全书总目·乐府遗音》“提要”云：“是集自卷一至卷二皆古乐府，自卷三至卷五皆词曲。其古乐府绮靡软熟，近于温、李，不出元末习气。词欲兼学南、北宋，反致夹杂不纯。”[④]赵尊岳《惜阴堂汇刻明词》本《乐府遗音》收词113首。《全明词》存其词124首，《全明词补编》据近年发现的词集《天机余锦》补录其词118首。

【辨证】瞿佑生卒年，各本错讹不一。最常见的说法是其生于元至正元年（1341）辛巳，卒于明宣德二年丁未（1427），年八十七。持此论者，有夏承焘、张璋编选《金元明清词选》、《中国大百科全书》（中国文学卷）、《中国词学大辞典》等。按：瞿佑，《明史》无传，生平逸事主要见于明田汝成《西湖游览志余》、郎瑛《七修类稿》等书。但郎瑛《七修类稿》卷33只说瞿佑于洪熙元

① 尤振中、尤以丁：《明词纪事会评》，合肥：黄山书社1995年版，第63页。
②《全明词》，第253~254页。
③（明）田汝成：《西湖游览志余》卷12，上海：上海古籍出版社1980年版，第233页。
④（清）永瑢等：《四库全书总目》卷200，北京：中华书局1965年版，第1831页。

年（1425）由保安释归，太师英国张公辅起以教读家塾，晚回钱塘，以疾卒，年八十七，并未明言其生卒年月。诸书盖依上述大致推算，其实是错误的。瞿佑《乐府遗音》1卷，晚清时钱塘丁丙八千卷楼藏本，乃据明影钞天顺七年（1463）刊本传录，丁丙跋语中云："先生生于元至正七年丁亥七月十四日……宣德八年，先生卒，寿八十有七，葬钱塘之甘溪。"①此说有瞿佑词可证。其《水调歌头·乙未初度日自寿》起拍即云："六十九年我，老作塞垣民。"②乙未为洪武十三年（1415），前推六十八年即为元至正七年（1347）。又《满庭芳·戊申初度日迪、迎诸侄置酒延款》词中云："明日中元，今朝初度，恰交半月秋光。"③因为《乐府遗音》大致依时间先后编排，前已有《沁园春·太师英国公寿诞》等词，知此所谓戊申年不可能是洪武元年，而只能是宣德三年（1428），即此已可破其卒于宣德二年之说。又词中谓"明日中元，今朝初度"，中元节为旧历七月十五日，故知其生日在七月十四日，丁丙跋中即曾引此语为证。此外，瞿佑《乐全诗集》自序末署："宣德三年岁在戊申阳月吉日，八十二岁翁钱塘瞿佑宗吉书。"④宣德三年即公元1428年；其《乐全续集》跋称："宣德五年三月初一日，自松庠登舟回杭……"⑤宣德五年即公元1430年，亦可作为其卒年并非1427年之证。又明陈霆《渚山堂词话》载："瞿宗吉寓姑苏，作《八声甘州》以自遣。首阕云云。其自叙云：'丙午秋，重到姑苏，登楼有作。'按丙午乃至正二十六年，……然宗吉以至正丁亥生，屈指至丙午，年才弱冠……"⑥陈霆与瞿佑时代相去不远，已明言瞿佑生于至正丁亥，亦足为佐证。据上所述，可知瞿佑生于元至正七年丁亥（1347），卒于明宣德八年癸丑（1433）。

秦夔生。秦夔（1433—1495），字廷韶，号中斋，无锡（今属江苏）人。

---

①（清）丁丙：《〈乐府遗音〉跋》，见（明）瞿佑著，乔光辉校注《瞿佑全集校注》，杭州：浙江古籍出版社2010年版，第316~317页。

②《全明词》，第174页。

③《全明词》，第183页。

④（明）瞿佑：《乐全稿》，卷首《乐全诗序》，见（明）瞿佑著，乔光辉校注《瞿佑全集校注》，杭州：浙江古籍出版社2010年版，第172页。

⑤（明）瞿佑：《乐全稿》，卷尾《〈乐全续集〉跋》，见（明）瞿佑著，乔光辉校注《瞿佑全集校注》，杭州：浙江古籍出版社2010年版，第257页。

⑥（明）陈霆：《渚山堂词话》卷3，见唐圭璋《词话丛编》，北京：中华书局2005年版，第379页。

宣德九年　甲寅　1434

史鉴生。史鉴（1434—1496），字明古，号西村，吴江（今属江苏）人。

【辨证】明代宪宗、孝宗时有两史鉴，年代、地域均相近。其一为长洲人，弘治十二年（1499）进士，见《太学题名碑》；另一为吴江人，字明古，号西村，隐居不仕，生平见《吴中人物志》卷9，即兹所论之词人史鉴。赵尊岳《明词汇刊·西村词跋》称词人史鉴为“弘治己未进士”[①]，盖将两史鉴混而为一矣。

祁顺生。祁顺（1434—1497），字致和，号逵庵，又号巽川居士，东莞（今属广东）人。

陈循作《金明池》（房杜谋谟），词前小序曰：“恭以少傅、工部尚书兼谨身殿大学士建安杨先生初度之辰为十二月初九日，于今宣德甲寅之岁，春秋六十有四，政宋司马温公预洛社耆英之会也。盖先生自洪武庚辰举进士，官显要，于兹三十有五。年齿爵德，既皆无愧于司马，而寿之隆方盛未艾，宜乎有以为庆者。於乎！相天子，治百姓，先生肯在温公后？聊敬制《金明池》词一首，以致祝愿长生之意。”[②]按：此所谓建安杨先生，指杨荣，建安人，生于洪武四年（1371），是年64岁。

十二月二十日，杨士奇作《玉楼春·大雪志喜　时甲寅十二月二十日也》[③]。另，其《满江红·归田趣》[④]词4首作于是年前后，其三《秋渔》有“七十归来，西江上、堪游堪钓”句。按：《明词纪事会评》引明代叶盛《水东日记》卷22：“庐陵杨文贞公，年几七十，即作《归田趣·四时·满江红》词四首，岂亦吕居仁之作有以感发其兴趣欤！当时卷首沈民则学士隶古，先生自序并词，皆钱塘蒋廷晖书；画四段，则华亭朱孔易笔也。民则、廷晖书固已名世；而孔易画，评者

---

① 赵尊岳：《明词汇刊》，上海：上海古籍出版社1992年版，第1659页。
②《全明词补编》，第75页。
③《全明词补编》，第70页。
④《全明词补编》，第69~70页。

谓其作家士气皆具，亦今之罕有者矣。予尝从叔简得石本，而厄于营火。再求得之，则石已坏于墙压。叔简因以诗来曰：'《归田》词画富流传，犹是难兄旧日镌。爱护无人悲寸毁，近来模本不如前。'公词今录于此。《春牧》云云。《夏耕》云云。《秋渔》云云。《冬樵》云云。"①

宣德十年 乙卯 1435

朱瞻基卒，年三十八。按：朱瞻基（1398—1435），仁宗朱高炽长子。永乐九年（1411）立为皇太孙。仁宗即位（1425），立为皇太子。在位十年，谥孝章皇帝，庙号宣宗。《明史》卷9有纪。工绘画，尤善作散曲，故当时曲风极盛。所作有《明宣宗御制乐府》1卷，今佚。《全明词》存其词2首。

太子朱祁镇即位，是为英宗。

吴宽生。吴宽（1435—1504），字原博，号匏庵，长洲（今江苏苏州）人。

黄潜生。黄潜（1435—1508），字仲昭，莆田（今属福建）人。

正统元年 丙辰 1436

张泰生。张泰（1436—1480），字亨父，号沧州，太仓（今属江苏）人。

陆容生。陆容（1436—1494），字文量，号式斋，太仓（今属江苏）人。

马洪于是年前后在世。马洪（生卒年不详），字浩澜，号鹤窗，浙江仁和（今杭州）人。布衣。工诗词，有《花影集》。洪以词名东南，为词刻意求工，曾自序其《花影集》云："予始学为南词，漫不知其要领。偶阅《吹剑录》，中载东坡在玉堂日，有幕士善歌。坡问曰：'吾词何如柳耆卿。'对曰：'柳郎中词，宜十七八女孩儿，按红牙拍，歌杨柳岸晓风残月。学士词，须关西大汉，执铁板唱大江东去。'缘是求二公词而读之，下笔略知蹊径。然四十余年，仅得百篇，亦不可谓不难矣。法云道人尝劝山谷勿作小词。山谷云：'空中语尔。'予欲以'空中语'名其集，或曰不文，改称《花影集》。花影者，月下灯前，无中生有。以

① 尤振中、尤以丁：《明词纪事会评》，合肥：黄山书社1995年版，第72页。

为假则真，谓为实犹涉虚也。”[①]《全明词》据诸家词选辑录其词16首，《全明词补编》复从田汝成《西湖游览志余》辑录其词13首。

正月二十四日，王直作《临江仙·丙辰正月二十四日梦到家觉而作》[②]。

正统二年　丁巳　1437

章懋生。章懋（1437—1522），字德懋，号闇然子，晚号谷滨遗老，学者称枫山先生，兰溪（今属浙江）人。

杨士奇作《减字木兰花·初度夕》[③]，词中有“绿酒黄柑。庆我今年七十三”句。按：杨士奇生于元至正二十五年（1365）。

正统三年　戊午　1438

正统四年　己未　1439

朱有燉卒，年六十一。洪熙元年（1425）袭封周王，卒谥宪，故世称“周宪王”。《明史》卷116有传。著有杂剧31种，总称“诚斋乐府”。其词作音律谐美，有金元风范。著《诚斋录》4卷，词附。《惜阴堂汇刻明词》裁其词为《诚斋词》，存词32首，《全明词》据录。

虞原璩卒，年七十三。有《环庵遗稿》10卷，为其七世孙虞书搜辑而成。清代曾唯辑《东瓯诗存》，卷17收录其诗74首。《全明词补编》从《东瓯词征》卷5辑录其词4首。其《沁园春》（蒲柳之姿）作于是年，词前小序曰：“正统己未立秋前一日，环庵虞子歌《沁园春》一阕，奉寄远近亲知。他日相过，同发一慨也。”[④]

---

①（明）杨慎：《词品》卷6，见唐圭璋《词话丛编》，北京：中华书局2005年版，第530页。
②《全明词》，第233页。
③《全明词补编》，第71页。
④《全明词补编》，第72页。

正统五年 庚申 1440

杨荣卒，年七十。建文二年（1400）进士，授翰林编修。仁宗时，累进谨身殿大学士、工部尚书。宣德中，加少傅。正统三年（1438）进少师。卒赠太师，谥文敏，《明史》卷148有传。杨荣与杨士奇、杨溥并入阁，时称“三杨”，为“台阁体”诗派代表人物之一。著有《杨文敏公集》25卷，明正德刻本，词附。《惜阴堂汇刻明词》裁其词10首为《杨文敏公词》，《全明词》据录。赵尊岳《明词提要》谓其“词笔亦富丽，多应制之作，犹大晟月节之遗音也”[①]。

正统六年 辛酉 1441

吴讷辑《百家词》成书于是年。吴讷（1372—1457），字敏德，常熟（今属江苏）人。明成祖永乐中以医荐至京师。仁宗洪熙元年（1425）授监察御史。宣宗宣德五年（1430）进南京右佥都御史，寻进左副都御史。英宗正统四年（1439）致仕，卒谥文恪。编著有《文章辨体》50卷、《外集》5卷，撰有《详刑要鉴》2卷等。此书又称《唐宋名贤百家词》、《唐宋名贤词》、《宋元百家词》、《四朝名贤词》等。据清鲍廷博《〈金奁集〉跋》载，此书辑成于明正统六年辛酉（1441）[②]。该书共汇编唐宋金元明人词集100种，其中保存了不少宋元词集孤本，如曾慥所辑《东坡词》和《东坡词补遗》、《稼轩词》丁集、袁易《静春词》等，均赖此书得以传世。又如卢祖皋《蒲江词》、王千秋《审斋词》，以及《乐府补题》，亦皆为现存最早之本。书中收录的宋人词集序跋，亦为他书所未载，为研究宋代词学提供了可贵资料。此书与宋刻《百家词》名同而实异。据王兆鹏悉心比对，宋刻《百家词》有35种为吴讷《百家词》所未收，而吴辑本亦有29种为宋刻《百家词》所无。王兆鹏著《词学史料学》中有两种《百家词》所收词集

① 赵尊岳：《惜阴堂汇刊明词提要·〈杨文敏公词〉一卷》，《词学季刊》1934年第2卷第1号，第86页。
②《金奁集》，卷尾鲍廷博跋，见朱孝臧《彊村丛书》，上海：上海书店，扬州：江苏广陵古籍刻印社1989年版，第373页。

比较表，可以参看[①]。此书现存较为完整者为天津图书馆藏明钞本[②]。其中有目无书者10种：（宋）赵介之《坦庵词》、（宋）李之仪《姑溪词》、（宋）谢薖《友竹词》（当为《竹友词》）、（宋）王安石《半山词》、（宋）严羽《沧浪词》、（宋）潘阆《逍遥词》、（宋）赵以夫《虚斋词》、（宋）侯彦周《嬾窟词》、（宋）张继先《虚靖词》、佚名《抚掌词》，实存90种[③]。1940年，林坚之（大椿）据天津藏本参校他本，依时代重新编次，《东坡词拾遗》附于《东坡词》后；《竹屋词》残缺太甚，未录；佚名《遗稿乐府》[④]亦未录，共87种，130卷。目次如下：（后蜀）赵崇祚辑《花间集》2卷，（宋）□□辑《尊前集》1卷，（宋）陈恕可辑《乐府补题》1卷，（南唐）李璟、李煜《南唐二主词》1卷，（南唐）冯延巳《阳春集》1卷，（宋）张先《张子野词》1卷，（宋）晏殊《珠玉词》1卷，（宋）欧阳修《六一词》4卷、附录《乐语》1卷、《校记》1卷，（宋）柳三变（永）《柳屯田乐章集》3卷，（宋）晏几道《小山词》1卷，（宋）苏轼《东坡词》2卷、《拾遗》1卷，（宋）黄庭坚《山谷词》3卷，（宋）秦观《淮海词》3卷，（宋）陈师道《后山居士词》1卷，（宋）毛滂《东堂词》1卷，（宋）谢逸《溪堂词》1卷，（宋）周邦彦《片玉集》10卷、《钞补》1卷，（宋）葛胜仲《丹阳词》1卷，（宋）张元幹《芦川词》1卷，（宋）叶梦得《石林词》1卷，（宋）程垓《书舟词》1卷，（宋）向子諲《酒边集》1卷，（宋）王之道《相山居士词》1卷，（宋）蔡伸《友古居士词》1卷，（宋）陈与义《简斋词》1卷，（宋）向滈《乐斋词》1卷，（宋）王安中《初寮词》1卷，（宋）刘一止《苕溪词》1卷，（宋）吕滨老《吕圣求词》1卷，（宋）王庭珪《卢溪词》1卷，（宋）王以宁《王周士词》1卷，（宋）陆游《放翁词》1卷，（宋）张孝祥《于湖词》2卷，（宋）沈瀛《竹斋词》1卷，（宋）葛立方《归愚词》1卷，（宋）吴儆《竹洲词》1卷，（宋）京镗《松坡居士词》1卷，（宋）黄公度《知稼翁词集》1卷，（宋）葛郯《信斋词》1卷，（宋）朱敦儒《樵歌》2卷，（宋）王千秋《审斋词》1卷，（宋）杨无咎《逃禅词》1卷，（宋）辛弃疾《稼轩词》甲集1卷、乙集1卷、丙集1卷、丁集1卷，（宋）毛幵《樵隐诗余》1卷，（宋）石孝友

① 王兆鹏：《词学史料学》，北京：中华书局2004年版，第106~112页。
② 1989年天津古籍出版社有影印本。
③ 其中《笑笑词》重出，《遗稿乐府》有书无目。
④ 实为虞集《道园遗稿乐府》。

《金谷遗音》1卷，（宋）周紫芝《竹坡老人词》3卷，（宋）沈端节《克斋词》1卷，（宋）管鉴《养拙堂词》1卷，（宋）李处全《晦庵词》1卷，（宋）杨炎正《西樵语业》1卷，（宋）廖行之《省斋诗余》1卷，（宋）韩玉《东浦词》1卷，（宋）陈亮《龙川词》1卷，（宋）赵彦端《介庵赵宝文雅词》4卷，（宋）刘过《龙洲词》1卷，（宋）郭应祥《笑笑词》1卷，（宋）刘克庄《后村居士诗余》2卷，（宋）史达祖《梅溪词》1卷，（宋）卢祖皋《蒲江居士词》1卷，（宋）吴潜《履斋先生诗余》1卷、《续集》1卷，（宋）黄机《竹斋诗余》1卷，（宋）夏元鼎《蓬莱鼓吹》1卷，（宋）李昴英《文溪词》1卷，（宋）黄昇《玉林词》1卷，（宋）洪瑹《空同词》1卷，（宋）戴复古《石屏词》1卷，（宋）陈经国《龟峰词》1卷，（宋）王沂孙《玉笥山人词集》1卷，（宋）张炎《玉田词》2卷，（宋）周密《草窗词集》2卷、《附录》1卷，（宋）汪元量撰、刘辰翁批点《水云词集》1卷、附宋旧宫人赠水云词1卷，（宋）蒋捷《竹山词》2卷，（宋）陈德武《白雪词》1卷，（宋）杜安世《杜寿域词》1卷，（宋）卢炳《烘堂集》1卷，（金）段克己《遯庵乐府》1卷，（金）段成已《菊轩乐府》1卷，（金）元好问《遗山乐府》1卷，（元）赵孟頫《松雪词》1卷，（元）刘因《静修词》1卷，（元）虞集《鸣鹤余音》1卷，（元）张雨《贞居词》1卷，（元）张埜《古山乐府》2卷，（元）张翥《蜕岩词》2卷，（元）袁易《静春词》1卷，（元）倪瓒《云林乐府》1卷，（明）王达《耐轩词》1卷。按：林大椿校本使残缺失序的《百家词》以较为完整有序的面貌出现，可谓整旧如新，颇便于读者，但从整理古籍的角度来看则颇失其原貌。

正统七年　壬戌　1442

正统八年　癸亥　1443

胡俨卒，年八十三。洪武末以举人授华亭教谕。永乐初擢翰林院检讨，历国子监祭酒，朝廷著作大多出其手，纂修《太祖实录》、《永乐大典》，皆为总裁官。洪熙元年（1425）加太子宾客致仕。《明史》卷147有传。俨好学，兼工书画。有

《颐庵文选》2卷，明宣德刻本。另有《胡祭酒集》14卷，明隆庆四年李迁刻本。《惜阴堂汇刻明词》裁其词7首为《颐庵诗余》。《四库全书总目·颐庵文选》"提要"评"其诗颇近江西一派，词旨高迈，寄托深远，与'三杨'之和平安雅者气象稍殊"[①]。《全明词》据惜阴堂本《颐庵诗余》以录，复从《古今词统》及《颐庵文选》辑得《竹枝词》、《杨柳枝词》等8首，皆七言绝句体。

正统九年　甲子　1444

杨士奇卒，年八十。建文初，因荐入翰林，与编纂事，寻试吏部第一。成祖即位，累官左春坊大学士，进少傅。正统中进少师，以子稷下狱，忧死，谥文贞。《明史》卷148有传。士奇文章特优，制诰碑版多出其手。与杨荣、杨溥并称"三杨"。有《东里全集》97卷，其中含《文集》25卷、《诗集》3卷、《续集》62卷（文53卷、诗9卷及少量词），有《四库全书》本。《全明词》未搜本集，仅据《兰皋明词汇选》录其词1首；《全明词补编》乃从其《东里续集》卷62录词24首。

正统十年　乙丑　1445

程敏政生。程敏政（1445—1499），字克勤，休宁（今属安徽）人。

正统十一年　丙寅　1446

正统十二年　丁卯　1447

桑悦生。桑悦（1447—1503），字民怿，常熟（今属江苏）人。

李东阳生。李东阳（1447—1516），字宾之，号西涯，茶陵（今属湖南）人。

---

①（清）永瑢等:《四库全书总目》卷170，北京：中华书局1965年版，第1483页。

罗玘生。罗玘（1447—1519），字景鸣，南城（今河南孟州）人。

林俊生。林俊（1447—1523），字待用，号见素，莆田（今属福建）人。

正统十三年 戊辰 1448

吴洪生。吴洪（1448—1525），字禹畴，吴江（今属江苏苏州）人。

正统十四年 己巳 1449

英宗亲征瓦剌，于土木堡之役被俘。郕王朱祁钰（英宗弟）即帝位，是为代宗（景帝）。

黄淮卒，年八十四。洪武三十年（1397）进士，授中书舍人，改翰林侍讲，累官至户部尚书，武英殿大学士，卒谥文简。《明史》卷147有传。有《黄文简公介庵集》12卷，清抄本。另有《省愆集》2卷，明正统八年（1443）王豫刻本，词附集中。《惜阴堂汇刻明词》裁其词10首为《省愆词》，《全明词》据录，复从《介庵集》增辑2首，《全明词补编》乃据此再辑1首。

谢迁生。谢迁（1449—1531），字于乔，号木斋，余姚（今属浙江）人。

景泰元年 庚午 1450

唐钦生。唐钦（1450—1497），字元敬，号半轩，武进（今属江苏）人。

王鏊生。王鏊（1450—1524），字济之，吴县（今江苏苏州）人。

符俊中举人。符俊（？—1476后），字世英，浙江余杭（今杭州）人。有《进修遗集》，词附，《全明词》从中录其词10首。

吴郡徐庸据高启《缶鸣集》增补，编为《高太史大全集》18卷，以体分类，另附文集《凫藻集》5卷、词集《扣舷集》1卷，成为通行的本子。

景泰二年　辛未　1451

景泰三年　壬申　1452

李祯卒，年七十七。永乐二年（1404）进士，选庶吉士，预修《永乐大典》，历广西、河南布政使。《明史》卷221有传。有《运甓漫稿》7卷，明天顺三年（1459）张瑄刻本。另有《侨庵诗余》2卷、《侨庵小令》1卷及小说集《剪灯余话》。《惜阴堂汇刻明词》裁其词29首为《运甓词》。《全明词》据《运甓漫稿》卷6、卷7辑其词41首，所多出的12首如《杨柳枝》6首乃七绝体，另外《天净沙》、《金字经》等6首则为散曲。

王直作《酹江月》（碧空云净），词前小序曰："是年已七十四，老拙殊甚。纵巧可乞，亦未之何。承南谿翁惠朋尊，陶然独酌，因作此词，用博一笑也。"①

潘英奴作《鹧鸪天》（欲待鸳帏奉枕衾）。按：《明词纪事会评》引清代褚人获《坚瓠》广集卷2："永春潘英奴，美如仙姝，父母择配未谐。同安苗德纯贩苎，主潘家，生美姿容，已娶二年，嫌妻貌陋，诈言未配。英奴窥之，时露半面，或全身。一日，折纸方寸，外包油纸，置饭中。苗得之，开视，有诗曰：'天生一对两嫣然，司马文君宿世缘。欲遣中书传好信，几回未易到君边。'是夜潜至卧邸，告以宜遂琴瑟。苗魂飞神荡，以求欢合。英奴坚拒曰：'聘币未将，不可苟就。'以金指环与生，嘱曰：'幸勿爽约，凭此为信。'礼拜而退。苗还，出妻，欲聘英奴，无媒未果。迁延半载，父命发布凤阳。时沙县邓茂七扰乱，苗四载不得归。景泰三年，道路始通。苗归，抵潘家，英奴已嫁林氏矣。苗以货丝为由，访宿林家，英奴潜书《鹧鸪天》贻生云云。苗见之，郁郁而归。及再娶姚氏，容貌更不如前妻，想念益深。友人为作《指环篇》以讥之，曰：'金指环，金指环。看汝徒辛酸。犹记相携处，罗带结同欢。态浓语巧美无极，未行云雨情先密。好怀豁然开，蓦地迢亲觅。撩人娇思拨不平，一团和气回春晴。广寒嫦娥

---

①《全明词》，第234页。

初会遇，又如君瑞见莺莺。自别佳人冰雪面，寤思寐想深相恋。千山万水阻尘氛，归鸿难托张生怨。指环本黄金，解赠注意深。安知物理多迁变，似此坚圆能倍心。因叙指环事，劝人夫与妇。赤绳系足亲，何必轻抛负。苗生本期得芳妍，岂知再娶不如前。我闻在德不在色，请君读此《指环篇》。'"[①]按：褚人获《坚瓠集》为文言笔记小说集，卷首孙致弥总序称褚氏"搜录秦汉以迄故明历代轶事，并访诸故老之旧闻，摘其佳事佳话之尤者，次为一编，命之曰《坚瓠集》。"[②]故如潘英奴者亦当为小说家言，若仿《全宋词》"元明小说话本中依托宋人词"之例，则当入《全明词》附录。

景泰四年　癸酉　1453

方俊中举人。方俊（生卒年不详），字彦卿，东莞（今属广东）人。成化年间授义乌知县，改藤县知县，皆有政声。《全明词》存其词1首，《全明词补编》另录其词1首。

景泰五年　甲戌　1454

薛章宪生。薛章宪（1454—约1513），字尧卿，自号浮休居士，江阴（今属江苏）人。明诸生，隐邓旸溪上，洽闻博物，称古作者。性喜佳山水，有《鸿泥堂小稿》8卷、《续稿》10卷、《附录》1卷，明嘉靖刻本。《全明词》存其词2首，《全明词补编》另录其词18首。

张宁中进士。张宁（生卒年不详），字靖之，号方洲，海盐（今属浙江）人。中进士后，授礼科给事中，负志节，持正义，擢都给事中。成化元年（1465）出为汀洲知府，以简静为治。引疾归，家居三十年，累荐不起。宁工书画，能诗，有《方洲先生集》26卷、《读史录》6卷，明万历钱世尧等刻本。另有《方洲杂言》1卷、《奉使录》2卷行世。《惜阴堂汇刻明词》裁其词为《方洲诗余》。《全明词》

① 尤振中、尤以丁：《明词纪事会评》，合肥：黄山书社1995年版，第113~114页。
② （清）褚人获：《坚瓠集》，《清代笔记小说大观》本，上海：上海古籍出版社2007年版，第1438页。

存其词26首。

景泰六年　乙亥　1455

夏锻生。夏锻（1455—1537），字德树，号赤城，天台（今属浙江）人。

景泰七年　丙子　1456

聂大年卒，年五十五。博学，善诗、古文，叶盛称其诗，谓为三十年来绝唱。宣德末，荐授仁和训导，母卒归葬，哀感行路，里人列其母子贤行上之，诏旌其门。服阕，分教常州，迁仁和教谕。景泰六年（1455）以修史荐入翰林，次年病卒。《明史》卷286有传。有《东轩集》。《惜阴堂汇刻明词》据《仁和县志》及《西湖游览志余》汇辑其词10首为《东轩词》1卷，《全明词》据录。

【辨证】聂大年生卒年，夏承焘、张璋编选《金元明清词选》、《中国大百科全书》（中国文学卷）等均作1402—1455，其卒年或有误。焦竑《国朝献征录》卷85收录王直所作《浙江仁和县学教谕聂大年墓志铭》，云："景泰六年秋，朝廷有史事，征诸翰林，将用之，而大年以疾告退……大年知不能起，呼子章取纸笔，书曰：'吾上负朝廷之恩，下负平生之志。尔兄弟尚勉学为士人。'掷笔而逝，盖景泰丙子二月二日也。"其末云："大年生于洪武壬午十二月初三日，及其卒也，年五十有五。"[①]按：所谓"洪武壬午"，实为建文四年壬午（1402），王直应该不是误记，而是有意回避建文年号。以卒年55岁推算，卒年亦当在景泰七年丙子（1456）。诸家之误，当是据钱谦益《列朝诗集小传》乙集"景泰六年，征诣翰林，修实录，卒于京师"[②]等语，而大年始病在景泰六年（1455），却并非一病遽亡。

---

①（明）焦竑：《国朝献征录》，卷85《浙江仁和县学教谕聂大年墓志铭》，台北：明文书局1991年版，第5册，第210页。

②（清）钱谦益：《列朝诗集小传》乙集，上海：上海古籍出版社1983年版，第193页。

杨循吉生。杨循吉（1456—1544），字君卿，一字君濂，吴县（今江苏苏州）人。

天顺元年 丁丑 1457

英宗朱祁镇乘景帝患病之机复位，改元天顺，史称“夺门之变”。

赵宽生。赵宽（1457—1505），字栗夫，号半江，吴江（今属江苏）人。

储巏生。储巏（1457—1513），字静夫，号柴墟，泰州（今属江苏）人。

天顺二年 戊寅 1458

章懋作《感皇恩·天顺戊寅贺郭老员外受封》[1]。

天顺三年 己卯 1459

王鸿儒生。王鸿儒（1459—1519），字懋学，南阳（今属河南）人。

陆容始作词。《菽园杂记》卷10：“予未第时，未尝作诗余。天顺己卯赴会试，梦至一寺，老僧出卷求题，予为一阕与之。既觉，犹记其半云：‘一片白云，人留不住。一坐湖山，人移不去。翠竹吟风，苍松积雨，此是怡情处。’及下第归，读书海宁寺，僧文公出《白云窝卷》求题，宛如梦中。”[2]按：此词残篇，《全明词补编》已收录。

李祯《运甓漫稿》编成。《四库全书总目·运甓漫稿》“提要”云：“《运甓漫稿》七卷，明李昌祺撰。……是编皆古近体诗并诗余，乃天顺三年吉安教授郑纲所编。”[3]

---

①《全明词》，第363页。

②（明）陆容：《菽园杂记》卷10，北京：中华书局1985年版，第118页。

③（清）永瑢等：《四库全书总目》卷170，北京：中华书局1965年版，第1485页。

天顺四年　庚辰　1460

邵宝生。邵宝（1460—1527），字国贤，号二泉，无锡（今属江苏）人。

祝允明生。祝允明（1460—1527），字希哲，自号枝山，又号枝指生，长洲（今江苏苏州）人。

天顺五年　辛巳　1461

鲁铎生。鲁铎（1461—1527），字振之，号莲北，景陵（今湖北天门）人。

天顺六年　壬午　1462

王直卒，年八十四。永乐二年（1404）进士，授修撰，累迁少詹事，兼侍读学士。英宗时，拜吏部尚书，秉铨14年，奉职公允。卒赠太保，谥文端。《明史》卷169有传。直工诗文，典雅纯正，有宋元遗风。为官时所著诗文编为《抑庵集》13卷，归田后所著编为《后集》37卷。《惜阴堂汇刻明词》裁其词13首为《抑斋诗余》1卷，《全明词》据录。赵尊岳《明词提要》评其词“瑕瑜互见，亦有思理”，并举《青玉案》、《临江仙》、《浪淘沙》等词，谓：“凡此均清丽馨香。其曰‘千钟不辞费’，‘欹枕自沉吟’，‘不似宫腰’，要均深于情者，方能曲曲写来，传神于阿堵之际也。”[①]

陈循卒，年七十八。永乐十三年（1415）进士第一，授修撰。正统中，累进户部右侍郎。景泰中，进华盖殿大学士，兼户部尚书少保。英宗复位，谪戍铁岭。石亨败后，自贬所上书自讼，释为民。有《芳洲集》20卷。《全明词》存其词7首，《全明词补编》另辑其词3首。

西涯主人编录《南词》64种87卷于是年成书。据日本《大仓文化财团汉籍善本目录》，题“李西涯（东阳）辑”。今存41种：（南唐）李璟、李煜《南唐二

---

① 赵尊岳：《惜阴堂汇刊明词提要·〈抑斋诗余〉一卷》，《词学季刊》1934年第2卷第1号，第89页。

主词》1卷、（宋）陈人杰《龟峰词》1卷、（宋）夏元鼎《蓬莱鼓吹词》1卷、（宋）潘阆《逍遥词》1卷、（明）王达《耐轩词》1卷、（宋）王安石《半山词》1卷、（宋）陈师道《后山词》1卷、（宋）杜安世《寿域词》1卷、（宋）谢薖《竹友词》1卷、（宋）葛郯《信斋词》1卷、（宋）廖行之《省斋词》1卷、（宋）吕滨老《圣求词》1卷、（宋）王安中《初寮词》1卷、（宋）向滈《乐斋词》1卷、（宋）陈与义《简斋词》1卷、（宋）朱敦儒《樵歌词》1卷、（宋）沈瀛《竹斋词》1卷、（宋）黄公度《知稼翁词》1卷、（宋）张孝祥《于湖词》2卷、（宋）京镗《松坡词》1卷、（宋）吴儆《竹洲词》1卷、（宋）李处全《晦庵词》1卷、（宋）管鉴《养拙堂词》1卷、（宋）吴潜《履斋先生词》1卷、（宋）卢炳《烘堂词》1卷、（宋）卢祖皋《蒲江词》1卷、（宋）沈端节《克斋词》1卷、（宋）王以宁《王周士词》1卷、（宋）陈德武《白雪词》1卷、（宋）张辑《绮语词》1卷、（明）李祯《侨庵词》1卷、（宋）韩玉《东浦词》1卷、（元）赵孟頫《松雪词》1卷、（元）虞集《鸣鹤余音》1卷、（元）张翥《蜕岩词》2卷、（宋）沈禧《竹窗词》2卷、（元）张埜《古山乐府》2卷、（元）倪瓒《云林乐府》1卷、（元）张雨《贞居词》1卷，以及《乐府补题》1卷、《草堂诗余》3卷。所缺23种为：《文湖州词》1卷、《珠玉词》1卷、《六一词》4卷、《小山词》2卷、《虚靖真君词》1卷、《屯田乐章词》3卷、《东坡词》2卷、《山谷琴趣词》3卷、《姑溪词》1卷、《丹阳词》1卷、《溪堂词》1卷、《酒边词》2卷、《逃禅词》1卷、《稼轩词》4卷、《白石先生词》1卷、《龙川词》1卷、《龙洲词》2卷、《西樵语业词》1卷、《石屏词》1卷、《樵隐词》1卷、《文溪词》1卷、《空同词》1卷、《金谷遗音词》2卷。清彭氏知圣道斋旧藏清钞本①。据《日本藏宋人文集善本钩沉》："此本系据明天顺六年西崖主人序本钞出。原本八十七卷，辑南词六十四种。此本今存五十卷，四十二种（计宋人三十三种、金人一种、元人八种），多为汲古阁所未录。卷中有朱墨校点，并乾隆四十八年（1783）彭元瑞朱笔识语、光绪三十三年（1907）吴昌绶校书手识、光绪三十四年（1908）董康据本集别钞本作朱笔手校识语。卷中另有'南昌彭氏'、'知圣道斋'、'遇读者善'、'宣城李氏瞿硎石室图书'、'宛陵李之郇'、'伯雨江城如画楼'、'伯宛'等

① 此本清末为董康诵芬室藏，吴昌绶录有副本，郑文焯录全书子目并有长跋。董康所藏本民国初年已归日本大仓氏。

印记。”[①]

天顺七年　癸未　1463

蒋冕生。蒋冕（1463—1533），字敬所[②]，全州（今属广西）人。

朱谏生。朱谏（1463—1541），字君佐，号荡南，永嘉（今属浙江）人。

李堂生。李堂（1463—？），字时升，号堇山，鄞县（今浙江宁波）人。成化二十三年（1487）进士，官至工部右侍郎，总理漕河。有《堇山文集》15卷、《附录》1卷，明刻本，今已收入《四库全书存目丛书》。其卷6有词18首，惜阴堂裁为《堇山诗余》，《全明词》据录。

瞿佑从子瞿暹刊瞿佑词集《乐府遗音》1卷本。丁氏八千卷楼有藏本，赵尊岳据此录入《惜阴堂汇刻明词》。卷首有是年陈敏政所作序。陈敏政序略云：“……伏而读之，则见其五七言古近体，可与唐之储、王诸作者并驾，而长短句、南北词，直与宋之苏、辛诸名公齐驱，非独词调高古，而其间寓意讽刺，所以劝善而惩恶者，又往往得古诗人之遗意焉。是集一出，天下之士莫不争先快睹，其传世垂远也必矣。……”[③]按：近年发现的题程敏政编《天机余锦》选录有瞿佑词120首，其中仅11首与《乐府遗音》互见，另有109首为《乐府遗音》所未收[④]。

正月六日，方俊作俳谐词《鹊桥仙·天顺癸未正月六日咏蟹贺黄廷美》，其词曰：“草头八足，一团大腹，持螯写向俞君玉。花灯预赏为先生，生日是、新正初六。　今宵过了，七人八谷，又七日天官赐福。福如东海寿南山。愿岁岁，春杯盈绿。”[⑤]按：《明词纪事会评》引明代黄瑜《双槐岁钞》卷8：“东莞方彦卿俊，敏才博学，最善戏谑。作诗文走笔立成，座中屈服……天顺癸未，与予同会试，寓新安俞君玉家。正月六日，贺予悬弧，邀往预赏花灯，掰糟蟹荐酒。

---

① 严绍璗：《日本藏宋人文集善本钩沉》，杭州：杭州大学出版社1996年版，第292页。

②《明史》本传称其字敬之，误。

③（明）瞿佑：《乐府遗音》，卷首陈敏政序，明抄本，《续修四库全书》第1723册。

④ 参见王兆鹏等校点本《天机余锦》，卷首“校点说明”，沈阳：辽宁教育出版社2000年版。

⑤《全明词》，第3086~3087页。

戏赠予词云云。借蟹寓予姓名。大笑曰：'子谓韵用日数何出？'予谢不知。则曰：'出《齐东野语》七夕，以八煞为韵，子忘之乎？'即朗诵曰：'鸾舆初驾，牛车齐发。听隐隐、鹊桥伊轧。尤云殢雨正欢浓，但只怕、来朝初八。　霞垂彩幔，月明银蜡。更馥郁、香喷金鸭。年年此际一相逢，未审是、甚时结煞。'且问优劣。予曰：'比方殊欠俊耳。'君玉亦诵其乡先生方秋崖除夜小尽生日词曰：'今朝廿九，明朝初一。怎欠秋崖个生日。客中情绪老天知，道这月、不消三十。　春盘缕翠，春缸摇碧。便泥做梅花消息。雪边试问是耶非，笑今夕、不知何夕。'复问，予对如前。始觉予指其姓名，大笑，浮白尽欢而罢。词盖《鹊桥仙》也。"又引明代杨慎《词品》卷2："《齐东野语》载鸾箕《鹊桥仙》词咏七夕，以八、煞为韵，其词曰：'鸾舆初驾'云云。方秋崖除夜小尽生日词曰：'今朝廿九'云云。近时东莞方彦卿俊，正月六日于俞君玉席上掰糟蟹荐酒，寿其友人黄瑜，亦依此调。其词云云。瑜，字廷美，香山人。其孙才伯佐，与予同官，尝为予诵之。"另引清代褚人获《坚瓠集》首集卷1："东莞方彦卿名俊，敏才博学，诗文走笔立成。天顺癸未，同黄廷美瑜会试寓新安俞君玉家，正月六日，贺廷美悬弧，邀赏花灯，掰糟蟹荐酒，戏赋词云云。盖借蟹寓黄瑜姓名也。又新安方秋崖除夕小尽生日词曰：'今朝廿九'云云。二词调寄《鹊桥仙》，均用日数者，皆本七夕八煞之词。"[①]按：上引文献以黄瑜《双槐岁钞》为最早出处，杨慎《词品》及褚人获《坚瓠集》皆为袭用。

【辨证】 方俊词，《全明词》据《类编国朝诗余》录其《鹊桥仙》（草头八足）一首，《全明词补编》复从黄瑜《双槐岁钞》卷8辑录其《鹊桥仙》（鸾舆初驾）一首。事实上，《双槐岁钞》记方俊语，已明言此词出自《齐东野语》。今检《齐东野语》卷16"降仙"一则，其中记载："宋庆之寓永嘉时，遇诏岁，乡士从之结课者颇众。适逢七夕，学徒醵饮，有僧法辨者在焉。辨善五星，每以八煞为说，时人号为'辨八煞'。酒边一士致仙扣试事，忽箕动，大书'文章伯降'，宋怪之，漫云：'姑置此，且求一七夕新词如何？'复请韵，宋指辨云：'以八煞为韵。'意欲困之也。忽运箕如飞，大书《鹊桥仙》一阕云：'鸾舆初驾，牛车齐

① 尤振中、尤以丁：《明词纪事会评》，合肥：黄山书社1995年版，第111~112页。

发，隐隐鹊桥咿轧。尤云殢雨正欢浓，但只怕来朝初八。　霞垂彩幔，月明银烛，馥郁香喷金鸭。年年此际一相逢，未审是、甚时结煞。'亦警敏可喜。"[①]杨慎《词品》卷2"鹊桥仙三词"条当是本黄瑜《双槐岁钞》而讳其所自来，开头径言"《齐东野语》载鸾箕《鹊桥仙》词咏七夕，以八煞为韵"[②]云云，径以"鸾箕"为词之作者，捕风捉影，信手生造。此词周密《绝妙好词》已于"乩仙"名下收录，其后陈耀文《花草粹编》、张宗橚《词林纪事》等均有收载。唐圭璋先生《全宋词》以此词系于《宋人依托神仙鬼怪词》"乩仙"名下，甚当。《全明词补编》以之系于明代方俊名下，失考。

天顺八年　甲申　1464

正月，英宗朱祁镇卒，太子朱见深即帝位，是为宪宗。

赵珏生。赵珏（1464—1538后），字朋璧，号汀西，长洲（今江苏苏州）人。出身良医世家，本人亦以医名。有《汀西诗集》6卷，明嘉靖刻本。《全明词补编》从《汀西诗集》卷6录存其词37首。

成化元年　乙酉　1465

罗钦顺生。罗钦顺（1465—1547），字允升，号整庵，泰和（今属江西）人。

单宇《菊坡丛话》成书于是年。按：单宇，字时泰，号菊坡，江西临川人。正统四年（1439）进士，历官嵊县、诸暨、侯官知县。《菊坡丛话》26卷，凡论诗者24卷，论四六者1卷，论乐府者1卷。分别辑录古今人诗话而类编之，其中涉及词者甚夥。卷26"乐府类"不是论乐府诗，就是论词，凡26则。其他如"时令类"、"致政耆寿类"等亦有涉及词者。但大都出于前代文献，出于胡仔《苕溪渔隐丛话》者尤多。而文中有的注明出处，有的未注出处。经查考可知，未注出处的亦非出于自撰。《四库全书总目·菊坡丛话》"提要"曰："是编大旨欲配胡

---

①（宋）周密：《齐东野语》卷16，北京：中华书局1983年版，第300~301页。

②（明）杨慎：《词品》卷2，见唐圭璋《词话丛编》，北京：中华书局2005年版，第454页。

仔之书，故仍以‘丛话’为名。然采摭不及其博，又仔书多论文，此书多记事；仔书多考证，此书但抄撮旧文。例亦小殊。”[①]《菊坡丛话》有成化九年刻本，而单宇自序则作于成化元年。

成化二年　丙戌　1466

秦镗生。秦镗（1466—1544），字国和，号乐易，自号类樗子，无锡（今属江苏）人。

正月一日，顾恂作《壶中天·元日寿倥侗先生　成化丙戌》[②]。

九月九日，沈周作《人月圆·采菱图》，词前小序曰：“此纸写自丙戌夏五，秋九日雨中，复填《人月圆》一阕，以寄孤兴云。”[③]

成化三年　丁亥　1467

汤胤勣卒。汤胤勣，生年不详，字公让，濠州（今安徽凤阳）人，汤和曾孙。诸生，工诗。历官锦衣千户、延绥参将，分守孤山堡，战死。官京师时，与王淮、刘溥等酬唱，号“景泰十才子”。《明史》卷126有传。有《东谷遗稿》13卷，明成化十四年孙琏、汤齐刻本。郑振铎《西谛书话·劫中得书记》著录《东谷遗稿》曰：“余既得李氏书若干种于来青阁，复数过汉文渊，得《经济类编》等书。偶见案上有《东谷遗稿》，为成化黑口本，价至廉，却无人顾问。余以其附‘词’，且平易浅近类口语，甚喜之，即携之归。作者为汤胤勣，明初功臣汤和裔，死于王事，盖武臣而能文事者。诗不甚佳，词具别致。余正辑明人词，故亟收得之。”[④]况周颐《蕙风词话》卷5称其《浣溪沙》（燕垒雏空日正长）一首“颇清润入格”[⑤]。《东谷遗稿》卷13存词34首。《全明词》仅据《明词综》录其词1

---

① （清）永瑢等：《四库全书总目》卷197，北京：中华书局1965年版，第1800页。
② 《全明词》，第277页。
③ 《全明词》，第323页。
④ 郑振铎：《西谛书话》，北京：生活·读书·新知三联书店1998年版，第228页。
⑤ 况周颐：《蕙风词话》卷5，见唐圭璋《词话丛编》，北京：中华书局2005年版，第4515页。

首，《全明词补编》据《东谷遗稿》另录其词33首。

顾恂作《壶中天·成化丁亥》[1]，为祝寿之词。

成化四年 戊子 1468

黄玺生。黄玺（1468—1525），字邦信，号东园居士，又号跳石山人，歙县（今属安徽）人。

费宏生。费宏（1468—1535），字子充，号鹅湖，铅山（今属江西）人。

王九思生。王九思（1468—1551），字敬夫，号渼陂，一号碧山，陕西鄠县（今户县）人。

顾恂作《壶中天·寿支母 成化戊子》[2]。

成化五年 己丑 1469

毛宪生。毛宪（1469—1535），字式之，号古庵，武进（今属江苏）人。

成化六年 庚寅 1470

唐寅生。唐寅（1470—1524），字伯虎，一字伯畏，又字子畏，自号六如居士、桃花庵主、鲁国唐生、逃禅仙吏、江南第一风流才子等，吴县（今江苏苏州）人。

吴山生。吴山（1470—1542），字静之，号讱庵，吴江（今属江苏）人。

文征明生。文征明（1470—1559），初名璧（或作壁），字征明，以字行，更字征仲，别号衡山居士，长洲（今江苏苏州）人。

---

①《全明词》，第277页。
②《全明词》，第277页。

成化七年 辛卯 1471

顾潜生。顾潜（1471—1534），字孔昭，号桴斋，晚号西岩，昆山（今属江苏）人。

九月九日，徐有贞作《桂枝香·辛卯重阳天平登高作，示儿子世良及婿蕴章》①。

陶成书倪瓒《江南春》于杜琼所作《江南春雨图》上。

成化八年 壬辰 1472

徐有贞卒，年六十六。宣德八年（1433）进士。正统中，官侍讲，因言南迁事，见恶朝列。以复辟功，官至兵部尚书兼华盖殿大学士，封武功伯。尝诬杀于谦、王文，中外侧目。后为石亨所构，徙为民。亨败，得放归。《明史》卷171有传。其《武功集》5卷，有《四库全书》本。《全明词》据《鸡窗丛话·武功词翰》录其词8首，《全明词补编》复从《逸老堂诗话》卷下辑录其词2首。

沈周作《青玉案·因刘完庵卧病感旧而作》，词后自注“成化壬辰”②。

成化九年 癸巳 1473

李梦阳生。李梦阳（1473—1529），字天赐，又字献吉，自号空同子，庆阳（今属甘肃）人，后徙居河南扶沟。按：李梦阳生于成化八年十二月十七日，按公元纪年则为1473年1月15日，故系于成化八年或本年皆可。

顾鼎臣生。顾鼎臣（1473—1540），字九和，昆山（今属江苏）人。

张泰作《念奴娇·癸巳生日》③，是年38岁。

---

①《全明词》，第262页。
②《全明词》，第317页。
③《全明词补编》，第112页。

邱濬作《水龙吟·癸巳初度》[①]，是年56岁。

成化十年 甲午 1474

叶盛卒，年五十五。正统十年（1445）进士，授兵科给事中。代宗立，进都给事，擢右参政。天顺间，以右佥都御史巡抚两广。宪宗时，擢礼部右侍郎，转吏部左侍郎。卒谥文庄。《明史》卷177有传。有《叶文庄公全集》30卷，清康熙叶方蔚刻、乾隆十四年（1749）叶九渊印本。《惜阴堂汇刻明词》裁其词5首为《菉竹堂词》1卷。《明词提要》谓其"初非作家，亦有疏俊处"，举其《浣溪沙》谓"能以史事抒诸吟咏，雅致欲流。菉竹得此，亦足以比肩于词流之列。惜其他尚一间相去，不能复称耳"[②]。《全明词》据以录入。

何孟春生。何孟春（1474—1536），字子元，号燕泉，郴州（今属湖南）人。

王廷相生。王廷相（1474—1544），字子衡，号浚川，兰封（今河南兰考）人。

卢雍生。卢雍（1474—？），字师邵，吴县（今江苏苏州）人。正德六年（1512）进士，授御史。武宗北狩宣府，欲建行宫，雍上疏罢役，出按四川，有惠政，迁本省提学副使，未任卒。有《古园集》12卷，明归仁刻、万历四十七年（1619）卢启祥等印本。《全明词》据《古园集》卷7录其词9首。

张旭中举人。张旭（生卒年不详），字廷曙，休宁（今属安徽）人。明弘治初前后仍在世。累官孝丰、伊阳、高明三县知县。有《梅岩小稿》30卷，今已收入《四库全书存目丛书》，其卷20存词34首，《全明词》据录。

成化十一年 乙未 1475

张璧生。张璧（1475—1545），字崇象，号阳峰，石首（今属湖北）人。

唐锦生。唐锦（1475—1554），字士絅，上海人。

章玄应中进士。章玄应（生卒年不详），一作元应，字顺德，乐清（今属浙

---

①《全明词》，第272页。

② 赵尊岳：《惜阴堂汇刊明词提要·〈菉竹堂词〉一卷》，《词学季刊》1934年第2卷第1号，第103页。

江）人。其先为吴姓。中进士后，任南京礼、工二科给事中。弘治初，累官至广东布政使。其孙朝凤登士，疏复吴姓。《雁荡山樵集》为嘉靖中朝凤官闽中时所刊，故均题吴玄应。《明史》卷162有传。《千顷堂书目》卷20著录《雁荡山樵诗集》15卷，有词23首，在第15卷中，赵尊岳裁出为《雁荡山樵词》1卷，收入《明词汇刊》，《全明词》据录。

正月，顾恂作《满庭芳·乙未岁正月会延龄诸友》[①]。

成化十二年　丙申　1476

兰茂卒，年八十。隐士，潜心理道，淹通经史术数之书。著有《声律发蒙》、《韵略易通》、《滇南本草》及诗集《芷庵吟稿》、传奇《性天风月通玄记》、小说《续西游记》等。《全明词》据《滇池丛录》卷上录存其词6首。

朱祐杬生。朱祐杬（1476—1519），明宪宗第四子。

桂华生。桂华（1476—1527），字子朴，安仁（今江西余江）人。

边贡生。边贡（1476—1532），字廷实，号华泉，历城（今山东济南）人。

钟芳生。钟芳（1476—1544），字仲实，号筠溪，广东崖州（今海南三亚）人，改籍琼山（今属海南）。

周用生。周用（1476—1547），字行之，吴江（今属江苏）人。

顾璘生。顾璘（1476—1547），字华玉，号东桥居士，先世吴县（今江苏苏州）人，明初隶匠籍徙居南京。

刘节生。刘节（1476—1555），字介夫，号梅国，更号雪台，老称涵虚翁，江西大庾（今大余县）人。

顾恂作《西江月·会延龄诸友》[②]，题下自注“丙申”。

沈周作《苏武慢·五十初度自述，时丙申年》[③]。

---

①《全明词》，第280页。
②《全明词》，第282页。
③《全明词》，第317页。

成化十三年　丁酉　1477

陈寰生。陈寰（1477—1539），字原大，号琴溪（或当作琴川），常熟（今属江苏）人。

【辨证】关于陈寰生卒年，王世贞《二陈公传》及其他多种史料均无确切记载。1994年，常熟博物馆在市郊虞山北麓钱家山弄西侧一建筑工地征集到新出土的明代嘉靖年间陈寰墓志铭一方，乃寰之胞兄陈察撰文，著名书法家文征明书，刻石名家吴鼒刻。据铭文可知，陈寰生于成化丁酉十一月十八日，卒于嘉靖己亥三月廿七日。铭文所书其别号乃"琴川"，而非"琴溪"。周公太、金剑芬撰文《常熟发现文征明书〈陈寰墓志铭〉》[①]一文考之甚详。另，清顾禄撰《桐桥倚棹录》卷8说陈寰字惟明，又号虞阳子，不知所据，姑存此以备一说。

陆深生。陆深（1477—1544），初名荣，字子渊，号俨山，上海人。

杨士云生。杨士云（1477—1554），字从龙，号弘山，别号九龙真逸，大理（今属云南）人，白族。

洪贯中举人。洪贯（生卒年不详），字惟卿，一字稼轩，鄞县（今浙江宁波）人。曾官政和知县。《全明词》存其词1首，《全明词补编》另存其词2首。

正月，顾恂作《太常引·丁酉正月会延龄诸友》[②]。

马文升作《雨中花慢·成化丁酉被谗下狱作》[③]。

成化十四年　戊戌　1478

王尚絅生。王尚絅（1478—1531），字锦夫，郏县（今属河南）人。

---

① 周公太、金剑芬：《常熟发现文征明书〈陈寰墓志铭〉》，《东南文化》2000年第9期。
②《全明词》，第283页。
③《全明词》，第316~317页。

二月，顾恂作《虞美人·戊戌二月会延龄诸友》[①]。

成化十五年 己亥 1479

倪谦卒。倪谦（？—1479），字克让，其先钱塘（今浙江杭州）人，后迁上元（今江苏南京），遂以为籍。正统四年（1439）进士，历编修。景泰元年（1450）奉使朝鲜。天顺初，累迁学士，简侍东宫，主北闱试，黜权贵之子，被诬有弊，遂谪戍开平。宪宗初，入史局，累迁南礼部尚书致仕。卒赠太子少保，谥文僖。生平事迹见钱谦益《列朝诗集小传》。有《倪文僖公集》32卷，明弘治六年（1493）倪岳刻本，词附。其词多题画之作，赵尊岳谓其“清景芊绵，丽思稠叠，洵为声党名手”，其中《菩萨蛮》、《浣溪沙》诸词更被誉为“明词至此，亦庶几其上乘矣”[②]。《惜阴堂汇刻明词》据其本集裁为《倪文僖公词》1卷，存词13首，《全明词》据录。

王教生。王教（1479—1541），字庸之，号中川，祥符（今河南开封）人。

韩邦奇生。韩邦奇（1479—1555），字汝节，号苑洛，朝邑（今属陕西）人。

陈霆生。陈霆（1479—约1561），字声伯，号水南，德清（今属浙江）人。弘治十五年（1502）进士，授刑科给事中。正德初，因忤刘瑾，谪判六安（今属安徽）。瑾诛，起历山西提学佥事，以师道自任，士习丕变，以宦情淡泊，未及老即致政归里。嘉靖中屡荐不出，隐居渚山四十年。霆博学多闻，工诗词、古文，著有《唐余纪传》及《渚山堂诗话》、《渚山堂词话》等。其《渚山堂词话》为明代词话之佳构，其论词主张“有关系，有感慨”[③]，推崇南宋张孝祥、辛弃疾、刘过、文天祥等词人。《四库全书总目·水南稿》“提要”评价曰：“是集所载诸诗，意境颇为萧洒，而才气坌涌，信笔而成，故往往不暇检点，古文大致朴直，而少波澜顿挫之胜。惟诗余一体较工，其豪迈激越，犹有苏、辛遗范。”[④]陈霆的诗文别集，传世者有两种版本。较早的为《水南稿》19卷，即《四库全书总目》著录之本，今

---

①《全明词》，第285页。

② 赵尊岳：《惜阴堂汇刊明词提要·〈倪文僖公词〉一卷》，《词学季刊》1934年第2卷第1号，第101页。

③（明）陈霆：《渚山堂词话》卷3，见唐圭璋《词话丛编》，北京：中华书局2005年版，第373页。

④（清）永瑢等：《四库全书总目》卷176，北京：中华书局1965年版，第1568页。

已收入《四库全书存目丛书》，为明正德五年（1510）刊本，前有汪循与张旭二序，此本中卷11至卷14为词。另一版本为明嘉靖四十三年（1564）陈翀刊《水南集》17卷，有蔡汝楠序及陈翀《水南文集后跋》。此本中卷10为词，今有《丛书集成续编》本。因为已知陈霆卒于嘉靖四十年（1561）前后，所以当正德五年《水南稿》19卷刊行时，陈霆尚在世，其集或出于手定。而后出的《水南集》17卷或有散佚，故所收存诗文反较前者为少。《全明词》据嘉业堂刊本《水南集》卷10录词226首，《全明词补编》复据《水南稿》卷11至卷14补录其词40首。

【辨证】陈霆生卒年，历来无考，或称其约1515年前后在世，亦太宽泛。按其《水南词》中有《水调歌头·己卯初度》一阕，中有“早是年开五秩”[①]之语。因已知陈霆于弘治十五年壬戌（1502）进士及第，故知己卯当为正德十四年（1519）。旧以十年为一秩，五秩即50岁，年开五秩即41岁。白居易《长庆集》卷71《喜老自嘲》诗云：“行开第八秩，可谓尽天年。”开八秩即指71岁。据此推算，陈霆当生于成化十五年己亥（1479）。其中进士之年为24岁。又，陈霆于正德六年（1511）召还刑部，后任山西提学佥事，以宦情淡泊，未及老即致政归里。其时约当嘉靖初年。刘承干《吴兴丛书跋语》称其“隐居渚山四十年”[②]，则其卒年当在嘉靖四十年（1561）前后。

邱濬作《鹧鸪天·己亥初度》[③]，是年59岁。

成化十六年　庚子　1480

张泰卒，年四十五。天顺八年（1464）进士，选翰林院庶吉士，授检讨，迁修撰。少时与陆釴、陆容齐名，称“娄东三凤”。为人恬淡自守，诗名亚李东阳，弘治年间艺苑皆称“李怀麓、张沧州”。《明史》卷286有传。有《沧州诗集》10

---

①《全明词》，第535页。
②（明）陈霆：《渚山堂词话》，附录刘承干《吴兴丛书跋语》，见唐圭璋《词话丛编》，北京：中华书局2005年版，第379页。
③《全明词》，第272页。

卷、《续集》2卷、《附录》1卷，明弘治三年成桂刻、嘉靖十三年毛渊增修本。《全明词补编》从《沧州诗集》中录其词7首。

丁奉生。丁奉（1480—1543），字献之，号南湖，常熟（今属江苏）人。

方凤生。方凤（1480—1543），字时鸣，号改亭，江宁（今江苏南京）人。

严嵩生。严嵩（1480—1566），字惟中，号介溪，分宜（今属江西）人。

刘氏日新书堂刊本《草堂诗余》刻于是年。此本据洪武本校刊，题名、分卷、版式、篇数与洪武本均同。今中国国家图书馆有藏本。

成化十七年　辛丑　1481

贾定因段克己、段成己兄弟二人词集《二妙集》遗失过半，遂据邑人宁藩参钞本校刊，有贾定跋。

沈周作《南乡子·遣兴》①，词后自注“辛丑”。

成化十八年　壬寅　1482

夏言生。夏言（1482—1548），字公瑾，号桂洲，贵溪（今属江西）人。

夏旸于是年前后在世。夏旸（生卒年不详），字汝霖，贵溪（今属江西）人，为夏言父夏鼎从兄。曾任府司狱。有《葵轩词》1卷。《全明词》存其词39首。

沈周作《水龙吟·和武功先生韵》②，词前有小序，词后自注“壬寅”。是年另有《鹧鸪天·自遣》③，词后自注“壬寅”。

成化十九年　癸卯　1483

祝颢卒，年七十九。正统四年（1439）进士，历官刑科给事中、山西右参

---

①《全明词》，第318页。
②《全明词》，第318~319页。
③《全明词》，第319页。

政，成化初罢归。有《侗轩集》4卷。《全明词》据其本集录存其词3首。

陈淳生。陈淳（1483—1544），字道复，号白阳山人，又号五湖田舍，长洲（今江苏苏州）人。

费寀生。费寀（1483—1549），字子和，号钟石，江西铅山人。

顾应祥生。顾应祥（1483—1565），字惟贤，一字孝符，号箬溪，上元（今江苏南京）人[①]。

陈铎所著《词林要韵》1卷刊行。

【辨证】《词林要韵》，或称《菉斐轩词林要韵》。原书未题撰人，书缝有“菉斐轩”三字。近人赵荫棠（1893—1970）考证为陈铎所作。其成书时间，据《千顷堂书目》所载，有成化癸卯年（1483）序；而陈铎生年虽不可确考，一般多系于弘治元年（1488）前后，则其成化癸卯年尚未出生。故此二说显有抵触。当然也有可能二说均不误，那么《词林要韵》当然也就不可能出于陈铎之手了。

沈周作《一剪梅·题画》[②]，词后自注“癸卯”。是年另有《浪淘沙·题画白牡丹》[③]，词后自注“癸卯”。

成化二十年 甲辰 1484

舒芬生。舒芬（1484—1527），字国裳，又字梓溪，号石滩，进贤（今属江西）人。

张邦奇生。张邦奇（1484—1544），字常甫，号甬川，别号兀涯，鄞县（今浙江宁波）人。

钟梁生。钟梁（1484—1565），字彦材，号西皋，海盐（今属浙江）人。

吴宽作《风入松·和答李世贤庆五十》[④]。按：吴宽生于明宣德十年（1435）。

---

①《明人传记资料索引》作“长兴人”，今从《明清江苏文人年表》。
②《全明词》，第319页。
③《全明词》，第319页。
④《全明词》，第354页。

成化二十一年　乙巳　1485

孙承恩生。孙承恩（1485—1565），字贞父，号毅斋，华亭（今属上海）人。

成化二十二年　丙午　1486

商辂卒，年七十三。正统中，乡试、会试、殿试皆第一，正统十年（1445）进士，授修撰，进讲经筵，升侍读。郕王监国，入参机务。景泰时，累迁兵部尚书。英宗复辟，被诬下狱，斥为民。成化初，以故官入阁，进谨身殿大学士。卒赠太傅，谥文毅。《明史》卷176有传。有《商文毅公全集》30卷，明万历三十年（1602）刘体元刻本。《全明词》据诸家词选辑录其词5首，《全明词补编》复据乾隆《仙游县志》卷50辑得其词1首。

【辨证】 商辂词，卓回《古今词汇二编》选录4首，《兰皋明词汇选》选录4首，《明词综》选录1首，《全明词》据以上诸集汇录5首，依次为《一丛花》（今年春浅腊侵年）、《鹧鸪天》（林断山明竹隐墙）、《祝英台近》（挂轻帆）、《满庭芳》（鹤径寒烟）、《梦江南》（微雨过）[①]。从选本存录情况来看，似乎商辂虽存词不多，而质量甚高。又诸家评论对商辂词亦颇为推崇。《兰皋明词汇选》卷3胡应宸评《鹧鸪天》云："仿之诗家，则为郊岛，而自异寒瘦。"[②]又卷5顾璟芳评《一丛花》云："已开施子野《花影集》一派。"[③]王昶《明词综》引《古今词话》云："商毅庵负鼎铉重望，而小词明净简练，亦复沾沾自喜。今读其旅情、春暮、秋月、退食诸篇，不堕时趋，自有殊致。其《一丛花》咏初春云：'东风有信无人见，露微意、柳际花边。'尤觉妥贴轻圆也。"[④]而事实上，这5首词中，除了《满庭芳》一首暂时未找到出处之外，其余4首均为宋代大词人苏轼的作品。唐圭璋

① 依次见于《全明词》第266~267页。
②（清）顾璟芳等：《兰皋明词汇选·附兰皋诗余近选》，沈阳：辽宁教育出版社1998年版，第58页。
③（清）顾璟芳等：《兰皋明词汇选·附兰皋诗余近选》，沈阳：辽宁教育出版社1998年版，第116页。
④（清）王昶：《明词综》卷2，清刻本。

先生《全宋词》在《一丛花》(今年春浅腊侵年)词后注曰:"按此首《草堂诗余新集》卷三误作明人商辂词。"[①]而实际误作商辂词的不止1首,而是4首。一旦把这些词的著作权剥去,商辂的词人身份就显得非常勉强了。今存《商文毅公集》10卷,其中无词。故《满庭芳》一首是否为商辂作亦颇可疑。盖商辂长于书法,为人作书,往往书写自己喜爱的东坡词,而后人不辨,遂误为商氏自作矣。

魏偁中贡士。魏偁(生卒年不详),字达卿,一字云松安子,鄞县(今浙江宁波)人。曾官石城训导。幼颖慧,稍长,博涉群书,以诗文名于世。有《云松诗略》8卷。惜阴堂裁其词为《云松近体乐府》。《全明词》存其词14首。

井□得陶宗仪手抄本《玉田词》,作《玉田词题识》记之。其辞云:"成化丙午春二月朔,偶见是帙鹤城东门药肆中,即购得之,南村先生手钞者,盖百余年矣。凡三百首,惜无录目。五月初九日辑录,以便检阅。或笑余衰迟目眩,何不求诸善书者,曰:身健在,饱食终日,岂不胜博弈乎,何计字之工拙?使得时时展玩,恍惚坐春风中,听玉田子慷慨洒落之言笑焉。并录以记岁月。井时年六十有五。"[②]

杨循吉作《贺新郎·丙午生日自寿》[③]。

沈周作《临江仙·题妓林奴儿画》[④],词后自注"丙午"。

成化二十三年 丁未 1487

明宪宗朱见深卒。皇太子朱祐樘即位,是为孝宗。

张弼卒,年六十三。成化二年(1466)进士,授兵部主事,升员外郎,以忤当路,出为南安知府,病归。以有政绩,民为立祠。《明史》卷286有传。弼工草书,怪伟跌宕,震撼一世。诗词不多,钱谦益言其"为诗信手纵笔,多不属稿,

---

① 唐圭璋编纂,王仲闻参订,孔凡礼补辑:《全宋词》,北京:中华书局1999年版,第364页。
②(明)井□:《玉田词题识》,见(宋)张炎撰,吴则虞校辑《山中白云词》,北京:中华书局1983年版,第167页。
③《全明词》,第406页。
④《全明词》,第319页。

即有所属，以书故辄为人持去”，并引李东阳语称其诗“清健有风致”[①]。有《张东海先生诗集》4卷、《文集》5卷，明正德十三年刻本，今已收入《四库全书存目丛书》。其《诗集》卷4存词2首，《惜阴堂汇刻明词》裁为《东海词》，《全明词》据录。

霍韬生。霍韬（1487—1540），字渭先，初号兀厓，后改号渭厓，广东南海人。

张綖生。张綖（1487—1543），字世文（一作世昌），号南湖居士，高邮（今属江苏）人。

聂豹生。聂豹（1487—1563），字文蔚，号双江，吉安永丰（今属江西）人。

沈周作《临江仙·嘲友》[②]，词后自注“丁未”。

---

①（清）钱谦益:《列朝诗集小传》丙集，上海：上海古籍出版社1983年版，第266页。

②《全明词》，第320页。

卷3　明中期词坛
（弘治至嘉靖年间，1488—1566）

引言

明王朝开国一百余年之后，明代词坛经过永乐至成化八十余年的沉寂期，终于开始出现复苏气象。我们把弘治、正德、嘉靖三朝近80年（1488—1566）视为明代词坛的复兴时期，主要是基于以下多种词学现象的综合判断。

首先，是一批创作成就较高、在明词史上影响较大的词人次第出现。这其中有被时人推崇为“当代词宗”①，清人亦或视为“明人第一”②的状元词人杨慎；有当时声名显赫，带动一个巨大的金台词群，后人亦或视为明代有数词家的达官词人夏言；有词风“豪迈激越，犹有苏辛遗范”③的陈霆；有逐首追和《草堂诗余》，被况周颐誉为“全明不能有二”④的陈铎；有追步秦观、专力为词并创编《诗余图谱》的张綖；有兼善书画、词风雅洁的吴门画家词派的代表文征明。其他如上海词人陆深，逐首追和朱淑真《断肠词》的戴冠，《玉霄仙明珠集》的作者吴子孝，以及古文家王慎中、小说家吴承恩等，其词亦皆有可观。

---

①（明）杨慎：《词品》，卷首周逊《刻词品序》，见唐圭璋《词话丛编》，北京：中华书局2005年版，第407页。

②（清）胡薇元：《岁寒居词话》：“明人词，以杨用修升庵为第一。”见唐圭璋《词话丛编》，北京：中华书局2005年版，第4037页。

③（清）永瑢等：《四库全书总目》卷176，第1568页。

④ 况周颐：《蕙风词话》卷5，见唐圭璋《词话丛编》，北京：中华书局2005年版，第4510页。

其次，这一时期涌现出了一些足以左右词坛风会的群体流派。一是以内阁首辅夏言为首，由陆深、严嵩、王廷相、费宏、费寀、张邦奇、刘节、张璧、霍韬、郭维藩、顾鼎臣等数十位声势煊赫的达官词人组成的金台词群；二是以沈周、唐寅、祝允明、文征明、吴宽、陈淳、吴子孝等人组成的吴门书画家词群。前者主要是由在京师为官的官僚文人组成，其身份意义大于词学好尚，所以只能称群体而不足以言流派；后者则地望皆出吴中，人皆书画与诗词兼擅，人生姿态相似，词风亦小异而大同，故可以视为完整意义的流派。

其三，该时期不仅出现了大批词人，而且出现了一批在词作、词话、词选三大领域皆有所成就的词学家。如杨慎，不仅有《升庵长短句》3卷、《续集》3卷，词作达340余首；又有较为系统的词话著作《词品》6卷；还有《词林万选》、《百琲明珠》等六七种词选。又如陈霆，其词有《水南词》260余首；又有《渚山堂词话》3卷；词选则有他在《渚山堂词话》中屡屡道及的《草堂遗音》。再如张綖，其词作有《南湖诗余》，存词100首；其词学则有《诗余图谱》3卷，在词学史上尤其是在词谱发展史上具有重要意义；其词选有《草堂诗余别录》；在词学评论方面有《诗余图谱》自序及凡例，以及《草堂诗余别录》中的评点等等，足可辑为《南湖词话》1卷。这些在词作、词选、词评三方面皆有所建树的词学家的出现，是明代词学复兴的重要标志。

其四，词谱的创设。就词的文字谱来说，现存最早的词谱是周瑛主编的成书于弘治七年（1494）的《词学筌蹄》；而在词谱编纂史上影响更大的是于嘉靖十五年（1536）刊行的张綖《诗余图谱》。一方面是后起诸家词谱，如谢天瑞《新镌补遗诗余图谱》（1599）、游元泾《增正诗余图谱》（1601）、金銮校订本《诗余图谱》（万历间）、王象晋重刻本《诗余图谱》（1635），以及万惟檀改编本《诗余图谱》（1638），皆是在张綖《诗余图谱》基础上的增补或改编。另一方面此谱对明清词选编排体例也产生了重大影响。《四库全书总目·类编草堂诗余》“提要”云：“词家小令、中调、长调之分，自此书始。”[①]事实上，《类编草堂诗余》初刻于嘉靖二十九年（1550），其分小令、中调、长调编排，正是嘉靖十五年（1536）刊行的《诗余图谱》直接影响的结果。

---

①（清）永瑢等：《四库全书总目》卷199，北京：中华书局1965年版，第1824页。

其五，词选的编刊。词选既是词学观念的重要载体，词选的大量出现，本身也是词坛繁荣的标志。这一时期，虽然《草堂诗余》的各种改编本仍在次第刊行，但同时也出现了不少词家自出手眼编集的词选。今有传本的有杨慎《词林万选》、《百琲明珠》，题程敏政编《天机余锦》；见诸记载而无传本的有杨慎《诗余辑要》、陈霆《草堂遗音》、杨仪《古今词钞》、刘凤《词选》等。

其六，词论的发展。这一时期，成册的词话有陈霆《渚山堂词话》3卷（自序作于嘉靖九年秋）、杨慎《词品》6卷（自序作于嘉靖三十年）。在大量的散见词话中，如田汝成《西湖游览志余》、徐伯龄《蟫精隽》、郎瑛《七修类稿》、黄溥《诗学权舆》、俞弁《山樵暇语》等笔记或诗话，其中论词文字较多，皆可辑出而单独成卷。此期明人所作词籍序跋，已辑出的有50余篇，其中如高丽人李宗准《遗山乐府跋》、张綖《诗余图谱》自序及凡例、何良俊《草堂诗余序》、刘凤《词选序》等，皆具有重要的词学价值。

弘治元年　戊申　1488

胡超卒，年六十四。成化八年（1472）进士，授工部主事，升员外郎，分治通州漕河。有《耻庵先生遗稿》，清康熙抄本，词附。《全明词补编》从中录其词12首。

张治生。张治（1488—1550），字文邦，号龙湖，茶陵（今属湖南）人。

陈儒生。陈儒（1488—1561），字懋学，号芹山，先世交南（今越南）人，锦衣卫籍。

陈铎或生于是年。陈铎（1488？—1521？），字大声，号秋碧，又号七一居士，祖籍下邳（今属江苏睢宁），后徙金陵（今江苏南京）。正德年间，袭济州卫（今属山东济宁）指挥使。其为人风流倜傥，于经、传、子、史，百家九流，莫不贯通。又精通音律，善弹琵琶，常以牙板随身，高歌一曲，响遏行云，有“乐王”之誉。铎以曲驰名当世，钱谦益评曰：“所为散套，稳协流丽，被之丝竹，审宫节羽，不差毫末。”[①]工诗画，词集名《草堂余意》，乃追和《草堂诗余》之

---

①（清）钱谦益：《列朝诗集小传》丙集，上海：上海古籍出版社1983年版，第351页。

作。虽以一人之心力而欲追续前贤之华妙，或难免效颦之讥，然其词婉约清丽，不琢不率，亦自可诵。陈霆《渚山堂词话》卷2评《草堂余意》云："篇中亦时有佳句。……凡此颇婉约清丽，使其用为己调，当必擅声一时；而以之追步古作，遂蹈村妇斗美毛、施之失。盖不善用其长者也。"[①]况周颐《蕙风词话》卷5云："陈大声词，全明不能有二。坐隐先生《草堂余意》，甲辰春，半塘假去，即付手民，盖亦契赏之至。写样甫竟，半塘自扬之苏，婴疾遽殇。元书及样本并失去，不复可求。其词境约略在余心目中，兼《乐章》之敷腴，《清真》之沉着，《漱玉》之绵丽。南渡作者，非上驷未易方驾。明词往往为人指摘，一陈先生掩百瑕而有余。是书失传，明词之不幸，半塘之隐恫矣。"[②]陈铎著作甚富，有散曲集《秋碧乐府》、《梨云寄傲》、《月香亭稿》、《可雪斋稿》、《滑稽余韵》，杂剧《花月妓双偷纳锦郎》、《郑耆老义配好姻缘》，传奇《纳锦郎》。明代汪廷讷辑《陈大声乐府全集》，有万历三十九年（1611）新安环翠堂刻本。词集《坐隐先生精订草堂余意》上下2卷，存词147首，有《惜阴堂汇刻明词》本，《全明词》据录。

【辨证】《草堂余意》无论从书名还是从集中词作署名来看，都像是一部词的选本，实际却是陈铎词的别集，今存有明万历三十九年（1611）汪氏环翠堂刻本，书名全称为《坐隐先生精订草堂余意》。这个"坐隐先生"是明代大戏曲家兼出版商汪廷讷，而不像有些论著中所说的为陈铎别号。乍看上去，书中共选唐宋词人49人，再加上陈大声（铎）本人及其作品，共50位词家147首作品。实际其中一首前人的作品也没有，全是陈铎本人的大作。陈铎之所以要这样搞恶作剧，也许正是为了向人证明他的作品能够和唐宋词人中的顶尖高手混于一集而可以楮叶莫辨。而晚明以来受其误导者乃不在少数。如黄虞稷《千顷堂书目》著录《草堂余意》1卷，注曰："陈铎选宋词，附以己作。"[③]王重民先生《中国善本书提要》亦为其所误，把《坐隐先生精订草堂余意》二卷置于"词类"、"总集"中，引《千顷堂书目》中的错误解释后，曰："铎字大声，卷内题陈大声者，即黄氏

---

①（明）陈霆：《渚山堂词话》卷2，见唐圭璋《词话丛编》，北京：中华书局2005年版，第365~366页。

② 况周颐：《蕙风词话》卷5，见唐圭璋《词话丛编》，北京：中华书局2005年版，第4510~4511页。

③（清）黄虞稷：《千顷堂书目》卷32，上海：上海古籍出版社2001年版，第786页。

所谓‘附以己作’者也。”[①]1981年，施蛰存先生借《词学》创刊之机，既把辗转传抄的《草堂余意》全部刊出，复撰《陈大声及其〈草堂余意〉》一文，刊于《词学》第1辑。施蛰存先生写道：“《草堂余意》是一部非常古怪的词集。作者把《草堂诗余》中春意、夏意、秋意、冬意这四部分的词，每首都照原韵和作一首。但在每首词的调名下却并不全署自己的姓名。只有原书无署名者，才署名陈大声，其余则仍署原作者名。例如苏东坡、周美成。其实这些词也都是陈大声的和韵之作。这样的编书体例，倒是从来没有的。”[②]施先生这里所说虽然尚不十分准确，然已基本合乎实际。而1991年四川辞书出版社出版的《词学辞典》，仍在重复前人的误解，而阐发更为离谱。该书“陈铎”小传中称，陈铎“编有《坐隐先生精订草堂余意》二卷。卷上为《春意》卷，选周美成等唐、宋人词六十首，存其自作《鱼游春水》、《如梦令》等词二十三首。卷下为《夏意》卷（今按：实际卷下‘夏意’后复有‘秋意’、‘冬意’），选唐、宋人词五十首，存其自作词十四首。该集上下卷共存陈铎词三十七首，可辑成《七一居士词》一卷。”[③]如此读书撰述，也未免过于粗疏了。实际上，对于《草堂余意》中词作署名问题判断最为准确的是况周颐。《蕙风词话续编》指出：《草堂余意》中“词全和《草堂》韵，每音调名下，径题元作者姓名。唯一人两调相连，则第二阕题陈大声名”[④]。张仲谋《明词史》把该集中题名“陈大声”的37首词的情况作了具体辨析，证明况周颐的说法是合乎实际的[⑤]。

杨慎生。杨慎（1488—1559），字用修，号升庵，新都（今属四川）人，明少师杨廷和之子。

杨仪生。杨仪（1488—1564），字梦羽，自号五川居士，又号七桧山人，常熟（今属江苏）人。

---

① 王重民：《中国善本书提要》，上海：上海古籍出版社1983年版，第683页。

② 施蛰存：《陈大声及其〈草堂余意〉》，见《词学》第1辑，上海：华东师范大学出版社1981年版，第212页。

③ 林文焕：《词学辞典》，成都：四川辞书出版社1991年版，第304页。

④ 况周颐：《蕙风词话续编》卷2，见唐圭璋《词话丛编》，北京：中华书局2005年版，第4560页。

⑤ 张仲谋：《明词史》，北京：人民文学出版社2002年版，第148~152页。

【辨证】杨仪曾于正德元年（1506，丙寅）作《长相思·题画》。据［明］李诩《戒庵老人漫笔》卷6载："正德丙寅年，……时杨五川仪年方十九……"[①]若此述可信，则杨仪当生于明弘治元年（1488）。

九月九日，祝允明作《江城子·戊申重九》[②]。

弘治二年 己酉 1489

卢格卒，年七十八。成化十七年（1481）进士，任贵溪知县，多有惠政，后擢江西道监察御史，以母老乞归。《千顷堂书目》卷20著录其《荷亭文集》14卷，今有南京图书馆藏本，又有首都图书馆藏16卷本。《四库全书》卷127仅著录《荷亭辨论》10卷，今有《四库全书存目丛书》本。有词17首，《惜阴堂汇刻明词》裁为《荷亭诗余》，赵尊岳跋称其词"每多酬应之作，盖幛词也"[③]。

李濂生。李濂（1489—1566后），字川父，号嵩渚，祥符（今河南开封）人。正德九年（1514）进士，授沔阳知州，迁宁波同知，擢山西按察佥事。嘉靖五年（1526）以大计免归，居家四十余年，肆力于学，遂以古文名于时。《明史》卷286有传。有《嵩渚文集》100卷，明嘉靖刻本，其中诗38卷，词附，文62卷。另有《祥符先贤传》、《汴京遗迹志》等。又有批点《稼轩长短句》12卷，嘉靖十五年（1536）刊本，是明代较早的评点词集。《惜阴堂汇刻明词》裁其词10首，称《乙巳春游稿》，《全明词》据录。《全明词补编》据《汴京遗迹志》复辑录其词10首。

【辨证】《乙巳春游稿》为李濂嘉靖二十四年乙巳（1545）的记游之作，自序称其中有"游记十二首，杂文三首，五言七言杂律诗五十九首，诗余长短句十首，合为一帙"[④]。赵尊岳先生仅录其词而仍用原书之名，似觉未妥。

---

①（明）李诩：《戒庵老人漫笔》卷6，《笔记小说大观》本，第259页。
②《全明词》，第417页。
③ 赵尊岳：《明词汇刊》，上海：上海古籍出版社1992年版，第1115页。
④（明）李濂：《嵩渚文集》，明嘉靖刻本，《北京图书馆古籍珍本丛刊》第101册。

二月，祝允明作《江南春·和倪瓒原韵》，词后“跋”曰：“国用得云林存稿，命仆追和。窃起蝇骥之想，遂不终辞。按其音调乃是两章，而题作三首，岂误书耶。弘治己酉二月，长洲祝允明记。”①

沈周作《忆秦娥·题秋景》②，词后自注“己酉”。

弘治三年　庚戌　1490

正月十五日，程敏政作《一剪梅·庚戌元夕饮文远家》③。

弘治四年　辛亥　1491

包梧生。包梧（1491—？），字子木，号白厓，鄞县（今浙江宁波）人。嘉靖元年（1522）举人，以谒选授苏州府通判，忤织造中官，谪无为州同知，移成都府通判，升漳州府同知。有《白厓先生集》。《全明词补编》据《白厓先生集》卷2录其词8首。

【辨证】包梧生卒年，史无明载，故常见工具书皆谓其生卒年不详。今据范钦《天一阁集》卷19《赠包白厓序》，其中谓包梧“岁庚戌，盖六十矣”④。按“庚戌”为明嘉靖二十九年（1550），包梧本年60岁，按中国岁数算法前推59年，可知包梧生于弘治四年（1491）。

祝允明自书所作讽世词《苏武慢》12章，贻同里朱凯。

沈周作《念奴娇·和杨君谦雨晴韵》⑤，词后自注“辛亥”。

---

①《全明词》，第424页。
②《全明词》，第320页。
③《全明词补编》，第122页。
④（明）范钦：《天一阁集》卷19，宁波：宁波出版社2006年版，第257页。
⑤《全明词》，第320页。

弘治五年 壬子 1492

郑满中举人。郑满（1465—？），字守谦，号勉斋（一作字勉斋），慈溪（今属浙江）人。与王守仁为同年友，历官临清州学正，官至山东濮州知府。郑满虽跻身官僚，但好学自守，淡于荣利，故《明词提要》对其品格加以称赞："元代许鲁斋以理学大儒，为词淡泊凝净。以勉斋相况，庶几并辔联镳，高风相与上下者矣。"[①]有《勉斋遗稿》，词附。词仅5首，均酬赠之作，惜阴堂裁为《勉斋词》1卷，《全明词》据录。

九月十日，李宗准为元好问词集《遗山乐府》作跋，其文曰："乐府，诗家之大香奁也。遗山所著，清新婉丽，其自视似羞比秦、晁、贺、晏诸人，而直欲追配于东坡、稼轩之作，岂是以东坡为第一，而作者之难得也耶？然后山以为：子瞻以诗为词，如教坊雷大使之舞，虽极天下之工，要非本色。李易安亦云：子瞻歌词'皆句读不葺之诗耳'，'往往不协音律'。王半山、曾南丰'文章似西汉，若作小歌词，则人必绝倒，不可读也。乃知别是一家，知之者少。'彼三先生之集大成，犹不免人之讥议，况其下者乎？夫诗文分平侧，而歌词分五音、五声，又分六律，清浊轻重，无不克谐，然后可以入腔矣。盖东坡自言平生三不如人，歌舞一也，故所作歌词，间有不入腔处耳。然与半山、南丰，皆学际天人，其于作小歌词，直如酌蠡水于大海，岂可谤伤耶？吾东方既与中国语音殊异，于其所谓乐府者，不知引声唱曲，只分字之平侧、句之长短，而协之以韵，皆所谓以诗为词者，捧心而颦，其里只见其丑陋耳。是以文章巨公，皆不敢强作，非才之不逮也，亦如使中国人若作《郑瓜亭》、《小唐鸡》之解，则必且使人抚掌绝缨矣。惟益斋入侍忠宣王，与阎、赵诸学士游，备知诗余众体者，吾东方一人而已。然使后山、易安可作，未知以敝衣缓步为真孙叔敖也耶？以此知人不可造次为之，虽未知乐府，亦非我国文章之累也。愚之诵此言久矣，今以告监司广源李相国。相国曰：'子之言是矣，然学者如欲依样画胡卢，不可不广布是集也。'于是就旧本考校残文误字，誊写净本，遂属晋州庆牧，使任绣梓。时弘治纪元之五年壬

---

① 赵尊岳：《惜阴堂汇刊明词提要·〈勉斋词〉一卷》，《词学季刊》1934年第2卷第1号，第93页。

子，重阳后一日，都事月城李宗准仲钧识。”①

【辨证】李宗准所作《遗山乐府跋》，一般被视为明代词学文献。施蛰存先生主编的《词籍序跋萃编》编录于卷7《辽金元词集序跋》中，李康化著《明清之际江南词学思想研究》也把此文列入“明人较具理论价值的词论”，把它视为明代词学文献是很自然的，因为李宗准在跋文末尾题署为：“时弘治纪元之五年壬子，重阳后一日，都事月城李宗准仲钧识。”但严格地讲，这应该属于海外汉学文献。李宗准既为高丽人，所跋之《遗山乐府》亦为高丽刊本。文末提到的“晋州”为古高丽地名，在今韩国庆尚南道。李宗准为月城都事，月城属晋州管辖，都事为官名。又文中提到的“益斋”即高丽著名诗人李齐贤，益斋为其号。至于所谓“郑瓜亭”、“小唐鸡”云云，据上下文意当为古高丽歌曲名。

沈周作《卖花声》(斜日映江皋)②。按:《明词纪事会评》引明无名氏《我川寓赏编》:“沈石田《卖花声图》云云。后题‘弘治壬子秋九月二十日沈周。’”③

秦夔作《念奴娇·六十感怀》④。按：秦夔生于宣德八年（1433）。

弘治六年 癸丑 1493

杨爵生。杨爵（1493—1549），字伯珍，一字伯修，号斛山，富平（今属陕西）人。

秦瀚生。秦瀚（1493—1566），先字会洋，号艾斋，改字叔度，号从川，无锡（今属江苏）人。

倪谦《倪文僖集》刊行。李东阳作《〈倪文僖集〉序》，其略云：“公既没，青溪乃取公所自编订者为三十二卷，刻梓以传，东阳始得而备见之。……文有

---

①（金）元好问：《遗山乐府》，卷尾李宗准跋，明高丽刊本，见朱孝臧《彊村丛书》，上海：上海书店；扬州：江苏广陵古籍刻印社1989年版，第1376页。

②《全明词补编》，第101页。

③ 尤振中、尤以丁：《明词纪事会评》，合肥：黄山书社1995年版，第122页。

④《全明词补编》，第109页。

《玉堂稿》百卷、《上谷稿》八卷、《归田稿》四十二卷、《南宫稿》二十卷，通为卷百七十，则裒为家集。青溪与其弟工部主事阜辈共藏之，而《辽海编》别行于世云。弘治癸丑秋八月一日。"[①]《四库全书总目》卷170"提要"称："《倪文僖集》三十二卷，明倪谦撰。……据李东阳序，谦所著有《玉堂稿》一百卷，《上谷稿》八卷，《归田稿》四十二卷，《南宫稿》二十卷。又有奉使朝鲜之作，为《辽海编》，别行于世。今皆未见。此本凡赋辞、琴操、古今体诗、诗余十一卷，颂赞、表笺、箴铭一卷，文二十卷，盖谦所自编，于生平著作，汰存六之一者也。"[②]

弘治七年　甲寅　1494

陆容卒，年五十九。成化二年（1466）进士，授南京主事，进兵部职方司郎中，累迁浙江右参政，后以忤权贵罢归。《明史》卷286有传。有笔记《菽园杂记》15卷，另有《式斋先生文集》37卷，明弘治十四年陆伸刻本，词12首杂次诗集中，惜阴堂裁为《式斋词》，《全明词》据录。《全明词补编》复从《菽园杂记》卷10辑录其词2首。

周瑛主持编撰的词谱《词学筌蹄》成书于是年。按：《词学筌蹄》卷首有周瑛自序，作于弘治甲寅（1494）。序中略谓："《草堂》旧所编，以事为主，诸调散入事下；此编以调为主，诸事并入调下。且逐调为之谱。圜者平声，方者侧声，使学者按谱填词，自道其意中事，则此其筌蹄也。"[③]书中共收词调177种，录词353首。具体编录者为四川府学教授蒋华（质夫），考正者为蜀人徐橚（山甫）。

【辨证】现存最早的词谱，不像一般教科书或工具书所说的那样，是张綖编撰的《诗余图谱》，而是周瑛的《词学筌蹄》。过去词学家论及词谱，往往以明代张綖《诗余图谱》为创始之作。如明清之际词学家邹祇谟《远志斋词衷》云："张光州南湖《诗余图谱》，于词学失传之日，创为谱系，有荜路蓝缕之功。"[④]唐

①（明）倪谦：《倪文僖集》，卷首李东阳序，《景印文渊阁四库全书》第1245册。
②（清）永瑢等：《四库全书总目》卷170，北京：中华书局1965年版，第1487页。
③（明）周瑛：《词学筌蹄》，卷首自序，清初抄本，《续修四库全书》第1735册。
④（清）邹祇谟：《远志斋词衷》，见唐圭璋《词话丛编》，北京：中华书局2005年版，第658页。

圭璋先生《词学论丛·历代词学研究述略》亦云:“研究词体、词调的著作,最早的是明人张綖的《诗余图谱》三卷。”①另一位词学家宛敏灏先生在其所著《词学概论》中亦云:“词谱之作,当在词乐失传之后,始于明代的张綖。”②然而,这种自清初以来似已约定俗成的看法,其实是不准确的。《词学筌蹄》8卷,原仅存抄本,黄虞稷《千顷堂书目》卷32“词曲类”著录其书,今有据上海图书馆所藏抄本影印的《续修四库全书》本。周瑛《自序》中说:“《草堂》旧所编,以事为主,诸调散入事下;此编以调为主,诸事并入调下。且逐调为之谱。圜者平声,方者侧声,使学者按谱填词,自道其意中事,则此其筌蹄也。”③该书共收177调,例词353首,其谱以圆形表平声,以方形表仄声,有断句,有分片,可以说已基本具备了词谱的体例与功能。因为已知张綖《诗余图谱》初刻于嘉靖十五年丙申(1536),那么从林俊作《词学筌蹄序》的弘治九年(1496)算起,《词学筌蹄》比《诗余图谱》早了刚好四十年④。

弘治八年 乙卯 1495

邱濬卒,年七十八。景泰五年(1454)进士,选庶吉士,授编修,历翰林学士、国子祭酒、礼部侍郎,官至尚书,加太子太保兼文渊阁大学士。卒赠太傅,谥文庄。《明史》卷181有传。有《琼台稿》,版本甚多。其集中附词20首,惜阴堂裁为《琼台词》1卷,盖以其末《行不得也哥哥》及《不如归去》2首为禽言诗而非词,弃去不录。《全明词》则照录20首,复从《古今词统》辑得《菩萨蛮·秋思回文》2首。赵尊岳《明词提要》举其词格有“秀处”、“拙处”、“激昂处”、“疏处”等特点,谓:“其秀处如《生查子》:‘雨照水痕圆,风蹙波纹皱,顾影徘徊落小池,顿觉人非旧。’拙处如《酹江月·和东坡》有云:‘一自两赋成来,山川胜概,倍增辉发。鹤梦箫声随水去,自有声华难灭。’激昂处如《沁园春·题岳王庙》有云:‘共戴仇天,甘投死地,天理人心安在哉?’疏处如‘古

---

① 唐圭璋:《词学论丛》,上海:上海古籍出版社1986年版,第816页。
② 宛敏灏:《词学概论》,上海:上海古籍出版社1987年版,第137页。
③(明)周瑛:《词学筌蹄》,卷首自序,清初抄本,《续修四库全书》第1735册。
④ 具体论述可参见张仲谋《〈词学筌蹄〉考论》,《中国文化研究》2005年秋之卷。

树巢云，落花绣草，四山弦管啼幽鸟。醉来白眼望青天，人间别有乾坤小。’要均能得词流之正脉者。”①

姚绶卒，年七十四。天顺八年（1464）进士，授监察御史。成化初为永宁郡守，解官归，筑室曰“丹丘”，啸咏其中，人称丹丘先生。工诗画，其书法钟、王，山水竹石深得古意。有《谷庵集》30卷，未见流传，今仅存《谷庵集选》10卷，明嘉靖三十七年（1558）姚阶刻本，其卷6为词，《惜阴堂汇刻明词》裁出称《谷庵词》，凡28首，《全明词》据录。《全明词补编》复从《六研斋二笔》辑出1首。

秦夔卒，年六十三。天顺四年（1460）进士，授南京兵部主事，进员外郎，转郎中，出为武昌知府，累官至江西右布政使。有《五峰遗稿》24卷，明嘉靖元年（1522）秦锐等刻本。《全明词补编》从《五峰遗稿》卷13录存其词7首。

弘治九年　丙辰　1496

史鉴卒，年六十三。隐居不仕，留心往世之学，平生书无不读，尤熟于史学。王恕巡抚江南时，闻名延见，访问时政，指陈利病，王恕深服其才。居住西村，人称西村先生。有《西村先生集》28卷、《附录》1卷，清初抄本，《四库全书总目》已著录。其卷13为词，多秾丽之作，常以直率之语抒婉转之情，风格近于柳永。《惜阴堂汇刻明词》裁为《西村词》，然所录词仅35首，两本顺序亦多有不同。《全明词》据本集迻录，凡58首。

彭华卒，年六十五。景泰五年（1454）进士第一，由詹事迁礼部侍郎，入内阁。卒谥文思。《明史》卷168有传。有《彭文思公文集》10卷，明弘治十六年（1503）刻本，卷9有词19首，《全明词》据录。

吴子孝生。吴子孝（1496—1563），字纯叔，号海峰，晚号龙峰，长洲（今江苏苏州）人，吴一鹏子。

周复俊生。周复俊（1496—1574），字子颢，昆山（今属江苏）人。

李瀚刻《中州集》10卷附《中州乐府》1卷。今中国国家图书馆、南京图书

---

① 赵尊岳:《惜阴堂汇刊明词提要·〈琼台词〉一卷》,《词学季刊》1934年第2卷第1号，第104页。

馆有藏本。

林俊为周瑛《词学筌蹄》作序，序中有“壤歌衢谣，发而为卿云、南风，为风、雅、颂，为《离骚》，为古乐府，为慢词”，“词始于汉，盛于魏晋、隋唐，而又盛于宋，即所谓白雪体者”①等语。

弘治十年　丁巳　1497

祁顺卒，年六十四。天顺四年（1460）进士，历授户部郎。成化中，赐一品服使朝鲜，单骑就馆，金缯声伎之奉悉不取，三韩君臣相顾骇异，为筑却金亭。后官终江西左布政使。有《巽川祁先生文集》16卷、《附录》2卷，清康熙二年（1663）在兹堂刻本，今已收入《四库全书存目丛书》。《全明词》据其《文集》卷8录词12首,《全明词补编》补录3首。

唐钦卒，年四十八。弘治九年（1496）进士，观政大理寺，寻卒。《全明词补编》据《唐氏先世遗文》录其“湖西八景词”8首。

苏志皋生。苏志皋（1497—1569），字德明，号寒村，其先为直隶延庆州人，明初徙顺天之固安县（今属河北），遂为固安人。

【辨证】苏志皋生卒年，过去通行工具书多曰不详。河北《廊坊市志》及《河北历代文化人物录》等书，以其生年系于1488年。今据《中国文学编年史·明中期卷》引明代郭秉聪撰《明通议大夫都察院右副都御史食从二品俸致仕寒村苏公暨配恭人温氏合葬墓志铭》，其中记载“隆庆己巳（今按：即1569年）夏六月三日，致仕都察院右副都御史苏公卒”，“公生于弘治丁巳十月二十四日，享年七十有三”②。

李文利所撰乐律学著作《大乐律吕元声》6卷、《大乐律吕考注》4卷，约成书于是年。二书现有明嘉靖年间刊本和旧抄本。

---

①（明）周瑛:《词学筌蹄》，卷首林俊序，清初抄本，《续修四库全书》第1735册。

② 陈文新:《中国文学编年史·明中期卷》，长沙：湖南人民出版社2006年版，第373页。

正月十五日，顾恂作《苏武慢·元宵即景写怀　丁巳》①。是年另有《苏武慢·丁巳诞辰呈在座》②、《苏武慢·悼濬河溺死者　丁巳》③及《苏武慢·中秋玩月有怀潜孙》④，词中有"白发三千，年华八十，幸喜此身强健"句。

八月十五日，夏言作《念奴娇·中秋对月，次李汉老韵三阕》⑤，自注"十六岁作"。是年另有《如梦令·题画四首》⑥，自注"十六岁作"。

弘治十一年　戊午　1498

王越卒，年七十六。景泰二年（1451）进士，官至兵部尚书，以武功封威宁伯。卒赠太傅，谥襄敏。《明史》卷171有传。所为诗词，多河朔激壮之音。有《黎阳王襄敏公集》4卷，明万历十三年（1585）但贵元刻本，其卷4附词，《惜阴堂汇刻明词》裁为《黎阳王太傅诗余》，称从天一阁藏书中得正德刊本《黎阳王太傅集》，"附诗余十五首"⑦。《全明词》乃据《王襄敏公集》卷4录其词28首。又沈津著《美国哈佛大学哈佛燕京图书馆中文善本书志》亦据明万历十三年（1585）但贵元四川刻本，则称其书卷4有"诗余四十首"⑧，尚待考实。

黄峨生。黄峨（1498—1569），字秀眉，遂宁（今属四川）人，黄珂次女，杨慎继室。

文彭生。文彭（1498—1573），字寿承，号三桥，长洲（今江苏苏州）人，文征明长子。

马金编刻戴复古《石屏诗集》10卷，其中第8卷为词，录词25首。《四部丛刊续编》本《石屏诗集》即据此本影印。

顾恂作《苏武慢·戊午岁立春写怀》⑨。

---

①《全明词》，第287页。
②《全明词》，第290页。
③《全明词》，第291页。
④《全明词》，第291页。
⑤《全明词》，第717页。
⑥《全明词》，第695页。
⑦ 赵尊岳:《明词汇刊》，上海：上海古籍出版社1992年版，第1676页。
⑧ 沈津:《美国哈佛大学哈佛燕京图书馆中文善本书志》，上海：上海辞书出版社1999年版，第676页。
⑨《全明词》，第291页。

文征明作《江南春·和倪瓒原韵》(象床凝寒照篮笋)，词后“跋”曰：“追和倪先生《江南春》一篇，篇后题元举者，盖王元举兄弟，克用，为虞胜伯别字也。弘治戊午冬闰，后学文璧征明。”[1]

弘治十二年　己未　1499

程敏政卒，年五十五。十岁以神童荐，诏读书翰林院。成化二年（1466）进士，历左谕德，直讲东宫。孝宗嗣位，擢少詹兼侍讲学士，直经筵，官终礼部右侍郎。《明史》卷286有传。有《篁墩程先生文集》94卷，明嘉靖十二年（1533）宗文堂刻本。另有《宋遗民录》15卷等。《全明词》存其词12首，《全明词补编》另存其词10首。

袁袠生。袁袠（1499—1548），字补之，自号谷虚子，吴县（今江苏苏州）人。

陈如纶生。陈如纶（1499—1552），字德宣，号午江，别号二余，太仓（今属江苏）人。

崔廷槐生。崔廷槐（1499—约1560），字公桃，号楼溪，平度州（今山东平度）人。嘉靖五年（1526）进士，授户部主事，历郎中，出为四川佥事。有《楼溪集》36卷，词附。惜阴堂裁其词18首为《楼溪乐府》，《全明词》据录。

马暾刊陈师道所撰《后山先生集》30卷，卷30为词。

弘治十三年　庚申　1500

费懋贤生。费懋贤（1500—1545），字民献，号少湖，江西铅山人，大学士费宏子。

龚用卿生。龚用卿（1500—1563），字鸣治，号云冈，福建怀安（今福州）人。

黄正色生。黄正色（1500—1576），字士尚，号斗南，无锡（今属江苏）人。

---

①《全明词》，第505页。

吴承恩或生于是年。吴承恩（约1500—约1582），字汝忠，号射阳山人，祖籍涟水（今属江苏），后徙居山阳（今江苏淮安）。

夏言作《菩萨蛮·弋阳道中》①，自注“十九岁作”。

弘治十四年 辛酉 1501

郭廷序生。郭廷序（1501—1547），字循夫，号介斋，广东潮阳人。

朱让栩生。朱让栩（1501—1547），蜀献王椿五世孙，椿为太祖十一子。正德五年（1510）袭封蜀王。

文嘉生。文嘉（1501—1583），字休承，号文水，长洲（今江苏苏州）人，文征明次子。按：文嘉生年，诸书多缺略。此据张彬编著《中国古今书画家年表》及黄惠贤主编《二十五史人名大辞典》等书。

吕希周生。吕希周（1501—1554后），字师旦，号东汇，崇德（今浙江桐乡）人。嘉靖五年（1526）进士，授户部主事，历官刑部员外郎、吏部文选司郎中等。有《东汇诗集》10卷，明嘉靖三十三年（1554）吕端甫刻本，今有《四库全书存目丛书》本。《全明词》据《明词综》录其词1首，《全明词补编》复从《东汇诗集》卷10录其词43首。

符锡中举人。符锡（生卒年不详），字宜臣，新喻（今江西新余）人。初授韶州判官，累迁太仆丞，出为韶州知府。有《颖江漫稿》14卷传世。《全明词》据其本集卷7录其词11首。

游潜中举人。游潜（生卒年不详），字用之，号梦蕉，江西丰城人。官至宾川知州。有《梦蕉存稿》4卷，今已收入《四库全书存目丛书》。又有《梦蕉诗话》2卷、《博物志补》2卷。《全明词》据《古今词统》录其《竹枝》1首，《全明词补编》据《梦蕉存稿》卷3录其词22首。

顾潜作《西江月·辛酉告归瓜步作》②。

---

①《全明词》，第706页。

②《全明词》，第509页。

弘治十五年　壬戌　1502

朱衮中进士。朱衮（生卒年不详），字子文，号石北，永州（今属湖南）人[①]。中进士后，选翰林院庶吉士，拜监察御史，以忤刘瑾谪县丞。瑾败，起擢南礼部郎中，出补云南参议，转按察副使，进四川布政使右参政。有《白房杂兴》3卷、《白房杂述》3卷、《续集备遗》1卷，其中《杂兴》为诗集，词7首附，惜阴堂裁为《白房词》，《全明词》据录。

【辨证】明季长洲另有一朱衮（1602—1675），字九章，实乃冒姓朱，后复其姓，即金俊明，更字孝章，号耿庵，又号不寐道人。入复社，博学有才气。入清后以书画自给，其墨梅尤负盛名。著有《春草闲房诗集》、《退量稿》等。沈津《美国哈佛大学哈佛燕京图书馆中文善本书志》著录有明崇祯方氏家塾刻本《广韵藻》，为长洲人方夏撰，前有崇祯十五年（1642）朱衮序[②]，可知朱衮复其本姓而称金俊明，盖在入清之后。

张邦奇作《玉烛新·思归词，年十九作》[③]。

弘治十六年　癸亥　1503

桑悦卒，年五十七。成化元年（1465）举人，迁柳州府通判。《明史》卷286有传。《明史·艺文志》著录其《两都赋》2卷、《古赋》3卷。今传本有《思玄集》16卷，卷16为“诗余”，今已收入《四库全书存目丛书》，《惜阴堂汇刻明词》裁为《思玄词》1卷，存词25首，《全明词》据录。《全明词补编》复从《盛明百家诗选》辑录其词2首。郑振铎《西谛书话·劫中得书记》著录桑悦《思玄集》16

---

①《明别集版本志》作长洲（今江苏苏州）人；据《进士题名碑》，是湖广永州卫籍，江南长洲县人；《千顷堂书目》误以衮为上虞人。

② 沈津：《美国哈佛大学哈佛燕京图书馆中文善本书志》，上海：上海辞书出版社1999年版，第470页。

③《全明词补编》，第257页。

卷，曰："桑悦为明中叶一奇人。诗词作风均大胆，辟李贽、徐渭一途风气。"[①]

徐阶生。徐阶（1503—1583），字子升，号少湖，又号存斋，华亭（今属上海）人。

三月十八日，沈周作《蝶恋花》（闷闷家中无意味），词前小序曰："癸亥三月十八日，坐闷掩关，国用至，云：雨日西山茶笋颇佳。遂理舟而行。时东阑牡丹始放，行恐负花，不行又差茶笋。国用又云：归亦倾国未老。舟中忆花，染此墨本，复填此词，以寄孤兴云。"[②]

十月二日，赵宽作《南歌子》（树下婆娑久），词前小序曰："予既次壁间旧韵，因过树下，感叹间，忽枝头数花，映射目睫，欣然命酒，遂成小词。癸亥十月二日西店驿书。"[③]

除夕，吴宽作《踏莎行·癸亥岁除自寿》[④]，词中有"一岁之终，吾生之始。年称七字从今起"句。

戴冠于是年除夕和朱淑真《断肠词》26首。两年后所作跋云："始予得朱淑真《断肠词》于钱唐处士陈逸山，阅之，喜其清丽，哀而不伤。癸亥岁除之夕，因乘兴遍和之。且系以诗，盖欲益白朱氏之心，非与之较工拙也。已而携之游都下，以呈大复先生，间有一二字为所许者。比来渐觉玩物丧志，欲遂弃之。窃叹当时好事，故不忍焉。况历今寒暑几易，而所就莫加于前，抑又何也？乃题而藏之箧底，以惩旷废。或者他日苟有所进，亦得以正其谬盭云耳。弘治乙丑九月望后三日题。"[⑤]是年另有《蝶恋花·癸亥春作》一词[⑥]。

【辨证】 戴冠此跋作于弘治十八年乙丑（1505）九月十八日，追和朱淑真《断肠词》的时间为弘治十六年癸亥（1503）除夕。这篇短跋之所以值得注意，是因为它在判断朱淑真《断肠词》版本方面具有特殊的史料价值。

---

① 郑振铎：《西谛书话》，北京：生活·读书·新知三联书店1998年版，第233页。
②《全明词》，第321页。
③《全明词》，第408~409页。
④《全明词》，第358页。
⑤（明）戴冠：《戴氏集》卷11，明嘉靖二十七年张鲁刻本，《四库全书存目丛书》集部第63册。
⑥《全明词》，第662页。

其一，《断肠词》的早期版本，过去认为有二本：一为明代“紫芝漫钞”本，即《宋元名家词》本，一为毛晋汲古阁于天启、崇祯年间校刻的《诗词杂俎》本。而从戴冠所和之词可以认定其所和之原作，即由“钱塘处士陈逸山”所传之《断肠词》，与上二本均有不同。最明显的区别是，比前二本少了一首《生查子》（年年玉镜台），而多了一首《西江月》（办取舞裙歌扇）。毛晋《〈断肠词〉跋》曰：“既获《断肠词》一卷，凡十有六调，幸观全豹矣。”① 而据戴冠和词来看，则此本实有17调。由此可以推断，在明代弘治年间，《断肠词》除了“紫芝漫钞”本或曰《宋元名家词》本之外，还有第三种版本。

其二，《生查子》（去年元夜时）一首，见载于欧阳修《庐陵集》卷131，宋曾慥《乐府雅词》亦作欧阳修作，学界早有定论。只是该词窜入《断肠词》的时间，过去未有分剖。王士禛《池北偶谈》卷14论及此词，谓“不知何以讹为朱氏之作？”②《四库全书总目·断肠词》“提要”中亦云：“不知何以窜入淑真集内？”③ 今按明代早期流传的《紫芝漫钞》本无此首，戴冠所和之“钱塘处士陈逸山”传本亦无此首，可见在弘治十八年（1505）前后，这首《生查子》尚未窜入朱淑真集中。而到了嘉靖三十年（1551）成书的杨慎《词品》中，才有如下的说法：“朱淑真元夕《生查子》云：‘去年元夜时，花市灯如昼。月上柳梢头，人约黄昏后。　今年元夜时，月与灯依旧。不见去年人，泪湿春衫袖。’词则佳矣，岂良人家妇所宜邪？又其《元夕》诗云：‘火树银花触目红，极天歌吹暖春风。新欢入手愁忙里，旧事经心忆梦中。但愿暂成人缱绻，不妨长任月朦胧。赏灯那得工夫醉，未必明年此会同。’与其词意相合，则其行可知矣。”④ 杨慎《词品》6卷，体量大而多误，其中以讹传讹、张冠李戴、郢书燕说、英雄欺人之处甚多。如谓比苏轼晚生百年的程正伯为东坡中表，把姚雪坡误为苏雪坡，把陈与义误为陈季常之孙，把周晴川之词误为周邦彦之词，均信口信手，随意生发。这里毫无依据地把《生查子·元夕》词安在朱淑真头上，则很可能是因为《断肠诗集》中有《元夕》诗而生发的有意误会。后来毛晋震于杨慎学富才高之名，遂为英雄所

① （明）毛晋：《汲古阁书跋》，上海：上海古籍出版社2005年版，第112页。
② （清）王士禛：《池北偶谈》卷14，《景印文渊阁四库全书》第870册。
③ （清）永瑢等：《四库全书总目》卷199，北京：中华书局1965年版，第1821页。
④ （明）杨慎：《词品》卷2，见唐圭璋《词话丛编》，北京：中华书局2005年版，第451页。

欺。其《〈断肠词〉跋》中云："先辈拈出元夕诗词，以为白璧微瑕，惜哉！"[①]这里所谓"先辈"显然是指杨慎，而《生查子·元夕》一词遂出现于毛晋汲古阁刻本《断肠词》中。综上所述，由戴冠所和《断肠词》可知，《生查子·元夕》一词在弘治末年（1505）尚未归入朱淑真名下，自毛晋汲古阁刻本始入《断肠词》，而依据则是杨慎《词品》中一段莫须有的说法。《四库全书总目》谓"不知何以窜入淑真集内"，这就是一个最基本的过程。

弘治十七年　甲子　1504

吴宽卒，年七十。成化八年（1472）举进士第一，授翰林院修撰，侍东宫。孝宗即位，迁左庶子，预修《宪宗实录》，进少詹事兼侍读学士。弘治八年（1495）擢吏部右侍郎，十六年进礼部尚书。性高洁，清正自守，卒谥文定。《明史》卷184有传。工诗，书法亦名擅一时。诗文集有《匏庵家藏集》77卷、《补遗》1卷，明正德三年（1508）吴奭刻本。钱谦益《列朝诗集小传》云："匏庵者，先生之自号，亦以老居台阁，不得大用，盖用以自寓云。"[②]集中诗30卷，词附，《惜阴堂汇刻明词》裁为《匏翁词》，存词34首。赵尊岳跋称其"作诗文雅有典则，兼工书法，词亦窥见门径，不同庸下，因为刊存之"[③]。

【辨证】 沈雄《古今词话》"吴宽、赵宽"一则载："《耆旧续闻》曰：吴宽，字原博，有《匏庵词》。'繁花落尽留红药，新笋丛生带绿苔'，名句也。赵宽，字栗夫，受知于匏庵。匏庵曰，不遇吴宽，争得赵宽。两人俱登进士第一，而赵为吴所本，皆得名。吴有词曰《匏庵集》，赵有词曰《半江集》。"[④]此段话其后为王奕清等辑《历代诗余》及王昶《明词综》所沿用，竟无人辨其误。直到20世纪80年代，唐圭璋先生撰《读词五记》，发表于《古籍整理简报》第115期，后收入

---

①（明）毛晋：《汲古阁书跋》，上海：上海古籍出版社2005年版，第112页。

②（清）钱谦益：《列朝诗集小传》丙集，上海：上海古籍出版社1983年版，第275页。

③ 赵尊岳：《明词汇刊》，上海：上海古籍出版社1992年版，第1194页。

④（清）沈雄：《古今词话》词评下卷，见唐圭璋《词话丛编》，北京：中华书局2005年版，第1025~1026页。

《词学论丛》。其中“陈鹄不可能评吴宽词”一则写道：

> 近人注明人吴宽词，引陈鹄《耆旧续闻》云：吴匏庵词有“繁花落尽留红药，新笋丛生带绿苔”，名句也。时有赵宽字栗夫，为匏庵所取士，词名《半江集》。匏庵尝曰：“不遇吴宽，争得赵宽！”按陈鹄乃南宋人，如何能评明人吴宽词？此亦最显著之错误。《耆旧续闻》为常见之宋人笔记，由于注者不考作者时代，不查《耆旧续闻》原书，以致铸成如此离奇之错误。《历代诗余》卷120引此条，其下正注《耆旧续闻》，由此亦可知《历代诗余》最不可信，学者注词，切不可沿误引用。不知明人是否尚有同名之《耆旧续闻》，但加上陈鹄总是大错。[①]

今按：唐圭璋先生辨析甚是，然而笔者这里想略加申说。其一，最先创列此说的是沈雄《古今词话》，《历代诗余》与《明词综》乃其“从犯”，而非始作俑者。其二，《历代诗余》仅于引文之末小字注“耆旧续闻”，并未加上“陈鹄”之名。把此《耆旧续闻》坐实为陈鹄之书的乃是当代编著之书。第三，吴宽“繁花落尽留红药，新笋丛生带绿苔”二句，实际出于其《游东园》诗，因此是诗句而不是词中名句。其四，沈雄《古今词话》之所本，应该是王世贞《艺苑卮言》卷5中的一段话。王世贞在这里摘引了诸多明人诗中佳句，然后称赞曰：“此等语入弘、正间不复可辨，参之贞元、长庆，亦无愧色。”[②]沈雄泛称“耆旧续论”或“故老传闻”可，而正用“耆旧续闻”则不妥。至于今人更进一步把此《耆旧续闻》与陈鹄联系起来，始出现宋人陈鹄评明代吴宽词的离奇错误。明代可能会有与《耆旧续闻》同名的著作，但这部同名著作的作者又恰巧也叫陈鹄，这种可能性存在的概率就微乎其微了。

许谷生。许谷（1504—1586），字仲贻，号石城，上元（今江苏南京）人。

韩邦奇所撰乐律学著作《苑洛志乐》20卷约成书于是年。该书前2卷，取宋蔡元定《律吕新书》为之直解，以下18卷自著新说。有《四库全书》本。

韩邦奇另辑录前人论乐文字为《乐律举要》1卷，当成书于是年之前。该书

---

① 唐圭璋：《词学论丛》，上海：上海古籍出版社1986年版，第713~714页。
② （明）王世贞著，罗仲鼎校注：《艺苑卮言校注》卷5，济南：齐鲁书社1992年版，第246页。

杂辑《易经》、《书经》、《周礼》、《乐记》、《汉书》、《淮南子》以及宋儒周敦颐、朱熹、蔡元定等人论乐文字，并以己意作注。有商务印书馆《丛书集成初编》据《学海类编》排印本。韩邦奇另有乐律学著作《律吕直解》2卷，约成书于是年。现存有明正德辛巳年（1521）刊本。

八月十五日，文征明作《酹江月·甲子中秋出试场对月》①。

弘治十八年　乙丑　1505

五月，孝宗朱祐樘卒。皇太子朱厚照即位，是为武宗。

顾恂卒，年八十八。以子鼎臣贵，赠光禄大夫柱国少保兼太子太傅礼部尚书武英殿大学士。有《桂轩先生全集》10卷，清雍正十年（1732）昆山顾氏桂云堂刻《玉峰雍里顾氏六世诗文集》本，其卷10为《昆山顾桂轩先生啖蔗余甘词》，前有秦向香《〈啖蔗余甘〉题辞》，存词138首，《全明词》据录。

赵宽卒，年四十九。成化十七年（1481）进士第一，历官刑部郎中、浙江提学副使、广东按察使。少受知于吴宽，诗、文、词、书皆工，为文雄浑秀整，词则疏朗淡远。著有《半江赵先生文集》15卷、《附录》1卷，明嘉靖四十年（1561）刻本，王守仁、费宏为之序，《四库全书总目》著录。事迹见《明人小传》、《列朝诗集小传》、《明诗综》、《明词综》等书。《惜阴堂汇刻明词》裁其词13首为《半江词》，赵尊岳跋称其“有《半江集》传世，词附，并复雅令可诵。兹付梓人用广其传播云”②。《全明词》盖以其中《长生谣》一首非词而删，存词12首，《全明词补编》复从《半江赵先生文集》卷12辑得《归朝欢·送孙都宪彩帐》1首。

陈儒生。陈儒（1505—1559），字宗道，号方溪，常熟（今属江苏）人。

徐子熙中进士。徐子熙（生卒年不详），字世昭，上虞（今属浙江）人。中进士后，授兵部职方司主事。正德三年（1508）升武库司员外郎，应制直文华殿，晋光禄少卿。有《贻谷堂集》。其孙于万历年间校刻为《丹峰先生文集》，词附，“丹峰”当为其私谥。《惜阴堂汇刻明词》裁其词为《丹峰词》1卷，凡27首，

① 《全明词》，第502~503页。
② 赵尊岳：《明词汇刊》，上海：上海古籍出版社1992年版，第1083页。

赵尊岳跋称其"淹贯经史百家，下笔语高意古，不落时格。或劝其少为贬损者，益笃志好古，襟怀磊落，不拘小节"。又谓其"词虽不工，饶有逸趣"[①]。《全明词》据录。另，其子徐应丰（生卒年不详），字德中，亦能词。嘉靖间由儒士考选制敕房中书，奉诏侍值，时承晋接，晋礼部主客司郎中。后遭严嵩诬陷，廷杖削为编民。应丰素性鲠直，人争重之。有《平山先生诗集》5卷，清抄本，词在第5卷中，凡40首，惜阴堂裁为《平山词》，《全明词》据录。

马卿中进士。马卿（生卒年不详），字敬臣，号柳泉，林县（今河南林州）人。累官总督漕储副都御史。有《中丞马先生文集》4卷、《诗集》4卷、《诗余》1卷，明林县马氏三阳书屋刻、崇祯九年（1636）赵府补修本。《全明词》乃据其本集录词27首。

李汎中进士。李汎（生卒年不详），字彦夫，歙县（今属安徽）人。中进士后，官工部郎中，出为思恩知府。著有《镜山稿》13卷。存词48首，《惜阴堂汇刻明词》裁为《镜山诗余》1卷。《明词提要》称其词"闲雅冲夷，动得真趣"，又举其《如梦令》、《渔家傲》，以为"均有逸趣"，并谓"镜山仕虽不达，而远至思恩，阳朔、桂林，是其游翔之所，故词亦清俊可诵，所涵濡者顾不大欤"[②]。

正德元年　丙寅　1506

萧显卒，年七十六。成化八年（1472）进士，授兵科给事中，因抗疏言事忤旨，谪镇宁州同知，累官至福建按察司佥事。生平事迹见李东阳所撰《明故福建按察司佥事致仕进阶朝列大夫萧公墓志铭》。有《海钓遗风集》。《全明词补编》从《海钓遗风集》卷1录其词及残句共8首。

【辨证】 明代有两萧显，其一为福建福安人，永乐二年（1404）甲申科进士；又一为山海卫（今河北秦皇岛）人，成化八年进士。《四库全书总目·海钓遗风集》"提要"云："明萧鸣凤编。鸣凤字子雍，浙江山阴人，正德九年进士，

① 赵尊岳：《明词汇刊》，上海：上海古籍出版社1992年版，第1787页。
② 赵尊岳：《惜阴堂汇刊明词提要·〈镜山诗余〉一卷》，《词学季刊》1934年第2卷第1号，第96页。

官至广东提学副使。事迹具《明史》本传。鸣凤父显，字文明，别号海钓，永乐甲申进士，官至给事中。其卒也，李东阳等各为诗以哀之，题曰《海钓遗风》。鸣凤因取显遗诗及东阳等所作序传，并为此集，而仍其旧名。”[①]这一段文字张冠李戴，不仅把两萧显误为一人，抑且把萧鸣凤父亲萧昱误作萧显。萧鸣凤既为正德九年（1514）进士，其父又岂能在110年之前中进士？具体考辨参见杨武泉著《四库全书总目辨误》[②]。

林庭机生。林庭机（1506—1581），字利仁，号肖泉，福建闽县（今福州）人。

三月二十八日，沈周作《惜余春慢》（院没余桃），词前小序曰：“正德改元三月二十八日，江阴薛君尧卿见过，适西轩玉楼牡丹已向衰落，余香剩瓣，犹可把酒留恋。尧卿索赋《惜余春慢》小词，遂填缉一阕，以邀尧卿和篇。”[③]次日，再作同调（艳比妃杨）一词，词前小序曰：“念九日，复引小酌，时花遽为风雨净尽，感慨无已，仍倚韵一阕，以既余怀。尧卿宁无再答云？”[④]

杨仪作《长相思·题画》[⑤]。按：《明词纪事会评》引明代李诩《戒庵老人漫笔》卷6：“正德丙寅年，唐六如为一狎客作水墨桃杏二枝在一扇头，将伺暇作新词题之。其人持去，为狂生大书诗句于前。六如见之，怒甚，取笔泚墨，淋漓一抹，诗画尽墨。时杨五川仪年方十九，在侧，就案以水笔洗涤新墨，狂生之迹几灭。计不能尽去，乃因字删改，良久，扇亦曝干，遂填补成《长相思》一调云云。六如甚加叹赏。”[⑥]《惜阴堂汇刻明词》朱印本《南宫诗余》于此词后记中亦载此事。

正德二年 丁卯 1507

沈錬生。沈錬（1507—1557），字纯甫，号青霞，会稽（今浙江绍兴）人。

① （清）永瑢等：《四库全书总目》卷192，北京：中华书局1965年版，第1742页。
② 杨武泉：《四库全书总目辨误》，上海：上海古籍出版社2001年版，第280页。
③ 《全明词》，第321页。
④ 《全明词补编》，第101页。
⑤ 《全明词》，第915页。
⑥ 尤振中、尤以丁：《明词纪事会评》，合肥：黄山书社1995年版，第203页。

沈周作《临江仙》(昨日把杯今日懒)，词前小序曰："二年二月念九日，与京口陶公辅复对残花，以修昨者故事。填《临江仙》词，仍为澄江缪复端录于纸尾。复端虽未及燕游，亦不敢孤其远意。"词后自注："三月二十四日，八十一翁长洲沈周。"①

八月十五日，陈霆作《水调歌头·丁卯中秋醉后大书》②。

正德三年　戊辰　1508

黄潜卒，年七十四。成化二年（1466）进士，授编修，因直谏被杖阙下，谪湘潭知县。弘治初，起江西提学佥事，旋乞归。《明史》卷179有传。学者称未轩先生。有《未轩集》12卷，惜阴堂裁其词为《未轩词》。《全明词》存其词8首。

赵贞吉生。赵贞吉（1508—1576），字孟静，号大洲，内江（今属四川）人。

陈鎏生。陈鎏（1508—1581），字子兼，号雨泉，吴县（今江苏苏州）人。

王材生。王材（1508—1584），字子难，号稚川，江西新城（今黎川）人。

戴冠中进士。戴冠（生卒年不详），字仲鹖，号邃谷，信阳（今属河南）人。中进士后，为户部主事，因上疏言时弊，贬为广东乌石驿丞。嘉靖初起官历山东提学副使。《明史》卷189有传。著有《邃谷集》12卷，又《诗集》2卷，《千顷堂书目》卷22著录。《四库全书总目》卷176仅录为《邃谷集》12卷，"提要"称其"受业于乡人何景明，诗亦似之。然景明诗虽风姿俊逸，而酝酿犹深。冠才学皆逊于师，而徒守其格调，殆所谓时女步春，终伤婉弱者矣"③。《惜阴堂汇刻明词》裁其词为《邃谷词》1卷，凡44首。赵尊岳跋谓其"著《邃谷集》，词附，以和朱淑真《断肠词》者为多。余见明刊集本，遂录其词以授锓焉"④。《全明词》据《惜阴堂汇刻明词》本《邃谷词》迻录。

【辨证】明代在此前后有两戴冠。前一戴冠（1442—1512），字章甫，长洲

---

①《全明词补编》，第101~102页。
②《全明词》，第541页。
③（清）永瑢等:《四库全书总目》卷176，北京：中华书局1965年版，第1571页。
④ 赵尊岳:《明词汇刊》，上海：上海古籍出版社1992年版，第1225页。

（今江苏苏州）人，长于经史之学，弘治初选贡，授绍兴府训导，罢归。有《诗史类聚》、《经学启蒙》等。其《濯缨亭笔记》10卷，有明嘉靖二十六年（1547）华察刻本，今有《四库全书存目丛书》影印本。又有《礼记集说辨疑》1卷，亦有《四库全书存目丛书》本。《明诗纪事》丁签卷15收有长州戴冠诗1首，戊签卷10收有信阳戴冠诗5首。

正德四年 己巳 1509

沈周卒，年八十三。博览群书，文法左氏，诗学白居易、苏轼、陆游，字仿黄庭坚。尤长于画，与唐寅、文征明、仇英号“明四家”。有《石田先生集》11卷，明万历四十三年（1615）陈仁锡刻本。赵尊岳《惜阴堂汇刻明词》辑其词为《石田诗余》，凡28首。另有沈周及陆续追和者所作《江南春词》1卷，《四库全书》已著录，此为追和元倪瓒作。《四库全书总目·江南春词》“提要”谓：“吴中有得瓒手稿者，因其属和成帙。首有作者姓氏，自周以下共五十人。嘉靖十八年，袁表序而刻之。”①《全明词》在《惜阴堂汇刻明词》本《石田诗余》基础上增辑9首，《全明词补编》又从诸书中辑得其词9首。

王慎中生。王慎中（1509—1559），字道思，初号南江，更号遵岩居士，晋江（今属福建）人。

赵时春生。赵时春（1509—1567），字景仁，号浚谷，平凉（今属甘肃）人。

陈霆作《蝶恋花·春暮旅怀，时正德四年也》②。是年另有《行香子·书泗洲南山石壁》，词后跋语曰：“泗洲南山，即坡老与泗守旧游处，有《行香子》镌于石。崇宁间磨去。己巳岁以公事至泗，公暇得游，追感旧事，为和。此山有瑞岩观、龟山寺。”③

王鏊作《六十自寿四首》④，分别寄调《浪淘沙》、《阮郎归》、《渔家傲》、《踏莎行》。按：王鏊生于明景泰元年（1450）。

---

①（清）永瑢等：《四库全书总目》卷190，北京：中华书局1965年版，第1741页。
②《全明词》，第548页。
③《全明词》，第549页。
④《全明词》，第395~396页。

韩邦奇作《踏莎行·夜饯良谋进士入函谷，己巳作》[1]。

正德五年 庚午 1510

马文升卒，年八十五。景泰二年（1451）进士，授御史。孝宗时，历官吏部尚书。武宗时，乞去。卒谥端肃。有《约斋集》、《马端肃公奏议》等。《明史》卷182有传。赵尊岳从其集中录《雨中花·成化丁酉被谗下狱作》1首，题《马端肃公词》，收入《惜阴堂汇刻明词》，《全明词》据录。

王立道生。王立道（1510—1547），字懋中，无锡（今属江苏）人。

邵圭洁生。邵圭洁（1510—1563），字伯如，一字茂齐，号北虞，常熟（今属江苏）人。

董份生。董份（1510—1595），字用均，号泌园，乌程（今浙江湖州）人。

顾潜作《水调歌头·庚午苦雨》[2]。

正德六年 辛未 1511

谢琳所撰琴谱《太古遗音》于是年成书。书中收35曲，均有歌词，按时代顺序排至宋代。又，正德十年（1515）黄士达所编印的同名琴谱收38支曲子，除稍有增补外，与谢本全同。另有杨抡所编同名琴谱，编于万历三十七年（1609）前，收34支曲子，均有歌词，与此书名同而实异。

正德七年 壬申 1512

洪贯作《满江红·贺江阴王尹筑城御寇障词》[3]。按：《明词纪事会评》引《嘉靖江阴县志》卷1："正德元年，知县刘纮始修朝宗、天庆二门。六年，知县

---

①《全明词》，第623页。
②《全明词》，第508页。
③《全明词》，第366页。

王鉼复哀民力，畚土筑之，城还其旧。周九里零，高一丈五尺，基厚如之。女墙高二尺五寸，自东门至南门三百零七丈五尺八寸，南门至西门三百七十四丈六尺，西门至北门三百零六丈三尺，北门至东门六百九十六丈八尺。总计一千六百八十七丈零三寸，为六千七百四十九步。门皆有楼，东南北各置水关。明年，流贼渡江，寇城下，居民赖以保障。”又：“正德壬申［七年］，齐鲁奔寇顺流而下，直犯城北，焚烧室庐，掳掠子女。关以外，残破不可胜纪。当是时也，土城兴筑，畚锸究勤，汔用告绪，城中无恙。设无捍蔽，江阴能完乎？江阴不守，江浙惧矣！”①

王九思作《万年欢·送平贼将军时公源》②。按：《明史》卷16《武宗本纪》载：正德七年“十一月壬申，时源为平贼将军，会彭泽讨四川贼”③。

正德八年　癸酉　1513

储巏卒，年五十七。成化二十年（1484）进士，授南京吏部主事，历迁户部左侍郎。刘瑾用事，引疾归。瑾诛，复起调南京吏部侍郎，卒于官。嘉靖初赐谥文懿。《明史》卷286有传。有《柴墟文集》15卷，明嘉靖四年（1525）储洵刻本，今已收入《四库全书存目丛书》。《全明词》据本集录其词12首，《全明词补编》复从《荆溪外纪》卷12辑录其词1首。

张天复生。张天复（1513—1574），字复亨，号内山，又号初阳、镜波钓叟，浙江山阴（今绍兴）人。

尹耕生。尹耕（1513—？），字子莘，号朔野山人，山西孝义人，蔚州卫（今河北蔚县）籍。嘉靖十一年（1532）进士，授礼部主事，升员外郎，迁兵部郎中，出为河间知府，官至河南按察司佥事。有《朔野山人集》6卷，明崇祯十年（1637）来临刻本。《全明词补编》据其《朔野山人集》卷4录词26首。

都穆《南濠诗话》刊于是年秋。其中有一段文字专门探讨词的调名原起，为

① 尤振中、尤以丁：《明词纪事会评》，合肥：黄山书社1995年版，第143页。
②《全明词》，第487页。
③（清）张廷玉等：《明史》卷16，北京：中华书局1974年版，第205页。

杨慎《词品》之所本。

【辨证】都穆《南濠诗话》曰："昔人词调，其命名多取古诗中语。如《蝶恋花》取梁简文帝'翻阶蛱蝶恋花情'，《满庭芳》取柳柳州诗'满庭芳草积'，《玉楼春》取白乐天诗'玉楼宴罢醉和春'，《丁香结》取古诗'丁香结恨新'，《霜叶飞》取老杜诗'清霜洞庭叶，故欲别时飞'，《宴清都》取沈隐侯诗'朝上阊阖宫，夜宴清都关'。其间亦有不尽然者，如《风流子》出《文选》。刘良《文选注》曰：'风流，言其风美之声流于天下。子者，男子之通称也。'《荔枝香》、《解语花》，一出《唐书》，一出《开元天宝遗事》。《唐书·礼乐志》载：'明皇幸蜀，贵妃生日，命小部张乐奏新曲而未有名。会南方进荔枝，遂命其名曰"荔枝香"。'《遗事》云：'帝与妃子共赏太液池千叶莲，指妃子谓左右曰："何如此解语花也！"'《解连环》出《庄子》，《庄子》曰：'南方无穷而有穷，今日适越而昔来，连环可解也。'《华胥引》出《列子》，《列子》曰：'黄帝昼寝，梦游华胥氏之国。'他如《塞垣春》，'塞垣'二字出《后汉书·鲜卑传》；《玉烛新》，'玉烛'二字出《尔雅》。即此观之，其余可类推矣。"①

按，杨慎《词品》卷1曰："词名多取诗句，如《蝶恋花》则取梁元帝'翻阶蛱蝶恋花情'，《满庭芳》则取吴融'满庭芳草易黄昏'，《点绛唇》则取江淹'白雪凝琼貌，明珠点绛唇'，《鹧鸪天》则取郑嵎'春游鸡鹿塞，家在鹧鸪天'，《惜余春》则取太白赋语，《浣溪沙》则取少陵诗意。《青玉案》则取《四愁诗》语。《菩萨蛮》，西域妇髻也；《苏幕遮》，西域妇帽也。《尉迟杯》，尉迟敬德饮酒必用大杯，故以名曲；兰陵王每入阵必先，故歌其勇。《生查子》，查，古槎字，张骞乘槎事也。《西江月》，卫万诗'只今惟有西江月，曾照吴王宫里人'之句也。'潇湘逢故人'，柳浑诗句也。《粉蝶儿》，毛泽民词'粉蝶儿共花同活'句也。余可类推，不能悉载。"②

以上两段话，有着明显的因承关系。《南濠诗话》开头说："昔人词调，其

① (明)都穆：《南濠诗话》，清乾隆道光间长塘鲍氏刻知不足斋丛书本，《四库全书存目丛书》集部第416册。

② (明)杨慎：《词品》卷1，见唐圭璋《词话丛编》，北京：中华书局2005年版，第428页。

命名多取古诗中语。”《词品》开头说：“词名多取诗句”，这其实是一个意思。当然，此为基本论点，或者可说是当同者不得不同。然而两段话都是以《蝶恋花》、《满庭芳》开头，结尾也都是“余可类推”，就显然不是偶然巧合，而是有原创与因袭之分了。那么究竟孰先孰后呢？邹祇谟《远志斋词衷》说：“调名原起之说，起于杨用修及都元敬。”①是以杨慎在前。《四库全书总目·填词名解》“提要”云：“掇拾古语，以牵合词调名义，始于杨慎《丹铅录》。”②《丹铅录》与《词品》均为杨慎著作，关于调名原起的说法，在先成书的《丹铅录》中为散见，而在后成书的《词品》中作了整合。《丹铅录》成书于嘉靖二十六年丁未（1547），《词品》成书于嘉靖三十年辛亥（1551），周逊序刻于嘉靖三十三年甲寅（1554）。而都穆（1459—1525）不仅比杨慎（1488—1559）年长29岁，其《南濠诗话》初刊于正德八年（1513），那时杨慎只有26岁，而到了《词品》或《丹铅录》问世之时，都穆已经去世多年了。杨慎循其思路而不加说明，从学术规范来说是不妥当的。而且杨慎把“翻阶蛱蝶恋花情”诗句的作者，由梁简文帝改成了梁元帝，也改错了。因为这一句诗确实为梁简文帝萧纲《东西伯劳歌》二首其一之首句，《文苑英华》、《乐府诗集》等均无异说，把它移到梁元帝萧绎名下则毫无所据。因此，关于词的调名原起的探索，是都穆《南濠诗话》先开其端，其后杨慎、胡应麟、沈际飞一直到毛先舒《填词名解》，皆循此思路而续有探索。

正德九年　甲戌　1514

李攀龙生。李攀龙（1514—1570），字于鳞，号沧溟，历城（今山东济南）人。

王交生。王交（1514—1570），字徵久，号龙田，又号同斋，浙江慈溪人。

宋仪望生。宋仪望（1514—1578），字望之，号阳山，晚号华阳，江西永丰人。

正月十三日，顾璘作《采桑子·甲戌正月十三夜风雨作》③词二首。

---

①（清）邹祇谟：《远志斋词衷》，见唐圭璋《词话丛编》，北京：中华书局2005年版，第646页。

②（清）永瑢等：《四库全书总目》卷200，北京：中华书局1965年版，第1834页。

③《全明词》，第593页。

正德十年　乙亥　1515

陆楫生。陆楫（1515—1552），字思豫，上海人，陆深子。

孙楼生。孙楼（1515—1584），字子虚，号百川，常熟（今属江苏）人。

费宏作《解连环·哭巡抚孙公为逆贼所害》[①]。“孙公”即江西巡抚孙燧，事见《明史》卷289《孙燧传》。

正德十一年　丙子　1516

李东阳卒，年七十。天顺八年（1464）进士，选庶吉士，授编修。孝宗时，官至礼部尚书兼文渊阁大学士，预机务。武宗立，屡加少保、兼太子太傅。刘瑾用事时，东阳潜移默御，保全善类，立朝五十年，清节不渝，以吏部尚书兼华盖殿大学士致仕。卒谥文正。《明史》卷181有传。有《怀麓堂全集》100卷，清康熙二十年（1681）廖方达刻本，词附。《惜阴堂汇刻明词》裁其词10首为《怀麓堂词》，《全明词》据录。《全明词补编》另辑录其词3首。

万士和生。万士和（1516—1586），字思节，号履庵，宜兴（今属江苏）人。

陈士元生。陈士元（1516—1596），字心叔，号养吾，应城（今属湖北）人。

正月，费宏作《喜迁莺·代郡僚作贺太守朱亨之考满，丙子正月作》[②]。

正德十二年　丁丑　1517

王好问生。王好问（1517—1582），字裕卿，号西塘，东亭（今属河北）人。

顾起纶生。顾起纶（1517—1587），字玄纬（一字更生），号元名，无锡（今属江苏）人。

崔桐中进士。崔桐（生卒年不详），字来凤，海门（今属江苏）人。中进士

---

①《全明词》，第478页。

②《全明词》，第476页。

后，授编修。武宗议南巡，上疏力谏，致廷杖。嘉靖中晋礼部右侍郎终。《明史》卷180有传。《明史·艺文志》著录其《东洲集》40卷；《四库全书总目》卷176著录为《东洲集》20卷、《续集》10卷，“提要”称：“是集凡诗九卷，词一卷，文十卷。《续集》诗六卷，文四卷。《江南通志》所载，卷帙与此相同。《千顷堂书目》作《东洲集》三十卷、《续集》十卷，《明史·艺文志》作《东洲集》四十卷。疑黄虞稷误二十为三十，《明志》据虞稷之目合而计之，共为四十卷也。”① 其卷10存词32首，赵尊岳辑为《东洲词》1卷，收入《明词汇刊》，赵尊岳跋称其“著《东洲集》，词附，多酬应之作，明人好幛词致语，于此见之”②，《全明词》据录。《全明词补编》从《崔东洲续集》卷11复辑得1首。

颜木中进士。颜木（生卒年不详），字惟乔，号淮汉，应山（今属湖北）人。中进士后，知许州，以荐迁亳州。有《淮汉烬余稿》4卷，明万历刻本，卷首有嘉靖十六年（1537）自序，然所收诗文止于嘉靖二十年（1541），此亦可觇其生活年代。《全明词》从《淮汉烬余稿》卷3录其词20首。

陈逅中进士。陈逅（生卒年不详），字良会，常熟（今属江苏）人。中进士后，授福清知县，征为监察御史，以言事谪合浦主簿，寻署县事，迁新喻知县，累官至河南按察副使。后坐事落职，屡荐不起。《明史》卷207有传。有《省庵漫稿》4卷，明崇祯十年（1637）陈星枢刻本。《全明词补编》从《省庵漫稿》卷4录其词5首。

陶宗仪诗词小集《沧浪棹歌》编成。其中有古近体诗52首，词6首。《四库全书总目》“提要”曰：“《沧浪棹歌》一卷，明陶宗仪撰。宗仪有《国风尊经》，已著录。是编诗词合为一卷。前有正德丁丑松江唐锦序，称其集不传，惟得此一卷，为宗仪所自编。今考其中诗词，皆已载《南村集》中，惟《题卞庄子刺虎图》七言古诗一首，《题岳王庙》七言长律十四韵一首，为《南村集》所未载耳。”③

---

①（清）永瑢等：《四库全书总目》卷176，北京：中华书局1965年版，第1576页。

② 赵尊岳：《明词汇刊》，上海：上海古籍出版社1992年版，第1237页。

③（清）永瑢等：《四库全书总目》卷175，北京：中华书局1965年版，第1549页。

【辨证】《全明词》存陶宗仪词6首皆出自此集。然而作者小传中称"惜阴堂辑其词为《沧浪棹歌》"①，并不准确，实际是赵尊岳从《沧浪棹歌》集中裁出其词而仍用原书名。

顾潜是年47岁，作《洞仙歌·丁丑生辰避客西庄醉赋》②。

正德十三年 戊寅 1518

周瑛卒，年八十九。成化五年（1469）进士，知广德州，迁南京礼部郎中，出为抚州知府，调知镇远。弘治初，为四川参政，进右布政使，所至咸有政绩，尤励清操。以母丧归，乞致仕。其学以居敬为主，学者称翠渠先生。《明史》卷282有传。赵尊岳《明词提要》谓其词"蕴藉有致，亦时时能露其风骨"，并论《临江仙·次林见素韵》诸句"均疏秀可诵"③。有《书纂》及《翠渠摘稿》8卷，明嘉靖七年（1528）冯驯刻、清雍正十三年（1735）周成增修本。有词9首，编入《翠渠摘稿》卷6。其前为"乐府"，小字注曰："乐府自汉始，诗词之变，此其最古者。"次为"词调"，小字注曰："此乐府之变。"④于此亦可见周瑛的词学观。《惜阴堂汇刻明词》裁其词9首为《翠渠词》1卷，《全明词》据录。

夏言作《临江仙·贵州东坡书院，次林见素，戊寅年作》⑤。

费宏作《玉楼春》，词曰："晓来听得平胡报。工贾士农开口笑。一鞭倾倒虎狼巢。万骑踏平荆楚道。　旌旗旋，边奏徽。凯歌回，光九庙。将军福力重如山，万国千邦人倚靠。"该词《全明词》及《全明词补编》均未收。按：《明词纪事会评》引明代蒋一葵《尧山堂外纪》卷94："武宗尝自易名为寿，命所司给御马监太监天字一号牙牌与之。正德戊寅二月巡边还，文武官具陈词以迎，其文曰：'恭惟总督军务威武大将军朱，负出类之奇才，抱超群之绝艺，以圣贤之德，

①《全明词》，第138页。
②《全明词》，第510页。
③ 赵尊岳：《惜阴堂汇刊明词提要·〈翠渠词〉一卷》，《词学季刊》1934年第2卷第1号，第92页。
④（明）周瑛：《翠渠摘稿》卷6，《景印文渊阁四库全书》第1254册。
⑤《全明词》，第714页。

专将相之权。时因小丑跳梁，遂率大军征讨，深思远虑，后殿前驱。阵方布于疆埸，贼已落于陷阱。上以安乎社稷，下以慰乎臣民。操御之精，汤武与之同烈；战攻之妙，孙吴为之下风。福及当年，庆流后裔。班师有待，观示无疆。某等欲罄愚心，同呈俚语。词云云。右调寄《玉楼春》。'"[①]

正德十四年　己卯　1519

罗玘卒，年七十三。弘治元年（1488）进士，选庶吉士，授编修，进侍读。正德初，累迁至南京太常少卿、吏部右侍郎。因忤时宰，致仕归，走避深山中，学者称圭峰先生。卒赠礼部尚书，谥文肃。《明史》卷286有传。有《圭峰文集》30卷，词附。《惜阴堂汇刻明词》裁出其词3首为《圭峰先生词》1卷，《全明词》据录。赵尊岳以为其“所作尚有拙致”，并就其《谒金门》一首加以称述：“向来作幛词，多赞颂语，一无雅致，令人不堪卒读。兹圭峰以南宋人寿词之法作幛词，仅于收处以‘金鼎调羹’，微致企颂，而‘车骑如云’，‘天风两袖’，‘明春宫柳’，均以词笔扣住颂扬，借物写生，真所谓融情入景。明词得此，亦正复未多也。”[②]

朱祐杬卒，年四十四。成化二十三年（1487）封兴王，弘治七年（1494）之国安陆。嗜诗书，绝珍玩。薨，谥献。薨后二年，明武宗崩，召兴王世子厚熜入嗣大统，是为世宗。嘉靖年间（1522—1566），尊谥为“睿宗兴献皇帝”。《明史》卷115有传。有《恩纪诗集》。《全明词补编》据《恩纪诗集》卷7录其词10首。

王鸿儒卒，年六十一。成化二十三年（1487）进士，累擢山西副使，武宗时累迁南京户部尚书。谥文庄。《明史》卷185有传。有《凝斋集》9卷、《别集》2卷，明嘉靖十二年（1533）王鸿渐刻本；又有《王文庄公集》10卷，明崇祯元年王应修刻本。《全明词》据《明词综》录其词2首，《全明词补编》从《王文庄公集》卷4录其词21首。

任环生。任环（1519—1558），字应乾，号复庵，长治（今属山西）人。

---

① 尤振中、尤以丁：《明词纪事会评》，合肥：黄山书社1995年版，第160页。
② 赵尊岳：《惜阴堂汇刊明词提要·〈圭峰先生词〉一卷》，《词学季刊》1934年第2卷第1号，第94页。

周思兼生。周思兼（1519—1565），字叔夜，号莱峰，松江华亭（今属上海）人。

十二月，李汎作《鹧鸪天》（何处飞来数百凫），词前小序曰："正德十四年，予作小墅于孚谿口。是岁季冬，余来居之，适凫鸟数百，亦来止焉。因改孚为凫。"①

陈霆作《水调歌头·己卯初度》②，词中有"早是年开五秩"之语，知陈霆本年当为41岁。

正德十五年　庚辰　1520

陈霆是年42岁，作《水调歌头·庚辰初度》及《蝶恋花·庚辰初度》③。

正德十六年　辛巳　1521

三月，武宗朱厚照卒，年三十一。遗诏兴献王长子朱厚熜嗣位，是为世宗。

徐渭生。徐渭（1521—1593），字文长，一字文清，号天池，晚号青藤，别署田水月，山阴（今浙江绍兴）人。

吴郡陆元大翻刻宋代晁谦之建康郡斋刻本《花间集》10卷。今中国国家图书馆、上海图书馆、南京图书馆、台北"国家图书馆"等均有藏本。

孟春晖编刻《淮海居士长短句》3卷，卷首有茅承德序。天一阁有藏本。

九月二十一日，杨育秀作《菩萨蛮·金川晓行》，自注："岁辛巳九月二十日自上清宿孔坊，次日抵县已夕矣。"④

嘉靖元年　壬午　1522

章懋卒，年八十六。成化二年（1466）进士第一，授编修，累迁福建按察司

---

①《全明词》，第584页。

②《全明词》，第535页。

③ 二词均见于《全明词》第538页。

④《全明词补编》，第338~339页。

佥事。弘治中，起南京国子监祭酒。嘉靖初，进南京礼部尚书，致仕。卒赠太子少保，谥文懿。《明史》卷179有传。词存6首，皆为幛词，“然有淳朴处，不似明人之敝疲”①。有《枫山章先生文集》9卷，明嘉靖九年（1530）张大纶刻本，词附。惜阴堂裁为《枫山先生词》1卷，《全明词》据录。

三月，符锡作《画堂春·山桐花盛开壬午暮春》②。

嘉靖二年　癸未　1523

林俊卒，年七十七。成化十四年（1478）进士，授刑部主事，迁员外郎，以事下狱，谪为姚州判官。世宗时累官刑部尚书，加太子太保致仕，卒谥贞肃。《明史》卷194有传。著有《见素文集》28卷、《奏疏》7卷、《续集》12卷，《千顷堂书目》卷20著录；另有《西征集》，为正德四年（1509）再起抚四川时作。《四库全书总目》皆著录，“提要”称“其诗多学山谷、后山两家，颇多隐涩之词，而气味颇能远俗”③。存词21首，赵尊岳《明词汇刊》裁为《林见素词》，大多为应酬之作，《全明词》据录。

二月，陈霆作《酹江月·癸未春二月中旬之末雪盈数寸》④。

嘉靖三年　甲申　1524

唐寅卒，年五十五。弘治十一年（1498）举乡试第一，会试时因牵涉科场舞弊案而被革黜，株累下狱，放归，迁吴中，后归心佛门。《明史》卷286有传。寅性不羁，博学多才，文词敏快，尤以书画名世，与祝允明、徐祯卿、文征明并称“吴中四才子”；与沈周、仇英、文征明合称“明四家”。其所作诗文，多凄怆悲凉之感。钱谦益称：“伯虎诗少喜秾丽，学初唐，长好刘、白，多凄怨之词，

---

① 赵尊岳：《惜阴堂汇刊明词提要·〈枫山先生词〉一卷》，《词学季刊》1934年第2卷第1号，第105页。
②《全明词》，第414页。
③（清）永瑢等：《四库全书总目》卷171，北京：中华书局1965年版，第1494页。
④《全明词》，第567~568页。

晚益自放，不计工拙，兴寄烂熳，时复斐然。”[①]清沈雄《古今词话》称其词“不甚精警，故逸其词而叙其人”[②]。清嘉庆六年（1801）长沙唐仲冕辑有《唐伯虎全集》，卷4即为词、曲。其中词23首，《惜阴堂汇刻明词》裁为《六如居士词》，《全明词》据录。《全明词补编》据《唐伯虎先生外编续刻》卷9另录其词2首。

【辨证】唐寅卒于嘉靖二年十二月初二日，按公元纪年则为1524年1月7日。系于嘉靖二年或1524年皆有未妥，姑系于此，并加说明。

王鏊卒，年七十五。成化十一年（1475）进士，授编修。弘治中，历侍讲学士，充讲官。正德初，累进户部尚书，文渊阁大学士，以志不得行，极力求去。为人有识鉴，博于学问，文章尔雅，卒谥文恪。《明史》卷181有传。有《震泽先生集》36卷，明嘉靖刻本，卷9有词7首，《惜阴堂汇刻明词》裁为《震泽词》，《全明词》据录。

十一月，杨慎作《临江仙·戍云南，江陵别内》[③]。按：《明词纪事会评》引《新都杨氏家谱》之《杨母黄宜人秀眉家传》：“世宗嘉靖三年甲申七月，文宪公［杨慎谥号］以继父议大礼忤旨，谪戍云南永昌卫，仲冬抵洞庭，有《江陵别内》五言古诗与《临江仙》词。”[④]

嘉靖四年　乙酉　1525

吴洪卒，年七十八。成化十一年（1475）进士，授南京刑部主事，历官广东按察副使，迁福建按察使。正德时，任南京刑部尚书，忤刘瑾，致仕归。卒赠太子少保。《全明词》据《笠泽词征》录其词8首。

黄玺卒，年五十八。监生，嘉靖七年（1528）任新蔡知县。有《东园遗稿》2卷，明嘉靖刻本。《全明词补编》据《东园遗稿》卷下录其词7首。

---

①（清）钱谦益：《列朝诗集小传》丙集，上海：上海古籍出版社1983年版，第297~298页。
②（清）沈雄：《古今词话》词话下卷，见唐圭璋《词话丛编》，北京：中华书局2005年版，第804页。
③《全明词》，第784页。
④ 尤振中、尤以丁：《明词纪事会评》，合肥：黄山书社1995年版，第220页。

陈德文中举人。陈德文（生卒年不详），号石阳山人，江西泰和人。嘉靖十七年（1538）任政和知县，历工部员外郎，官至顺天府尹。有《陈建安诗余》，明嘉靖刻本，《全明词补编》据此录其词47首。

正月一日，鲁铎作《柳梢青·乙酉元日》①。

九月九日，杨慎作《鹧鸪天·乙酉九日》②。

嘉靖五年 丙戌 1526

王世贞生。王世贞（1526—1590），字元美，号凤洲，又号弇州山人，太仓（今属江苏）人。

江以达中进士。江以达（生卒年不详），字子顺（一作于顺），号午坡，贵溪（今属江西）人。中进士后，授刑部主事，历郎中，出为福建佥事，迁湖广提学副使。以达廉介方刚，不避权势，以忤楚藩，系狱。放归，卒于家。有《午坡文集》4卷，明嘉靖三十六年（1557）黄铸刻本，今已收入《四库全书存目丛书》，卷1有词5首，《全明词》据录。

许论中进士。许论（生卒年不详），字廷议，灵宝（今属河南）人。中进士后，由尚书郎进南京光禄寺少卿，寻迁南京大理寺丞，进都察院右佥都御史，抚苏州，逾年受命抚山西，以功进兵部尚书。隆庆初，谥恭襄。《明史》卷186有传。有《许默斋集》4卷，明贺贲刻本，其卷2收“诗余”10首，《惜阴堂汇刻明词》裁为《默斋诗余》，《全明词》据录。

杨育秀中进士。杨育秀（生卒年不详），字原山，贵溪（今属江西）人。曾官吏部文选司郎中，嘉靖十八年（1539）因事牵连去职。有《玩易堂诗集》，刻于嘉靖三十七年（1558）。其卷2《送道士竹岩北归诗序》末云“今则嘉靖纪元之三十二年矣”，知其卒年必在此（1553）之后。《玩易堂诗集》卷2存词40首，《全明词补编》据录。

七月一日，李汎作《小重山》（移榻闲云野水东），词前小序曰：“予移榻寓

---

①《全明词》，第427页。

②《全明词》，第785页。

乐园之尘外庵，有鹊来巢，兼见异梦，因作此词。丙戌七月一日也。”[①]

九月九日，杨慎作《江城子·丙戌九日》[②]。

嘉靖六年　丁亥　1527

邵宝卒，年六十八。成化二十年（1484）进士，授许州知州，入为户部员外郎，历郎中，出为江西提学副使，改官浙江按察使。正德中，迁右副都御史，总督漕运，因忤刘瑾，勒致仕。瑾诛，升户部侍郎，拜南礼部尚书，前后七疏，恳辞不就。卒赠太子太保，谥文庄，学者称二泉先生。《明史》卷282有传。有《容春堂》前集20卷、后集14卷、续集18卷、别集9卷，并附词，明正德嘉靖递刻本，惜阴堂裁其词8首为《容春堂词》1卷，《全明词》据录。赵尊岳《明词提要》赞其“词亦间有拙致”，其幛词送林方伯《满江红》“亦能雍容华雅，不同凡响，殊为难能而可贵者矣”[③]。《全明词补编》复从《容春堂后集》卷13录其词1首。

祝允明卒，年六十八。弘治五年（1492）举人，官至应天府通判，未几致仕，玩世自放，往往出名教外。《明史》卷286有传。能诗文，工书法，名动海内，与唐寅、文征明、徐祯卿并称“吴中四才子”。允明诗题材颇丰，下语颇妍，文亦洒脱自如。有《怀星堂全集》30卷，明万历四十年（1612）刻本，以及《祝氏诗文集》等，词附集中。另有《苏材小纂》、《祝子罪知录》、《读书笔记》、《前闻记》、《集略》、《九朝野记》等行于世。《惜阴堂汇刻明词》裁其词36首为《枝山先生词》，《全明词》据录，并辑补《江南春·和倪瓒原韵》1首。《全明词补编》复从《兰皋明词汇选》辑其词2首。

鲁铎卒，年六十七。弘治十五年（1502）进士第一。武宗时，奉使安南，历两京国子监祭酒，教士务实学。致仕去，累征不起。卒谥文恪。有《鲁文恪公文集》10卷，明隆庆元年（1567）方梁刻本。其卷10存词6首，《全明词》据录。

舒芬卒，年四十四。正德十二年（1517）进士第一，授修撰，疏谏南巡，受

---

① 《全明词》，第580页。

② 《全明词》，第786页。

③ 赵尊岳：《惜阴堂汇刊明词提要·〈容春堂词〉一卷》，《词学季刊》1934年第2卷第1号，第88页。

杖几毙，谪福建市舶副提举。世宗立，复故官。嘉靖三年（1524），议大礼，再杖夺俸，旋遭母丧，归，卒于家。《明史》卷179有传。有《舒梓溪先生全集》20卷，明万历四年（1576）漆彬刻本，有幛词3首，惜阴堂裁为《梓溪词》，《全明词》据录。

桂华卒，年五十二。正德八年（1513）举人。有《古山先生文集》4卷，明刻本，词附，惜阴堂裁为《古山词》1卷。存词14首，以幛词居多，《明词提要》以为“所作尚有法度”，“其词胎息有自，用笔典雅。‘重’、‘拙’、‘大’为词家三律，此虽不足尽以语之，而要非轻佻饾饤之作，则亦足以传矣”[①]。《全明词》据录。

张名由生。张名由（1527—1604），字公路，嘉定（今属上海）人。

张凤翼生。张凤翼（1527—1613），字伯起，号灵虚，长洲（今江苏苏州）人。

李汎作《苏武慢·寄白岳山人六首》，词前小序曰：“昔冯尊师尝作《苏武慢》廿篇，会稽费无隐善歌之，闻者有凌云之思。后道园学士愚公续作十篇，自叙曰：‘每一篇成，无隐歌之，尊师天外有闻，能乘风为我一来听耶。’兹余勉成六篇，录畀白岳山人朱素和，试歌于月明风露之下，冯尊师天外来与否，非余所知，而山中闻者，亦岂无凌云之思也欤。嘉靖六年丁亥春。”[②]

宁州知州叶天爵刻重修本《豫章黄先生文集》[③]。其中收词1卷，录词达186首。先是，宋孝宗乾道间（1165—1173）麻沙镇水南刘仲吉宅刻《类编增广黄先生大全文集》50卷本，其中第50卷为《乐章》，分类编排，收词91首。叶天爵此刻收录黄庭坚词比乾道刻本多出一倍。据卷首周季凤序，叶氏所据底本为宋代蜀人所传之本：“亡友潘南屏时用钞之内阁，有正集、外集、别集、词、简、年谱诸集，凡九十七卷，乃宋蜀人所献者，或者其全而无遗也哉，于是属之前守叶君天爵梓行。”[④]

---

① 赵尊岳：《惜阴堂汇刊明词提要·〈古山词〉一卷》，《词学季刊》1934年第2卷第1号，第96页。

②《全明词》，第582~584页。

③ 习称宁州祠堂本。

④（明）周季凤：《黄先生全书序》，见（宋）黄庭坚著，郑永晓整理《黄庭坚全集》附录六，南昌：江西人民出版社2008年版，第1759页。

嘉靖七年　戊子　1528

嘉靖八年　己丑　1529

李梦阳卒，年五十七。弘治六年（1493）进士，授户部主事，历官江西提学副使。《明史》卷286有传。工诗古文，才思雄骜，与何景明、徐祯卿、边贡、康海、王九思、王廷相并称“前七子”，以复古自命，倡言“文必秦汉，诗必盛唐”。著有《空同集》66卷，词附。《全明词》据《明词综》录其词1首，《全明词补编》复从《词苑萃编》辑得1首。

正月，杨慎作《沁园春·己丑新正》[①]词4首。

嘉靖九年　庚寅　1530

宋诺生。宋诺（1530—1585），字子重，号金斋，直隶故城（今属河北）人。

王圻生。王圻（1530—1615），字元翰，上海人。

【辨证】 王圻生卒年，旧籍多不载。据《四库全书存目丛书》所收其别集《王侍御类稿》末附《明故朝列大夫陕西布政使司右参议洪洲王公暨诰封宜人陈氏合葬墓志铭》：“万历乙卯之闰八月十有四日，致仕陕西右参议、前监察御史洪洲王公无疾卒，年八十六矣。……卒之日距其生嘉靖庚寅正月之二十有一日，享年八十有六，公寿也。”[②]据此知王圻生于嘉靖九年庚寅（1530），卒于万历四十三年乙卯（1615）。

陈霆《渚山堂词话》刊刻，并自为序。自序云：“始余著《词话》，谓南词

---

①《全明词》，第790~791页。

②（明）王圻：《王侍御类稿》，卷末附《墓志铭》，明万历四十八年（1620）王思义刻本，《四库全书存目丛书》集部第140册。

起于唐，盖本诸玉林之说。至其以李白《菩萨蛮》为百代词曲祖，以今考之，殆非也。隋炀帝筑西苑，凿五湖，上环十六院。帝尝泛舟湖中，作《望江南》等阕，令宫人倚声为棹歌。《望江南》列今乐府。以是又疑南词起于隋。然亦非也。北齐兰陵王长恭及周战而胜，于军中作《兰陵王》曲歌之。今乐府《兰陵王》是也。然则南词始于南北朝，转入隋而著，至唐宋昉制耳。在昔《花庵词客》、《古今词话》等，要皆论词之成书，今全本亡矣。至见于《草堂》之笺者，绪余一二，观者无得焉。是道也，某少而习授，老而未置。其倚腔成调者，既登集矣。至于咀英吸华，品宫量徵，阅习久而话言频，则是编之继来，花庵之有嗣也。嗟呼词曲于道末矣！纤言丽语，大雅是病。然以东坡、六一之贤，累篇有作。晦庵朱子，世大儒也，'江水浸云'、'晚朝飞画'等调，曾不讳言。用是而观，大贤君子，类亦不浅矣。抑古有言：'渥五色之灵芝，香生九窍；咽三危之薇露，美动七情。'世有同嗜必至，必知诵此。不然，则闳弦罢奏，齐声妙叹，寄意于山水者故在也。于商琴者非病云。嘉靖庚寅秋七月吉日，陈霆序。"①

陈霆编纂词选《草堂遗音》当成书于是年之前。

【辨证】在定稿于嘉靖九年的《渚山堂词话》中，陈霆曾多次提到这一部令他颇为自矜的选本。为了寻绎这部已佚词选的风貌，试从《渚山堂词话》中摘引相关文字如下。卷1："严滩钓台，有书《水调歌头》一阕，或谓朱晦翁所赋，然无可考证。予辑《草堂遗音》，置此词其中，姑依旧本，定为胡明仲之作。后有知者，或能是正也。"②卷1又："刘伯温有《写情集》，皆词曲也。惟其大阕颇窒滞，惟小令数首，觉有风味。故予所选小令独多，然视宋人亦远矣。"③卷2："古妇人之能词章者，如李易安、孙夫人辈，皆有集行世。淑真继其后，所谓代不乏贤。其词曲颇多，予精选之，得四五首。"④卷2又："宗吉工诗词，其所作甚富。然予所取者止十余阕，惜其视宋人风致尚远。"⑤卷2又："（陈大声冬雪词）论者谓

---

①（明）陈霆：《渚山堂词话序》，见唐圭璋《词话丛编》，北京：中华书局2005年版，第347页。
②（明）陈霆：《渚山堂词话》卷1，见唐圭璋《词话丛编》，北京：中华书局2005年版，第357页。
③（明）陈霆：《渚山堂词话》卷1，见唐圭璋《词话丛编》，北京：中华书局2005年版，第359页。
④（明）陈霆：《渚山堂词话》卷2，见唐圭璋《词话丛编》，北京：中华书局2005年版，第361页。
⑤（明）陈霆：《渚山堂词话》卷2，见唐圭璋《词话丛编》，北京：中华书局2005年版，第363页。

其有宋人风致。使杂之《草堂》集中，未必可辨也。虽然，大声和《草堂》，自予所选数首外，求其近似者盖少。"[①]卷3："季迪号称姑苏才子，与杨孟载辈齐名。他诗文未论。独于词曲，杨所赋类清便绮丽，颇近唐宋风致。而高于此，殊为不及。岂非人之才情，各有独得之妙耶？高词予所选数首外，遗珠剩玉，盖不多见。"[②]卷3又："张靖之有《方洲集》，中载南词逾二十篇。予细选之，得其《西湖会饮》一首。"[③]由上引文字可以推知，陈霆选编的《草堂遗音》是一部通代词选，而从书名可知他不是在《草堂诗余》原本基础上增补的，而是在《草堂诗余》之外另选佳作。所选词家有宋代的朱熹和朱淑真，有明初的刘基、杨基、高启和稍后的瞿佑，还有与陈霆大致同时的陈铎（大声）和张宁（靖之）。从各家入选词作数量来看，选朱淑真词四五首，选瞿佑词10余阕，选高启、陈铎词各数首，选张宁词1首，于刘基词则谓"所选小令独多"，这些都可使人想见这是一部较有规模的词选。又其称刘基词"视宋人亦远"，于瞿佑词亦云"惜其视宋人风致尚远"，称陈铎词曰"论者谓其有宋人风致"，又称高启词不如杨基"颇近唐宋风致"。由这些评赏之语可见，陈霆《草堂遗音》的编选标准是十分明确的，那就是以"宋人风致"作为衡量高下优劣的重要的甚至是唯一的标准。这种以宋人风致为追求的词选取向，是明代前中期词坛风气的体现，与晚明词选偏爱清新隽逸的风气是完全不同的。清代郑元庆辑《湖录经籍考》卷6著录有"陈霆草堂遗音九卷"[④]，"九卷"云云，未知其所据，亦不知此选本究竟刊行与否。

八月，文征明作《江南春·和倪瓒原韵》（春雷江岸抽琼笋）、（碧碗春盘荐春笋）词二首，词后跋云："征明往岁同诸公和《江南春》，咸苦韵险，而石田先生骋奇抉异，凡再四和，其卒也，韵益穷而思亦益奇。时年八十余，而才情不衰，一时诸公为之敛手。今先生下世二十年，而征明亦既老矣。因永之相示，展诵再三，拾其遗，余亦两和之。非敢争能于先生，亦聊以致死生存殁之感尔。嘉

---

①（明）陈霆：《渚山堂词话》卷2，见唐圭璋《词话丛编》，北京：中华书局2005年版，第364页。
②（明）陈霆：《渚山堂词话》卷3，见唐圭璋《词话丛编》，北京：中华书局2005年版，第372页。
③（明）陈霆：《渚山堂词话》卷3，见唐圭璋《词话丛编》，北京：中华书局2005年版，第378页。
④（清）郑元庆：《湖录经籍考》卷6，民国吴兴刘氏嘉业堂刊本。

靖庚寅仲秋，文征明记。”[①]

嘉靖十年 辛卯 1531

谢迁卒，年八十三。成化十一年（1475）进士第一，授修撰，累迁左庶子。弘治中，进少詹事兼侍讲学士，入内阁参预机务，寻加太子少保、兵部尚书兼东阁大学士。武宗嗣位，加少傅兼太子太傅，请诛刘瑾不纳，遂致仕。嘉靖中，手敕促起，入相数月，以老辞归。卒赠太傅，谥文正。《明史》卷181有传。有《归田稿》8卷，清康熙二十三年（1684）谢钟和刻本，《惜阴堂汇刻明词》裁其《梁州序》2首为《归田词》1卷，而《梁州序》实是曲牌而非词调。《明词提要》称其“词笔直率，非所专长，二词又为酬应之作，无可评骘，聊存家数而已”[②]。《全明词》则据《归田杂录》卷4录其词6首。

王尚絅卒，年五十四。弘治十五年（1502）进士，授兵部主事，改吏部，有政声，出为山西左参政，调任四川，引疾归。起补陕西左参政，迁浙江右布政使，卒于官。钱谦益《列朝诗集小传》述其生平大略[③]。词仅存2首，赵尊岳以为“词笔尚韶秀，而不尽协于音律，此明词之弊，不足以专责苍谷者也”；又称其《临江仙·和李朝用韵》下半阕“天涯”句“疏俊有致，置之元《草堂诗余》中，不能谛辨，而‘夜光浑似旧’，亦复拙中有致”[④]。有《苍谷集录》12卷，词附。《惜阴堂汇刻明词》裁其词2首为《苍谷诗余》，《全明词》据录。

于慎思生。于慎思（1531—1588），字无妄，号航隐，山东东阿人。

王祖嫡生。王祖嫡（1531—1592），字胤昌，号师竹，信阳（今属河南）人。

陈有年生。陈有年（1531—1598），字登之，余姚（今属浙江）人。

杨时乔生。杨时乔（1531—1609），字宜迁，号止庵，江西上饶人。

正月十日，张綖作《念奴娇》（千门明月）[⑤]一词，为思忆亡妻之作。词前小

---

①《全明词》，第505页。

② 赵尊岳：《惜阴堂汇刊明词提要·〈归田词〉一卷》，《词学季刊》1934年第2卷第1号，第88页。

③（清）钱谦益：《列朝诗集小传》丙集，上海：上海古籍出版社1983年版，第326页。

④ 赵尊岳：《惜阴堂汇刊明词提要·〈苍谷诗余〉一卷》，《词学季刊》1934年第2卷第1号，第92页。

⑤《全明词》，第767页。

序云："嘉靖辛卯嘉平月十日之夕，婚娶特盛。予初是夕合卺。抚景感怀，辄成短词。"按：《全明词》收入该词，但以之为存疑词，且未见词前小序。此段小序见于上海图书馆藏明嘉靖三十二年（1553）张守中刻本《张南湖先生诗集》卷2所收《念奴娇》词前，亦可证该词确系张綖之作。

嘉靖十一年 壬辰 1532

边贡卒，年五十七。弘治九年（1496）进士，授太常博士，并任兵科给事中，升太常丞，出任卫辉、荆州知府，历陕西、河南提学副使。嘉靖中，官至南京户部尚书，被劾罢归，病卒。《明史》卷286有传。有《边华泉集》8卷，明万历魏允孚刻本，《四库全书总目》已著录。其卷7有词6首，《惜阴堂汇刻明词》裁为《华泉词》，《全明词》据录。陈廷焯《词则》称其《蝶恋花·留别吴白楼》一词意境清远，"用笔和雅，自是诗人之词"①。

正月十五日，杨慎作《误佳期·壬辰元夕》②。

陈逅作《春从天上来·送同寅姜判府升任赵州》③，自注"壬辰秋"。

嘉靖十二年 癸巳 1533

蒋冕卒，年七十一。成化二十三年（1487）进士，选庶吉士，授编修。正德间累官户部尚书，嘉靖间任首辅。卒谥文定。《明史》卷190有传。有《琼台诗话》2卷，《四库全书总目》卷197著录，"提要"称："冕以端谨不阿著，论诗亦非其所长也。"④另有《湘皋集》33卷，明嘉靖三十三年（1554）王宗沐等刻本，今已收入《四库全书存目丛书》，其卷17为"诗余"。吕调阳序《湘皋集》云："古律、乐府诸体，发扬性真，和平冲淡，若碧水芙蕖，莹然一色，不假安排雕

① （清）陈廷焯：《词则·别调集》，上海：上海古籍出版社1984年版，第676页。
② 《全明词》，第792页。
③ 《全明词补编》，第289页。
④ （清）永瑢等：《四库全书总目》卷197，北京：中华书局1965年版，第1800页。

饰，而天巧自在。”[①]语多溢美。《惜阴堂汇刻明词》裁其词为《湘皋词》，录词凡34首，《全明词》据录。又有《琼台诗话》2卷，其中多记其师邱濬诗词写作本事，涉及邱濬词评者6则，亦多溢美之辞。

袁黄生。袁黄（1533—1606），字坤仪，号了凡，吴江（今属江苏）人。

五月，霍韬作《水调歌头·寄怀贲斋》，词后跋语曰：“癸巳夏四月，曾听泉声，寄怀贲氏，今则越月矣。抚景益用慨然，贲氏鹏云之会，不可再矣。酒酣，命童子歌此韵于湛甘泉、方石泉之侧，且曰：‘是乃山癯所以得志也，慎毋嗔。’曰：‘是癯也，专山之乐也，而起妒心。’”[②]

七月七日，张綖作《渔家傲·七夕立秋》[③]，词后跋语曰：“正德甲戌之岁，七夕立秋，予有诗云：‘秋信今年何尔晚，西风有意待良宵。银河天上双星渡，金井人间一叶飘。颇忆汉槎游汗漫，未闻楚赋感潇条。玄蟾乌鹊争佳节，人在高楼兴正饶。’迄今嘉靖癸巳，复值七夕立秋，二十年间，人事变态，何可胜言。感今念旧，为赋此词。”按：该词见于上海图书馆藏明嘉靖三十二年（1553）张守中刻本《张南湖先生诗集》卷2，跋语附于词后。《全明词》亦收录该词，而取自《草堂诗余新集》卷3，未见此段跋语。

丁奉作《千秋岁引·五十四岁生辰》[④]。按：丁奉生于成化十六年（1480）。

嘉靖十三年　甲午　1534

顾潜卒，年六十四。弘治九年（1496）进士，官至直隶提学御史，因忤尚书刘宇，宇谗之刘瑾，出为马湖知府，未任，罢归。《明史·艺文志》、《四库全书总目》均著录其《静观堂集》14卷，今已收入《四库全书存目丛书》。其卷6有“诗余”22首。《苏州府志》称其所著尚有《读史新知》、《林下记闻》、《湖壖醉韵》、《惇史》、《梦林》等集，盖亦多所著述，今皆不可见。词与其诗文风格相

①（明）蒋冕：《湘皋集》，卷首吕调阳序，明嘉靖三十三年（1554）王宗沐等刻本，《四库全书存目丛书》集部第44册。
②《全明词补编》，第267页。
③《全明词》，第762页。
④《全明词补编》，第238页。

似，亦朴实自然，较少雕琢。《惜阴堂汇刻明词》据其本集裁其词22首为《静观堂词》，《全明词》据录。

王锡爵生。王锡爵（1534—1610），字元驭，号荆石，太仓（今属江苏）人。

杨慎作《踏莎行·甲午新春书感》[①]词2首。

除夕，夏言作《沁园春·甲午除夕》[②]。

颜木作《四词并序·送甬东先生入觐》，分别寄调《阳关引》、《谒金门》、《贺圣朝》、《好事近》。词前小序曰："明年乙未，藩省郡县例应入觐。州守范子与焉。前期戒行河梁饯别，爰制四词，词俚意近，使仆大歌之，以相其行云。"[③]

陈逅作《临江仙·经古田县龙滩》[④]，自注"甲午冬"。

嘉靖十四年　乙未　1535

费宏卒，年六十八。成化二十三年（1487）进士第一，授编修。正德间，累迁户部尚书。世宗即位，加少保，入辅政，后为首辅。卒赠太保，谥文宪。《明史》卷193有传。有《太保费文宪公摘稿》20卷，明嘉靖三十四年（1555）吴遵之刻本，今已收入《续修四库全书》，其卷1"词类"收词20首。又有吴长庚、费正忠校点本《费宏集》，上海古籍出版社2008年出版。《惜阴堂汇刻明词》裁其词为《费文宪公词》，收词18首，《全明词》增辑至20首。

毛宪卒，年六十七。正德六年（1511）进士，官刑科给事中。武宗储嗣未定，宪疏请不报，谢病归。后与王守仁、湛若水以讲学为事，学者称古庵先生。有《古庵毛先生文集》10卷，明嘉靖四十一年（1562）刻本，前8卷为文，后2卷为诗，词附，今已收入《四库全书存目丛书》。《惜阴堂汇刻明词》裁其词5首为《古庵先生词》，《全明词》据录。

陈棐中进士。陈棐（生卒年不详），字汝忠，一字文冈，鄢陵（今属河南）人。中进士后，任礼科给事中，官至巡抚宁夏甘肃佥都御史。有《陈文冈先生文

---

①《全明词》，第795页。
②《全明词》，第677页。
③《全明词》，第736页。
④《全明词补编》，第289页。

集》20卷，明万历九年（1581）陈心文刻本，今已收入《四库全书存目丛书》。《全明词》从该集卷9录词6首。

嘉靖十五年 丙申 1536

何孟春卒，年六十三。弘治六年（1493）进士，历官兵部主事、陕西马政、河南参政、右副都御史、吏部侍郎、南京工部左侍郎。正德六年（1511）引疾归。卒谥文简。《明史》卷191有传。著有《何燕泉诗》4卷，词附，《四库全书总目》卷176著录，“提要”称：“孟春少游李东阳之门，传其诗派，而才力不及其富赡，故往往失之平衍。”[①]《明诗纪事》丁签卷6录何孟春诗4首，陈田按语云：“子元及西涯之门，观所著《余冬叙录》，于西涯诗话绪论，娓娓不倦，并梦中亦续西涯诗稿，可谓服膺不忘矣。惟才力稍弱，句调平易，而学殖既深，亦自远于俗调。”[②]另有《余冬序录》、《何文简疏议》、《孔子家语注》行世。《惜阴堂汇刻明词》裁其词2首为《何文简公词》，《全明词》据录。《全明词补编》复从《燕泉何先生遗稿》卷2辑录其词2首。

王世懋生。王世懋（1536—1588），字敬美，号麟洲，太仓（今属江苏）人，王世贞弟。

王家屏生。王家屏（1536—1603），字忠伯（一作仲伯），号对南，大同山阴（今山西雁门）人。

吕坤生。吕坤（1536—1618），字叔简，号心吾（一作新吾），宁陵（今属河南开封）人。

朱载堉生。朱载堉（1536—约1610），字伯勤，号句曲山人，又自号狂生。明宗室，郑恭王朱厚烷长子。卒谥端清。载堉为著名乐律学家，首创“新法密律”（即十二平均律）。著有《乐律全书》、《律吕正论》等。

张綖《诗余图谱》3卷本初刻于是年。

---

①（清）永瑢等：《四库全书总目》卷176，北京：中华书局1965年版，第1565页。
② 陈田：《明诗纪事》丁签卷6，上海：上海古籍出版社1993年版，第1217页。

【辨证】此本为《诗余图谱》初刻本，卷端有嘉靖丙申夏六月蒋芝所作序，以及嘉靖丙申夏四月张綖自序，于蒋芝、张綖二序之后有《凡例》，“按词体大略有二,一体婉约，一体豪放”那段著名的论述即在其中。该书编排，按小令、中调、长调分为3卷，卷1为小令（36字至57字），凡66调；卷2为中调（60字至89字），凡48调；卷3为长调（92字至120字），凡36调。合为150调，总计录词219阕。词调名下间附考述词调之注语。嘉靖十五年刊本的存在，具有重要的学术意义。其一，过去我们谈到张綖《诗余图谱》，多以王象晋“重刻本”为通行本，而该本既无蒋芝与张綖序，也无《凡例》。嘉靖刊本的存在，使我们确知张綖在世时原刻本的面貌，亦可与后来流传诸本相互参照。其二，关于词分婉约、豪放二体的说法，过去仅据万历二十九年（1601）游元泾刻《增正诗余图谱》本引录，而类似说法已见于万历初年成书的徐师曾《文体明辨》中“诗余”部分，究竟孰先孰后难于遽定。现在既知《凡例》已见于嘉靖十五年（1536）刊本，而且其中文字表述与谢天瑞《新镌补遗诗余图谱》和游元径《增正诗余图谱》卷首的《凡例》基本相同，因而把这一经典表述的时限上推了65年，徐师曾之祖述张綖说法也就不言自明了。其三，词分小令、中调、长调，过去一般都认为始于明代顾从敬《类编草堂诗余》，而该书刻行于嘉靖二十九年（1550），比嘉靖刊本《诗余图谱》晚了十余年，故可知小令、中调、长调的三分法，实始于张綖而不是顾从敬。

张綖为《诗余图谱》作《序》及《凡例》。序云：“往时外舅王西楼妙达音旨，尝见其观古词合律者，辄曰：此宫声也，角声也。或曰：商调、越调、大小石调也。叩之，遂得闻精论，倚其调有作，呈上，过蒙与进。且曰：新声日盛，斯制也，其将不传乎？吾于子有望矣。予后裒得唐宋以来及我朝诸名人词，无虑数百家，暇日讽咏，亦似有得。间见当世君子，诗文高并古人，独于词调或不留意。谓其不屑留意也。窃欲私作一谱，与童蒙共之，而未遑也。近检箧笥，得诸词，为成图谱三卷，后集四卷，以副西楼翁之意。呜呼！声音之道微矣哉！夫盈穹壤间，声象而已矣，象以止异，声以流同，此礼乐所由作也。然则合异而同，非声音不能通矣。是故礼待乐而后成。虞庭以乐育人才，和上下，格神人，而始诸永言。圣门兴诗成乐，亦为成材终身之序。程子谓古人之诗如今人之歌曲，当是时，金元度曲未出，所谓歌曲者，正谓词调耳。是则虽非古声，其去今人之曲不有间耶？由是而驯溯诸古，非其阶梯也乎！孔子曰：吾犹及有马者，借人乘之。借马细事，而圣人思焉，其欲存旧也。如此间，虽小技，不犹有大于借马者乎？或曰鼓舞鸩毒，奈何！夫固谓其驯溯诸古也。若徒以其丽而淫焉，则靡靡之音，未见非古欣欣之乐，殆不可以今废郑卫之什，正惩邪诲，此又存夫人耳，极知细惭雕篆，卑甚鱼虫，然前辈风流，亦或因兹而见，且今之淫曲甚矣。稍存旧制，为溯古之地可也。嘉靖丙申岁夏四月下浣日，高邮后学南湖居士张綖序。”[①]《凡例》中提出：“按词体大略有二,一体婉约，一体豪放。婉约者欲其辞情蕴藉，豪放者欲其气象恢弘，盖亦存乎其人。如秦少游之作，多是婉约，苏子瞻之作，多是豪放。大抵词体以婉约为正，故东坡称少游为‘今之词手’，后山评东坡词‘虽极天下之工，要非本色’。”[②]

蒋芝为张綖《诗余图谱》作序。序云：“文词至宋，斯盛极矣。自欧阳公首倡于时，文人词客，彬彬辈出。眉山有苏子瞻，豫章有黄鲁直，临川有王介甫，彭城有陈无己，高邮有秦少游，皆文词宗工，诸家集可睹也。而秦之赋才，特长于词，故谓其以词为诗。盖秦之于词，犹骚之屈、诗之杜，千载绝唱也。东坡尝题其《踏莎行》云‘万人何赎’，山谷则曰：‘少游醉卧古藤下，谁与愁眉唱一杯。’荆国则称其‘清新婉丽，鲍、谢似之’，后山乃谓：‘今之词手，惟有秦少游、黄山谷。’诵群公之论，即秦之长于词，殆天赋也欤！当时传播人间，虽远方女子，亦知脍炙，至有好而至死者，非针芥之感，何至尔尔。嗟夫！长淮大海，精华之气，振古于兹。南湖张子，后少游而生者。其地同，才之赋又同。雅好词学，自得三昧。兹地灵之再泄也欤！尝作《诗余图谱》六卷。嗟夫！秦之遗风流韵，尽在是矣。谱法前具图，后系词，灿若黑白，俾填词之客，索骏有象，射雕有的，殆于词学章章也。余素非知音，玩斯图也，稽虚待实，无不尽意。若夫审阴阳之元声，完平淡之大雅，一以上复依永之道，顾作者何如，兹张子志也。然则扬淮海之波，汇巫峡，引修江，浥吕梁，带金陵，而注之海，斯人之收

① (明) 张綖:《诗余图谱》，卷首自序，明嘉靖丙申刊本。
② (明) 张綖:《诗余图谱》，卷首凡例，明嘉靖丙申刊本。

功，吾将望洋也乎。成都百潭蒋芝书。”①

高登于九峰书院刻《中州乐府》单行本。卷首有彭汝寔《近刻〈中州乐府〉叙》和毛凤韶《〈中州乐府〉后序》，均作于是年。据二序知为陆深（俨山）得《中州乐府》传本，嘱彭汝寔与毛凤韶等共为校雠，高登刻之九峰书院。此本今藏中国国家图书馆。按：彭汝寔字子充，嘉定州（今四川乐山）人。正德十六年（1521）进士，授给事中，嘉靖初吕楠、邹守益下狱，汝寔抗章救之，数言时政缺失，以力争大礼，夺职闲居。毛凤韶字瑞成，麻城人，亦正德十六年进士，授浦江知县，有善政，擢御史，上弭灾八事，巡按陕西云南，墨吏皆望风解印绶去，寻谪嘉定州判，终云南佥事。高登与彭汝寔、毛凤韶为同年，亦为正德十六年进士，时为嘉定守，故由其出资刊行。

王诏刊李濂批点本《稼轩长短句》12卷。此本源出元代信州刊本《稼轩长短句》，但少11首，缺误亦多。今中国国家图书馆、清华大学图书馆等有藏本。李濂有《批点〈稼轩长短句〉序》，署：“嘉靖丙申春二月，嵩渚山人李濂川父书于碧云精舍。”②

嘉靖十六年　丁酉　1537

夏鍭卒，年八十三。成化二十三年（1487）进士。弘治四年（1491）谒选如都，上章忤旨，下诏狱，旋得释，除南京大理评事，上疏不报，乞归。《明史》卷159有传。《四库全书总目·赤城集》“提要”称：“其诗欲为别调，而转乖雅则。文亦惟意所如，不可绳以古法。”③有《夏赤城先生文集》23卷，明嘉靖四十四年（1565）王叔杲刻本。词作不多，但所写山野田园生活，词意浅切清新。《全明词》从《明词综》卷2录其词2首，《全明词补编》复从其本集卷9录词1首。

莫是龙生。莫是龙（1537—1587），字云卿，后以字为名，更字廷韩，号秋水，又号后明，华亭（今属上海）人。

---

①（明）张綖：《诗余图谱》，卷首蒋芝序，明万历二十七年（1599）谢天瑞刻本，《续修四库全书》第1735册。

②（宋）辛弃疾撰，邓广铭笺注：《稼轩词编年笺注》，上海：上海古籍出版社2007年版，第625页。

③（清）永瑢等：《四库全书总目》卷175，北京：中华书局1965年版，第1564页。

毕木生。毕木（1537—1601），字子近，号舜石，又号黄发翁，山东淄川（今淄博）人。

蔡宗尧中举人。蔡宗尧（生卒年不详），字中父，自号东郭子，天台（今属浙江）人。中举后，初任松溪县教谕，嘉靖三十年（1551）任当涂知县。有《龟陵集》21卷，词附。《全明词》据《龟陵集》卷21录其词38首。

李发刻行杨慎词集《升庵长短句》3卷、《续集》3卷。杨南金于是年正月十五日为词集作序。其序云："太史公谪居滇南，托兴于酒边，陶情于词曲，传咏于滇云，而溢流于夷徼。昔人云：吃井水处皆唱柳词；今也不吃井水处亦唱杨词矣。吾闻君子之论曰：公辞赋似汉，诗律似唐，下至宋词元曲，文之末耳，亦不减秦七、黄九、东篱、小山。噫，一何多能哉！或曰：君子不必多能。王右军之经济以字掩，李伯时之诗文以画掩，公之高文大作毋乃为词曲所掩乎？予答之曰：君子不必多能，为能未多而求为君子者言也；若夫能已多矣，不必去其多能，而后为君子也。犹女子言在德不在色，为嫫母言可也；若夫庄姜，则柔荑凝脂，螓首蛾眉，固其自有也，奚必乱发坏形，而始为贞专哉！观者以是求之。嘉靖丁酉正月望日，两依居士杨南金序。"[①]今南京图书馆有藏本。按：明嘉靖刊本《升庵长短句》3卷卷首另有唐锜序，署"嘉靖庚子仲冬长至日，晋宁池南唐锜"；卷尾有王廷表跋，署"嘉靖癸卯春正月望，临安王廷表书"。

杨仪编《古今词钞》约在是年之后数年内成书。

【辨证】 在夏言词集中，有一首《行香子·答杨正郎仪惠〈古今词钞〉》，其词曰："独坐灯前，清兴翛然。览新词、尽是遗编。风流谷老，豪宕坡仙。最爱它，气格高，辞锋健，意机圆。　太白临川，一代称贤。欧阳子、千古争妍。词场三味，妙理难传。真个是，下诗坛，入画品，出文筌。"[②]据词题，这首词应是因杨仪惠赠《古今词钞》一书而作的答谢之词。杨仪，字梦羽，号五川居士，常熟（今属江苏）人。嘉靖五年（1526）进士，累官兵部郎中，山东按察副使。夏言称之为"正郎"，盖当时适在兵部郎中任上。杨仪有《南宫集》7卷，第7卷

① （明）杨慎：《升庵长短句续集》，卷首杨南金序，明嘉靖刊本。
② 《全明词》，第718页。

为词，今已收入《全明词》。其中有一首《行香子·潞河舟中奉和夏相国见赠韵》[①]，据其词可知正是对上文所录夏言词的和作。既称夏言为“相国”，当作于夏言任内阁首辅时。考夏言于嘉靖十五年（1536）岁末入内阁为首辅；嘉靖二十年二月被勒令致仕，十月复召入阁；二十一年二月罢官，二十四年七月再次复故官入阁；二十七年又被勒令致仕，十月因严嵩构陷而被杀。综合其他情况来看，杨仪赠夏言《古今词钞》，约在嘉靖十六年至二十年之间。《古今词钞》未见诸家著录，应是杨仪所编词选，未知当时曾刊行与否。夏言词中提到五个词人，即李白（太白）、欧阳修（欧阳子）、王安石（临川）、苏轼（坡仙）和黄庭坚（谷老）。因为书名为《古今词钞》，所以这应该是一部通代词选，不仅有唐宋词，还应该有金元明词。卓人月编《古今词统》时也许并没有看到过这部词选，但杨仪在一部词选书名上冠以“古今”二字，客观上比卓人月《古今词统》早了近百年。可以想见，杨仪在这部词选中不仅选录了相当数量的明词（今词），其中恐怕也会选录不少夏言的作品。因为夏言既是当朝首辅，又颇以词自负，杨仪如果不选夏言之词，就不会把这部书呈送给夏言，也不会得到夏言那首兴致盎然的《行香子》大作了。再进一步延伸推想，夏言身后，其政敌严嵩柄政十余年，杨仪的这部《古今词钞》也就只能束之高阁了。

七月，夏言作《渔家傲·感述丁酉七月》[②]。

杨士云作《谒金门·贺丁酉魁选》[③]。

嘉靖十七年　戊戌　1538

张綖辑、黎仪校录《草堂诗余别录》于是年刻行。此书自《草堂诗余》中选出格调高雅之作78首而加以评笺，前集录39首，后集录39首。全书仅39叶，按《草堂诗余》卷次分前后集，题“武昌府通判张綖”。张綖作卷首语云：“歌咏

①《全明词》，第910页。
②《全明词》，第697页。
③《全明词》，第607页。

以养性情，故声歌之词，有不得而废者。诗余者，唐宋以来之慢调也。吴文节公于《文章辨体》亦有取焉。虽亦艳歌之声，比以今曲，犹为古雅，故君子尚之。当时集本亦多，惟《草堂》诗话流行于世，其间复猥杂不粹。今观老先生朱笔点取，皆和平高丽之调，诚可则而可歌。复命愚生再校，辄敢尽其愚见。因于各词下，漫注数语，略见去取之意，别为一录呈上。倘有可取进教，幸甚！嘉靖戊戌五月十三日录上。”①今宁波天一阁藏有明嘉靖十七年（1538）原刻本，上海图书馆藏有嘉业堂钞本。

【辨证】上引为《草堂诗余别录》卷首语，当出自张綖之笔。然《文章辨体》的编者吴讷谥号为“文恪”，非“文节”，张綖盖误记或误书之。又，赵尊岳《草堂诗余别录》“提要”②以为，此卷首语中所谓“朱笔点取”之“老先生”，即应是指吴讷。然而吴讷卒于天顺元年（1457），而张綖生于三十年后的成化二十三年（1487），时代漫不相接，故此“老先生”应非指吴讷。且张綖又有“复命愚生再校”之语，可知此所谓“老先生”当时尚在世。词后评笺语当出自张綖，然无甚精义。

闽沙陈钟秀刊《精选名贤词话草堂诗余》2卷。此本系据洪武本重新分类改选而成，上卷为时令，下卷分节序、怀古、人物、人事、杂咏5类，笺注较洪武本简略。收词361首，删去洪武本所选之10首，而另增洪武本未收之4首，故实少6首。书前署“闽沙太学生陈钟秀校刊”字样，有是年南京国子监丞陈宗谟序，序称：“《草堂诗余》，诗之余也。说者疵其慢要俚俗，流连光景，故其弊也，至使语言颠复，首尾混淆。西渠子曰，诗讫《三百》，是后流为二十有四：赋、颂、铭、赞、文、诔、箴、诗、行、咏、吟、题、怨、叹、章、篇、操、引、谣、讴、歌、曲、词、调，皆其六义之余，而古人作之，岂赘也耶？《南陔》、《白华》、《华黍》，有声无词，音之至也。周、汉而下，古乐府补乐歌，节以调应，词以乐定，题号虽不同，所以宣畅其一唱而三叹，诗余乐府，盖相为表里者也。

---

①（明）张綖：《草堂诗余别录》，卷首语，见《词学季刊》1936年第3卷第1号，第52页。
② 载《词学季刊》1936年第3卷第1号，第50~52页。

卜子夏云：‘虽小道，必有可观。’其在兹乎？吕峰子偕其外君子仙洲，方将极意于诗者也，因予言，遂录以序之，梓而达诸天下也。时嘉靖十有七年岁次戊戌仲冬之月哉生明，南京国子监监丞陈宗谟书。”[①]该书刻工草率，讹夺甚多。清光绪二十三年（1896），王鹏运自宁波天一阁抄得是书，与友人“校雠再四”[②]，收入《四印斋所刻词》。今中国国家图书馆有藏本。

夏言词集《玉堂余兴》刊行。十月十五日，皇甫汸作《桂洲集〈玉堂余兴〉识语》。识语云：“戊戌之秋，汸承蹇出理楚黄。时桂洲元相赠之以词，并以内阁所录一篇视之，曰：‘吴匠氏善梓，尔归其谋诸，且为我纪之。’乃郡守王公仪乐任其事，汸也校而刊焉。夫词，固乐府之流，而声歌之余也。是故咏物之词婉，揽景之词丽，述情之词艳，讽事之词庄。不以博极而该，不以研思而工。故缀文之士，犹或病诸，而鸿笔巨卿所不弃而弗为者也。若公之宏博载于紬史，嘉藻发于赓歌，典则陈于讲幄，恺直形于疏奏，观兹篇者，合公《应制》、《扈毕》诸集，宣金石，被管弦，乃知天之生公，将以鸣盛世，纬国华，不徒词人之甲乙而已。梓诸吴，吴之人咏而兴焉，首被雅化。是故陈公蕙采风我土，遂乐董其成云。是岁冬十月之望，后学皇甫汸谨识。”[③]

十一月，吴一鹏为夏言词集作序。序署“嘉靖戊戌冬十一月，资善大夫、太子少保、南京吏部尚书致仕、前礼部尚书兼翰林院学士、专管诰敕兼国史副总裁，长州吴一鹏书”[④]。按：夏言词序跋颇多，吴序之外，尚有戊戌（1538）十月皇甫汸序、庚子（1540）十月石迁高识语、辛丑（1541）六月费寀引（实为薛应旂代作）、丙午（1546）元夜杨仪序。《四库全书总目》卷176集部别集类存目三著录夏言《桂洲集》18卷，“提要”云：“言未相时以词曲擅名，然集内词亦未甚工。诗文宏整而平易，犹明中叶之旧格。”[⑤]

夏言作《木兰花令·嘉靖戊戌，京郎东堂新成，与费邸民悦、吴郎以容、

---

①（宋）何士信：《精选名贤词话草堂诗余》，卷首陈宗谟序，见（清）王鹏运《四印斋所刻词》，上海：上海古籍出版社1989年版，第555页。

②（宋）何士信：《精选名贤词话草堂诗余》，卷末附王鹏运“记”，见（清）王鹏运《四印斋所刻词》，上海：上海古籍出版社1989年版，第620页。

③ 赵尊岳：《明词汇刊》，上海：上海古籍出版社1992年版，第843页。

④ 赵尊岳：《明词汇刊》，上海：上海古籍出版社1992年版，第808页。

⑤（清）永瑢等：《四库全书总目》卷176，北京：中华书局1965年版，第1577页。

唐田、时臣二弟夜酌》[1]。是年另有《渔家傲·送庚午同年李晋卿令宜兴，戊戌年夏》[2]。

嘉靖十八年 己亥 1539

陈寰卒，年六十三。正德六年（1511）进士，选翰林院庶吉士，授检讨，历南京国子监司业，转祭酒。有《祭酒琴溪陈先生集》8卷。《全明词补编》据其本集卷8录词8首。

张綖在鄂州刻秦观《淮海集》附长短句3卷。张綖《〈淮海居士长短句〉跋》云："陈后山云：'今之词手，惟有秦七、黄九。'谓淮海、山谷也。然词尚丰润，山谷特瘦健，似非秦比。此在诸公非其至，多出一时之兴，不自甚惜，故散落者多。其风怀绮丽者，流播人口，独见传录，盖亦泰山毫芒耳。字复舛误，颇为辨正。其有一二字不可校者，不欲以臆见辄易，存阙文之意，更俟善本正之。嘉靖己亥中秋日，南湖张綖识。"[3]按：《四部丛刊》本《淮海集》即据张綖刊本影印。

袁表序刻《江南春词》。该集收录明沈周等50人追和元倪瓒之作。《四库全书总目》卷191集部总集类存目一著录《江南春词》1卷，"提要"曰："明沈周等追和元倪瓒作也。时吴中有得瓒手稿者，因共属和成帙。首有作者姓氏，自周以下共五十人。嘉靖十八年，袁表序而刻之，后有袁袠跋，二人亦皆有和作。又有张凤翼、汤科、陈瀚三人之作。卷首不载姓氏，疑刻成后所续入也。瓒原倡题三首，而其后和者皆作二首。祝允明跋云：'案其音调是两章，而题作三首，岂误书耶？'袁表则云：'细观墨迹，本书二首，后人以词一阕谬增为三也。'今考《云林诗集》，惟"春风颠"一首载入七言古体，题作《江南曲》，而无"汀洲夜雨"一首。则后一首是七言诗，而前一首是词耳。然文征明《甫田集》云：'追和倪元镇《江南春》，亦载入诗内。'则当时实皆以诗和之。盖唐人乐府，被诸管弦者，往往收入诗集。自古而然，固非周之创例矣。"[4]

---

①《全明词》，第692页。
②《全明词》，第697页。
③（宋）秦观：《淮海长短句》，卷下张綖跋，《景印文渊阁四库全书》第1115册。
④（清）永瑢等：《四库全书总目》卷191，北京：中华书局1965年版，第1741页。

三月五日，吴子孝作《木兰花·己亥三月五日与许履元饮花下》①。

三月，夏言作《大江东去·扈跸渡河日，进呈御览》②，词中有“壮观盛事，己亥嘉靖三月”句。是年另有《玉楼春·贺未斋阁老新拜麟袍之赐》③，自注“己亥秋日”。

九月九日，周用作《喜迁莺·己亥九日次游清凉寺韵答钟石》④。

顾鼎臣作《玉楼春·和桂洲相公见贺麟袍之赐》⑤。按：夏言于是年有《玉楼春·贺未斋阁老新拜麟袍之赐》，顾氏此词即为和韵之作。

嘉靖十九年　庚子　1540

顾鼎臣卒，年六十八。弘治十八年（1505）进士第一，授修撰，累进吏部右侍郎。世宗时，以礼部尚书兼文渊阁大学士入参机务，卒于官，谥文康。《明史》卷193有传。有《未斋集》22卷，词附。又有清人汇印本《顾文康公集》3种27卷，计为《顾文康公文草》10卷，卷首1卷，《顾文康公诗草》6卷，《顾文康公续稿》6卷，《顾文康公三集》4卷。惜阴堂裁其词10首为《顾文康公词》，《全明词》据录。《全明词补编》复从《顾文康公诗草》卷6录其词3首。

霍韬卒，年五十四。正德九年（1514）进士，告归，读书西樵山中。嘉靖初，除兵部职方主事。大礼议起，以迎合帝意，骤贵，迁詹事府少詹事兼翰林院侍讲学士，进礼部右侍郎，累官至礼部尚书。卒谥文敏。《明史》卷197有传。有《渭厓文集》10卷，明万历四年霍与瑕刻本。又有《明良集》6种9卷，今已入《四库全书存目丛书》。《全明词补编》据《渭厓文集》卷7录其词21首。

焦竑生。焦竑（1540—1619），字弱侯，号澹园，江宁（今江苏南京）人。

石迁高重刊夏言词集《玉堂余兴》，并于十月十五日作《桂洲集〈玉堂余兴〉

---

①《全明词补编》，第301~302页。
②《全明词》，第668~669页。
③《全明词》，第704页。
④《全明词》，第602~603页。
⑤《全明词》，第514~515页。

识语》。识语署“庚子岁冬十月望日，大名府知府后学石迁高谨识”[①]。按：《玉堂余兴》于嘉靖十七年（1538）初刻于吴中。

十一月，唐锜为《升庵长短句》作序。其序曰：“夫人情动于中而有言，言发于外而为声，声比乎节而成音，孰非心也。心之感物，情有七焉；言之宣情，声有五焉；音之和声，律有六焉。虽其舒惨廉厉噍啴正变之感不同，然皆性也，皆出于自然也。是故非气弗昌，豪宕超逸昌其气者也；非材弗达，精深宏博达其材者也；非兴弗融，春容顺适融乎兴者也。三者具而后可以言诗矣。升庵太史之寓南中也，池南子尝过之，既觌其辉而览其芳矣。太史不以池南子之愚且暗也，授以近稿。池南子函归，虽历吴、楚、韩、魏、燕、赵、秦、晋之间十余年，弗暇则已，暇必玩诵。有知己友辄出示，知己友嗜之，无异池南子之嗜也。则相与评曰：太史之诗，殆所谓昌其气，达其材，融乎其兴者乎！所谓本乎性，发乎情，止乎礼义，而出于自然者乎！古不暇论，即今所称李空同、何大复、郑少谷、徐迪功、薛西原、孙太初七子，颉颃未知优劣，然则太史固当世之雄也。池南子病归，伏枕席者阻门户，出门户者阻舟车，池涵一水，云掩千山，迂回百里，倏忽三年，于太史者悬悬也。太史亦不以池南子之迂且疏也，客便辄通刺，并以长短句投之，池南子恍如太史之神交而默契也。读之尽，且曰：金元部曲，淫蛙妖艳，其溺人也久，乃有黄钟大吕，希世之音乎！其思冲冲，其情隐隐，其调闲远悲壮，而使人有奋厉沉窣之心；其寄意于花鸟江山，烟云景候，旅况闺情，无怨怒不平，而有拳拳恋阙之念。将平其气，敛其材，忘于兴，而出于自然者，亦不知其所以然矣。其晋魏以上古乐府、《离骚》之流，风雅之变乎？而知太史之雄也。虽然，代言纪事，史职也；典则谨严，史体也。摛雅振颂，发扬鸿烈，铭之金石，载之旂常，奚不可者。顾乃孤吟苦调，啸咏咨嗟，于穷荒寂寞之滨者，谓之何哉？抑闻太史每语人曰：池南子，池南子！是能知诗者，吾差有取焉。嗟！予奚足以副教哉！遂诠次为长短句序。嘉靖庚子仲冬长至日，晋宁池南唐锜。”[②]

---

① 赵尊岳：《明词汇刊》，上海：上海古籍出版社1992年版，第843页。
② （明）杨慎：《升庵长短句》，卷首唐锜序，明嘉靖刊本。

除夕，许谷作《水调歌头·庚子除夕》[1]。

秦镗是年75岁，初度日，作《千秋岁·初度偶成，书以记犬马之年数也》[2]，词中有“又庚子诞节”、“七逾更五添，回首近大耋”等句。

夏言作《大江东去·庚子初度，陆俨翁作金焦图，和东坡此词，遣其子楫、瞿婿学召来为予寿，予喜对二子即席赋答》[3]及《大江东去·庚子初度，石门少傅、松皋太宰、介溪宗伯治具来贺，即席和答二阕》[4]。

吴子孝作《御街行·忆戊子高座寺赏海棠，今十二年矣，而同游者多不在，感而赋此》[5]。按：“戊子”即嘉靖七年（1528）。

嘉靖二十年 辛丑 1541

王教卒，年六十三。嘉靖二年（1523）进士，授翰林院编修，累官至南京兵部侍郎。有《中川遗稿》33卷，明嘉靖三十九年（1560）清白堂刻本，词附，今已收入《四库全书存目丛书》。《全明词》录其词21首。

朱谏卒，年七十九。弘治五年（1492）进士，官至吉安府知府。有《荡南集》。《全明词》据《明词综》与《历代诗余》录其词3首，《全明词补编》复据《盛明百家诗》录其词17首。

薛应旂代费寀为夏言《玉堂余兴》作“引”。其略云：“自风雅湮而古诗亡，乐经燔而诸调作。词也者，固六义之余而乐府之流也。比声成音，亦自与政相通，而能使人兴起，故曰今之乐犹古之乐也”，“唐自李白而下，率多填词，慢调迨宋益靡，厥能引括风雅，以不失乎古之遗音，则自永叔、子瞻、希文、元晦之外，不多见也。”[6]

---

①《全明词补编》，第376页。
②《全明词补编》，第164页。
③《全明词》，第686页。
④《全明词》，第686页。
⑤《全明词补编》，第302页。
⑥ 赵尊岳：《明词汇刊》，上海：上海古籍出版社1992年版，第807页。另见（明）薛应旂《方山薛先生全集》卷3，明嘉靖刻本，《续修四库全书》第1343册。

【辨证】此序末题署为“嘉靖辛丑夏六月朔，赐进士出身、通议大夫、南京吏部右侍郎、前国子祭酒、春坊太子庶子兼翰林侍讲、掌翰南院、同修国史经筵讲官钟石费寀著”。但明嘉靖刻本《方山薛先生全集》卷3收录了这篇序文，在题目《〈玉堂余兴〉引》五字后注明：“代钟石先生作”[①]，乃知此序为薛应旂代作。费寀（1483—1549），字子和，号钟石，时任南京吏部右侍郎。薛应旂（生卒年不详），字仲常，号方山，江苏武进人，时任南京考功郎中，正为费寀下属，所以由他来代费寀作此应酬文字。

夏言作《法驾导引曲·辛丑夏，仁寿宫醮坛鹤降，应制五阕》[②]词5首。是年另有《万年欢·和答白下史恭甫庆予六十之作二阕》[③]及《大江东去·和答张阳峰寄贺辛丑初度之作》[④]，词中有“花甲初周，世途饱历，长笑空搔发”句。

张璧作《大江东去·补寿桂洲阁老六十》[⑤]词2首。

陆楫作《风入松》词4首，词前小序曰：“嘉靖庚子秋，吴养亭为请先司成公恤典至长安，与陆子思豫一见倾盖。司成公与家严为玉堂旧僚寀，陆子与养亭真世兄弟也。同客长安，以文学意气相砥砺者余半载。兹以圣天子追念旧学，特锡司成公葬祭。于是养亭衔命南迁，陆子不忍别，调《风入松》四阕以赠之。”[⑥]按：“嘉靖庚子”即嘉靖十九年（1540）。

嘉靖二十一年　壬寅　1542

吴山卒，年七十三。正德三年（1508）进士，授刑部主事，历豫、赣、川三省巡抚，入为刑部尚书。卒谥忠襄。有《尚书疏议》及《治河通考》10卷。《全明词》据《笠泽词征》卷4录其词3首。

---

①（明）薛应旂：《方山薛先生全集》卷3，明嘉靖刻本，《续修四库全书》第1343册。
②《全明词》，第667~668页。
③《全明词》，第716页。
④《全明词》，第688页。
⑤《全明词补编》，第203页。
⑥《全明词补编》，第436~437页。

【辨证】 明代稍后另有一吴山（？—1577），字曰静，号筠泉，江西高安人，嘉靖十四年（1535）进士，官至礼部尚书。因二人同名，年代亦相近，有些著作常把二人混为一谈。另有明季女词人吴山，字岩子，安徽当涂人，太平县丞卞琳妻，工书善画，有《青山集》。《众香词》射集存其词15首。

李廷机生。李廷机（1542—1616），字尔张，号九我（一作九莪），晋江（今属福建）人。

周履靖生。周履靖（1542—1632），字逸之，号螺冠子，又号梅颠道人，浙江秀水（今嘉兴）人。

正月二日，杨慎作《千秋岁·壬寅新正二日寿内》①。是年另有《江月晃重山·四阕》②，题下自注："壬寅立春。"

正月六日，夏言作《减字木兰花·壬寅正月六日，奉圣谕，今日皇四女试岁周，一取钟、二取银、三取黄水晶石，示卿等知。恭述此词，用纪嘉事》。是年另有《汉宫春·壬寅元夕上召观灯仁寿宫》、《浣溪沙·壬寅正月十六日见东宫踏冰过金海作二阕》、《减字木兰花·壬寅春考一品九年满感述》、《少年游·壬寅端午柬李蒲汀二阕》、《临江仙·壬寅六月望日，次醉翁韵，是日立秋》、《大江东去·壬寅秋南归登金山作》③。其《大江东去·次东坡韵，柬李蒲汀送蟹》、《大江东去·再叠坡韵，答蒲汀蟹词》、《大江东去·答蒲汀馈水晶葡萄》三词亦作于是年，词后有注："右三词壬寅六月十二日作，此时待罪闭门，有忧谗怀隐之悰焉。"④

除夕，周用作《减字木兰花·壬寅除夕》⑤。

夏言于是年作词书扇以赠门人杨仪。杨仪《重刻桂翁词序》："往在壬寅岁，仪谬领霸州之命，公属词书扇以为赠言，时方夜暑，使至，拜辱于今司成程舜敷

①《全明词》，第820~821页。
②《全明词》，第800页。
③ 以上诸作分别见于《全明词》第669页、第670页、第670页、第691页、第719~720页、第715页、第688页。
④《全明词》，第687~688页。
⑤《全明词》，第596页。

座中，执烛诵之，一阕既终，坐客皆唏嘘动色。再歌之，凉飙肃然，左右皆掩泣而走。明日，篇章遂传布都下，儿童舆皂皆能歌之。”①

秦镗作《千秋岁·壬寅岁作》②。

嘉靖二十二年 癸卯 1543

方凤卒，年六十四。正德三年（1508）进士，历监察御史。嘉靖时，数争大礼，以灾异指责时弊，出为广东提学佥事，谢病归卒。有《改亭存稿》10卷、《续稿》6卷，明崇祯十七年方士骧刻本。其词在《续稿》中，凡40首，前30首为一组，以山水记游之作为主，卷首小序云：“予性嗜山水，每游毕，辄记以小词，凡得三十首。”③赵尊岳辑成《改亭诗余》1卷，收入《明词汇刊》。《全明词》盖以其中《清江引·江村六适》是曲而非词，删去，故存词34首。

丁奉卒，年六十四。正德三年（1508）进士，授行人，历南京吏部验封司郎中。著有《南湖留稿》及《南湖遗稿》，明梅守箕选辑为《丁吏部文选》8卷行世，有明万历三十二年（1604）丁孺端刻本。其卷2为《丁吏部近体乐府》，存词15首，《全明词》据录。《全明词补编》复从《丁南湖先生文选补编》辑录其词9首。

张綎卒，年五十七。正德八年（1513）举人，嗣后八上春官不第，嘉靖十四年（1535）谒选官武昌通判，后任光州知州，因上官以其耽于吟咏为辞，遂去职归家。钱谦益称其“少从王西楼游，刻意填词，每填一篇，必求合某宫某调，某调第几声，其声出入第几犯。抗坠圆美，必求合作。著《诗余图谱》，词家以为指南”④。有《张南湖先生诗集》4卷、《附录》1卷，《四库全书总目》已著录。“提要”云：“是集诗多艳体，颇涉佻薄，殆《玉台》、《香奁》之末流。每卷皆附词数阕。考綎尝作填词《图谱》，盖刻意于倚声者，宜其诗皆如词矣。”⑤沈雄《古今词话》云：“维扬张世文为《图谱》，绝不似《啸余谱》、《词体明辨》之有舛错，

---

①（明）夏言：《〈桂翁词〉六卷〈鸥园新曲〉一卷》，卷首杨仪序，明嘉靖四十五年双泉童氏刻本。

②《全明词补编》，第164页。

③（明）方凤：《改亭续稿》卷6，明崇祯十七年方士骧刻本，《续修四库全书》第1338册。

④（清）钱谦益：《列朝诗集小传》丙集，上海：上海古籍出版社1983年版，第348页。

⑤（清）永瑢等：《四库全书总目》卷176，北京：中华书局1965年版，第1574页。

而为之规规矩矩，亦填词家之一助也。乃其自制《鹊踏枝》有云：‘紫燕双飞深院静。宝枕纱厨，睡起娇如病。一线碧烟萦藻井。小鬟茶进龙香饼。’又‘斜日高楼明锦幕。楼上佳人，痴倚阑干角。心事不知缘底恶。对花珠泪双双落’。更自新蒨蕴藉，振起一时者。”[①]张綖于宋代词人，提出豪放、婉约之说，在后世影响较大。《惜阴堂汇刻明词》裁其词为《南湖诗余》。《全明词》存其词90首，《全明词补编》另辑得10首。

屠隆生。屠隆（1543—1605），字长卿，又字纬真，号赤水，别号由拳山人、一衲道人、蓬莱仙客，晚号鸿苞居士，鄞县（今浙江宁波）人。

杨慎辑《词林万选》4卷当于是年刊行。该书卷首有嘉靖二十二年癸卯（1543）任良幹序。

【辨证】任良幹，字直夫，号南峤，广西桂林人。以乡举授潜江教谕，曾任申阳知县，为此书作序时为楚雄知府。其序中称：“升庵太史公家藏有唐宋五百家词，颇为全备，暇日取其尤绮练者四卷，名曰《词林万选》，皆《草堂诗余》之所未收者也。”[②]所谓杨慎“家藏有唐宋五百家词”，实夸大之辞，《四库全书总目·词林万选》“提要”已辨其不实[③]；又称其所选词“皆《草堂诗余》之所未收”，亦与事实不相符合。此选共录唐五代宋金元明人词229首。编次似依时代先后，但次序颇为混乱，词人多有前后重出现象，姓氏题名亦不一致。此选与杨慎另一选本《百琲明珠》有相似之处，所选多为其词话著作《词品》中涉及之词，其评注亦多有失考之处。是书明嘉靖二十二年（1543）任良幹刊本今未见，明末毛晋汲古阁刻《词苑英华》本较为通行，《四库全书存目丛书》收有《词林万选》，即据清乾隆十七年（1752）曲溪洪振珂重印明末毛氏汲古阁刻《词苑英华》本。

何孟伦刻《辛稼轩词》12卷。此本据王诏刊李濂批点本重刻，但题名不同。

---

①（清）沈雄：《古今词话》词评下卷，见唐圭璋《词话丛编》，北京：中华书局2005年版，第1029页。

②（明）杨慎：《词林万选》，卷首任良幹序，清乾隆十七年（1752）曲溪洪振珂重印明末毛氏汲古阁刻词苑英华本，《四库全书存目丛书》集部第422册。

③（清）永瑢等：《四库全书总目》卷200，北京：中华书局1965年版，第1832页。

今河北大学图书馆等有藏本。

正月十五日，王廷表作《〈升庵长短句〉跋》，称："宋人无诗而有词，论比兴则月下秦淮海，花前晏小山；较筋节则妥帖坡老，排奡稼轩，所以擅场绝代也。至元人曲盛而词又亡，本朝诸公于声律不到心，故于词曲未数数然也。高季迪之《扣舷》，刘伯温之《写情》，号为琤琤矣。吾友升庵杨子，乃至音神解，奇藻天发，率意口占，警绝莫及。尝语表曰：李冠、张安国《六州歌头》，声调雄远，哀而不伤，于长短句中殊为雅丽，恨少有继者。乃援笔为吊诸葛词，其妥帖排奡，可并苏、辛而轧张、李矣。表尝评杨子词为本朝第一，而《六州歌头》在升庵长短句中第一，杨子笑曰：子岂欲为稼轩之岳珂乎？因跋兹集，并附其语。嘉靖癸卯春正月望，临安王廷表书。"[①]

正月十五日，夏言作《西江月·癸卯元夕》[②]。

正月十六日，杨仪作《瑶台第一层·癸卯元宵后一日》[③]。

正月晦日，吴子孝作《乌夜啼·癸卯正月晦作。明日先文端小祥也》[④]。

四月，周用作《鹊桥仙·癸卯四月清河水至》。是年另有《满庭芳·癸卯重五寓济州》、《金人捧露盘·癸卯五月十二日雨》[⑤]。

韩邦奇作《满江红·哀仲礼》[⑥]。另有《踏莎行》（绿柳沙迷），亦为哀仲礼及其兄仲典之作，词前小序曰："赵氏二子，仲典、仲礼皆以奇童称。仲典十七秋试归，病于途死。仲礼十九秋试归，病于途死。二子生时，其母梦紫龙入室，即飞去。人见二子奇特，谓必大成，皆夭殁，异矣！"[⑦]按：韩邦奇《苑洛集》卷6有《茂才赵生仲礼墓志铭》，云"仲礼生于嘉靖甲申十月十九日卯时，卒于嘉靖癸卯十一月二十九日未时，年才二十耳"[⑧]。

---

①（明）杨慎：《升庵长短句》，卷尾王廷表跋，明嘉靖刊本。

②《全明词》，第718页。

③《全明词》，第908页。

④《全明词补编》，第304页。

⑤ 以上三词依次见于《全明词》第598页、第600页、第599页。

⑥《全明词》，第618页。

⑦《全明词》，第618~619页。

⑧（明）韩邦奇：《苑洛集》，卷6《茂才赵生仲礼墓志铭》，《景印文渊阁四库全书》第1269册。

嘉靖二十三年　甲辰　1544

杨循吉卒，年八十九。成化二十年（1484）进士，授礼部主事，因病，年三十一致仕归，结庐支硎山下，以读书著述为事。武宗驻跸南都，以善为乐府、小令为伶人所荐，帝以俳优待之，循吉以为辱，辞归。著有《松筹堂集》12卷，明万历元年顾氏芸阁活字印本，今已收入《四库全书存目丛书》，其卷12为词，存词14首。另有《南峰乐府》等9种。《惜阴堂汇刻明词》裁此14首词为《松筹堂词》，《全明词》复加《江南春》1首。其词作多直抒胸臆，即景抒情，朴素自然，但因缺乏锤炼，颇觉味淡。

王廷相卒，年七十一。弘治十五年（1502）进士，历官翰林院庶吉士、兵科给事中、亳州判官、高淳知县、监察御史、陕西巡按、赣榆县丞、松江府同知、四川佥事、山东提学副使、右布政使、兵部侍郎、右副都御史、兵部尚书，官至二品。嘉靖二十年（1541），因处理郭勋案不力，革职为民。隆庆初复官，追赠少保，谥文肃。《明史》卷194有传。为“前七子”之一，其诗缺乏裁剪，人讥为粗硬，唯少数绝句清新可读。词亦硬语较多，缺乏韵味。有《王氏家藏集》5种65卷，明汇印本，今已收入《四库全书存目丛书》。存词65首，《惜阴堂汇刻明词》裁为《内台词》，《全明词》复据《古今词统》辑入《竹枝》1首。

陆深卒，年六十八。弘治十八年（1505）进士，选庶吉士，授编修。嘉靖中为太常卿兼侍读学士。世宗时，进詹事府詹事。卒谥文裕。《明史》卷286有传。《四库全书总目·〈俨山集〉一百卷〈续集〉十卷》“提要”云：“当正、嘉之间，七子之派盛行，而独以和平典雅为宗，毅然不失其故步，抑亦可谓有守者矣。”①有《俨山集》100卷、《续集》10卷，词附。《惜阴堂汇刻明词》裁其词为《俨山词》，凡32首，《全明词》据录。陆深《俨山诗话》、《溪山余话》、《停骖续录》、《中和堂随笔》等，往往涉及诗乐离合及词乐变迁等问题。

陈淳卒，年六十二。少从文征明游，以书画擅长，能诗。《明史》卷287有传。有《陈白阳集》10卷、《附录》4卷，明万历四十三年（1615）陈仁锡阅帆

---

①（清）永瑢等:《四库全书总目》卷171，北京：中华书局1965年版，第1500页。

堂刻本，今已收入《四库全书存目丛书》。有词24首，惜阴堂裁为《陈白阳先生词》，《全明词》据录。

秦镗卒，年七十九。弘治十七年（1504）举人，嘉靖中授南京都察院都事。有《樗林摘稿》3卷、《附录》1卷，明嘉靖三十九年（1560）刻本，今已收入《四库全书存目丛书》。《全明词补编》据《樗林摘稿》卷3录其词2首。

钟芳卒，年六十九。正德三年（1508）进士，选翰林院庶吉士，授编修，寻谪宁国推官，迁漳州同知，入为南京户部员外郎，转吏部郎中，迁浙江提学副使，历广西布政司参政，擢江西布政使，累官至南京户部右侍郎。家居十余年卒。有《筠溪文集》30卷，明嘉靖二十七年（1548）钟允谦刻本，今已收入《四库全书存目丛书》。《全明词补编》据《筠溪文集》卷30录其词13首。

朱彦汰卒。朱彦汰（？—1544），号雪峰道人，明太祖朱元璋六世孙，岷庄王朱楩五世孙。初封江陵王，弘治十七年（1504）进封。嘉靖四年（1525），与弟南安王朱彦泥讦阴事，朱彦泥被废为庶人，朱彦汰被革爵。八年（1529），令世子朱誉荣管理岷府事宜，朱誉荣上疏恳辞，为父请罪。十二年（1533），赐其冠带，继续管理岷府事宜。十五年（1536），恢复其岷王爵位。二十三年（1544）薨，谥岷靖王。善为诗，工绘事。有《雪峰集》，词附。《全明词》存其词64首。

张邦奇卒，年六十一。弘治十八年（1505）进士，历官南京吏部尚书，改兵部，参赞机务，卒谥文定。《明史》卷201有传。有明刻本诗集《四友亭集》20卷，其中卷20为诗余。《全明词》仅据《四明近体乐府》辑其词3首，《全明词补编》复从《张文定公覯光楼集》及《张文定公四友亭集》录其词36首。

范守己生。范守己（1544—1611），字介儒，号岫云，洧川（今属河南长葛）人。按：范守己生卒年，旧无记载，此据吕友仁主编《中州文献总录》[①]。

朱曰藩中进士。朱曰藩（生卒年不详），字子价，号射陂，宝应（今属江苏）人，朱应登之子。中进士后，历官南京刑部主事，兵部、礼部员外郎，迁九江府知府。隽才博学，以文章名家。有《山带阁集》33卷，明万历间刻本，今已收入《四库全书存目丛书》。《惜阴堂汇刻明词》裁其词2首为《山带阁词》，《全明词》据录。

---

① 吕友仁主编：《中州文献总录》，郑州：中州古籍出版社2002年版，第792页。

程诰于是年前后在世。程诰（生卒年不详），字自邑，号霞城，歙县（今属安徽）人。嘉靖年间布衣。平生好游，所至山川都邑，辄纪以诗。诗学李梦阳，与朱曰藩、黄省曾等有所交往。有《霞城集》24卷，明天启二年（1622）程于廷刻本，今已收入《四库全书存目丛书》。其卷24有词47首，《全明词补编》据录。

苏志皋作《天仙子·登玉皇阁》，词前小序曰："嘉靖甲辰秋，虏犯紫荆，予以督饷至蔚州，且趣兵进薄广昌。乘月登陴，环视群山，如有列仙者，骖鸾跨凤，翱翔其间。乃作小词一阕以寄遐思云。"①

孙承恩作《贺新郎·六十初度自寿》②。

嘉靖二十四年　乙巳　1545

张璧卒，年七十一。正德六年（1511）进士，选翰林院庶吉士，授编修，擢侍读学士，累官至礼部尚书兼东阁大学士，参预机务。卒谥文简。有《阳峰家藏集》36卷，明嘉靖二十四年世恩堂刻本，今已收入《四库全书存目丛书》。霍韬有《水调歌头·阳峰词，为张学士》及《水调歌头·仰宸楼，为阳峰题》二词③。《全明词补编》从《阳峰家藏集》各卷中录其词15首。

费懋贤卒，年四十六。嘉靖五年（1526）进士，选翰林院庶吉士，授南京吏部主事，改兵部主事，转员外郎，升郎中，调南京礼部郎中。有《费礼部少湖先生摘集》。《全明词补编》据其集卷2录词10首。

李文察所撰"李氏乐书"5种约成书于是年。其中包括《典乐要论》3卷、《乐记补说》1卷、《律吕新书补注》1卷、《青宫乐调》3卷、《古乐筌蹄》9卷，合为5种17卷。

何孟伦在王诏刊本基础上重刻李濂批点本稼轩词，题为《辛稼轩词》，共12卷。

正月十五日，夏言作《汉宫春·乙巳元夕》。是年另有《大江东去·乙巳初度，溧阳史恭甫绘玉阳调天图并词二首寄寿，用韵谢答二阕》、《汉宫春·乙巳夫

---

①《全明词》，第919页。
②《全明词》，第750页。
③《全明词补编》，第272页。

人初度》[1]。

嘉靖二十五年　丙午　1546

郑汝璧生。郑汝璧（1546—1607），字邦章，号昆岩，浙江缙云人。

陈尧文重刊夏言《桂翁词》。二月一日，杨仪作《重刻桂翁词序》。序云："元相《桂翁词》六卷，初刻于吴郡，再刻于铅山，三刻于闽中，每刻成，则新谱复出。公盛德大业，天下具瞻，片纸只字，散落人间，莫不争先快睹，贵如珙璧。至是，陈生尧文又得《鸥园新曲》，并前六卷，并刻以传，知仪尝受公恩纪，因以相示。……刻既成，敬书其末。嘉靖丙午二月朔旦，门人常熟杨仪再拜谨序。"[2]

八月十五日，周用作《一剪梅·丙午八月望日》。是年另有《满庭芳·丙午寿弟》、《沁园春·感遇，用夏阁老会同年韵，丙午九月一日在告作》[3]。

十二月，杨慎作《浣溪沙·丙午十二月，碧鸡关路旁梅》[4]。

嘉靖二十六年　丁未　1547

罗钦顺卒，年八十三。弘治六年（1493）进士，授编修，迁南京国子监司业、南吏部右侍郎。世宗立，擢吏部尚书。时张璁、桂萼树党，屏逐正人，钦顺耻与同列，乃辞不拜，里居二十年，潜心研究。卒谥文庄，学者称整庵先生。《明史》卷282有传。有《整庵先生存稿》20卷，明嘉靖刻本。词仅2首，《惜阴堂汇刻明词》裁为《整庵诗余》，《全明词》据录。《明词提要》谓："时刘瑾专横，民生疾苦，以整庵儒者，身当重职，而不能有所匡救，宜其感喟呻吟，以发

---

① 以上诸作依次见于《全明词》第725页、第689页、第725页。

②（明）夏言：《〈桂翁词〉六卷〈鸥园新曲〉一卷》，卷首杨仪序，明嘉靖四十五年（1566）双泉童氏刻本。

③ 以上三词依次见于《全明词》第598页、第600页、第603页。

④《全明词》，第806页。

之于吟咏，抒之于翰墨也。”[①]

朱让栩卒，年四十七。其生平为人，喜儒雅，不近声伎。孝宗赐书，以河间礼乐、江夏忠勤为比。卒谥成。《明史》卷117有传。有《长春竞辰稿》13卷、《余稿》3卷，明嘉靖二十八年（1549）蜀藩朱承钥刻本，词附集中。唐圭璋先生从《长春竞辰余稿》中抄出词26首示赵尊岳，赵即收入《明词汇刊》，仍题作《长春竞辰余稿》，《全明词》据录。《全明词补编》复据《长春竞辰稿》卷13录其词21首。

周用卒，年七十二。弘治十五年（1502）进士，授行人。正德初迁南京兵科给事中，历官广东参议，浙江、山东副使，福建按察使，河南右布政使，右副都御史，吏部左、右侍郎，南京刑部、工部尚书，太子少保，吏部尚书等，卒谥恭肃。《明史》卷202有传。有《周恭肃公集》16卷、《附录》1卷，明嘉靖二十八年（1549）周国南川上草堂刻本，今已收入《四库全书存目丛书》，词附。《惜阴堂汇刻明词》裁其词为《周恭肃公词》。《全明词》据《周恭肃公集》卷12录其词43首，而次第与惜阴堂本多有不同。

顾璘卒，年七十二。少负才名，与同里陈沂、王韦号“金陵三俊”。弘治九年（1496）进士，授广平知县，官至南京刑部尚书。晚罢归，构息园，宾客常满。《明史》卷286有传。著有《浮湘集》4卷、《山中集》4卷、《凭几集》5卷、《续凭几集》2卷、《息园存稿》23卷附《缓恸集》等，《惜阴堂汇刻明词》分别裁为《浮湘词》、《山中词》、《凭几词》，3集合计存词44首，《全明词》据录，并增《江南春》1首。沈雄《古今词话》云：“吴郡顾华玉，弘正间大司寇，为当时风雅主盟，负知人之鉴，称东桥先生。”并谓：“其诗有‘君王自信图中貌，静女虚迎梦里车’。词亦近是。”[②]《明词综》卷2录其词，小传引《柳塘词话》云：“东桥词有承平气象。”[③]

郭廷序卒，年四十七。嘉靖二十年（1541）进士，授贵溪知县。有《循夫先生集》4卷，明崇祯郭守命等刻本，其卷2存词33首，《全明词补编》据录。

---

① 赵尊岳：《惜阴堂汇刊明词提要·〈整庵诗余〉一卷》，《词学季刊》1934年第2卷第1号，第91页。
②（清）沈雄：《古今词话》词评下卷，见唐圭璋《词话丛编》，北京：中华书局2005年版，第1026页。
③（清）王昶：《明词综》卷2，清刻本。

王立道卒，年三十八。嘉靖十四年（1535）进士，选庶吉士，授编修。有《校刻具茨先生文集》8卷、《诗集》5卷、《遗稿》1卷，有万历六年（1578）王化弘刻增修本。文渊阁《四库全书》本《具茨诗集》卷5存词10首，大都为寿词，而惜阴堂本《具茨诗余》仅收词8首。《全明词》复从《具茨文集》中辑出《临江仙》1首，故今存其词11首。

庄履丰生。庄履丰（1547—1589），字中熙，号梅谷，福建晋江人。

李培或生于是年。李培（约1547—1621后），字培之，号云麓，又号水西、六榆居士，秀水（今浙江嘉兴）人。以岁贡谒选为上虞训导，补海宁训导，迁新城教谕，擢龙南知县。有《水西全集》10卷，明天启元年（1621）刻本，今已收入《四库未收书辑刊》。卷首有李培自撰《槜李水西全集自叙》，末署“天启元年岁在辛酉桂月之望，六榆居士漫笔识”①。又据其中“世庙甲子（1564），余尚未冠，即补博士弟子员”；“戊辰（1568）负笈吴门，从虹台伯仲游，得谒王弇州”；“甲戌至丁丑（1574—1577），连馆谷于心亭钱氏”；“壬寅（1602）以廷试北上”；“己未（1619）由南赣谢政还”云云，可知其大致行状。其集卷6有“诗余三十七阕”。《全明词》编者未睹其别集，仅据《古今词统》录其七言绝句体《竹枝》1首；《全明词补编》乃据《水西全集》卷6录其词37首。

张元谕中进士。张元谕（生卒年不详），字伯启，号月泉，浦江（今属浙江）人。中进士后，授工部主事，擢郎中，因忤严嵩，谪判常州，曾为吉安、桂林、永昌守，擢滇南观察副使，至辰州，以勤劳得疾卒。后学私谥贞素先生。有《詹詹集》7卷，词附。又有笔记《篷底浮谈》15卷。《明别集版本志》著录有明抄本《张月泉诗》不分卷。《全明词》据《詹詹集》录其词7首。

田汝成《西湖游览志余》初刊于是年。田汝成（1503—1557），字叔禾，嘉靖五年（1526）进士，累官至广西布政使右参议。晚年归田后，盘桓湖山，著述以终老。《西湖游览志余》主要记述与杭州西湖相关的掌故轶闻，且于明代词人词作亦多有载述，尤其是关于马洪的记载，成为后人了解马洪的主要资料来源。而这几条，为稍后杨慎《词品》所袭用。

---

①（明）李培：《水西全集》，卷首自序，明天启元年刻本，《四库未收书辑刊》第6辑第24册。

【辨证】 在田汝成《西湖游览志余》中，可能因为马洪是杭州人，关于马洪及其词的记述尤多。如卷11“聂大年、马洪唱和词”，卷12“瞿（佑）、马（洪）文名”，卷13“马浩澜”、“马洪咏西湖”、“马洪《花影集》”等，引录马洪词多达25首，而《全明词》收录马洪词仅16首，《全明词补编》即据《西湖游览志余》补录13首。这也就是说，马洪词今传29首，其中25首见于《西湖游览志余》，因此说马洪词赖《志余》得以保存，亦不为过。关于马洪其人，《志余》卷13写道：“马浩澜洪，仁和人，号鹤窗。善诗咏，而词调尤工。皓首韦布，而含吐珠玉，锦绣胸肠，褎然若贵介王孙也。”①按：田汝成年代在徐伯龄之后，在上引数语后他引录了马洪《多丽》、《江城引》和《昭君怨》3首词，词的顺序与评语均与徐伯龄《蟫精隽》卷11所论相同。结尾处复云：“徐伯龄言：鹤窗与陆清溪偕出菊庄之门，而清溪得诗律，鹤窗得词调，异体齐名，可谓盛矣。”②这些都表明关于马洪的记载，田汝成是在徐伯龄记述基础上加以增益的。而上引数语为徐氏《蟫精隽》所无。在后来关于马洪的介绍文字中，“皓首韦布”数语和“清溪得诗律，鹤窗得词调”数语一样，都是不可或缺的内容。另外，马洪那篇惜墨如金的《〈花影集〉序》，在现在所见到的文献中，也以《西湖游览志余》卷13的引录为最早。

当然，过去很多人介绍马洪或是引录《〈花影集〉序》，往往是以杨慎《词品》为文献依据的。关于杨慎《词品》因袭前人的具体情况，前文已有论述，事实上杨慎不仅因袭宋元文献，对同代人的著述也未放过。经过比对可以发现，《西湖游览志余》中关于马洪的几段文字，杨慎《词品》卷6基本上全文照抄。如“马浩澜著《花影集》”③一条，从《花影集》自序到以下引录马洪的10首词，顺序与《志余》文字全同；“马浩澜词”④一条，无论是“皓首韦布，而含吐珠玉，锦绣胸肠，褎然若贵介王孙也”，一直到“鹤窗与陆清溪偕出菊庄之门”云

① （明）田汝成：《西湖游览志余》卷13，上海：上海古籍出版社1980年版，第240页。
② （明）田汝成：《西湖游览志余》卷13，上海：上海古籍出版社1980年版，第241页。
③ （明）杨慎《词品》卷6，见唐圭璋《词话丛编》，北京：中华书局2005年版，第530~532页。
④ （明）杨慎《词品》卷6，见唐圭璋《词话丛编》，北京：中华书局2005年版，第532~533页。

云，亦无一不同。其他如“聂大年词附马浩澜和”[①]、“凌彦翀无俗念”[②]等条，也是从《西湖游览志余》全文照抄来的。或曰，田汝成与杨慎为同时代人，怎么可以断定是杨慎抄田汝成而不是反过来呢？证据只能是二书刊刻的先后。已知田汝成《西湖游览志余》初刻于嘉靖二十六年（1547），而杨慎《词品》自序作于嘉靖三十年辛亥（1551），周逊序刻于嘉靖三十三年甲寅（1554），前后相差数年时间，杨慎要从《西湖游览志余》中抄录几段与词相关的文字，从他的一贯作风来看是完全可能的，从时间来说更是绰有余裕的。

正月，杨慎作《临江仙·丁未新正寄简西峃》[③]。

三月三日，王世贞作《水调歌头·上巳日清明》[④]。按：王世贞另有《水调歌头》（迟日卷残雪）一词，作于庚申（1560）年，词前有小序，曰：“记丁未清明为上巳，予与同人出游西郭，杯酒落魄，颇谐幽兴，遂成《水调歌头》一阕。今为庚申，十又四年矣，复遇上巳。前一日清明，偶与张郎及一二兄弟，信步旧游，虽风景不殊，而憔悴非昔，幽忧滞结，徒增凄怆。因复按前调，遂成一词。并书遗张及一二兄弟，庶有和者，消予磊块哉。”[⑤]

杨仪作《一篓金·丁未迎春》[⑥]。是年另有《且坐令·丁未春尽秦墩竹下作》[⑦]。

嘉靖二十七年　戊申　1548

夏言卒，年六十七。正德十二年（1517）进士，授行人，擢兵科给事中，历少詹事兼翰林学士，少师兼太子太师。嘉靖十五年（1536）入华盖殿大学士，参预机务，居首辅。性警敏强直，豪迈有俊才，纵横辨博，人不能屈。后为严嵩所嫉，诬陷至死。严嵩败后，其家讼其冤，得复官，追谥文愍。《明史》卷196

---

①（明）杨慎：《词品》卷6，见唐圭璋《词话丛编》，北京：中华书局2005年版，第533页。
②（明）杨慎：《词品》卷6，见唐圭璋《词话丛编》，北京：中华书局2005年版，第529页。
③《全明词》，第806页。
④《全明词》，第1093页。
⑤《全明词》，第1093页。
⑥《全明词》，第903页。
⑦《全明词》，第904页。

有传。王世贞称："夏文愍公谨最号雄爽，比之辛稼轩，觉少精思。"[①]钱谦益称："少师赋才敏捷，奏对应制，倚待立办，以此为人主所知。喜为长短句，在南宫与属吏虞山杨仪梦羽唱和，今所传《元相桂翁词》，及《鸥园新曲》，皆梦羽序而行之。少师得君专政，声势烜赫，诗余小令，草稿未削，已流布都下，互相传唱。殁后未百年，黯然无闻，《花间》、《草堂》之集，无有及贵溪氏名者，求如前代所谓曲子相公，亦不可得，可一慨也！"[②]王国维《桂翁词跋》谓："有明一代，乐府道衰。《写情》、《扣舷》，尚有宋、元遗响。仁、宣以后，兹事几绝，独文愍以魁硕之才，起而振之，豪壮典丽，与于湖、剑南为近。方其得路，入正郊庙，出扈禁跸，一词朝传，万口暮诵，同时名公皆摹拟其体格，门生故吏争相传刻。虽居势使然，抑其风采文采，自有以发之者欤？"[③]《词苑萃编》卷9引钱允治语云："词至夏桂洲、严介溪，俱以《百字令》、《木兰花慢》为赠答之什。如陆俨山、周白川亦无不效之，但悉遵旧人之韵，千篇一律，了无旨趣。若桂洲闺艳小令，脍炙人口者，则又嫁名于无名氏。集中三百九十调，应酬居多。"[④]有《桂洲集》、《赐闲堂词》等。《夏桂洲近体乐府》有李一氓藏本。赵尊岳《惜阴堂汇刻明词》有《桂洲集》6卷，收词255首；又有《桂洲集外词》1卷，录词80首。《全明词》据《桂洲先生文集》及《赐闲堂词》等辑录其词352首，《全明词补编》另辑得10首。

袁衮卒，年五十。嘉靖十七年（1538）进士，授庐陵知县，擢礼部主事，转员外郎，引疾归。有《袁礼部集》，惜阴堂裁其词2首为《袁礼部词》，《全明词》增补《江南春》1首。《全明词补编》另辑其词1首。

马守贞生。马守贞（1548—1604），字月娇，小字玄儿，以善画兰，号湘兰子，金陵名妓。

安绍芳生。安绍芳（1548—1605），字茂卿，江苏无锡人。

瞿汝稷生。瞿汝稷（1548—1610），字元立，江苏常熟人。

---

①（明）王世贞：《艺苑卮言》，见唐圭璋《词话丛编》，北京：中华书局2005年版，第393页。

②（清）钱谦益：《列朝诗集小传》丁集中，上海：上海古籍出版社1983年版，第536页。

③ 王国维：《王国维文集》，北京：北京燕山出版社1997年版，第461页。

④（清）冯金伯：《词苑萃编》，卷9《指摘》，见唐圭璋《词话丛编》，北京：中华书局2005年版，第1976页。

许乐善生。许乐善（1548—1627），字修之，号惺初，华亭（今属上海）人。按：许乐善之生卒年旧无记载，此据黄一农著《两头蛇：明末清初第一代天主教徒》之《许乐善家族世系图》所载①，何惠明编《云间考述》称乐善“年八十”②，亦与之相合。

三月十六日，杨仪作《惜春令》（春梦沉沉慵早起），词前小序曰：“戊申三月望日，夜宴梓石舟中，约以明日同会浒墅。余从间道先发，雨甚，久伺不至，得短词以寄幽怀。”③

三月，崔桐作《沁园春·戊申三月刘伍陈三广文邀饮黉宫》④。

七月十五日，简绍芳为朱让栩《长春竞辰余稿》作序，末署：“嘉靖戊申中元日，西壂山人简绍芳熏沐稽首拜书。”⑤

杨慎作《鹧鸪天·戊申初度》⑥。

嘉靖二十八年　己酉　1549

杨爵卒，年五十七。嘉靖八年（1529）进士，授行人，擢御史，以母老乞归养。母丧服阕，起故官，官至山东道监察御史。世宗时，以切谏系狱，先后7年，几濒于死，而治学不废。隆庆初，复官，追赠光禄卿。万历中追谥忠介。《明史》卷209有传。有《杨忠介公集》13卷，附词，清顺治八年（1651）杨绍武刻补修本。《四库全书总目·〈杨忠介集〉十三卷〈附录〉三卷》“提要”称其“所作诗文，大抵直抒胸臆，虽似伤平易，然有本之言，不由雕绘，其可传者正不在区区词采间矣”⑦。赵尊岳《惜阴堂汇刻明词》裁其词8首为《杨忠介公词》1卷，并赞其词“持律虽疏，虎虎有生气”⑧。《全明词》据《四库全书》本《杨忠介集》录其

---

① 黄一农：《两头蛇：明末清初第一代天主教徒》，上海：上海古籍出版社2006年版，第91页。
② 何惠明：《云间考述》，上海：汉语大词典出版社2006年版，第412页。
③《全明词》，第906页。
④《全明词》，第733页。
⑤ 赵尊岳：《明词汇刊》，上海：上海古籍出版社1992年版，第283页。
⑥《全明词》，第813页。
⑦（清）永瑢等：《四库全书总目》卷172，北京：中华书局1965年版，第1505页。
⑧ 赵尊岳：《惜阴堂汇刻明词提要·〈杨忠介公词〉一卷》，《词学季刊》1933年第1卷第3号，第72页。

词8首。

费宷卒，年六十七。正德六年（1511）进士，选翰林院庶吉士，授编修，充经筵讲官，升左春坊左赞善，迁南京尚宝司卿，改右春坊右庶子，兼翰林院侍讲，掌南京翰林院事，累迁礼部左侍郎，兼翰林院学士，掌院事，进礼部尚书。卒谥文通。有《费钟石先生文集》24卷，明隆庆四年（1570）季德甫刻本。《全明词补编》从其本集卷7录词25首。

刘时济《新刊古今名贤草堂诗余》4卷刻于是年。卷首有嘉靖己酉（1549）李谨《新刊草堂诗余引》，卷端题“皇明进士知歙县事四会南津李谨纂辑，歙县教谕秀州曾丙校次，歙丞饶余刘时济梓行”，书末有刘时济跋。此本亦从洪武本出，分天时、地理、人物、人事、器用、花鸟6类，收词362首，较洪武本少5首。今南京图书馆有藏本。

杨慎作《于中好·己酉新春试笔》①。

五月，杨仪作《翻香令》（阶前石竹又阑残），小序云：“坡翁《翻香令》，为其妾朝云赋也。己酉五月雨夕，对盆池中金凤花，感而和之。”②是年另有《玉宇无尘》（问乳泉华月），小序云：“己酉中秋，为安母太宜人七十寿诞。元夕张灯预祝长生，对月歌此。”③

周思兼作《烛影摇红》（曲岸持觞），词前小序曰：“己酉之秋，故人王凤洲以书来曰：‘于肃愍诗，君还记否。’予感焉，北行之日，出以示客，因歌一曲，以侑别觞。”④

陈如纶作《望海潮》（刚过中秋），小序曰：“己酉初度，晋川师贶以词，谨用韵奉谢。”⑤

陆楫作《念奴娇》，小序曰：“己酉岁，余留京师，瞻岳远寄《念奴娇》一阕，怀思甚切，因韵奉酬。”⑥

---

①《全明词》，第809页。
②《全明词》，第906页。
③《全明词》，第906页。
④《全明词》，第1053页。
⑤《全明词》，第938页。
⑥《全明词补编》，第439页。

嘉靖二十九年 庚戌 1550

张治卒，年六十三。正德十六年（1521）进士第一，累官南京吏部尚书，入为文渊阁大学士，进太子太保。卒谥文隐。有《张龙湖先生文集》15卷，清雍正彭思眷刻本，词附。《惜阴堂汇刻明词》裁其词2首为《龙湖先生词》，《全明词》据录。

汤显祖生。汤显祖（1550—1616），字义仍，号海若，又号若士，别署清远道人，临川（今江西抚州）人。

赵南星生。赵南星（1550—1627），字梦白，号侪鹤，别号清都散客，高邑（今属河北）人。

三月二十三日，杨仪作《初开口》（江上清风），词前小序曰："庚戌春，予与顾、刘二君，同送莫甥子良北上，联舟数日，谈笑甚欢。既与子良为别，三月廿二日夜将半，再入惠山寺，觞于漪澜亭中，沉醉还舟。明日推篷问之，则各就归途矣。赋此寄谢云。"[①]是年另有《生查子·庚戌六月十七日夜坐》[②]。

三月，陈如纶自序其词集《二余词》，序云："吾州里诸君子，行敦道义，艺崇风雅，凡燕集过从，以词倡酬，或用韵，或限韵，恒循击钵刻烛故事，而相角不相下，骚坛称盛焉。予从诸君子后，其词成，必予及，予必和；予词成，必及诸君子，必和予。兹辑予词得若干阕，固惟率其意兴所诣者耳。若夫谐歌协音，炼句锻字，夫我则不暇。嘉靖庚戌三月，二余居士书于紫蓉精舍中。"[③]

顾从敬刊《类编草堂诗余》4卷，署"宋何士信辑，明武陵逸史编次，开云山农校正"。顾从敬，字汝所，号武陵逸史，上海人。此本卷首有嘉靖二十九年庚戌（1550）何良俊《〈草堂诗余〉序》，序称，"是编乃其家藏宋刻本，比世所行本多七十余调"。实际"家藏宋刻"云云当为依托之辞，顾从敬是在洪武本基础上重编的。良俊字元朗，松江华亭人。嘉靖中贡生，以荐授南翰林孔目。有

---

①《全明词》，第909~910页。

②《全明词》，第910页。

③（明）陈如纶：《〈冰玉堂缀逸稿〉二卷〈兰舟漫稿〉一卷附〈二余词〉一卷》，卷首自序，明万历刻本，《四库全书存目丛书》集部第96册。

《柘湖集》28卷。其人精通音律，不长于词而长于曲①，钱谦益《列朝诗集小传》丁集载其佚事②，著名乐人顿仁亦许为知音。何良俊此序为词学史上重要文献。其始则阐释“诗余”之名说：“夫诗余者，古乐府之流别，而后世歌曲之滥觞也。”继而论述乐府、词、曲演进历史，然后归纳说：“总而核之，则诗亡而后有乐府，乐府阙而后有诗余，诗余废而后有歌曲。”“乐府以皦径扬厉为工，诗余以婉丽流畅为美。即《草堂诗余》所载，如周清真、张子野、秦少游、晁叔原诸人之作，柔情曼声，摹写殆尽，正辞家所谓当行、所谓本色者也。”③明代词学中的婉约本色论，自张𫄧《诗余图谱》卷首“凡例”于嘉靖十五年（1536）提出之后，此为又一重要文献，加上以广泛流传的《草堂诗余》为载体，影响更大。其后有成书于嘉靖三十七年（1558）的王世贞《艺苑卮言》，成书于隆庆四年（1570）的徐师曾《文体明辨》，于是词以婉约为本色之说法遂成定论。又，何良俊此序原为顾从敬刊本而作，后来刊行的各种版本的《草堂诗余》皆冠以何良俊序，均为移植。顾从敬此本增补篇目至443首，较洪武本多出76首。又其题为“类编”，实际在《草堂诗余》版本系统中最大的变化，是由分类编排改为分调编排，即借鉴张𫄧《诗余图谱》之例，将旧本按题材内容分类编排改为依小令、中调、长调编次。其中小令、中调各1卷，长调2卷。顾氏并在每阕词前根据词意加注题目，如春景、夏景、秋闺、冬景之类，词下间附品藻之语。此本影响甚大，明代后期近百年间，《草堂诗余》多为类编本系统。

【辨证】 何良俊《草堂诗余序》版本各异。该序是为顾从敬《类编草堂诗余》4卷而作，其后因为《类编草堂诗余》的流行而产生了广泛的影响，同时在流传过程中，因为改编者或书坊主的率意而产生诸多版本的内容差异。如原序中有云：“顾子汝上海名家，家富诗书，是编乃其家藏宋刻本，比世所行本多七十余调。”

然而在不少通行本中，如施蛰存先生主编《词籍序跋萃编》，《古今词统》卷

---

①《全明词》及《全明词补编》中不见其只字。

②（清）钱谦益：《列朝诗集小传》丁集上，上海：上海古籍出版社1983年版，第450~451页。

③（明）何良俊：《何翰林集》卷8，明嘉靖四十四年（1565）何氏香严精舍刻本，《四库全书存目丛书》集部第142册。

首所收该序，皆无以上引录数语。又如《词籍序跋萃编》卷8所收该序中，在“诗亡而后有乐府，乐府阙而后有诗余，诗余废而后有歌曲”之下，便是“乐府以曒径扬厉为工，诗余以婉丽流畅为美”[①]。而在原序中，其间尚有数句：“大抵创自盛朝，废于叔世。元声在则为法省而易谐，人气乖则用法严而难叶，兹盖其兴革之大较也。”[②]这就不是鲁鱼亥豕之类的手民之误，而应是出于不同版本的差异了。因为没有关于版本异同的校记或说明，使用者依据不同的版本，就会得出不同的结论。一般来说，唐宋词学文献的异文只是个别文字的差异，而明代词集序跋却可能因文字的较大差异而引起观点的歧异，这也是研究明代词学所当注意的。

词选《天机余锦》4卷当成书于是年之前。此书原题程敏政编，实当为书贾假托。卷首有题程敏政序，实抄自宋曾慥《〈乐府雅词〉序》。因成书于嘉靖三十年（1551）仲春的杨慎《词品》已引及此书，故知其成书当在嘉靖二十九年（1550）之前。是书共选唐宋金元明词人202家，词作1 253首。王兆鹏《词学史料学》指出：“此书最大的价值，是录有259首宋元明人佚词，其中宋人佚词60首，元人佚词46首，明人佚词137首（其中瞿佑佚词109首），作者时代不详者16首。其成书年代较早，当时所据词集版本今或已不传，不少作品和重要异文赖此传存，故此书又有不可忽视的校勘价值。……唐圭璋先生生前无缘见此书，其所编《全宋词》、《全金元词》的一些疑误无法解决，今凭此书可得订正。”[③]此书原藏台北“国家图书馆”，王兆鹏、黄文吉等据以校点，2000年由辽宁教育出版社出版。

【辨证】《天机余锦》的成书情况比较复杂，其编者及其成书年代至今亦有争议。先是黄虞稷《千顷堂书目》卷32在补元人书目中列有《天机余锦》，稍后

① 施蛰存：《词籍序跋萃编》，北京：中国社会科学出版社1994年版，第670页。
②（明）何良俊：《何翰林集》卷8，明嘉靖四十四年（1565）何氏香严精舍刻本，《四库全书存目丛书》集部第142册。
③ 王兆鹏：《词学史料学》，北京：中华书局2004年版，第333页。其中有些数据，与辽宁教育出版社2000年版《天机余锦》卷首“本书说明”有出入，以《词学史料学》出版在后，当更可靠。

钱大昕《补元史艺文志》卷4亦著录此书，赵万里《校辑宋金元人词》于《天机余锦》“提要”中亦判断此书“盖元初人所辑”①。但此三人似皆未见原书，而是据《花草粹编》选录词作附注出处得出的判断。20世纪90年代，王兆鹏先生发现了台北“国立图书馆”所藏明抄本《天机余锦》，因为此书卷首程敏政序实际是从宋曾慥《〈乐府雅词〉序》割裂而来，故疑程敏政序为依托。黄文吉先生具体考查了这个明抄本之后，认为该书为抄录拼凑他书而成。因为认定其中有281首词系抄自明嘉靖二十九年（1550）刊刻的顾从敬《类编草堂诗余》，故推断其成书当在嘉靖二十九年之后；又因为万历十一年（1583）成书的《花草粹编》曾多次引录《天机余锦》，故认定其成书不会晚于万历十一年②。王兆鹏先生又发现嘉靖三十年（1551）二月（花朝）成书的杨慎《词品》曾两次引用《天机余锦》，乃进一步推定：“《天机余锦》成书应在嘉靖二十九年七月后，三十年二月之前的半年时间内。”③然后是乔光辉博士发表《〈天机余锦〉“敏政识”探微》一文，认为要使谪居云南的杨慎及时看到刚成书的《天机余锦》，并引用于自己所著的《词品》，区区半年时间是不太可能的④。然后又有青年学者朱志远作《〈天机余锦〉新考》，因发现嘉靖二十七年（1548）成书的胡侍《真珠船》中已经提到《天机余锦》，故黄文吉先生关于《天机余锦》抄录嘉靖二十九年成书的《类编草堂诗余》的说法不能成立。针对乔光辉博士的另一猜想，即《天机余锦》卷首序末题署“敏政识”，以为此“敏政”不是程敏政而是年代更早的陈敏政，朱志远通过查核，发现明抄本原书卷首及各卷卷端凡五处均题“明程敏政”，所以“陈敏政”作序说亦不能成立⑤。

于慎思作《满江红·庚戌送大人北上》⑥。

---

① 赵万里：《校辑宋金元人词·天机余锦》，见金启华等《唐宋词集序跋汇编》，南京：江苏教育出版社1990年版，第402页。

② 黄文吉：《词学的新发现——明抄本〈天机余锦〉之成书及其价值》，《宋代文学研究丛刊》第3期，高雄：丽文文化事业股份有限公司1997年版，第381~404页。

③ 王兆鹏：《词学秘籍〈天机余锦〉考述》，《文学遗产》1998年第5期。

④ 乔光辉：《〈天机余锦〉“敏政识”探微》，《中国韵文学刊》1999年第2期。

⑤ 朱志远：《〈天机余锦〉新考》，《文学遗产》2012年第2期。

⑥《全明词补编》，第497页。

嘉靖三十年 辛亥 1551

王九思卒，年八十四。弘治九年（1496）进士，由庶吉士授检讨，以附刘瑾官至吏部郎中。瑾败，降寿州同知，次年罢官。九思诗文颇有名，与李梦阳、何景明、康海等游，称“七才子”。《明史》卷286有传。有诗文集《渼陂集》16卷、《续集》3卷，散曲集《碧山乐府》4卷，词集《碧山诗余》1卷，及杂剧《杜子美沽酒游春》等。《四库全书总目·碧山乐府》“提要”称：“九思酷好音律，尝倾赀购乐工，学琵琶，得其神解。”谓其《碧山乐府》所录“大半依弦索越调而带犯之，合拍颇善”[①]。《碧山诗余》存词56首，有《惜阴堂汇刻明词》本，卷首有王九思作于是年的自序，序略云：“夫诗余者，古乐府之流也，后人谓之诗余云。汉魏以上，乐府拘题而不拘体，作者发挥题意，意尽而止，体人人殊。至于唐宋，始定体格，句之长短，字之平仄，咸循定体，然后协音。乃若情之所发，随人而施，与题意漫不相涉，故亦谓之填词云。”序署：“时嘉靖辛亥春正月丁巳，碧山八十四逸史王九思自序。”[②]宋廷琦为作后序，署：“时嘉靖辛亥春正月戊午日，城武后学宋廷琦书。”[③]

林章生。林章（1551—1599），本名春元，字初文，福清（今属福建）人。

正月，杨仪作《杏花天》（春来准备看花眼），词前小序曰：“辛亥正月水仙盛开，对花夜酌，以古调《杏花天》歌以进觞。此曲初似不叶，然入越调，北音发声，自得悠扬之趣，乃知易安之能赏音，以解妇为足少也。”[④]是年另有《醉花间》（爱秋月），词前小序曰：“辛亥中秋后连宵苦雨。十七夜独醉茉莉花前，因忆十四夜江桥吹笛之欢。赋此奉谢顾峰。寄调《醉花间》。”[⑤]

正月，杨慎作《鹧鸪天·壬子元夕前，高峣海庄与王云岩、丘鸿夫、张子

---

①（清）永瑢等：《四库全书总目》卷200，北京：中华书局1965年版，第1836页。
②（明）王九思：《碧山诗余》，卷首自序，明嘉靖刻本，《续修四库全书》第1723册。
③（明）王九思：《碧山诗余》，卷首宋廷琦序，明嘉靖刻本，《续修四库全书》第1723册。
④《全明词》，第906~907页。
⑤《全明词》，第907页。

中、李继培小饮》[①]。

二月，杨慎为己著《词品》作序，其序称：“诗词同工而异曲，共源而分派。在六朝，若陶弘景之《寒夜怨》，梁武帝之《江南弄》，陆琼之《饮酒乐》，隋炀帝之《望江南》，填词之体已具矣。若唐人之七言律，即填词之《瑞鹧鸪》也；七言律之仄韵，即填词之《玉楼春》也。若韦应物之《三台曲》、《调笑令》，刘禹锡之《竹枝词》、《浪淘沙》，新声迭出。孟蜀之《花间》，南唐之《兰畹》，则其体大备矣。岂非共源同工乎。然诗圣如杜子美，而填词若太白之《忆秦娥》、《菩萨鬘》者，集中绝无。宋人如秦少游、辛稼轩，词极工矣，而诗殊不强人意。疑若独艺然者，岂非异曲分派之说乎。昔宋人选填词曰《草堂诗余》，其曰‘草堂’者，太白诗名《草堂集》，见郑樵书目。太白本蜀人，而草堂在蜀，怀故国之意也。曰‘诗余’者，《忆秦娥》、《菩萨鬘》二首为诗之余，而百代辞曲之祖也。今士林多传其书，而昧其名。故于余所著《词品》首著之云。嘉靖辛亥仲春花朝，洞天真逸升庵杨慎序。”[②]

【辨证】 在《词话丛编》所收录的4种明人词话中，过去最受推崇的是杨慎《词品》。如李调元《雨村词话》、吴衡照《莲子居词话》、谢章铤《赌棋山庄词话》等，于明代诸家词话中，对《词品》最为推崇。李调元至谓：“吾蜀升庵《词品》，最为允当，胜弇州之英雄欺人十倍。”[③]现代的一些诗学、词学著作，也对《词品》给予充分肯定。然而经过一番仔细地考索之后，我们很遗憾地发现，杨慎《词品》中很多段落是直接或间接地抄袭宋元的说法，尤其是那些要言不烦的点评，也就是人们认为足以显示他词学家手眼的文字片段，大部分是从宋人著述中抄出来的。《词品》中直接称引前人论词文字者共约50条，整段抄录而不注出处的已发现的有15则。元代吴师道著《吴礼部诗话》，其中一共有论词文字7段，唐圭璋先生以《吴礼部词话》为名收入《词话丛编》，其中6段为《词品》抄录而未注出处。其他还有变换语序、拼接文献、取其观点而增演词例等袭用方

①《全明词》，第815页。
②（明）杨慎：《词品》，卷首自序，见唐圭璋《词话丛编》，北京：中华书局2005年版，第408页。
③（清）李调元：《雨村词话·自序》，见唐圭璋《词话丛编》，北京：中华书局2005年版，第1377页。

式。总之，把这些抄袭前人的文字片段全部去掉，《词品》的学术价值也就大打折扣了。尤其是《词品》卷4“评稼轩词”一段，长达600余字，全抄自南宋陈模的笔记《怀古录》。虽然此段开头有“庐陵陈子宏曰”，但从语意文气来看，很难判断陈子宏语到何处为止。其中写道：“近日作词者，惟说周美成、姜尧章，而以东坡为词诗，稼轩为词论。此说固当。盖曲者曲也，固当以委曲为体。然徒狃于风情婉娈，则亦易厌。回视稼轩所作，岂非万古一清风哉！”[①]历来推崇《词品》者，往往举此段文字为例以证明杨慎的才学与手眼过人，又岂知这全是陈模的原话，其所谓“近日作词者”云云，乃是指南宋理宗年间事呢！

嘉靖三十一年　壬子　1552

陈如纶卒，年五十四。嘉靖十一年（1532）进士，知侯官县，擢刑部主事，至福建布政使参议，所至以清介著称。著文稿10卷，尽毁于火。其子谦亨搜求残剩，辑为《冰玉堂缀逸稿》2卷。另有自编诗集《兰舟漫稿》1卷、自编词集《二余词》1卷，今有《四库全书存目丛书》本。其《二余词》亦有《惜阴堂汇刻明词》本，有词115首。赵尊岳跋云：“《二余词》，则里中酬唱之作。斐云宗兄于京师见明刊本，即以写寄，为付绣梓。”[②]《全明词》据录。

陆楫卒，年三十八。嘉靖十八年（1539）以父陆深荫，由廪生入太学，文名颇著。有《蒹葭堂稿》8卷，明嘉靖四十五年（1565）刻本。主持纂辑《古今说海》，计135种，142卷。《全明词》仅据选本辑录其词2首，《全明词补编》复从其《蒹葭堂稿》卷2录词21首。

刘虞夔生。刘虞夔（1552—1596），字直卿，号和宇，山西高平人。

八月二十六日，杨仪作《昭君怨》（二十余年一梦），词前小序曰：“壬子秋八月廿六日，重游香山寺讲经楼，以壁间旧题岁月计之，余二十载矣。追忆同游，感叹不胜。赋得《昭君怨》一阕，用发幽怀。”[③]

---

①（明）杨慎：《词品》卷4，见唐圭璋《词话丛编》，北京：中华书局2005年版，第503页。

② 赵尊岳：《明词汇刊》，上海：上海古籍出版社1992年版，第64页。

③《全明词》，第908页。

朱曰藩《〈张南湖先生诗集〉序》作于是年。

【辨证】 研究张綖及其词学著作《诗余图谱》，往往会引用朱曰藩《〈南湖诗余〉序》。该序文中写道："或问先生长短句，予曰《诗余图谱》备矣。先生从王西楼游，早传斯技之旨，每填一篇，必求合某宫某调，某调第几声，其声出入第几犯，务俾抗坠圆美合作而出，故能独步于绝响之后，称再来少游。予每欲择其词之精者，合少游词成一帙，以遗乡人，为词学指南，第多事来未遑耳。"①对历来研究张綖及其《诗余图谱》的人来说，这一段话引用频率甚高，几至耳熟能详。在近年来出版的一些词学著作以及《中国博士、硕士学位论文文库》收录的论文中，该文也往往是以《〈南湖诗余〉序》的题目出现的。然而看过这篇序文的人会发现此文全长800余字，绝大部分篇幅在谈张綖其人其诗，涉及词（诗余）的文字只有上引一小节。之所以如此，乃是因为此文本来就不是《〈南湖诗余〉序》，而是《〈南湖诗集〉序》。上海图书馆藏有明嘉靖三十二年（1553）由张綖之子张守中付刻的《张南湖先生诗集》4卷，《四库全书总目》著录的《南湖诗集》4卷本当即此本。此集卷首有"同郡射陂朱曰藩撰"《〈张南湖先生诗集〉序》，时间在"嘉靖壬子（三十一年，1552）仲春"，前面所引"或问先生长短句"一节文字正在其中。很明显，这就是后来广泛流传的《〈南湖诗余〉序》的"真身"。

那么，这篇《〈张南湖先生诗集〉序》又是何时变为《〈南湖诗余〉序》的呢？依张綖词别集的文献源流上溯，我们最先想到的是赵尊岳先生辑集成书于1936年的《惜阴堂汇刻明词》，因为该书从某人集中裁出词作部分，即依其别集或别号、书斋之名"代拟"词集之名，是一种很常见似乎也很自然的做法。在上海古籍出版社1992年影印出版的《明词汇刊》中，我们很容易地在《南湖诗余》的卷首看到了这篇序文，题目正是《〈南湖诗余〉序》。然而据赵尊岳先生跋语可知，从《张南湖先生诗集》中裁出其词另成《南湖诗余》的不是赵尊岳，而是晚明时期的毛晋与王象晋②。

---

①（明）张綖：《张南湖先生诗集》，卷首朱曰藩序，明嘉靖三十二年（1553）张守中刻本，《四库全书存目丛书》集部第68册。

② 赵尊岳：《明词汇刊》，上海：上海古籍出版社1992年版，第88页。

毛晋除辑刻《宋六十名家词》之外，还辑印有另一词籍丛刻《词苑英华》，内收《花间集》、《尊前集》、黄昇《唐宋诸贤绝妙词选》和《中兴以来绝妙词选》、《草堂诗余》、杨慎《词林万选》，张綖《诗余图谱》及《秦张两先生诗余合璧》。然而其中的《诗余图谱》采用的不是张綖嘉靖十五年的原刊本，而是王象晋在其兄王象乾（霁宇）刻本基础上的重刻本。尤其值得辨明的是，赵尊岳《明词汇刊》本《南湖诗余》卷末跋语中云："（张綖）复以《诗余》与《淮海词》合刊，谓之《秦张诗余合璧》，以其同里闬，遂附托于千载以上，俾获同传，亦复不思之甚矣！"[①]据此说法，把《南湖诗余》与《淮海词》合为一书，题称《秦张诗余合璧》的乃是张綖自己，果真如此，则张綖乃一无知妄人矣。而事实并非如此，张綖的确仰慕秦观的文采风流，也因为与秦观同为高邮人而自豪，但他从来没有狂妄到把自己的词集与秦观的词集合为一书且大言不惭题称"合璧"的地步。

在《词苑英华》本《秦张两先生诗余合璧》卷首，有"崇祯乙亥（八年，1635）长至日"王象晋所撰《〈秦张两先生诗余合璧〉序》，其中写道："今观先生长短句诸作，命意恳至，摛词婉雅，俨然少游再生，岂天地清淑之气，尽汇于长淮烟波浩渺间耶，何相肖之甚也！予不能诗，更不能词，而甚慕两先生之所为诗若词，特合两先生词并而梓之《图谱》之后，使后世攻是业者，知词虽小道，自有当行，无趋恶道，亦未必非修词之一助也。"[②]

很明显，把秦观与张綖词合为一辑的不是张綖本人，而是王象晋。而王象晋于诗词均为门外汉，他也未必能想象出这样的动议，实际最早提出这一设想的正是为《张南湖先生诗集》作序的朱曰藩。如前所引，朱曰藩序中称张綖之词"独步于绝响之后，称再来少游"，然后即云："予每欲择其词之精者，合少游词成一帙，以遗乡人，为词学指南，第多事来未遑耳。"这应该就是王象晋编集《秦张两先生诗余合璧》的原始契机，但王象晋只说是自家作为，完全不提朱曰藩，讳所自来，是不合适的。因为在《秦张两先生诗余合璧》中《南湖诗余》的卷首，

---

① 赵尊岳：《明词汇刊》，上海：上海古籍出版社1992年版，第88页。

②（明）张綖：《诗余图谱》3卷附王象晋编《秦张两先生诗余合璧》2卷，卷首王象晋序，明末毛氏汲古阁刻词苑英华本，《四库全书存目丛书》集部第425册。

就收录了朱曰藩为《张南湖先生诗集》所作的序，且径改为《〈南湖诗余〉序》，那么我们就可以断定：把张綖词作从《张南湖先生诗集》中裁出而另题《南湖诗余》的是王象晋，把朱曰藩《〈张南湖先生诗集〉序》径改为《〈南湖诗余〉序》的也是王象晋；而这篇序文最早以《〈南湖诗余〉序》为题出现的文本，则是毛晋辑刻《词苑英华》本《秦张两先生诗余合璧》。

嘉靖三十二年　癸丑　1553

张引元卒。张引元（1517？—1553），字文姝，又字蕙如，华亭（今属上海）人，宜春令张本嘉及女词人王凤娴长女。嫁杨安世，贫甚。徐乃昌《闺秀词钞》卷4引《众香词》谓："姝（引元）力苦茹荼，日夕吟咏，与妹引庆和倡，皆尔雅俊拔，大类刘长卿风骨。"[①]《明史·艺文志》著录引元与妹引庆全集《双燕遗音》1卷。词多忆母之作，《全明词》据《众香词》录其词4首。另，其母王凤娴（生卒年不详），字瑞卿，号文如子，江南华亭（今属上海）人，进士张本嘉室。本嘉为宜春令，卒于官。凤娴自幼性敏，有才华。及长，善为诗词。有《焚余草》、《贯珠集》。《全明词》存其词9首。

沈璟生。沈璟（1553—1610），字伯英，号宁庵，又号词隐生，江苏吴江人。

夏树芳生。夏树芳（1553—1632后），字茂卿，一字习池，江阴（今属江苏）人。万历十三年（1585）举人。万历二十九年（1601）后，以母年高，弃官归养。有《消暍集》20卷，明崇祯元年（1628）刻本，美国普林斯顿大学图书馆有藏本。赵尊岳汇刻明词时，删去幛词之骈序，次第为上下两卷，名曰《消暍词》，存词127首，《全明词》据录。

胡汝嘉中进士。胡汝嘉（生卒年不详），字茂禧，一作懋礼，号秋宇，金陵（江苏南京）人。中进士后，官翰林编修，出为河南参议。顾起元《客座赘语》卷8"秋宇先生著述"条说他"文雅风流，不操常律"[②]，略可想见其为人。所著小说及杂剧《红线记》等，著名于时。有《沁南稿》2卷，诗余1卷，明万历甘雨

---

①（清）徐乃昌：《闺秀词钞》卷4，清宣统元年（1909）小檀栾室刻本。
②（明）顾起元：《客座赘语》卷8，北京：中华书局1987年版，第257页。

堂刻本。赵尊岳录其词29首为《沁南词》1卷，收入《明词汇刊》，跋称其词“笔意清新，亦庶几明词之上乘也”[①]。《全明词》据录。

【辨证】 胡汝嘉中进士之年，说法有不同。《中国曲学大辞典》[②]、《中国古代戏曲文学辞典》[③]等书作嘉靖八年（1529）进士，当是误“癸丑”为“己丑”所致。此据《明清进士题名碑录索引》，胡氏为“嘉靖三十二年癸丑科”[④]二甲进士。

张綖诗词别集《张南湖先生诗集》4卷、《附录》1卷由张綖之子张守中于是年付刻。

刘大昌为杨慎《词品》作后序。

正月一日，王世贞作《临江仙·癸丑元日醉题》[⑤]。

嘉靖三十三年　甲寅　1554

唐锦卒，年八十。弘治九年（1496）进士，预修《大明会典》，除东明知县，升兵科给事中，以忤刘瑾被谪，官至江西提学副使。有《龙江集》14卷，明隆庆三年唐氏听雨山房刻本。其卷14存词11首，《全明词》据录。

杨士云卒，年七十八。正德十二年（1517）进士，选庶吉士，改工科给事中，后归家养亲。嘉靖十六年（1537）强起为兵科给事中，转户科给事中。有《弘山先生文集》12卷。《全明词》据《滇词丛录》卷上录其词6首。

杨金刊《草堂诗余》2卷，每卷又分前后集。此本系据洪武本增补，收词484首，为《草堂诗余》录词最多之本。卷首有嘉靖甲寅杨金《重刻〈草堂诗余〉序》。今中国国家图书馆有藏本。

---

① 赵尊岳:《明词汇刊》，上海：上海古籍出版社1992年版，第305页。
② 齐森华等:《中国曲学大辞典》，杭州：浙江教育出版社1997年版，第115页。
③ 邓绍基:《中国古代戏曲文学辞典》，北京：人民文学出版社2004年版，第256页。
④ 朱保炯、谢沛霖:《明清进士题名碑录索引》，上海：上海古籍出版社1980年版，第1736页、第2536页。
⑤《全明词》，第1091页。

八月一日，周逊作《刻〈词品〉序》。序云："声音之道，愚未之有考也。近得升庵翁所著《词品》，三月读未尝释手。微求其端，大较词人之体，多属揣摩不置，思致神遇，然率于人情之所必不免者以敷言，又必有妙才巧思以将之，然后足以尽属辞之蕴。故夫词成而读之，使人恍若身遇其事，怵然兴感者，神品也。意思流通，无所乖逆者，妙品也。能品不与焉。宛丽成章，非辞也。是故山林之词清以激，感遇之词凄以哀，闺阁之词悦以解，登览之词悲以壮，讽谕之词宛以切。之数者，人之情也。属辞者，皆当有以体之。夫然后足以得人之性情，而起人之咏叹。不然，则补织牵合，以求伦其辞，成其数，风斯乎下矣。然何以知之？诗之有风，犹今之有词也。语曰：动物谓之风。由是以知，不动物，非风也，不感人，非词也。翁为当代词宗，平日游艺之作，若《长短句》，若《填词选格》，若《词林万选》，若《百琲明珠》，与今《词品》，可谓妙绝古今矣。愚虽未能悉读诸集，山林之词，大率清以激也，不然则舒以适也。闺阁之词，大率悦以解也，不然则和以节也。他可类见矣。然犹未承面命。姑记于此，以俟取正于他日。嘉靖甲寅仲秋朔日，成都后学周逊序。"①

嘉靖三十四年　乙卯　1555

韩邦奇卒，年七十七。正德三年（1508）进士，历吏部员外郎，以疏论时政，谪平阳通判，稍迁浙江按察佥事，又被诬奏怨谤，逮系夺官。嘉靖初起山西参议，仕至南京兵部尚书。卒谥恭简。《明史》卷201有传。邦奇性刚直有亮节，经史、天文、地理、乐律、术数、兵法无不通究。有《性理三解》、《禹贡详略》、《易占经纬》、《律吕新书直解》等著述多种。诗文集《苑洛集》22卷，明嘉靖三十一年贾应春刻本，卷12为词、曲。《惜阴堂汇刻明词》裁其词37首为《苑洛词》,《全明词》据录。

刘节卒，年八十。弘治十八年（1505）进士，授兵部主事。正德初，谪宿松知县，升广德知州，迁四川按察司佥事，历福建、浙江布政使，擢副都御史，巡抚山东，总督江淮漕运，累官至刑部右侍郎。有《四库全书》本《梅国集》41卷，

---

①（明）杨慎：《词品》，卷首周逊序，见唐圭璋《词话丛编》，北京：中华书局2005年版，第407页。

词附。《全明词补编》据其别集录词89首。《四库全书总目·梅国集》“提要”评其诗等“惟取明白条畅，尽所欲言，往往下笔不能自休，故不免稍伤于蔓衍”[①]。

董其昌生。董其昌（1555—1636），字玄宰，号思白，华亭（今属上海）人。

二月二十三日，吴子孝作《燕台春·乙卯二月二十三日宴虎丘思远道人院作》[②]。

嘉靖三十五年　丙辰　1556

李默卒。李默（？—1556），字时言，瓯宁（今福建建瓯）人。正德十六年（1521）进士，官至吏部尚书兼翰林学士，为赵文华所诬，下诏狱，瘐死。万历中追谥文愍。《明史》卷202有传。有《群玉楼稿》7卷、《困亨别稿》1卷、《附录》1卷，明万历元年李培刻本，今已收入《四库全书存目丛书》。惜阴堂裁其词4首为《群玉楼诗余》，《全明词》据录。

吴承恩作《帝台春·贺总制梅林胡公奏捷》[③]。按：《明词纪事会评》引刘修业《吴承恩年谱》嘉靖三十五年丙辰：“按胡宗宪……平徐海在是年八月，故定这篇幛词作于是年。”[④]

霍与瑕作《鹧鸪天·遣兴寄太冲　丙辰下第在徐济间舟中》[⑤]词4首。

嘉靖三十六年　丁巳　1557

沈鍊卒，年五十一。嘉靖十七年（1538）进士，知溧阳，忤御史，迁茌平，入为锦衣卫经历。性刚直，嫉恶如仇，因疏论俺答请贡事，并劾严嵩罪状，廷杖，谪佃保安，又为嵩党杨顺、路楷构入蔚州白莲教教徒阎浩案中，弃市。天启初追谥忠愍。《明史》卷209有传。其为文劲健有气，诗亦郁勃磊落。有《青霞

---

①（清）永瑢等：《四库全书总目》卷176，北京：中华书局1965年版，第1568页。
②《全明词补编》，第312页。
③《全明词》，第978页。
④ 尤振中、尤以丁：《明词纪事会评》，合肥：黄山书社1995年版，第240页。
⑤《全明词》，第1074~1075页。

集》11卷，今存明嘉靖间刻本及《四库全书》本，词附。《惜阴堂汇刻明词》裁其词3首为《青霞词》，《全明词》据录。《全明词补编》另存其词1首。

马邦良生。马邦良（1557—？），字君遂，又字汝萃，号象湖，浙江富阳人。万历十四年（1586）进士，授丹徒知县，擢户科给事中，转礼科左给事中，历福建布政司右参议，转本省按察副使，累官至行太仆寺卿。有《公余寄兴草》。《全明词补编》存其词95首。

七月十五日，顾梦圭为吴子孝《玉霄仙明珠集》作序，署："嘉靖丁巳孟秋望日，南园拙叟顾梦圭书。"①

鳙溪逸史编、一得山人校点《汇选历代名贤词府全集》9卷、首1卷刊行于是年。书中收录六朝、唐、五代、宋、辽、金词220家，词1000余首，附周德清《中原音韵》1卷。其中所收六朝词，实皆长短句乐府诗，此当受杨慎《词品》影响，欲上溯词源，遂至诗词不分。今上海图书馆藏有嘉靖三十六年（1557）刻本，中国国家图书馆有钞本。

嘉靖三十七年　戊午　1558

任环卒，年四十。嘉靖二十三年（1544）进士，历知黄平、沙河、滑县，迁苏州同知，以御倭功，擢按察使佥事，仕至山东右参政。《明史》卷205有传。有《山海漫谈》3卷，其卷1、卷2为文，卷3为诗词。惜阴堂裁其词8首为《山海漫谈词录》，《全明词》据录，而末首《长相思》下阕"别君难"后漏录"见君难"三字。

陈继儒生。陈继儒（1558—1639），字仲醇，号眉公，又号麋公，松江华亭（今属上海）人。

范允临生。范允临（1558—1641），字长倩，吴县（今江苏苏州）人。

孙楼作《解连环·次周美成闺情韵》，词前小序曰："戊午春，余意忽有所失，剔灯纳闷，无以自解。检诗余惟《戚氏》最称长调，可以写怨。而其名又类女郎，即挥毫赓之，抑郁无聊，情见乎词。每悲歌击节，涕辄无从。语云，情之

① （明）吴子孝：《玉霄仙明珠集》，卷首顾梦圭序，明嘉靖刻本，《四库全书存目丛书》集部第422册。

所钟，正在我辈，百年之内，所欢几何，能无眷眷。不然余亦雅知自束，而心岂易荡若此。然发情正义，古之妇人亦能之，况予为丈夫者耶。复调《解连环》，以志恨云。”①

嘉靖三十八年　己未　1559

文征明卒，年九十。正德末，以岁贡荐授翰林院待诏。世宗立，预修《武宗实录》，侍经筵，寻致仕归。及卒，私谥贞献先生。《明史》卷287有传。与祝允明、唐寅、徐祯卿并称“吴中四才子”。以书画名世，兼善诗文，有《甫田集》36卷，明刻本。《四库全书总目·甫田集》“提要”称“征明秉志雅洁，其画细润而萧洒，诗格亦如之”②。亦能词，如《满江红》（拂拭残碑）直斥宋高宗杀害岳飞，《词苑萃编》誉为“激昂感慨，自具论古只眼”③。《全明词》存其词46首，《全明词补编》据《甫田集》卷2另存其词2首，其中后一首《满江红》已见于《全明词》，而后半阕文字大异，或为《明词综》所改动。

杨慎卒，年七十二。正德六年（1511）举进士第一，授翰林院修撰。世宗立，充经筵讲官。大礼议起，以直谏忤旨，下狱廷杖，谪戍云南永昌卫。居滇三十余年，卒于贬所。熹宗朝追谥文宪。《明史》卷192有传，称“明世记诵之博，著作之富，推慎为第一”④。存诗2 300首，向以渊雅博丽抗衡“七子”著称。乐府首倡《花间》，流风泽及清人。据王文才辑校《杨慎词曲集》考查，共有词作传世344首，分列《升庵长短句》、《续集》及《补遗》。王世贞《艺苑卮言》称：“杨状元用修，好入六朝丽事，似近而远。”⑤王廷表《升庵长短句跋》云：“表尝评杨子词为本朝第一，而《六州歌头》在《升庵长短句》中第一。”⑥毛先舒《诗辨坻》卷4称：“成都杨慎作长短句，有沐兰浴芳、吐云含雪之妙，其流丽辉

①《全明词》，第1044页。
②（清）永瑢等：《四库全书总目》卷172，北京：中华书局1965年版，第1504页。
③（清）冯金伯：《词苑萃编》，卷16《纪事》，见唐圭璋《词话丛编》，北京：中华书局2005年版，第2102页。
④（清）张廷玉等：《明史》卷192，北京：中华书局1974年版，第5083页。
⑤（明）王世贞：《艺苑卮言》，见唐圭璋《词话丛编》，北京：中华书局2005年版，第393页。
⑥（明）杨慎：《升庵长短句》，卷尾王廷表跋，明嘉靖刊本。

映，足雄一代，较于《花间》、《草堂》，可谓俱撮其长矣。杨初以博洽名，当时有子云之目。而长篇巨什，顾以芜累纤靡而失之，迹其搜猎弹射，亦多所挂漏，未足称功，瑕不胜摘。独于填词，染笔称俊，岂其技之独工，抑词有别肠耶！”[①]陈廷焯《白雨斋词话》卷3云：“用修小令，合者有五代人遗意，而时杂曲语，令读者短气。”[②]王昶《明词综序》云：“盖明初词人，犹沿虞伯生、张仲举之旧，不乖于风雅。及永乐以后，南宋诸名家词皆不显于世，惟《花草》、《草堂》诸集盛行。至杨用修、王元美诸公，小令、中调颇有可取，而长调则均杂于俚俗矣。”[③]胡薇元《岁寒居词话》称：“明人词，以杨用修升庵为第一。”[④]杨慎著作极富，除诗文外，杂著多至100多种[⑤]，大多收入《升庵全集》。所著《词品》和所辑《百琲明珠》、《词林万选》在词史上颇有价值。其《升庵长短句》3卷、《升庵长短句续集》3卷，有《惜阴堂汇刻明词》本。《全明词》存其词366首，《全明词补编》复据《皇明文范》卷14辑录幛词2首。

王慎中卒，年五十一。嘉靖五年（1526）进士，授礼部主事，稍移吏部郎中，官至河南布政使参议，以忤夏言落职归。慎中壮年废弃，益肆力为古文，卓然成家，与唐顺之齐名，称“王唐”。《明史》卷287有传。有《遵岩集》25卷，词附。《惜阴堂汇刻明词》裁其词43首为《遵岩先生词》，《全明词》据录，另从《遵岩集》卷7辑录七绝体《折杨柳》1首。

陈儒卒，年五十五。嘉靖三十七年（1558）贡生，选东阳训导，不及半月而卒。有《留余堂集》。《全明词补编》存其词14首。按：与此陈儒大约同时另有一陈儒（1488—1561），字懋学，号芹山。《全明词补编》存其词10首。

冯琦生。冯琦（1559—1604），字用韫，一字琢庵，临朐（今属山东）人。

霍与瑕中进士。霍与瑕（生卒年不详），字勉斋，广东南海人，霍韬之子。中进士后，任慈溪知县。鄢懋卿巡盐行部，与瑕不礼，劾罢。起知鄞县，终广西佥事。《明史》卷197有传。有《霍勉斋集》，一为13卷本，明万历十七年

---

① 郭绍虞编选，富寿荪校点：《清诗话续编》，上海：上海古籍出版社1983年版，第91页。
②（清）陈廷焯：《白雨斋词话》卷3，见唐圭璋《词话丛编》，北京：中华书局2005年版，第3824页。
③（清）王昶：《明词综》，卷首自序，清刻本。
④（清）胡薇元：《岁寒居词话》，见唐圭璋《词话丛编》，北京：中华书局2005年版，第4037页。
⑤ 四川省图书馆编《杨升庵著述目录》则多达298种。

（1589）刻本；又有22卷本，清乾隆三十三年（1768）刻本，其卷10为词。《全明词》存其词47首。按：霍与瑕有《玉楼春·家学承源 戊辰六月二日为湛连樵》①词二首，其一中有“四旬近五老门生，羡尔同游京国路”句，“戊辰”，即明隆庆二年（1568），由此推知，霍与瑕生年当在1520年前后。

徐渭所著《南词叙录》于是年成书。

【辨证】《南词叙录》是最早的一部关于南戏概论的著作。作者为追溯源流，比较了词曲同异，其间有不少关于词的论述。如论词曲演变，则云：“夫古之乐府，皆叶宫调；唐之律诗、绝句，悉可弦咏，如‘渭城朝雨’演为三叠是也。至唐末，患其间有虚声难寻，遂实之以字，号长短句，如李太白《忆秦娥》、《清平乐》，白乐天《长相思》，已开其端矣；五代转繁，考之《尊前》、《花间》诸集可见。逮宋，则又引而伸之，至一腔数十百字，而古意颇微。徽宗朝，周、柳诸子，以此贯彼，号曰‘侧犯’、‘二犯’、‘三犯’、‘四犯’，转辗波荡，非复唐人之旧。晚宋，而时文叫吼，尽入宫调，益为可厌。”②又如论诗、词、曲风格之别云：“晚唐五代，填词最高，宋人不及。何也？词须浅近，晚唐诗文最浅，邻于词调，故臻上品；宋人开口便学杜诗，格高气粗，出语便自生硬，终是不合格，其间若淮海、耆卿、叔原辈，一二语入唐者有之，通篇则无有。元人学唐诗，亦浅近婉媚，去词不甚远，故曲子绝妙。《四朝元》、《祝英台》之在《琵琶》者，唐人语也，使杜子撰一句曲，不可用，况用其语乎？”③这是曲家的词论，是本色派的词论，观点鲜明，比那些抄撮前人话头的词论要有价值得多。

嘉靖三十九年 庚申 1560

徐媛生。徐媛（1560—1619），字小淑，法名净照，吴县（今江苏苏州）人，

---

①《全明词》，第1073页。

②（明）徐渭：《南词叙录》，见中国戏曲研究院编《中国古典戏曲论著集成》第3册，北京：中国戏剧出版社1959年版，第240页。

③（明）徐渭：《南词叙录》，见中国戏曲研究院编《中国古典戏曲论著集成》第3册，北京：中国戏剧出版社1959年版，第244页。

太仆徐实维女，范允临室。

龙膺生。龙膺（1560—1622），字君善，改字君御，号茅龙氏，别署甚多，湖广武陵（今湖南常德）人。

【辨证】关于龙膺生年，《全明词补编》谓其“生于嘉靖四十年（1561）”[①]。据阮先《龙膺年谱》，龙氏《文集》中多次言及自己的生年，如卷11《先大夫及先太宜人状》：“庚申举孤膺”；同卷《堂祭先妣文》：“庚申再举不孝膺”；卷22《庚盟》则明谓自己生于嘉靖三十九年庚申（1560）三月十八日[②]。

关于龙膺卒年，文献失载，阮先《龙膺年谱》据《常德龙氏总祠族谱》记载，知龙氏“终明天启二年壬戌，寿六十三岁”[③]。由天启二年（1622）上推62年，亦可印证其生年确为嘉靖三十九年（1560）。

三月三日，王世贞作《水调歌头》（迟日卷残雪），抒今昔之慨。词前小序曰：“记丁未清明为上巳，予与同人出游西郭，杯酒落魄，颇谐幽兴，遂成《水调歌头》一阕。今为庚申，十又四年矣，复遇上巳。前一日清明，偶与张郎及一二兄弟，信步旧游，虽风景不殊，而憔悴非昔，幽忧滞结，徒增凄怆。因复按前调，遂成一词。并书遗张及一二兄弟，庶有和者，消予磊块哉。”[④]

秦瀚作《满庭芳·庚申初度》[⑤]。

嘉靖四十年　辛丑　1561

陈儒卒，年七十四。嘉靖二年（1523）进士，授户部主事，历东昌知府，迁浙江按察副使、提督浙江学政，累官至右都御史，总督漕运、巡抚淮扬。有《芹山集》34卷，今有《北京图书馆古籍珍本丛刊本》。《全明词补编》从《芹山集》

①《全明词补编》，第627页。
② 阮先：《龙膺年谱》，见杨杰主编《诗墙诗词考释》，北京：中国文联出版社1999年版，第440页。
③ 阮先：《龙膺年谱》，见杨杰主编《诗墙诗词考释》，北京：中国文联出版社1999年版，第458页。
④《全明词》，第1093页。
⑤《全明词补编》，第299页。

卷19录其词10首。按：与此陈儒大约同时另有一陈儒（1505—1559），字宗道，号方溪，常熟（今属江苏）人。《全明词补编》存其词14首。

徐熥生。徐熥（1561—1599），字惟和，别字调侯，闽县（今福建福州）人。

杨培庵所编《琴谱正传》于是年成书。该书在黄献和宋仕两家琴谱基础上辑录而成，共71曲，附歌词14首，其中结合曲谱者5首。

嘉靖四十一年 壬戌 1562

沈朝焕生。沈朝焕（1562—1616），字伯含（一作伯函），号冰壶，又号太玄，仁和（今浙江杭州）人。

【辨证】《全明词》以为沈朝焕生卒年不详。今检多洛肯著《明代浙江进士研究》记载："沈朝焕，浙江仁和县人，字太玄，壬戌年生，治诗经，乙酉乡试31名，廷试二甲57名，仕至福建参政山东主考。"[①] 事迹见曹溶《明人小传》卷3。

嘉靖四十二年 癸亥 1563

聂豹卒，年七十七。正德十二年（1517）进士，除华亭知县。嘉靖四年（1525），召拜御史，巡按福建，出为苏州知府。丁忧归，补平阳知府，后擢陕西副使，不久遭诬落职。二十九年（1550），召拜左佥都御史，擢兵部侍郎，进尚书，累进太子太保，以忤旨罢归。隆庆初，追赠少保，谥贞襄。《明史》卷202有传。著有《双江聂先生文集》14卷，明嘉靖四十三年（1564）吴凤瑞刻后印本。词作仅存3首，《惜阴堂汇刻明词》裁为《双江诗余》1卷，赵尊岳以为"盖狱中作，分论儒释道三教，忠贞之气，流露行间。词不能工，而凛凛有余威"；并谓其"抒写愤抑，不能以词之工否相论定也"[②]。

吴子孝卒，年六十八。嘉靖八年（1529）进士，由翰林院庶吉士出为工部主

① 多洛肯：《明代浙江进士研究》，上海：上海古籍出版社2004年版，第363页。
② 赵尊岳：《惜阴堂汇刊明词提要·〈双江诗余〉一卷》，《词学季刊》1934年第2卷第1号，第94页。

事，历光禄寺丞，迁湖广布政司参议，提督太和山。著有《玉涵堂诗选》10卷，明嘉靖刻本。有词集《玉霄仙明珠集》2卷，明嘉靖刻本，今已列入《四库全书存目丛书》。卷首顾梦圭序称“海峰吴公自髫龀时，即以英慧驰名，既长，博贯群籍，著述甚富，必欲方驾班、马、韩、欧，而齐梁绮靡之习不屑为也。顾其才情逸迈，复以余兴制新词若干首，出以示余，余爱其意态流动，似艳而实雅，无一语蹈袭前人”①云。沈雄《古今词话》云：“子孝字纯叔，吴文端公一鹏之子。《海峰词集》，大约近于质实者，《满庭芳》四阕，独有新艳之句。”②陈田《明诗纪事》评曰：“纯叔诗语清新，亦嘉靖中词人之隽。”③《全明词》未见其词集，仅据诸家选本辑录其词119首，《全明词补编》乃据《玉霄仙明珠集》补录其词83首。

龚用卿卒，年六十四。嘉靖五年（1526）进士第一，授翰林院修撰，历右春坊右谕德，兼翰林院侍读。后奉使朝鲜，擢南京国子监祭酒，以病乞归。黄裳《惊鸿集》中著录有“嘉靖刻《龚用卿集》”，谓：“此册为徐兴公旧物，乃最罕传。用卿曾奉使朝鲜，集中多记彼邦山川人物，亦中朝古史所当取资者。”④《明别集版本志》著录有《金台稿翰撰集》20卷，亦嘉靖刻本；又有《云冈选稿》20卷，明万历三十五年（1607）龚爟刻本⑤。《全明词补编》从《云冈选稿》卷1录其词26首。

邵圭洁卒，年五十四。世居常熟虞山北麓，学者称北虞先生。有文名，与翟景淳、严讷辈结社会文，时称“十杰”，推圭洁为领袖。嘉靖二十八年（1549）举人，选德清教谕，后卒于任，门人私谥文渊先生。有《北虞先生遗文》6卷，明万历刻本，今已收入《四库全书存目丛书》。其卷2有“诗余”16首，《全明词》据录。

孙承宗生。孙承宗（1563—1638），字稚绳，号恺阳，北直隶高阳（今属河北）人。

---

①（明）吴子孝：《玉霄仙明珠集》，卷首顾梦圭序，明嘉靖刻本，《四库全书存目丛书》集部第422册。
②（清）沈雄：《古今词话》词评下卷，见唐圭璋《词话丛编》，北京：中华书局2005年版，第1027页。
③ 陈田：《明诗纪事》戊签卷17，上海：上海古籍出版社1993年版，第1725页。
④ 黄裳：《惊鸿集》，上海：东方出版中心2008年版，第129页。
⑤ 崔建英：《明别集版本志》，北京：中华书局2006年版，第41页。

五月五日，许谷作《风入松·癸亥端午》①。

霍与瑕作《菩萨蛮·李太华死事》②，题下自注“癸亥”。按：是年冬十月，辛爱、把都儿破墙子岭入侵，掠顺义、三河。李太华奉命镇守边关，死于战事。霍与瑕《勉斋集》中有赋1篇、诗2首以悼之。

嘉靖四十三年 甲子 1564

杨仪卒，年七十七。嘉靖五年（1526）进士，累官兵部郎中，山东按察副使。以病乞归，家居惟以读书、著述为事。筑万卷楼，藏书其中，多为宋元善本。著有《杨氏南宫集》7卷，今有《北京图书馆古籍珍本丛刊》本。又有《螭头密语》（纪昀疑为伪托）、《骊珠随录》、《高波异纂》、《古虞文录》，《四库全书总目》均有著录。《杨氏南宫集》第7卷为词，存词74首，单行本称《七桧山人词》，惜阴堂裁为《南宫诗余》，《全明词》据录。《全明词补编》另从《海虞文苑》卷8辑录其词3首。

王衡生。王衡（1564—1607），字辰玉，号缑山，太仓（今属江苏）人。

王濬初生。王濬初（1564—1634），字启哲，号环瀛，大同山阴（今山西雁门）人，王家屏长子。

十一月，蔡汝楠为陈霆《水南集》作序，序署：“嘉靖甲子岁仲冬之吉，赐进士第、南京工部右侍郎，同邑白石山人蔡汝楠序。”③《四库全书总目》集部别集类存目三著录陈霆《水南稿》19卷，“提要”曰：“是集所载诸诗，意境颇为萧洒，而才气坌涌，信笔而成，故往往不暇检点，古文大致朴直，而少波澜顿挫之胜。惟诗余一体较工，其豪迈激越，犹有苏、辛遗范。末附诗话一卷，中间论词一条，谓明代骚人多不务此，间有知者，十中之一二。则其自负亦不浅矣。”④

---

①《全明词》，第957页。

②《全明词》，第1070页。

③（明）陈霆：《水南稿》，卷首蔡汝楠序，明正德五年（1510）刻本，《四库全书存目丛书》集部第54册。

④（清）永瑢等：《四库全书总目》卷176，北京：中华书局1965年版，第1568页。

嘉靖四十四年　乙丑　1565

顾应祥卒，年八十三。弘治十八年（1505）进士，授饶州府推官，历广东佥事，累迁刑部尚书，调南京刑部，致仕归卒。著有《归田诗选》、《南诏事略》、《龙溪致知议略》等。《惜阴堂汇刻明词》从其《归田诗选》中裁其词8首为《箬溪词》1卷，《全明词》据录。赵尊岳评曰："词有直率处，澹远得前人遗法。《踏莎行·送春》下半阕云云，一气呵成，迥非南宋刻月镂云之态。直臣正士所吐属，亦是不凡，观于顾词验之矣。"[①]

钟梁卒，年八十二。正德九年（1514）进士，授刑部主事，转南京刑部员外郎，升郎中，谏武宗南巡，杖阙下。嘉靖初擢济南知府，改南昌知府，年四十，疏请致仕。有《西皋集存逸》16卷，明崇祯元年钟祖保复初堂刻本。《全明词补编》从该集卷1录其词12首。

孙承恩卒，年八十一。正德六年（1511）进士，改庶吉士，授编修，累官礼部尚书兼翰林院学士，掌詹事府。时斋宫设醮，独不肯黄冠，遂乞致仕。卒谥文简。《明史》有传。《明史·艺文志》著录其《历代圣贤像赞》6卷，《四库全书》收其《瀼溪草堂稿》(即《文简集》) 58卷，明万历十七年（1589）孙克弘刻本。《惜阴堂汇刻明词》裁其词4首为《瀼溪草堂词》。《全明词》据《文简集》卷20录其词13首。

周思兼卒，年四十七。嘉靖二十六年（1547）进士，除平度知州，累官湖广按察佥事。后丁忧去官，不复出。工书画，少有文名。卒后，门弟子私谥贞靖先生。有《周叔夜先生集》11卷，明万历十年（1582）刻本，今已收入《四库全书存目丛书》。卷4有"词二十四首"，惜阴堂"就集本第四卷裁篇以行"[②]，为《胶东词》，但不知为何漏录《念奴娇·嘲李将军》一首，《全明词》亦仅收23首。

顾起元生。顾起元（1565—1628），字太初，一作璘初，江宁（今江苏南京）人。

---

① 赵尊岳：《惜阴堂汇刊明词提要·〈箬溪词〉一卷》，《词学季刊》1934年第2卷第1号，第82~83页。
② 赵尊岳：《明词汇刊》，上海：上海古籍出版社1992年版，第1911页。

李日华生。李日华（1565—1635），字君实，号竹嬾，又号九疑，嘉兴（今属浙江）人。

管大勋中进士。管大勋（生卒年不详），字世臣，号慕云，鄞县（今浙江宁波）人。官至南光禄寺卿。有《休休斋集》。《全明词》据《休休斋集》卷7录其词5首。

王世贞《艺苑卮言》12卷成书于是年。其中论词部分1卷，凡29条，后人抽出单行，称《弇州山人词评》。唐圭璋先生辑录《词话丛编》新版收入此书，仍以《艺苑卮言》为名。

【辨证】 高爽《词评》，曾见于多家著录，旧有《雪艳斋丛书》本，今则见于张璋等编《历代词话》，又见于蒋哲伦、杨万里《唐宋词书录》“词话”部分著录。然而这其实是一部伪书，其主体部分是王世贞《艺苑卮言》中论词部分[①]。其开头一段以“东海何良俊曰”领起，先抄何良俊《〈草堂诗余〉序》，自“钱功甫曰”开始抄钱允治《〈类编笺释国朝诗余〉序》，抄到“正嘉而后，稍稍复旧，而弇山人挺秀振响，所作最多，杂之欧苏诸公，几不能辨”，然后加上“偶得其余论数十条，因录于左”[②]。整个《词评》一卷，只有这12个字为编者高爽所加，以下就开始堂而皇之地抄录《艺苑卮言》了。其狡猾之处在于，前有“东海何良俊曰”，继有“钱功甫曰”，然后又说明以下为弇山人（即王世贞）之余论，看起来老老实实，原原本本，实际人们只看到编者高爽的名字。王世贞《词评》原书共29条，此书删去“何元朗论乐府与诗余”（第2条），和“欧苏黄秦王词”（第29条），另外从王世贞《曲藻》中又抄来3条。就是这样一卷拼凑缝合的词话，至今仍被放在高爽的名下著录或称引。

十一月二十二日，霍与瑕作《最高楼》词3首，词前小序曰：“自少好咏《归去来兮》，昨醉自何古林所一路歌此而归，隐括其语为调纪兴。乙丑十一月廿

① 过去有单行本即名《词评》，或《弇州山人词评》。

②（明）高爽：《词评》，见张璋等《历代词话》，郑州：大象出版社2002年版，第862页。

二日。”①

嘉靖四十五年　丙寅　1566

十二月，嘉靖帝卒，裕王朱载垕嗣位，是为穆宗。

严嵩卒，年八十七。弘治十八年（1505）进士，由庶吉士授编修。世宗时，累官太子太师，居首辅，恃宠揽权，贪贿赂，亲邪佞，凡直陈时政者，皆斥戮之。久之，为帝浸厌，乃令嵩致仕，寄食墓舍以死。《明史》卷308有传。著有《钤山堂集》35卷，明嘉靖二十四年（1545）刻增修本，词附。《四库全书总目》已著录，“提要”称“其诗在流辈之中乃独为迥出。王世贞《乐府变》云：‘孔雀虽有毒，不能掩文章’，亦公论也”②。钱谦益称其诗“清丽婉弱，不乏风人之致”③。王奕清《历代词话》卷10引钱允治语云：“介溪往来词调，纷纷于扇面画幅相见，辄用以媚之。尝有寄陆俨山《百字令》，后半云：‘只今遥指江云，重吟渭树，高兴参差发。四十年来同宦海，不觉飚驰星灭。槐省垂鱼，凤池鸣玉，相对俱华发。君恩报了，五湖同访烟月。’此正奸雄之语也。余虽不欲以人废言，亦岂至为其所欺耶？”④《惜阴堂汇刻明词》裁其词6首为《钤山堂词》，《全明词》据录。《全明词补编》另据其《直庐稿》卷10录词13首。

秦瀚卒，年七十四。邑廪生，以子梁贵封通政司参议。著有《从川诗集》。《全明词》存其词1首，《全明词补编》另辑得10首。

王嗣奭生。王嗣奭（1566—1648），字右仲，号于越，鄞县（今浙江宁波）人。万历二十八年（1600）举人，授黄岩教谕，擢宿迁知县，迁涪州知州。明亡后，以遗民自居。有《泠然草诗编》，《全明词补编》从中录其词8首。

八月十五日，焦竑作《无俗念·丙寅中秋作》⑤。

---

①《全明词》，第1070~1071页。
②（清）永瑢等：《四库全书总目》卷176，北京：中华书局1965年版，第1568页。
③（清）钱谦益：《列朝诗集小传》丁集中，上海：上海古籍出版社1983年版，第535页。
④（清）王奕清等：《历代词话》卷10，见唐圭璋《词话丛编》，北京：中华书局2005年版，第1308页。
⑤《全明词》，第1256页。

卷4　晚明词坛
（隆庆至万历年间，1567—1620）

引言

晚明词坛指由隆庆元年（1567）至万历四十八年（1620）之间五十余年的时间，这是明代词与词学进一步普及与发展的时期，也是明词特色形成的时期。之所以要把这一时期与明季词坛分割开来，主要是因为明季如明初，虽然时间不长，却是自成一种格局。明初词与其说是明词的序幕，不如说是宋元词的尾声；而明季词既是明词的辉煌终结，更是清词复兴的逻辑起点。当然，要把晚明词坛与明季词坛截然分开并不那么简单，这里我们坚持的原则是，凡是那些主要生活、创作在隆庆、万历年间的词人，即划归晚明词坛；而那些在甲申易代之际辞世者以及由明入清的词人，则归入明季词坛。

根据以上原则，这一时期的主要词人有：王世贞（1526—1590）、林章（1551—1599）、夏树芳（1553—1632后）、陈继儒（1558—1639）、徐媛（1560—1619）、俞彦（1572—1641后）、茅维（1575—？）、高濂（生卒年不详）[①]、吴鼎芳（1583—1636）、董斯张（1586—1628）、施绍莘（1588—1640）、沈宜修（1590—1635）等。由这个基本名单可以看出，此期不乏词坛名家，尤其是王世贞、俞彦、沈宜修诸家，在整个明词史中均有重要地位。

---

① 其《雅尚斋诗草》二集卷首有万历九年（1581）自序。

晚明词家对于词谱的编纂表现出极大的兴趣，这也是他们对于词学史的重大贡献。一方面是张綖《诗余图谱》不断被增补、改编或重刻。如万历二十三年（1595）有王象乾上谷刻本，万历二十七年（1599）有谢天瑞增补本《新镌补遗诗余图谱》，万历二十九年（1601）有游元泾《增正诗余图谱》，另外还有具体刊刻时间不详的金銮校订本《诗余图谱》。这四种版本中，谢天瑞《新镌补遗诗余图谱》与其他三种改编本不同，它在原著所收150调的基础上，增辑词调197种，虽然其中有的是同调异名而重复收录，但其规模仍是相当可观的。

除了以上四种《诗余图谱》的“裔派纂辑”之外，这一时期还有两种大胆创新的词谱。一种是徐师曾《文体明辨》中的“诗余”部分9卷，即沈雄称之为《词体明辨》者，实际是一部收录词调332调、424体的大型词谱。此谱打破了张綖《诗余图谱》按小令、中调、长调由短到长的编排体例，改为按词调名内容分类编排。书中把332个词调分为“歌行题”、“令字题”、“时令题”等25类，同时又在每调之下备列异体。这种编排方式因为逻辑上的交叉混乱招致后人的严厉批评，但徐师曾的探索精神仍是值得肯定的，尤其是在同调之下细分诸体，应该是词谱编纂的一种进步，也昭示了后来词谱的发展方向。

还有一种词谱是晚明戏曲家沈璟编的《古今词谱》20卷。此谱今已不传，但从相关记载中可知，该书抄本入清后传于词学家徐釚之手，另一位词学家朱彝尊曾经借阅过，赖朱氏《曝书亭集》卷43《书沈氏〈古今词谱〉后》一文，才使我们对该谱有一个大致的认识。此谱有两大特点：一是规模大。全书20卷，仅第20卷所收宫调未详者已达270余调，可以想见全书规模一定超过既往各谱。二是此谱打破了张綖《诗余图谱》的编排体例，按黄钟、正宫、大石、小石等十九宫调编排。当然，这不仅是编排体例的变化问题，沈璟的实际贡献在于其借鉴《南九宫十三调曲谱》的思路与方法，对各种词调所属的宫调作了全面的清理。此书湮没不传是一件令人很遗憾的事，但沈璟的探索仍然具有方法论意义。

这一时期的词选编纂工作也反映了晚明词学的进步。在这一时期编集刊行的30余种词籍中，最值得注意的有三种词选。其一是陈耀文编纂的《花草粹编》12卷。该书按小令、中调、长调编排，共收录唐宋金元词人625家，词调701种，词作3 702首。这是明人彻底摆脱“花草”（《花间集》与《草堂诗余》）的影响，自出手眼编辑的一部大型词选，其特点不仅在于其“捃摭繁富”，还在于它事实上成了一部“词调大全”，为后来词律、词谱的编订，在备调备体、例词选择、格律推敲等方面，都发挥了重要的参考作用。其二是钱允治选编、陈仁锡笺释的《类编笺释国朝诗余》5卷。这是明代人选编的第一部“当代词选”。虽然钱允治囿于乡曲之见，所收吴中词人多，且名家遗漏甚多，但因为明人选明词本来就不多，藉此亦可见晚明词坛风会，所以仍有词学价值。其三是董逢元编纂的《唐词纪》16卷。准确地说，这不是一般意义的选本，虽然其书分景色、吊古、感慨、宫掖等16类编排，看上去颇像选本的模样，事实上董逢元于唐五代词是有见必收。全书共收唐五代词作者101家（目录仅列96家），作品（其中有些并非严格意义的词作）948首。这和清代所编《全唐诗》附词12卷（卷889至卷900）所收词人67家，词作870首，或是林大椿辑《唐五代词》所收词人81家、词作1 148首相比，均可谓大体相当。所以此书事实上不是一部词选，而是在清代所编《全唐诗》附词之前最早的一部唐五代词的总集。

除了上述显性的词学成就之外，晚明词坛还有一个重要的特点，也可以说是本期词人的成就与贡献，那就是在这一时期，基本形成了明词的特色。如果说在明中期词坛杨慎诸家词中，已经可见“明体词”的滥觞，那么到了万历年间，在王世贞、陈继儒、俞彦、董斯张等人词中，已经基本形成了明词上不同于宋词、下不同于清词的“异量之美”。这种特色是由词的散曲化造成的俳谐气味、词的民歌化造成的浅易清新的语体风格，以及由上溯六朝诗风形成的风流才调等多种质素构成的。由于其特色与缺点紧密相连，清人全盘否定而不见其特色。若能抛开成见，把明词的特点与缺点剥离开来，则明词及其特色都是不容简单否定的。

隆庆元年　丁卯　1567

赵时春卒，年五十九。嘉靖五年（1526）进士，选庶吉士，历兵部主事，后授翰林编修，两次均因言事切直，被黜为民。又起官擢御史，巡抚山西，后解官归。《明史》卷200有传。工诗文词曲，有《浚谷先生集》17卷，明万历八年（1580）周鉴刻本，今收入《四库全书存目丛书》者为13卷本。另有《洗心亭诗余》1卷，收词35首，有隆庆四年（1570）赵守岩刻本，《全明词》据录。

谢肇淛生。谢肇淛（1567—1624），字在杭，长乐（今属福建）人。

葛一龙生。葛一龙（1567—1640），字震甫，吴之洞庭（今江苏苏州）人。

周珽生。周珽（1567—1647），字上衡，一字无暇，号青举，浙江嘉善人。隐居硖石，所居名“於止斋”。博学工诗，善画葡萄。明亡之翌年（1645）八月，病危，自拟祭文、挽联，“全发肤祈死”，以示气节。有《唐诗选脉》、《疑梦编》等。《全明词》仅据《明词综》卷8录其词2首。《全清词》据《柳洲词选》及《硖川词钞》录词9首，其中《定风波·客园看桂》一阕为《全明词》所兼收。

冯敏效于是年前后在世。冯敏效（生卒年不详），字忠卿，号天谷山人，平湖（今属浙江）人。善属文，杜门著述，工大小行书。有《小有亭别集》，其中收“诗余”16首，《全明词补编》据录。

隆庆二年 戊辰 1568

袁宏道生。袁宏道（1568—1610），字中郎，公安（今属湖北）人。

五月五日，焦竑作《满江红·戊辰五日》[①]。

六月二日，霍与瑕作《玉楼春·天关裕养 戊辰六月二日为杨奇伯》[②]词二首。是年另有《玉楼春·家学承源 戊辰六月二日为湛连樵》[③]词二首。

孙楼作《念奴娇·用东坡赤壁怀古韵》8首，词前小序曰：“《念奴娇》，一名《百字令》，词刚百字也。又名《大江东去》，又名《酹江月》，又名《赤壁词》，则以坡老赤壁怀古首尾两言得名。词人赋此调者多矣，而坡老一章，独冠今古，后人属而和者不少。余戊辰岁留滞燕都，旅愁闲作，辄寄兴一阕，共得八首。不使弃之，漫录备览，情至当复赓之，不知此后又积若干也。”[④]

隆庆三年 己巳 1569

苏志皋卒，年七十三。嘉靖十一年（1532）进士，累官刑部主事、兵备副

①《全明词》，第1256~1257页。
②《全明词》，第1072~1073页。
③《全明词》，第1073页。
④《全明词》，第1044~1046页。

使、都察院右佥都御史等职，嘉靖三十七年（1558）因严嵩党羽参劾，削职为民。有《寒村集》4卷、《附录》1卷，明嘉靖三十六年（1557）许应元刻后印本。其卷2存词9首，《全明词》据录。

黄峨卒，年七十二。正德十二年（1519），年二十二归于杨慎，人称为夫人。有才情，杨慎久戍滇中，夫人尝寄诗词，读者伤之。钱谦益《列朝诗集小传》闰集《杨安人黄氏》条记载其事迹[①]。黄峨诗词，多系伪撰，托名徐渭编订之万历本《杨夫人词曲》5卷，实出自明丹阳郡王禹声之手。因其传世日久，且载入《明史·艺文志》，明知其伪，终不可废。故任半塘在蜀任教时去其名为杨慎之作，校为3卷，即王文才收入《杨慎词曲集》中之《杨夫人词曲》。沈雄《古今词话》杨慎条末云："夫人黄氏，亦有《寄外·巫山一段云》、《旅思·满庭芳》数阕，流诵于世。"[②]按：《满庭芳》词乃杨慎之作混入黄氏词曲集中，黄氏词作可征信者恐只《巫山一段云》1阕。《全明词》存其词3首。

宋楙澄生。宋楙澄（1569—1620），字幼清，号稚源，一作自源，华亭（今属上海）人。

岳和声生。岳和声（1569—1629），字尔律，一作之律，号石梁，又号餐微子，嘉兴府秀水县（今浙江桐乡）人。

汪廷讷或生于是年。汪廷讷（约1569—1628后），字昌朝，一字无如，自号坐隐先生，又号全一真人，亦称无无居士，安徽休宁（一作新安海阳）人。由贡生官盐运使，后谪宁波同知。有《环翠堂集》37卷，别为《坐隐集选》4卷，诗词南北曲各1卷，惜阴堂裁为《坐隐先生诗余》。《全明词》存其词62首，《全明词补编》复从《坐隐先生集》辑录其词10首。

正月十五日，宋仪望作《画堂春·元夕》，自注"岁在己巳"。其《锦堂春》、《玉楼春》同题之作亦当作于此时。[③]

八月十五日，焦竑作《念奴娇·己巳中秋》[④]。

十月十四日，黄祖儒作《满江红》（月满河东），词后跋语曰："己巳冬十月

---

①（清）钱谦益：《列朝诗集小传》闰集，上海：上海古籍出版社1983年版，第730页。
②（清）沈雄：《古今词话》词评下卷，见唐圭璋《词话丛编》，北京：中华书局2005年版，第1026页。
③ 以上三作依次见于《全明词补编》第444~445页。
④《全明词》，第1258页。

望前一夕，大好月，予偕王生暨予两弟，访琴张氏，垒既耻，更报阑矣。予念与桐君阔且隔岁，今始得晤。乃二王雅善操，为之斗技，间以金竹铿杂，殊为极乐。又其先再夕月黑，此宵独豁然若昼。两弟日摄衣师门不归，今适归。予体中正佳兴复不浅，亦可谓良会而奇适也，坐中忽忽能忘耳。因索笔赋此，作纪而别。”①按：黄祖儒（生卒年不详），字叔初，上元（今江苏南京）人，兴武卫籍。嘉靖、万历年间在世。有《吃觉草前集》、《后集》，《全明词补编》从中辑录其词60首。

隆庆四年　庚午　1570

李攀龙卒，年五十七。嘉靖二十三年（1544）进士，历陕西提学副使，累官河南按察使。《明史》卷287有传。与谢榛、王世贞、宗臣、徐中行、梁有誉、吴国伦并称“后七子”。著有《古今诗删》、《诗学事类》、《沧溟先生集》30卷。后二者《四库全书总目》已著录。《全明词》据《兰皋明词汇选》录其词3首。

王交卒，年五十七。嘉靖二十年（1541）进士，选翰林院庶吉士，授刑科给事中，转户科给事中，官至南京太仆寺丞。有《绿槐堂稿》22卷，以天干地支为卷次，明隆庆刻本。其中癸集存词41首，《全明词补编》据录。

刘荣嗣生。刘荣嗣（1570—1638），字敬仲，曲周（今属河北）人。

徐𤊹生。徐𤊹（1570—1642），字惟起，又字兴公，自称竹窗病叟、读易主人、天竺山人，又号鳌峰居士、筠雪道人、石农，闽县（今福建福州）人，徐熥之弟。按：关于徐𤊹生卒年，《全明词》作“生于明万历二十年（1592），卒于清顺治十六年（1659）”②，陈庆元《徐𤊹年表》所引《荆山徐氏谱》作“生嘉靖四十二年”（1563），“卒崇祯十二年”（1639）③。此处从陈庆元《徐𤊹年表》。

唐世济生。唐世济（1570—约1649），字美承，号存忆，浙江乌程（今属桐乡）人。万历二十六年（1598）进士，授宁化知县，以廉卓，征为监察御史，巡

---

①《全明词补编》，第584~585页。

②《全明词》，第1571页。

③ 参见陈庆元《徐𤊹年表》，《福州大学学报》（哲学社会科学版）2010年第3期。

按淮扬，总督漕运。历兵部右侍郎，累官至左都御史。有《琼縻集》、《西台春草》等。《琼縻集词选》1卷，有明崇祯十四年辛巳（1641）程尚序刻本，卷首有程尚二序，存词161首，《全明词补编》据录。另，其妻钱夫人，吴兴（今浙江湖州）人，善填词，风格澹远，有林下风致，所著附《琼縻集词选》。《全明词》存其词3首，《全明词补编》另录其词3首。

徐师曾《文体明辨》成书。按：徐师曾（1517—1580），字伯鲁，号鲁庵，吴江（今属江苏）人。嘉靖三十二年癸丑（1553）进士，选为庶吉士。在兵部、吏部等处浮沉多年，隆庆五年（1571）因病上疏请求致仕，卒年64岁。有《湖上集》14卷及《周易演义》、《礼记集注》、《文体明辨》等著作。生平行状见王世懋《王奉常集》文部卷20《徐鲁庵先生墓表》。

【辨证】关于《文体明辨》的著述年代，徐师曾在《文体明辨》自序中有明确记述："撰述始嘉靖三十三年甲寅春，迄隆庆四年庚午秋，凡十有七年而后成其书。"[①]《文体明辨》是在明初吴讷《文章辨体》一书基础上加以修订补充而成的一部大型文体学著作。全书共84卷，论及文体127种。其体例是依次对各种文体加以解说，每种文体皆选录一定作品为例。除纲领、目录等共9卷外，正编61卷，收录文体101种；附录14卷，收录文体26种。"诗余"一体即在附录中，从卷3至卷11共9卷，收录词调332调，424体，录词573首，每调之下皆有平仄格律之谱，因此具有明显的词谱性质。因为"诗余"部分囊括众调，自成一体，清初沈雄《古今词话》中径称为《词体明辨》[②]，是直以单行之书视之。在词调的编排方式上，《词体明辨》没有采用张綖《诗余图谱》那样按词调字数多少以短长为先后的体例，而是把332个词调分为"歌行题"、"令字题"等25类。这是一种受类书编目影响的编排方式，当然也是一种新的探索，但由于分类不在一个逻辑层面上且多有交叉，故历来颇受诟病。值得强调的是，万历四十七年己未（1619）刊行的程明善《啸余谱》，在晚明清初影响极大，而其中《诗余谱》部分

---

①（明）徐师曾：《〈文体明辨〉序说》，北京：人民文学出版社1998年版，第77页。
②（清）沈雄：《古今词话》词话下卷："徐师曾鲁庵著《词体明辨》一书，悉从程明善《啸余谱》，舛讹特甚。"见唐圭璋《词话丛编》，北京：中华书局2005年版，第806页。

乃是对徐师曾《词体明辨》的整体移植[①]。

赵时春《洗心亭诗余》1卷与其《稽古绪论》1卷合刊。《洗心亭诗余》卷首有周鉴序。周序后镌“隆庆龙集庚午春正上吉不肖男守岩顿首刊”。

隆庆五年 辛未 1571

郑以伟生。郑以伟（1571—1633），字子器，一作子蕎，上饶（今属江西）人。

陶奭龄生。陶奭龄（1571—1639），字君奭，号石梁，浙江会稽（今绍兴）人。

吴敏道自刊其集，名《观槿稿》，诗词歌赋凡6卷。按：吴敏道（生卒年不详），字曰南，号南莘，又号射阳畸人，宝应（今属江苏）人。万历三年（1575）充岁贡。以孝名乡党间，不乐仕道，以布衣终老。著有《吴曰南集》11卷，其中有《观槿稿》6卷，万历年间曹大咸等辑选其万历己卯（1579）后诗700余首，刊为《观槿续稿》10卷。陈田《明诗纪事》选其诗18首。赵尊岳《惜阴堂汇刻明词》裁其词6首为《观槿长短句》1卷，跋语中称其“闲雅恬适，信为乐道志贫之所为，于词可以见其志焉”，又称“布衣不仕，胜于贪恋禄位者多多，观于吴词而益信矣”[②]。《全明词》据录。

隆庆六年 壬申 1572

穆宗卒。朱翊钧即位，是为神宗。

杨涟生。杨涟（1572—1625），字文孺，号大洪，应山（今属湖北）人。

俞彦生。俞彦（1572—1641后），字仲茅，一字容自，晚号柳下老人，江宁（今江苏南京）人。万历二十九年（1601）进士，历官光禄寺少卿。长于词，尤工小令，以淡雅见称。有《爰园词话》，另有《俞少卿集》6卷，明崇祯刻本。《全

① 参见张仲谋《论徐师曾〈词体明辨〉的词谱性质——兼论〈啸余谱〉与〈词体明辨〉之关系》，《西北师大学报》2008年第5期。

② 赵尊岳：《惜阴堂汇刊明词提要·〈观槿长短句〉一卷》，《词学季刊》1934年第2卷第1号，第85页。

明词》存其词11首，《全明词补编》据其本集另辑得177首。

【辨证】俞彦生卒年旧无记载。阮大铖《咏怀堂辛巳诗》卷上有《寿俞容翁七十》诗，根据阮大铖及俞彦的生活年代，此“辛巳”当为崇祯十四年（1641），则俞彦当生于1572年。张慧剑先生《明清江苏文人年表》据此将其生年系于隆庆六年（1572）[1]，并于崇祯十四年（1641）记载：“江宁俞彦在世，年七十。”[2]吴文治《中国文学史大事年表》、李康化《明清之际江南词学思想研究》等书皆从其说。今知俞彦于崇祯十四年（1641）编成《俞氏爰园印薮》4卷并作自序，这是俞氏所作文字中题署年代最晚的记载，亦可与张慧剑先生的说法相印证。赵玮《〈全明词〉作家小传订补五则》据《俞少卿集》自序中“丙辰起家，三十年来”之语推测说：“丙辰为公元1616年，若此言不虚，则其卒年应在1646年之后。”[3]实际据相关文献可知，俞彦《近体乐府》初刻于崇祯十年丁丑（1637），《古乐府》刻于次年戊寅，俞彦《自序》系为《近体乐府》而作，故当在崇祯十年，其时去万历四十四年丙辰（1616）不过二十年有余，乃知“三十年来”不过略言其成数而已。

霍与瑕作《最高楼》词3首，词前小序曰：“‘初秋好’，己巳在滁阳，为孟两峰题咏归卷也。转眼光阴又逾三岁，念言增叹，赓其调歌。其一，以牵牛织女事，寄孤臣孽子之思焉。其二，怀樵山风月，寄居樵弟侄，为惜阴之一助云耳。”[4]按：“己巳”即隆庆三年（1569）。

万历元年　癸酉　1573

文彭卒，年七十六。以明经廷试第一，授秀水训导，擢南京国子监博士。《明史》卷287有传。能诗，工书篆刻。著有《博士集》3卷。《四库全书》收录《文氏五家诗》14卷，内有《博士诗》2卷。文彭不以词名家，《明词综》录其《渔

① 张慧剑：《明清江苏文人年表》，上海：上海古籍出版社1986年版，第298页。
② 张慧剑：《明清江苏文人年表》，上海：上海古籍出版社1986年版，第559页。
③ 赵玮：《〈全明词〉作家小传订补五则》，《温州大学学报》（社会科学版）2008年第5期。
④《全明词》，第1071~1072页。

父词》2首，颇富萧然简远、清新远俗之致。《江南春词集》另存其《江南春·和倪瓒原韵》词3首。以上5首词为《全明词》所收录，《全明词补编》复从《文博士诗集》卷上录其《渔父词》7首。

陈于朝生。陈于朝（1573—1606），字叔达，改字孝立，号翥溟，又号长离、了因、饮冰，浙江诸暨人，陈洪绶父。

刘铎生。刘铎（1573—1626），字我以，别号洞初，吉州（今江西吉安）人。

吴本泰生。吴本泰（1573—1662后），字梅里，又字药师，又字美子[①]，浙江海宁人，寄籍杭州。崇祯七年（1634）62岁中进士，授行人，选授吏部主事，晋吏部郎中，累迁尚宝司丞。入清不仕，以吟咏自娱。有《吴吏部集》12卷，今有9卷本，为《四库禁毁书丛刊》影印清顺治刊本。又有词集《绮语障》1卷，已佚；辑有《西溪梵隐志》4卷。《全明词》据选本存其词2首，《全清词》同。

高濂于是年前后在世。高濂（生卒年不详），字深甫，号瑞南，别署有湖上桃花渔、千墨主、万花居等，仁和（今浙江杭州）人。曾入太学，两赴秋试失利，乃入赀，候选鸿胪寺。后闻父丧归里，从此隐居西湖不仕。为戏曲家，藏书家。吕天成《曲品》以高濂为当代南曲作家，可知其与汤显祖、沈璟大致同时。有养生学著作《遵生八笺》19卷，传奇《节孝记》、《玉簪记》2种。此外尚有散曲小令10余支、套曲10余套。亦工诗词，有《雅尚斋诗草》二集2卷，《四库全书总目》已著录，“提要”称其诗“大旨主于得乎自然以悦性情，故往往称心而出，无复锻炼之功”[②]。其词则清新雅丽，绝无浅俗。沈雄《古今词话》评曰：“高深甫词，独出清裁，不附会于庸俗者。”[③]有《芳芷楼词》上、下卷，有《惜阴堂汇刻明词》本。《全明词》存其词205首。

程可中于是年前后在世。程可中（生卒年不详），字仲权，休宁（今属安徽）人。家贫，为童子师，博洽能为诗文。初入江司马白榆社，继与梅季豹、何无咎、潘景升同盟于长安。遍游南北名山水，将卜筑雨花台下，未果而卒。有《程仲权诗文集》、《汉上集》，词附集以行，惜阴堂裁为《程仲权词》。《明文海》所

---

①《全清词》作“若子”，见南京大学中国语言文学系全清词编委会编《全清词》(顺康卷)，北京：中华书局2002年版，第1页。

②（清）永瑢等：《四库全书总目》卷180，北京：中华书局1965年版，第1624页。

③（清）沈雄：《古今词话》词评下卷，见唐圭璋《词话丛编》，北京：中华书局2005年版，第1027页。

录其作《汤表背》为著名短篇小说。今有《四库全书存目丛书》本《程仲权先生诗集》10卷、《文集》16卷。《全明词》存其词22首，《全明词补编》另辑得1首。

万历二年　甲戌　1574

周复俊卒，年七十九。嘉靖十一年（1532）进士，官至云南左政使，晋南京太仆寺卿。少与王同祖、顾梦圭齐名，称“昆山三隽”。入滇，与杨升庵极相得。著有《泾林集》8卷，词附，惜阴堂裁其词3首为《泾林词》，《全明词》据录。

张天复卒，年六十二。嘉靖二十六年（1547）进士，授礼部主事，历员外郎、郎中，擢湖广按察副使，提督学政，改云南按察副使，升江西布政司左参政，官至行太仆寺卿。有《鸣玉堂稿》12卷，词附，明万历八年（1580）陈文烛刻本。《全明词补编》存其词6首。

舒伯明得宋刻本《中兴以来绝妙词选》10卷，遂据以传刻。卷末有墨图记云：“万历二年七月既望，龙丘桐源舒氏伯明新雕。梁溪寓舍印行。”①按：龙丘，在浙江龙游县东；梁溪，即今之江苏无锡。此本今藏中国国家图书馆。

万历三年　乙亥　1575

钱士升生。钱士升（1575—1652），字抑之，号御冷，又号塞庵，浙江嘉善人。柳洲词人中，钱棅为其子，钱栴、钱棻为其侄。万历四十四年（1616）殿试第一，历官至礼部尚书兼东阁大学士。后以疏忤旨，引疾乞休。年七十八卒。有《赐余堂集》7卷（目作10卷，8卷以后题“嗣刻”）。《柳洲词选》存其《满庭芳·次东坡韵》1首。

范凤翼生。范凤翼（1575—1655），字异羽，通州（今江苏南通）人。万历二十六年（1598）进士，累官光禄寺少卿。工词，王士禛称其“所著小词旷冽似

---

① 关于此本，祝尚书《宋人总集叙录》卷8有详细介绍，可以参看。见祝尚书《宋人总集叙录》，北京：中华书局2004年版，第385页。

半山，而风味过之”[①]。有《范勋卿文集》6卷、《诗集》21卷，清初刻本。《全明词》仅从《明词综》录其词1首，《全明词补编》乃从《范勋卿诗集》等补录其词26首。

茅维生。茅维（1575—？），字孝若，自号僧昙，归安（今属浙江湖州）人，鹿门先生茅坤之少子。《明史》卷287《茅坤传》附。明万历四十四年（1617）举人。能诗，工杂剧。有《十赉堂》甲、乙、丙、丁四集，明万历吴兴茅氏十赉堂刻本。沈雄《古今词话》曰：“盛朝以帖括之余，而涉为诗词者，十不一工。孝若独浸淫于古，而才情又横放杰出，故一时艳称之，有《十赉堂词》。”[②]《惜阴堂汇刻明词》从《十赉堂丙集》裁其词36首为《十赉堂词》。《全明词》又从《明词综》辑录1首增为37首，《全明词补编》复从《十赉堂乙集》等补录56首。

万历四年　丙子　1576

赵贞吉卒，年六十九。嘉靖十四年（1535）进士，选庶吉士，授翰林院编修，迁春坊中允管司业，擢左谕德兼监察御史，奉旨宣谕诸军。严嵩以事中之，廷杖谪官。后累官至南京户部侍郎，又忤嵩夺职。隆庆初，复起历礼部尚书、文渊阁大学士，旋与高拱不协，乞休归。卒谥文肃。《明史》卷193有传。钱谦益赞其“为诗骏发，突兀自放，一洗台阁婵媛铺陈之习。其文章尤为雄快，殆千古豪杰之士，读之犹想见其眉宇云”[③]。有《赵文肃公文集》23卷，明万历十三年（1585）赵德仲刻本。词仅有1首，《惜阴堂汇刻明词》裁为《赵文肃公词》，《全明词》据录。

黄正色卒，年七十七。嘉靖八年（1529）进士，官南海县，擢南京监察御史，劾中官鲍忠等，被诬下狱，谪戍辽东三十年。穆宗初召还，迁南京太仆卿。《明史》卷207有传。有《斗南黄先生辽阳稿》2卷、《别稿》1卷、附1卷，明万历三十七年（1609）黄学海刻本。赵尊岳《惜阴堂汇刻明词》裁其词8首[④]为《斗南先生辽阳诗余》，《全明词》据录。

---

①（清）王昶：《明词综》卷5，清刻本。
②（清）沈雄：《古今词话》词评下卷，见唐圭璋《词话丛编》，北京：中华书局2005年版，第1030页。
③（清）钱谦益：《列朝诗集小传》丁集中，上海：上海古籍出版社1983年版，第539页。
④ 末首《桂枝香》为残篇。

【辨证】 明季另有一同名文人黄正色，字美中，蕲水（今湖北浠水）人，崇祯九年（1636）举人，任芜湖知县，后辞官归里，入清不仕。著有《黄氏文统》、《畏合堂稿》、《棣华轩诗集》等。

俞琬纶生。俞琬纶（1576—1618），字君宣，长洲（今江苏苏州）人。

马朴中举人。马朴（生卒年不详），字敦若，同州（今陕西大荔）人。官至云南按察使，弥有循声。著述繁富，有《阆风馆全集》62卷，卷21、22为词，凡77首，惜阴堂裁为《阆风馆诗余》。赵尊岳跋语中称："卷二十一、二为词，而《黄莺儿》、《玉芙蓉》、《清江引》等南北小令并厕其间，则编者未暇细为类例也。"[①]《惜阴堂汇刻明词》本《阆风馆诗余》乃整体迻录，《全明词》则删去《黄莺儿》2首、《玉芙蓉》4首，及《对玉环带清江引》2首，而保留了词调中亦有的双调《黄莺儿》，共69首。其词多庆贺赠送酬应之作。按：马朴于明天启七年丁卯（1627）作《洞仙歌·贺孙汝阳八旬》[②]一词，为贺其表兄孙汝阳80寿辰，据此，马朴生年当不早于明嘉靖二十七年（1548）。

舒伯明续刻《唐宋诸贤绝妙词选》10卷，今上海图书馆有藏本。

万历五年　丁丑　1577

徐石麒生。徐石麒（1577—1645），初名文治，字宝摩，号虞求，嘉兴（今属浙江）人。天启二年（1622）进士，授工部营膳司主事，管节慎库。初入官，即因忤魏忠贤而削籍。崇祯初起补南京礼部主事，累官刑部尚书，为人刚方清介，坐姜埰、熊开元拟罪轻一案，落职闲住。福王时召拜吏部尚书，为权奸所扼，乞归。清兵入浙，守嘉兴孤城，城破坚贞不屈，着朝服自缢于可经堂，谥忠襄。《明史》卷275有传。沈雄《古今词话》论徐石麒与吴惕庵词，赞曰："《兰皋集》载徐石麒《拂霓裳》云云。《东湖集》载吴惕庵《满江红》云云。乙丑季春，予带有选稿，与曹秋岳司农登琴台默坐，同下湖山之泪。见此二阕，为亟登之，

① 赵尊岳：《明词汇刊》，上海：上海古籍出版社1992年版，第1692页。
②《全明词》，第1231页。

以留作正气歌也。”①有《可经堂集》12卷、《附录》1卷，清顺治八年（1651）徐柱臣刻增修本。其《坦庵词》3卷，有《清名家词》本。《全明词》存其词10首。

【辨证】明末清初有与徐石麒同姓名者，生卒年不详，字又陵，号坦庵，其先为鄞人，后徙居扬州。精研名理，不应有司之试，而好著书。其杂著及诗词凡200余卷，尤精度曲。晚为贡生，卒于康熙年间。流传于世的有《坦庵乐府》、《坦庵词曲六种》等。《全明词》存其词88首，《全明词补编》另录其词1首。因为两人既同姓名，年代地域亦相近，诸书往往混为一人。

万历六年　戊寅　1578

宋仪望卒，年六十五。嘉靖二十六年（1547）进士，授吴县知县，征拜监察御史，擢大理寺右寺丞，以忤严嵩，坐浮躁，贬夷陵州判官。嵩败，擢霸州兵备佥事，进大名兵备副使，改福建按察副使。万历年间，累官至大理寺卿，以忤张居正，被劾归。《明史》卷227有传。《明别集版本志》著录有《华阳馆诗集》14卷、《文集》12卷、《附录》1卷，明万历三年（1575）魏学礼校刻本，《全明词补编》即据此版本《华阳馆诗集》卷14录其词14首。又有《华阳馆文集》18卷、《续集》2卷，清道光二十二年（1842）宋氏中和堂刻本，今有《四库全书存目丛书》本。卷1至卷12为文，卷13至卷18为诗。

【辨证】宋仪望生卒年，《明史》卷227无载，《全明词补编》亦仅称其“年六十五卒”②，而未载其生卒年。今据叶向高《苍霞续草》卷15《大廷尉华阳宋先生传》③，知其生于正德九年甲戌（1514），卒于万历六年戊寅（1578）。

---

①（清）沈雄:《古今词话》词话下卷，见唐圭璋《词话丛编》，北京：中华书局2005年版，第809~810页。

②《全明词补编》，第443页。

③（明）叶向高:《苍霞续草》，卷15《大廷尉华阳宋先生传》，明万历刻本。

万历七年　己卯　1579

冯元仲生。冯元仲（1579—1660），字次牧，一字尔礼，慈溪（今属浙江）人。明诸生，与陈继儒、陈子龙相善。明季尝被荐诣京师，上书言时事切直，铨曹授以县佐，辞归。家故饶资，筑室郭东山，改山名曰天益，因以号其堂。入清，隐居不出。有《天益山堂遗集》10卷、《续刻》1卷，清乾隆八年（1743）冯廷楷刻本，附词9阕，《惜阴堂汇刻明词》裁为《天益山堂词》，《全明词》、《全清词》皆据录。

五月十三日，文嘉书旧作《柳梢青》词4首于唐子畏《梅谷图》后，并作跋语云："和杨补之咏梅词四首，调寄《柳梢青》。万历已卯竹醉日书，茂苑文嘉。"《全明词》及《全明词补编》未录此4词。按：《明词纪事会评》引明代王世贞《题唐子畏梅谷图卷》："梅谷者，当是吾吴德靖间名士，唐六如伯虎为作图，祝京兆希哲题署，而王太学履古、选部禄之各赋一诗，殊足三绝。偶以示文休承，休承谓尚有京兆一序，待诏一诗，不知何缘脱落，因补书旧和杨补之《柳梢青》四词于后（下略）。万历已卯季夏弇州山人王世贞书于九友斋。"①

万历八年　庚辰　1580

茅氏凌霞山房刻行《花间集》12卷，附《补遗》2卷、《音释》2卷。题"赵崇祚编，温博补录，茅一桢音释"。此书以正德十六年（1521）陆元大刻本为底本，由温博补录唐五代词人14家词71首。茅一桢作《音释》2卷。温博《〈花间集补〉序》略云："古今词选，无虑数家，而《花间》、《草堂》二集最著者也。《花间》近无善本，会茅贞叔氏语余曰：'昔人称长短句情真而调逸、思深而言婉者，莫过《花间》。第观时本多讹而鲜醳。如韦相《应天长》，"黦"与"涴"同转音入声而始叶，欧阳舍人《浣溪沙》，"泥"当作"义"之类。苟不醳，奚知焉？今欲校而刻之，吾子云何？'予曰：'善。故吾意也。'贞叔遂汇中土之音，

---

① 尤振中、尤以丁：《明词纪事会评》，合肥：黄山书社1995年版，第233页。

气韵平调者什其文，出家藏建康本校雠焉，而属余点句。点者读，圈者句。句，韵脚也。已，贞叔又属余补其未备，以足李唐一代之制。余故未知赵氏当时诠次意，乃于此往往叹遗珠旧矣。因自李翰林而下十有四人，通得六十七首，为二卷，命曰《花间集补》。”[①]补录14家词人依次为：李白、张志和、元结、刘禹锡、李涉、王建、白居易、薛能、徐昌图、刘燕哥、无名氏、李璟、李煜、冯延巳。此本今中国国家图书馆、上海图书馆有藏本。

茅一相辑《欣赏续编》，收入王世贞《艺苑卮言》中论词1卷曰《词评》，论曲1卷曰《曲藻》，因作《题〈词评〉、〈曲藻〉后》。

【辨证】 茅一相跋文《题词评曲藻后》，其文短小而隽永，今全录于下：“夫一代之兴，必生妙才；一代之才，必有绝艺；春秋之辞命，战国之纵横，以至汉之文、晋之字、唐之诗、宋之词、元之曲，是皆独擅其美而不得相兼，垂之千古而不可泯灭者。虽然，即是数者，惟词曲之品稍劣，而风月烟花之间，一语一调，能令人酸鼻而刺心，神飞而魄绝，亦惟词曲为然耳。大都二氏之学，贵情语不贵雅歌，贵婉声不贵劲气，夫各有其至焉。览是编者，可以参二氏之三昧矣。庚辰秋日，江左茅一相书。”[②]这段文字所表达的“一代有一代之绝艺”的说法，在明代典籍中可谓屡见而不一见，但茅一相的说法也许最为接近清代焦循《易余龠录》中“一代有一代之所胜”[③]和王国维《〈宋元戏曲史〉自序》中的“一代有一代之文学”[④]。也许正是因为此种原因，这一段文字常被征引，但引用者往往并不清楚这篇跋文的具体背景与所指，或者可以说根本就没有搞清这篇跋文是为何种文献所写的。

也许，对于大多数引用者来说，看到这篇跋文，是在中国戏剧出版社1959年出版的《中国古典戏曲论著集成》的第4册。因为在该书中，这篇跋文就附于王世贞《曲藻》之后，所以大家也就自然认为这是为《曲藻》所作的跋语。然而

---

① (明)温博:《花间集补》，《新世纪万有文库》本，沈阳：辽宁教育出版社1998年版，第91页。
② (明)茅一相:《题词评曲藻后》，见中国戏曲研究院编《中国古典戏曲论著集成》第4册，北京：中国戏剧出版社1959年版，第38页。
③ (明)焦循:《易余龠录》卷15，见《焦循诗文集》，扬州：广陵书社2009年版，第843页。
④ 王国维:《宋元戏曲史》自序，台北：台湾商务印书馆1964年版，第1页。

这是有问题的。单从题目来看就不通。一般来说，可以是《题〈曲藻〉后》，也可以是《〈曲藻〉题辞》，但像这样既“题”且“评”又“后”，无论如何是说不通的。有的学者显然意识到这个题目有问题，所以在加新式标点符号时，不是处理成《题词评〈曲藻〉后》，而是作《题词：评〈曲藻〉后》。按照后一种处理方式，标题重叠重复的感觉似乎淡化了一些，然而问题却并没有解决。

事实上茅一相当然不会如此不通，文章标题也没有问题。要想准确把握此文此题，必须把它还原到原初语境里去。

先是明代沈津编辑了一套丛书，名为《欣赏编》，这一套书今未见，刊刻年代不详。万历八年庚辰（1580），茅一相编《欣赏续编》，其中就收入了王世贞所著《词评》与《曲藻》两种小书。这两种书都是从《弇州山人四部稿》中裁出而另加书名的。《弇州山人四部稿》分赋部、诗部、文部、说部。说部中有《艺苑卮言》共12卷，前8卷主要论诗文，附录4卷分论词、曲、书、画。后人把论词部分裁出单行称《词评》，把论曲部分裁出单行称《曲藻》，而茅一相很可能就是把这两种小书裁出单行的作始者。其后约当崇祯年间，有人把沈津《欣赏编》与茅一相《欣赏续编》合为一书，称《重订欣赏编》。此书今中国国家图书馆、首都图书馆、上海图书馆等均有藏本。

综观上述可知，茅一相此文本来就是为王世贞《词评》、《曲藻》两种小书所写的跋语，所以标题仍符合“题××后”的标准跋文题目格式。然后再来看其文所谓“惟词、曲之品稍劣”，“亦惟词、曲为然耳”云云，“词”与“曲”原指词与曲二种文体。又其下所谓“二氏之学”云云，当然也不是指佛、道两家，而是指词、曲之学。所以，如果我们要为这篇跋文题目加上新式标点符号，那就应该是《题〈词评〉、〈曲藻〉后》。

万历九年　辛巳　1581

陈鎏卒，年七十四。嘉靖十七年（1538）进士，除工部主事，仕至四川右布政使。善书法，与祝允明、文征明先后各成一家。有《已宽堂集》2卷，明万历刻本，今已收入《四库全书存目丛书》。《全明词》存其词8首，《全明词补编》另录其词4首。

林庭机卒，年七十六。嘉靖十四年（1535）进士，选翰林院庶吉士，授检讨，迁国子监司业，改南京国子监祭酒，擢太常寺卿，历工部侍郎，调礼部，升南京工部尚书，转南京礼部。卒谥文僖。《明史》卷163有传。有《世翰堂集》12卷、《附录》1卷，明万历八年（1580）林贞耀刻本。《全明词补编》存其词8首。

曹大同卒。曹大同（？—1581），字子贞，通州（今江苏南通）人。岁贡生，曾官光禄寺丞。王世贞《弇州山人续稿》卷72有《曹子贞传》。工诗善书，有《玉芝楼稿》16卷，明天启间刻本。《全明词补编》存其词9首。

万历十年 壬午 1582

吴承恩或卒于是年，年八十三。嘉靖二十三年（1544）岁贡生，授长兴县丞。隆庆初，归山阳，放浪诗酒。其诗、文、词创作甚富，但去世后大多亡佚，后由丘度从亲友中遍搜遗稿，仅"存十一于千百"[①]，编订成《射阳先生存稿》4卷，其中诗1卷、文3卷。第4卷末附词。李维桢《吴射阳先生集选叙》称其"师心匠意，不傍人门户篱落"[②]。陈文烛《吴射阳先生存稿叙》亦称其诗"缘情而绮丽，体物而浏亮，其词微而显，其旨博而深"[③]。词则出入《花间》、《草堂》，天启间《淮安府志》称其词"清雅流丽，有秦少游之风"[④]。《明词提要》称："词殊旖旎，风光宛然。《踏莎行》有云：'绣颈眠鸳，红襟舞燕，锦鳞戏水吹花片。夭桃开遍小池东，一春深锁秋千院。'《浣溪沙》云云。《菩萨蛮》云云。尝鼎一脔，可以概其余矣。"[⑤]《惜阴堂汇刻明词》裁其词为《射阳先生词》1卷。《全明词》存其词91首。另编词集《花草新编》，所选起自唐代开元，下迄元代至正，由作者生前手定并作序，后由丘度刊刻行世。原刊本已佚，今存残钞本4册约4卷，藏于上

①（明）吴承恩：《射阳先生存稿》，卷尾吴国荣跋，明万历刻本，见刘修业辑校、刘怀玉笺校《吴承恩诗文集笺注》附录，上海：上海古籍出版社1991年版，第387页。

②（明）吴承恩：《射阳先生存稿》，卷首李维桢叙，明万历刻本，见刘修业辑校、刘怀玉笺校《吴承恩诗文集笺注》附录，上海：上海古籍出版社1991年版，第386页。

③（明）吴承恩：《射阳先生存稿》，卷首陈文烛叙，明万历刻本，见刘修业辑校、刘怀玉笺校《吴承恩诗文集笺注》附录，上海：上海古籍出版社1991年版，第385页。

④《天启淮安府志》卷16，见刘修业辑校、刘怀玉笺校《吴承恩诗文集笺注》附录，上海：上海古籍出版社1991年版，第393页。

⑤ 赵尊岳：《惜阴堂汇刊明词提要·〈射阳先生词〉一卷》，《词学季刊》1934年第2卷第1号，第86页。

海图书馆。

王好问卒，年六十六。嘉靖二十九年（1550）进士，官至南京户部尚书。事迹见《国朝列卿记》卷133、150及《明人小传》、《明诗纪事》。有《王西塘春煦轩集》22卷，清抄本，存16卷，今已收入《四库禁毁书丛刊》，词附。好问以词名世，《明词综》引赵符庚语云："西塘如秋水芙蓉，寒江映月。"引吴三乐语云："西塘诗余可伯仲有宋，无愧作者。"[①]其《点绛唇》（九十春光）颇有"秋水"、"寒江"清丽之致。《全明词》存其词3首。

周永年生。周永年（1582—1647），字安期，吴江（今属江苏）人。诸生。少负才名，工诗文。晚遭乱，居吴中西山，未几而卒。著诗累万首，信笔匠心，不以推敲刻镂为能事。有《邓尉圣恩寺志》、《吴都法乘》及《怀响斋词》1卷行世。《全明词》仅从《明词综》录其词1首，《全明词补编》复据诸选本辑录其词10首。

钱谦益生。钱谦益（1582—1664），字受之，号尚湖，又号牧斋，晚号蒙叟、东涧遗老，江苏常熟人。万历三十八年（1610）进士，授编修，官至礼部侍郎，坐事削籍归。南都福王立，召为礼部尚书。清兵南下，迎降，授秘书院学士兼礼部侍郎，《明史》副总裁，旋归乡里。钱氏自明季以文学冠东南，又为东林党魁首，领袖明末清初文坛。著有《初学集》、《有学集》等。虽不以词名，间亦染指，唯视为小技，随作随弃，故多散佚。今存《永遇乐》4首，见《倚声初集》，《全清词》据录。

顾梧芳编刊《尊前集》2卷。顾梧芳序略云："若玄宗之《好时光》、李太白之《菩萨蛮》、张志和之《渔父》、韦应物之《三台》，音婉旨远，妙绝千古。他如王、杜、刘、白，卓然名家，下逮唐末群彦若干人，联其所制，为上下二卷，名曰《尊前集》，梓传同好。"[②]

【辨证】 据顾梧芳序，《尊前集》似为其重新选编。毛晋《词苑英华》本收入顾氏刊本《尊前集》，亦云："嘉禾顾梧芳氏采录名篇，厘为二卷，仍其旧

---

①（清）王昶：《明词综》卷4，清刻本。

②《尊前集》，《新世纪万有文库》本，沈阳：辽宁教育出版社1998年版，第64页。此"引"见于明刻本《尊前集》卷首。

名。”[1]实际今传之本，在顾氏刊本之前有吴讷辑《唐宋名贤百家词》所收1卷本。朱彝尊《曝书亭集》卷43有《书〈尊前集〉后》一文，其中曰：“康熙辛酉冬，予留吴下，有持吴文定公手抄本告售，……取顾氏本勘之，词人之先后，乐章之次第，靡有不同。始知是集为宋初人编辑。”[2]朱彝尊是以吴氏手钞本《尊前集》印证顾氏本非己所编，实际单本孤证是不足以下断语的，因为也有另外一种可能，即所谓吴氏手钞本乃是据顾氏本而作伪，孰先孰后还很难说。又，吴讷谥文恪，非文定。朱彝尊盖误记之。

万历十一年　癸未　1583

徐阶卒，年八十一。嘉靖二年（1523）进士，累官至少师兼太子太师、吏部尚书、建极殿大学士。时严嵩为首辅，深嫉之。阶外事嵩甚谨，内深自结于帝，卒逐嵩。后为高拱所扼，致仕归，卒谥文贞。《明史》卷213有传。著有《世经堂集》26卷，明万历刻本。另有《世经堂续集》14卷，明万历徐肇惠刻本。《四库全书总目·世经堂集》“提要”谓其集中“敷陈治体之文，皆能不诡于正，余则未见所长”[3]。《惜阴堂汇刻明词》裁其词8首为《世经堂词》，《全明词》据录。

文嘉卒，年八十三。由岁贡生官和州学正。能诗善画，善画山水，广为流传的《明日歌》即为其所作。有《和州集》。《全明词》存其《江南春》1首，《明词纪事会评》另收录其《柳梢青》和杨补之咏梅词4首。

金銮约卒于是年。金銮（1494？—1583？），字在衡，号白屿，陕西陇西（今甘肃陇西）人，侨居金陵（今江苏南京）。钱仲联等主编《中国文学大辞典》、陈文新主编《中国文学编年史》（明中期卷）等定金銮生卒年为1494—1583，此处姑从之。现存《诗余图谱》中，有一种“关中金銮校订”本。日本汉学家神田喜一郎在其所著《日本填词史话》中曾提到，在日本宝历四年（1754）刊行的《宝历书籍目录》中，著录有“《诗余图谱》，关中金銮，三册”，神田喜一郎认为

---

①（明）毛晋：《汲古阁书跋》，上海：上海古籍出版社2005年版，第114页。
②（清）朱彝尊：《曝书亭集》，卷43《书〈尊前集〉后》，上海：世界书局1937年版，第521页。
③（清）永瑢等：《四库全书总目》卷177，北京：中华书局1965年版，第1580页。

这应该就是散曲家金銮编著的一部书。近年来经过查证，题为“关中金銮校订”的《诗余图谱》，其实只是张綖《诗余图谱》的别一版本。张仲谋《明代词学通论》中有具体描述与考证，可以参看①。

吴鼎芳生。吴鼎芳（1583—1636），字凝父，世居吴郡西洞庭（今属江苏）。

李应策中进士。李应策（生卒年不详），字成可，号苍门，蒲城（今属陕西）人。中进士后，初授任丘知县，历太常少卿、左通政。后归居家，年八十卒。著有《苏愚山洞续集》30卷，明刻本，中有散曲小令488支，为谢伯阳《全明散曲》所失收。其词与南北曲羼杂，赵尊岳辑为《苏愚山洞词》1卷，收入《明词汇刊》。《全明词》存其词37首，《全明词补编》另辑其词3首。按：据王重民《中国善本书提要》，杨爵《杨忠介公集》13卷有李应策天启元年（1621）序②，邵懿辰《增订四库简明目录标注》谓杨爵《斛山杨先生遗稿》5卷后有李应策天启元年跋③，颇疑此二处所提为同一文献。又陕西《蒲城续志》为明崇祯四年（1633）朱国寿修、李应策等纂。据此则李应策天启元年（1621）或崇祯四年（1633）尚在世。

卢龙云中进士。卢龙云（生卒年不详），字少从，广东南海人。中进士后，补邯郸令，治行为诸郡邑最，复补长乐，以忤权要左迁江西藩幕，累迁贵州参议，卒于官。有《四留堂稿》30卷，明万历刻本，集中卷17存词7首，赵尊岳《惜阴堂汇刻明词》裁为《四留堂词》，《全明词》据录。

陈耀文辑《花草粹编》12卷初刻于是年。按：陈耀文（生卒年不详），字晦伯，确山（今属河南）人。万历三十八年（1610）进士，官至按察司副使。著有《经典稽疑》2卷、《正杨》4卷、《学林就正》1卷等，编著有《天中记》60卷、《花草粹编》12卷等。是书除明万历十一年（1583）陈氏自刻本外，尚有《四库全书》24卷本、清咸丰七年（1857）钱塘金绳武评花仙馆活字排印本、光绪二年丙子（1876）刻本、民国二十二年（1933）陶风楼据万历刻本影印巾箱本。

【辨证】 是书卷首有万历十一年癸未（1583）陈氏自序和万历十五年丁亥

---

① 张仲谋：《明代词学通论》，北京：中华书局2013年版，第77~81页。

② 王重民：《中国善本书提要》，上海：上海古籍出版社1983年版，第608页。

③ 邵懿辰撰、邵章续录：《增订四库简明目录标注》，上海：上海古籍出版社1979年版，第848页。

（1587）李蓘序。据耀文自序中语气，万历十一年当为初刻之年，而李蓘序则当为万历十五年重印时补入。关于书名，因耀文自序中有“唐则有《花间集》，宋则《草堂诗余》，……余自牵拙多暇，尝欲铨粹二集，以备一代典章”①之语，容易使人误以为是从《花间集》和《草堂诗余》二集中再选佳作以成。实际《花间集》全集仅有500首，《草堂诗余》虽版本各异，一般不过选词三四百首，即使二书相合，亦不足千首，而《花草粹编》全书收词达3 000余首。故耀文自序之末云：“是刻也，由《花间》、《草堂》而起，故以《花草》命编。”也许“粹编”乃是初编时命意，成书后因篇幅增广而不得不作如是解。关于选词及编排体例，耀文自序中云：选词则“上溯开、天，下讫宋末，曲调不载于旧刻者。元词间亦与焉。其义例以世次为后先，以短长为小大，为卷一十有二，计词三千二百八十余首。”②可见，《花草粹编》主要是一部唐宋词选，少量元词入选是出于囊括众调之考虑。《花草粹编》的基本体例是分调编排，每调之下所选词再依词人时代为序。《花草粹编》是明代规模最大的一部唐宋词选集。《四库全书总目·花草粹编》“提要”称：“其书捃摭繁富，每调有原题者，必录原题；或稍僻者，必著采自某书；其有本事者，并列词话于其后；其词本不佳，而所填实为孤调，如《缕缕金》之类，则注曰备题。编次亦颇不苟。盖耀文于明代诸人中，犹讲考证之学，非嘲风弄月者比也。虽纠正之详不及万树之《词律》，选择之精不及朱彝尊之《词综》，而裒辑之功，实居二家之前。创始难工，亦不容以后来掩矣。”③因此书所利用的唐宋类书笔记等，有许多今已不传，故其对于考证唐宋词人词作，具有重要的文献价值。是书卷首附刻有沈义父《乐府指迷》，为后来诸传本之祖本。

万历十二年　甲申　1584

王材卒，年七十七。嘉靖二十年（1541）进士，选翰林院庶吉士，授检讨，

---

①（明）陈耀文辑，龙建国、杨有山点校：《花草粹编》，卷首陈耀文序，保定：河北大学出版社2007年版，第1页。该叙出自明万历十一年（1583）刻本。

②（明）陈耀文辑，龙建国、杨有山点校：《花草粹编》，卷首陈耀文序，保定：河北大学出版社2007年版，第1页。

③（清）永瑢等：《四库全书总目》卷199，北京：中华书局1965年版，第1825页。

升南京国子监司业，累官至南京太常寺卿兼南京国子监祭酒。有《念初堂集》。王世贞《弇州山人续稿》卷42有《念初堂集序》。《全明词补编》从《念初堂集》卷25录其词12首。

孙楼卒，年七十。嘉靖二十五年（1546）举人，授湖州府推官，改汉中，致仕归。有《百川集》12卷及《丽词百韵》等。赵尊岳《惜阴堂汇刻明词》从其本集卷12裁其词15首，称《百川先生长短句》，《全明词》据录。《全明词补编》复从《孙百川先生文集》卷5辑录其词1首。

梁云构生。梁云构（1584—1649），字匠先，号眉居，河南兰阳（今兰考）人。崇祯元年（1628）进士，历官佥都御史。福王时授兵部侍郎。降清后历官通政司参议、大理寺卿、户部左侍郎，卒谥康僖。有《豹陵集》18卷，明崇祯四年（1631）刻本，卷18为“诗余”。入清后复有《豹陵集》26卷本，卷23为“诗余”。《全明词》仅从选本中辑录其词2首，《全明词补编》复从清刊本《豹陵集》卷23辑其词122首。

朱载堉所撰《律学新说》4卷于是年成书。

张东川刻《类编草堂诗余》4卷，署“翰林院荆川唐顺之解注，翰林院钟台田一隽精选”。此本亦出自顾从敬刻本，卷首何良俊序即从顾刻本移来，卷末有万历十二年（1584）张东川《〈草堂诗余〉后跋》。其中收词445首，较顾刻本多柳耆卿《醉蓬莱》（渐亭皋叶下）和周美成《西平乐》（稚柳苏晴）2首。今上海图书馆有藏本。

【辨证】 在《草堂诗余》系列刊本中，伪托唐顺之名义者至少有两种。一为明万历十二年（1584）书林张东川刻《类编草堂诗余》4卷，题“唐顺之解注”；一为万历十六年（1588）勉斋詹圣学刊本《重刻类编草堂诗余评林》6卷，题“唐顺之解注，田一隽精选，李廷机批评”。唐顺之（1507—1560），字应德，人称荆川先生，武进（今属江苏）人，因为推崇唐宋古文，与王慎中、茅坤、归有光等被称为“唐宋派”，在嘉靖时期文坛上有较高的知名度，所以也成为书坊主依傍的名家之一。然而，唐顺之不长于词，故《全明词》及《全明词补编》中均无其作，其著作中亦从不谈词，所以不大可能去参与坊刻词选的编撰工作。更为重要的是，唐顺之去世于嘉靖三十九年（1560），当然不可能为身后二十余年才刊行的《草堂诗余》作注。反过来说，假使他在世时确曾参与了这样的工作，那么以他的名声，嘉靖时期的出版商早就会视若拱璧抢先出版了，决不会等到二十余年之后。后一种书即詹圣学刊本伪托更大胆，破绽也更明显。这里挂了三块大牌子，现在的人也许只知道唐顺之，而不知道后二位是何方神圣，但对当时的读者来说，这三位都是大名头。他们都有一种特殊的身份，即唐顺之是嘉靖八年（1529）会试第一名，即会元，而田一隽是隆庆二年（1568）的会元，李廷机是万历十一年（1583）的会元，把这三个名字放在一起，就仿佛带有"连中三元"的祝福或喜庆意味，这从出版营销心理来说，讨好读者的动机是很明显的。然而这三位名人时代不同，当然不可能合作。唐顺之去世时，李廷机才18岁，田一隽也要到8年之后才中会元；而在没中会元之前，他们的名字是没有号召力也没有商业价值的。而到李廷机万历十一年中会元时，唐顺之早已去世二十余年了。因此，要让这三位会元合作完成一本小书，不要说他们不屑，他们即使想合作也没有可能性。

万历十三年　乙酉　1585

宋诺卒，年五十六。嘉靖四十四年（1565）进士，授户部主事，升员外郎，擢郎中，出为东昌知府，后历任郧阳、河南、兖州知府。有《宋金斋文集》4卷，明万历刻本，今已收入《四库全书存目丛书》。《全明词补编》从《宋金斋文集》卷2录其词9首。

顾同应生。顾同应（1585—1626），一名顾众，字仲从，号宾瑶，昆山（今属江苏）人，顾绍芳子，顾炎武生父。

陈龙正生。陈龙正（1585—1645），字惕龙，号几亭，嘉善（今属浙江）人。崇祯七年（1634）进士，授中书舍人，左迁南京国子监丞，键门著书。京师陷，南都立，起祠部郎，坚卧不出。已而南都复陷，龙正匿先祠中，绝食以死。《明史》卷258有传。有《几亭全书》64卷，清康熙云书阁刻本，词附。惜阴堂裁其词8首为《几亭诗余》，《全明词》据录。

黄道周生。黄道周（1585—1646），字幼平[①]，一字螭若，又字细遵，号石

---

①《四库全书总目》作幼元，《明儒学案》作幼玄，此从《明史》。

斋，一号逃雨道人，漳州镇海（今福建漳浦）人。天启二年（1622）进士，改庶吉士，授编修，为经筵展书官。崇祯初，官右中允，疏救钱龙锡，降调，后斥为民，复起为少詹事。福王时，官礼部尚书。南都覆，唐王以为武英殿大学士，率师至婺源，与清师遇，兵败不屈死。隆武赠谥忠烈，乾隆时改谥忠端。《明史》卷255有传。道周工书善画，以文章风节高天下。词仅存《满江红》2首，赵尊岳称"忠端生平大节，卓著天壤，即文章法书，亦大家名世"，并谓"即此二词，盘空倔强，风骨骞举，雅似涪翁，忧国愤时之感，随寓而发"，"片纸只字，亦几于隋珠和璧矣"①。有《易象正》、《石斋集》、《骈枝别集》。赵尊岳《惜阴堂汇刻明词》辑其词2首为《黄忠端公词》1卷，《全明词》据录。

沈自继生。沈自继（1585—1651），字君善，号宝威，别号碍影居士，吴江（今属江苏）人。明诸生，入清后隐居平邱，后出家，镌一私印曰"江东沈姓第三僧"。有《平邱集》4种。乾隆《吴江县志·沈自征传》有其附传。《古今词选》存其集句词3首，《全清词》、《全明词》据录。

胡日新选编《诗余选》4卷由金陵书林吴桂崇文枢堂刊行。复旦大学图书馆有藏本。

万历十四年　丙戌　1586

许谷卒，年八十三。嘉靖十四年（1535）进士，授户部主事，改吏部文选郎中，升南京太常寺少卿，因议大计，谪两浙运副。起为江西提学佥事、南京尚宝寺卿，罢归，嗣顾璘主盟词坛。有《省中稿》2卷、《二台稿》2卷、《归田稿》10卷，《四库全书总目》已著录，"提要"称其"诗格颇爽俊，当其合处，时得古人之意，而失于芟择，多参以应俗之作，遂不免沙中金屑之憾"②。《全明词》仅从《明词综》辑录其词1首，《全明词补编》从《许太常归田稿》卷10录其词20首③。

万士和卒，年七十一。嘉靖二十年（1541）进士，隆庆中以礼部左侍郎引疾

---

① 赵尊岳：《惜阴堂汇刻明词提要·〈黄忠端公词〉一卷》，《词学季刊》1933年第1卷第3号，第51页。
② （清）永瑢等：《四库全书总目》卷177，北京：中华书局1965年版，第1591页。
③ 其中包括《全明词》已收的1首，因文字大异而两存之。

归。万历初，起为礼部尚书，因忤张居正，谢病去。居正殁，起南京礼部尚书，不赴。卒谥文恭。《明史》卷220有传。有《履庵集》12卷，万历二十年（1594）宜兴万氏素履斋刻本，今已收入《四库全书存目丛书》，《四库全书总目·履庵集》“提要”称：“是集凡诗词三卷，杂文九卷。其官江西、贵州、湖广、山东以至为宗伯时事迹，颇散见于其中。然过任自然，罕铸词之功。”[①]《惜阴堂汇刻明词》裁其词10首为《履庵诗余》，《全明词》据录。

董斯张生。董斯张（1586—1628），字遐周，自号瘦居士，乌程（今浙江湖州）人。

万历十五年　丁亥　1587

顾起纶卒，年七十一。嘉靖十一年（1532）进士，知侯官县，官至福建布政司参议。有《赤城集》、《九霞山人集》；又有诗话《国雅品》1卷，为人所重；又有《句漏集》4卷，今有《四库全书存目丛书》本。性直率洒脱，所作诗词清朗明快。词仅存3首，《明词提要》以为“亦是山林中人语”，“虽未尽协律，而恬淡之怀，见于眉宇也”[②]。《惜阴堂汇刻明词》据《九霞山人集》裁其词3首为《九霞山人词》1卷，《全明词》据录。

莫是龙卒，年五十一。幼聪慧，10岁善属文。隆庆元年（1567），与梁辰鱼、孙七政、殷都等在金陵举鹫峰诗社。万历元年（1573），被召至金陵校书，与陈芹、魏学礼、朱孟震等集南京，再结青溪社。万历中以诸生久次，贡入太学。工书画，书法小楷、行草兼工，山水画宗黄公望，而能自辟蹊径。《明史》卷288有传，张所敬撰有《莫廷韩小传》，见《石秀斋集》卷首，钱谦益《列朝诗集小传》（丁集）亦有其传。著有《石秀斋集》10卷、《画说》、《莫廷翰遗稿》等。赵尊岳《惜阴堂汇刻明词》裁其词8首为《小雅堂词》。《全明词》据《莫廷翰遗稿》录其词23首。

莫秉清于是年前后在世。莫秉清（生卒年不详），字紫仙，一字葭士，华亭（今属上海）人，莫是龙之子。明季诸生，甲申后誓不出山，以吟咏自遣。有

---

① （清）永瑢等：《四库全书总目》卷177，北京：中华书局1965年版，第1593页。
② 赵尊岳：《惜阴堂汇刊明词提要·〈九霞山人词〉一卷》，《词学季刊》1934年第2卷第1号，第83页。

文集2卷、诗集2卷。诗集有葭士自序，惜阴堂裁为《采隐诗余》。赵尊岳跋云："合诸翁山、二陆之林，胥明季词林之大师也。"①《全明词》存其词65首。

卓发之生。卓发之（1587—1638），字左车，仁和（今浙江杭州）人。

阮大铖生。阮大铖（1587—1646），字集之，号圆海，又号石巢、百子山樵，怀宁（今安徽安庆）人。万历四十四年（1616）进士。天启时，历吏科都给事中，附魏忠贤，为士人所不齿。福王时，为兵部侍郎，旋进兵部尚书。清兵渡江，走金华，寻降清。《明史》卷308有传。颇有才华，诗文俱佳，尤善词曲。所作传奇有10余种，诗文有《咏怀堂全集》，词附。《惜阴堂汇刻明词》从《咏怀堂辛巳诗》和《今词初集》各辑录其词2首，题为《咏怀堂词》。《词苑萃编》引《词苑丛谈》云："阮光禄大铖，固是江令一辈人，所著《燕子笺》、《春灯谜》杂剧，梨园子弟争唱之。尝作《减字花木兰》云云，其温丽不减和凝。"②《全明词》据《明词汇刊》本《咏怀堂词》录其词4首。

朱芾煌生。朱芾煌（1587—1662），字子衷，又字玉瑠，号濡须江渔，南直隶无为州（今安徽无为）人。崇祯七年（1634）进士，授余姚知县，调乐安知县，入为户部主事，官至兵部郎中。明亡后，隐居不仕。有《文嘻堂诗集》3卷，清康熙三十七年（1698）紫阳书院刻本，今已收入《四库全书存目丛书》。其卷3有"诗余"40首，《全明词补编》据录。

陆云龙生。陆云龙（1587—1666），字雨侯，号蜕庵，又号翠娱阁主人，浙江钱塘（今杭州）人③。诸生。以评选、出版诗文、小说为业。所评短篇小说集《型世言》及《明十四家小品》等，在文学批评史上有重要影响。所著有《翠娱阁近言》等。《全明词补编》从《翠娱阁近言》卷1录其词7首。

三月二十一日，李蓘作《〈花草粹编〉叙》，其叙云："常见古之执一艺、效一术者，其创始之人殚其聪明智虑，而艺术所就，精美莫逾，遂称作者之圣。次有相观起者，亦殚聪明智虑，淫巧变态日新日盛，若鬼工神手，不可摹拟，于是称述者之明，而其道大行于世。及久而传习者众，则人狃于恒所见闻，若以为易

---

① 赵尊岳:《明词汇刊》，上海：上海古籍出版社1992年版，第620页。

②（清）冯金伯:《词苑萃编》卷7《品藻》，见唐圭璋《词话丛编》，北京：中华书局2005年版，第1924页。

③《景印文渊阁四库全书》本《江南通志》卷129《选举志》以云龙为无锡人。

辨，了不复颛颛措意，率以烂恶相尚，而其法浸衰。又久则法遂蔑，不可追矣。此不独为艺术者有然。而至为文、为字、为词赋、为诗与曲靡不尔尔。兹岂非风会之流，而忘于复古者之一大慨耶？盖自诗变而为诗余，又曰雅调，又曰填词。又变而为金元之北曲矣。当其变词也，彼唐末宋初诸公，竭其聪明智巧，抵于精美。所谓曹刘降格为之未必能胜者，亦诚然矣。北曲起，而诗余渐不逮前，其在于今，则益泯泯也。盖士大夫既不素娴弦索，又不概谙腔谱，谩焉随人后，而造次涂抹，浅易生硬，读之不可解，笔之冗于简册，不知迴视，古法犹有毫末存焉？否也。无怪乎其词湮，而书之存者稀也。朗陵陈晦伯博雅操词，好古兴叹，乃取平生搜罗，合于《花间》、《草堂》一集为十二卷，曰《花草粹编》。使夫好古之士得其书而学焉，则庶乎窥昔人之梱域，拾遗佚于千百，而为雅道之一助也。万历丁亥三月二十一日，顺阳李蓘撰。”①

万历十六年　戊子　1588

王世懋卒，年五十三。嘉靖三十八年（1559）进士，历陕西、福建提学副使，再迁太常少卿。好学，善诗文。《明史》卷289有传。沈雄《古今词话》论王世贞弇州词后附论：“弟麟洲，人尽呼为小美，《奉常集》所列词，不过数首。自谓游江西后，颇觉有进。”②其著作宏富，诗文有《王奉常集》69卷、《关洛记游稿》2卷、《艺圃撷余》等。《惜阴堂汇刻明词》从《王奉常集》卷15裁其词8首为《王奉常词》，《全明词》据录。

于慎思卒，年五十八。诸生。诗富才情，尤工古赋。有《群书题跋》及《庞眉生集》16卷，明万历二十七年（1599）于慎行刻本，今已收入《四库全书存目丛书》。《全明词补编》从其本集中录存其词20首。

施绍莘生。施绍莘（1588—1640），字子野，号峰泖浪仙，华亭（今属上海）人。

---

①（明）陈耀文辑，龙建国、杨有山点校：《花草粹编》，卷首李蓘序，保定：河北大学出版社2007年版，第2页。

②（清）沈雄：《古今词话》词评下卷，见唐圭璋《词话丛编》，北京：中华书局2005年版，第1027页。

朱柔英于是年前后在世。朱柔英（生卒年不详），昆山（今属江苏）人，顾懋宏妻①。有《双星馆集》1卷。《全明词》存其词37首。

【辨证】《全明词》第2册第944页于“朱柔英”名下据《双星馆集》录词37首，第3册第1 009页又于“朱氏”名下录词7首，小传云：“昆山人。知州顾蓉山允焘之妻。”此7词与朱柔英名下所收虽略有异文，但乃是同词重出。顾蓉山即顾懋宏。懋宏字靖甫，别号蓉山，初名焘，字茂俭②。

书林勉斋詹圣学刊《重刻类编草堂诗余评林》6卷，题“唐顺之解注，田一隽辑，李廷机评”。此本出自万历十二年（1584）张东川刻本《类编草堂诗余》4卷，唯将4卷改为6卷，编次未变。其中收词441首，较张东川本脱4首。今南京图书馆有藏本。

【辨证】明代题称李廷机批评的《草堂诗余》系列刊本多达7种。除了本年勉斋詹圣学刊行的《重刻类编草堂诗余评林》6卷之外，还有李良臣东壁轩刊本《新刻分类评释草堂诗余》6卷，题“李廷机评释”；万历三十二年（1604）书林郑世豪宗文书堂刊本《新刻注释草堂诗余评林》6卷，题“李廷机评解”；万历三十六年（1608）起秀堂刊本《新刻注释草堂诗余评林》6卷，题“李廷机评解”；万历间刻本《新锓李太史注释草堂诗余旁训评林》6卷，题“李廷机批评”；天启五年（1625）周文耀刻朱墨套印本《新锓朱批注释草堂诗余评林》4卷，题“李廷机批评”。李廷机（1542—1616），字尔张，号九我，福建晋江人。隆庆四年（1570）举顺天乡试解元，万历十一年（1583）会元、榜眼，累官礼部尚书兼东阁大学士，卒谥文节。著述有《四书臆说》、《春秋讲章》、《通鉴节要》、《李文节文集》等。无论是看《明史》本传，还是看《李文节文集》，李廷机都是一个正统的官僚文人。他在民间尤其在故乡福建的影响，一方面因为他是会元、榜眼，

① 顾懋宏于是年中举人。

② 参见林玫仪《词学研究之新方法——结构性数据库的建置与应用》，载《叶嘉莹教授八十华诞暨国际词学研讨会纪念文集》，天津：南开大学出版社2005年版，第446页。

并且做到主政阁老，另一方面还在于那些关于他的传闻。他上给万历皇帝的辞呈多达123封，在中国历史上可能是创纪录的。在崇尚淡泊清廉的中国，李廷机这种不恋官职的形象是很得人心的。一直到现在，福建一些学校的德育教材中还有关于李廷机屡上辞呈的美谈。李廷机既不写词，《李文节文集》中更几乎全是应用性文牍，没有多少文学意味。明代书坊刊刻词集之所以硬要拉扯上他的名字，大概和他在社会民众中的良好口碑有关。综合来看，此刊本和其他坊间托名李廷机编纂的杂书一样，都是靠不住的。

万历十七年 己丑 1589

庄履丰卒，年四十三。万历五年（1577）进士，选翰林院庶吉士，授编修，升修撰，充经筵讲官，奉弟丧归里，复丁外艰，遘疾早卒。有《梅谷庄先生文集》，明万历二十四年（1596）张宁刻本，今已收入《四库全书存目丛书》。《全明词补编》从其本集卷16录存其词28首。

叶绍袁生。叶绍袁（1589—1648），字仲韶，号粟庵，又号鸿振，别号天寥道人，吴江（今属江苏）人。天启五年（1625）进士，观政兵部，改南京武学教授，转国子助教，升工部主事，乞养归。乙酉之变，弃家为僧。曾自述生平经历，有《天寥道人自撰年谱》1卷、《续谱》1卷、《年谱别记》1卷、《甲行日注》8卷[①]。沈雄《古今词话》引江尚质语谓："叶天寥水部词，偶见其《浣溪沙》云云。先辈遂有此新艳过人之句。其词三十三首，名《迁聊集》。"[②]按：叶绍袁之有《迁聊集》，见于多种文献记载，而谓《迁聊集》为其词别集，且谓其中收词33首，如此言之凿凿，似仅见于清初佚名氏所作之《梅墩词话》。另有《湖隐外史》。《全明词》据《笠泽词征》录其词9首，《全明词补编》又从《松陵绝妙词选》辑录其词4首。

曹勋生。曹勋（1589—1655），字允大，号峨雪，浙江嘉善人。崇祯元年（1628）会试第一，授庶吉士，累官至礼部侍郎。后以母忧，归隐东干，自号东干钓叟。有《易说》3卷，另有《存笥》、《行笈》、《东干》诸集。《全明词》据

① 嘉业堂丛书本，又中国文学珍本丛书本。
②（清）沈雄：《古今词话》词评下卷，见唐圭璋《词话丛编》，北京：中华书局2005年版，第1033页。

《兰皋明词汇选》录其词1首,《全清词》据《柳洲词选》录词2首。

【辨证】关于曹勋生平，施闰章《翰林院侍讲学士曹公顾庵墓志铭》中载：“君考讳勋，崇祯戊辰举会试第一，官礼部右侍郎兼翰林院侍读学士，所谓‘峨雪先生’者也。有子五人，君为长，复官本朝翰林院侍讲学士。父子以文名天下，世论荣之。”[①]这里意思是说，曹勋在明朝曾官翰林院侍讲学士，其子尔堪又于清顺治年间官翰林院侍讲学士，故谓之“父子以文名天下”。《全清词》曹勋小传中说他在明代“历官礼部右侍郎。入清后，复官翰林侍讲学士”[②]，则显然是误读曹尔堪之《墓志铭》，把父子二人的宦况集于曹勋一人了。

万历十八年　庚寅　1590

王世贞卒，年六十五。嘉靖二十六年（1547）进士，官至南京刑部尚书。为官清廉正直，不附权贵。因杨继盛冤狱案，触忤严嵩，吏部两拟提学，均为嵩所阻，出为山东副使。《明史》卷287有传。与李攀龙为“后七子”首领。其文学主张具见所著《艺苑卮言》。著述甚丰，有《弇州山人四部稿》174卷、《续稿》207卷、《弇山堂别集》100卷,《四库全书总目》均有著录。另有《嘉靖以来首辅传》8卷、《觚不觚录》1卷、《读书后》8卷，编有《画苑》10卷、《王氏书苑》10卷。《惜阴堂汇刻明词》本《弇州山人词》存其词86首,《全明词》据《古今词统》增辑七言绝句体《柳枝》2首,《全明词补编》又据《尧山堂外纪》辑录《折桂令》2首。《明词综》引明蒋一葵《尧山堂外纪》云：“弇州少读书，骆行简奇之曰：‘他日必以文章名世。’汪伯玉云：‘诗如孙武、韩信用兵，宫嫔、市人，无不可阵。词则沾沾自喜，亦出人一头地。’李于麟云：‘惟某敢与狎主齐盟，而小词弗逮也。’”[③]清李调元《雨村词话》云：“王弇州《四部集》汗牛充栋，有明文人，无出其右，号为渊博。然不工于词，以只解唱‘大江东去’也。当时地位

① (清)施闰章:《施愚山集》，合肥：黄山书社1993年版，第380页。
② 南京大学中国语言文学系全清词编委会编:《全清词》(顺康卷)，北京：中华书局2002年版，第21页。
③ (清)王昶:《明词综》卷4，清刻本。

既高，似富家翁铺张锦绣，却欠文雅。”[①]清胡薇元《岁寒居词话》称：“太仓王世贞元美《望江南》亦胜余子。‘歌起处，斜日半江红。柔绿篙添梅子雨，淡黄衫耐藕丝风。家在五湖东。’犹有唐二主风韵。”[②]清沈曾植《菌阁琐谈》云：“贺黄公《载酒园诗话》，与吴修龄《围炉诗话》，皆标举晚唐，触斥王、李者。标新撷秀，清婉动人，实亦竟陵之旁流，彼幽此浅耳。黄公《皱水词筌》，亦多俊语，而确守弇州规轨。殊不思《卮言》所谓宛转绵丽、浅至儇俏者，吴歌佳致，政可表隆庆间江左风流。西蜀南唐四百年前，已会此细想乎。愚于弇州、黄公，所标《花间》、《尊前》名句，未尝不讽味移情。而举烛治燕，或恐非郢书本实耳。”[③]同书又云：“弇州云：‘温飞卿词曰《金荃》，唐人词有集曰《兰畹》，盖取其香而弱也。然则雄壮者固次之矣。’此弇州妙语。自明季国初诸公，瓣香《花间》者，人人意中拟似一境而莫可名之者，公以‘香弱’二字摄之，可谓善于侔色揣称者矣。皱水胜谛，大都演此。余少时亦醉心此境者，当其沉酣，至妄谓午梦风神，远在易安以上。又且谓易安倜傥有丈夫气，乃闺阁中之苏、辛，非秦、柳也。”[④]

李达生。李达（1590—1629），字行季，贵池（今属安徽）人。

沈宜修生。沈宜修（1590—1635），字宛君，吴江（今属江苏）人，叶绍袁妻。

蒋克谦编著《琴书大全》于是年成书。按：蒋克谦，徐州人，祖孙四代收集古代琴学文献，至万历庚寅（1590），由克谦编成是书。全书共22卷，前20卷收录历代有关琴学的记载，内容极为丰富，不少失传的琴学专书、专论赖以保存。末2卷收琴曲62首，其中有一些独特的传谱。

万历十九年　辛卯　1591

沈自征生。沈自征（1591—1641），字君庸，吴江（今属江苏）人。

李天植生。李天植（1591—1672），字因仲，浙江平湖人。崇祯六年（1633）举人。性萧散，绝意仕进，筑蜃园，与名士啸咏其中，学者称蜃园先生。甲申闻

---

①（清）李调元：《雨村词话》卷4，见唐圭璋《词话丛编》，北京：中华书局2005年版，第1432页。
②（清）胡薇元：《岁寒居词话》，见唐圭璋《词话丛编》，北京：中华书局2005年版，第4037页。
③（清）沈曾植：《菌阁琐谈》，见唐圭璋《词话丛编》，北京：中华书局2005年版，第3605页。
④（清）沈曾植：《菌阁琐谈》，见唐圭璋《词话丛编》，北京：中华书局2005年版，第3605页。

变，改名確，易字潜夫（一作潜初），遁迹龙湫山中，以童学自给，署曰“村学究”、“老头陀”。后返里，家贫，以卖文自食。长史守帅慕其名，访之，逾垣避而不见。晚年家益困，以羸亡。卒后，私谥介节先生。事迹见全祖望《鲒埼亭集》卷13《蜃园先生神道表》及《嘉兴府志》。所著诗文，多述及甲申殉节者。著有《李介节先生全集》12卷，清嘉庆十九年（1814）钱椒补修汇印本，今已收入《四库未收书辑刊》。《惜阴堂汇刻明词》裁其词5首为《蜃园诗余》。赵尊岳谓其词“多新亭涕泪之音。其《唐多令·和刘韵》云云。哀思婉约，词意浑成；易代之悲，行间字里，一一隐现；所谓‘风景不殊’者，此真得其神髓；盖庶几方驾南宋名手之所为矣”[①]。《全明词》、《全清词》皆据《蜃园诗余》存其词5首。

曾异撰生。曾异撰（1591—约1642），字弗人，晋江（今属福建）人。崇祯十二年（1639）举人。究心经学，所为诗古文有奇气。《明史》卷288有传。有《纺授堂集》诗集8卷、文集8卷、二集10卷，明崇祯刻、清康熙五十七年（1718）曾天采补修本，今已收入《四库禁毁书丛刊》。《全明词》从《纺授堂二集》录其词7首。

【辨证】明季同时另有一曾异撰。前者入《明史·文苑传》，后者入《明史·忠义传》，清代以来一些史志之书往往以其字号、籍贯相混。《明史·忠义传》载：“曾异撰，荣昌人。举于乡，知永宁州。可望既陷贵州，将长驱入云南。异撰与其客江津进士程玉成、贡生龚茂勋谋曰：‘州据盘江天险，控扼滇、黔，弃之不守，事不可为矣。’遂集众登陴守，城陷，自焚死。”[②]清徐秉义《明末忠烈纪实》称永宁知州曾异撰“字弗人”，“崇祯壬午举人”，“以诗文名世”[③]云云，盖将两位同时同名的曾异撰混为一谈矣。

赵善鸣中举人。赵善鸣（生卒年不详），字和甫，江西庐陵（今吉安）人。以谒选授彭泽教谕，补蒙阴教谕，主历山书院，升枝江知县，转宛平知县，迁刑

① 赵尊岳：《惜阴堂汇刻明词提要·〈蜃园诗余〉一卷》，《词学季刊》1933年第1卷第3号，第51页。
②（清）张廷玉等：《明史》卷295，北京：中华书局1974年版，第7568页。
③（清）徐秉义：《明末忠烈纪实》卷8，杭州：浙江古籍出版社1987年版，第99页。

部主事，官至刑部郎中。有《巢云馆诗集》。《全明词补编》存其词24首。

【辨证】 明代另有一赵善鸣，字元默，号丹山，顺德龙江（今属广东佛山）人。弘治十四年（1501）举人，历官南京户部员外郎、云南曲靖知府。他是陈献章的闭门弟子，善书法，著有《朱鸟洞集》。

万历二十年　壬辰　1592

王祖嫡卒，年六十二。隆庆五年（1571）进士，改庶吉士，授检讨，后迁国子司业，旋预修玉牒，擢宫庶，晚习禅诵。著有《师竹堂集》37卷，明天启刻本，今已收入《四库未收书辑刊》，卷6有"奉旨拟撰词曲"28首，小序云："夫诗变而为诗余，惟宋人最工，然多托意闺闱，寄情花鸟，雅致俊才，得以自运，故凄婉流丽能动人耳。兹义取对君，格专应制，至于仁、义、礼、智、孝、悌、忠、信等字，束以《花间》之体，即使秦、周、张、柳为之，亦失故步。"[①]又有《渔父词》12首等。赵尊岳辑其词42首为《师竹堂词》1卷，收入《明词汇刊》，跋称其"著《师竹堂集》，词附，盖所以为辅弼启沃之资，语详小序中，亦词苑所罕见者也"[②]。《全明词》据录。

王铎生。王铎（1592—1652），字觉斯，河南孟津人。天启二年（1622）进士，官至礼部尚书。弘光立，授东阁大学士。入清后官礼部尚书。有《拟山园词集》。《全清词》据《词觏》录其词3首。

袁于令生。袁于令（1592—1674），原名晋，又名韫玉，字令昭、凫公，号箨庵，江苏吴县（今苏州）人。生员。入清，官荆州知府。于令为著名戏曲作家，有传奇《西楼记》等。《全清词》据诸选本录其词4首。

顾若璞生。顾若璞（1592—1681），字和知，浙江钱塘（今杭州）人，顾友白女，贡生黄东生妻。生而慧，幼承家学，好读书，自经史百家及本朝典故无不贯通，为明清之际杭州闺秀词坛之冠。早寡，以贤孝闻。年九十仍不废诗文，

---

①（明）王祖嫡：《师竹堂集》卷6，明天启间刻本，《四库未收书辑刊》第5辑第23册。
② 赵尊岳：《明词汇刊》，上海：上海古籍出版社1992年版，第1718页。

无疾而终。著《黄夫人卧月轩稿》6卷、《续刻》1卷，清顺治八年黄氏卧月轩刻本。又有《武林往哲遗书》本《卧月轩稿》3卷，中有词7首。周铭《林下词选》称其“小词字字婉媚，得《花间》之神者”[1]。《全明词》据《众香集》和《国朝杭郡词辑》录其词8首，《全明词补编》据《黄夫人卧月轩稿》卷1补录其词2首。

王乐善中进士。王乐善（生卒年不详），字存甫（一字存初），益津（今河北霸州）人。中进士后，除行人，迁吏部主事。《明词提要》称其“词则酬酢献祝而已，无足称也”[2]。有《扣角集》、《鹦适轩诗》。《惜阴堂汇刻明词》裁其词2首为《鹦适轩词》，《全明词》据录。

万历二十一年 癸巳 1593

徐渭卒，年七十三。诸生。嘉靖中，客总督胡宗宪幕。宗宪下狱，渭惧祸发狂，后以罪系狱，张元忭力救得免。《明史》卷288有传。渭天才超逸，诗、文、戏曲、书画皆工。其著述甚富，有杂剧《四声猿》，南戏专论《南词叙录》，另有《徐文长集》30卷、《逸稿》24卷。《四库全书总目·徐文长集》“提要”称：“其诗欲出入李白、李贺之间，而才高识僻，流为魔趣。”[3]其词选言失雅，纤佻居多，终为别调。《惜阴堂汇刻明词》裁其词7首（后又校注增2首）为《徐文长先生词》。《全明词》据《徐渭集》等录其词31首，《全明词补编》又据《徐文长逸稿》等补录4首。

李应昇生。李应昇（1593—1626），字仲达，号次见，直隶江阴（今江苏江阴）人。

王彦泓生。王彦泓（1593—1642），字次回，金坛（今属江苏）人。

周懋宗生。周懋宗（1593—1646），初字石侯，又字因仲，号蘧庵，浙江山阴（今绍兴）人。庠生，与兄懋谷、弟懋宜并称“周氏三凤”，结因社。师事刘

---

①（清）周铭：《林下词选》卷8，清康熙十年（1671）刻本，《续修四库全书》第1729册。
② 赵尊岳：《惜阴堂汇刻明词提要·〈鹦适轩词〉一卷》，《词学季刊》1933年第1卷第3号，第71页。
③（清）永瑢等：《四库全书总目》卷178，北京：中华书局1965年版，第1606页。

宗周，参与证人学社讲会，故论者视为蕺山学派中人。著有《禅隐三剧》等。有《蝶恋花·寓山十六景词》16首，赖《寓山十六景诗余》以存，《全明词补编》据录。

曹元芳生。曹元芳[1]（1593—1674），字介皇，别号耘庵，海盐（今属浙江）人。崇祯十六年（1643）进士。南明唐王隆武元年（1645）授吏部验封司郎中，后兵败还家，遂隐居硖石（今浙江海宁）以终，自号槜里遗民。其《淳村词》2卷，上卷有词177首，原缺两页，下卷182首，有《惜阴堂汇刻明词》本。赵尊岳跋称其词“音律多谬，而家国之感间有流露，闲居之趣辄以自娱，亦易代中高士也”[2]。《全明词》存其词360首，《全清词》未见其本集，仅据《硖川词钞》等录其词7首。

瞿汝稷作《梅花词五阕》，前有词引曰：“岁癸巳，余以司空郎寓于右军省，有古梅数本，谁植废圃。寒芳醃萲，无冀广平之知。翠羽啁啾，徒结罗浮之梦。顾疏英之靡托，悲羁旅之寡谐，沉吟竟日，口占五词。夫易称无闷，既已心恻井渫；道贵知希，亦复慨深垩漫。至人之情，初无河汉。终古所感，讵出户庭。嗟乎。卷耳何心，怀远人者斯嗟。揭车无意，顾俟时者有托。感缘于物，情见乎辞。雅郑之调固殊，咏歌之致奚间。缓以更于笛弄，聊凭侑夫杯行。”[3]五词调寄《菩萨蛮》、《绛都春》、《花犯》、《蓦山溪》、《玉烛新》，分咏蜡梅、早梅、红梅、玉蝶梅、绿萼梅。

万历二十二年　甲午　1594

张倩生。张倩（1594—1627），字倩倩，吴江（今属江苏）人，同邑沈自征妻。

刘侗生。刘侗（1594—1637），字同人，号格庵，黄州麻城（今湖北麻城）人。

季来之生。季来之（1594—1667），原名应申，字大来，号绮里，泰州（今属江苏）人。崇祯十五年（1642）举人。甲申之变，时有恢复之志。后清兵南

---

① 其名亦作“元方”，《明清进士题名碑录》作“元芳”，而《进士履历》作“元方”，知实为一人。
② 赵尊岳：《明词汇刊》，上海：上海古籍出版社1992年版，第283页。
③《全明词》，第1267~1268页。

下，江南尽失，知势不可为，乃迁隐仇湖，遂不复出。尝与吴嘉纪等结“东淘诗社”。《国粹学报》第71期载有袁承业所作《明孝廉季大来先生传》。《惜阴堂汇刻明词》裁其词2首称《季先生词》。《全明词》及《全清词》皆据以录。

钱继登生。钱继登（1594—1672），字尔先，号龙门，晚号篑山翁，嘉善（今属浙江）人。万历四十四年（1616）进士，累官佥都御史，巡抚淮阳。入清不仕。顺治七年（1650）闻瞿式耜蒙难，曾作《祭故留守相公稼翁瞿公文》。有《壑专堂集》14卷，清康熙六年（1667）刻本。《柳洲词选》选其词7首，《全明词》仅收存5首。

毛莹生。毛莹（1594—1670后），初名培征，字湛光，一字休文，晚号大休老人、净因居士，江苏吴江人。明诸生。入清不应试，结庐松陵禊湖之滨，日事吟咏，萧闲终老。有《晚宜楼集》16卷，其中《晚宜楼诗余》1卷，一名《竹香斋词》，存词64首，有康熙刊本。《全明词》及《全清词》皆据以录。

王象乾刻印张綖《诗余图谱》于本年与次年之间。王象晋《重刻〈诗余图谱〉序》有云：“万历甲午、乙未间，予兄霁宇刻之上谷署中，见者争相玩赏，竟携之而去。今书簏所存，日见寥寥，迟以岁月，计当无剩本已。”[①]按：王象晋之兄王象乾（1545—1630），字子廓，一字霁宇，山东新城人。隆庆五年（1571）进士，历佥都御史，巡抚宣府，累官兵部尚书，加太子太师。万历二十二年甲午（1594）、二十三年乙未（1595）之间，正当王象乾巡抚宣府时，其官署在上谷，其地在今河北易县。《诗余图谱》当为其时所刻。

董逢元辑《唐词纪》16卷序刻于是年。逢元，字善长，常州人。此书辑录唐五代人词948首，按题材类编为16卷，依次为景色、吊古、感慨、宫掖、行乐、别离、征旅、边戍、佳丽、悲愁、忆念、怨思、女冠、渔父、仙逸、登第。因词之题材别有专属，故各卷录词颇不平衡。如第1卷“景色”录词146首，第5卷“行乐”录词141首，第12卷“怨思”录词178首，而如“边戍”、“女冠”、“仙逸”、“登第”诸卷录词不过10余首。又其分类，“或以词语而分，或以词名而分，

---

①（明）张綖:《诗余图谱》3卷附王象晋编《秦张两先生诗余合璧》2卷，卷首王象晋序，明末毛氏汲古阁刻词苑英华本，《四库全书存目丛书》集部第425册。

忽此忽彼，茫无定律，尤为治丝而棼”[1]。卷首《词名征》一卷，略作解题，罕所考证，至以《乐府诗集》编者郭茂倩为元人。卷首有董逢元万历甲午（1594）季冬序。今有明万历刻本，中国社会科学院图书馆有藏本；上海图书馆存另一刊本，有明末王嗣奭评点并跋。

【辨证】《唐词纪》就其实质来讲，并不是一部词选，而是类似于《全唐五代词》的一部总集。至于说其中漏列词人或词作，那也不是编者选择的结果，而是其心向往之而有未至，董逢元的初衷应该是力求其全的。从《唐五代词》的编纂历程来看，先是清代编集《全唐诗》时，最后12卷（卷889至卷900）所收为词，共收作者67家，词作870首。20世纪林大椿辑《唐五代词》[2]，共收81家，词作1148首。张璋、黄畬辑《全唐五代词》[3]，共收170余家，作品2500余首。曾昭岷等新编《全唐五代词》[4]正编收词1963首，副编收唐五代及敦煌作品678首。因为在唐代，词与诗的界限尚不清晰，所以收录范围与数量容有见仁见智的歧异。但董逢元《唐词纪》收录作者101家[5]，作品948首，应该说和《全唐五代词》的规模是相近的。因为20世纪所编的唐五代词都加上了敦煌词，而这些作品董逢元和《全唐诗》的编者均不可能见到。以《全唐诗》附词和《唐词纪》二书皆收的词人词作相对照，两书皆录的词作者35人，其中收录作品篇数相同者15人，其余20人大多相近。差别较大的如刘禹锡、白居易、司空图等，主要是因为《唐词纪》中选了太多的《竹枝词》、《杨柳枝》等七绝体作品。这种比较分析当然是很粗糙的，但足以说明，董逢元对于他所能见到的唐词事实上是有见必收，并没有在“选”上下功夫，因此他所提供的事实上是一部唐五代词的总集，而不是唐五代词选。有的研究者不明就里，仍拿研究选本的方法来进行模式化操作，欲从选录各家词的数量来推求编者的好恶与用心，无论是方枘圆凿还是郢书燕说，得出的结论也就没有什么意义了。

---

① （清）永瑢等：《四库全书总目》卷200，北京：中华书局1965年版，第1833页。
② 林大椿：《唐五代词》，上海：商务印书馆1933年版。
③ 张璋、黄畬：《全唐五代词》，上海：上海古籍出版社1986年版。
④ 曾昭岷等：《全唐五代词》，北京：中华书局1999年版。
⑤ 目录仅列96家。

万历二十三年　乙未　1595

董份卒，年八十六。嘉靖二十年（1541）进士，官至礼部尚书兼翰林学士。有《董学士泌园集》37卷，明万历董嗣茂等刻本，今已收入《四库全书存目丛书》。其卷7存词4首，《全明词》据录。

傅冠生。傅冠（1595—1646），原名元范，字元甫，号寄庵，进贤（今属江西）人。天启二年（1622）进士，授翰林院编修，历国子监祭酒、詹事府詹事、礼部右侍郎兼侍读学士。崇祯十年（1637），拜礼部尚书兼东阁大学士。唐王时，命督师江西。清兵至，傅冠走匿门人泰宁江亨龙家，被江之仇人执而献于有司，在汀州就义。《明史》卷264有传。赵尊岳谓其词"亦有婉丽者，《临江仙》下半阕云云。此以每句之首一字，连上句之末一字为别裁，而清新可诵。大臣擅词翰者，求之于宋，同叔、君实，此亦其遗派矣"①。有《宝纶楼集》6卷，明崇祯十七年（1644）刻本。《惜阴堂汇刻明词》裁其词6首为《宝纶楼词》1卷，《全明词》据录。

李元鼎生。李元鼎（1595—1670），字吉甫，号梅公，江西吉水人。明天启二年（1622）进士，官光禄寺少卿。后降清，两为兵部侍郎，两定死罪，幸免。罢归后，凿池筑室，与远山夫人朱中楣唱和其中。事具《清史列传》。有《石园全集》30卷，清康熙间刻雍正修版印本，今已收入《四库全书存目丛书》，卷15有《随草诗余》，收词93首。又卷18有词9首。聂先、曾王孙《百名家词钞》首录其《文江词》。《全清词》存其词39首；《中国词学大辞典》等书皆称其存词30余首，不确。

王屋生。王屋（1595—？），初名畹，字孝峙，又字蕙欙、鲜民、无名，嘉善（今属浙江）人。少尝佣书，过目成诵，即能诗文。邑诸生顾艾荐于魏大中，魏叹赏其诗，命诸子兄事之。魏罹难，屋作长歌哭送，随护千里。《静志居诗话》谓"孝峙以诗受知魏忠节，因与忠节一门群从和酬，诗类刘改之，词学辛幼

---

① 赵尊岳：《惜阴堂汇刻明词提要·〈宝纶楼词〉一卷》，《词学季刊》1933年第1卷第3号，第66页。

安”[①]。著作甚多，惜少有流传，仅存《草贤堂诗笺》、《蘗弦斋词笺》、《蘗弦斋杂笺》。《全明散曲》辑录其小令85首。《全明词》存其词647首，《全清词》仅据诸选本录其词18首。

朱载堉所撰《乐律全书》，当成书于是年之前。

【辨证】 朱载堉的《乐律全书》，是兼含乐、舞、律、历诸学的乐律学方面的集大成式的著作。其中包括《律学新说》（1584年作序）、《乐学新说》、《算学新说》、《历学新说》、《律吕精义》（1596年作序）、《操缦古乐谱》、《旋宫合乐谱》、《乡饮诗乐谱》、《六代小舞谱》、《小舞乡乐谱》、《二佾缀兆图》、《灵星小舞谱》、《圣寿万年历》、《万年历备考》、《律历融通》（1581年作序）等共15种著作，凡47卷。其中《律吕精义》内外两篇，系统阐述了他所创造的新法密率，在理论上解决了中国律学史上自先秦以来在旋宫问题上存在的矛盾，是音乐史上最早运用等比级数音律系统阐明十二平均律的著作，在世界音乐文化史上具有重要意义。《律吕精义》卷首有万历二十四年（1596）作者自序，其中称“兹奉明诏，征取律书，谨将旧稿，删润以献”[②]，可知该书以及十二平均律的创造，当在万历二十三年（1595）之前。《乐律全书》的刻版、印刷始自1595年，完工于1606年。

郑世豪宗文书堂刊《新刻注释草堂诗余评林》6卷。卷首有何良俊序，卷端署“翰林院九我李廷机批评，翰林院启东翁正春校正，闽书林云竹郑世豪梓行”。按：李廷机不长于词，《全明词》据《云韶集》录其《一剪梅》4首，可见其于词无所长，亦无兴趣。故世传李廷机批评词集等书，当出于依托。此本分春景、夏景、秋景、冬景4类编次。卷1至卷3为春景类，卷4为夏景类，卷5为秋景类，卷6为冬景类，收词434首。此本亦出自顾从敬刻本，然顾刻本有而此本未收的凡11首，顾刻本未录而此本增补的有2首。今中国国家图书馆和上海图书馆均有藏本。

瞿汝稷作《踏莎行·纪周仙翁水解》，词前小序曰：“仙翁，虞博士弟子，永

---

①（清）朱彝尊：《静志居诗话》卷19，北京：人民文学出版社1990年版，第565页。
②（明）朱载堉：《律吕精义》，卷首自序，清刻本。

昌之父。于万历庚寅水解。邑之荐绅士，为之传赞咏歌，烨乎盛也。万历乙未夏，永昌出以示余，属赓之，遂填此词遗之。”[①]是年另有《满庭芳·乙未春大雪四十日，二月始见梅开》[②]。

万历二十四年 丙申 1596

陈士元卒，年八十一。嘉靖二十三年（1544）进士，官至滦州知府。对易卜经文颇有研究，有《易象钩解》、《五经异文》、《梦占逸旨》等著作。另有《归云集》75卷。亦工词，《归云集》卷10为诗余。《惜阴堂汇刻明词》裁其词47首为《归云词》，《全明词》据录。

刘虞夔卒，年四十五。隆庆五年（1571）进士，选翰林院庶吉士，授编修，升左春坊左谕德，兼翰林院侍读，历官太常寺少卿，兼翰林院侍读学士，掌翰林院事，再掌詹事府事。事迹具王家屏所撰《墓志铭》。有《刘宫詹先生文集》16卷，明末刻本，卷2有“二十八字词曲”28首，《全明词补编》据录。

黄字鸿生。黄字鸿（1596—1631），字鸿耀，钱塘（今浙江杭州）人，顾若群室。

【辨证】周铭《林下词选》、徐树敏《众香词》、王昶《明词综》以及《全清词·顺康卷》、《全明词》等，皆作“黄鸿”，而王端淑《名媛诗纬初编》卷8小传及黄氏之夫顾若群所撰《卧月轩稿序》等，则作“黄字鸿”，今从之。关于黄字鸿名氏及生卒、创作情况，可参见范晨晓《“蕉园诗社”先导之一黄字鸿考论》[③]一文。

余绍祉生。余绍祉（1596—1648），字子畴，初号元邱，晚号疑庵居士，婺源（今属江西）人。负侠好客，试不售，筑室学道。晚谢世缘，托迹僧寺，参密

① 《全明词》，第1269页。
② 《全明词》，第1271页。
③ 范晨晓：《“蕉园诗社”先导之一黄字鸿考论》，《厦门教育学院学报》2010年第3期。

云大师，以诗歌见志。甲申国变，闻诏至，咯血缁服入高湖，有司礼召再三，终不赴。有《晚闻堂集》16卷，清道光十七年（1837）单士修刻本，今已收入《四库未收书辑刊》，卷13有《挽黄方壶先生》（玉蝴蝶）词1首，《惜阴堂汇刻明词》裁为《晚闻堂词》，《全明词》据录。

陈于泰生。陈于泰（1596—1649），字大来，号谦茹，江苏宜兴人。崇祯四年（1631）进士，殿试第一，官翰林修撰，明亡后为僧，有《绣胸斋稿》。《瑶华集》、《词综补遗》皆选其《念奴娇·五十自寿》1首。《全明词》、《全清词》亦皆录此1首。

【辨证】 陈于泰生卒年，《全明词》、《全清词》皆不详。严迪昌先生《阳羡词派研究》据《亳村陈氏家乘》卷6，载陈于泰生卒年为“生于明万历二十四年丙申五月二十五日，卒于清顺治六年己丑六月二十一日，享年五十四岁”[①]。《家乘》卷11又存见吴伟业《翰林院修撰陈公墓志铭》，因为不见于《梅村家藏稿》，其中记述陈于泰生平事迹，过去亦少为人知。

胡文焕于是年前后在世。胡文焕（生卒年不详），字德甫，号全庵，一号抱琴居士，钱塘（今浙江杭州）人。深通音律，诗文词曲，无所不通。以刻书为事，所刻《格致丛书》数百种，多秘册珍函。有《游览粹编》。另有《文会堂琴谱》6卷，刻于是年。该书前3卷为论琴文字，后3卷收编者“亲传之浙操”琴曲69支，其中11首附歌词。编者认为把器乐曲填上文词是画蛇添足，也不赞成为所有作品都强行配上序曲“吟”。惜阴堂裁其词14首为《全庵诗余》，《全明词》从《兰皋明词汇选》增辑1首，《全明词补编》复从《兰皋明词汇选》辑得4首。

严澂于是年前后在世。严澂（生卒年不详[②]），字道澈，号天池山樵，常熟（今属江苏）人，大学士严讷子。万历年间以荫补中书舍人，转工部郎中，出为邵武知府。卒年七十九。有《云松巢集》。《全明词补编》从《云松巢集》卷8录

---

① 严迪昌：《阳羡词派研究》，济南：齐鲁书社1993年版，第33~34页。

②《吴中名贤传赞》载严澂生卒年为1547—1625，待考。见邵忠、李瑾《吴中名贤传赞》，南京：江苏古籍出版社1997年版，第546页。

其词12首。

宋代王炎所撰《双溪集》刊行。该集共27卷，凡赋、乐府1卷，诗词9卷，文17卷。词52首，为1卷。《自叙》称："长短句所存者不过五十余阕。"又谓："今之为长短句者，字字言闺阃事，故语懦而意卑。或者欲为豪壮语以矫之。夫古律诗且不以豪壮语为贵，长短句命名曰曲，取其曲尽人情，惟婉转妩媚为善，豪壮语何贵焉。不溺于情欲，不荡于无法，可以言曲矣。"[①]王炎固为宋人，而其《自叙》中语却与晚明词坛语境颇为相合。

万历二十五年　丁酉　1597

季孟莲生。季孟莲（1597—1644），字叔房，号石莲，无为州（今安徽无为）人。

方大猷生。方大猷（1597—1660），字欧余，又作欧虞，一字允升，号崦蓝，浙江乌程（今湖州）人。崇祯十年（1637）进士，入清后累官山东巡抚、江南按察使。长于书法、绘画。有《涂鸦词》。《明词综》选其《南歌子·秋思》1首，《全清词》据《名家词钞》录其词6首。

张岱生。张岱（1597—1679），字宗子、石公，号陶庵，又号蝶庵，山阴（今浙江绍兴）人，侨寓杭州。出身仕宦之家，而一生未仕。少时生活优裕，落拓不羁，放情山水，爱好戏曲、音乐。清兵南下，披发入山，隐于剡溪著书立说。有《琅嬛文集》6卷、《陶庵梦忆》8卷、《西湖梦寻》5卷及《石匮书》等行于世。赵尊岳《惜阴堂汇刻明词》裁其词17首为《陶庵诗余》。赵尊岳跋称其"词虽未合法度，而清才逸思，时露故国之思。万载龙榆生社兄以集本见视，特为裁篇授梓，用以殿明季诸家云"[②]。《全明词》、《全清词》并存此17首。

冯樾生。冯樾（1597—？），字个臣，华亭（今属上海）人。明诸生，工诗书，善度曲，与王光承辈结吟社于邑西郊。《全明词》、《全清词》皆据《清平初

---

①（宋）王炎：《重刻双溪类稿》，卷首自叙，清钞本，《宋集珍本丛刊》第63册。

② 赵尊岳：《明词汇刊》，上海：上海古籍出版社1992年版，第1828页。

选》录其词1首。

陈有年作《忆秦娥》二首[①]。按：《明词纪事会评》引明代朱国祯《涌幢小品》卷23："陈恭介有年，未卒之先月余，尝自作《纪梦》云：'万历丁酉十二月十八日之辰，余卧畏天楼之从吾斋，梦徘徊一山馆中，已而吴滦州敬夫、倪博士章偕至。余曰：此中尽有佳处。吴曰：适来舟故在，试共一游。遂相携入舟中。舟无榜人，亦无仆从，渐能自移。有顷，转入山口。峰峦耸拔，山椒一老桂，盘根樛枝，下临清涧，飞花飘洒，芳香袭人。逡巡稍前，遥望前山中，房舍甚都，相与叹赏。倏忽已至，舣舟而登。白石鳞次，涓泉出石间，若微雨新过状。徐步入舍，明敞轩揭，四无窗几，寂不见一人。循除久之，忽老仆自外来，诣前报曰：馆罢矣！余第颔之。又回指伟衣冠数人，自舟而陆，若相就来。二友曰：此吾辈适来泛舟路也。遂欠伸而寤，惟见窗际月影朣朦而已。念昔嘉靖丙辰，南宫被放，与吴、倪同舟东归，中间区区聚散，亡论已；即二友化为异物，不啻一纪。而顷刻之梦，堪为茫然。若老仆之言，莫可致诘，岂余病侵，寻预为捐馆兆耶！枕上漫成二调纪之。夫人生霄壤，所自昼明目而争于善败之场者，千古一梦也，胜纪乎哉？又爽然自失矣！'其二调云云，盖寄《忆秦娥》云。明年正月既望，环恭介宅而居者，丙夜闻车马杂沓声，窃窥之，见笼火隐隐，不下数十，度骢马桥而来，上下桥址间，呼声甚彻。鸡再号，始返。呼复如之。辄讶何物官人，乃尔深夜过访？诘朝走问，则属乌有。越数日，恭介卒。"[②]

万历二十六年　戊戌　1598

陈有年卒，年六十八。嘉靖四十一年（1562）进士，历官吏部验封郎中，忤张居正，谢病去。万历中累迁吏部尚书，乞休归。卒谥恭介。有《陈恭介公文集》12卷，明万历间刻本。《明史》卷224有传，事迹详见孙鑛《姚江孙月峰先生全集》卷10《吏部尚书赠太子太保谥恭介陈公有年行状》。《全明词》从《陈恭介公文集》卷12录其词2首，即其去世之前不久作，具体参见上年纪事。

---

① 《全明词》，第1076页。

② 尤振中、尤以丁：《明词纪事会评》，合肥：黄山书社1995年版，第309页。

苏惟霖中进士。苏惟霖（生卒年不详），字云甫，江陵（今属湖北）人。曾官监察御史，巡视两淮漕储，调河南按察副使。归田后优游小龙湖，与公安袁宏道、康山李维桢、同里吴道昌诸人相酬唱。有《西游集》。惜阴堂裁其词4首为《西游诗余》，《全明词》据录。

万历二十七年　己亥　1599

徐熥卒，年三十九。万历十六年（1588）举人[①]，藏书家。学识渊博，不求闻达，致力于诗歌创作。与其弟徐𤊹在福州鳌峰坊建“红雨楼”、“绿玉斋”、“南损楼”等，以藏书、校勘图书为事。家不富却好周济。《明史》卷286有传。曾辑明洪武至万历年间闽人诗作为《晋安风雅》12卷。著诗10卷、文10卷，辑为《幔亭集》。是集为陈荐夫所辑，于万历二十九年（1601）由王若刊刻行世，凡15卷，卷15为词。惜阴堂裁其词15首为《幔亭词》1卷。赵尊岳评其词“亦雅饬不失典型”，“风致楚楚，为能循宋贤之涂辙，以求精进者矣”[②]。《全明词》从《幔亭集》卷15录存其词22首。

林章卒，年四十九。万历元年（1573）举人，坐事除名。后上书言兵事，瘐死狱中。事迹见《国朝献征录》卷22、《明人小传》卷3、《明诗综》卷52。清初著名遗民诗人林古度（茂之）即其次子。有《林初文诗文全集》15卷，明天启四年刻本，词附。黄仁生《日本现藏稀见元明文集考证与提要》著录有日本内阁文库藏《林初文诗文全集》19卷本，明天启崇祯间刻本，为其子林君迁、林古度兄弟编集，其中《文集》12卷、《诗集》7卷，《诗集》卷7为“诗余”。曹学佺为作《〈林孝廉集〉序》，称引其诗句如“客情似春草，无处不堪生”，“春风与柳树，年年是故人”，“千山风雨里，一任子规啼”等，“皆绝酸楚寥落，可咏可传，益想像其有才不偶之状，而汲汲知己于世也”[③]。《明词综》录其词2首。《全明词》据别集录其词16首。

---

①《四库全书总目》作万历四十六年（1618）举人，此处从《明词提要》、《全明词》。
② 赵尊岳：《惜阴堂汇刻明词提要·〈幔亭词〉一卷》，《词学季刊》1933年第1卷第3号，第71页。
③ 陈田：《明诗纪事》庚签卷10，上海：上海古籍出版社1993年版，第2430页。

陈洪绶生。陈洪绶（1599—1651），字章侯，幼名莲子，一名胥岸，晚年自称老莲，浙江诸暨人。明诸生，崇祯中召为中书舍人，入内廷临摹历代帝王图像。南明鲁王授翰林待诏，隆武帝召为监察御史，皆不赴。明亡后，入绍兴云门寺为僧，自号悔迟、老迟、弗迟、悔僧、云门僧、九品莲台主者，又号小净名。《清史稿》有传，黄涌泉编有《陈洪绶年谱》。著有《宝纶堂词》1卷，《宝纶堂集》所附。洪绶工画，其词以抒家国哀感为多，词情画意融为一体。《全明词》存其词37首，《全明词补编》增补1首，《全清词》存词33首。

毛晋生。毛晋（1599—1659），原名凤苞，字子九，更字子晋，号潜斋，常熟（今属江苏）人。明诸生。家藏图书89 000余册，多宋元刻本；建汲古阁、目耕楼以储书。曾校刻《十三经》、《十七史》、《津逮秘书》、《六十种曲》等书，为历代私家刻书之冠，世人称为“毛刻”。尤好抄录秘籍，缮写精良，后人称为“毛钞”。所刻《宋六十名家词》，原称《宋名家词》，共分6集，自晏殊《珠玉词》至卢炳《烘堂词》共61家，每家之后各附跋语。著有《毛诗陆疏广要》、《毛诗名物考》、《明诗纪事》、《隐湖题跋》、《海虞古今文苑》等。另有《毛晋词》。《全明词》据《虞山丛刊》录其词6首。

熊文举生。熊文举（1599—1669），字公远，号雪堂，晚号耻庐，江西新建人。崇祯四年（1631）进士，授合肥县令，擢吏部主事。入清官至吏部左侍郎兼兵部右侍郎，卒于官。事见《清史列传》卷79。有《雪堂全集》40卷。又有《雪堂先生集选》11卷，清顺治刻本，今有《四库禁毁书丛刊》影印本。《全清词》据《倚声初集》录其词13首。另，其妻杜漪兰，字中素，江西吉水人，亦能词。《全清词》据《众香词》录其词4首。

丁耀亢生。丁耀亢（1599—1671），字西生，号野鹤，别署紫阳道人、木鸡道人，山东诸城人。明诸生。顺治四年（1647）入都，由顺天籍拔贡充镶白旗教习，转荣城教谕，迁惠安知县，不赴。有小说《续金瓶梅》，戏剧作品有《西湖扇》、《表忠记》等。又有《丁野鹤集八种》，清初刻本，今已收入《四库全书存目丛书》。《全明词》据《词综补遗》录其词1首。

赵士春生。赵士春（1599—1675），字景之，号苍霖，晚号东田居士，常熟（今属江苏）人。崇祯十年（1637）进士，授翰林院编修，以援黄道周下狱，抗巡上谏，忤旨，谪广东布政使照磨。后复官，终左中允。入清后隐居不仕，康熙十三年（1674）作自传《昨梦录》。《明史》卷229有传。有《保闲堂集》26卷，清康熙刻本，词附。惜阴堂裁为《保闲堂词》。《全明词》存其词9首。

王泰际生。王泰际（1599—1675），字内三，晚号砚存老人，嘉定（今属上海）人。崇祯十六年（1643）进士。性至孝，值明亡，北望号恸，与同年黄淳耀约偕隐。清顺治二年（1645），致书黄淳耀，论患难中出处。黄淳耀兄弟以身殉国，泰际以养亲故，遁迹故庐，闭户著书，足迹不入城市，四十年如一日。门人谥曰“贞宪”。黄与坚《愿学斋文集》卷36有《王泰际墓志铭》。况周颐《蕙风词话》卷5谓：“明王泰际《浪淘沙》云：‘多应身在翠微间。归看双鸾妆镜里，一样春山。’由无情说到有情，语怨而婉。”[①]此词在清代及现代词选中出现频率极高，显然已成名篇。有《冰抱集》。《全明词》、《全清词》皆存词1首。

龚贤生。龚贤（1599—1689），又名岂贤，字半千，号野遗，又号半亩、柴丈人，江苏昆山人，寓居江宁（今江苏南京）。布衣，结庐清凉山下，葺半亩园，栽竹种花，悠然自得，足不履市井，唯与方文、汤若夫诸遗老过从。善画山水，能诗，兼工书法。有《香草堂集》、《半亩园诗草》。《全明词》存其词12首，《全清词》同。

谢天瑞《新镌补遗诗余图谱》12卷本刻于是年。该书是对张綖《诗余图谱》的续补之作，前边把张綖原书3卷分为6卷，所收词调及所录词皆一仍其旧，后边补遗部分亦为6卷。张綖原书所收为149调，谢天瑞补遗所增为197调，合为346调。卷首有谢天瑞万历二十七年已亥（1599）所作《〈新镌补遗诗余图谱〉序》以及蒋芝原序。谢天瑞序略云：“诗有法，词有谱，尤金之有范，物之有则也。自《三百篇》之后，继之古体，变为律诗，迨南北朝始有诗余焉，盛于唐宋，极于金元，而国朝诸名家尤加绮丽。然凡作者，无非寓物适情，即令怀古，务寻商摘羽，戛玉敲金，一词之倡，可以被之弦管，播之尘寰，四声属按，五音克谐，使抑扬反复，罔不合体，斯云当矣。否则差毫厘、谬千里，其牵率砌合，而不驯熟者，则近乎诙谐而已，岂可以词目之耶？”述其著作意旨，乃“将引初学之入门，谨按调而填词，随词而叶韵，其四声五音之当辨者，句分而字注之”，

---

① 况周颐：《蕙风词话》卷5，见唐圭璋《词话丛编》，北京：中华书局2005年版，第4512页。

“凡有一词，即著一谱，毫无遗漏，以为初学之标的”[①]。

八月十四日，毕木作《水调歌头》(明月浮云掩)，词前小序曰：“己亥中秋前一夕，阴不见月。白业堂家宴，时严儿奉差初回。因和东坡《水调歌头》一阕，亦命诸儿同和，供一乐也。”[②]

万历二十八年 庚子 1600

卢象升生。卢象升（1600—1638），字建斗，常州宜兴（今属江苏）人。

王永积生。王永积（1600—1660），字稚实（一字崇岩），自号蠡湖野史，江苏无锡人。崇祯七年（1634）进士，官至兵部职方司员外郎。太监王之心欲用其弟次仁为浙江总兵官，永积不肯从，遂以推荐迟延事获谴。有《锡山景物略》和《心远堂遗集》20卷，清刻本，今有《四库全书存目丛书》本。卷20有“诗余”4阕，而今传本仅存2阕及1残篇，《惜阴堂汇刻明词》裁出为《心远堂词》，《全明词》据录。

郭士璟生。郭士璟（1600—1679），字眉枢，号饮霞，广陵（今江苏扬州）人，祖籍陕西泾阳。顺治十一年（1654）举于乡，明年成进士，官常州府学教授，擢国子监助教，寻迁工部屯田司主事，督修天坛；旋出督江西九江关税。晚得痹疾归养，卒于家。工长短句，有《句云堂词》4卷。《全清词》存词288首。

孟称舜生。孟称舜（1600—1684），字子若，又字子适、子塞，会稽（今浙江绍兴）人。工词曲，有《花屿集》。《全清词》存词3首，《全明词》据诸家选本辑得5首，《全明词补编》另从《寓山十六景诗余》及《寓山志》辑其词18首。

朱翊鈏袭封樊山王。朱翊鈏（生卒年不详），字匡鼎，自号隐真子，明荆王朱瞻堈六世孙。《明史》卷119《荆王朱瞻堈传》中载其事迹。著《广宴堂集》24卷，末卷有词72首，《全明词》据录。

吴奕中进士。吴奕（生卒年不详），字世于，武进（今属江苏）人。中进士

---

① (明)张綖撰，谢天瑞补遗：《诗余图谱》，卷首谢天瑞序，明万历二十七年(1599)谢天瑞刻本，《续修四库全书》第1735册。

②《全明词补编》，第506页。

后，出令龙溪，治绩显著，以强项忤巨室，投劾以归。有《观复庵集》16卷，于《续集》有词9首。惜阴堂裁其词为《观复庵诗余》，共8首，其中《霜天海角》1首,86字，按《钦定词谱》并无此调，以其词用韵情况看，当是《霜天晓角》2阕。《全明词》即分作2首，录其词9首。

万历二十九年 辛丑 1601

毕木卒，年六十五。诸生，后因子贵，累赠官至光禄大夫、太子太保、户部尚书。有《黄发翁全集》4卷，清嘉庆十三年毕丰增等刻本，今已收入《四库未收书辑刊》。《全明词补编》据《黄发翁全集》卷2录其词8首。

陈名夏生。陈名夏（1601—1654），字百史，江苏溧阳人。崇祯十六年（1643）进士，授修撰，擢兵科都给事中。入清后官至弘文院大学士，兼太子太保。有《石云居诗集》7卷。《全清词》存其词1首。

陶汝鼐生。陶汝鼐（1601—1683），字仲调，一字燮友，别号密庵。明亡，更号忍头陀，复改名鞠延，字忍草，号石溪农。湖南宁乡人。崇祯六年（1633）举人，以谒选授知州，不就。南明弘光元年（1645），官新会县学教谕。唐王授其翰林院检讨，后隐居不仕。有《荣木堂合集》35卷，康熙刻世彩堂汇印本。民国八年（1919），梅英杰编有《陶密庵先生年谱》。《全明词补编》从其本集录词28首。

游元泾《增正诗余图谱》3卷刊于是年。游元泾，字惟清，新安（今安徽休宁）人。与张綖原本相比，此本的特点主要体现在“增正”二字。一是增列词调，二是修正讹误。张綖原书共收149调，另外附录近似之调5种。这些附录的词调一是不见于目录，二是仅附例词而没有图谱。在游元泾《增正诗余图谱》中，这5种词调既见于目录，又加注图谱，即完全由附录升格入于正编了。除了以上5种词调之外，游元泾又增列了10个他认为常用的词调。经过比勘，可知卷1增列词调3种：《忆王孙》、《如梦令》、《西江月》；卷2增列词调4种：《千秋岁引》、《八六子》、《夏云峰》、《满路花》；卷3增列词调3种：《东风齐著力》、《送入我门来》、《望湘人》。在这些词调中，如《西江月》、《如梦令》之类，确为常用词调，张綖原书不选自为缺憾，游元泾增补是完全必要的。游元泾另外还做了一些修正讹误的工作。如《一斛珠》词调，原本目录与正文中顺序不统一，谢天瑞本因之，游元泾则按正文作了调整。又，原本在同一词调后所附例词可能多达四五首，此本一般保留2首，个别例词亦作了调整。

万历三十年　壬寅　1602

沈自炳生。沈自炳（1602—1645），字君晦，吴江（今属江苏）人。博学，工文词，在复社号为眉目。福王立，献赋阙下，以恩贡授中书舍人，参扬州史可法幕，归吴易起兵，及败，与弟自駉均赴水死。有《丹棘堂集》。《全明词》据诸家词选录其词15首，《全明词补编》复辑得3首。

叶承宗生。叶承宗（1602—1648），字奕绳，号泺函，山东历城（今济南）人。天启七年（1627）举人；清顺治三年（1646）进士，授临川知县，值江西总兵金声桓举江西投南明桂王反清，破临川城，承宗死之。著有《泺函》10卷，清顺治十七年（1660）叶承祧友声堂刻本，今已收入《四库未收书辑刊》，词在卷5与卷10。《全明词补编》据《泺函》录其词30首。

单恂生。单恂（1602—1671），字质生，号狷庵，又号莼僧，江南华亭（今上海松江）人。崇祯十三年（1640）进士，官麻城知县。有《枯树斋诗集》2卷，明崇祯刻本。工词，卓尔堪《明遗民诗》卷14、陈田《明诗纪事》辛签卷21录载其诗，显然都是把他作为明人看待的。有《枯树斋集》、《瓶庵集》、《竹香庵集》等。张慧剑《明清江苏文人年表》、沈雄《柳塘词话》、李一氓《一氓题跋》中《明崇祯本枯树斋诗集》等，皆称其有《竹香庵词》，今未见。《全明词》据《瑶华集》等辑录其词24首，《全清词》同，《全明词补编》另辑其词1首。陈田《明诗纪事》辛签卷21据《松风遗韵》引陈卧子（子龙）云："质生为人风调闲茂，举止疏拔；温度雅论，宜于人伦。诗篇明瞻，动以朗洁，至其寓意，雅尚西昆。故绮阁之愁习，香奁之颓遇，一音传怨，丝竹成灰；数言触怀，脂粉遥断。思妇闻之掩心，羁人过而疾首矣。"[①]沈雄《古今词话》云："曾见莼僧与同学论词，所尚当行者，选旨遥深，含情丽楚，纵复弦中防露，衿里回文，要不

① 陈田：《明诗纪事》辛签卷21，上海：上海古籍出版社1993年版，第3298~3299页。

失三百篇与骚赋、古乐府之遗意。故其《竹香庵词》工于言情，而藻思丽句，复不犹人也。”[①]

金俊明生。金俊明（1602—1675），字孝章，号耿庵，又号不寐道人，初从父冒姓朱，名衮，后复姓更今名，吴县（今江苏苏州）人。擅长书画，墨梅尤工。有《春草闲房诗集》、《退量稿》等。《明诗纪事》选其诗6首。《全明词》据《明词综》等录词2首，《全清词》同。

王崇简生。王崇简（1602—1678），字敬哉，一作敬斋，顺天府宛平（今北京）人。明崇祯十六年（1643）进士，入清，官至礼部尚书，卒谥文贞。《清史稿》附其子王熙传。著有《青箱堂诗集》33卷、《文集》12卷、《遗稿续刻》1卷、《年谱》1卷，清康熙二十八年（1689）王燕刻本，今已收入《四库全书存目丛书》。其诗集编年分卷，故入清前后所作清晰可分，多题图酬和之作。《全清词》据《瑶华集》及《词坛妙品》录其词3首。

徐士俊生。徐士俊（1602—1681），原名翙，字野君，一字三有，号西湖散人，仁和（今浙江杭州）人。工杂剧，所撰多至60余种，今存《春波影》、《洛冰丝》等。亦工诗文，尤长乐府。《国朝杭郡诗辑》卷6云：“野君家于剡水，筑雁楼以居，一间为妇室，一间为读书室。纪伯紫诗所谓‘新诗乐府传桃叶，定本名山署雁楼’也。”[②]有《雁楼集》25卷，清康熙五年刻本，附诗余1卷。崇祯六年（1633）与卓人月合辑《古今词统》16卷，附《徐卓晤歌》1卷。邹祗谟《远志斋词衷》称：“卓珂月、徐野君《词统》一书，搜奇葺僻，可谓词苑功臣。而珂月《蕊渊》、野君《雁楼》二集，亦复风致淋漓，艳佚竞响。但过于尖透处，未免浸淫元曲耳。”[③]《全明词》存其词202首。

乔山书舍刊《新锓订正评注便读草堂诗余》7卷。卷端题“秣陵思白董其昌评订，古闽心蕊曾六德参释”。卷首有《〈草堂诗余〉引》，其略云：“其长短之调，四时之辞，本各随时而赋焉，但后世剞劂者，多失其类，散乱混淆，遂使作者之意不明矣，良可惜哉！吾年友李君，于举业暇时，分门取类，仍加评释，付

---

①（清）沈雄：《古今词话》词评下卷，见唐圭璋《词话丛编》，北京：中华书局2005年版，第1037页。
②（清）吴颢辑，吴振棫补辑：《国朝杭郡诗辑》卷6，清同治十三年（1874）刊本。
③（清）邹祗谟：《远志斋词衷》，见唐圭璋《词话丛编》，北京：中华书局2005年版，第655页。

诸梓而行之天下。”[①]此本凡7卷，前6卷为正文，卷7附录另行增补词作54首。正文分类、编次与郑世豪本相同，当出自郑世豪本。今中国国家图书馆有藏本。

玄览斋巾箱本《花间集》12卷附《补遗》2卷于是年刊行。此本据万历八年（1580）茅氏凌霞山房刻本刊行，但去其“音释”部分。今上海图书馆有藏本，《四部丛刊初编》本《花间集》即据此本影印。

万历三十一年　癸卯　1603

王家屏卒，年六十八。隆庆二年（1568）进士，累官吏部左侍郎兼东阁大学士，入预机务，后为首辅，以请立太子忤帝，引疾求归。卒谥文端。《明史》卷217有传。陈田辑《明诗纪事》谓其“诗多酬应之作，诗非所长”[②]，赵尊岳谓其“词二首，亦复如斯”[③]。有《复宿山房集》40卷，明万历魏养蒙刻本。《惜阴堂汇刻明词》裁其词2首为《复宿山房词》，《全明词》据录。

祁彪佳生。祁彪佳（1603—1645），字弘吉，一字幼文，号虎子，别号寓山居士，山阴（今浙江绍兴）人。天启二年（1622）进士，授兴化府推官，累官右佥都御史，巡抚江南。福王时，江北四镇拥兵跋扈，彪佳独赴瓜州，晓以大义，四镇慑其威望，无敢以一卒渡江扰民，已而为群小所诋毁，乃称病辞归故里。顺治二年（1645），清兵入浙，宁死不屈，拒清将胁召，投水殉难。唐王赠少保、兵部尚书，谥忠敏。《明史》卷275有传。彪佳诗、文、词均工，文笔严谨整饬，并长于戏剧研究，其《远山堂曲品》、《远山堂剧品》为明代戏曲研究重要著作。另有《远山堂诗集》10卷，清初祁氏东书堂抄本。《惜阴堂汇刻明词》裁其词5首为《祁忠惠公词》。《明词提要》谓其“小词特多山林逸趣，有合于‘心远地偏’之风”，“而《蝶恋花》下半阕云云，则几于朱希真之《樵歌》；乾坤清气，由以得来，怡适之趣，性情具见”[④]。《全明词》据其本集存词5首，《全明词补编》另

---

① （明）董其昌评订，曾六德参释：《新镌订正评注便读草堂诗余》，卷首序，明万历三十年（1602）乔山书舍刻本。

② 陈田：《明诗纪事》庚签卷9，上海：上海古籍出版社1993年版，第2394页。

③ 赵尊岳：《惜阴堂汇刻明词提要·〈复宿山房词〉一卷》，《词学季刊》1933年第1卷第3号，第73页。

④ 赵尊岳：《惜阴堂汇刻明词提要·〈祁忠惠公词〉一卷》，《词学季刊》1933年第1卷第3号，第52页。

据《寓山十六景诗余》辑录其词2首。

万寿祺生。万寿祺（1603—1653），字年少，一字介若，又字内景。晚年僧服，易名慧寿，称明志道人、寿道人。江苏铜山（今徐州）人。崇祯三年（1630）举人。际易代之变，与沈自炳、陈子龙等起兵抗清，被执囚系，得脱归北。清顺治八年（1652）又与顾炎武共谋，未成事，抱憾而殁。寿祺多能艺事，诗文书画，刺绣雕刻，无不精妙。所著《隰西草堂集》有《遁渚唱和集》1卷，乃与严沆等倚声赓和，初刻于康熙二十四年（1685），久佚，道光四年（1824）重为辑刻。近人刻《明季三孝廉集》，复为辑入。《晚晴簃诗话》云："年少工书画，精篆刻，旁通他艺，至刺绣、缝纫无不通晓。诗工整密栗，其视李何诸子，正犹西昆之于义山。国变后，儒衣僧帽，往来吴楚间，多作激楚之语。如'二陵残黍西风急，十郡寒笳北吹哀'，'山川不改真人气，涕泪重沾逋客衣'，'南山无恙身将隐，东海余生泪未干'，'人间歌哭悲风起，天外登临落日斜'，惓怀故国，皆极沉痛。"①《全明词》、《全清词》俱存其词16首。

王翃生。王翃（1603—1653），字介人，号二槐，浙江秀水（今嘉兴）人，王庭从兄。家本业染，勤读不辍，遂以布衣工诗词，受陈子龙称赏。顺治九年（1652）于赣州舟中遭盗，所携诗集、杂著并小说、词等散失殆尽，次年客死镇江。今存《二槐草存》（诗）1卷，又《槐堂词存》2卷，乃其从弟王庭搜辑遗篇重刻，有康熙刻本。《全明词》存其词165首，《全清词》同，《全明词补编》复从康熙《秀水县志》辑录其词1首。

杨明盛选编《诗余类集》4卷刻于是年。四川图书馆有藏本。

万历三十二年　甲辰　1604

张名由卒，年七十八。诸生，通古今学，工诗。有《张公路诗集》8卷，明崇祯刻本，卷8存词27首。《全明词》仅从《明词综》录其词2首，《全明词补编》据其别集补录25首。

冯琦卒，年四十六。万历五年（1577）进士，改翰林庶吉士，授编修，预

---

① 徐世昌：《晚晴簃诗话》卷13，上海：华东师范大学出版社2009年版，第48页。

修《会典》成，进侍讲，充日讲官，历庶子。后任少詹事，掌翰林院，迁礼部右侍郎，改吏部，卒于官，谥文敏。《明史》卷216有传。有《宗伯集》81卷，明万历三十五年（1607）康丕扬刻本，今已收入《四库禁毁书丛刊》。其词作不多，但意境深邃，耐人寻味。《全明词》据明末刻本《文敏冯先生诗集》卷6录其词9首。

马守贞卒，年五十七。秦淮歌妓，诗、书、画皆通，尤以善画兰竹知名。与王稚登（百谷）等友善。有《湘兰子集》。《全明词》据《众香词》辑录其词9首。

汪膺生。汪膺（1604—1634），字元御，号玉淙居士，长洲（今江苏苏州）人，汪琬父。

黄淳耀生。黄淳耀（1604—1645），字蕴生，号陶庵，嘉定（今属上海）人。崇祯十六年（1643）进士。顺治二年（1645）南京沦陷，嘉定城破，淳耀自缢于城西僧舍。《明史》卷282有传。有《陶庵文集》7卷、《诗集》8卷、《吾师录》1卷，清康熙十五年（1676）张懿实刻本。《全明词》存其词2首。

来集之生。来集之（1604—1683），原名镕，字元成，号椎道人，又号倘湖樵人，浙江萧山人，来宗道子。崇祯十三年（1640）进士，授皖城司理。福王弘光时官太常寺少卿。弘光政权覆灭后，隐居倘湖之滨，课耕读以自给。著有《大易三种》、《春秋三种》，诗文则有《南行偶笔》、《南行载笔》、《倘湖近刻》、《倘湖遗稿》等。今传《倘湖诗余》1卷，系赵尊岳“珍重阁”惜阴堂从书本，署作“萧山来镕元成”。《全明词》存其词64首。

【辨证】 关于来集之生卒年，《全明词》作“生于明万历三十五年（1607），卒于清康熙二十一年（1682）”①。来集之曾作《鹊桥仙·五旬自寿，时癸巳三月十九日》②，“癸巳”年为清顺治十年（1653），故推知，来集之当生于明万历三十二年（1604）。又，《全清词》（顺康卷）于“来镕”《倘湖诗余》所收词64首后，又收“来集之”词3首③，将“来镕”与“来集之”作为不同之二人。实则，

①《全明词》，第2522页。
②《全明词》，第2531页。
③ 分见南京大学中国语言文学系全清词编委会编《全清词》（顺康卷），北京：中华书局2002年版，第210~226页、第226~227页。

来集之3词录于《东白堂词选》，亦见于来镕《倘湖诗余》。

陈衍虞生。陈衍虞（1604—1693），字伯宗，号园公，广东海阳（今潮州潮安）人。明崇祯十五年（1642）举人。入清官广东番禺县教谕、广西平乐县知县。身处易代之际，忧患飘零，颇多感慨。著有《莲山诗集》、《蔚园文稿》等。存词10首，《全明词》及《全明词补编》均未收载，盖因其仕清而不视为明人。

黎景义生。黎景义（1604—？），一名内美，广东顺德人，黎材之孙。明诸生。入清，奉母不出。有《二丸居集选》11卷，旧钞本，今有《四库禁毁书丛刊》影印本。《全清词》存词3首。

李嵩中进士。李嵩（生卒年不详），字醒园，平阳河荣（今属浙江）人。累官至监察御史。有《醒园文略》20卷、《集咏》1卷、《疏草》1卷，明万历刻本。其卷5存词14首，惜阴堂裁为《醒园诗余》，《全明词》据录。

万历三十三年　乙巳　1605

屠隆卒，年六十三。万历五年（1577）进士，除颍上知县，调青浦，迁礼部主事、郎中。为官清正，关心民生疾苦。万历十二年（1584）蒙受诬陷，削籍罢官。屠隆以戏曲名家，精通音律。《明史》卷288有传，称其“生有异才，尝学诗于（沈）明成，落笔数千言立就”，“诗文率不经意，一挥数纸”[①]。著有《由拳集》23卷，明万历八年（1580）冯梦祯刻补修本，中有古今体诗10卷，词附。另有《白榆集》20卷，明刻本，中有诗8卷，词附。《四库全书总目·白榆集》“提要”称：“陈子龙《明诗选》谓其诗如冲繁驿舍，陈列壶觞，顷刻办就，而少堪下箸。文尤语多藻绘，而漫无持择。盖沿王、李之涂饰，而又兼涉三袁之纤佻也。”[②]词风与诗近似，语多藻绘而漫无章法。《全明词》据诸选本录其词8首，《全明词补编》另辑得2首。

安绍芳卒，年五十八。国子监生。学赡才高，却累不得志，遂栖迟乡里，与

① （清）张廷玉等：《明史》卷288，北京：中华书局1974年版，第7388页。
② （清）永瑢等：《四库全书总目》卷179，北京：中华书局1965年版，第1621页。

长洲文嘉、王稚登有交谊。工词翰，善写竹石。有《西林全集》20卷、目录2卷，明万历四十七年刻本。词仅存2首，《惜阴堂汇刻明词》裁为《西林词》1卷，赵尊岳《明词提要》以为“虽非佳作，如《南乡子》换头：‘今古易牵愁，莫上层城更上楼。’亦意境具足，‘慨当以慷’之音也”①。《全明词》据录。

陈之遴生。陈之遴（1605—1666），字彦昇，号素庵，浙江海宁人。明崇祯十年（1637）进士，授编修，迁中允，以父陈祖苞巡抚顺天失事，牵连革职，永不叙用。入清，官至户部尚书，弘文院大学士。后以贿结内监，革职籍没，全家移徙盛京，殁于戍所。事具《清史稿列传》卷245。之遴颇与文士周旋，其妻徐灿素工词翰，唱酬遂多。撰有《浮云集》12卷，康熙五年（1666）自序刊行。乾隆十年（1745）有周星兆重刊本，改题《素庵诗钞》，附词2卷。《全清词》存词99首。

商景兰生。商景兰（1605—1676），字媚生，一作眉生，会稽（今浙江绍兴）人。崇祯间礼部尚书商周祚长女，为越中闺秀，适同邑祁彪佳，人称伯商夫人，一名锦囊夫人。据《妇人集》载：景兰“以名德重一时，论者拟于王氏之茂宏，谢家之有安石。慈溪魏耕曰：‘抚军居恒有谢太傅风，其夫人能行其教，故玉树金闺，无不能咏当世题目，贤媛以夫人为冠。’”②有《锦囊诗余》1卷，存词56首，有《惜阴堂汇刻明词》本，《全明词》据录，《全清词》同。

钱继章生。钱继章（1605—1674后），字尔斐，号菊农，浙江嘉善人。崇祯九年（1636）举人。入清，以词名于清初浙西词坛，为“柳洲词派”重要作家。其词立意造句均不落窠臼，自出机杼。有明刊《雪堂词笺》1卷及《菊农词》。《全明词》据《雪堂词笺》及诸选本辑其词90首，《全明词补编》另辑得7首。

吴脉鬯生。吴脉鬯（1605—？），字灌先，蓬莱（今属山东）人。博通经史，尤精于《易》，有《增辑易象图说》2卷，今已列入《四库全书存目丛书》。别集为《昱青堂集》，存词3首，惜阴堂裁为《昱青堂词》1卷，《全明词》据录。

---

① 赵尊岳：《惜阴堂汇刻明词提要·〈西林词〉一卷》，《词学季刊》1933年第1卷第3号，第65页。
②（清）陈维崧：《妇人集》，《丛书集成初编》本，北京：中华书局1985年版，第19页。

万历三十四年　丙午　1606

袁黄卒，年七十四。万历十四年（1586）进士，初任宝坻（今属天津）知县，有政绩，擢兵部主事，时值日本侵朝鲜，辅董应昌军远征，多所策划。黄博学尚奇，凡律吕、水利、戎政、勾股、星命之学，莫不究涉。事迹见《明人小传》卷3、《明诗综》卷55、《明诗纪事》庚集卷15。有《两行斋集》14卷，明崇祯间刻本。另有《了凡四训》、《劝农书》、《评注八代文宗》等行于世。《明词综》卷4录其词1首。《全明词》存其词2首。

陈于朝卒，年三十四。万历年间诸生。与徐渭为忘年交，与屠隆、陈继儒等也多有交往，生平见来宗道《陈于朝墓志铭》。有《苎萝山稿》。《全明词补编》从其《苎萝山稿》卷1录词9首。

卓人月生。卓人月（1606—1636），字珂月，号蕊渊，仁和（今浙江杭州）人。

钱肃乐生。钱肃乐（1606—1648），字虞孙，一字希声，又字止亭，鄞县（今浙江宁波）人。崇祯十年（1637）进士，授太仓知州，迁刑部员外郎。鲁王监国，历官至太学士。卒赠太保、礼部尚书，谥忠介。《明史》卷276有传。有《忠介公正气堂文集》8卷、《越中文集》2卷、《南征集》10卷，清抄本。《全明词》据《四明近体乐府》卷9录其词7首，《全明词补编》复据《钱忠介公集》卷20录其词13首。

彭而述生。彭而述（1606—1665），字子籛，号禹峰，河南邓州人。少入复社，崇祯十三年（1640）进士，任阳曲知县。入清后历官贵州巡抚、云南左布政使。有《读史亭诗集》16卷、《文集》22卷，清康熙四十七年（1708）刻本，今有《四库全书存目丛书》本。《全清词》据《古今词选》及《今词苑》录其词3首。而据《读史亭诗集》卷16，“诗余”实存10首。

史可程生。史可程（1606—1684），字赤豹，号蘧庵，原籍河南祥符（今开封），史可法同祖弟。崇祯十六年（1643）进士，改庶吉士。次年李自成破北京，列班降顺，故名列“从逆”之臣。清兵入京，仍羁留，后南逃，清廷杀其子弟亲戚多人。奔南京，史可法疏请治罪，旋以“准居私第，侍奉甘旨，静听处分”宽待之。清兵破南京，遂流寓宜兴四十年以终，未出仕。事迹散见《明季实录》、

《青磷屑》、《明季南略》以及《湖海楼集》。系阳羡词群中流寓作家领袖，词风萧散中见凄清，飘逸老辣兼具。著有《观槿堂文集》及《观槿词》，均佚。《全明词》及《全清词》皆存其词18首，《全明词补编》另辑得1首。

贺贻孙生。贺贻孙（1606—1689），字子翼，号水田居士，江西永新人。明末诸生。9岁能文，被视为神童。少与万茂先、徐巨源等结豫章社。明亡后，隐居不出，学使慕其名，特列贡榜，避而不就。御史笪重光以博学鸿儒荐，遂剪发衣缁，逃入深山，与高僧羽士相往来，穷苦以终。《清史稿》有传。有《水田居全集》25卷，其中《易触》7卷，《诗触》6卷，《水田居文集》5卷，《水田居激书》2卷，《诗筏》1卷，《骚筏》1卷，《水田居存诗》3卷（其中存诗700首，词44首），附贺稚圭《眠云馆诗集》1卷，有道光至同治间敕书楼刊本。《全明词》、《全清词》皆据《水田居存诗》所附诗余录其词44首。

茅维作《满江红·丙午冬，诸孙巨源北上，别之夏镇署中》[①]。

焦竑作《鹧鸪天·胡巨溪夫妇偕寿八十》[②]词二首，其二中有“乙巳才过丙午来”句。

万历三十五年　丁未　1607

王衡卒，年四十四。万历十六年（1588）举顺天乡试第一，父王锡爵时为高桂、饶伸所劾，遂不与会试。锡爵罢相后，始登万历二十九年（1601）进士第二，入翰林为编修，旋即归养。著有《缑山先生集》27卷，明万历唐时升、娄坚刻本。词5首，《惜阴堂汇刻明词》裁为《缑山诗余》，《全明词》另从《古今词统》辑其《柳枝》2首。

郑汝璧卒，年六十二。隆庆二年（1568）进士，授刑部主事，迁员外郎，升礼部郎中，调吏部，历福建布政司左参议，擢山西按察副使，晋河南布政司左参政，改陕西按察使，升山东右布政使，累官至兵部右侍郎，总督宣大、山西军务。有《由庚堂集》38卷，明万历刻本。《全明词补编》据《由庚堂集》卷14录

---

①《全明词补编》，第720页。
②《全明词》，第1261页。

其词29首，其中包括由1字至10字的杂体诗《嘻乐歌》4首。

郭之奇生。郭之奇（1607—1662），字仲常，又字菽子，号正夫，广东揭阳人。崇祯元年（1628）进士，改庶吉士，历官詹事府詹事，仕至南明礼、兵二部尚书，文渊阁学士。清康熙元年被清军杀于广西桂林。著有《宛在堂文集》34卷，明崇祯刻本，词附。《全明词》存其词14首，《全清词》同。

傅山生。傅山（1607—1684），初名鼎臣，后改名山，字青竹，后改青主，一字仁仲，号啬庐，别署公之佗、公他、石道人、丹崖子、青羊庵主、浊堂老人、不夜庵老人、侨山、侨黄老人、朱衣道人、老蘖禅、真山、五峰道人、龙池道人、观花翁、大笑下士、随厉、六持等，山西阳曲人。明诸生。崇祯九年（1636）伏阙上书，为提学道袁继咸讼冤得直，义声震海内。明亡，着道士装，隐居青羊山土室，即所谓霜红龛。清顺治十一年（1654）因叛案牵连入狱，遭严刑拷打，龚鼎孳宽宥得脱。康熙十七年（1678）荐举博学鸿词试，以老病辞，州官敦迫就道，傅山卧板床，由其子及二孙肩之以行，拒不入京城，诏免试，加内阁中书以宠之。至家，冬夏着一布衣，自称曰“民”。《清史稿》有传。光绪间，张廷鉴编有《傅青主先生年谱略》，宣统三年（1911）丁宝铨编有《傅青主先生年谱》。傅山博学多通，诗词书画均有名于时，尤精岐黄术，后人称其文不如诗，诗不如字，字不如画，画不如医，医不如人。其为人所仰慕如此。有《霜红龛集》40卷，清宣统三年山阳丁氏刊本，前14卷为赋及古今体诗，卷15以下为各体文及杂著。《全明词补编》据《霜红龛集》卷14录其失调名类词作品3首。

王庭生。王庭（1607—1693），字言远，号迈人，浙江秀水（今嘉兴）人。少与从兄王翃诗词唱和，明末清初间，嘉兴词作者以王氏兄弟为最著。顺治六年（1649）进士，除广州知府，迁广西左江道按察副使、四川按察司、江西右布政使，终山西右布政使，廉介不苟，以清惠称。罢官归，足迹不入城市二十余年，著书自娱。有《秋闻》、《三仕》、《二西》诸稿，刻于康熙二十七年（1688），为晚岁所自订。其《秋闲词》1卷，聂先、曾王孙辑入《百名家词钞》，其家刻本存词近300首。《全清词》存其词276首。

刘汝佳中进士。刘汝佳（生卒年不详），字无美，别署淮南奇丑人，南直隶无为州（今安徽无为）人。官至金华知府。曾为吴廷翰、吴国宝父子所编散曲集《洞云清响》作“小引”，称吴氏父子“间游笔小词，袅袅情至。其归隐数阕宗旨元亮而托之宫商；若杂咏艳曲，一切堪付雪儿歌矣”，又曰“凡诗词不比于管弦者，必其音节有未谐，终亏天宝、元和之雅”①。有《刘婺州文集》。《全明词补编》据其本集录词10首。

胡桂芳重辑、黄作霖等付刻《类编草堂诗余》3卷。卷首有胡桂芳《〈类编草堂诗余〉序》，卷末有万历丁未（1607）黄作霖《〈类编草堂诗余〉后跋》。此本系据顾从敬刻本改编而成。将原书4卷改为上、中、下3卷，又将原分调编次改为分类编次，上卷、中卷为时令类，下卷分名胜、花卉、禽鸟、宫闺、人事、杂咏6类。收词463首，较顾从敬刻本增补20首。今中国国家图书馆有藏本。

万历三十六年　戊申　1608

魏学濂生。魏学濂（1608—1644），字子一，号内斋，嘉善（今属浙江）人。

陈子龙生。陈子龙（1608—1647），字人中，更字卧子，号大樽，松江华亭（今属上海）人。崇祯十年（1637）进士，选绍兴推官，以定乱功，擢兵科给事中，命甫下而京师陷，乃事福王于南京，以时事不可为，乞终养去。南都失，遁为僧，寻以受鲁王部院职衔，结太湖兵欲举事，事泄被擒，乘间投水死，年四十。乾隆时赠谥忠裕。《明史》卷277有传。子龙不唯以风义气节著，其诗词文在明亦称大家。词尤工。王士禛谓“清真能作景语，不能作情语。至大樽而情景相生，令人有后来之叹”②。沈雄称其词“风流婉丽”③。陈廷焯称其词“能以秾艳之笔，传凄婉之神”④。有《白云草庐居稿》、《湘真阁稿》、《诗问略》、《江蓠槛词》等行世。其《陈忠裕公词》1卷，有《陈忠裕公全集》本和《惜阴堂汇刻明词》本。《全明词》据《陈忠裕公全集》录其词79首，《全明词补编》复据陈子龙与李雯、宋征舆三人唱和词集《幽兰草》补辑8首。

李雯生。李雯（1608—1647），字舒章，号蓼斋，江南青浦（今属上海）人。少与陈子龙、宋征舆齐名，称“云间三子”。顺治初，廷臣交荐，授弘文院撰文、

①（明）吴廷翰著，容肇祖点校：《吴廷翰集》，北京：中华书局1984年版，第475页。
②（清）邹祇谟、王士禛：《倚声初集》卷4，清顺治十七年（1660）刻本，《续修四库全书》第1729册。
③（清）沈雄：《古今词话》词评下卷，见唐圭璋《词话丛编》，北京：中华书局2005年版，第1032页。
④（清）陈廷焯：《白雨斋词话》卷3，见唐圭璋《词话丛编》，北京：中华书局2005年版，第3823页。

中书舍人，充顺天（今北京）乡试同考官，以父丧归。著有《蓼斋集》，刻于顺治十四年（1657），附《蓼斋词》1卷，陈乃乾辑入《清名家词》，而与陈子龙、宋征舆合刻之《幽兰草》中，尚有1卷未辑入。李雯虽与陈子龙同年生，而以其出处关系，《全明词》及《全明词补编》皆不收。《全清词》存词129首。

傅占衡生。傅占衡（1608—1660），字平叔，临川（今江西抚州）人。明诸生，阨于科第。师陈际泰，长于经术，与陈允衡至相得，有声邑里。明亡，弃诸生，转徙于桃穴榴洞之乡，无定宅。同治《临川县志》卷43载其小传，称其："为古文、诗歌诸体，理诣幽通，骨体芳妍，芜音累气，刬除殆绝。自义仍以来，未见其比也。"[1]多与同里词人陈孝逸（痴山）唱酬，其《鹧鸪天》词小序云："偶为痴山牵率，强作小词，因简先君子《鹤园诗余》百首，泫然不已。"[2]词中且以小晏自比，而其父傅槐《鹤园诗余》云云，今皆未见传本。有《湘帆堂集》，附《湘帆堂词》1卷，词作浅俗浑成，别具面目。康熙六十一年（1722）其族孙士凤活字印本，乾隆间遭禁，传本罕见。《全明词》、《全清词》存其词皆为42首。

梁清远生。梁清远（1608—1684），字葵石，一字迩之，号无垢，别称瘿冠道人、祓园，直隶真定（今河北正定）人。顺治三年（1646）进士，官至吏部侍郎。著有《祓园集》，其中文4卷，诗4卷，词1卷，康熙二十四年（1685）刻本，今有《四库全书存目丛书》影印本。又有《雕丘杂录》18卷，今有《续修四库全书》本。《全清词》录其词19首。

赵炳龙生。赵炳龙（1608—1697），字文成，一字云升，晚号楸园老人，云南剑川人，白族。崇祯十五年（1642）举人。桂王永历时，历官户部员外郎。有《居易轩集》、《宝岩居词》，后散佚，其裔孙赵联元辑为《居易轩诗文钞》2卷。《全明词》存其词13首。

黄锡朋生。黄锡朋（1608—1687后），字桢伯，又作珍百，江苏宜兴人。清康熙初官湖南安仁县知县。《全清词》据诸选本录其词13首。

---

①（清）童范俨修，陈庆龄等纂：《临川县志》卷43，清同治九年（1870）刻本，《中国地方志集成·江西府县志辑》第48册，南京：江苏古籍出版社1996年版。

②《全明词》，第2861页。

万历三十七年　己酉　1609

杨时乔卒，年七十九。嘉靖四十四年（1565）进士，授工部主事，榷税杭州，擢礼部员外郎，迁南京尚宝司丞，起南京太仆寺丞，历尚宝司卿、南京太常寺卿，迁通政使。万历年间官至吏部左侍郎，署部事，铨叙平允。卒谥端洁。《明史》卷224有传。有《新刻杨端洁公文集》20卷，明天启杨闻中刻本，今有《四库全书存目丛书》本。《全明词补编》从其本集卷17录其词7首。

吴伟业生。吴伟业（1609—1672），字骏公，号梅村，江苏太仓人。明崇祯四年（1631）进士，授翰林院编修，充东宫讲读官，再迁左庶子。南明弘光时，授少詹事，因与马士英辈不合，辞官归里。南都亡，隐居乡里近十年。清顺治九年（1652），以两江总督马国柱荐，奉诏至京，次年授秘书院侍讲，充修太祖、太宗《圣训》纂修官。十三年（1656），迁国子监祭酒，旋辞官归。事迹见《清史稿》。著有《绥寇纪略》、《复社纪闻》、《梅村集》等。梅村诗名震天下，为“江左三大家”之一，词名虽为诗名所掩，然仍不失“为本朝词家之领袖”[①]。陈廷焯《白雨斋词话》云：“吴梅村词，虽非专长，然其高处，有令人不可捉摸者。此亦身世之感使然。”[②]有《梅村词》2卷。《全清词》存词118首。

殳丹生生。殳丹生（1609—1678），初名京，字彤宝，一字山夫，号贯斋，浙江嘉善人，迁寓吴江震泽镇。入清，不求仕进，以授徒自给。卒，葬苏州寒山寺。有《贯斋集》。《明词综》、《明诗纪事》、《明遗民录》等皆收录其人其作。《全清词》据《瑶华集》录其词2首。

纪映锺生。纪映锺（1609—1681），字伯紫，又作伯子、蘗子，号戆叟，自称钟山遗老，江南上元（今江苏南京）人。明诸生。以诗称于时，与同里顾梦游齐名，为复社一方领袖。后弃举子业入天台为僧，复舍去，躬耕养母。晚应龚鼎孳之招，客其家十年。鼎孳殁，南归，移家仪征，遂卒。撰有《真冷堂集》等，均不传。今传《戆叟诗钞》4卷，系近人缪荃孙据仪征石椿于乾隆五十一年

---

①（清）张德瀛：《词徵》卷6，见唐圭璋《词话丛编》，北京：中华书局2005年版，第4176页。
②（清）陈廷焯：《白雨斋词话》卷3，见唐圭璋《词话丛编》，北京：中华书局2005年版，第3826页。

（1786）所辑之选本，刊入《金陵丛刊》。亦工长短句，清初负盛名，其词集今不传。康熙十年（1671）在北京参与曹尔堪发起之“秋水轩唱和”，今存遥连堂版《秋水轩唱和词》，共辑26家词，录纪映锺《贺新郎》17首，其词多才人沦落之慨。《全明词》、《全清词》皆据诸选本录其词29首。

张大命所辑琴谱《太古正音》于是年成书。该书凡14卷，前有琴经，收琴谱52曲，其中12曲有歌词。附图21幅。

宋楙澄作《长相思》6首，词前小序曰：“余于庚寅元宵前三夜，泊舟胥门。雨雪凄其，梦与所欢长别，是年遂有破镜之悲。来往于怀，与日俱积。戊申遇平康一女郎，偶叩其年，乃庚寅十三子夜生也。举止凄悒，如玉箫之见韦镇西。愧无钟鼎之勋，遂负丝萝之托。己酉春，将事北上，道出金阊，值女郎生辰，因赋《长相思》五阕而别。盖方济河而焚舟，未暇犁云以种玉耳。”①

万历三十八年　庚戌　1610

王锡爵卒，年七十七。嘉靖四十一年（1562）进士，历官吏部尚书，建极殿大学士，后为内阁首辅，以拟三王并封旨，为言官所攻，乃自劾乞罢，不许，改吏部尚书。卒谥文肃。《明史》卷218有传。有《王文肃公全集》55卷，明万历王时敏刻本，今有《四库全书存目丛书》本。王锡爵不以词名家，所作不多，但其游仙词境界开阔，气势恢宏。《全明词》据《历代诗余》录其词9首。

瞿汝稷卒，年六十三。好学工文，以荫补官，三迁刑部主事，历辰州知府、长芦盐运使，以太仆少卿致仕。《明史》卷216有传。有《瞿冏卿集》14卷，明万历三十九年（1611）张养正刻本。其卷5有“诗余”38首，《全明词》据录。《全明词补编》复从《海虞文苑》卷8辑得1首。

袁宏道卒，年四十三。万历二十年（1592）进士，归家，下帷读书，选吴县知县，官终稽勋郎中。兄宗道、弟中道，并有才名，时称“三袁”。诗主妙悟，力矫王、李仿古之弊，时称“公安体”。有《袁中郎全集》40卷，明崇祯二年（1629）武林佩兰居刻本。《全明词》存其词13首，《全明词补编》另辑得

①《全明词补编》，第653~654页。

《鹧鸪天》1首。

【辨证】 袁宏道实不写词。《全明词》据《古今词统》所录13首，实皆《竹枝》、《柳枝》之属，在唐代为声诗，在明代则纯为七言绝句。《全明词补编》据《西湖览胜诗志》卷1所录的一首《鹧鸪天》亦颇可疑，上下片不同韵，疑其为两首七绝经人改窜嫁接者。

卢维桢卒。卢维桢（？—1610），字瑞峰，号水竹居士，漳浦（今属福建）人。隆庆二年（1568）进士。有《醒后集》5卷、《续集》1卷，明万历三十三年（1605）沈九河等刻、三十八年（1610）卢钦文等增修本，亦称《瑞峰集》。惜阴堂裁其词4首为《瑞峰诗余》，《全明词》据录。

沈璟卒，年五十八。明戏曲作家、戏曲理论家，论曲主张格律重于一切，推崇语言本色。所论得到王骥德、吕天成、袁晋、范文若等昆腔名家支持，并奉为领袖，在当时曲坛颇有影响，人称“吴江派”，实为当时昆曲之正宗。其重音律的主张与临川汤显祖相左，曾引发吴江、临川两派之争。著有《属玉堂传奇》17种等。沈璟作为著名戏曲流派“吴江派”的领袖，过去仅被作为曲坛名家看待。然而他曾著有《古今词谱》20卷，仿《南九宫十三调曲谱》之例，把所收录的数百种词调，按黄钟、正宫、大石、小石、仙吕、中吕、南吕、双调、越调、商调、林钟、般涉、高平、歇指、道宫、散水、正平、平调、琴调十九宫调分为19卷，另把宫调未详者270余阕编为第20卷。这是万树《词律》之前规模最大的一部词谱，也是词谱编撰史上最早采取按宫调编排体例的词谱，在词学史上具有重要价值。因为该书以抄本形式流传到清代之后渐次失传，故不为词家所知。张仲谋据《词话丛编》等书中所收《古今词谱》佚文，对该书作了复原性考证，可以参看①。

叶纨纨生。叶纨纨（1610—1632），字昭齐，吴江（今属江苏）人，叶绍袁与沈宜修之长女。

① 参见张仲谋《沈璟〈古今词谱〉考索》，《文献》2008年第1期；又见张仲谋《明代词学通论》，北京：中华书局2013年版，第109~135页。

朱一是生。朱一是（1610—1671），字近修，号欠庵，海宁（今属浙江）人。崇祯十五年（1642）举人。素怀经济天下之志，尝远赴京城，欲上书言事，但国事已危，无可挽回。明亡，拒绝降清，流亡海上，饥寒颠沛，百折不回。后归乡里，披缁衣授徒，主持当地文社。所为诗词多揭露清兵屠掠惨酷，抒发故国之思。有《为可堂初集》42卷、《史论》10卷、《外集》2卷、《集选》10卷、《梅里词》3卷，清顺治、康熙朱愿愚、朱愿为等刻本。王重民《中国善本书提要》著录为“为可堂文集四十二卷，诗集十六卷，史论十卷，梅里词三卷”[①]。《全明词》存其词171首，《全清词》存词7首。

郑侠如生。郑侠如（1610—1673），字士介，号俟庵，先世由歙徙扬，以盐业起家，隶籍江都（今江苏扬州），郑元勋弟。崇祯十二年（1639）贡生，曾官工部司务，辞归，筑“休园”，以诗酒著述自娱。康熙间，以其子郑为光贵，赐翰林院庶吉士。有《百名家词钞》本《休园词》，《全清词》据录，复从《花钿集选》增辑至51首。

刘命清生。刘命清（1610—1682），字穆叔，号但月仙，又号虎溪渔叟，临川（今江西抚州）人。明诸生。与傅占衡（字平叔）并称“临川二叔”。明末捍御土寇有方略，福王时揭重熙以史馆荐，辞不就。入清，遁迹林泉，馆课为生，以布衣终。著有《虎溪渔叟集》18卷，清康熙三十八年（1699）带玉堂刻本，今已收入《四库全书存目丛书》。卷8为“诗余”，存词75首，《全明词》、《全清词》据录。

张廷玉中进士。张廷玉（生卒年不详），字汝光，号石初，又号无歧子，陕西肤施（今延安）人。中进士后，历工部郎中，官至山西按察司副使。有《张石初也足山房尤癯稿》6卷，明崇祯刻本，今已收入《四库禁毁书丛刊》。《全明词补编》据其集录词14首。

王扬德中武进士。王扬德（生卒年不详），字心抑，又字宛委，会稽（今浙江绍兴）人。历广东总镇坐营都司，升狼山副总兵，以军功擢南京后军都督府佥书，加署都督同知。崇祯十四年（1641）归。卒年八十四。《全明词补编》存其《蝶恋花·寓山十六景》词16首。

王骥德《曲律》4卷成书于是年。按：王骥德，字伯良，一字伯骏，号方诸

---

① 王重民：《中国善本书提要》，上海：上海古籍出版社1983年版，第678页。

生，别署秦楼外史，会稽（今浙江绍兴）人。

【辨证】《曲律》一书，兼论南北曲，其中不乏论词条目，亦多有见解。如卷1论曲调沿袭词调则云："然词之与曲，实分两途。间有采入南、北二曲者：北则于金而小令如《醉落魄》、《点绛唇》类，长调如《满江红》、《沁园春》类，皆仍其调而易其声，于元而小令如《青玉案》、《捣练子》类，长调如《瑞鹤仙》、《贺新郎》、《满庭芳》、《念奴娇》类，或稍易字句，或止用其名而尽变其调；南则小令如《卜算子》、《生查子》、《忆秦娥》、《临江仙》类，长调如《鹊桥仙》、《喜迁莺》、《称人心》、《意难忘》类，止用作引曲，过曲如《八声甘州》、《桂枝香》类，亦止用其名而尽变其调。"[①]所列举的种种情况对于研究词曲递嬗有参考价值。又如卷3"杂论"云："唐之绝句，唐之曲也，而其法宋人不传。宋之词，宋之曲也，而其法元人不传。以至金、元人之北词也，而其法今复不能悉传。是何以故哉？国家经一番变迁，则兵燹流离，性命之不保，遑习此太平娱乐事哉。今日之南曲，他日其法之传否，又不知作何底止也！为慨，且惧。"[②]这里论一代有一代之曲，以广义之曲来统观历代的音乐文学，见识宏通。又其当南曲盛行之日慨想今后的失传，知其著《曲律》亦当出于传承的使命感。又如卷4论诗、词、曲异同，有云："词之异于诗也，曲之异于词也，道迥不侔也。诗人而以诗为曲也，文人而以词为曲也，误矣，必不可言曲也。"[③]又如："晋人言'丝不如竹，竹不如肉'。以为渐近自然。吾谓：诗不如词，词不如曲，故是渐近人情。"[④]又如："词曲不尚雄劲险峻，只一味妩媚闲艳，便称合作，是故苏长公、辛幼安并置两庑，不得入室。"[⑤]如此之类，虽然多是以曲为本位论词，却自有见识，研治词学

① （明）王骥德：《曲律》卷1，见中国戏曲研究院编《中国古典戏曲论著集成》第4册，北京：中国戏剧出版社1959年版，第57~58页。

② （明）王骥德：《曲律》卷3，见中国戏曲研究院编《中国古典戏曲论著集成》第4册，北京：中国戏剧出版社1959年版，第155页。

③ （明）王骥德：《曲律》卷4，见中国戏曲研究院编《中国古典戏曲论著集成》第4册，北京：中国戏剧出版社1959年版，第159页。

④ （明）王骥德：《曲律》卷4，见中国戏曲研究院编《中国古典戏曲论著集成》第4册，北京：中国戏剧出版社1959年版，第160页。

⑤ （明）王骥德：《曲律》卷4，见中国戏曲研究院编《中国古典戏曲论著集成》第4册，北京：中国戏剧出版社1959年版，第179页。

史者应予关注。

龙膺作《最高楼·庚戌五十初度，功德母庵礼佛。自寿，和辛稼轩》[1]。

万历三十九年 辛亥 1611

范守己卒，年六十八。万历二年（1574）进士，历山西提学、陕西参政，官至兵部右侍郎。有《御龙子集》77卷，明万历十八年（1590）侯廷珮刻本，今已收入《四库全书存目丛书》。另有《吹剑集》。惜阴堂裁其词5首为《吹剑诗余》，《全明词》据录。

方以智生。方以智（1611—1671），字密之，号鹿起，桐城（今属安徽）人。崇祯十三年（1640）进士，官检讨。与冒襄、陈贞慧、侯方域并称为“明季（末）四公子”。明亡，为报国寺僧，名弘智，字愚者，一字无可，人称药地和尚。有《浮山文集》前编10卷、后编2卷，《浮山此藏轩别集》2卷，清初方氏此藏轩刻本。《全明词》存其词31首。

陆世仪生。陆世仪（1611—1672），字道威，太仓（今属江苏）人。明诸生，博洽无所不通，穷居授徒。明亡，拓地10亩，筑亭其中，自号曰“桴亭”，不通宾客。有《陆桴亭先生诗集》，附诗余。《全明词》据录其词22首。

李渔生。李渔（1611—1680），原名仙侣，字笠鸿，号无徒，又号笠翁，别署觉世稗官、随庵主人、湖上笠翁等，浙江兰溪人。崇祯八年（1635）曾应童子试，十年（1637），考入府庠。后两次应乡试，均不第，遂绝意仕进，明末清初曾卖文刻书为生。康熙五年（1666），组织家庭戏班，周游各地，藉为达官贵人演出以博取钱财。为著名戏曲理论家，亦工诗词，主张词意贵新，词语贵自然，词曲有别。有《耐歌词》4卷，康熙刻本。所作能践其理论，然未免于俗。今有《李渔全集》，收《笠翁词韵》、《窥词管见》。其《笠翁诗余》1卷，有《惜阴堂汇刻明词》本。赵尊岳跋称：“余澹心一流人也，文字不高，然能逞机锋，务为小

---

①《全明词补编》，第629~630页。

巧，亦有雅令可诵者。”[①]《全明词》存其词359首，《全清词》存词354首。

黄周星生。黄周星（1611—1680），字景明，改字景虞，号九烟，湖南湘潭人，后迁上元（今江苏南京）。崇祯十三年（1640）进士，官户部主事。明亡，遁迹湖州，改名黄人，字略似，号半非，又号圃庵，又曰汰沃主人、笑苍道人。布衣素冠，寒暑不易，性刚骨傲，肠热心慈。年七十，取酒纵饮，自沉于水。有《刍狗斋集》、《夏为堂别集》等。《全明词》据诸选本录其词4首。

杜濬生。杜濬（1611—1687），原名绍先，字于皇，号茶村，湖北黄冈人。崇祯十二年（1639）副榜，入清不仕。《清史稿》有传，汪士钥编有《杜茶村先生年谱》，附于民国刊本《黄冈二处士集》。侨寓江南上元（今江苏南京）四十年，诗名振大江南北，慕名者踵至，多谢绝之，雅不欲以文人自命。家贫，江、扬间达官富商争邀迎，而不屑交接。殁于扬州。有《变雅堂集》，后人辑《变雅堂遗集》，附词1卷，一名《扫花词》，有光绪中刻本。《全明词》存其词22首，《全清词》存词21首。

冒襄生。冒襄（1611—1693），字辟疆，号巢民，又号朴庵、朴巢，私谥潜孝先生，江苏如皋人。明诸生。崇祯十五年（1642）史可法曾以人才荐，不出。次年授台州司李，不赴。清康熙十八年（1679）征举博学鸿词，未试。与侯方域、陈贞慧、方以智合称“明季（末）四公子”。家有园池亭馆之胜，水绘园闻名遐迩，过往名士皆驻足，风流文采映照一时。事见《清史稿》及冒广生编《冒巢民先生年谱》。有《朴巢诗文集》、《水绘园集》等。存词见于《同人集》等。《全明词》据冒广生辑《如皋冒氏词略》录其词14首。冒襄全家擅文事，以词名者，有弟褒、幼弟裔，子禾书、丹书，侄禹书、殷书，妾董白（小宛），侄女德娟、侄媳邓繁桢等，均有词作传世，分见于《东皋诗余》及《众香词》。

高珩生。高珩（1611—1696），字葱佩，又字念东，晚号紫霞道人，山东淄川（今淄博）人。崇祯十六年（1643）进士，选庶吉士。入清授检讨，官至刑部侍郎，告老病归，里居十余年卒。性简易超旷，钦慕白居易为人，其诗风亦近似。具捷才，为清初著名诗人，一生作诗不下万首，后赵执信为刊刻之集不足十之一。有《栖云阁诗》16卷、《拾遗》3卷、《文集》15卷，清乾隆三年（1738）、

① 赵尊岳：《明词汇刊》，上海：上海古籍出版社1992年版，第759页。

四十四年（1779）刻合印本。词成就虽不如诗，然亦以高爽胜，颇具豪健味。《全清词》存词40首。

宫伟镠生。宫伟镠（1611—1673后），字紫阳，号紫悬、组弦，一号桃都漫士，江苏泰州人。崇祯十六年（1643）进士，授检讨。入清，以荐举起用，援独子终养例乞休，归筑春雨草堂，啸咏其中。以子宫梦仁贵，累赠光禄大夫。《明诗纪事》、《全清词钞》等均选录其作。有《春雨草堂集》，康熙刊本。词集名《宝吕一家词》。《全清词》存词63首。

汪价生。汪价（1611—1678后），字介人，号三侬赘人，江南嘉定（今属上海）人。明诸生。幼慧敏，9岁学歌诗，11岁为古文词，长益博学，有声邑里，而才不售，游幕半天下。顺治十六年（1659）入河南巡抚幕修通志，康熙间，于里中修邑志。有《三侬啸旨》、《中州杂俎》等。另有《半舫词》1卷，康熙刊本。《全清词》存词97首。

吴景旭生。吴景旭（1611—1695后），字又旦，一字旦生，号仁山，浙江归安（今湖州）人。明诸生。入清不仕，筑南山堂于郡城莲花庄，为赵孟頫别业旧址，名流屡集游宴。有《南山堂自订诗》19卷，清康熙刻本，今已收入《四库未收书辑刊》。其卷10为词，曰《南山堂填词》，存词50首。《全明词》、《全清词》据录。另辑有《历代诗话》80卷。

十二月十九日，范允临作《渔家傲·辛亥腊月十九日，同陈眉公、杨去奢诸君子饮延陵吴丈新筑，次眉公韵》①。另，陈继儒是年作《渔家傲·赠吴延陵山居》②，当为范作之首唱。

施绍莘作《烛影摇红·辛亥至夜怀旧，和彦容作》③。

万历四十年　壬子　1612

潘炳孚生。潘炳孚（1612—1640），字大文，嘉善（今属浙江）人。

---

①《全明词》，第1322页。
②《全明词》，第1313页。
③《全明词》，第1461页。

【辨证】 关于潘炳孚生卒年，向无记载。《中国词学大辞典》定为1573—1634后，虽依据其词而理解有误。其词《月照梨花》小序云："癸酉夏六月初三日，予初度，感赋此词以自喻意，盖亦无何耳。"词中复有句云："惊梦廿一年前，灶中天。"[①]按：潘炳孚尝于崇祯三年（1630）参加乡试，可知此癸酉当为崇祯六年（1633），词句即隐指出生在21年前，即万历四十年（1612）的六月初三日。"初度"，本指出生的年时，屈原《离骚》"皇览揆余初度兮"，即用此意；但后来一般意义的"初度"，则指出生年之后每一年的生日。此词即为癸酉六月初三日适逢生日有感而作。《中国词学大辞典》亦引该词小序为据，但既未细察词中语意，又误以"初度"为初生之日，遂定炳孚生于万历元年癸酉（1573），且讥赵尊岳跋语中称炳孚"卒年未三十"为误[②]，实际乃自误也。

又其词中《千秋岁·次舒王韵》一首，小序云："甲戌夏季月三日，予晨卧未起，睹一术士语予曰：'汝享年甚无几，当不以世务为怀，何汝自梏？'因指后之所历，若见途径。及觉，而忆其初度也。怪叹厥异，遂作此词，用志感尔。"[③]按：甲戌为崇祯七年（1634），夏季月三日即夏六月三日，其称初度，正与前词相合。以万历四十年出生算起，此时正23岁。梦中术士所言"享年甚无几"即享年不永之意，与"卒年未三十"之说正为相合。若其出生于万历元年，则此时已为62岁老翁，梦中术士之言与炳孚词中年命短促之感皆无着落了。

至于炳孚卒年，《柳洲词选·先正遗稿姓氏》谓其"崇祯庚辰卒"[④]，"庚辰"为崇祯十三年（1640），则其享年29岁。

吴易生。吴易（1612—1646），字日生，号惕庵，吴江（今属江苏）人。少有才名，通兵家言，间为诗文，传诵士林。崇祯二年（1629），与沈自炳、张拱乾等先后加入复社。十六年（1643），中进士。次年北都失守，感愤涕泣，谒史可法于扬州，授职方主事，既而随史可法至徐州，以可法荐，督饷吴中。不久，募兵千人屯于长白荡。唐王闻之，授兵部右侍郎兼右佥都御史，总督江南诸

---

① 《全明词》，第1939页。
② 马兴荣、吴熊和、曹济平：《中国词学大辞典》，杭州：浙江教育出版社1996年版，第172页。
③ 《全明词》，第1941页。
④ （清）钱煐、戈元颖、钱士贲、陈谋道：《柳洲词选》，卷首《先正遗稿姓氏》，清初刻本。

军，进为兵部尚书。鲁王监国亦授兵部侍郎，封长兴伯。旋为清兵所战败，泅水脱走。顺治三年（1646），潜至嘉善（今属浙江）被执，杭州总督劝其投降，遭严词拒绝，卒戮于杭州。《明史》卷277有传。著有《东湖集》、《北征小咏》词1卷等。《惜阴堂汇刻明词》以其词21首别为1卷，题为《吴长兴伯词》，跋云："吴长兴伯行迹具见志传，乾隆间赐谥节愍。遗书罕睹。光绪乙巳，吴江陈佩忍辑《松陵文粹》，得钞本于其族人尧栋，以校旧刻，方为全璧。就中词一卷，曰《北征小咏》，即兹所刻也。"[①]《明词提要》举其《木兰花慢·淮阴怀古》和《摸鱼儿·浙江潮》下半阕，以为"词慷慨颉颃，一如其人"，并称"饶有稼轩之风，而不流于犷悍，斯足传也"[②]。《全明词》从《笠泽词征》卷5、卷28录其词21首，与《惜阴堂汇刻明词》本《吴长兴伯词》相校，篇目相合，仅次第有不同。

周亮工生。周亮工（1612—1672），字元亮，号栎园，又号减斋，河南祥符人。崇祯十三年（1640）进士。入清，官至户部右侍郎。有《赖古堂集》。《全清词》存词1首。

金是瀛生。金是瀛（1612—1675），字天石，华亭（今属上海）人。明诸生，入清不仕。曾与吴骐、王光承结东皋诗社。有《芝田词》。《全清词》据诸选本录词10首，《全明词》同。

刘体仁生。刘体仁（1612—1677），字公勈，号蒲庵，河南颍川人。顺治十二年（1655）进士，官考功郎中。工诗文，精鉴识，喜鼓琴，博学多能。在京师时，与王士禛、汪琬共持风雅，弃官后，从孙奇逢问学。老而流连黄鹄山头，闭门潜修。《清史稿》有传。有《七颂堂集》，其中有"空中语"1卷，实际是艳体诗而非词。今存《七颂堂诗余》有词11首，聂先、曾王孙辑入《百名家词钞》。又有《七颂堂词绎》1卷，见《别下斋丛书》，今汇编入《词话丛编》。《全清词》存词1首。

张芳生。张芳（1612—1695后），字菊人，号鹿床，江苏句容人。清顺治九年（1652）进士，官知县。有《安晚堂集》。严迪昌先生《清词史》中写道："张芳是当时活跃于南北词坛的一个名家，可憾的是词集已佚，今能辑见的不到十首

---

① 赵尊岳：《明词汇刊》，上海：上海古籍出版社1992年版，第431页。
② 赵尊岳：《惜阴堂汇刻明词提要·〈吴长兴伯词〉一卷》，《词学季刊》1933年第1卷第3号，第63页。

作品，难以窥探其词风特点了。”[1]《全清词》存词8首。

吴熙生。吴熙（1612—1657）[2]，字止仲，后改名亮中，字寅仲[3]，号易庵，浙江嘉善人。“柳洲八子”之一。清顺治九年壬辰（1652）进士[4]，历户部主事，至刑部侍郎，顺治十四年丁酉（1657）卒于京。吴熙入清后中进士而郎官，按传统看法当然应视为清人，但目前所见其词凡167首全部见于明崇祯八年至九年（1635—1636）吴熙自刊本《非水居词笺》3卷。《全清词》据《瑶华集》、《柳洲词选》等清初选本辑其词9首，亦全部见于《非水居词笺》。想来他于崇祯九年（1636）至顺治十四年（1657）20年间应该还有词作，可惜未见流传。从其词的创作与流传情况来看，应该把他视为明季词坛尤其是早期柳洲词派的重要词人。

七月，许乐善作《一枝花》（早解名缰手），词前小序曰：“陈承所丈，秉宪江右，年力正强，以微恙勇决告归，甚有高见。偶阅朱太史兰嵎公和钱塘白斑词，步韵成一阕。壬子七月。”是年另有《万年欢·贺少漠表兄七秩，壬子十一月十二日初度》。[5]

施绍莘作《浪淘沙·壬子至夜有感》[6]。

万历四十一年　癸丑　1613

张凤翼卒，年八十七。嘉靖四十三年（1564）举人。为人狂诞，善为曲词。与弟燕翼、献翼并有才名，时号“三张”。有传奇《阳春六集》及《平播记》、《梦占类考》、《海内名家工画能事》、《文选纂注》等多种著作行于世。其别集为《处实堂集》8卷、《续集》10卷，明万历刻本，今有《四库全书存目丛书》本。《惜

① 严迪昌：《清词史》，南京：江苏古籍出版社1990年版，第130页。

② 吴熙（亮中）生年，《全明词》作者小传谓其“生卒年不详”；《全清词》作者小传说他“生于明万历四十年（1612）”；吴熊和先生《〈柳洲词选〉与柳洲词派》一文中说：“顺治二年（1645）清兵下江南时……吴亮中、曹溶三十三岁。”据此推算则吴熙当生于万历四十一年（1613），录此俟考。

③《柳洲词选》“先正遗稿姓氏”中“吴亮中”小传云：“吴亮中，字寅仲，原名熙，字止仲，顺治己丑进士，官部曹，有《词笺》行世。丁酉卒于京师。”

④《柳洲词选》称吴亮中为顺治己丑（1649）进士，有误。今据《明清进士题名碑录》，实为顺治九年壬辰科（1652），与曹尔堪为同榜进士。

⑤ 二词俱见《全明词》，第1136页。

⑥《全明词》，第1149页。

阴堂汇刻明词》裁其词8首为《处实堂词》。《全明词》据录，复从《明词综》卷4增辑1首。《全明词补编》又自《处实堂续集》卷5等辑得12首。

周茂源生。周茂源（1613—1672），字宿来，号釜山，江南华亭（今属上海）人。早入几社，与夏允彝、陈子龙等游，后与宋直方、施愚山相过从，为“燕台七子”之一。顺治六年（1649）进士，官刑部主事，晋郎中，出为处州知府。时兵戈如麻，出没其地，茂源供张师旅，招集流亡，颇有干济，以邻邑冒户逋粮左迁去职。晚岁治夏允彝父子之丧，后恤其女及嗣孙，尤为人所称道。有《鹤静堂集》19卷，清康熙天马山房刻本，今有《四库全书存目丛书》本。《全清词》存词35首。

归庄生。归庄（1613—1673），一名祚明，字玄恭，江苏昆山人，归有光曾孙。年十七，与顾炎武同入复社。清初，参与昆山民众反薙发义举，旋僧装亡命。后返昆山，以鬻文卖画度日。有《归庄集》。《全清词》存词2首。

徐增生。徐增（1613—1673），字子能，号而庵，又号十足道人，吴县（今江苏苏州）人。明诸生，入清后隐居石湖。有《九诰堂集》36卷。其中词1卷，存词29首，《全明词补编》据录，而《全明词》、《全清词》均漏收。

孙默生。孙默（1613—1678），字无言，号桴庵，又号黄岳山人，安徽休宁籍贯，客寓江苏扬州，终身布衣。性好结交四方文友，尚名义而鄙荣利。事迹见汪懋麟撰《孙处士墓志铭》。有诗作《留松阁集》行世。词亦有集，今不传。而其辑刊之留松阁版《国朝名家诗余》，规模宏伟，为现存清代最早之词总集。其先于康熙三年（1664）刻邹祗谟《丽农词》、彭孙遹《延露词》、王士禛《衍波词》，名《三家诗余》；康熙六年（1667）续刻曹尔堪《南溪词》、王士禄《炊闻词》、尤侗《百末词》；康熙七年（1668）续刻陈世祥《含影词》、陈维崧《乌丝词》、董以宁《蓉渡词》、董俞《玉凫词》；康熙十六年（1677）又刻吴伟业《梅村词》、梁清标《棠村词》、龚鼎孳《香严词》、宋琬《二乡亭词》、黄永《溪南词》、陆求可《月湄词》，合称《十六家诗余》。外加程康庄《衍虞词》，共计17家40卷。另本附孙金砺辑《红桥唱和第一集》、《广陵唱和词》各1卷。全书自康熙三年至十六年（1664—1677）陆续刊行，藏书家收存多寡不一，著录不同，故又名《四家诗余》、《六家诗余》、《十六家诗余》等。

程康庄生。程康庄（1613—1679），字坦如，号昆仑，山西武乡人。明崇祯八年（1635）拔贡生。清顺治十一年（1654）举“山林隐逸”，越5年选镇江府通判，康熙六年（1667）升安庆同知，官至耀州知州。事迹见《清史稿》及毕振姬《耀州知州程公墓志》。今存《自课堂集》，文1卷、诗余1卷、诗选1卷，山西省文献委员会印。其中“诗余”1卷，存词44首。又《衍愚词》2卷附于《昆仑诗选》，有康熙刻本，又收入《国朝名家诗余》。词工艳体。官镇江时，与王士禛隔江唱和，刻《过江集》。《全清词》存词44首。

曹溶生。曹溶（1613—1685），字洁躬，一字鉴躬，号秋岳，别号倦圃，又作金陀老圃，晚号锄菜翁，浙江秀水（今嘉兴）人。明崇祯十年（1637）进士，考授御史。明亡，事李自成政权。后降清，初以原官任河南道御史，督学顺天，顺治三年（1646）革职。十一年（1638），起补太常寺少卿。翌年，擢户部侍郎，外用广东布政使，因与陈之遴“同年相善”，以坐“党陈”而降为山西阳和道，补山西按察副使，备兵大同。康熙三年（1664）以缺归。后荐举博学鸿词试，以疾辞；荐修《明史》，亦不赴，终老林泉。事见《清史稿》。家富藏书，为浙中著名藏书家。其诗与合肥龚鼎孳齐名，人称“龚曹”。尤工长短句，卓然名家。论者以曹溶开浙派词先河。著有《静惕堂诗》、《静惕堂词》等。《全清词》存词282首。

顾炎武生。顾炎武（1613—1685），初名绛，字宁人，号亭林，曾化名蒋山傭，昆山（今属江苏）人。年十四为诸生，耿介绝俗，与同邑归庄善。少年参加“复社”反宦斗争。明亡，在家乡参加抗清斗争。兵败，流亡各地，十谒明陵，不忘兴复。晚卜居华阴。学问渊博，著作丰富，有《日知录》、《亭林诗文集》等。《全明词》据《清词玉屑》等录其词6首，《全清词》同。

陆庆臻生。陆庆臻（1613—1693），字集生，一字荠庵，又称芴田，江苏青浦（今属上海）人。崇祯十五年（1642）举人，入清不仕。有《荠庵诗稿》。《全明词》存其词2首。

叶小纨生。叶小纨（1613—1655后），字蕙绸，吴江（今属江苏）人，叶绍袁与沈宜修之次女，诸生沈永桢妻。幼极聪慧端妍，与姊纨纨、妹小鸾均工诗词，常互相唱和，风雅一时。后姊妹相继夭殁，无以排遣，作《鸳鸯梦》以寄托哀情。有诗集《存余草》，存诗80余首。《临江仙·经东园故居》为传世佳作，《瑶华集》、《闺秀词钞》、《词雅》均选入。《全明词》、《全清词》据诸选本辑录其词15首。

冯肇杞生。冯肇杞（1613—？），字幼将，会稽（今浙江绍兴）人。明诸生，画家。《全清词》存其《秋水轩倡和词》所收《贺新凉》词5首，《全明词》同。

戴澳中进士。戴澳（生卒年不详），字有斐，奉化（今属浙江）人。官至应天府丞。有《杜曲集》11卷，明崇祯刻本，今有《四库禁毁书丛刊》本。卷4为“诗余”，存词27首，《全明词》据录。

杜祝进刻杨慎辑《百琲明珠》。此本题“嘉靖朝蜀杨慎选集，万历朝楚杜祝进订补”。杜祝进所作短序称：“是集留于新都，传于宋妇翁陈春明令新都之明岁，余刻于落第之万历癸丑冬。”[①]今上海图书馆藏有万历四十一年（1613）原刻本，另有上海古籍出版社1992年影印《明词汇刊》本。

【辨证】此书5卷，录词仅156首。开篇入选梁武帝《江南弄》、《三洲歌》、隋炀帝《夜饮朝眠曲》等，皆非词作，却都是杨慎《词品》卷1向唐代以前追溯词源时所举之例。又如李白词不选其《忆秦娥》、《菩萨蛮》，而选了另外两首更不可靠的《清平乐》；白居易词不选《忆江南》，而选了一首本非词作的《花非花》；冯延巳词不选其代表作《鹊踏枝》，而选了一首《舞春风》。下逮宋人，亦多如此。仿佛编者不是在选名篇佳作，而是在拾遗补缺。而这些作品，往往是杨慎《词品》中发覆表微之例。其编排亦无次第，仿佛随手摘录，漫无统序。又，卷1多评语，后4卷基本无评语。颇疑此本非杨慎原本，而是出于晚明文人或即杜祝进之伪托。[②]

正月十七日，茅维作《醉春风·纪所见作，时癸丑春正十七日》[③]词3首。

万历四十二年　甲寅　1614

宋琬生。宋琬（1614—1673），字玉叔，号荔裳，山东莱阳人。顺治四

① 赵尊岳：《明词汇刊》，上海：上海古籍出版社1992年版，第787页。
② 参见张仲谋《明词史》，北京：人民文学出版社2002年版，第125~127页。
③《全明词补编》，第717~718页。

年（1647）进士，授户部主事，累迁永平兵备道、浙江宁绍台道。顺治七年（1650）、康熙元年（1662），先后两次被诬系狱，事白得释，流寓吴越。康熙十年（1671）重起为四川按察使，适遇“三藩”变起，以入觐卒于京师。一生遭遇坎坷，故作品多愁苦苍凉之音。事具《清史稿》。诗与施闰章齐名，人称“南施北宋”。词亦名列清初诸大家。著有《二乡亭词》3卷、《安雅堂集》及《安雅堂未刻稿》。康熙四年，与曹尔堪、王士禄在杭州相遇，三人均方从狱中得释，感慨相同，各以诗词抒发胸中块垒，各填《满江红》8首，合刊为《湖上唱和词》。宋琬词传世者共181首。其词小令多新意，前期以绵丽见长，后期则多凄怨之声，长调感慨至深，以至于狂歌当哭，直抒其“罪官”、“废人”怨怒之情。

钱光绣生。钱光绣（1614—1678），字圣月，一字蛰庵，宁波（今属浙江）人。明亡后，颓然自放，隐居不出，别署曰寒灰道人。有《从慕堂诗文》，按年代分为两集，内集为乙酉（1645）年以前之作，外集为乙酉以后所作。《全明词》据诸选本录其词7首。

俞汝言生。俞汝言（1614—1679），字右吉，嘉兴（今属浙江）人。明亡，弃诸生，自号渐川老农。有《春秋平议》、《渐川集》、《大涤山房集》等。《全明词》据诸选本录其词4首。

金堡生。金堡（1614—1680），字卫公，又字道隐，浙江仁和（今杭州）人。崇祯十三年（1640）进士，初官临清知州，有政声，被上司诬“催科不及额”解职。明末，吏部尚书郑三俊荐其才，未及用而甲申变起。清顺治二年（1645），清军攻陷杭州，金堡与姚志卓等起兵抗清，事败，奔绍兴，谒鲁王监国，继入闽，南明隆武帝授礼科给事中，以守制未满而不受。次年隆武亡，堡避乱至湖南，后辗转至桂林，永历帝授兵科给事中，以忠直敢言，得罪权臣，并陷入党争。顺治七年（1650），清兵克南雄、韶州，永历帝听信谗言，兴党狱，金堡被逮，拷掠至残足，经营救免死，远戍金齿（云南永昌以远），改戍清浪卫（治所在今贵州镇远清溪镇）。途经桂林，于尧山茅坪削发为僧，法名性因，后投广州雷峰寺，改名今释，再至韶州创丹霞寺，更名澹归。晚圆寂于当湖（浙江平湖），其子弟遵嘱葬于丹霞之海螺岩。事迹见《南疆逸史·金堡传》、《永历实录·金堡列传》。著有《遍行堂集》51卷、《续集》16卷（内有词4卷）、《岭海焚余》等。其词慷慨悲歌，风发凌厉，为方外词之杰作。《全明词》存其词466首，《全清词》

存词468首。

曹垂灿生。曹垂灿（1614—1688），字天祺，号绿岩，江南上海（今上海）人。顺治二年（1645）举人，四年进士，官遂安知县，有政声。诗词亦有名于时，有《明志堂集》。其《竹香亭词》1卷，聂先、曾王孙辑入《百名家词钞》。《全清词》存词38首。

陈子升生。陈子升（1614—1692），字乔生，号中洲，南海（今广东广州）人，陈子壮弟。明诸生，刻苦力学，与黎遂球、陈邦彦以文章生气遥应复社。弘光时，以明经举第一。隆武立，改授中书舍人。桂王都肇庆，拜兵科给事中。清顺治七年（1650），粤东再陷后，遂流转山泽以终老。《清史列传》卷70有传。子升善琴工诗，多发“麦秀黍离”之感。所撰《中洲草堂集》，时人称颂，目为粤东三家之一，惜阴堂裁其词24首为《中洲草堂词》。赵尊岳谓其《荷叶杯》词“‘闭户不看他’之词意决绝，得古乐府之遗，自《花间》之流派矣”；又谓其《小秦王》“亦极似皇甫松诸作唐诗之由诗而衍进于词者”。对其《浣溪沙·江上作》之“女曰观乎溱洧水，神而非者广陵涛”句，则目为“几以行文之法入词，不可为训，亦其为玷璧之青蝇矣”[①]。《全明词》、《全清词》存词均为24首。

沈永令生。沈永令（1614—1698），字闻人，一作文人，以手有枝指，号一枝，又称一指，江苏吴江人，沈璟从弟。顺治五年（1648）副贡，选授陕西韩城知县，除督粮潼关道副使，以丁忧归。起补高陵知县，被劾罢。精擅诗文词曲书画，均有名于时。著有《深柳读书堂集》。所撰《噀霞阁词》1卷，为聂先、曾王孙辑入《百名家词钞》。《全清词》存词38首。

陈大成生。陈大成（1614—1685后），字集生，江苏无锡人。少孤，家贫，性孝友而好读书，同邑严绳孙、秦日新、宜兴曹亮武等皆与之交。有《影树楼词》。《名家词钞评》卷3载曹溶语曰：“集生词，多得力于迦陵《乌丝》间，省斋、栎园极叹赏之。然其浑朴婉转处，能真吐性灵，不事雕绘，摆脱缰锁，妙绝古今。于苏辛诸家，初无意于规仿，而究其所近，抑亦不让南宋以上之名手

① 赵尊岳：《惜阴堂汇刻明词提要·〈中洲草堂词〉一卷》，《词学季刊》1933年第1卷第3号，第54~55页。

也。”[①]本集未见，今传者为聂先、曾王孙辑《百名家词钞》本。《全明词》、《全清词》存词均为29首。

陆圻生。陆圻（1614—？），字丽京，一字景宣，号讲山，浙江钱塘（今杭州）人。崇祯间选贡，与弟培、堦咸以文章经济自任，海内称“三陆”。曾与陈子龙、朱一是主办“登楼社”。明亡时，二弟培死难，圻走海上，参义军，事败，以奉母归隐，卖药为生。尝教授临平沈谦家，与张丹、毛先舒、柴绍炳、孙治、丁澎等唱酬，为“西泠十子”之冠。康熙初，湖州庄廷钺“明史案”发，受累系狱，得释免死，遂于康熙六年（1667）弃家为僧，名法龙，字谁庵。继访澹公（金堡）于韶州丹霞山，谒函昰长老，长老为易名今竟，字与安，使掌书记，后易道服之楚访道，不知所终。著有《威凤堂文集》8卷，清康熙刻本，今已收入《四库未收书辑刊》。另有《威凤堂偶录》1卷，明崇祯十四年（1641）刻本。词见清初诸选本。《全明词》、《全清词》从《西陵词选》录其词1首。子陆寅、女莘行亦各有词传世。

顾樵生。顾樵（1614—？），字樵水，号若邪居士，江苏吴江人。少时以诗文名世，为陈继儒、钱谦益所叹赏，吴伟业誉为“七律长城”。甲申后肥遁丘壑，寄情于绘事。山水师沈石田，顾有孝、王士禛评为诗中有画、画中有诗。《全清词》据诸选本录词8首，《全明词》同。

严澂所编《松弦馆琴谱》于是年成书。初版收22曲，再版陆续增至29曲。书中有编者所撰《琴川谱汇序》，批评了当时在琴曲中滥填文词的风气。本书为《四库全书》所收唯一明代琴谱。

秦堣刻《花庵词选》两选合印本。秦堣以宋词人秦观后人自视，因据万历初年舒伯明先后刊行的《中兴以来绝妙词选》10卷和《唐宋诸贤绝妙词选》10卷两选校刊，合印以行，但未加《花庵词选》或《花庵绝妙词选》之总名，仍以二书合刊形式印行。前有万历四十二年（1614）茹天成《重刻〈绝妙词选〉引》，中云：“余友本婴秦太学堣，夙好古雅，每见其鼻祖少游词章，辄讽玩不休。今得是编，

---

①（清）聂先、曾王孙：《名家词钞评》卷3，见朱崇才《词话丛编续编》，北京：人民文学出版社2010年版，第700页。

颇惬其向往之初心。既乐多词之妙丽，又慨旧刻之舛讹，遂详校而重梓之。”[①]此本正讹补缺，较舒伯明本为佳。今中国国家图书馆、上海图书馆等有藏本。

南城翁少麓刊行《类编笺释草堂诗余》正集6卷、《续选草堂诗余》2卷、《类编笺释国朝诗余》5卷。书前题“刻陈眉公重校注释正续草堂诗余，附钱功甫订正注释国朝名家诗余选。南城翁少麓原版”。卷首有钱允治撰、陈元素书《合刻〈类编笺注草堂诗余〉序》，甲寅（1614）中秋陈仁锡《〈草堂诗余〉序》、《〈续诗余〉序》，以及何良俊《〈类选笺释草堂诗余〉序》。其中，《类编笺释国朝诗余》作为明人选明词的第一部词选，为初次刊行。钱允治，初名府，字功甫，长洲（今江苏苏州）人。贫而好学，勤于著述，殁而无子，遗著类多散佚。有《少室先生集》及《国朝诗选》等。陈仁锡，字明卿，亦长洲人。天启二年（1622）进士，授编修，累迁南京国子监祭酒。卒谥文庄。编著有《古文奇赏》、《苏文奇赏》等书多种，达数百卷，《四库全书总目》讥为琐碎而空疏，大多入存目。《类编笺释国朝诗余》共5卷，收明初至万历时词人凡27家及无名氏作品，共461首。所谓“类编”，其实是分调编排。其中卷1、卷2为小令，233首，卷3为中调，92首，卷4、卷5为长调，136首。从各家选录情况来看，杨慎词最多，凡116首，其次选王世贞77首，刘基66首，吴子孝46首，文征明40首，吴宽27首。此6人之作共372首，已占全书十分之八。其他如杨基、高启、陈霆、陈铎、张綖、马洪、施绍莘等人词一首未选，似乎不是质量问题，而是编者搜集词人作品有限。其中又有一些作品实为散曲，误作词录入。陈仁锡所作笺释亦浮泛不切，故赵尊岳收入《明词汇刊》时即将其笺释删去，仅录原词。今有万历四十二年（1614）刻本、《古香岑草堂诗余四集》本、上海古籍出版社1992年影印《明词汇刊》本等。

【辨证】 在明代演化纷繁的《草堂诗余》选本系列中，有一种《草堂诗余续集》（或作《续选草堂诗余》）。此书的初刻本或单行本未见著录，如今我们能够看到的是两种合刻本。一为此处所言钱允治汇辑笺释的三集合编本，一为天启、崇祯之际沈际飞汇编《古香岑草堂诗余四集》本。但无论是三集合刻本还是四集

① 邓子勉编：《明词话全编》第4册，南京：凤凰出版社2012年版，第2528页。

合刻本，其他各本的编者如顾从敬、钱允治、沈际飞皆具实名，唯一不见“真身”的还是那个《草堂诗余续集》的编者“毗陵长湖外史”。

偶然发见台北天一出版社出版的《明清善本小说丛刊》，在陈邦俊（字良卿）所编《广谐史》卷首，有两篇序文，一为《刻陈良卿〈广谐史〉叙》，末署“万历乙卯孟秋李日华君实题于剪松斋，绣水张晖书”；一为《〈谐史〉序》，末署“毗陵长湖外史徐常吉撰”，时间是“万历七年八月”。按：《谐史》与《广谐史》并非一书。《四库全书总目》卷144有《谐史》一卷“提要”云：“旧本题宋沈俶撰，俶始末未详。……所录皆汴京旧闻，以多诙嘲之语，故名曰《谐史》。……疑亦后人杂抄成编也。”[①]然而并未说这个“杂抄成编”者就是徐常吉。同卷又著录《谐史集》4卷，“提要”曰：“明朱维藩编。维藩，淮安人。是书成于万历乙未，取徐常吉《谐史》、贾三近《滑稽耀编》删削补缀，共为一集。”[②]不知道是以上两种书的提要非出一手，还是对徐常吉与《谐史》的关系犹疑不定，总之是在《谐史》提要中未提徐常吉之名，在《谐史集》提要中又很肯定地把徐常吉视为《谐史》的编者了。这里姑从后说，可以梳理出《谐史》、《谐史集》和《广谐史》三书的前后演进轨迹来。即先是徐常吉于万历七年（1579年，即其作《〈谐史〉序》的时间）编成《谐史》一书，然后是万历二十三年乙未（1595）朱维藩编成《谐史集》一书，再后是万历四十三年乙卯（1615）陈邦俊编成《广谐史》一书。因为《广谐史》显然是在《谐史》基础上踵事增华，所以不仅请李日华为序，还把“毗陵长湖外史徐常吉”所撰《〈谐史〉序》也移于《广谐史》的卷首。应该感谢这条珍贵的文献，使我们终于知道“毗陵长湖外史”即徐常吉。

那么这个徐常吉又是一个什么样的人呢？

徐常吉，《明史》无传。《明人传记资料索引》有其简介：“徐常吉，字士彰，武进人。万历十一年进士，累官户科给事中，以清廉闻。迁浙江按察司佥事，未任卒。有《事词类奇》、《六经类雅》、《四书原旨》、《诗翼说》、《遗经四解》。”[③]

武进为常州郊县，春秋时为吴公子季札封地，称延陵，汉代改称毗陵。故记

---

①（清）永瑢等：《四库全书总目》卷144，北京：中华书局1965年版，第1233页。
②（清）永瑢等：《四库全书总目》卷144，北京：中华书局1965年版，第1235页。
③ 中国台湾“中央图书馆”编：《明人传记资料索引》，北京：中华书局1987年影印本，第464页。

载常州人物传记之书有曰《毗陵人品记》，徐常吉小传即见于该书卷8。另外查康熙《武进县志》卷23，其中称徐常吉“嘉靖甲子举于乡，屡试礼部不第，授上海县学博。年五十六成万历癸未进士”[①]。万历癸未即万历十一年（1583），按中国年龄算法上推55年，可知徐常吉生于明嘉靖七年（1528）。嘉靖甲子即嘉靖四十三年（1564），徐常吉于是年中举，年三十七。

关于徐常吉的著述，《四库全书总目》卷138“类书类存目”著录其《事词类奇》30卷，“提要”云：“常吉字士彰，武进人。万历癸未进士，官浙江按察司佥事。是书为类二十有四，其序次先经后子史，以及仙释之属，分门辑事，依类选词。其条下注释，则吴人陆伯元之作也。”[②]

又有《六经类聚》4卷（江苏周厚堉家藏本），“提要”称：“明徐常吉编，陶元良续增。元良字乃永，武进人。是书以六经之语分类为十八门，以备时文剿剟之用。”[③]以上二书，虽然《四库全书》未收，至今尚存。《新编事词类奇》30卷，有金陵周曰校刻本，题“徐常吉辑，焦竑订，陆伯元编次”。又《六经类雅》（书名亦有变动）5卷，有明万历十七年（1589）刻本，今已收入《四库全书存目丛书》。另外，黄虞稷《千顷堂书目》著录有“徐常吉禹贡解一卷，又辨一卷，又注三卷”[④]。《四川省古籍联合目录丛部（汇编类）》收有徐常吉《郎川答问》1卷，浙江中医药大学图书馆藏有徐常吉编《古今医家经论汇编》5卷。

除了编纂那些小型化、专门化的类书及其他杂书之外，徐常吉主要的学术成就表现在经学尤其是《诗经》研究方面。晚明以至清初的《诗经》学者往往称引其说，正可谓屡见而不一见。如明代经学家张以诚《〈毛诗微言〉例》有云：“余生平最喜徐儆弦先生《翼说》，与吾乡玄扈徐公《六帖》，以其综辑前人而超然独解，绝无秽杂。”[⑤]这里所说的“玄扈徐公”即徐光启（号玄扈），《六帖》即指徐光启著《诗经六帖》。张以诚与徐光启均为上海人，故曰“吾乡”云云。由此例反推，可知徐儆弦即徐常吉，儆弦当为其号，而《翼说》即其《诗翼说》。在这

---

①（清）陈玉璂：[康熙]《武进县志》卷23，清康熙二十三年（1684）刻本。
②（清）永瑢等：《四库全书总目》卷138，北京：中华书局1965年版，第1171页。
③（清）永瑢等：《四库全书总目》卷138，北京：中华书局1965年版，第1171页。
④（清）黄虞稷：《千顷堂书目》，上海：上海古籍出版社2001年版，第22页。
⑤（明）张以诚：《张君一先生毛诗微言》，卷首自序，明刻本，《四库全书存目丛书》经部第63册。

里我们又有了一点小小的收获，那就是知道徐常吉除了“毗陵长湖外史”之外，还有一个“儆弦”的别号。《台北大学中文学报》2008年第5期刊有杨晋龙《明代学者〈秦风·蒹葭〉诠释新论——明代诗经学史研究的进一步探讨》①，即以“徐儆弦（常吉）”的表述方式称引其说，可知学界也已经把“儆弦”看成徐常吉之号了。另外，著名《诗经》学专家刘毓庆教授有文，题为《从朱熹到徐常吉》②，单从这题目来看，徐常吉的学术地位也够高了。然而徐常吉并不长于词，《全明词》及《全明词补编》不见其只字。看来他编《草堂诗余续集》，也只是出于编书的敏感与习惯而已，谈不上词学造诣与爱好。我们看《草堂诗余续集》并没有体现出什么样的编选意图或特色，也就不奇怪了。

万历四十三年　乙卯　1615

王圻卒，年八十六。嘉靖四十四年（1565）进士，擢御史，以忤时相谪邛州判官，历官陕西参议，乞养归，筑室淞江之滨，种梅万树，曰“梅花源”，惟以著书为事。编著有《三才图会》，全书105卷，分为14门。其中“器用”卷3为乐器，“器用”卷4为舞器，“人事”卷1为鼓琴图、指法、调意，“人事”卷9为律吕图、乐舞图，“人事”卷10为百戏图。其中“人事”卷9有“黄钟生十一律内积该数并十二宫图”，对研究我国乐律史有一定参考价值。有明万历刻本，中华书局1963年出版《中国古代音乐史料辑要》据以影印。

张丽人生。张丽人（1615—1633），原名乔，字乔婧，号二乔。其先吴籍，其母入粤生乔，遂为广州人。

【辨证】张丽人生平及传，原出于清钮琇笔记小说集《觚剩》卷3，以其文看，则颇类小说家言。然《觚剩》之为书，传闻故事与真实人物相杂。如同卷中“小鸾”条即记叶小鸾事。且张丽人事，既有其百花冢，又有《莲香集》，营葬事

① 杨晋龙：《明代学者〈秦风·蒹葭〉诠释新论——明代诗经学史研究的进一步探讨》，《台北大学中文学报》2008年第5期。

② 刘毓庆：《从朱熹到徐常吉》，《西北师大学报》（社会科学版）2001年第2期。

之彭孟阳及撰其墓者黎遂球皆粤之名人，故其人其事之真伪待考。

吴晋昼生。吴晋昼（1615—1641），字接侯，浙江海盐人。

蔡道宪生。蔡道宪（1615—1643），字元白，号江门，泉州晋江（今属福建）人。

彭孙贻生。彭孙贻（1615—1673），字仲谋，一字羿仁，号茗斋，海宁（今属浙江）人。明选贡生。与同邑吴蕃昌（字仲木）创瞻社，为名流所重，时称“武原二仲”。尝痛其父殉国难，终身不仕，奉母杜门以居。卒年59岁，门人私谥曰“孝介先生”。工诗画，尤善倚声。著有《茗斋集》。词有《茗斋诗余》2卷，231首，赵尊岳收入《惜阴堂汇刻明词》，跋称其“承明词敝，以俊爽药庸下，以婉约运清空，颇极声家能事”[①]，《全明词》、《全清词》据录。

龚鼎孳生。龚鼎孳（1615—1673），字孝升，号芝麓，安徽合肥人。明崇祯元年（1628）进士，官兵科给事中。降清，起吏科，转礼科，后屡踬屡起，官至礼部尚书。卒谥端毅。事具《清史稿》。有《定山堂集》43卷，含诗余4卷。龚鼎孳文学声望与钱谦益、吴伟业相近，有“江左三大家”之称。诗余与吴伟业并驱，领袖清初词坛，追沿明末余绪，格调逊于吴。生前即有《香严集》、《三十二芙蓉斋词》之刻。后孙默刻《十六家词》，亦收其《香严词》2卷。雍正间查禁文字，龚氏文字亦并入官。孙默《十六家词》本收入《四库全书》时，《香严词》遭抽毁，遂改称《十五家词》。今通行者有安徽名家词丛书本、陈乃乾《清名家词》排印本。《全清词》存词203首。

徐继恩生。徐继恩（1615—1684），字世臣，一字豁堂，浙江武林（今杭州）人。明季壬午（1642）贡生。明亡，祝发为僧，法号正岩（或曰止岩），又称佷亭禅师。为诗清丽，不落凡近。有《十笏斋诗抄》。存词18首，《惜阴堂汇刻明词》裁为《豁堂老人诗余》1卷，《全明词》据录，但误其名作“徐继思”[②]。

吴绡或生于是年。吴绡（1615？—1695后），字冰仙，一字片霞，号素公，江苏长洲（今苏州）人，常熟许瑶妻。工小楷，善丹青，兼擅丝竹，诗才清丽，

① 赵尊岳：《明词汇刊》，上海：上海古籍出版社1992年版，第487页。
② 详参周焕卿《清初遗民词人群体研究》，上海：上海古籍出版社2008年版，第465页。

与吴伟业唱和。有《啸雪庵集》，附词1卷，刻于清康熙间。徐乃昌辑入《小檀栾室汇刻闺秀词》第7集。《惜阴堂汇刻明词》裁为《啸雪庵诗余》1卷，存词56首，《全明词》据录。

薛敬孟或生于是年。薛敬孟（约1615—？），字子熙，号勉庵，又号唐山遁子，福建福清人。崇祯年间拔贡。淹贯群书，凡诗赋文词，援笔而就。明亡时，年甫壮，不求仕进，唯课徒训子吟啸自娱。有《击铁集》10卷，清康熙十年（1671）刻本，今收入《四库未收书辑刊》。《全明词补编》据《击铁集》卷10录其词95首。

书林自新斋余文杰刊《新刻题评名贤词话草堂诗余》6卷。卷首有何良俊序，卷端题“济南于鳞李攀龙补遗，四明眉公陈继儒校正，书林泰垣余文杰绣梓”。今中国国家图书馆和上海图书馆等有藏本。

【辨证】此本卷数、篇数、分类均与万历二十三年（1595）郑世豪本相同，应出自郑世豪本。差别仅在于郑世豪本所收苏子瞻《西江月》（点点楼前细雨）一首，此本未录，而郑世豪本原缺的朱希真《鹧鸪天》（捡尽历头冬又残）一首，此本予以补录。李攀龙卒于隆庆四年（1570），距此所谓“新刻”之书已45年，且“补遗”云者，亦无着落，显系伪托。陈继儒当时尚在，但陈氏乃华亭（今属上海）人，亦绝非四明（今浙江宁波）人，因当时托名陈继儒之书亦比比皆是，故此亦当出于伪托。

汤显祖为《汤评花间集》4卷作序。序云：“《花间集》久失其传。正德初，杨用修游昭觉寺，寺故孟氏宣华宫故址，始得其本，行于南方。《诗余》流遍人间，枣梨充栋，而讥评赏誉之者亦复称是，不若留心《花间集》者之寥寥也。余于《牡丹亭》亭梦之暇，结习不忘，试取而点次之，评骘之，期世之有志风雅者，与《诗余》互赏。而唐调之反而乐府，而骚、赋，而三百篇也。诗其不亡也夫！诗其不亡也夫！万历乙卯春日，清远道人汤显祖题于玉茗堂。”[①]按：《汤评花间集》4卷，今有万历四十八年（1620）闵暎璧刻朱墨套印《词坛合璧》本，中

① （明）汤显祖：《〈花间集〉叙》，见（五代）赵崇祚辑，李一氓校《花间集校》，北京：人民文学出版社1958年版，第241页。

国国家图书馆、复旦大学图书馆、台北“国家图书馆”有藏本。前有万历乙卯（1615）汤显祖序，后有万历庚申（1620）闵暎璧跋。每卷后有音辨，又有眉批，并加圈点。

九月八日，王屋作《醉蓬莱·寿高太公渔舟先生八秩，万历乙卯九月八日同洪庆之、项于蕃诸君》①。

九月九日，李嵩作《风入松·乙卯岁东巡至渤海关，重阳日感赋》②。

陈龙正作《一剪梅》(秋色依依点绿池)，词前小序曰：“乙卯岁近重阳，有客相过，余自觉无感，凄然赋此寄意，盖不祥之动也，悲哉异哉。”③

龙膺作《水调歌头》(弱龄登一第)④，词中有“弱龄登一第，三十六年过”、“五十五年皆梦”等句。按：龙膺生于嘉靖三十九年（1560），万历八年（1580）进士。

万历四十四年 丙辰 1616

李廷机卒，年七十五。万历十一年（1583）进士第二名及第，授编修，累迁祭酒，进南吏部侍郎，改北，迁礼部尚书，兼东阁大学士，参预机务，加太子太保。性廉洁，然刻深偏愎，不谙大体，言路以其与申时行、沈一贯辈密相授受，交章逐之，遂乞休。卒谥文节。有《李文节集》18卷及《四书臆说》、《春秋讲章》、《通鉴节要》等。《明史》卷217有传。《全明词》据《云韶集》录其《一剪梅》4首。

汤显祖卒，年六十七。万历十一年（1583）进士，除南太常博士，稍迁礼部郎，谪广东徐闻典史，后迁遂昌知县，投劾归。《明史》卷230有传。汤显祖以戏曲名家，代表作《牡丹亭》、《邯郸记》、《南柯记》、《紫钗记》合称“临川四梦”，久负盛名。有《玉茗堂全集》46卷，明天启刻本。亦工诗词，其词多出自其“临川四梦”。汤显祖生前有《玉茗堂文集》刊行，卒后韩敬编有《玉茗堂集》29卷，

---

①《全明词》，第1649页。
②《全明词》，第1364页。
③《全明词》，第1531页。
④《全明词补编》，第631页。

《四库全书总目》已著录。《全明词》存其词16首。

【辨证】 汤显祖是明代著名的戏曲家，在中国戏曲史上亦有重要地位。剧作之外，其词传世者极少。徐朔方先生辑校的《汤显祖诗文集》[①]，搜采备细，也仅从汪廷讷《坐隐诗余》中辑出了一首《千秋岁》。然而自晚明以来，词选、词评往往选录其词，遂使汤氏给人以“既工戏曲，亦颇能词”的印象。卓回《古今词汇二编》选其词8首，卓人月《词统》选其词多达15首。清初沈雄《古今词话》曰：“义仍精思异彩，见于传奇。出其余绪以为填词。后人犹咏其回文，必指为义仍杰作也。”[②]稍后王奕清编集《历代词话》，卷10引《今古词选》语云：“汤义仍文采风流，照耀一世，出其绪余，以为填词。如回文《菩萨蛮》、《添字昭君怨》，皆杰出也。”[③]这里称引的所谓《今古词选》，实际上可能就是沈雄《古今词话》，不过字面稍变而已；至于所举词例回文《菩萨蛮》、《添字昭君怨》云云，则可能是编者王奕清的合理延伸。到了清嘉庆初年，王昶《明词综》卷4在选录汤显祖词时则说，汤氏“有《玉茗堂词》一卷”[④]。然而翻遍各种版本的汤显祖诗文集，也不见这一卷《玉茗堂词》的踪影。在《千顷堂书目》以及其后的目录书中，也从未见各家著录过。

那么，王昶《明词综》所谓《玉茗堂词》一卷，难道竟是子虚乌有吗？果真如此，卓人月《古今词统》又从哪里选录了这15首词呢？

因为明季以来各种词选往往选录汤显祖的《阮郎归》，其中有“牡丹亭梦残”之句，为我们提供了蛛丝马迹，引导我们到其戏曲剧本中去找，于是乎真相大白。卓人月《古今词统》所选汤氏词15首，今本《全明词》所录16首词中，除了《行香子》（如此红妆）一首是高启词误作汤词外，只有《千秋岁引》可以证实是汤氏戏曲之外唯一的词作，其他14首，均出自汤氏的戏曲作品《玉茗堂四梦》。其中出于《邯郸记》者5首，出于《牡丹亭》者3首，出于《紫钗记》者3首，出于《南柯记》者2首。具体如下：

---

① 徐朔方：《汤显祖诗文集》，上海：上海古籍出版社1982年版。
②（清）沈雄：《古今词话》词评下卷，见唐圭璋《词话丛编》，北京：中华书局2005年版，第1029页。
③（清）王奕清等：《历代词话》卷10，见唐圭璋《词话丛编》，北京：中华书局2005年版，第1314页。
④（清）王昶：《明词综》卷4，清刻本。

《菩萨蛮》（赤栏桥尽香街直），出处：《紫钗记》第28出《雄番窃霸》。

《菩萨蛮·邯郸梦回文》（客惊秋色山东宅），出处：《邯郸记》第2出《行田》。

《菩萨蛮·织锦回文》（梅题远色春归得），出处：《邯郸记》第24出《功白》。

《菩萨蛮》（明河望断啼情日），出处：《邯郸记》第24出《功白》。

《菩萨蛮》（还生赦注人天望），出处：《邯郸记》第24出《功白》。

《菩萨蛮》（时来赦道人知来），出处：《邯郸记》第24出《功白》。

《添字昭君怨》（昔日千金小姐），出处：《牡丹亭》第27出《魂游》。

《好事近》（帘外雨丝丝），出处：《紫钗记》第39出《泪烛裁诗》。

《阮郎归》（不经人事意相关），出处：《牡丹亭》第14出《写真》。

《惜分飞》（春愁无绪拖金缕），出处：《紫钗记》第20出《春愁望捷》。

《西江月·花娘》（旧日长裙广袖），出处：《紫钗记》第38出《计哨讹传》。

《南歌子·题南柯梦剧》（玉茗新池雨），出处：《南柯记》第1出《提世》。

《蝶恋花》（忙处抛人闲处住），出处：《牡丹亭》第1出《标目》。

《蝶恋花》（秋到空庭槐一树），出处：《南柯记》第2出《侠概》。

《行香子》（如此红妆），高启作，此处误收。

《千秋岁引》（草展华茵），见《汤显祖诗文集》。

由此可见，明季以来有关词的选本中所选汤显祖之作，大都是从《玉茗堂四梦》中摘出来的，而王昶《明词综》所谓“《玉茗堂词》一卷”，乃是无所依据的想当然之词。卓人月也许是始作俑者，他从汤氏剧本中摘出10余首词而不注明，其后沈雄、王奕清不加深考，谓汤氏“出其绪余，以为填词”，显然是把这些词看成剧本之外的创作了。又晚清张德瀛《词征》卷6评曰：“汤义仍词，情文俱美，大致不出曲家窠臼。若《阮郎归》之‘断肠春色在眉弯，倩谁临远山。蜀妆啼雨画来难，高唐云影间’，舞身如环，绰有丰度，斯足称矣。”[①]说汤氏词“大致不出曲家窠臼”，显然不知这些词本来就是卓人月从其戏曲作品中摘出来的；又盛称《阮郎归》绰有丰度，仿佛此词乃为当行本色，不同于曲家手段，又岂知这首词正是出于其戏曲代表作《牡丹亭》呢！至于今人《中国词学大辞典》称汤显

① （清）张德瀛：《词徵》卷6，见唐圭璋《词话丛编》，北京：中华书局2005年版，第4175页。

祖“亦工诗词，有《玉茗堂词》一卷”①，更是把王昶的主观臆测化为写实之词了。

沈朝焕卒，年五十五。万历二十年（1592）进士，授工部主事，历职方员外、武选郎中，知靖州，升四川按察佥事，转福建布政参议。辞官归里后，未一月而卒。所著有《泊如斋全集》40卷，明末刻本。《词综补遗》卷81选录其《竹枝》3首，小传引《全浙诗话》王伯谷语云：“伯含诗才不为法所缚，不为调所泥。”又引曹能始语云：“伯含诗体罔不赅，而才足以达意；不斤斤师古法，而不与古背驰。”②《全明词》从《古今词统》及《古今词汇》中录其词7首。

叶小鸾生。叶小鸾（1616—1632），字琼章，又字瑶期，吴江（今属江苏）人，叶绍袁与沈宜修之第三女。

胡介生。胡介（1616—1664），初名士登，字彦远，号旅堂，钱塘（今浙江杭州）人。明诸生。著有《河渚词》，今不传。《千顷堂书目》卷28著录《旅堂诗集》附词。赵尊岳裁其词47首成《旅堂诗余》1卷，收入《明词汇刊》，《全明词》据录。

柴绍炳生。柴绍炳（1616—1670），字虎臣，号省轩，又号翼望山人，浙江仁和（今杭州）人。明诸生。弘光朝，马士英召为翰林，不赴，隐居南屏山，授徒卖药自给。入清后弃诸生籍，谢绝举业，闭户著述。康熙八年（1669）诏举隐逸，力辞。生平详见《省轩文钞》前所附周清原撰《崇祀理学名儒柴省轩先生传》及毛奇龄《柴征君墓状》。工诗，为“西泠十子”之一。有《翼望山人集》、《青风轩诗》等。又有《词韵》2卷附《古韵通略》1卷，清康熙十八年（1679）刻《词学全书》本，今有《四库全书存目丛书》本。词仅见于清初诸词选本，《全明词》据《西陵词选》录其词1首。

李因生。李因（1616—1685），字今是，一字今生，号是庵，又号龛山逸史，浙江钱塘（今杭州）人，一作会稽（今浙江绍兴）人，明光禄寺卿海宁葛徵奇妾。黄宗羲为作《李因传》，其中云：“当是时，虞山有柳如是，云间有王修微，皆以唱随风雅，闻于天下。是庵为之鼎足。”又曰：“吾友朱人远，以管夫人

① 马兴荣、吴熊和、曹济平：《中国词学大辞典》，杭州：浙江教育出版社1996年版，第170页。
② 林葆恒编，张璋整理：《词综补遗》卷81，上海：上海古籍出版社2005年版，第3029页。

比之。其宦游京师同，其易代同，其工辞章同，其翰墨流传同。差不同者，晚景之牢落耳。余读文敏魏国夫人之志，夸其遭逢之盛，入谒兴圣宫，皇太后命坐赐食，天子命书千文，敕玉工磨玉轴，送秘书监装池收藏。而是庵方抱故国黍离之感，凄楚蕴结，长夜佛灯，老尼酬对。亡国之音，与鼓吹之曲，共留天壤，声无哀乐，要皆灵秀之气所结集耳。”[①]其文皮里阳秋，于李因人品推崇甚至。著有《竹笑轩吟草》初集、二集、三集，明末至康熙递刻本。初集收甲申以前作，二集所收皆悼亡之作，三集刊于康熙中，多题画之作，末附诗余，计22首，《全明词》据录。

魏裔介生。魏裔介（1616—1686），字贞白，号石生，又号贞庵，河北柏乡人。顺治三年（1646）进士，选庶吉士，改工科给事中，官至保和殿大学士，素以敢言称。康熙十年（1671）去官，后15年卒。追谥文毅。事见《清史稿》。著有《怀舫集》36卷，清康熙雍正间刻本，今有《四库全书存目丛书》本。《全清词》据诸选本录词3首。

卢元昌生。卢元昌（1616—1695），字文子，晚号半林居士，江苏华亭（今属上海）人。明诸生。著有《杜诗阐》33卷，今有《四库全书存目丛书》本。又《左传分国纂略》16卷，今有《四库未收书辑刊》本。又有词集曰《半林词》，今未见。金烺有《满江红·读卢文子半林词稿却赠》一词，上片云：“三十年来，曾独擅、鸡坛声早。今快读、瑶编一帙，半林词稿。句就七襄银汉动，笔倾三峡黄河倒。论才华、竹屋与梅溪，堪同调。”[②]《全明词》据《倚声初集》录其词4首。

陆瑶林生。陆瑶林（1616—1688后），字介庵，号石渔，浙江平湖人。顺治十五年（1658）进士，官江西金溪知县。晚年豹隐东山，陶情丝竹，按谱填词以自娱。著有《听松轩诗集》及《九畹阁诗余》3卷。《全清词》存词268首。

余怀生。余怀（1616—1696后），字澹心，一字无怀，号曼翁，又号曼持老人，福建莆田人，侨居金陵（今江苏南京），晚年定居苏州。生明季，无科名，终老布衣，以遗民自居。工于诗，与杜濬、白梦鼐齐名，时称“余杜白”。晚年

① （清）黄宗羲：《南雷文定》，前集卷10《李因传》，《丛书集成初编》本，上海：商务印书馆1936年版，第165~166页。

② 南京大学中国语言文学系全清词编委会编：《全清词》（顺康卷），北京：中华书局2002年版，第8077页。

流寓吴门，徜徉于支硎、灵岩间。著述甚富，有《味外轩稿》、《板桥杂记》、《茶史》、《平生萧瑟诗》、《三吴游览志》、《枫江酒泉诗》等，词则有《秋雪词》、《研山词》，总称《玉琴斋词》。《全明词》存其词233首。按：关于余怀著作及存佚情况，可参蒋维锬《余怀著作考略》[①]。另，其子宾硕、兰硕皆能诗词。宾硕原名玄霸，字鸿若，有《石农咏物诗》、《金陵览古诗》；兰硕字香祖，有《团扇词》。余怀《秋雪词》、兰硕《团扇词》均为聂先、曾王孙辑入《百名家词钞》。

万历四十五年　丁巳　1617

严沆生。严沆（1617—1678），字子飡，号颢亭，浙江余杭（今杭州）人。明崇祯十二年（1639）举乡试。入清，署浙江浦江县训导。顺治十二年（1655）进士，廷试第一，官至户部右侍郎，总督仓场。顺治十三、十四年间，在京与施闰章、宋琬、丁澎、陈祚明等诗酒唱和，人称“燕台七子”，有《燕台七子诗》之刻。有《皋园集》、《北行日录》等。严沆又热心于词学，康熙十七年（1678）在京助同乡陆次云等选刊《见山亭词选》，并为之作序。其词原有集流传，孙默刊刻《国朝名家诗余》，严沆亦列名于“未刻者名单”之中。清初7种词选本中存其词14首。

曹尔堪生。曹尔堪（1617—1679），字子顾，号顾庵，浙江嘉善人。清顺治九年（1652）进士，授翰林院编修。丁艰，起补转侍读，升侍讲学士。仕途多艰，曾以家事牵系下狱，事白，罢归，优游田园，与二三老友选胜赋诗，间作远游，篇什益富。其诗清丽，与宋琬、施闰章、沈绎堂、王士禛、王士禄、汪琬、程周量合称“海内八家”。著有《南溪诗文略》，今已不存；诗集则有《客装》、《里音》等集。顾庵以词名世，与山东曹贞吉并称“南北二曹”。为清初“柳洲词派”主干。康熙初曾三次参与词坛唱和：其一，康熙三年（1664）前后，与宋琬、王士禄于杭州唱和，以《江村唱和词》题名刊行。其二，王士禛于扬州推官任上，会集词坛名流，朝夕唱酬于红桥、蜀冈间，此即“广陵唱和”。其三，康

① 蒋维锬：《余怀著作考略》，见《中华文史论丛》第39辑，上海：上海古籍出版社1986年版，第279~285页。

熙十年（1671），曹尔堪至北京，作《贺新凉·雪客秋水轩晓坐，柬檗子、青藜、湘草、古直》，唱和者甚众，后辑成《秋水轩唱和词》刊行。词集有明刊《未有居词笺》5卷，为其早年词作。另有《南溪词》2卷，词230首，今存孙默辑《国朝名家诗余》留松阁本，康熙六年（1667）刊。曹氏卒于康熙十八年（1679），故其晚年词未及编入。另有聂先、曾王孙辑《百名家词钞》选录1卷。《全清词》据留松阁本录入，并于清初诸选本中辑得佚词50余首，合计存词283首。其词风格清逸，晚年因境遇迁移而趋向雄健，邹祇谟称其顺治以后之作“情景相生，纵笔便合，酷似渭南老人”[①]。《全明词》存其词309首。按：《全明词》所收《未有居词笺》词309首，署名“曹堪”，词人小传曰：“曹堪，字子顾，嘉兴人。生卒年不详。与王屋、钱继章、吴熙过往甚密。有明刊《未有居词笺》五卷。”[②]曹堪，即曹尔堪。《未有居词笺》5卷，明崇祯间刻本，作于明崇祯三年（1630）至七年（1634）间，属其早期作品。

陆求可生。陆求可（1617—1679），字咸一，号密庵，江南山阳（今江苏淮安）人。顺治十二年（1655）进士，官刑部郎中。有《陆密庵文集》20卷、《录余》2卷、《诗集》8卷、《诗余》4卷，清康熙二十年（1681）王霖刻本，今有《四库全书存目丛书》本。康熙十六年（1677）孙默刻《国朝名家诗余》（即《十六家词》）辑入陆氏《月湄词》4卷，为最足本。民国二十五年（1936）中华书局据之排印，收入《四部备要》。《全清词》存词371首。

于成龙生。于成龙（1617—1684），字北溟，一字北溪，号于山，永宁（今山西离石）人。明崇祯十二年（1639）副贡。入清，历任广西罗城知县，四川合州、湖北武昌知州，福建按察使，官至两江总督，以清廉著名，卒谥清端。《清史稿》有传。有《于山诗余》1卷，《全清词》存词8首。

余缙生。余缙（1617—1689），字仲绅，号浣公，浙江诸暨人。明崇祯九年（1636）举人。清顺治九年（1652）进士，初授封丘知县。十六年（1659），行取为山西道御史，旋请终养归。康熙六年（1667）起补河南道御史，出巡长芦盐政。十二年（1673），乞假葬亲，遂不复出。事迹见黄宗羲《浣公余公墓志铭》。

---

①（清）邹祇谟：《远志斋词衷》，见唐圭璋《词话丛编》，北京：中华书局2005年版，第655页。

②《全明词》，第3259页。

其《大观堂文集》22卷，有康熙四十三年（1704）刊本，今有《四库全书存目丛书》本和《四库未收书辑刊》本，附词21首，虽不以词名家，然所作颇清丽，《全清词》据录。

邓汉仪生。邓汉仪（1617—1689），字孝威，号钵叟，江苏泰州人。早负诗名，与吴伟业、龚鼎孳等名流游。康熙十八年（1679）举博学鸿词试，授内阁中书衔赐归。有《过岭集》。曾辑《诗观》4集，搜罗宏富，为言诗者所宗。另有《青帘词》1卷，传钞本。《全清词》存词37首。

俞彦作《金人捧露盘·万历庚子，寓极乐寺。丁巳重过，已废坏，感赋》①。

万历四十六年 戊午 1618

吕坤卒，年八十三。万历二年（1574）进士，授襄垣知县，有政绩，调大同，征授户部主事，历右佥都御史，刑部左、右侍郎。二十五年（1597）疏陈天下安危，不报，遂称疾乞休。天启初赠刑部尚书。《明史》卷226有传。《列朝诗集小传》（丁集）称其“生平不求工声律，新乐府数章，记载时事，有古人讽谕之风”②。有《呻吟语》以及《吕新吾先生去伪斋文集》10卷，清康熙三十三年（1694）吕慎多刻本，今有《四库全书存目丛书》本。《惜阴堂汇刻明词》裁其词5首为《去伪斋词》，《全明词》据录。

俞琬纶卒，年四十三。万历四十一年（1613）进士，官衢州西安知县。万历四十三年（1615），在北京以文记口技，风流文采，掩映一时。为台宪所劾，罢官后以著述自娱。工书，诗词亦精。《明词提要》引陈眉公《明诗选》谓“君宣少有才名，行宦越中。未几病归，卧疾城南，遂尔淹逝”，并称其词“仅有三首而已，未能尽其美备也”③。有《自娱集》10卷，诗余1卷，明万历四十六年（1618）刻本。《惜阴堂汇刻明词》裁其词3首仍称《自娱集》。《全明词》据其本集录词9首，《全明词补编》复从其集中辑得失调名词1首。

---

①《全明词补编》，第751~752页。

②（清）钱谦益：《列朝诗集小传》丁集中，上海：上海古籍出版社1983年版，第552页。

③ 赵尊岳：《惜阴堂汇刻明词提要·自娱集》，《词学季刊》1933年第1卷第3号，第73页。

柳是生。柳是（1618—1664），本姓杨，名爱儿，号影怜，后改今姓名，又名因、名隐，字蘼芜，又字如是，号我闻居士，浙江嘉兴（一作江苏吴江）人。初为吴江周相婢，继为盛泽归家院妓，与陈子龙等交往；后归钱谦益，称河东君。尝劝谦益殉国难，未从，又助谦益与瞿式耜、郑成功等抗清义师通。事迹参见陈寅恪撰《柳如是别传》。能诗词，善书画。有《东山酬和集》等。其诗词集《戊寅草》，有明崇祯刻本。《全清词钞》卷30谓其另有《我闻室鸳鸯楼词》，未见。《全明词》、《全清词》存词均为34首。

宋征舆生。宋征舆（1618—1667），字直方，一字辕文，别号佩月主人，江南华亭（今属上海）人。明末与陈子龙、李雯等倡几社，以古学气节相砥砺，称“云间三子”。清顺治四年（1647）进士，官至都察院左副都御史。著有《林屋文稿》16卷、《诗稿》14卷，清康熙九年（1670）九籥楼刻本，今有《四库全书存目丛书》影印本。征舆为云间词派主力，一反明词以《草堂诗余》为宗之风，追步北宋，故其词新警中留蕴藉，立格较高。与陈子龙、李雯词合刻为《幽兰草》，人各1卷，刊出后，对当时词坛影响甚大。又与其父兄、友朋、子弟辈合刻《倡和诗余》，人各1集，宋征舆一集名《海闾倡和香词》，有声于时。《全清词》存词103首。

尤侗生。尤侗（1618—1704），字同人，一字展成，号悔庵，一号艮斋，又号西堂，江苏长洲（今苏州）人。少补诸生。清顺治五年（1648）以贡生谒选永平（今河北卢龙）推官，坐擅打旗丁降调归。康熙十八年（1679）举博学鸿词，授检讨，与修《明史》，居3年告归，徜徉林下二十余年。康熙南巡至苏州，侗献诗颂，嘉赐堂额，迁侍讲。事具《清史稿》。自编《悔庵年谱》2卷，附《年谱图诗》、《小影图赞》各1卷。侗为清初著名文学家，善诗词戏曲。其词擅名一时，大抵长调胜于短调，壮语工于绮语，时出聪明语以为新奇独得之秘。著有《西堂全集》，有《百末词》6卷载集中。其后孙默刻《十六家词》，聂先、曾王孙刻《百名家词钞》均入录。今通行者有陈乃乾《清名家词》排印本。《全清词》存词310首。

陆钰中举人。陆钰（生卒年不详），又名荩谊，字忠夫，又字真如，晚号退庵，海盐（今属浙江）人。曾九上春闱不第，遂闭门著书，足不入城市。清兵入关后，隐居小桃源，未几，绝食死。《惜阴堂汇刻明词》收入《射山诗余》1卷，

《全明词》存词48首，《全清词》录《曲游春·和查伊璜客珠江元韵》3首，虽于作者均题名为陆钰，实皆为其子陆嘉淑（射山）之作。

顾起元《客座赘语》成书于是年。《客座赘语》凡10卷，其中论曲部分18则，任半塘先生尝辑为《客座曲话》。其中亦有论词之语。

三月，王屋作《减字木兰花·戊午三月滩山道中作》[①]。是年另有《江月令·戊午三月与吴二叙别》[②]。

春日，张丑于长洲观王蒙《南村真逸图》画卷，作《更漏子》（鸟惊心）一词题于画上。《全明词》、《全明词补编》均未收录该词。按：张丑《清河书画舫》卷11上："高士王蒙叔明《南村真逸图》一卷，万历戊午春日观于长洲吴氏，原博太史故物也。后有孙、王、胡、金四公传记序跋，并出名手，乃是投赠天台陶九成者。九成名宗仪，胜国老宿，博雅有文，尝著《辍耕录》卅卷、《说郛》百卷行世，而'南村'则其晚年栖息之地，因以自号云。维时叔明与九成为中表兄弟，素善画，得外家赵文敏公遗法，而纵逸过之，然不求妍于时，惟笔意以寓其天机之趣。故倪瓒元镇有诗题其画云：'笔精墨妙王右军，澄怀卧游宗少文。叔明绝力能扛鼎，五百年来无此君。'持论如此，斯其画品从可知矣。叔明每过九成隐居，动辄流连日月，遇兴酣，落笔以写。所为南村者，秾郁深至，又能一扫丹青故习，有非松峰听雨楼、琴鹤轩诸卷所可仿佛焉。真绝诣也。忆在髫稚，此卷屡经赏阅，尚有南村真逸篆署，引子卷端亦为叔明手书，不知何时失去，岂前人护术不谨，敝帚视之，而使至宝永失其传欤？良足慨已！呜呼！九原如可作也，自当唤起叔明走笔续此一段奇趣，爰述赞曰：'猗南村，比玙璠，在丘园。叔明子，暨四老，赠国宝。三百年，墨尚鲜，永流传。'清河张丑记。次温飞卿《更漏子》韵题王叔明《南村真逸图》卷：'鸟惊心，花溅泪。偏助王陶愁思。罹雾露，诉凋残，鸣琴朱夏寒。　山根水，松上雨。画出良工独苦。堂习听，谷传声，丹青照眼明。'张丑书于米庵之西序。"[③]张丑（生卒年不详），原名谦德，字叔益，后改今名，字青父，号米庵，长洲（今江苏苏州）人，精于鉴古，撰

① 《全明词》，第1624页。
② 《全明词》，第1654页。
③（明）张丑：《清河书画舫》卷11上，《景印文渊阁四库全书》第817册。

《清河书画舫》12卷、《真迹日录》等。

四月，唐世济作《齐天乐》（平生长是徼天幸），词前小序曰："戊午孟夏，代狩维扬。坐公署中，阅案牍次。一童捧茶瓯置几上，余目视牍，捩手取瓯，不觉覆瓯湿牍。遽持牍起，步出槛外，立未定，闻声若霆震，回顾则榱题拉然崩。正当坐处，几案间物悉碎为齑粉，危哉！先是，亲友妻孥皆劝余谨防大力者阴中人，余笑不应，数日前童数怖谓：'夜闻壁间人行声。'余虑其惑众，叱之，乃不敢复言。巡方公署，年年专官葺理，计不应至此，天耶？人耶？不可知。祸福有数，非人可为，憧憧无益也。俄而监司郡邑，锁押修署官吏，伏地请罪，余谢曰：'身幸无恙，君休矣！'一无所问，夜坐举觞，命笔自遣。"①

秋日，叶绍袁作《鹊踏枝·戊午秋感》②。

万历四十七年　己未　1619

焦竑卒，年八十。万历十七年（1589）进士第一，官翰林修撰，因疏直谪福宁州同知。福王时追谥文端。《明史》卷288有传，称其"博极群书，自经史至稗官、杂说，无不淹贯。善为古文，典正驯雅，卓然名家"③。有《澹园集》49卷，明万历三十四年（1606）黄吉士刻本，《续集》27卷，明万历三十九年（1611）朱汝鳌刻本，今有《四库禁毁书丛刊》影印本。存词43首，《惜阴堂汇刻明词》裁为《澹园词》1卷。赵尊岳跋称其"诗笔清放，词则多酬应之作，《江城子》赠别一阕，犹循宋贤途辙者也"④。另有《易荃》、《焦氏笔乘》、《玉堂丛话》等，《四库全书总目》均已著录。《全明词》存其词45首，《全明词补编》另存其词2首。

徐媛卒，年六十。髫年好学，读书悟入。常与寒山陆卿子唱和，吴中士大夫望风影从，交口称誉，流传海内，称"吴门二大家"。钱谦益《列朝诗集小传》述其生平大略⑤。诗词皆工，著有《络纬吟》12卷，明万历四十一年（1613）范

---

①《全明词补编》，第683页。
②《全明词补编》，第830页。
③（清）张廷玉等：《明史》卷288，北京：中华书局1974年版，第7393页。
④ 赵尊岳：《明词汇刊》，上海：上海古籍出版社1992年版，第32页。
⑤（清）钱谦益：《列朝诗集小传》闰集，上海：上海古籍出版社1983年版，第751~752页。

允临刻本，今有《四库未收书辑刊》影印明钞本。《惜阴堂汇刻明词》裁其词为《络纬吟词》1卷。清蒋景祁《刻〈瑶华集〉述》云：“闺中秀士，唯苏州范夫人徐媛、海宁陈夫人徐灿无闺阁气。”[①]《古今词话》引董斯张语谓“其为长句也，盖贤乎其为开元诸家也。如中调《霜天晓角》，为归舟之作，云云。小淑善绘事，此为画中词，词中画，吾不能辨”[②]。《全明词》存其词10首，《全明词补编》因文字有异而别录其词2首。

【辨证】徐媛生卒年，诸书多歧异。《中国词学大辞典》及《中国曲学大辞典》均作1560—1620，未确。因徐媛之夫范允临《输寥馆集》卷1有《渡江云》词，小序称：“己未十月，偶过石湖行春桥，见景物依然，先宜人旧游难再，追思往事，不胜空帷残烬之感，赋此写恨。”己未为万历四十七年（1619），这足证徐媛至迟在这年十月已经去世了[③]。汪超宏《明清曲家考》中有《范允临的散曲及生平考略——兼谈其妻徐媛的生卒年》[④]，据董斯张《静啸斋遗文》卷2《祭范夫人文》：“岁己未之二月，徐姊范宜人以疾卒……”证明徐媛卒于万历四十七年（1619）二月；又据陈继儒《祭范长白学宪元配徐安人》文：“去岁己未，春秋六十，祝者奏词，镂金戛石。何期灵驭，遽返真宅。”逆计其生年为嘉靖三十九年庚申（1560），可谓确论。

顾媚生。顾媚（1619—1664），字眉生，改徐姓，名横波，一字智珠，又字眉庄，又号善材君，江苏上元（今南京）人，龚鼎孳侧室。有《柳花阁稿》。《全清词》存词3首。

申涵光生。申涵光（1619—1677），字和孟，一字孚孟、符孟，号凫盟、凫明，一号聪山，自号卧樗老人，直隶永年（今河北永年）人。明诸生，入清不仕。顺治十七年（1660）力辞郡县举荐，隐逸以终。与同里张盖、鸡泽（今属河北）殷岳往来唱和，时人号为“广平三君”。《清史稿》有传。有《聪山诗集》8

① （清）蒋景祁：《瑶华集》，卷首自述，清康熙间天藜阁刻本，北京：中华书局1982年影印本。
② （清）沈雄：《古今词话》词话下卷，见唐圭璋《词话丛编》，北京：中华书局2005年版，第811页。
③ 参见张仲谋《明词史》，北京：人民文学出版社2002年版，第264页。
④ 汪超宏：《明清曲家考》，北京：中国社会科学出版社2006年版，第324~338页。

卷。其诗以少陵为宗，出入高、岑、王、孟诸家。王士禛称其“开河朔诗派”[①]。《全明词》存其词3首，《全清词》存词5首。

顾有孝生。顾有孝（1619—1689），字茂伦，号雪滩钓叟，更号雪滩头陀，江苏吴县（今苏州）人。明诸生，少游陈子龙之门。申酉之交，焚弃儒衣冠。有《雪滩钓叟集》。《全清词》存词4首。

王夫之生。王夫之（1619—1692），中年易名壶，字而农，号薑斋，后复用本名，晚岁隐居石船山，学者称船山先生。祖籍江苏高邮，徙湖南衡阳。崇祯十五年（1642）举人。明亡后，于衡山举兵抗清，兵败退广东肇庆，投南明桂王，授官行人，后到桂林依瞿式耜。旋桂林复陷，式耜殉难，乃决心隐遁，辗转湘西以及郴、永、涟、邵间，藏匿于瑶族山区，筑土室于石船山，发愤著述垂四十年。《清史稿》有传。为明清之际著名思想家、学者。有《船山遗书》324卷、《王船山诗文集》4集传世。其诗多反映民族矛盾、社会苦难。王氏不以词见称，其《鼓棹》初集、二集与《潇湘怨》各1卷，收词280余首，有《船山遗书》本及《惜阴堂汇刻明词》本。赵尊岳跋称“先生词婉约潇丽，雅韵欲流，缘知大儒固无所不工，亦以卓然殿朱明兰畹之盛也”[②]。《全明词》存其词305首，《全明词补编》另存其词1首，《全清词》存词279首。

吴绮生。吴绮（1619—1694），字园次，一字丰南，号听翁，一号薗叟，江都（今江苏扬州）人。清顺治十一年（1654）拔贡生，荐授中书舍人，奉诏谱杨继盛乐府，流传宫掖，目为江都才子。迁兵部主事，出知湖州府，于湖州擒治豪猾，喜接宾客，人称“三风太守”，谓其多风力，尚风节，饶风趣。卒以风雅好事失上欢，罢归。又以《醉花间》词有“把酒嘱东风，种出双红豆”句，人称“红豆词人”。事具《清史稿》陈维崧传附及吴绮撰《听翁自传》、王方歧《后传》。有《林蕙堂集》，中有词3卷。乾隆中有重刻巾箱本，内有《艺香词钞》4卷，陈乃乾据以辑入《清名家词》。《全清词》存词361首。绮词调和音雅，情态亦浓，长调多壮浪语。其早年居金陵，著有《萧瑟词》1卷，皆登临古迹、吊古伤今之作，未入《艺香词钞》，今传有钞本。另，吴绮从兄吴秉仁（生卒年不

---

①（清）王士禛：《渔洋诗话》卷下，《景印文渊阁四库全书》第1483册。
② 赵尊岳：《明词汇刊》，上海：上海古籍出版社1992年版，第344页。

详），字子元，号慎庵。有《慎庵词》、《摄寒词》各1卷，《全清词》存词79首。

张丹生。张丹（1619—1700后），原名纲孙，字祖望，号秦亭山人，晚更今名，浙江钱塘（今杭州）布衣。入清不仕。性喜山水，好为诗古文词，为“西泠十子”之一。事迹见《清史稿》、《杭州府志》及王嗣槐撰《张秦亭先生传》。有《张秦亭诗集》12卷，其诗格调悲凉沉远。另据著录，有《从野堂诗余》（一名《秦亭词》），今不传，词仅见于清初诸词选集中。《全明词》存其词5首，《全清词》存词20首。

钱栴生。钱栴（1619—1647），字仲驭，号约庵，嘉善（今属浙江）人，相国钱士升之仲子。崇祯十年（1637）进士，除南兵部主事，迁郎中，擢广东佥事，未赴。乙酉（1645）破家起兵，后战败，于震泽投水死，赠太常寺卿，谥忠贞。有《新儒园诗》3卷、《文部园诗》3卷。《全明词》存其词4首。

贡修龄中进士。贡修龄（生卒年不详），字国祺，江阴（今属江苏）人。中进士后，授东阳知县，历浙江布政司参议，迁江西布政司参政。有《斗酒堂集》12卷，明崇祯刻本，今有《四库禁毁书丛刊》影印本。《全明词补编》存其词11首。其《（失调名）·己未场后，醉中漫写》[①]作于是年。

由程明善辑录的《啸余谱》于是年付刻。按：程明善，字若水，歙县（今属安徽）人。

【辨证】《啸余谱》实为词曲谱。据程明善《〈啸余谱〉序》，意谓歌之源出于啸，故以词、曲为啸余。此书在明末清初影响甚大。实际上，书中各部分内容皆有出处，其《诗余谱》3卷取自徐师曾《文体明辨》之“诗余”部分，《北曲谱》1卷取自朱权《太和正音谱》，《南曲谱》3卷取自沈璟《南九宫十三调曲谱》。其余附录各项亦皆有原书出处，程明善不过辑集成一书而已。[②]

师俭堂萧少衢刻《新刻李于麟先生批评注释草堂诗余隽》4卷。卷首有己未

---

①《全明词补编》，第779页。

② 参见张仲谋《论徐师曾〈词体明辨〉的词谱性质——兼论〈啸余谱〉与〈词体明辨〉之关系》，《西北师大学报》（社会科学版）2008年第5期。

仲冬临川毛伯丘兆麟《〈草堂诗余〉序》，卷端署“古歙吴从先宁野甫汇编，公安袁宏道中郎甫增订，仁和何伟然欲仙甫参校”，卷末署“师俭堂萧少衢依京版刻”。今上海图书馆、南京图书馆有藏本。

【辨证】 李攀龙之字为“于鳞”，此则误作“于麟”，足见坊家托名而不用心。袁宏道从不作词，亦已于万历三十八年（1610）去世，亦当出于伪托。此本当沿郑世豪本、余文杰本系统，但把6卷并为4卷，即卷1、卷2为春景，卷3、卷4为夏景、秋景、冬景。收词435首，较余文杰本多1首，即把余文杰本删去的苏子瞻《西江月》（点点楼前细雨）一首又予以恢复。

正月十五日，李应策作《西江月·己未元夕，里人偶以花火索哑谜，而作此谑之也》[①]。

十月，范允临作《渡江云·己未十月，偶过石湖行春桥，见景物依然，先宜人旧游难再，追思往事，不胜空帷残照之感，赋此写恨》[②]，为怀念亡妻徐媛而作。

万历四十八年（泰昌元年） 庚申 1620

神宗朱翊钧卒，皇太子朱常洛即皇帝位，是为明光宗。朱常洛即位一月卒。常洛长子朱由校即皇帝位，是为明熹宗。

宋楙澄卒，年五十二。好藏书，能诗文，擅稗史小说。有《九籥集》47卷，明万历刻本，今有《四库禁毁书丛刊》影印本。又有《九籥别集》4卷、《附录》1卷，清初刻本。《全明词补编》据《九籥集》录其词12首。

汤传楹生。汤传楹（1620—1644），字子辅，更字卿谋，吴县（今江苏苏州）人。

张煌言生。张煌言（1620—1664），字玄著，号苍水，鄞县（今浙江宁波）人。崇祯十五年（1642）举人。明亡，以残兵支撑于天涯海角二十年，最后被执

① 《全明词》，第1240页。
② 《全明词》，第1321页。

于南田之悬岙（今浙江象山南），不屈，死于市。有《张苍水集》9卷，卷4附词6首，均为退居海岛后作，《惜阴堂汇刻明词》裁为《张尚书词》1卷。《明词提要》谓其词“风格骞举，雅韵欲流”[①]。《全明词》据《张苍水诗文集》录其词6首。

周季琬生。周季琬（1620—1668），字禹卿，号文夏，江苏宜兴人。顺治九年（1652）进士，官至监察御史，巡按湖南。事迹散见《湖海楼集》、《鸣鹤堂集》、《国朝画识》等。与陈维崧等同里交密，其词前期多侧艳之调，未脱“云间”风气，后期转见悲怆激烈。明崇祯十年（1637）刊行的《古今诗余醉》已选录其词。有《梦墨轩词》。词集已佚，今由辑本得数十首。《全清词》存词13首。

沈谦生。沈谦（1620—1670），字去矜，号东江，浙江仁和（今杭州）人。明诸生，笃学，工诗文。崇祯末与柴绍炳、丁澎等并称“西泠十子”。入清不仕，嗣其父为岐黄业，而肆力于诗古文，吟咏不绝，著述丰富。《清史稿》、《杭州府志》均有传。沈雄《古今词话》词话下卷云：“家去矜列名于西泠十子，填词称最。”[②]其著述据应扮谦《东江沈公传》：“所著《东江集》，有诗赋二十一卷、文十卷、词学十二卷，共四十三卷，行于世。又有《词韵》、《词谱》、《南曲谱》、《古今词选》、《沈氏族谱》诸书，未梓。《临平记》已梓，版毁及半，未行。”[③]《东江集》为其子沈宏宣刊于康熙间。今传之《东江别集》系据杭州丁丙传钞本重刊，有词3卷、曲2卷。沈雄《古今词话》评其词“率从屯田、待制浸淫而出，言情最为浓挚，又必欲据秦、黄之垒以鸣得意”[④]。谢章铤《赌棋山庄词话》则称其词“好尽好排，取法未高，故不尽倚声三昧。长调意不副情，笔不副气，徒觉拖沓耳，且时时阑入元曲”[⑤]。另有《填词杂说》1卷、《词韵略》1卷。《全明词》存其词201首，《全清词》存词219首。

魏际瑞生。魏际瑞（1620—1677），原名祥，字善伯，号伯子，江西宁都人。明清之际与弟魏禧、魏礼结庐金精翠微峰，与李腾蛟、林时益、曾灿等结生死

---

① 赵尊岳：《惜阴堂汇刻明词提要·〈张尚书词〉一卷》，《词学季刊》1933年第1卷第3号，第57页。
②（清）沈雄：《古今词话》词话下卷，见唐圭璋《词话丛编》，北京：中华书局2005年版，第816页。
③（明）沈谦：《东江集钞》，附录应扮谦《东江沈公传》，清康熙十五年（1676）沈圣昭沈圣晖刻本，《四库全书存目丛书》集部第195册。
④（清）沈雄：《古今词话》词评下卷，见唐圭璋《词话丛编》，北京：中华书局2005年版，第1041页。
⑤（清）谢章铤：《赌棋山庄词话》卷8，见唐圭璋《词话丛编》，北京：中华书局2005年版，第3423~3424页。

之交，号“易堂九子”，初则避兵，继谋恢复。后际瑞独出应试，为顺治十七年（1660）岁贡生。家贫，游食军中，为哲尔肯说降韩大任，被杀。事见魏禧撰墓志铭。有《魏伯子文集》10卷，康熙刻本，附词1卷，计70余首。其《魏伯子文集》卷1有《所作诗余序》，论词颇有见地。《全清词》存词80首。

释行悦生。释行悦（1620—1684），字梅国，号呆翁，俗姓曹，江苏太仓人。住理安寺，中年驻锡金陵，晚年住持如皋。有《呆翁和尚诗集》，附诗余1卷，康熙刊本。《全清词》存词34首。

孙枝蔚生。孙枝蔚（1620—1687），字豹人，号溉堂，陕西三原人。明末，散财结客，破家走江都，遂流寓。清康熙十八年（1679）荐举博学鸿词，求免试不得，不终篇而出，特赐中书舍人衔以宠其行，由是名益重而家益贫，不免游食。事具《清史稿》。著有《溉堂前集》9卷、《续集》6卷、《文集》5卷、《诗余》2卷，有康熙刊本，今有上海古籍出版社1979年影印本。聂先、曾王孙辑入《百名家词钞》，聂先谓其“元声充塞，有非南唐、北宋人所能及”[①]。《古今词话》引吴绮语，誉其为广陵词家之佼佼者，“亦足旗鼓中原”[②]。《全清词》存词186首。

毛先舒生。毛先舒（1620—1688），字稚黄，初名骙，字驰黄，浙江仁和（今杭州）人。明诸生。父殁后弃举业，以著述终老。事迹见《清史稿·文苑传》、《杭州府志》等。尝与张丹、沈谦唱和，号“南楼三子”；又与陆圻、孙治、柴绍炳、丁澎等并称“西泠十子”；诗文与毛奇龄、毛际可齐名，时人称“浙中三毛，文中三豪”。其诗有明“七子”遗风，词则步趋“云间”而入《花间》、《草堂》门径。著有《潠语》8卷、《小匡文钞》4卷、《稚黄子文洴》1卷、《思古堂文集》4卷、《东苑文钞》2卷；诗有《蕊云集》1卷、《晚唱》1卷、《东苑诗钞》1卷；词则有《鸾情集选填词》3卷，收词133首，康熙刊本。是集所收为早年所作。另有《填词名解》、《填词图谱》等多种。《全清词》存词182首，《全明词》仅据《全清词钞》录其词4首，《全明词补编》未收录。

陆嘉淑生。陆嘉淑（1620—1689），字孝可，更字冰修，号射山，晚号辛斋，海宁（今属浙江）人，陆钰子。明诸生。入清，以父殁于乱弃诸生业，不应有司

---

①（清）聂先、曾王孙：《百名家词钞》卷23，清康熙绿荫堂刻本，《续修四库全书》第1721册。
②（清）沈雄：《古今词话》词话下卷，见唐圭璋《词话丛编》，北京：中华书局2005年版，第817页。

之试，家道日落。晚岁游京师，一时名公巨卿交相推重，文采风流，名震辇下。有以博学鸿词荐，力辞不赴，以遗民终老。生平与查继佐、黄宗羲、全祖望、王士禛等均有往还唱和。其婿查慎行、弟陆宏定皆从学诗，得其指授颇多。诗与弟宏定齐名，时有“冰轮二陆”之目。事具王简可编、崔以学补《陆辛斋先生年谱》、《杭州府志》等。有《辛斋遗稿》20卷，清道光十三年（1833）海昌蒋氏别下斋刻本，其卷20为“诗余”，共收词91首。陈乃乾刊行《清名家词》时，鉴于不收明遗民词之例，另将《辛斋诗余》、潘廷章《渚山楼词》、查容《浣花词》合刊为《海宁三家词》单行。《全明词》、《全清词》存词均为90首。关于辛斋之生平与著述，可详参林枚仪《全明词补订之重要性——以三陆父子为例》[①]。

【辨证】“明季二陆词”的品目，应是由况周颐《蕙风词话》最先提出来的，但况周颐似乎就一直没有弄清“二陆”究竟指哪二人。《蕙风词话》卷5共有4段论及“明季二陆词”。其第一段曰：“得旧钞本《明季二陆词》，其人其词皆可传，欲授梓未能也。节具传略，并词数阕如左。陆钰，字真如，海宁人。万历戊午举人，改名荩谊，字仲夫，晚号退庵。九上春官不第，键户著书，足不入城市。甲申遭变，隐居贡师泰之小桃源。曰：‘吾乃不及祝开美乎。’未几，绝食十二日卒。有集十卷。其《射山诗余》《曲游春·和查伊璜客珠江元韵》云……”[②]其下三段分别论陆钰次子陆宏定词及射山词，而所谓射山词即承上段认作陆钰词，因此，况周颐所谓“明季二陆”，在他的理解就是指陆钰和陆宏定父子。况周颐所得旧钞本署“孙式熊抄存”[③]，因此，也可以说，致此误者，不是况周颐，而是孙式熊，甚或更早，况氏不过沿袭旧误而已。

然而况周颐又不止自误，而且贻误后人。他所得“明季二陆词”抄本欲授梓而未能，于是转交给其词学弟子赵尊岳，刻入《明词汇刊》，即题名陆钰的《射山诗余》和陆宏定的《凭西阁长短句》。从赵尊岳所作《提要》来看，所谓“明

① 林枚仪：《全明词补订之重要性——以三陆父子为例》，见《台湾学术新视野——中国文学之部（二）》，台北：五南图书出版公司2007年版，第598~631页。

② 况周颐：《蕙风词话》卷5，见唐圭璋《词话丛编》，北京：中华书局2005年版，第4515页。

③ 况周颐：《蕙风词话》卷5，见唐圭璋《词话丛编》，北京：中华书局2005年版，第4516页。

季二陆”，当然也是指陆钰、陆宏定父子。

这种理解其实是错误的。所谓“明季二陆”，应该是指陆宏定与其兄陆嘉淑。阮元《两浙輶轩录》载俞宝华语曰：“陆宏定诗与兄嘉淑齐名，嘉淑字冰修，宏定号轮山，时有‘冰轮二陆’之目。”[①]显然，“冰轮二陆”应是“明季二陆”的早期说法，虽然一侧重其诗，一侧重其词，但这两种品目之间应是有联系的。

错误的不止是指称的淆乱，更为根本的错误是文献的张冠李戴。传世的《射山诗余》及况周颐举以为例的《曲游春》3首，不是陆钰的作品，而是其长子陆嘉淑的作品。很显然，陆钰、陆嘉淑父子二人只能有一人号射山，而陆嘉淑号射山见于明代多种文献，以射山为陆钰却只能是况周颐、孙式熊等人的误解。

从具体词作来看，《明词汇刊》中题名陆钰的《射山诗余》，其中大多数作品均见于《辛斋遗稿》所附的《辛斋诗余》。以两本相比对，依《明词汇刊》本《射山诗余》，两本相同者凡18首。至于题目或小序稍有不同，词中亦间有异文或不同阙文，当为版本不同所致。从版本的可靠性来说，两本皆有之词应视为陆嘉淑的作品。而且，由于陆嘉淑《辛斋遗稿》所收并非其作品的全部，《明词汇刊》本《射山诗余》中所有而不见于《辛斋诗余》的词作，究当属何人所作，虽未可遽定，也很可能多为嘉淑之作。

之所以作出上述判断，《曲游春》3首堪为一证。这3首词题称《和查伊璜客珠江元韵》，而据查继佐门人沈起撰《查东山先生年谱》，继佐作客广东，事在顺治十四年、十五年[②]。又据继佐门人刘振麟、周骧所辑《东山外纪》，继佐入粤后，曾“作《夏日客窗曲游春调》四阕，全粤咸传诵之”[③]。因此，和作只能产生于顺治十四年之后。但陆钰于甲申那年（或次年）就绝食而死了。由此可见，这3首《曲游春》的作者只能是陆嘉淑而不会是陆钰。

关于这3首词，以讹传讹，辗转延误之书甚多。如叶恭绰《全清词钞》、尤

---

①（清）阮元：《两浙輶轩录》卷1，清嘉庆仁和朱氏碧溪草堂、钱塘陈氏种榆仙馆刻本，《续修四库全书》第1683册。

②（清）沈起：《查继佐年谱》，北京：中华书局1992年版，第48~50页。

③（清）沈起：《查继佐年谱》，附录刘振麟、周骧撰《东山外纪》，北京：中华书局1992年版，第130页。

振中《明词纪事汇评》、各本《金元明清词鉴赏辞典》等，均以此3阕属陆钰名下。而在《全清词》（顺康卷）中，此3首词既见于陆钰名下，又见于陆嘉淑《辛斋诗余》，于父子二人名下重出，不仅失考而且失察。

梁清标生。梁清标（1620—1691），字玉立，号棠村，又号苍岩子、蕉林居士、苍樵子、冶溪渔隐、直隶真定（今河北正定）人。明崇祯十六年（1643）进士，官庶吉士。李自成农民起义军克北京，归附任职。入清，以原官授翰林院编修，累迁兵、刑、户、礼各部侍郎、尚书。康熙二十七年（1688），晋升保和殿大学士，卒于官。其行迹散见于《清史稿》之《部院大臣年表》、《大学士年表》等。有《蕉林诗集》18卷，清康熙十七年（1678）梁允植刻本，今有《四库全书存目丛书》影印本。词集曰《棠村词》，康熙间刻本，存词377首，《全清词》据录。梁氏位高望重，门下弟子中又多词坛名家，故词名特盛。然陈廷焯以为，其词“尚秾艳，语必和平，自是福泽人声口。然论词未为高妙”[①]。

赵进美生。赵进美（1620—1692），字嶷叔，一字韫退，号清止，山东益都（今淄博）人，赵执信叔祖。明崇祯十三年（1640）进士，授行人。入清，官至福建按察使。事迹见《饴山堂文集》赵执信所著《墓志铭》。著有《清止阁集》9卷，康熙刻本，中存《诗余》1卷，词仅19首，词风出自“花间”而不染明人习气，雅似“云间”格调。

吴骐生。吴骐（1620—1695），字日千，晚号铠龙，又号九峰遗黎，江南华亭（今属上海）人。明诸生。幼有神童之目，以诗文受知于陈子龙。崇祯十五年（1642）与陶冰修、周茂源等别立雅似堂社。明亡，绝意进取。汤斌抚吴时，拟招之入幕，不受，退居山中，时人目为高士。工词，尤长于小令，多艳体，承云间派家法。沈雄《古今词话》引沈谦语云：“日千词专工小令，读之不纤不诡，不浅不深，生色真香，在离即之间。”[②]有《颛颔词》1卷（一名《杜鹃楼词》），附于《颛颔集》8卷以行，康熙刊本。另有《惜阴堂汇刻明词》本，赵尊岳跋谓其

①（清）陈廷焯：《白雨斋词话》卷3，见唐圭璋《词话丛编》，北京：中华书局2005年版，第3827页。
②（清）沈雄：《古今词话》词评下卷，见唐圭璋《词话丛编》，北京：中华书局2005年版，第1042页。

“词温雅澹荡，间有伤格处，则一时之风尚如此，无足责也”[①]。又有民国排印本《吴日千先生集》附词40余首，乃不足本。《全明词》存其词95首，《全清词》录词99首。

宗元鼎生。宗元鼎（1620—1698），字定九，号梅岑，又号香斋、小香居士、东原居士，江苏江都（今扬州）人。康熙十八年（1679）贡太学，铨注州同知，未仕。《清史稿》有传。有《芙蓉集》17卷（今存13卷），清康熙元年刻本，今有《四库全书存目丛书》影印本。又有《新柳堂集》17卷，康熙间刊本。其《芙蓉词》1卷附《芙蓉集》中。又选编《诗余花钿》（一名《花钿集选》），保存扬州词人作品，并系小传评述，弥足珍贵。《全清词》录词53首。按：《全明词》收“宋元鼎”《点绛唇·春尽》、《望远行·雪景》二词[②]，“宋元鼎”当为“宗元鼎”之误。

计南阳生。计南阳（1620—1686后），原名安，字子山，江南华亭（今属上海）人。明诸生，与周茂源、蒋平阶等同为景风社眉目。入清后，作幕金陵，为顺治间云间几社后进领袖，诗词书画均有声于时。康熙十七年（1678）沈荃欲举博学鸿词，力辞乃已。著有《负灯草》、《江枫草》，传本罕见。田茂遇、张渊懿《清平初选》载其词30余首。卓尔堪《明遗民诗》、王昶《明词综》皆录其作，盖以明遗民视之。《全清词》存词36首，《全明词》仅据《明词综》录其词2首，《全明词补编》未收其作。

刘淑生。刘淑（1620—？），字淑英，晚称个山人，江西安福人，刘铎女，王蔼室。7岁，父死于阉祸，母教成人，文武兼备。年十八而寡。清顺治三年（1646）兵起，散家财募士卒，得千人，欲兴明业。事不济，散所部，归田里，独辟小庵，曰“莲舫”，迎母归养，奉佛以终。有《个山遗集》6卷，其卷6存词41首，《全明词》据录。《全清词》存词36首。

孙圣兰生。孙圣兰（1620—？），字香玉，又字子操，号兼山，浙江嘉善人。崇祯十六年（1643）进士。入清不仕，隐居三十年，偕故友结花社，闭户著书。有《兼山草堂集》。《全清词》据《柳洲词选》存其词2首。

---

① 赵尊岳：《明词汇刊》，上海：上海古籍出版社1992年版，第12页。
②《全明词》，第3307页。

杨思本生。杨思本（1620—？），字因之，江西南城人，一作休宁（今属安徽）人。明末遗民。有《榴馆初函集选》10卷，清康熙十三年（1674）杨日升刻本，今有《四库全书存目丛书》影印本。其卷10有词9首，《全明词补编》据录。其《春曲》、《海棠曲》、《中秋曲》3首有小序云："意况所到，信笔写来，不较长短，漫成三曲。未有牌名，亦未检韵，聊以适兴云尔。"①《全明词补编》标为"失调名"，其实本无调名。

闵暎璧刻朱墨套印本《评点草堂诗余》5卷，无刊行年月，仅知刻于万历间，姑系于此。卷首有杨慎《草堂词选叙》，实即杨慎"嘉靖辛亥（1551）仲春花朝"为己著《词品》所作序，但删去原作时间而已。卷端署"西蜀升庵杨慎批点，吴兴文仲闵暎璧校订"。此本当据顾从敬刻4卷本重编，唯将4卷本之卷1别为两卷，另此本第4卷较顾刻本第3卷多《水龙吟》9调。清光绪十三年（1887）刻《忏花庵丛书》本《草堂诗余》又据闵暎璧本校刊，山阴宋泽元瀛士校订。

吕远刻《南唐二主词》，有万历刊本、1924年北平莱薰阁影印本。有谭尔进17岁时所作序。《南唐二主词》之谭尔进《题词》云："阳羡作《南唐书》，辞义严正。然于二主之文才，未尝不痛惜也。时家国阴阴，如日将暮。二主乃别有一副闲心，寄之词调，意以此获不朽矣。是集世所传南唐二主词，特其一斑也。读之皆凄怆悲动，亦复幽闲跌宕，如多态女子，如少年书生，落调纤华，吐心婉挚，竟为有情人案头不可少之书，异哉。嗣主少时，于庐山暴布前构书斋，为他日终焉之计。及大渐之际，群鹤翔空，双龙据殿，此岂凡骨耶。后主少而聪颖，尤喜属文，兼攻书画。读其杂制诗，及亲诔周后数百余语，转折流连，性柔才大，更非人所及也。予谓明道崇德之谥，未足为嗣主生色。违命侯之封，亦未足为后主减光。但使二主不为有国之君，居然慧业文人，自足风流千古。斯亦可谓二主之定论也已。万历庚申花朝，谭尔进序并书，时年十七。"②

朱之蕃辑刻丛书《词坛合璧》刊于是年，其中收录汤显祖评点《花间集》4卷、杨慎评点《草堂诗余》5卷、茅暎选编《词的》4卷及杨慎评《四家宫词》2

①《全明词补编》，第979~981页。

②（明）谭尔进：《题南唐二主词》，见王仲闻《南唐二主词校订》，北京：人民文学出版社1957年版，第99~100页。

卷。按：茅暎，字远士，吴兴（今浙江湖州）人。《词的》选录唐至明代词作391首，尤以唐宋为多，以调编次。卷1收小令31调124首，卷2收小令48调120首，卷3收中调35调92首，卷4收长调38调55首。卷首有茅暎自序，标举“幽俊香艳”词风，故入选之词多俗艳之作，格调不高，舛误亦多。竟将晏殊名句“无可奈何花落去，似曾相识燕归来”归于李璟名下。又如将王观《卜算子》词的名句“水是眼波横，山是眉峰聚”，改为“眼似水波横，眉似山峰聚”，尤可见其识见差劣。词中间附评点，亦多浮泛之语。

正月七日，张丑作《一剪梅》（生怕寒蝉碧树秋）。《全明词》及《全明词补编》未录该词。按：张丑《清河书画舫》卷11下：“越石舟中，瞻对著色《儗居城东图》，是云林绝品，为之喜而不寐。追忆昔年，曾于王百谷半偈庵中获观李易安《一剪梅》词真迹，系清秘阁旧物。欣然会心，敬步元韵，填成一阕以志之。玉峰张丑广德书。‘生怕寒蝉碧树秋。远访云林，天际归舟。城东山色画无俦。坐对心飞故国楼。　还羡双溪解北流，泛览山阴，销释牢愁。凌云健笔果清幽。二士题头，十倍龙头。’时庚申人日。”[①]

八月十日，张丑作《清平乐》（雨淋风扬），为题《溪山风雨图》作。《全明词》及《全明词补编》未录该词。按：张丑《清河书画舫》卷6下：“《溪山风雨图》短卷，乃董北苑画真迹，神品上上，今在甫里马氏，陆全卿太宰故物也。后有俞焯籧庵跋尾，沈启南、吴原博和韵诗，皆极称许之。惜为庸工装背，神彩十去三四矣。北苑《夏山》少逊《风雨图》卷，再阅优劣自见，暇日，漫缀小词题其《溪山风雨》云：‘雨淋风扬，叔达模真样。展玩如闻澎濞响，杰出云麾画上。　渔郎里网船开。山僧负衲归来。村店重茅被卷，苍皇惊动裙钗。’右调《清平乐》，步孙夫人韵，泰昌元年八月十日。词旨前半评画，后半叙景，皆实录也。”[②]

九月一日，董其昌作《长相思·庚申九月朔，京口舟中写》。是年另有《少年游·庚申九月五日》、《浪淘沙·庚申九月重九前一日书是》。[③]

---

①（明）张丑：《清河书画舫》卷11下，《景印文渊阁四库全书》第817册。

②（明）张丑：《清河书画舫》卷6下，《景印文渊阁四库全书》第817册。

③ 三词均见于《全明词》第1309页。

冬至前四日，施绍莘作《忆秦娥·怀王修微》，词前小序曰："修微，籍中名士也。色艺双绝，尤长于诗词。适从性夙斋，闻其人，见其《忆秦娥》一章，有'多情月，偷云出照无情别'之句，风流酝藉，不减李清照。明日入东佘，见修微于眉公山庄之喜庵，方据案作字，逸韵可掬。相与谈笑者久之，日西别去。此情依依。因用其调，填词记之。他时相见，拈出作一话头耳。庚申冬至前四日，花影斋识。"①

除夕，茅维作《庆清朝慢·庚申除夕山楼咏雪》②。

---

①《全明词》，第1447页。

②《全明词》，第1295页。

卷5　明季词坛

（天启至崇祯年间，1621—1644）

引言

明季词坛，从编年史角度来看，只能到崇祯十七年（1644）甲申为止。然而词史不同于历史，这一时期的词人不仅包括大明英烈陈子龙，同时也应该包括他当年的好友，同为“云间三子”的李雯和宋征舆。所以邹祇谟、王士禛编《倚声初集》、蒋景祁编《瑶华集》，皆统合明季清初而共为一集。以年齿先后为序，此期的主要词人有：王屋（1595—？）、吴熙（1613—1657）、易震吉（崇祯七年进士）、徐士俊（1602—1681）、卓人月（1606—1636）、陈子龙（1608—1647）、李雯（1608—1647）、吴易（1612—1646）、汤传楹（1620—1644）、夏完淳（1631—1647）等。这一代词人，因为遭逢变故，国恨家仇，蕴发无端，其词具有很强的情感冲击力，格律或有未合，修辞或有未精，然而情至文生，真气流衍，足以弥补技艺层面的种种瑕疵。

陈子龙是明词的殿军，同时也是明代最杰出的词人之一。历来论词者对明词几于肆意讥弹，唯独对陈子龙低首敛衽而无间言。谭献《复堂词话》评曰：“有明以来，词家断推《湘真》第一，《饮水》次之。”[①]又曰：“周稚圭有言：‘成容若、欧、晏之流，未足以当李重光。’然则重光后身，惟卧子足以当之。”[②]事实

①（清）谭献：《复堂词话》，见唐圭璋《词话丛编》，北京：中华书局2005年版，第3996页。
②（清）谭献：《复堂词话》，见唐圭璋《词话丛编》，北京：中华书局2005年版，第3997页。

上，陈子龙不仅是明词的殿军，亦可称清词之开山，是开启清词门户、导引清词走向中兴的关键。龙榆生《近三百年名家词选》以陈子龙打头开篇，即暗含此意。但也正因为选了陈子龙的词，他这部词选就不能叫《清词选》。

明季词家在词学文献整理与词选编集方面取得了很大成绩。毛晋以藏书家而兼词学家，在词籍整理方面其功至伟。他编刊《宋六十名家词》，辑刻词学丛书《词苑英华》，客观上为清词复兴提供了文献基础。在崇祯年间成书的几种词选中，沈际飞《古香岑草堂诗余四集》和卓人月、徐士俊《古今词统》，都是在明确的词学观念指导下编成的。抛开编排体例等技术性细节不谈，这两种词选的最大特点在于超越偏见而指向通博，超越琐屑而指向综合。他们合古、今为一体，而着意强化今词即明词的地位；合谱、选为一体，而着意强化选本的词谱功能；合婉约、豪放为一体，而着意提升豪放词的地位。这些均体现了编者持平通脱的立场与建构词统的意识。

明季词家的词学水平也体现在他们所作的词集序跋中。如茅元仪《〈唾香集〉序》把词比作“天之河汉”、“草木之�”、“百骸之眉”，看似无用，而无之则不韵[①]。张慎言《〈万子馨填词〉序》谓“词之至佳者，入曲则甚韵，入诗则伤格”[②]。沈际飞《序〈草堂诗余四集〉》对词独特的抒情功能称赏备至，其文曰：“於戏！文章殆莫备于是矣。非体备也，情至也。情生文，文生情，何文非情？而以参差不齐之句，写郁勃难状之情，则尤至也。”[③]陈子龙《〈王介人诗余〉序》谓：“宋人不知诗而强作诗，其为诗也，言理而不言情，故终宋之世无诗焉。然宋人亦不免于有情也，故凡其欢愉愁怨之致，动于中而不能抑者，类发于诗余。故其所造独工，非后世可及。”[④]这些带有晚明清言小品特色的词论，都显示了他们对词的艺术个性更深刻的认识和更精准的表述。又如秦士奇《〈古香岑草堂诗余〉序》中云，他和编者沈天羽（际飞）商议，之所以要以“我明新集”独立成编，乃是因为“历朝近代，皆有一种古隽不可磨灭处”[⑤]。这实际是说“一代有一代之词”，不

---

①（明）茅元仪：《石民四十集》卷17，明崇祯刻本，《续修四库全书》第1386册。
② 赵尊岳：《明词汇刊》，上海：上海古籍出版社1992年版，第888页。
③（明）顾从敬类选，沈际飞评正：《草堂诗余正集》，卷首沈际飞序，明刊本。
④（明）陈子龙撰，孙启治校点：《安雅堂稿》卷3，《新世纪万有文库》本，沈阳：辽宁教育出版社2003年版，第48页。
⑤（明）顾从敬类选，沈际飞评正：《草堂诗余正集》，卷首秦士奇序，明刊本。

必定以宋词为圭臬。这就既为明词找到了存在的理由，也为明代词人找回了自信。

明代评点词集有20种左右，大都不足观。然而如沈际飞评点《古香岑草堂诗余四集》，卓人月、徐士俊评点《古今词统》，可以说代表着明代词集评点的最高水平。虽然其中亦有少量评语是从《花庵词选》或《词品》等书中转抄而来，亦有随口赞叹曰佳曰妙者，然而有得之言，随处可见，新警之语，所在多有。由于编者长期从事词的选编工作，濡染日久，积淀丰厚，故往往能够以宏阔开放的眼光，寻源溯流，把某人某词或某种手法风格，放在词史的背景下来考察，从而得出历史的定位与评价。又往往会由点及面，由局部而整体，由个案指向规律，由或然指向必然，均显示出评点者较高的手眼与工力。尤其是其中往往以曲释词，以民歌释词，可以说是明代词集评点的一大特色。

天启元年　辛酉　1621

顾景星生。顾景星（1621—1687），字赤方，号黄公，湖北蕲州（今蕲春）人。明诸生，弘光时授推官。入清，屡征不出。康熙十八年（1679）荐举博学鸿词试，因病未与。景星记诵淹博，才气纵横，称一时霸才，惜乎细大不捐，贪多而近于杂。与杜濬齐名，称“杜顾”；又与唐洛、胡承诺、张仁熙、吴骥等并称“江汉逸民”。著有《白茅堂全集》46卷，所附《白茅堂词》1卷，聂先、曾王孙辑入《百名家词钞》。《全明词》仅据《全清词钞》录其词2首，《全清词》存词28首。

宋实颖生。宋实颖（1621—1705），字既庭，号湘尹，江苏长洲（今苏州）人。清顺治八年（1651）举人，官兴化县教谕。有《读书堂》、《老易轩文集》等传世。《全清词》存词5首。

任绳隗生。任绳隗（1621—？），字青际，号植斋，江苏宜兴人，应试时更名方斗。顺治十四年（1657）举人，以“奏销案”褫革，仍复原名。与陈维崧齐名，称“阳羡双绝”。词风与陈维崧为近，初则香艳旖旎，终则清峭苍凉。其《直木斋词选》3卷，附《直木斋集》以行，康熙间刻本。《全清词钞》第2卷称其尚有《冰弦词》，未见传。《全清词》存词86首。

范文光中举人。范文光（？—1651），字仲闇，内江（今属四川）人。崇祯中历官南京户部员外郎，告归。张献忠起事，文光偕刘道贞等举义兵。永明王命为右佥都御史，巡抚川南，总督李乾德杀杨展，文光恶之，遂入山不视事。清兵克嘉定，文光仰药亡。《全明词》仅据《明词综》录其词1首，《全明词补编》及《全清词》辑其词12首。

万道光于是年前后在世。万道光（生卒年不详），字日章，号景山，又号苍琅子，临川（今江西抚州）人。万历至崇祯年间在世。有《交翠馆集》10卷，清乾隆四年（1739）志学轩重刻本，今已收入《四库全书存目丛书》，其卷5有词12首，《全明词补编》据录。

方一元于是年前后在世。方一元（生卒年不详），字心寰，全椒（今属安徽）人。英宗时南和侯方瑛的后代，袭封为南和伯。祁彪佳《甲申日历》记甲申（1644）五月初一日，“朝罢，史道邻邀大老台省会议于内守备私宅。时日将晡，甚暑热，多散去者。勋武止南和伯方一元在耳”[①]。后南京城破，方一元亦为降清重臣之一。《全明词补编》存其《蝶恋花·寓山十六景》词16首。

蒋倪于是年前后在世。蒋倪（生卒年不详），字安然，山阴（今浙江绍兴）人。万历至崇祯年间在世，曾与祁彪佳等结雁社、枫社等诗社。《全明词补编》据《寓山十六景诗余》等存其词17首。

王元寿于是年前后在世。王元寿（生卒年不详），字伯彭，又字伯朋，号湖隐居士、西湖居士，钱塘（今浙江杭州）人。万历至崇祯年间在世，与祁彪佳等结雁社于杭州。为明末多产作家，创作传奇20多种，今存《果园记》、《异梦记》2种和《鸳鸯被》残曲。《全明词补编》存其《蝶恋花·寓山十六景》词16首。

柳人曾于是年前后在世。柳人曾（生卒年不详），字集玄，会稽（今浙江绍兴）人。万历至崇祯年间在世，曾与祁彪佳等结雁社、枫社等诗社。《全明词补编》存其《蝶恋花·寓山十六景》词16首。

刘广于是年前后在世。刘广（生卒年不详），字元博，长洲（今江苏苏州）人。万历至崇祯年间在世。善书画。《全明词补编》存其《蝶恋花·寓山十六景》词16首。

---

①（明）祁彪佳：《甲申日历》，见陈左高选注《古代日记选注》，上海：上海古籍出版社1982年版，第68页。

陈国光于是年前后在世。陈国光（生卒年不详），字长耀，又字尚宾，会稽（今浙江绍兴）人。万历至崇祯年间在世。能诗，善画，曾为祁彪佳作《寓山图》。《全明词补编》存其词8首。

殷时衡于是年前后在世。殷时衡（生卒年不详），字介平，吴县（今江苏苏州）人。万历至崇祯年间在世。《全明词补编》存其《蝶恋花·寓山十六景》词16首。

正月六日，施绍莘作《菩萨蛮·雨中忆张冲如》，词前小序曰："天启改元，正月五日，得冲如靖州家报，极言风土之恶。有'中秋有月，重阳无菊'之语。惋叹者久之。明日入西佘，中途风雨猛恶。因思冲如对此，当更怆悒。舟中枯坐，无可告语，因捉笔记之，乃《菩萨蛮》本调也。"[①]

四月，王屋作《满庭芳·题雪谷画，次董韵》，词后有跋语，题署"天启元年四月清晓斋题"[②]。

天启二年 壬戌 1622

龙膺卒，年六十三。万历八年（1580）进士，除徽州府推官，谪温州府学教授，稍迁国子监博士，升礼部主事，复谪两淮盐运判官，转巩昌府通判，升同知，迁南京户部员外郎，进郎中，累官至南京太常寺卿。有《纶隐全集》，含《纶隐文集》27卷、《纶隐诗集》19卷，诗余、散曲在《纶隐诗集》第13、14两卷。《全明词补编》从中辑出其词21首。

朱中楣生。朱中楣（1622—1672），本名懿则，字远山，世称远山夫人，江西南昌人，明宗室，吉水李元鼎继室。才名藉藉，至动帝王歆羡，指名索其诗集。钱谦益为其集作序。所著与李元鼎作合编为《石园全集》。中楣诗余，多与元鼎唱随之作，故曰《随草诗余》。熊文举誉为"秾纤倩丽，不减易安"[③]。徐乃昌辑入《小檀栾室汇刻闺秀词》第9集，易名为《镜阁新声》，其实《镜阁新声》乃

---

①《全明词》，第1445~1446页。

②《全明词》，第1587~1588页。

③（清）周铭:《林下词选》卷10，朱中楣小传引熊文举语，清康熙十年（1671）刻本，《续修四库全书》第1729册。

其诗集名。另有《亦园嗣响》，为其诗词合集，徐氏亦漏收其词。《全清词》存词74首。

史鉴宗生。史鉴宗（1622—1674），字绳远，号远公，江苏金坛人，流寓宜兴。顺治八年（1651）举人，官南陵（今安徽宁国）教谕，以“奏销案”被黜。精诗文，工书画，著有《青堂词》1卷，不传。任绳隗撰《青堂词序》，见《直木斋全集》卷11。《全清词》存词27首。

杜漺生。杜漺（1622—1685），字子濂，号湄湖，山东滨州人。顺治四年（1647）进士，官至河南开归陈许道。殁后，王士禛为撰墓志。有《湄湖诗余草》1卷，计27首，附刊于《湄湖吟》集，初刻于康熙十九年（1680），道光中其玄孙辑遗重刊，今有《四库未收书辑刊》影印本，《全清词》据录。

丁澎生。丁澎（1622—1685），字飞涛，号药园，浙江仁和（今杭州）人，回族，丁大绶长子。明崇祯十五年（1642）举乡试。为“西泠十子”之一，早年与毛先舒等以诗词就正于陈子龙，为陈氏所赏识。顺治十二年（1655）进士，初官刑部主事，调礼部郎中。十五年（1658），充河南乡试副考官，以科场案牵系，获罪下狱。十七年（1660），谪徙辽东靖安（今吉林洮南）。康熙四年（1665）遇赦放归故里，游食四方，以著述终身。事迹见《清史稿》、《杭州府志》、《仁和县志》。著有《扶荔堂诗稿》13卷、《文选》12卷、《诗集选》12卷。其《扶荔词》4卷，有康熙十九年（1680）刻本，存词243首。其小令多旖旎愁肠，曲尽纤艳之思，未脱明词之习；而长调则慷慨悲凉，气势腾越，抒写迁谪之情。另，丁澎胞弟丁潆、堂弟丁景鸿皆工诗文，有才名，人称“盐桥三丁”（家仁和盐桥，故称）。丁潆字素涵，号天庵，有《青桂堂集》，不传，孔传铎辑《名家词钞六十种》收其《秉翟词》1卷，仅1首；丁景鸿字弋云，号鹫峰，能诗词，工书画，惜作品不传；妹丁氏，出家为尼，号自闲道人，著有《茗香词》。《众香词》录存2首。

徐喈凤生。徐喈凤（1622—1689），字鸣岐，更字竹逸，号荆南山人，江苏宜兴人。顺治十五年（1658）进士，官云南永昌推官。十八年（1661），以本籍奏销降调，次年辞官归里，后曾两次被荐举，不就。康熙二十五年（1686），主持重修《宜兴县志》。事迹散见于《上阳徐氏家乘》及《县志》、《今世说》等。著有《荫绿轩词》正、续集，存康熙、光绪两种刻本。又有词话《荫绿轩词证》1卷，主张各因其性情，反对以婉约、豪放分正变。曰：“词虽小道，亦各见其性情。性情豪放者，强作婉约语，必竟豪气未除。性情婉约者，强作豪放语，不觉婉态自露。故婉约固是本色，豪放亦未尝非本色也。”[①]词以疏中见密、直而实曲见长，风格清逸飘萧，多本色语，与弟徐翙凤、子侄徐瑶、徐玑均系阳羡词派中重要成员。聂先、曾王孙《百名家词钞》评语谓：“荆溪其年昆仲，独倡声教，而先生鼓吹之功实多。”[②]《全清词》存其词246首。

张锡怿生。张锡怿（1622—1691），字越九，号宏轩，上海人。年十四补县学生员，顺治十二年（1655）进士，廷试第一，授山东泰安知州。十四年（1657），以科场案牵累被逮，后宽释归。著有词集《啸阁余声》、《树滋堂诗余》。《百名家词钞》引孙致弥评语云：“先生之词，其源出于东坡，而温雅绵丽，含蓄不露，则斟酌于小山、淮海之间，集长去短，自成一家，不屑屑以镂花剪叶、搓酥滴粉为工。”[③]《全清词》存词35首。

徐倬生。徐倬（1622—1711），字方虎，号蘋村，浙江德清人。少入刘宗周、倪元璐之门，与吕留良交谊甚密，并与钱秉镫、柴绍炳、陆圻诸遗老相唱酬。康熙十二年（1673）进士，入翰林，官至侍读。三十三年（1694），以事牵累被劾归休。后奉旨撰《全唐诗录》成，擢礼部侍郎。著有《蘋村集》30卷，存《水香词》2卷。《全清词》存词101首。

翁吉熺于是年前后在世。翁吉熺（生卒年不详），字裴郎，永春（今属福建）人。崇祯年间贡生，曾官儒学训导。有《石佛洞榷伥小品》16卷，明崇祯刻本，词在末卷。首册扉页刻“翁裴郎石佛洞草起壬戌至壬申止”，“癸酉醉凡庵刊”。据此知所收当为明天启二年壬戌（1622）至崇祯五年壬申（1632）十年间作品，崇祯六年癸酉（1633）刊行。《全明词补编》据其本集录词48首。

九月九日，王屋作《满庭芳·壬戌重九，阻风泖上，晚次东山，划焉开霁，遂穷其颠》[④]。是年另有《玉簟秋·壬戌之秋，闻溪寓中作》[⑤]。

---

①（清）徐喈凤：《荫绿轩词证》，见朱崇才《词话丛编续编》，北京：人民文学出版社2010年版，第102页。

②（清）聂先、曾王孙：《百名家词钞》卷16，清康熙绿阴堂刻本，《续修四库全书》第1721册。

③（清）聂先、曾王孙：《百名家词钞》卷45，清康熙绿阴堂刻本，《续修四库全书》第1721册。

④《全明词》，第1585页。

⑤《全明词》，第1635页。

俞彦作《清平乐·良乡道中》[1]，自注“天启壬戌”。

天启三年 癸亥 1623

陈祚明生。陈祚明（1623—1674），字胤倩，号稽留山人，浙江仁和（今杭州）人。明诸生，以孝悌闻于乡。其兄陈元倩官侍御，客死外乡，祚明只身间关携榇，归即弃举业，家居奉母。清顺治十三年（1656），应同乡故友严沆之招入都，馆于严家，教授严沆长子曾榘。在京与宋琬、丁澎等诗词唱和，名列“燕台七子”。及严曾榘及第，祚明辞归，卜居杭州吴山麓，以卖文度日。事迹见《杭州府志》。著述甚富，盈箱累箧，在世之日因囊无余资而未能刊行。卒后，同里顾豹文校雠编订其《采菽堂集》24卷先行付梓，其卷21附《采菽堂诗余》，存词52首。

周篔生。周篔（1623—1687），初名筠，字公贞，更字青士，又作清士，别字筜谷，浙江嘉兴人。明诸生。入清后弃举子业，隐于米市，且贾且读。好为诗词，与同里王翃、朱彝尊、朱一是等相唱酬，尝以诗法授人。事迹见《清史稿》、《嘉兴府志》。有《采山堂诗》8卷。沈德潜《明诗别裁集》、王昶《明词综》、卓尔堪《明遗民诗》、陈田《明诗纪事》等皆选录其作品。工词学，曾辑《词纬》30卷、《今词综》10卷行世。其词未见有集流传，仅于清初诸选本如《瑶华集》、乾隆间编刊之《梅里词绪》、《国朝词雅》中存词35首。《全明词》存其词6首。

董汉策生。董汉策（1623—1691），字帷儒，号芝筠，晚更号榴龛，浙江乌程（今湖州）人。贡生。范承谟抚浙时，上救荒诸策，又捐资赈米，活人无算，因特荐于朝，以科道员缺试用，后忌者诬奏，旋被放归，益肆力经史，以教后学。著有《蓝珍词》1卷、《董词》1卷、《董词二集》1卷、《雪香谱》1卷，附见于康熙刻本《榴龛居士集》。《全清词》存词150首。按：明代另有一董汉策，字道夫，沅陵人，明嘉靖二年（1523）进士，官工部主事。

顾贞立生。顾贞立（1623—1699），原名文婉，字碧汾，自号避秦人，江苏无锡人，顾贞观之胞姊，适同邑州佐侯晋。贞立为清初著名女词人，成就颇高，

---

①《全明词补编》，第740页。

其词具劲爽情韵。郭麐《灵芬馆词话》评其《满江红·楚黄署中闻警》一词“语带风云，气含骚雅，殊不似巾帼中人作者，亦奇女子也”[①]。其诗词皆工，著有《餐霞子集》，《金匮县志》著录为《栖香阁诗词稿》，今未见。今存《栖香阁词》2卷。《全明词》存其词169首，《全清词》存词160首。

毛奇龄生。毛奇龄（1623—1716），原名甡，字大可，又字于一、齐于，号河右，别号西河，人称西河先生，别署初晴、秋晴、晚晴、春庄、春迟、僧弥、僧开，浙江萧山人。明末诸生。明亡，参与义师，变姓名为王彦，字方士，匿迹江淮间十余年。后归里，以文学游食四方，有盛名。康熙十八年（1679）以荐举博学鸿词科，授检讨，充《明史》纂修官，后为会试同考。二十四年（1685），乞假归里，以痹疾不复出，卜籍杭州竹竿巷，专意著述。事具《清史稿》、自撰《墓志铭》及《萧山县志》、《杭州府志》，《上海县志》、《松江府志》、《庐陵县志》、《阜阳县志》、《靖江县志》、《山阳县志》等均载其行迹。其著作多达170余种，490余卷。《四库全书总目·西河文集》“提要”云：“奇龄著述之富，甲于近代，没后其门人子侄编为《西河合集》，分经集、史集、文集、杂著四部，凡四百余卷……诗五十三卷，词七卷（今按：实为词六卷、词话二卷）。”[②]奇龄与毛先舒、毛际可三人并称，人云“浙中三毛，文中三豪”。奇龄不独学富于“二毛”，其《毛翰林词》亦远高于毛先舒《鸾情集选填词》、毛际可《浣雪词钞》。谢章铤《赌棋山庄词话》云：“毛西河少年受知于陈卧子，故词、诗皆承其派别，而词较胜于诗。卧子之论词也，探源《兰畹》，滥觞《花间》，自余率不措意。西河虽稍贬辛、蒋，而不废周、史。其词于小令、中调、长调之中，析隋唐题特立一卷，曰原调，虽《菩萨蛮》、《小重山》之古，而多为宋人取填者，亦不入焉，可以知其意趣之所在矣。……《西河词话》四卷，佚其二，论韵、论歌诸则，俱极精凿，亦谈词一正法眼。”[③]《全清词》存其词347首。

仲恒或生于是年。仲恒（1623？—1694后），字道久，号雪亭，晚号渔隐道人，仁和（今浙江杭州）人。明诸生。9岁能文，长负气节。于书无所不读，与

---

①（清）郭麐：《灵芬馆词话》卷2，见唐圭璋《词话丛编》，北京：中华书局2005年版，第1537页。

②（清）永瑢等：《四库全书总目》卷173，北京：中华书局1965年版，第1524页。

③（清）谢章铤：《赌棋山庄词话》卷4，见唐圭璋《词话丛编》，北京：中华书局2005年版，第3364~3366页。

妇钟筠校雠卷帙，或累月不出。家贫，不得志，郁郁寡欢。《杭州府志》有传。工词，有《雪亭词》16卷，又著《词韵》2卷，《四库全书总目》著录。康熙十八年（1679），卓回选辑《古今词汇三编》，录其词若干首，仲恒与王士禛、朱彝尊等共同参订此书。康熙三十三年（1694）逾七十尚在世。《全清词》存词997首。另，其妻钟筠亦工词。钟筠（生卒年不详），字贲若，仁和（今浙江杭州）人，钟化民孙女，其姊钟韫为海宁查慎行母，事迹附见《杭州府志》仲恒传。著有《梨云榭诗余》，徐乃昌《小檀栾室汇刻闺秀词》收录其词24首。《全清词》存词34首。

八月十二日，茅维作《小重山·闺情，癸亥八月十二日》①。

九月，王屋作《闲闲令·癸亥九月荻秋庵夜咏》②。

天启四年　甲子　1624

谢肇淛卒，年五十八。万历二十年（1592）进士，除湖州推官，累迁工部郎中，官至广西左布政使。《明史》卷286有传。有诗集《小草斋集》30卷，明万历刻本；《小草斋续集》3卷，明末刻本；《小草斋文集》28卷，明天启刻本。《全明词》据选本录其词8首，《全明词补编》据其《小草斋集》另辑得33首。

董白生。董白（1624—1651），字小宛，号青莲，江宁（今江苏南京）人，冒襄副室。有《奁艳》3卷，今佚。《全明词》、《全清词》存词均为3首。

曾王孙生。曾王孙（1624—1699），字道扶，浙江秀水（今嘉兴）人，本姓孙，入继外祖曾氏为嗣。顺治十五年（1658）进士，官至四川提学佥事。少与计东同学，有名于诸生间，入仕后，一意史学，不与名士征逐。著有《清风堂文集》23卷，清康熙四十五年（1706）曾安世刻本，今有《四库未收书辑刊》影印本，内有诗3卷。其热心词学，康熙二十三年（1684）前后与聂先合纂《百名家词钞》。是书选录清初110人词，人各一集，集前有目，集后附同时名家评语，保留清初词籍，功不可没。其词未见有集，仅存佚词数首。

---

①《全明词》，第1298页。

②《全明词》，第1680页。

韩纯玉生。韩纯玉（1624—1703），字子蘧，号蘧庐，浙江归安（今湖州）人。明诸生。入清，避迹栖贤山，不求仕进。事迹见《蘧庐诗自序》及集中《癸丑五十生朝示儿诗》。著有《蘧庐诗》不分卷，词1卷，康熙间凤晨堂刻本，今有《四库全书存目丛书》影印本。《全清词》存词86首，《全明词》存其词10首，其中7首与《全清词》复见。

彭师度生。彭师度（1624—？），字古晋，号省庐，江南华亭（今属上海）人。少有隽才，与陈维崧、吴兆骞有“江左三凤凰”之称。入清后，累试不得售，抑郁而殁。有《彭省庐先生文集》7卷、《诗集》10卷，康熙六十一年（1722）彭士超隆略堂刻本，今有《四库全书存目丛书》影印本。其诗集卷10为“诗余”，存词55首，《全清词》据录。

马嘉松选编《花镜隽声》16卷刻于是年。本书选辑由汉至明历代爱情诗词，其中第7、第8卷选录唐宋爱情词34家47首。书后附《韵语》1卷。今上海图书馆有藏本。

钟人杰重编《花间集》2卷由读书堂刊行。此书是在万历八年（1580）茅氏刊本《花间集》基础上重编，题明杨慎选并评注、钟人杰笺，与《草堂诗余》合刻。今上海图书馆、青岛博物馆等有藏本。

【辨证】从版本源流来看，读书堂刊《花间集》2卷之祖本为南宋绍兴十八年（1148）晁谦之建康郡斋刻本《花间集》10卷。明正德十六年（1521），吴郡陆元大翻刻晁谦之本。明万历八年（1580），有茅氏凌霞山房刻本“《花间集》十二卷附《补遗》二卷《音释》二卷”，题“后蜀赵崇祚编，明温博补录，明茅一桢音释”。此本以陆元大本为底本，补录李白、张志和、元结、刘禹锡、李涉、王建、白居易、薛能、徐昌图、刘燕哥、无名氏、李璟、李煜、冯延巳14家词71首。另加茅一桢《音释》2卷。钟人杰重编的《花间集》2卷，是在茅本基础上的改编本。该集删去花间词108首，于茅本补录14家中删去元结、徐昌图、薛能及无名氏4家，删去李煜4首词，共保留74调443首词，按词调字数长短分为2卷。此本相对于《花间集》原本改动较大：一是删去了花间词108首，二是增加了李白、张志和等11位唐五代词人，三是把按人编排改为分调编排。然而不管钟人杰如何改动，他都是在茅氏凌霞山房刻本基础上改编的。就是这一点，使我们有理由认定，杨慎不可能参与该书的选评工作。这是因为杨慎卒于嘉靖二十八年（1559），所以他不可能在万历八年（1580）刻行的茅本基础上去选去评去注。钟人杰伪托杨慎之名，于此可得证实。

正月一日，王屋作《满江红·甲子元旦，俞小往、常子迁诸人灵塔庵赞佛次作》①。是年另有《蓦山溪·甲子除暮，灵塔庵夜坐作》②。

二月，茅维作《满江红·送别孙子长学宪作，时甲子春仲之日》③二阕。

天启五年 乙丑 1625

杨涟卒，年五十四。万历三十五年（1607）进士，除常熟知县，累迁兵科右给事中，左副都御史。魏忠贤窃柄，涟劾其二十四大罪，忠贤使其党徐大化诬涟招财纳贿，遂逮狱中，备受酷刑，体无完肤，毙于狱中。崇祯初，追谥忠烈。《明史》卷244有传。著有《杨忠烈公文集》6卷，清顺治十七年（1660）李赞元刻本，亦名《杨大洪集》。词仅1首，《惜阴堂汇刻明词》题为《杨忠烈公词》，《全明词》据录。

陈维崧生。陈维崧（1625—1682），字其年，号迦陵，以清癯多须，海内称陈髯，江苏宜兴人。明诸生。幼有神童之誉，吴伟业称其为“江左三凤凰”之一。然屡试不售，乃束装出游，所至自王公卿相而下，争相逢迎，声名大著。后由汴入都，与朱彝尊合刻《朱陈村词》，流传禁中，蒙帝赐问为荣。清康熙十八年（1679）应博学鸿词试，授检讨，与修《明史》。《清史稿》有传。著有《湖海楼集》。所作诗风华典赡，后乃兀傲恣放。文则骈体为最，与吴园次、章藻功并称“清初骈体三大家”。尤以词名扬天下。初师陈子龙，又与毗陵邹祇谟、董文友过往甚密，相与唱和，时风所染，多作旖旎语，正如邹祇谟《倚声初集》所云：“其年工作情语，浓淡皆有倩色。”④中年以后，乞食四方，词风一变，沉雄

①《全明词》，第1623页。
②《全明词》，第1615页。
③《全明词》，第1298页。
④（清）邹祇谟、王士禛:《倚声初集》卷9，清顺治十七年（1678）刻本，《续修四库全书》第1729册。

俊爽，飞扬跋扈，其短调更为词论家所称道，陈廷焯《白雨斋词话》云："迦陵词气魄绝大，骨力绝遒，填词之富，古今无两。"[①]并谓其短调"波澜壮阔，气象万千，是何神勇"[②]。其词题材广泛，几无意不可入，无事不可言。他所开创的阳羡词派，继云间、松陵、武陵、魏里诸词派而后来居上。康熙十年（1671）与吴本嵩等编有《今词苑》，康熙十七年（1678）又与曹亮武等编《荆溪词初集》，在清初词坛上产生了重要的影响。《全清词》存其词1664首。

李霨生。李霨（1625—1684），字坦园，高阳（今属河北）人。清顺治三年（1646）进士，选庶吉士，授检讨，进编修。十年（1653），擢中允，累迁至保和殿大学士、太子太傅。卒谥文勤。《清史稿》有传。有《心远堂诗集》12卷，康熙刻本，今有《四库全书存目丛书》影印本，末附"诗余"13阕。《全清词》据《词觏》录词11首。

陆进或生于是年。陆进（1625？—1697后），字荩思，仁和（今浙江杭州）人。贡生，官温州府学训导。有《巢青阁诗集》。荩思敦古好友，与"西泠十子"唱酬无暇日，时人以"北门大陆子"呼之。其《巢青阁词集》5卷，存词近400首，以流连山水、友朋赓和为多，致贻讥评，谓读之几如"名士谱"。全集包括《付雪词》2卷、《悼亡词》1卷、《红么集》1卷、《雪词三集》1卷，其中《红么集》为曲子，有康熙十八年（1679）刊本。《全清词》存词394首。

茅麐或生于是年。茅麐（1625？—1680后），字天石，归安（今浙江湖州）人。诸生。工山水、人物，尝为《吴兴志》绘《吴兴八景图》。康熙初，充吴绮湖州幕府，诗词为吴氏所赏。著有《溯红词》1卷，计76首，孔传铎收入《六十名家词》，《全清词》据录。

顾岱或生于是年。顾岱（1625？—1697），字商若，号舆山，又号止庵，江苏无锡人，榜籍嘉定。顺治十五年（1658）进士，初除贵州铜仁府推官，迁思南府同知，再迁武定军民府知府，调山西潞安府，后左迁江西赣州府同知，历官至杭州知府，罢归卒。事迹散见《梁溪诗钞》等。著有《青霞堂集》、《止庵集》等，词有《淡雪》、《雨花》二种，存91首。

---

①（清）陈廷焯：《白雨斋词话》卷3，见唐圭璋《词话丛编》，北京：中华书局2005年版，第3837页。
②（清）陈廷焯：《白雨斋词话》卷3，见唐圭璋《词话丛编》，北京：中华书局2005年版，第3838页。

秦士奇中进士。秦士奇（生卒年不详），字公庸，号一水，金乡（今属山东）人。中进士后，历任昆山、获鹿、固安知县。《全清词》、《全明词》皆据诸选本录其词3首，而沈际飞《草堂诗余新集》选其词4首，其中《眼儿媚》（困柳泣花冷丝丝）为《全明词》所未收。

周文耀《新刻朱批注释草堂诗余评林》刊行。是书共4卷，扉页题“新刻朱批注释草堂诗余评林，建业周如泉刊”，卷首有叶向高于是年所作《题〈朱批注释草堂诗余〉引》，与万历三十年（1602）乔山书社刻本卷首“引”相同处甚夥。此书取顾从敬本为底本，卷内再用宋刻旧本标题归纳，为明代《草堂》选本分类、分调二脉之综汇。卷1为小令，分春景、夏景、秋景、冬景、宫闺、题咏6类；卷2为中调，分以上除宫闺外5种；卷3为长调，分四景；卷4为长调，乃杂咏类。

俞彦作《鹧鸪天》词8首，词前小序曰：“天启乙丑冬，腊前三雪，冻窗独坐，拈朱希真《鹧鸪天》，辄步前韵，共得八阕。每用原词一句，聊藉遣怀。观者一笑置之，无足针砭也。”①

戴澳作《浣溪沙·芙蓉园》②，词题下自注：“乙丑年。”

天启六年　丙寅　1626

顾同应卒，年四十二。少补郡学诸生，七试不售，两中副榜。为人谦让淳简，诺敦行义。陈济生《天启崇祯两朝遗诗》有其小传，引王平仲语称其“天性仁厚剀切，其诗辞淡意远，有白云自出、山泉泠然之致”③。初为举子业时，与同邑诸生结遗清堂社，其文海内传之。后诗文遭毁，惜不存。清顺治间陈济生辑有《药房词》和《秋啸词》，今不传。《全明词》存其词7首。

【辨证】明代昆山顾氏有两大家族，其一为顾恂—顾鼎臣—顾潜—顾梦圭—

---

①《全明词补编》，第743~745页。

②《全明词》，第1381~1382页。

③（清）陈济生：《启祯两朝遗诗小传》，见周骏富辑《明代传记丛刊》第12册，台北：明文书局1991年版，第277页。

顾允默—顾天埈一支；其二为顾鉴—顾济—顾章志—顾绍芳—顾同应—顾炎武一支。顾同应祖父顾章志（1523—1586），字行之，号观海，嘉靖三十二年（1553）进士；其父顾绍芳（1547—1593），字实甫，万历五年（1577）进士。顾同应为明清之际著名学者和思想家顾炎武的生父，因同应之兄同古早卒，遂把顾炎武（原名绛）过继给同古为嗣。同应少时补郡学诸生，七试不售，两中副榜，为人谦让淳简，诺敦行义。初为举子业时，与同邑诸生结遗清堂社，其文海内传之。陈仁锡《无梦园遗集》卷3有《顾仲从制义序》。与叶绍袁、王开美、葛一龙等交游。万历三十六年（1608），吴中大水，作《苦雨行》。又有七绝《决明花》："个个金钱压翠叶，摘食全胜苦茗芽。欲教细书宜老眼，窗前故种决明花。"又七绝《剪秋罗花》诗云："隋宫无梦冷轻纨，几瓣秋花倚泪看。萧瑟罗衣裁不就，却怜中妇剪刀寒。"皆为人传诵。

顾同应体弱多病，其性格亦偏于幽怨感伤，更宜于词。可惜其集散佚，故不多见。《千顷堂书目》卷26著录有"顾同应《药房集》，又《秋啸集》"，注曰"字从仲（注释：别本从仲作仲从），昆山人。庶子绍芳子，荫入国子监。"[①]《中国词学大辞典》"顾同应"条依据陈乃乾《顾同应传》，谓"清顺治间陈济生辑有《药房词》和《秋啸词》"[②]，亦未见流传。网上检索知，上海博古斋拍卖有限公司2010年初夏大型艺术品拍卖会（古籍专场），拍卖有《彊村丛书》零种，为民国十一年（1922）归安朱氏刻本，1册，内收《药房词》等4种，经查核，知此种《药房词》实为宋末元初词人吴景奎之作，即原集名《药房樵唱》者是也。

因为别集无存，顾同应的词，仅于明季以来词选中零星见之。卓人月、徐士俊《古今词统》收录其词4首；顾璟芳等《兰皋明词汇选》收录其词4首，其中有2首与《古今词统》相同；王昶《明词综》卷5选录其词2首，其中《柳梢青》（六曲宫纱）一首为前两种选本所未有；《全明词》据诸家选本，去其重复，共录7首。令人奇怪的是，《全明词》目录及正文中作者名作"顾众"，小传中称"一名顾同应，字仲从"[③]，却并没有交待顾众之名的来历。而且书后"作者音序索引"

① （清）黄虞稷：《千顷堂书目》卷26，上海：上海古籍出版社2001年版，第653页。
② 马兴荣、吴熊和、曹济平：《中国词学大辞典》，杭州：浙江教育出版社1996年版，第174页。
③《全明词》，第1528页。

中又匪夷所思地误作“顾朏”，遂使得一般读者根本就不知道《全明词》中有顾同应这么一个词人。事实上，不仅《古今词统》、《兰皋明词汇选》、《明词综》所选的顾同应词尽见于《古今诗余醉》，另外还有不见于别本的词8首，故今所知顾同应词作，至少已有15篇。《古今诗余醉》卷7在顾氏二首词后评曰：“仲从词最新脆，惜不多见。”[①]故其所收15篇，也许就是当时潘游龙所见到的顾同应的全部词作。因为《明词综》诸选本所收顾同应词，其文字与《古今诗余醉》所收每有不同，故兹把15首词一并开列于下：

卷4，《春思·更漏子》（小屏深）

卷4，《春怨·蝶恋花》（怪道春寒春梦浅）

卷4，《春怨·渔家傲》（悄梦春残春不管）

卷6，《秋闺·昭君怨》（风怯珠帏冰簟 ）

卷7，《秋怨·柳梢青》（寂寞秋光）

卷7，《秋怨·浪淘沙》（孤影对婵娟）

卷8，《别怨·望江南》（人别后，刚有梦儿归）

卷8，《别怨·望江南》（人别后，红泪滴残春）

卷8，《别怨·望江南》（人别后，飘泊在江城）

卷8，《离情·满庭芳》（黄雀风摧）

卷10，《闺思·浪淘沙》（生小学诗篇）

卷10，《闺思·浪淘沙》（生小弄冰弦）

卷12，《所欢·浣溪沙》（玉韵花情描不成）

卷13，《过荷花荡·昭君怨》（细细青蘋风起）

卷14，《咏萤·柳梢青》（明月窗纱）

顾同应词清隽秀逸，在晚明词人中堪称名家，而且最得“香而弱”之神韵。潘游龙及时收存了这15首词作，功莫大焉。从个人感觉来说，顾同应的散佚词作仍有辑佚空间，俟从容寻访或有所得。

---

① （明）潘游龙：《精选古今诗余醉》卷7，《新世纪万有文库》本，沈阳：辽宁教育出版社2003年版，第235页。

李应昇卒，年三十四。万历四十四年（1616）进士，授南康（今江西星子）推官。天启间征授福建道御史，屡上疏陈时政，讥切近习，遂遭诬陷，先削籍归，后与高忠宪六君子同逮下诏狱，备受酷刑，含冤而死。《明史》卷245有传。有《落落斋遗集》10卷，明崇祯刻本，今有《四库禁毁书丛刊》影印本。词仅1首，《惜阴堂汇刻明词》裁为《落落斋词》，《全明词》据录。

刘铎卒，年五十四。万历四十四年（1616）进士，初任刑部主事，后守扬州，有治声，忤魏忠贤，被诬陷死。《明史》卷245有传。有《来复斋稿》10卷，明末刘淑刻、清印本。词22首，在卷5中，《惜阴堂汇刻明词》裁为《来复斋词》1卷，《全明词》据录。

谢良琦生。谢良琦（1626—1671），字仲韩，一字石臞，号献庵，广西全州人。崇祯十五年（1642）举人。入清两为邑令，皆有政声；两为别驾，遭谗而去，后以江苏常州府通判致仕。著有《醉白堂集》，诗余1卷附，有词51首。原刊未见，今传民国三十二年（1943）桂林力报馆铅印本，编入《广西乡贤遗著乙编第一种》，前有作者康熙十年（1671）自序，后附王士禛、张鹏展题识。《全清词》据录。

王士禄生。王士禄（1626—1673），字子底，号西樵山人，山东新城（今桓台）人。顺治九年（1652）进士，累官至吏部员外郎，充河南乡试正考官，以事罹案，羁“请室”几一年，事白复原官，后又免官。事迹散见《清史稿》。为王士禛长兄，以诗法授诸弟，后士禧、士祜、士禛皆工诗。有词集《炊闻卮语》2卷，又名《炊闻词》，有孙默留松阁《国朝名家诗余》本，康熙初年刊，《百名家词钞》选钞其词1卷，《清名家词》收其集。《炊闻词》大部分作于康熙三年（1664）春夏“以蜚语下羁”时。次年事白南泛江淮，与曹尔堪、宋琬聚于杭州，作“江村唱和词”，又称“湖上唱和词”，各填《满江红》8首，合为24篇，为清初词坛重要活动之一。《炊闻词》基调近“花间”，以短章写艳情闺思为多。《全清词》录词174首。

刘壮国生。刘壮国（1626—1679），字幼功，河南颍州（今许昌）人。顺治十六年（1659）进士，授山西夏县县令，后辞官回乡。有《东皋集》。《全清词》存词65首。

曾灿生。曾灿（1626—1689），本名传灿，字青藜，号止山，江西宁都人。

少有诗名。明亡，削发为僧，游闽、浙、两广归，筑六松草堂，躬耕养母，后侨居吴下。晚年复北行，殁于京师。《清史稿》有传。有《六松堂诗文集》14卷，附词1卷，计86首，有康熙五十七年（1718）其子尚倪所编本，后辑入《豫章丛书》。《惜阴堂汇刻明词》裁其词为《六松堂词》1卷。赵尊岳《明词提要》称其“词凡八十六首，短调绰约清绵，渐窥北宋门径，长调亦间有矫健处，《江城子》‘声声画角断谯门’云云。澹宕中寓以家国之感，此盖学南唐后主者，虽不神似，亦庶几近之”。又谓其令词“以直笔抒闲情，小晏亦往往有此。而雄健若《摸鱼儿》云云，亦自可喜者也”[①]。《全明词》据《豫章丛书》本《六松堂诗余》录其词86首。

何采生。何采（1626—1700），字第五，一字敬与，又字涤源，号南涧，一号省斋，安徽桐城人，流寓金陵（今江苏南京）。顺治六年（1649）进士，改庶吉士，授翰林院编修，官至侍读，年方三十即辞官归隐以终老。著有《南涧词选》2卷，卒后由其次子何持国编刊。其《自记》谓：“余戒诗后以词自娱，率皆悲凉侘傺之音，艳情巧思，未能规摹秦柳，犹姜桂不与蔗梨同味，性使然也。又往往缘手而就，懒于追琢校雠，盘空硬语，虑乖古法。”[②]其词类多辛辣清壮之作，风格以恢奇警策胜，词中不乏江山易代及生民涂炭之哀。《全清词》据《南涧词选》录词492首。

朱茂晭生。朱茂晭（1626—？），字子蓉，浙江秀水（今嘉兴）人，朱彝尊叔。明崇祯年间诸生，顺治七年（1650）曾率朱彝尊参加南湖十郡大社。工诗词书法。有《镜云亭集》。其《东溪草堂诗余》1卷，词90余首，康熙刊本。《全明词》仅从《瑶华集》录其词5首；《全清词》则据《东溪草堂诗余》录词94首，又据《瑶华集》补录1首。

冯云骧或生于是年。冯云骧（1626？—1693？），字讷生，山西振武卫（在今代县）人。顺治八年（1651）举人，十二年（1655）进士，初授大同府教授，转国子监博士，迁户部主事、刑部员外郎。康熙十七年（1678）典福建乡试，次年举博学鸿词，寻转四川提学佥事，以福建督粮道致仕归里。著有《讷生诗集》，

① 赵尊岳：《惜阴堂汇刻明词提要·〈六松堂词〉一卷》，《词学季刊》1933年第1卷第3号，第58页。
② 严迪昌：《清词史》，南京：江苏古籍出版社1990年版，第130页。

卷6为《寒山吟》词。另有《春秋说约》、《约斋文集》、《飞霞楼诗》等。《全清词》据《寒山吟》录词114首。

二月二十五日，贡修龄作《江南春》词二首，小序云："倪元镇先生有《江南春辞》，和者数十人。丙寅寓京，其家中翰宇和以成书见投，漫次其二。时正仲春廿五社日也"[①]。是年另有《(失调名)·丙寅八月过桐江》[②]。

除夕，王屋作《满江红·丙寅除夕，灵塔庵守岁，听元淳诸上人话旧》[③]。

张倩作《蝶恋花·丙寅寒夜与宛君话君庸作》[④]。按：《明词纪事会评》引明代李介《天香阁随笔》卷2："松陵沈自征，字君庸，撰《灞亭秋》、《鞭歌妓》、《簪花髻》三曲，极尽豪宕激昂之致，徐文长之《四声猿》不能及也。君庸少年裘马，挥斥千金，负纵横捭阖之才，游长安塞外，竟不得志而死。妻张倩倩，美而慧，工诗词，幽居食贫，尝于寒夜忆夫，作《蝶恋花》一阕云云。"又引明代沈宜修《表妹张倩倩传》云："甲子，君庸为贫鬼揶揄，送穷无策，綵侯一剑，北游塞上。时倩倩已将愁潘之年矣。索居岑寂，兴怆怀人，感飞蓬之叹，赋采绿之章。恹恹抱病，忽忽多愁。丙寅，余伤其幽居无伴，邀至家中数月，尝言及炎凉世态，悲感不胜，相顾泣下沾衣。"又："此阕则丙寅寒夜与余谈及君庸，相对泣作也。其才情如此，岂出李清照下。"[⑤]

天启七年　丁卯　1627

明熹宗朱由校卒，皇五弟信王朱由检嗣皇帝位，是为明思宗（南明谥）崇祯帝。

赵南星卒，年七十八。万历二年（1574）进士，除汝宁判官，迁户部主事，调吏部考功，历文选员外郎。光宗时，起为太常少卿，继迁左都御史。天启初任吏部尚书，终以进贤嫉恶忤魏忠贤，削籍戍代州。卒谥忠毅。《明史》卷243有

①《全明词补编》，第777~778页。
②《全明词补编》，第778~779页。
③《全明词》，第1624页。
④《全明词》第1575页收录该词，系据《众香词》御集，而无题序。
⑤ 尤振中、尤以丁：《明词纪事会评》，合肥：黄山书社1995年版，第310~311页。

传。南星以散曲名家，常以俗曲形式写男女恋情，风格豪辣顽艳。词作风格与散曲相近。有《赵忠毅公集》24卷，明崇祯十一年（1638）范景文姜大受刻本，词附。另有曲集《芳茹园乐府》及《味檗斋文集》、《史韵》、《学庸正说》等。《全明词》据《明词综》录其词1首，《全明词补编》从《赵忠毅公诗集》卷6录词2首。

张倩卒，年三十四。同邑沈自征妻。美而慧，生子女皆不育，遂以自征姊沈宜修之季女叶小鸾为养女。自征少年裘马，挥斥千金，京师塞外，长游不归。倩倩贫食幽居，抑郁憔悴，年仅34岁而卒。工诗词，然成篇即弃，不自珍惜。《词苑萃编》云："倩倩艳色清才，年才三十四殁，遗香仅有一二。"①《全明词》据《众香集》录其词3首。

许乐善卒，年八十。隆庆五年（1571）进士，历任郏县令、巡按直隶御史、太仆寺少卿，官至南京通政使致仕。有《适志斋稿》10卷，明天启刻本。赵尊岳《惜阴堂汇刻明词》裁其词4首为《适志斋词》，《全明词》据录。今人沈津《书城挹翠录》著录"明天启刻本《适志斋稿》十卷"，称其书卷3有"词十五首"②。

邹祗谟生。邹祗谟（1627—1670），字讦士，号程村，别号丽农山人，江苏武进人。顺治十五年（1658）进士，归以养母，以孝闻。读书过目不忘，自经史以及天文宗乘百家之书，无不悉记，而诗词尤工。有《远志斋集》。祗谟早负文名，与董以宁并称"邹董"；又与陈维崧、董以宁、黄永有"毗陵四才子"之目。词名则与王士禛、彭孙遹并重。其词单行者有《丽农词》2卷，刻于顺治末，陈乃乾辑入《清名家词》。所作不脱香艳绮语，盖时风使然。《全清词》录其词235首。又与王士禛同辑《倚声初集》20卷，为清初大型词选总集，嘉惠词林，功不可没。有词话《远志斋词衷》1卷，因对明清之际词话多有评论，故有人称此书为"词话话"。按：邹祗谟生年，旧无明确说法。沙先一《清初词人邹祗谟生平与著述考论》③由常州图书馆所藏邹氏家乘知：邹祗谟生于明天启七年丁卯（1627）十一月初八日，卒于康熙九年庚戌（1670）八月三十日。

---

①（清）冯金伯：《词苑萃编》卷7《品藻》，见唐圭璋《词话丛编》，北京：中华书局2005年版，第1926页。

② 沈津：《书城挹翠录》，上海：上海社会科学院出版社1996年版，第328页。

③ 沙先一：《清初词人邹祗谟生平与著述考论》，见莫砺锋编《谁是诗中疏凿手——中国诗学研讨会论文集》，南京：凤凰出版社2007年版，第554~568页。

王昊生。王昊（1627—1679），字惟夏，江苏太仓人。富有文藻，下笔如宿构。清康熙十八年（1679）荐举博学鸿词，授中书，未仕先卒。事具《清史稿》黄与坚传附。与黄与坚、周肇、许旭、王撰、王摅、王昊、王揆、王曜升、王抃、顾湄称"娄东十子"，吴伟业选有《太仓十子诗选》，其诗才气横溢。著有《硕园集》，有诗余1卷，录词12首，附于集中，有康熙刻本，《全清词》据录。

华胥生。华胥（1627—1687），字羲逸，一作希逸，江苏无锡人。擅画人物、仕女，尤长于水墨。画余不废吟咏，工词，著有词集《画余谱》，聂先、曾王孙《百名家词钞》辑录。《全清词》据《画余谱》录词24首。

汤斌生。汤斌（1627—1687），字孔伯，号荆岘，又号潜庵，河南睢州（今睢县）人。顺治九年（1652）进士，授国史院检讨，历官江苏巡抚，礼部、工部尚书等。乾隆元年（1736），追谥文正。《清史稿》有传，其门人王廷灿编有《潜庵先生年谱》。有《汤子遗书》。斌以理学名家，勤于民事，以清介称，诗词乃其余事，而韵语流馨，温蔼可诵，被推许为清初理学文章兼有者第一流人。有《潜庵诗余》1卷，附见乾隆刊本《汤子遗书》卷10。《全清词》录词8首。

卓天寅生。卓天寅（1627—1695），字火传，号亮庵，初名大丙，仁和（今浙江杭州）人，卓人月子。顺治十一年（1654）副贡。少负异才，蜚声庠序。其祖居仁和塘栖，筑有传经堂、月波楼、杜若舟，储书数万卷，为江浙著名藏书家。著有《传经堂集》。《全清词》仅据《古今词汇》录词1首。

唐梦赉生。唐梦赉（1627—1698），字济武，号豹喦，山东淄川（今淄博）人。顺治六年（1649）进士，官检讨，以救李呈祥获罪放归，遂不再出。著有《志壑堂全集》，附词1卷，共22首，《全清词》据录。

冷士嵋生。冷士嵋（1627—1710），字又湄，号秋江，江南丹徒（今属江苏）人。明诸生，曾参与抗清义师。入清不仕，终身不入城市。生平笃友谊，与魏禧、魏礼、宗元豫、盛远等为挚交，晚益贫，寄居焦山僧舍。事迹见县志及黄中坚《蓄斋集·秋江散人小传》。著有《江泠阁诗集》12卷，清康熙刻本，今有《四库全书存目丛书》影印本。其12卷之后复有"末卷"，收"诗余小令一十三首"[①]，《全清词》据录。

---

①（清）冷士嵋：《江泠阁诗集》末卷，清康熙间刻本，《四库全书存目丛书》集部第236册。

张大烈中举人。张大烈（生卒年不详），字言冲，浙江钱塘（今杭州）人。有《诗余类函》。《全明词》据《历代诗余》录词23首，《全清词》存词2首。

俞彦作《忆长安》词10首。词前小序曰："丙寅、丁卯间，俞子不仕。客曰：'子忘长安耶？'俞子曰：'曷敢忘？正尔忆之甚。'口占十忆似客，客笑去。词即《望江南》，唐人曾改为《忆江南》，今借为忆长安云。"①

马朴作《洞仙歌·贺孙汝阳八旬》，词前小序曰："余先外王父秦藩典膳张翁，实生二男五女，女则先母，诰赠宜人，行三。而孙氏从母，其长也。诸外孙无虑二十人，凡遇外王父母庆辰，及岁时，各随其母罗拜膝下，少长咸集，衣履竞都。余犹记忆，结僮时，恍如数年前事。乃后兴衰渐异，天遂各殊，迄今历年既多，既余辈晨星秋箨，存者无几，每一追念，为之悲感。今年丁卯，表兄汝阳年八十，形神矍铄，不减少壮，正阳既望，其揆览之辰，适奉恩诏，拜章服，表厥门闾。其二子开筵上寿，诸戚友相合为制锦称觞，余以齿当执爵，乃为《洞仙歌》一阕侑觞焉。"②

叶小鸾12岁，《春日晓妆》诗作于是年。其诗今存其家集《午梦堂集》中小集《返生香》。小鸾弟叶燮称其"幼而奇慧，初学诗词，即卓然成家"③，于此诗可见。

崇祯元年　戊辰　1628

董斯张卒，年四十三。监生。于生计最拙，独嗜书，泛览百家。生平契厚，皆海内名士，商榷著述，结社联吟，与周永年、茅维为词友。有《静啸斋存草》10卷，明万历刻本。其精于词并有词论，其词诙谐自然。沈雄《古今词话》引《柳塘词话》云："浔上董遐周与周永年、茅维为词友。周有《怀响斋词》，茅有《十赉堂词》，而遐周词并不随人口吻。陈黄门大樽谓其风流调笑，情事如见者也。"④有《静啸斋存草》12卷、《附录》1卷，明崇祯刻本，今有《续修四库全书》

①《全明词补编》，第732~733页。

②《全明词》，第1231页。

③（清）叶燮：《午梦堂诗钞述略》，见（明）叶绍袁编《午梦堂集》，北京：中华书局1998年版，第1093页。

④（清）沈雄：《古今词话》词评下卷，见唐圭璋《词话丛编》，北京：中华书局2005年版，第1031页。

本。《全明词》据《湖州词征》及《古今词统》录词23首，《全明词补编》据其《静啸斋存草》补录词24首。

顾起元卒，年六十四。万历二十六年（1598）进士，官至吏部左侍郎兼翰林院侍读学士。卒谥文庄。著有《懒真草堂集》20卷、《说略》30卷、《客座赘语》10卷、《雪堂随笔》4卷等。《全明词》据《江南春词集》录其词4首，《全明词补编》另据其《雪堂随笔》录词12首。

陆宏定生。陆宏定（1628—1668），字紫度，号轮山，别号蓬叟，海宁（今属浙江）人，陆钰子，陆嘉淑弟。诗与兄嘉淑齐名，时有“冰轮二陆”之目。不求仕进，以布衣终老。存词61首，《惜阴堂汇刻明词》裁为《凭西阁长短句》1卷，《全明词》据录。《全清词》据诸选本录词24首。

沈进生。沈进（1628—1691），初名叙，字山子，又字蓝村，晚号知退叟，因有“梅花高馆落，春草断垣生”句，人称“断垣先生”，浙江嘉兴人。诸生。生平以授徒自给，家贫而陶然自乐。康熙二十六年（1687）入京，馆侍御谭左羽家，晚设馆于桐乡汪氏。诗与朱彝尊、周筼齐名，乡人有“朱沈”、“周沈”之目。著有《蓝村诗余》，不传。《全清词》录其词10首。

姜宸英生。姜宸英（1628—1699），字西溟，号湛园，浙江慈溪人。为诸生时，已名驰江表。康熙十二年（1673）游京师，与徐乾学、朱彝尊、严绳孙等相识，并结交纳兰性德，客寓纳兰家数年。尝应徐乾学之荐入明史馆，纂修《刑法志》。其文才、书法得康熙帝赏识，与朱彝尊、严绳孙并称为“江南三布衣”。康熙三十六年（1697）中进士，入翰林，年已七十，后两年充顺天乡试副主考，以“物议纷纭被劾下狱”，事未及白而病死狱中。事见《清史稿》、《慈溪县志》。工古文诗词书法。光绪间，鄞人冯保燮、王定祥收集其诗文刻《姜先生全集》，内有《湛园未定稿》10卷、《西溟文钞》4卷、《真意堂佚稿》1卷、《湛园藏稿》4卷、《湛园杂记》4卷、《湛园题跋》1卷、《苇间诗集》5卷、《湛园诗稿》3卷、《诗词拾遗》1卷，共9种33卷。其词作未见专集。《全清词》存词4首。

安致远生。安致远（1628—1701），字静子，号緎庵，又号拙石，山东寿光人。顺治十一年（1654）拔贡。少与李澄中、李焕章齐名，为周亮工所赏识。家富藏书，文词近雅，最工诗。有《安静子集》14卷，其中有词集《吴江旅啸》1卷。其词清绮，多思恋之情。《全清词》存词44首。

赵吉士生。赵吉士（1628—1706），字天羽，号恒夫，安徽休宁人，寄籍杭州。顺治八年（1651）举人，官山西交城知县，历户部主事，擢户科给事中。康熙二十七年（1688）以勘河不称旨罢，侨居“寄园”，始作诗词。《清史稿》有传。有《万青阁全集》8卷。吉士先刻《林卧遥集》3卷，多为叠韵诗，附词10余首；后刻《万青阁自订全集》8卷，第6卷附诗余，多达500余首，多感慨苍凉之作，查嗣瑮为之序，有康熙间刻本。《全清词》存其词551首。

林云铭生。林云铭（1628—1697后），字西仲，自号损斋，福建侯官（今福州）人。顺治十五年（1658）进士，官徽州府通判。闽乱时被执，释后客寓浙江杭州以终。其著述丰富，而文运不济，屡遭兵火，康熙三十五年（1696）手定其“焚余”稿为《挹奎楼选稿》12卷行世，《诗余》1卷附，次年又写定《楚辞灯》。《全清词》存词38首。另，其妻蔡捷（1635—1682），字羽仙，福建闽县（今福州）人。亦能词，有词3首，附林云铭《挹奎楼选稿》后，《全清词》据录。

冯鼎位为拔贡生。冯鼎位（生卒年不详），字素人，华亭（今属上海）人。官待诏。《全明词》及《全清词》皆据《历代诗余》录其词14首。

周拱辰于是年前后在世。周拱辰（生卒年不详），字孟侯，桐城（今属安徽）人，后居嘉兴（今属浙江）。崇祯岁贡生。长于文学，著有《庄子影史》、《离骚草木史》、《公羊墨史》，另有《圣雨斋诗文》，词2卷附，惜阴堂裁为《圣雨斋诗余》，存词62首，《全明词》据录。

王微于是年前后在世。王微（生卒年不详），字修微，广陵（今江苏扬州）人。7岁丧父，飘落无依，乃为妓。长而才情出众，常扁舟载书，往来于吴（江苏）会（浙江）之间，与之游者，皆一时名士。已而警悟，皈心释氏，布衣竹杖，游历江楚，归即造生墓于武林（今浙江杭州），自号草衣道人，有终老之愿。后因奸人胁归华亭（今属上海）东林名士许誉卿，当政乱国危之日，誉卿极谏敢言，多得修微之助。乱后，相依兵刃间，三载而卒。修微色艺双绝，尤工诗词。事迹见钱谦益《列朝诗集小传》及陈继儒《晚香堂小品》之《微道人生圹记》。《历代词话》卷10称其“词集甚富，皆言情之作，多有俳调”[①]。《词苑萃编》卷16

---

①（清）王奕清等：《历代词话》卷10，见唐圭璋《词话丛编》，北京：中华书局2005年版，第1321页。

称其词“风流酝藉，不减李清照”[①]。《全明词》存其词25首，《全明词补编》另辑得词1首。张仲谋《明代词学通论》于《古今诗余醉》中发现《全明词》未收词23首[②]。

张杞于是年前后在世。张杞（生卒年不详），字迂公，黄陂（今属湖北）人。著有《和花间词》。《古今词话》引《词统》云：“西蜀南唐而下，独开北宋之垒，又转为南宋之派，《花间》致语，几于尽矣。黄陂张迂公，得起而全和之，使人不流于庸滥之句，谓非其大力与？”[③]《全明词》存其词8首，《全明词补编》另存其词1首。张仲谋《明代词学通论》于《古今诗余醉》另外辑得佚词4首[④]。按：明代同时另有一张杞，字成夫，湖州人。著有《麟经统一编》12卷，卷首“小引”末署“万历乙巳季夏授福清谕，西吴张杞成夫甫漫题”。“万历乙巳”为万历三十三年（1605），其人为福清教谕。

陈孝逸于是年前后在世。陈孝逸（生卒年不详），原名士凤，字少游，居迎仙山，因号痴山，临川（今江西抚州）人，陈际泰次子。明崇祯间诸生，入清不仕。著有《痴山集》6卷，卷5附“诗余”31首，刻于清顺治末，临川傅占衡为之序，今有《四库禁毁书丛刊》影印本，赵尊岳《明词汇刊》裁为《痴山词》1卷，跋称其“论文一以简婉澹约为尚，而以不作文字为主，其学可从知也”[⑤]。《全明词》据录。

刘芳于是年前后在世。刘芳（生卒年不详），字墨仙，嘉善（今属浙江）人。少孤，抚于祖。年三十跻身士林，一时名士皆乐与之游。既而游金陵，疽发于背而卒。有《清唤斋遗稿》1卷，存词33首，惜阴堂裁为《清唤斋词》，《全明词》据录。《全明词补编》另据《倚声初集》卷7辑得1首。按：同里曹尔堪有《未有居词笺》5卷，明崇祯间刻本，其词作于明崇祯三年（1630）到七年（1634）间，其中对刘芳多有提及，如《鹧鸪天·夏日同刘墨仙、魏子一诸子，集潘大文舟

① （清）冯金伯：《词苑萃编》，卷16《纪事》，见唐圭璋《词话丛编》，北京：中华书局2005年版，第2106页。
② 张仲谋：《明代词学通论》，北京：中华书局2013年版，第502页。
③ （清）沈雄：《古今词话》词评下卷，见唐圭璋《词话丛编》，北京：中华书局2005年版，第1029页。
④ 张仲谋：《明代词学通论》，北京：中华书局2013年版，第502~503页。
⑤ 赵尊岳：《明词汇刊》，上海：上海古籍出版社1992年版，第785页。

中，鸳湖泛雨 时座中有索赠者》[①]、《临江仙·刘墨仙移榻梅花庵，用钱尔斐韵简寄》[②]等，故将刘芳生活年代定于是年前后。

沈际飞于是年前后在世。沈际飞（生卒年不详），字天羽，江苏昆山人。《全明词》存其词14首。

沈际飞汇编《古香岑草堂诗余四集》当成书于是年之前。此书凡四集17卷。第一集为《草堂诗余正集》6卷，署“云间顾从敬类选，吴郡沈际飞评正”，用顾从敬《类编草堂诗余》为底本，重新分类，由原编443首增至465首，书前有何良俊原序。第二集为《草堂诗余续集》2卷，署“毗陵长湖外史类编，姑苏天羽居士评笺”，亦按小令、中调、长调编次，计录唐、宋、金、元人词187首，前有黄河清续集原序。第三集《草堂诗余别集》4卷，署“娄城沈际飞选评，东鲁秦士奇订定”，卷首有沈际飞《〈草堂诗余别集〉小序》，亦按小令、中调、长调编次，共录唐、宋、金、元人词462首。第四集为《草堂诗余新集》5卷，系据钱允治《国朝诗余》增删而成，所录皆明人词。卷1、卷2为小令，卷3为中调，卷4、卷5为长调，计选153调，词520首，前有钱允治《〈国朝诗余〉序》。四集体例统一，前后衔接，成为一部上起隋唐、下迄元明的《草堂诗余》系列选本。此书之后，卓人月编选《古今词统》，卷首孟称舜序于崇祯二年己巳（1629），其书卷首录有“旧序”八篇，其中即有沈际飞《〈诗余四集〉序》和《〈诗余别集〉序》，故知《古香岑草堂诗余四集》当成书于崇祯元年（1628）之前。

三月十日，沈宜修作《望江南·湖上曲十二阕》，词前小序曰：“余自初笄时，随姑大人往天竺礼大士。过西湖堤上，时值暮秋，疏柳环烟，岚光凄碧。回波清浅，掩映空山，恨不能周览湖光山色。怅然别归，徒然神往。至戊辰岁已二十年矣。复随姑大人再礼大士过此。时落红将尽，余绮翻风，细草茸青，鸟啼碧野。聊欲登览，又已斜日衔山，暝烟笼树。大人急问归途，已月出矣。时正暮春十日，遥忆湖光泛影，山色浮岚，此际不知是何景也。聊作《望江南》十二阕，以纪其略。惜余之游非游，愧余之词非词尔。”[③]

---

①《全明词》，第3284页。

② 南京大学中国语言文学系全清词编委会编：《全清词》（顺康卷），北京：中华书局2002年版，第1313页。

③《全明词》，第1551~1553页。

四月，王屋作《满江红·戊辰四月书所遇》[①]。

七月八日，夏树芳作《如梦令·崇祯戊辰七月八日，喜再生孙》[②]词二首。

十月十六日，李嵩作《洞仙歌》（碧天秋净），词前小序曰："崇祯戊辰岁十月既望，予园蔷薇盛开，较花时更艳，赋此以志其奇。"[③]

除夕，俞彦作《东风齐着力·戊辰除夜》[④]。

崇祯二年　己巳　1629

岳和声卒，年六十一。万历二十年（1592）进士，授汝阳知县，擢礼部主事，出为庆远知府，后以右佥都御史巡抚顺天。天启中，补延绥巡抚。有《餐微子集》30卷，明天启刻本，卷26有诗余5首，《惜阴堂汇刻明词》裁为《餐微子词》1卷。《全明词》据以录入。《明词提要》以为其"词虽间有意致，而宫律舛误，犯明季之通弊"[⑤]。

李达卒，年四十。诸生。幼擅敏才，为文立就。天启年间游京师，时魏忠贤擅政，作诗文刺之。有《李行季遗诗》、《诗余》各1卷，存词19首，有《贵池先哲遗书》本，《全明词补编》据录。

张晋生。张晋（1629—1659），字康侯，号戒庵，狄道（甘肃临洮）人。顺治九年（1652）进士，历任江苏丹徒知县、江苏乡试同考官，死于科场案。著有《戒庵词》1卷，存词17首，《全清词》据录。

董以宁生。董以宁（1629—1669），字文友，号宛斋，江苏武进人。少与陈维崧、邹祇谟、黄永号称"毗陵四才子"，三人皆取科第，以宁独以诸生终。后弃词章专研律历兵农经世之学，聚徒授经，有弟子数百人。著有《正谊堂集》。其《蓉渡词》3卷，艳体居八九，《续修四库全书提要》引陈廷焯《白雨斋词话》谓其"词中之妖"语，并进一步评价曰："曲传艳态，无微不至，谓之词妖，谁

---

①《全明词》，第1623~1624页。
②《全明词》，第1143页。
③《全明词》，第1363页。
④《全明词补编》，第752~753页。
⑤ 赵尊岳：《惜阴堂汇刻明词提要·〈餐微子词〉一卷》，《词学季刊》1933年第1卷第3号，第72页。

曰不宜。”[①]王士禛则许之为“艳情中之绘风手”[②]。陈维崧《董文友文集序》认为“离乱之人，聊寓意焉”[③]。康熙间，孙默刻入留松阁《国朝名家诗余》，近人陈乃乾又收入《清名家词》。《全清词》录其词228首。

叶奕苞生。叶奕苞（1629—1686），字九来，昆山（今属江苏）人。与姜宸英、陈维崧、归庄等诗酒流连，吐纳风流，为时所推。尤工书法。康熙十七年（1678）以监生荐举博学鸿词试，见摈，归筑半茧园，徜徉林壑，集研金石碑刻，预修邑志等。有《经锄堂诗集》附词1卷，康熙刊本。《全清词》存词41首。

顾景文生。顾景文（1629—1691），字景行，号匏园，江苏无锡人，顾宪成曾孙，顾贞观兄。明诸生。早岁即以诗文名一时，国变，摒去一切，杜门自守。事迹散见于《梁溪诗钞》及邑志中。其诗多凄凉激越之音，尤喜述沧桑间事。著有《顾景行诗集》2卷，附《匏园词》。《匏园词》仅存见康熙三十一年（1692）美闲堂刊本，今有《四库未收书辑刊》影印本。光绪中顾绶珊刻《弹指词补遗》，求《匏园词》不得，仅从选本得1首。《全清词》据《倚声初集》及《国朝词综》录其词4首。

徐履忱生。徐履忱（1629—1700），字孚若，号匏叟，江苏昆山人。年十五补诸生，寻依其舅顾炎武避兵尚湖之滨，后往来齐鲁燕赵间。有《耕读草堂诗钞》15卷，附词28首，康熙二十八年（1689）刻本，《全清词》据录。

梁佩兰生。梁佩兰（1629—1705），字芝五，号药亭，广东南海人。顺治十四年（1657）乡试第一，屡试春闱不第，留滞京师，与文人学士相唱和，与纳兰性德交谊颇深。康熙二十年（1681）离京返粤。二十七年（1688），徐乾学主会试，“药亭乃魁其本房，成进士，馆选庶常，时年六十矣”，“明年即假归，周游名山，与海内名宿相唱酬”[④]。四十二年（1703），应召回京，赴馆供职。然在京不及1月，以不习满文被革。事见《清史稿》。诗与屈大均、陈恭尹合称“岭南三

① 王云五：《续修四库全书提要·集部》，台北：台湾商务印书馆1971年版，第730页。
②《倚声初集》卷4董以宁《菩萨蛮·代伊》词后评语：“阮亭云：艳情中之有文友绘风手也。”见（清）邹祗谟、王士禛《倚声初集》卷4，清顺治十七年（1660）刻本，《续修四库全书》第1729册。
③（清）陈维崧：《陈迦陵文集》，卷2《董文友文集序》，《四部丛刊初编》影印患立堂刊本。
④（清）梁佩兰：《六莹堂集》，卷首张尚瑗序，清道光二十年（1840）南海伍氏诗雪轩刻粤十三家集本，《四库全书存目丛书》集部第255册。

大家”，实较屈、陈二家为弱，词则精练而颇见奇崛。著有《六莹堂集》9卷、《二集》8卷，《诗余》附，有清道光二十年（1840）刻本，今有《四库全书存目丛书》影印本。《全清词》录其词21首。

朱彝尊生。朱彝尊（1629—1709），字锡鬯，号竹垞，又号金风亭长、小长芦钓鱼师，浙江秀水（今嘉兴）人。康熙十八年（1679）以布衣荐举博学鸿词，授翰林院检讨，寻入值南书房，出典江南省试。三十一年（1692）罢归后，殚心著述。竹垞博通经史，妙擅诗词，诗名与王士禛相埒，称“南北二宗”；词名与陈维崧并驾，号为“朱陈”。词集有《眉匠词》、《静志居琴趣》、《江湖载酒集》、《茶烟阁体物集》、《蕃锦集》等。尝纂辑唐、宋、金、元500余家词为《词综》，创浙西词派，对清代词坛影响甚大。《清史稿》卷484有传，里人杨谦编有《朱竹垞先生年谱》。有手自删定《曝书亭集》80卷。彝尊论词，以姜（夔）张（炎）为宗，以南宋为依归，曾谓“词莫善于姜夔”①，“不师秦七，不师黄九，倚新声、玉田差近”②。又云“词至南宋，始极其工”③，“宋人选词，多以雅为目……填词最雅无过石帚”④。标举醇雅，以反明词坛淫靡俚俗词风。虽亦曾云“词则宜于宴嬉逸乐，以歌咏太平”⑤，然其《曝书亭词》“歌咏太平”之作不多，多为抒愁写恨，有家国愁、民族恨，以及一己之牢愁失意、爱情悲剧。其登临吊古、客居酬赠之作，兀傲苍凉，风流悲壮。然其咏物词不乏庸俗之作。况周颐曰：“金风亭长《江湖载酒》一集，虽距宋贤堂奥稍远，而气体尚近沉著。就清初时代论词，不得不推为上驷。”⑥《全清词》录其词656首。

魏允札生。魏允札（1629—？），字州来，又名少野，字东老，号东斋居士，浙江嘉善人。学濂子，允枚弟。清初诸生，卒于清康熙中，年八十余。有《东斋词略》4卷，存词180首。《全清词》据录，复据《倚声初集》增辑1首。

程公远于是年前后在世。程公远（生卒年不详），字坦然，散号学钓子，海

① （清）朱彝尊：《曝书亭集》，卷40《〈黑蝶斋诗余〉序》，上海：世界书局1937年版，第488页。
② （清）朱彝尊：《解珮令·自题词集》，见南京大学中国语言文学系全清词编委会编《全清词》（顺康卷），北京：中华书局2002年版，第5280页。
③ （清）朱彝尊、汪森：《词综》，卷首《发凡》，上海，上海古籍出版社1978年版，第10页。
④ （清）朱彝尊、汪森：《词综》，卷首《发凡》，上海，上海古籍出版社1978年版，第14页。
⑤ （清）朱彝尊：《曝书亭集》，卷40《〈紫云词〉序》，上海：世界书局1937年版，第489页。
⑥ 况周颐：《词学讲义》，见张璋等《历代词话续编》，郑州：大象出版社2005年版，第44页。

阳富溪（今属山东）人。家贫，幼失怙恃。于是年参郡司兵曹执事。崇祯五年（1632）役满，向上司陈情，乞银助梓其词集《醒心谚》2卷，存词210首。这是一本劝善词集，共210题，上卷多属忠、孝、节、义类，正面讲；下卷多属戒嫖、戒赌类，反面讲。上下卷各有《西江月》103首、《鹧鸪天》2首。《全明词》据录。

孟称舜作《〈古今词统〉序》。序云："诗变而为词，词变而为曲，词者，诗之余而曲之祖也。乐府以皦径扬厉为工，诗余以宛丽流畅为美。故作词者率取柔音曼声，如张三影、柳三变之属。而苏子瞻、辛稼轩之清俊雄放，皆以为豪而不入于格。宋伶人所评《雨淋铃》、《酹江月》之优劣，遂为后世填词者定律矣。予窃以为不然。盖词与诗、曲，体格虽异，而同本于作者之情。古来才人豪客，淑姝名媛，悲者喜者，怨者慕者，怀者想者，寄兴不一。或言之而低徊焉，宛恋焉；或言之而缠绵焉，凄怆焉；又或言之而嘲笑焉，愤怅焉，淋漓痛快焉。作者极情尽态，而听者洞心耸耳，如是者皆为当行，皆为本色，宁必姝姝媛媛，学儿女子语，而后为词哉？故幽思曲想，张、柳之词工矣，然其失则俗而腻也，古者妖童冶妇之所遗也。伤时吊古，苏、辛之词工矣，然其失则莽而俚也，古者征夫放士之所托也。两家各有其美，亦各有其病，然达其情而不以词掩，则皆填词者之所宗，不可以优劣言也。予友卓珂月，生平持说，多与予合。己巳秋，过会稽，手一编示予，题曰《古今词统》。予取而读之，则自隋、唐、宋、元，以迄于我明，妙词无不毕具。其意大概谓词无定格，要以摹写情态，令人一展卷而魂动魄化者为上，他虽素脍炙人口者，弗录也。珂月所作诗余甚多，兴会所到，无不曲尽两家之美，故能出其手眼，以与作者之情合。使徒取绝艳于《花间》，挹余香于《兰畹》，则得词之郛矣，而未尽其致也，选者之情隐，而作者之情亦掩也。则是刻其可以已也夫。己巳中秋，会稽友弟孟称舜书。"[①]

郭之奇作《行香子·春病自遣四首，己巳作》[②]。

七月，王屋作《小秦王·时兴》词10首，词前有小序，题署："己巳七月。"[③]是年另有《过秦楼》，小序曰："己巳中秋，支澹中、彦博、子固兄弟，槜

①（明）卓人月、徐士俊：《古今词统》卷首，明崇祯刻本，《续修四库全书》第1728册。

②《全明词》，第2506~2507页。

③《全明词》，第1677~1678页。

李南湖泛月，戏书所遇。”[①]以及《塞垣春》（屈指流年六），词前小序曰：“沈百一入燕出塞，六年始归。已巳十月，惠然顾我澹长堂，叙述边徼事宜，朝家短长，为之拊髀兴慨者久之，即席赋此奉赠。”[②]

崇祯三年　庚午　1630

陈维嵋生。陈维嵋（1630—1672），一名文鹭，字半雪，江苏宜兴人，陈维崧弟。邑庠生。有《亦山草堂遗稿》6卷，又《遗词》2卷，康熙二十八年（1689）陈氏彊善堂刻本。《全清词》录其词46首。

万树生。万树（1630—1688），字花农，又字红友，号山翁，自号三野先生，江苏宜兴人。国子监太学生。吴兴祚巡抚福建、总督两广时，延至幕中，奏议皆出其手。康熙二十七年（1688）病归，卒于濛江舟次。工词曲，有《堆絮园集》、《璇玑碎锦》等剧曲20多种。在无锡侯氏亦园研讨词律，后于康熙二十六年（1687）在广州独立编纂完成《词律》20卷。著有《香胆词选》6卷，为山阴吴秉钧据万氏5种词稿选录，凡500首，有康熙间刻本。《全清词》录其词528首。按：万树生年，旧说纷纭，直至严迪昌先生1988年作《万树三考》，乃考定万氏生于明崇祯三年（1630）。此文原载香港《中华国学》创刊号，今收入《严迪昌论文自选集》[③]。

屈大均生。屈大均（1630—1696），初名绍隆，或名邵龙，字介子，一字翁山、骚余，自号泠君、华夫、南海遗民、罗浮山人，曾一度为僧，法名今种，字一灵，广东番禺（今广州）人。明诸生。从其师陈邦彦起兵抗清，曾至永历帝行在肇庆上《中兴六大典书》；又曾为郑成功献策以图夺取金陵。后浪迹四方，历江浙，入京师，出榆关，过秦晋，与顾炎武、傅山订交。康熙十九年（1680）后，返里不出，潜心著述终老。《清史稿》附陈恭尹传。与陈恭尹、梁佩兰并称为“岭南三大家”。屈氏著述，在清代被列为禁书，但其传世著作仍逾三百万言。

---

①《全明词》，第1636页。
②《全明词》，第1652页。
③ 严迪昌：《严迪昌论文自选集》，北京：中国书店2005年版，第201~212页。

其《骚屑词》，一名《道援堂词》。张德瀛评曰："屈翁山词，有《九歌》、《九辩》遗旨，故以'骚屑'名篇。观其潼关感旧、榆林镇吊诸忠烈诸阕，激昂慷慨，如蒯通读《乐毅传》而涕泣，其遇亦可悲矣。"[①]况周颐亦谓其词"哀感顽艳，亦复可泣可歌"[②]。《道援堂词》1卷，有《惜阴堂汇刻明词》本，赵尊岳跋称其"殁后以文纲特兴，集本遂为禁书，词益罕覯。此自蕙风簃藏钞本传写，其《梦江南》赋落叶诸阕，哀感顽艳，上俪骚竺，不当与后主《浪淘沙》同传耶？"[③]《全明词》存其词369首，《全明词补编》另辑得6首。

陆棻生。陆棻（1630—1699），原名世枋，字义山，又作宜山、立中，一字次友，号雅坪，浙江平湖人。年十六补邑庠生，入国学授弘文院中书。康熙六年（1667）进士。十八年（1679），举博学鸿词试，授编修，升赞善，历典福建、奉天乡试。三十三年（1694），擢内阁学士兼礼部侍郎，总裁诸书局。义山才赡学富，著述等身，与浙西词派领袖朱彝尊为中表兄弟，常以诗词相唱和。有词别集《雅坪词谱》3卷传世。《全清词》录其词223首。

曹章或生于是年。曹章（1630？—1698），字云鹏，号闇斋，晚号云鹤山人，古虞（今浙江上虞）人。诸生。尝客游闽粤，耿精忠变起，辗转返里，筑观澜堂，吟咏自娱。工诗文，善倚声，亦擅书画。康熙三十五年（1696）手定其五十年间所作诗词稿为《观澜堂集》。三十七年（1698）以其子曹丰吉事牵系而卒，年七十余。《上虞县志》、《两浙輶轩录》有传。是集由其子刊行，卷9为诗余，存词90余首，今存康熙刊本。《全清词》录其词87首。按：柯愈春《清人诗文集总目提要》著录《观澜堂集》17卷，提要谓"章约生于天启五年（1625），约卒于康熙三十三年（1694）"[④]，录此以俟考。

张渊懿或生于是年。张渊懿（1630？—1691后），字砚铭，一字元清，号蛰园，青浦（今属上海）人。顺治十一年（1654）举人，以"奏销案"坐废乡里。废黜前，曾先后组立"原社"、"春藻堂社"。著有《临流诗》、《月听轩诗余》（又名《雒鹃词》），聂先、曾王孙辑《百名家词钞》收录。《全清词》存其词101首，

① （清）张德瀛：《词徵》卷6，见唐圭璋《词话丛编》，北京：中华书局2005年版，第4177页。
② 况周颐：《蕙风词话》卷5，见唐圭璋《词话丛编》，北京：中华书局2005年版，第4518页。
③ 赵尊岳：《明词汇刊》，上海：上海古籍出版社1992年版，第521页。
④ 柯愈春：《清人诗文集总目提要》，北京：北京古籍出版社2001年版，第176页。

多写闺情或咏物。渊懿又与田茂遇合辑《清平初选》，录清初319家词，计294调，1 140余首，其中以云间词人居多，实为“云间词派”之结集。

吴本嵩或生于是年。吴本嵩（1630？—1685后），原名玉麟，字天石，江苏宜兴人，吴洪化子。一生坎坷，奔走大江南北从幕以糊口，故其词多幽愤意，风格绵密中见清峭。事迹散见《荆溪词初集》、《瑶华集》及《宜兴县旧志》、《亳村陈氏家乘》。著有《都梁词》，已佚。《全清词》存其词38首。

毛晋辑录《宋六十名家词》始刻于是年前后。《宋六十名家词》原题为《宋名家词》，分6集，每集10家，因第6集所收为11家，故实际收录61家。第1集和第2集卷首分别有明夏树芳和胡震亨序。胡序作于“庚午夏之朔”，故知是书始刻于崇祯三年庚午（1630）前后。因此书所收词集只是随得随刻，故未能按词人时代先后排列。与吴讷《唐宋名贤百家词》相比，虽然吴讷时代在前，所收词集亦多，但吴讷辑本只是靠孤传手抄本一脉传承，在明清两代影响不大，而毛晋此本在清代一刻再刻，流传甚广，故其对宋人词集的传播之功甚大。又，毛晋为每家词集皆撰有跋文，或介绍作者，或考订版本，间或评词，既有文献价值，又有理论批评价值。是书今有明崇祯间毛氏汲古阁原刊本、上海商务印书馆影印本和《四部备要》本等。

毛晋得李清照、朱淑真词之洪武三年（1370）钞本，合刊于《诗词杂俎》。李词始称《漱玉词》，凡17首，真赝杂出。朱词27首。毛晋《〈漱玉词〉跋》云：“庚午仲秋，余从选卿觅得宋词二十余种，乃洪武三年（1370）钞本，订正已阅数名家，中有《漱玉》、《断肠》二册，虽卷帙无多，参诸《花庵》、《草堂》、《彤管》诸书，已浮其半，真鸿宝也。急合梓之，以公同好。”①

四月，曹尔堪作《阮郎归·庚午初夏》②。是年另有《浪淘沙·庚午秋日》③。

五月五日，唐元甲作《新荷叶·庚午午日广陵寓中》④。是年另有《金缕曲·庚午生辰自感》⑤。按：唐元甲（生卒年不详），字祖命，号心传，又作薪传，

---

①（明）毛晋：《汲古阁书跋》，上海：上海古籍出版社2005年版，第111~112页。
②《全明词》，第3275页。
③《全明词》，第3279页。
④《全明词》，第2764页。
⑤《全明词》，第2772页。

宣城人。明季为中书，明亡后，隐居不出。有《殢花词》1卷。《全明词》存其词78首。

除夕，汪膺作《应天长·庚午除夕》[①]。

王屋作《木兰花慢·赋穷鹤，同雪谷禅师》，词前小序曰："往余在枫桥，见有孤鹤憔悴中田，雪谷湛禅师为之作《穷鹤赋》，要余同作，余于骚体特拙，第为赋五言近体一章云：'何天不可飞，独向此依依。碧海经年梦，青田几日归。虫沙心最险，燕雀趣尤非。但去休辞远，空山蕨正肥。'师云，诗洵工矣，第似责鹤不去边，太重，盍设身更体之。余笑而止。今于乱纸中，读师所为赋，为之慨然悲叹。因思其言作长短句一篇，时师化再阅岁矣。崇祯庚午。"[②]

沈宜修作《水龙吟》（西风昨夜吹来）、（砧声敲动千门）词二首，词前小序曰："丁卯，余随宦冶城，诸兄弟应秋试，俱得相晤。后仲韶迁北，独赴燕中，余幽居忽忽，悦焉三载。赋此志慨。"[③]由此推知，此二词当作于是年（庚午）。沈宜修另有《水龙吟》（空明击碎流光）、（石城潮打千秋）词二首，词前小序提及"庚午秋日，余作《水龙吟》二阕"[④]，即指前二词，后二词为步韵之作。另，叶绍袁于丙子除夕、丁丑元旦各作和韵之《水龙吟》一首，词前小序称"内人有此调两阕，秋怀感旧之作也"[⑤]，亦指沈氏此二词。

崇祯四年　辛未　1631

黄字鸿卒，年三十六。有《闺晚吟》、《广寒集》等。《全明词》据《众香词》射集及《名媛诗纬》录其词4首。《全清词》编者因不明其生卒年而误收其词3首。

夏完淳生。夏完淳（1631—1647），原名复，字存古，别号小隐、灵胥，松江华亭（今属上海）人，夏允彝子。幼聪慧，7岁能诗文，年十二，已博及群书。15岁，从父夏允彝、师陈子龙投身抗清斗争，兵败父死，又与陈子龙起兵，受

---

①《全明词补编》，第905页。
②《全明词》，第1651页。
③《全明词》，第1562~1563页。
④《全明词》，第1563~1564页。
⑤《全明词》，第1526页。

鲁王封为中书舍人，入太湖吴易处参谋军事。易败，流亡江、汉之间，仍奔走抗清。顺治三年（1646），抗清军事连续失败，作《大哀赋》，文采宏逸。四年（1647）夏，因上表谢鲁王遥授中书舍人，为人告发被捕，狱中谈笑自若，作乐府数十阕。在南京严斥洪承畴劝降，遂殉难，年仅17岁。乾隆时赠谥“节愍”。《明史》卷277附夏允彝传。沈雄《古今词话》引《柳塘词话》曰：“夏存古《玉樊堂词》，向得之曹顾庵五集中。见其词致，慷慨淋漓，不须易水悲歌，一时凄感，闻者不能为怀。”①有《夏完淳集》、《南冠草》、《续幸存录》及《夏内史词》、《玉樊堂词》等。《夏内史词》有《惜阴堂汇刻明词》本。《全明词》存其词41首，《全明词补编》另辑得1首。

吴兆骞生。吴兆骞（1631—1684），字汉槎，江苏吴江人。顺治十四年（1657）举人。少负盛名，稍长，为慎交社眉目。罹科场之狱，遣戍宁古塔，居塞上23年，不废吟咏。后得顾贞观、宋德宜等力救南归，不久，以腹疾卒。《清史稿》有传。有《秋笳集》8卷，清康熙间徐乾学刻、雍正四年（1726）吴振臣增修本，今有《四库全书存目丛书》影印本。《清史稿·艺文志》称其有《秋笳词》1卷，叶恭绰《全清词钞》卷2谓其有《秋笳词》2卷，因久已散佚，今仅辑得词3首。

董俞生。董俞（1631—1688），字苍水，号樗亭，一号莼乡钓客，江南华亭（今属上海）人，董含弟。顺治十七年（1660）举人。康熙初，江南“奏销案”起，董俞挂名其间，被除名，于是弃去帖括，专心风雅正变，与钱芳标齐名，人称“钱董”。康熙十八年（1679）荐试博学鸿词，途遇盗劫，被刃伤而返，归里后卜筑南村，歌啸自如。有《浮湘集》、《樗亭诗稿》。又有《玉凫词》2卷，康熙刊本，陈乃乾辑入《清名家词》。沈雄《古今词话》称其词“源于清商诸曲”，“若矫健疏宕处，则又歌行佳境，非学步辛、陆者也”②。《全清词》录其词161首。

彭孙遹生。彭孙遹（1631—1700），字骏孙，号羡门，又号金粟山人，浙江海盐人。顺治十六年（1659）进士，官内阁中书。康熙十八年（1679）召试博学鸿词，擢一等一名，授编修，历官礼部侍郎、吏部侍郎，充经筵讲官，兼翰林院

① （清）沈雄：《古今词话》词评下卷，见唐圭璋《词话丛编》，北京：中华书局2005年版，第1035页。
② （清）沈雄：《古今词话》词评下卷，见唐圭璋《词话丛编》，北京：中华书局2005年版，第1045页。

掌院学士，纂修《明史》总裁。年七十致仕归，御赐“松桂堂”额，遂以名其集。事具《清史稿》卷271及《国朝先正事略》卷39。有《松桂堂全集》37卷、《延露词》3卷、《金粟词话》1卷。孙遹工词章，与王士禛齐名，号“彭王”。其词多写艳情，有“吹气如兰彭十郎”[①]之目。论词主张“自然”，又认为“自然不从追琢中来，便率易无味”[②]。其《延露词》及所附《金粟词话》选入《倚声初集》，后聂先、曾王孙《百名家词钞》选录1卷。乾隆八年（1743），子彭景曾刻成全集。今通行者有《清名家词》本。《全清词》录其词215首。

陈恭尹生。陈恭尹（1631—1700），字元孝，初号半峰，晚号独漉，又号罗浮布衣，广东顺德人。南明诸生。幼承父训，父陈邦彦殉国时，恭尹年仅十余岁，无家可归，流浪数年。归后，抑志读书，隐居不仕，自号罗浮布衣。《清史稿》有传，邑人温肃编有《陈独漉先生年谱》。与梁梿、陶璜、何衡、何绛深相结纳，世称“北田五子”。又与屈大均、梁佩兰并称“岭南三大家”。有《独漉堂诗集》，其《独漉堂诗余》1卷附集中，康熙五十七年（1718）刻本。惜阴堂另裁为《独漉堂词》。《全明词》存其词29首，《全清词》同。

彭桂生。彭桂（1631—1684后），原名椅，字爰琴，一字上馨，江苏溧阳人。困于场屋，不得售，出为幕宾。康熙十一年（1672）因事被放，益沉沦潦倒。十八年（1679），荐举博学鸿词，未取。有《初蓉词》3卷，词作300余首，康熙十六年（1677）刊，江闿撰序。《全清词钞》卷5谓其有《初蓉词》6卷，误。《全清词》录其词302首。

周金然生。周金然（1631—1699后），字广庵，又字砺岩，上海人。康熙二十一年（1682）进士，改庶吉士，授编修，官至洗马。工诗词书法，夙与施闰章、宋琬游，才思格力亦相近。有《饮醇堂文集》20卷、《抱膝庐诗草》11卷、《娱晖草》11卷、《南浦词》3卷等，清康熙刻本，今有《四库全书存目丛书》影印本。时人誉其词雅赡高华，骨肉停匀。《全清词》录其词222首。

张一如中进士。张一如（生卒年不详），字来初，号渌渔，芜湖（今属安徽）

---

①《倚声初集》卷3彭孙遹《浣溪沙·闺情》词后评语：“阮亭云：吹气如兰，每当十郎，辄自觉伧父。”见（清）邹祗谟、王士禛《倚声初集》卷3，清顺治十七年刻本，《续修四库全书》第1729册。

②（清）彭孙遹：《金粟词话》，见唐圭璋《词话丛编》，北京：中华书局2005年版，第721页。

人。曾任吏部主事，后以病回籍，年六十三卒。有《渌渔客草》、《言思阁诗集》等。《全明词》据《兰皋明词汇选》辑其词9首。

罗明祖中进士。罗明祖（生卒年不详），字宣明，号纹山，南平（今属福建）人。中进士后，历官华亭、繁昌、襄阳令。精律算、堪舆、浑天、格物之学，选上平寇议于总督杨嗣昌，颇忤时俗。卒年四十四。有《纹山先生集》30卷，词在卷9。赵尊岳据以辑为《纹山先生诗余》1卷，收入《明词汇刊》，跋称其词“虽律调乖误，而其人忠勇奋发，亦在可传之列也”[①]。《全明词》存其词19首。

霍达中进士。霍达（？—1661），字非闻，一字鲁斋，陕西长安（今西安）人。明季官御史，巡按应天。入清后官至兵部尚书，加太子太保，又任工部尚书，兼都察院左都御史。事迹见《满汉名臣传》。有《启祯史录》。《全清词》录其词1首。

陆云龙辑《翠娱阁评选行笈必携》是年由其峥霄馆刊行。这是陆云龙编选的一套丛书，其中包括《诗最》2卷、《文奇》4卷、《词菁》2卷等9种小集。《词菁》仿《草堂诗余》体例，按类征选。卷1分天文、节序、形胜、人物、宴集、游望、行役、称寿8类；卷2分离别、宫词、闺词、怀思、愁恨、寄赠、杂咏、题咏、居室、动物、器具、回文13类。选录唐李白至明末歌妓王修微等历代人词270余首。卷首有陆云龙自序。陆氏选词主新绮香艳，代表着晚明词坛的审美风尚。复旦大学图书馆、陕西图书馆等收藏有明崇祯四年（1631）初刻本，卷首署“翠娱阁评选行笈必携词菁”。

陆云龙作《词菁序》。序云：“《菩萨蛮》为《乌啼》、《子夜》之变，盖青莲以绝代轶材，裂羁靮，另辟词家一径，大都以清新绮丽为宗，故相沿莫妙淮海、眉山、周洞霄、康大晟，其品虽不得埒，以词论不得劣也。至我明郁离，具王佐才，厮身帷幄，宜同稼轩，时露英雄本色。乃似柔其骨，丽其声，藻其思，务见英华之色，则所尚可知已。其后名贤辈出，人巧欲尽，悉为奇险之句，幽窈之字，实缘径穷路绝，不得不另开一堂奥，试取《花间》、《草堂》，并咀之，《草堂》自更新绮者，特其中有欲求新而得误，似为吴歈作祖，予不敢不严剔之，诚以险中有菁，俳不可为菁耳。具眼者倘亦不罪我而知我。辛未仲夏翠娱阁

① 赵尊岳：《明词汇刊》，上海：上海古籍出版社1992年版，第1728页。

主人题。”[①]

六月二十四日，叶小鸾作《水龙吟·次父六月二十四日作》[②]。是年另有《如梦令·辛未除夕》[③]。

七月七日，唐元甲作《洞仙歌·辛未七夕同阆音作》[④]。

七月九日，叶绍袁作《满庭芳·辛未七夕后二日赠内》[⑤]。

八月二十八日，陶奭龄作《哨遍·水牢》，词前小序曰：“南还之次年，岁辛未八月二十八日，大雷电五日夜不休，今是堂水深数尺。合家避居小楼，至难跬步。望湖中平畴，皆灭没不见影。湖波直至南山下，淼然四顾，有陆沉之忧。坡翁云：吾始至海南，环视天水无际，念何时得出。已而思之，大地在积水中，九洲在大瀛海中，中国少海中生，孰不在岛者。覆盆水于地，芥浮水，蚁附芥，茫然不知所济。少焉，水涸蚁去，见其类，出涕曰：几不得与子相见。岂知俯仰有方轨八达之路乎？念此可以一笑。因用其语，次稼轩秋水《哨遍》一篇，以拨孤闷，且以柬诸友人。”[⑥]

曹尔堪作《鹧鸪天·辛未冬日遣怀》[⑦]。

俞彦作《麦秀两岐》，小序云：“崇祯辛未，余谪守夷陵，有麦秀两岐之异。征君王开阳先生，作歌绘图见投。偶简和学士凝集有此调，遂填取，并以志愧。”[⑧]

夏树芳作《送入我门来》(玉燕投怀)，以悼其二孙之丧，词前小序曰：“崇祯四年春首，连丧两孙，小者气可射牛，大者捉钉呈颖。旬日之内，倏忽痘殇，玉树埋土中，菀结癙忧曷禁也。乃为词以悼之。盖渭滨老子，恻恻钟情不自释，且寄祷祝之思耳。”[⑨]是年另有《金明池》(南岳龙蟠)，词前小序曰：“宪副陈太翁有公郎二人，翩翩文藻满天下，仲子以麟经首荐贤书居木天。伯子继起，今年辛未大廷入对，复作天衔第一人。树芳辱在交知，可胜腾跃。一则仰世德，作求占

---

①(明)陆云龙:《词菁》，卷首自序，明崇祯四年刊翠娱阁行笈必携本。
②《全明词》，第2388页。
③《全明词》，第2376页。
④《全明词》，第2764页。
⑤《全明词补编》，第830页。
⑥《全明词补编》，第688~689页。
⑦《全明词》，第3284页。
⑧《全明词补编》，第749页。
⑨《全明词》，第1148页。

二惠之竞爽，二则以虎观罗大儒，且为朝得人庆也。遂填此章赠之。”[①]又有《浣溪沙》（八十重来湖上歌）、（十景名湖景尚偏）二首，词前小序曰：“余雅好登揽，卧游一室，猛思神瀵，悉唐不让宗少文之蘧蘧五岳，尝试作武林游，每岁偕一二友人，婆娑酣畅，尔汝忘形，缅想故人，半付蕉鹿，而余亦皤皤称渭叟矣。今崇祯四年，急欲思理烟棹，匣中龙剑，铿然自鸣，快若灵隐，高峰飞堕天外，而龙井虎跑之嘘吸当前也。不数日达涌金门，十锦堂中每一景，辄泚笔题词一首，信手拈来。各翻别调，文不加点，趣则油如。譬之风蝉雨蚓，天籁合符。傥执红牙板命侍儿按拍弹之，其犹御罡风而扪帝座乎。漫兴传杯，复调二首。”[②]

王屋作《十拍子》（二十年来湖上），词前小序曰：“余年十七，始一至西湖。今年三十有七，盖二十年不至也。因禅客有游于斯者，作此调寄南屏印公。是岁辛未。”其《十拍子》（我丱尔髫为别）亦作于此时，词前小序曰：“仆有一友名冯延龄，居杭州，亦二十年别矣。思之不见，故作此词。”是年另有《沁园春·赠吴人马云衢同子一》词2首，词后跋曰：“吴门马云衢，与吾邑先贤魏忠节有交。忠节于人不浪与，而特与云衢，则云衢可知。忠节死，家益困，门人故客稀过存者，而云衢数从吴中来交子一，如忠节时。云衢之为人与忠节之知人，并可称也已。云衢善饮，喜话节烈事，子一作《风流子》词赠之。要予作，予为赋《沁园春》二阕。夫予词岂足为云衢重，亦借云衢重我词耳。辛未中秋夕烛下。”又有《瑞鹧鸪·题绿雪居》，词前小序曰：“夏二十七偶凫，筑斗室自居，题曰绿雪。风篁戛玉，披帷已觉神清，霜萼垂珠，入座转惭形秽。吟声满屋，金石铿锵，缃帙堆床，云烟狼籍。读书随处净土，我今乃见其人。闭户即是深山，畴昔只闻斯语。载赓短什，爰志永怀，欲搆鸿裁，更需大匠。辛未五月。”又有《减字木兰花》12首，词前小序曰：“辛未七月六日，昼热甚，引凉水濡巾拂背上，忽寒颤，迫暮疾作，不能食寝。燃烛一寸许，作辞十二章。有快语、苦语、禅语、酒语、戏语、不平语，几无不有，一再歌之，轻汗津津洽头面，体遂畅，甘寝欲食如初。乃录而贮之巾笥。”又有《长相思·辛未七月，梦登一楼高出云上，梦中有作，醒而纪之》。又有《南乡子·读友人诗》14首，词前小序曰：“辛未

---

①《全明词》，第1149页。

②《全明词》，第1151页。

六月，允大示我《行笈》、《存笥》二稿。读之警绝，作《南乡子》识之。因念平昔所好者，又得十三人，并为品藻。虽其显晦不齐，短长各异，要皆老生之独鉴也。其或爱其诗而未识其人，与知其人而诗未入彀者，并不得与。于戏亦严矣。七夕游好斋记。”又有《月上海棠·辛未秋夕，饮魏子一家，醉还寝陈塾，夜半枕上作》。又有《华胥引·与魏学濂子一》，词前小序曰：“忠节公死四年，而后有赠官锡谥之命。又三年而弗克葬。甚矣，廉吏之家可知也。辛未六月，子一请地于情谊所必得之家而不得。读其书有至再不容，当为秦庭七日之哭语。为之潸然泣下。痛孝子之茕茕，感斯人之藐藐，赋此与之。”又有《风流子》(良时闷里过)，词前小序曰：“辛未中秋，鸣迁酌我游好斋。招子一，傍晚乃至，已大醉矣。出扇头新辞，名《风流子》示我，读毕遂去，不就席。明日思之不能记也。因次张文潜韵赋此。十六日。”又有《清平乐·辛未七月十七日游好斋感梦之作》词3首。[①]

崇祯五年　壬申　1632

叶小鸾卒，年十七。生方四月，即由舅父母沈自征、张倩倩抚养。自幼慧心美貌，4岁能读《离骚》，10岁时，张倩倩病卒，始归家，学吟咏，脱口成诵，善弈、善琴、善画、善书。聘于昆山张维鲁之长子张立平，嫁前五日而殁。有诗词集《返生香》(又名《疏香阁遗集》)传世，集中存诗110首，存词92阕，文3篇。词中佳句极多，隽永清逸，风格渐趋沉郁。冯金伯《词苑萃编》引《兰皋集》云：“琼章不欲作艳语，故词格坚浑，无香奁气。”[②]按，此所谓《兰皋集》，实即清初词选《兰皋明词汇选》，非别有《兰皋集》一书也。所引为顾璟芳评语，见《兰皋明词汇选》卷2。又陈廷焯《白雨斋词话》卷3云：“叶小鸾词笔哀艳，不减朱淑真。求诸明代作者，尤不易觏也。”[③]《明词综》录其词8首，篇数之多，为

---

① 以上诸作依次见于《全明词》，第1612页、第1612页、第1617页、第1660页、第1624~1626页、第1634页、第1643~1645页、第1663页、第1669页、第1669~1670页、第1673~1674页。

②(清)冯金伯:《词苑萃编》卷7《品藻》，见唐圭璋《词话丛编》，北京：中华书局2005年版，第1926页。

③(清)陈廷焯:《白雨斋词话》卷3，见唐圭璋《词话丛编》，北京：中华书局2005年版，第3825页。

闺秀之冠。其《返生香词》有《惜阴堂汇刻明词》本。其《鹧鸪天·壬申春夜梦中作五首》[①]作于是年。按:《明词纪事会评》引明代沈宜修《季女琼章传》:"作诗不喜作艳语,集中或有艳句,是咏物之体,填词之体,如秦少游、晏小山,代闺人为之耳。如梦中所作《鹧鸪天》,此其志也。"又引《返生香集》跋:"自壬申启岁,便有遗世之思。此词得之梦中,尤奇。疑其前身一山中修炼羽流,然何以此生忽作美丽女子?若云尘根未断故尔,又何以将结缡而逝,更不了情缘事?殊不可解。"[②]《全明词》存其词94首。

叶纨纨卒,年二十三。端妍玉润,幼极颖悟。3岁能诵《长恨歌》,13岁能诗,书法遒劲,有晋人风,16岁出嫁袁氏,七载之间,悒郁不得志,皈心释氏,日诵佛经,精专自课。崇祯五年秋,幼妹小鸾将嫁,作催妆诗甫就而讣音至,归哭其妹过哀,发病而卒。《列朝诗集小传》、《历代词话》、《吴江县志》均载其事。其父集所著诗词曰《愁言》。其《芳雪轩词》一卷,有《惜阴堂汇刻明词》本。其《踏莎行》(粉絮吹绵)[③]作于是年。按:《明词纪事会评》引清代盛枫《嘉禾征献录》卷50:"纨少慧,尽传其家学。长而韶秀,光可以鉴。年十七,嫁高要知县袁俨第三子某,不得于其夫,大归于叶,因逃禅,日诵经焚香而已。有妹二人曰蕙绸、曰小鸾。小鸾字琼章,一字琼期,将嫁而夭。纨纨哭之哀,不一月亦呕血死,年二十三。死之日为词一章云云。"[④]《全明词》存其词50首。

周履靖卒,年九十一。好金石,工各体书法,致力为古文诗词,亦为戏曲,隐居不仕。生平可参徐朔方先生《晚明曲家年谱》第2卷《周履靖年谱》。他是明代著名的山人隐士,为陈继儒之亚,编辑多种"小种之书",刻意清隽而实浅俗,在晚明文化中有一定代表性。有《梅颠稿选》20卷,明刻本;《螺冠子咏物诗》26卷、《茶歌》1卷、《酒咏》1卷,明万历金陵书林叶如春刻本;《野人清啸》2卷,明万历金陵荆山书林刻本。所编《唐宋元明酒词》选录前人与酒有关词62首,自作72首。《全明词》仅辑其词3首,《全明词补编》复从《梅颠稿选》、《螺冠子咏物诗》和《唐宋元明酒词》中补录其词262首。

---

① 《全明词》,第2383页。
② 尤振中、尤以丁:《明词纪事会评》,合肥:黄山书社1995年版,第358页。
③ 《全明词》,第2173页。
④ 尤振中、尤以丁:《明词纪事会评》,合肥:黄山书社1995年版,第345页。

吴兴祚生。吴兴祚（1632—1698），字伯成，号留村，浙江山阴（今绍兴）人，汉军正红旗人。18岁以贡生授江西萍乡知县，累官至两广总督。康熙二十八年（1689）以事降副都统，镇守大同右卫。三十四年（1695）随驾北征，明年奉旨戍边。《清史稿》有传。喜与文士游，江浙才士望而归之，多共唱酬。著有《留村诗钞》。今传有《留村词》1卷，康熙刊本。另有民国西泠印社《州山吴氏词萃》本。《全清词》录词25首。

吴嘉枚生。吴嘉枚（1632—1700），字个臣，号介庵，浙江钱塘（今杭州）人，祖籍安徽歙县，晚年客寓苏州。先以诸生入贡，名噪一时，然久困科场，郁郁不得志，终老吴门。工诗词书画，著述颇富，其子吴曰燧刊《壶山草堂诗集》，附词1卷。《全清词》录词63首。

吴农祥生。吴农祥（1632—1708），字庆伯，号星叟，一号大涤山农，浙江钱塘（今杭州）人。诸生。康熙十八年（1679）荐举博学鸿词试，报罢。家富藏书，与弟吴农复共读于梧园。诗文词赋并工，与吴任臣齐名，人称“武林二吴”。入京应试时，与陈维崧、毛奇龄、吴任臣、王嗣槐、徐林鸿共客益都冯相国邸中，世称“佳山堂六子”。事见《两浙輶轩录》及《杭州府志》。著述甚富，有《箫台集》246卷、《梧园杂著》20卷、《流铅集》40卷、《钱邑志林》40卷、《诗余》24卷，并《箫台读史》、《绿窗读史》、《唐诗辨义》等。袁枚《随园诗话》云：“古人诗集之多，以香山、放翁为最。本朝则未有多如吾乡吴庆伯先生者。所著古今体诗一百三十四卷，他文称是，现藏吴氏瓶花斋。”[①]其《诗余》24卷稿本今存未刊。又辑历代词话为《词苑》60卷。夏承焘先生《天风阁学词日记》1932年5月21日载：“接唐圭璋长函。谓《历代诗余》、《词苑萃编》、《词林纪事》中所引之《词苑》，与《词苑丛谈》不合，非‘丛谈’之简称，其书乃仁和吴农祥辑，共六十卷。”[②]谭新红《清词话考述》有论述。《全清词》据清初诸词选录其词5首。

王顼龄生。王顼龄（1632—1723），字颛士，一字容士，号瑁湖，晚号松乔老人，江苏华亭（今属上海）人。康熙十五年（1676）进士，授太常寺博士。

---

①（清）袁枚：《随园诗话》卷16，北京：人民文学出版社1982年版，第538~539页。
② 夏承焘：《天风阁学词日记》，杭州：浙江古籍出版社1984年版，第292页。

十八年（1679），举博学鸿词，授翰林院编修，纂修《明史》，充日讲起居注官，累迁侍讲学士、礼部侍郎，拜武英殿大学士。雍正元年（1723）重与鹿鸣宴，加太子太傅。卒谥文恭。《清史稿》有传。著有《世恩堂集》35卷，中有“诗余”2卷。有康熙刊本《螺舟绮语》1卷，聂先、曾王孙辑入《百名家词钞》。《全清词》录其词54首。

杜首昌生。杜首昌（1632—1698后），字湘草，江南山阳（今江苏淮安）人。布衣。康熙八年（1669）前后游京师，留龚鼎孳幕下，与白梦鼐、冒禾书、陈维岳、曾传灿等频多唱酬，后为“秋水轩唱和”活动之重要成员。晚年与毛奇龄、洪昇称知己。事迹见《定山堂集》、《山阳志遗》等。有《绾秀园诗选》1卷、《词选》1卷，清乾隆刻本，今有《四库未收书辑刊》影印本。另有《杜稿编年》等。《绾秀园词选》有康熙年间精刊本，存词66首，《全清词》据录。其词长于构筑境界，以清奇秀逸见胜。

徐嘉炎生。徐嘉炎（1632—？），初名焉，一名家炎，字胜力，一字华隐，浙江秀水（今嘉兴）人。康熙十八年（1679）举博学鸿词，与朱彝尊同授检讨，以应对称旨，特赐御临苏轼诗一卷，历官内阁学士兼礼部侍郎，充三朝国史及《会典》、《一统志》副总裁。事具《清史稿》。著有《抱经斋诗集》14卷、《文集》不分卷，附《焚余草》1卷，康熙三十八年（1699）刻本，今有《四库全书存目丛书》本。《全清词》录词60首。

许学夷（1563—1633）《诗源辨体》于本年定稿，刻成足本38卷。其中论晚唐诗的“词化”现象，是诗论而及于词者，对于理解诗词嬗变具有重要的参考价值。

【辨证】《诗源辨体》有一个重要的观点，即谓晚唐七言古诗为诗余之渐。所以许学夷在评价相关诸家诗的时候，处处点醒，力求展示出由七古到诗余的演变轨迹。如该书卷21评韩翃诗：“韩七言古，艳冶婉媚，乃诗余之渐。……下流至李贺、李商隐、温庭筠，则尽入诗余矣。”[①] 卷26论李贺诗：“李贺乐府七言，声调婉媚，亦诗余之渐（原注：上源于韩翃七言古，下流至李商隐、温庭筠七言

---

①（明）许学夷：《诗源辨体》，北京：人民文学出版社1987年版，第231页。

古)。”[1]卷30论李商隐诗:“商隐七言古,声调婉媚,太半入诗余矣(原注:与温庭筠上源于李贺七言古,下流至韩偓诸体)。”[2]卷30论温庭筠诗:“庭筠七言古,声调婉媚,尽入诗余(原注:与李商隐上源于李贺,下流至韩偓诸体)。”[3]卷32论韩偓诗:“韩偓《香奁集》,皆裙裾脂粉之诗。……则诗余变为曲调矣(原注:上源于李商隐、温庭筠七言古。诗余之变止此)。”[4]由上引文字可见,许学夷不是因为李贺或李商隐诗的独特风格而偶发议论,而是在有意识地系统考察晚唐诗的“词化”轨迹。历来词学家往往只是就词论词,倒是志在梳理诗史源流的许学夷能够超越体式论风格。如果说许学夷仅从七古论诗词嬗变不免偏颇,那么陆时雍《唐诗镜》更多地从晚唐绝句来考察诗词的演进则构成一种必要的补充,这些都是“体制”内的词论所未曾涉及的。

正月七日,王屋作《瑞鹧鸪·壬申正月初七夜,博饮钟玉润闻诗堂。酒后放言,呈顾孝侯二首》。是年另有《满庭芳·姚孟熙见格主司,作此奉慰》,词后小记曰:“余制此词,犹意孟熙不适然也。居数日,孟熙惠然见顾,出鹤湖图示我属题。谈论益玄妙,殆无纤毫介意者。非于斯道有窥,孰能处拂抑而若信乎。孟熙少从魏忠节公受诗传,今其超卓乃尔,可谓不辱其门矣。遂书前调于画上,并识于此,俾后世知忠节之门,有如此人者。壬申九月初二日。”而后再作《满庭芳·再题姚画》,词后小记曰:“余既美孟熙高致,作《满庭芳》书其画矣。今日初三,风雨不止,屈指重九可待,安所得晴色乎。因复题此画上。时里有破产博青衿者,是亦煮豆然萁之类也,故并志之。孟熙读此,其为我满进一白,祝声难消。”又有《秦楼月·次钱尔斐韵,题龙门畸园十六首》,词前小序曰:“余有题友人新居《秦楼月》五词,尔斐读之以为善,仿之作《壑专堂》等一十六阕。壑专堂者,尔斐伯兄龙门郊园筑也。其下十五题,皆园中别景。昔王维作辋川诗,与裴迪秀才同赋绝句,弟缙不闻有作。今尔斐既倡为此词,又请予次韵其后,余才顾非迪比,尔斐可谓贤出古人右矣,夫岂直为壑专之难弟已哉。故不

① (明)许学夷:《诗源辨体》,北京:人民文学出版社1987年版,第262页。
② (明)许学夷:《诗源辨体》,北京:人民文学出版社1987年版,第288页。
③ (明)许学夷:《诗源辨体》,北京:人民文学出版社1987年版,第290页。
④ (明)许学夷:《诗源辨体》,北京:人民文学出版社1987年版,第304页。

辞狂斐，一一和之如数。壬申四月十六日病中。”又有《千秋岁引·壬申六月贺支澹衷生子》。[①]

八月十五日，唐元甲作《绮罗香·壬申中秋》[②]。

戴澳作《汉宫春·春闺》[③]，词题下自注：“壬申年。”

曹尔堪作《南乡子》(松际起苍烟)，词前小序曰：“壬申冬暮，戴汝揆、沈赞王、朱子殷俱解馆散去，予独居松阁，闭门静坐，淡焉自得。忘索居之戚，并忘岁月之逝也。词寄《南乡子》一首。”[④]是年另有《减字木兰花·壬申冬暮，坐荻秋观易亭》[⑤]。

崇祯六年　癸酉　1633

郑以伟卒，年六十三。万历二十九年(1601)进士，改庶吉士，授检讨，累迁少詹事。泰昌元年(1620)官至礼部右侍郎，后以忤奸党告归。崇祯二年(1629)复召为礼部尚书，不久与徐光启并相，兼东阁大学士。卒赠太子太保，谥文恪。《明史》卷251有传。有《灵山藏》22卷，明崇祯刻本，今有《四库禁毁书丛刊》影印本，存词29首，赵尊岳据以辑入《明词汇刊》，题为《灵山藏诗余》，卷首有作者自序，谓“暇抽箧中诗余，半是充饯赠人事，或临小景，文情凡陋，音韵多舛，似棘喉涩吻，姑不忍吐弃”[⑥]。赵尊岳跋称其“诤臣风骨，禁苑词林，所作自可珍秘也”[⑦]。《全明词》据录。

张丽人卒，年十九。性巧慧，善弹琴，工画兰竹，尤好诗词。有《莲香集》。《全明词》据《众香集》“书集”录其词3首，《全明词补编》据《粤东词钞》录词4首，而以“张乔”为名，实为同一人。

---

① 以上诸作依次见于《全明词》，第1660~1661页、第1593页、第1593页、第1603~1605页、第1669页。
②《全明词》，第2769页。
③《全明词》，第1383页。
④《全明词》，第3285页。
⑤《全明词》，第3272页。
⑥ 赵尊岳:《明词汇刊》，上海：上海古籍出版社1992年版，第1828页。
⑦ 赵尊岳:《明词汇刊》，上海：上海古籍出版社1992年版，第1833页。

高层云生。高层云（1633—1689），字二鲍，号谡苑，江苏华亭（今属上海）人。康熙十五年（1676）进士，授大理寺评事，迁吏科给事中，转通政司参议，升太常寺少卿。《清史稿》有传。著有《改虫斋诗略》。其《改虫斋词》1卷，聂先、曾王孙辑入《百名家词钞》。《全清词》录其词28首。

范荃生。范荃（1633—1705），本名恒美，字德一，自号石湖，亦号盟鸥野老，江苏江都（今扬州）人。博学有文，不应有司试，以课馆为生，隐居扬州北湖，与徐石麒、罗煜等把酒话旧，俱以词名。有《春雨词》、《秋吟》、《秋花杂咏》、《柳塘寤语》、《今之石湖词》各1卷。康熙间，徐元美从其稿本中选刻，今稿本尚存世，词作数量远超过刻本。嘉庆五年（1800）甘泉吴康刻《北湖三家词》，为徐石麒《坦庵词》3卷、罗煜《霞汀词》1卷、范荃《石湖词》5卷。《全清词》录其词187首。

释大汕生。释大汕（1633—1705），一名石濂，苏州人。幼而警敏，善画仕女，作诗有佳句。因故出家，曾为广州长寿寺方丈，好附庸风雅，结交名士，与梁佩兰、仇兆鳌、屈大均等诗酒往还。后为逮解回籍死，年七十以上。著《离六堂集》12卷，清康熙怀古楼刻本，今有《四库禁毁书丛刊》影印本，附“诗余”1卷，存词86首，《全清词》据录。《全明词》亦据此本，但漏收10首。

毛际可生。毛际可（1633—1708），字会侯，号鹤舫，浙江遂安（今属淳安）人。顺治十五年（1658）进士，授彰德府推官，改知县。康熙十八年（1679）举博学鸿词试，卓异赐服，寻告归。擅长古文，与杭州毛先舒、萧山毛奇龄齐名，有“浙中三毛，文中三豪”之称。著有《会侯文钞》、《春秋三传考异》、《松皋文集》、《松皋诗选》、《拾余诗稿》等。尝充《浙江通志》总裁。其词称清初浙西名家，尝为顾贞观、纳兰性德所辑《今词初集》作跋，云：“是选主于铲削浮艳，舒写性灵；采四方名作，积成卷轴，遂为本朝三十年填词之准的。”[①]略见其词学主张。有《浣雪词钞》2卷，为王士禛等人称赏。冯金伯《词苑萃编》引方渭仁语曰：“毛会侯文尚遒逸，力洗近世肤伪之习，宜其不专以绮靡为尚也。”[②]又引沈

① （清）顾贞观、纳兰性德：《今词初集》，卷尾毛际可跋，清康熙刻本，《续修四库全书》第1729册。
② （清）冯金伯：《词苑萃编》卷8《品藻》，见唐圭璋《词话丛编》，北京：中华书局2005年版，第1933页。

昭子语评云："毛会侯博洽研贯，其所为词俱审音协律，不愧大晟乐府之遗。"①而陈廷焯则曰："毛会侯《浣雪词》，刻翠裁红，务求新颖，丁飞涛之流亚也，总不免染《花间》、《草堂》陋习。"②《全清词》录其词190首。

钱栴中举人。钱栴（？—1647），字彦林，浙江嘉善人，士晋子。曾官职方郎中。他是陈龙正的女婿，而夏完淳是他的女婿。明亡后从事抗清活动，与其婿夏完淳同日死难。《柳洲词选》选其《忆江南》3首，《全明词》仅存1首。该词实为《忆江南》3首之一，却依《捣练子》词调断句，遂不可读。却又径加按语曰："此词后二句文辞与前不偕，疑为两词相混。"

徐籀中举人。徐籀（生卒年不详），字亦史，号吾丘，江南长洲（今苏州）人。入清，由靖江教谕迁湖北黄冈知县，爱民息讼，薄赋省刑，修建学宫，以文学治。有《吾丘集》，其中《诗余》3卷，收词160余首，有康熙刊本。《全清词》据《吾丘诗余》录词164首。

卓人月编选、徐士俊参评《古今词统》于是年成书。

【辨证】《古今词统》凡16卷，录上起隋炀帝下至明代词人486家，词作2030首，统一按词调编排，起《十六字令》，终《莺啼序》，凡329调。词下有笺注辑评，又有圈点眉批。卷首有徐士俊、孟称舜二序，以及《草堂诗余四集》原有诸序，又有杨慎《〈词品〉序》和王世贞《词评序》，实际王世贞之序不是为其《弇州山人词评》所作序，而是其中的第一段词话；另外又增辑"杂说"6篇：其一为张炎《词源》卷下而有删节，却题作《乐府指迷》（与沈义父《乐府指迷》无关）；其二为杨缵《作词五要》而误题作者为杨万里；其三为王世贞《艺苑卮言》中论词部分（即《弇州山人词评》）之一则而别题作《论诗余》；其四为张綖《诗余图谱》凡例中"词体大略有二：一体婉约，一体豪放"一节，亦题作《论诗余》；其五为徐师曾《文体明辨》中"诗余"部分节录，亦题作《论诗余》；其六为沈际飞《古香岑草堂诗余四集·发凡》9条中的4条，仍题为《诗余·发凡》。

---

①（清）冯金伯：《词苑萃编》卷8《品藻》，见唐圭璋《词话丛编》，北京：中华书局2005年版，第1935页。

②（清）陈廷焯：《白雨斋词话》卷3，见唐圭璋《词话丛编》，北京：中华书局2005年版，第3829页。

卷末附徐士俊、卓人月唱和词《徐卓晤歌》一卷，亦分调排列。关于此书刊行年代，或因孟称舜序而定于崇祯二年己巳（1629），或因徐士俊序而定为崇祯六年癸酉（1633）。孟序中云："予友卓珂月，生平持说，多与予合。己巳秋，过会稽，手一编示予，题曰《古今词统》。予取而读之，则自隋、唐、宋、元，以迄于我明，妙词无不毕具。"[①]可见其书崇祯二年己巳（1629）已经成书。然而卓人月弟卓回后来在《古今词汇·缘起》中云："余兄《词统》一书，成于壬申、癸酉间。"[②]可见，《古今词统》初步成书于崇祯二年己巳（1629），而刻行于徐士俊作序的崇祯六年癸酉（1633）。是书流布后，又曾被他人或书坊易名为《诗余广选》和《草堂诗余》刊印，卷端和书口等题名处有剜改。《诗余广选》16卷杂说1卷，仍题"卓人月汇选，徐士俊参详"，可视为同书异名；而《草堂诗余》16卷杂说1卷，则题为"陈继儒评选，卓人月选、徐士俊参评"，或有意利用陈继儒的名头，则不免有欺世盗名之嫌。诸版本今皆有传本。《古今词统》今有谷辉之校点本，辽宁教育出版社2000年版。

二月十日，钱继章作《丑奴儿令·癸酉二月十日家兄四旬初度》[③]。

二月十五日，季孟莲作《定风波·癸酉花朝，过访周武夷山中。武夷傒立于门曰：吾昨梦君之至也》[④]。

六月三日，潘炳孚作《月照梨花》（养夕），词前小序曰："癸酉夏六月初三日，予初度，感赋此词以自喻意，盖亦无何耳。"[⑤]

叶绍袁作《水龙吟·癸酉雨中追悼亡女》[⑥]词二首。另，沈宜修亦有《水龙吟·悼女》[⑦]词二首，与叶词所用韵同，且词中季节、景物相类，故沈词亦当作于是年。

---

①（明）卓人月、徐士俊：《古今词统》，卷首孟称舜序，明崇祯刻本，《续修四库全书》第1728册。
②（清）卓回：《古今词汇二编》，卷首《缘起》，见赵尊岳《明词汇刊》，上海：上海古籍出版社1992年版，第1544页。
③《全明词》，第2357页。
④《全明词补编》，第870页。
⑤《全明词》，第1939页。
⑥《全明词》，第1525~1526页。
⑦《全明词》，第1563页。

沈宜修作《水龙吟》（空明击碎流光）、（石城潮打千秋）词二首，词前小序曰：“庚午秋日，余作《水龙吟》二阕，儿辈俱属和，书之扇头。今又经三载，偶简箧中扇上之词宛然，二女已物是人非矣。可胜肠断，不禁泪沾衫袖。因续旧韵赋此。”[①]据此推知，此二词当作于是年（癸酉）。

曹尔堪作《菩萨蛮·癸酉秋杪，同魏子一自湖上步至灵隐寺》[②]。是年另有《西江月·癸酉秋杪，集西湖。画舫妓出扇索书，即席应之，不加点窜》[③]。

陈子龙作《乳燕飞》（琼树红云漉）及《玉胡蝶·美人》[④]。按：《明词纪事会评》引陈寅恪《柳如是别传》第3章：“卧子至迟在崇祯五年除夕，已遇见河东君。”又：“……眉公［陈继儒］生日时，祝寿客中，多有当时名姝，……陈梦莲撰其父眉公年谱，谓天启七年眉公七十生日时，‘远近介觞者，纨绮映带，竹肉韵生。’……卧子作《吴阊口号》十首，约在崇祯五年十月，眉公生日在十一月初七日，意者卧子赋诗之时，距眉公生日不远，河东君将离苏州，前往松江之佘山，即眉公所居，祝其七十五岁生日。遂卜居祭山，不返苏州。故卧子有王茂弘‘临海无复人’之感也。《陈忠裕全集》卷二十诗余《乳燕飞》云云。则此词中人，乃‘移来三起阊门柳，馆娃遗绿。’故原是从苏州迁来松江者。故颇疑河东君崇祯五年冬自苏州往松江祝陈眉公之寿，因留居其地。”又：“卧子诗余中，又有《玉胡蝶》咏美人一阕，其中有‘才过十三春浅’之语，疑亦是河东君自苏迁松不久时所赋，当是崇祯六年春间也。因附录于下云云。”[⑤]

崇祯七年　甲戌　1634

汪膺卒，年三十一。《四库全书总目》于其《寸碧堂稿》“提要”中称其“年四十余而卒”[⑥]，误。天启七年（1627）举人。善属文，工诗词，有《寸碧堂诗集》

---

① 《全明词》，第1563~1564页。
② 《全明词》，第3273页。
③ 《全明词》，第3277~3278页。
④ 俱见《全明词》第1916页。
⑤ 尤振中、尤以丁：《明词纪事会评》，合肥：黄山书社1995年版，第331~332页。
⑥（清）永瑢等：《四库全书总目》卷180，北京：中华书局1965年版，第1627页。

2卷、《外集》1卷，清康熙中，其子汪琬编刻于所著《钝翁类稿》卷首，名曰《汪氏家传集》，今已收入《四库全书存目丛书》。《全明词》第3册据《明词综》录“江膺”词2首，实为“汪膺”之误，而第6册据《瑶华集》录“汪膺”词1首，为前所录“江膺”词2首之一，故《全明词》实录汪膺词2首。《全明词补编》乃据《寸碧堂外集》另录其词7首。

王濬初卒，年七十一。万历十三年（1585）乡试中解元，入国子监，初授内阁中书舍人，后进户部，由主事历员外郎升至郎中，奉旨巡视两广督府，调任广西柳州知府，未赴任而引疾求罢，隐居南洲山园。著有《薇垣小草》6卷，明末王泰荚等刻本，惜阴堂从中裁出词4首为《薇垣诗余》，《全明词》据录。

曹贞吉生。曹贞吉（1634—1696），字升阶，又字升六，号实庵，山东安丘人。康熙三年（1664）进士，考授内阁中书，出为徽州同知，内召礼部仪制司郎中，调湖广学政，以疾辞归。事见《清史稿》、《安邱续志》。著有《珂雪集》1卷、《朝天集》1卷、《鸿爪集》1卷、《黄山记游诗》1卷、《珂雪词》2卷。贞吉初以诗名京师，王士禛尝选入《十子诗略》，为“金台十子”之一。后以词名，卢见曾《国朝山左诗钞》引张贞（杞园）《题珂雪堂词谱》评曰：“实庵诗文妙天下，间倚声作词，遂夺宋人之席，吴园次《名家词选》以为压卷，流传江左，一时推为绝唱。”①《四库全书总目》以《珂雪词》为清初唯一词别集著录，“提要”云：“其词大抵风华掩映，寄托遥深。古调之中，纬以新意，不必模周范柳，学步邯郸，而自不失为雅制。盖其天分，于是事独近也。”②《全清词》录其词256首。

方中通生。方中通（1634—1698），字位伯，号陪翁，江南桐城（今属安徽）人，方以智次子。精于天文历算及音韵之学，曾问学西人，与汤若望亦多切磋辩难。所著《数度衍》一书被称为数学百科全书，为中国论对数之第一人。此外尚有《律衍》、《音韵切衍》等。方以智三子中，位伯最全面“承过庭之训”。其父蒙难流徙及出家为僧时，位伯均随侍左右。事迹散见于《方以智年谱》等书。著有《陪词》正续2卷，附于《陪翁集》，存词50首，有康熙间继声堂刊本，《全清

①（清）卢见曾：《国朝山左诗钞》引张贞《题珂雪堂词谱》，转引自钱仲联《清诗纪事·康熙朝卷》，南京：江苏古籍出版社1987年版，第2484页。

②（清）永瑢等：《四库全书总目》卷199，北京：中华书局1965年版，第1823页。

词》据录。其词造语奇峭，刚健气盛，英爽清峻。

王士禛生。王士禛（1634—1711），字子真，一字贻上，号阮亭，别号渔洋山人，济南新城（今山东桓台）人。后人因避雍正帝胤禛讳，追改名为士正；乾隆时，复诏改为士祯。顺治十五年（1658）进士，选扬州府推官，入为礼部主事，由户部郎中改翰林院侍讲，入值南书房，官至刑部尚书。卒谥文简。事具《清史稿》卷266，另见《渔洋山人自撰年谱》，乾隆惠氏红豆斋刻本。又《渔洋山人精华录笺注》附有金荣编《渔洋山人年谱》。著有《带经堂全集》等。士禛为清初著名诗人，倡“神韵说”，尤工绝句。以余力填词，特长小令，与其绝句同一机杼。其填词之顶峰期，在扬州推官任上，昼理公务，夜接词人，修禊红桥及如皋冒氏之水绘园，风流韵事，至今流传。与邹祗谟合辑《倚声初集》。其词集名《衍波词》或《阮亭诗余》。《全清词》录其词134首。

宋荦生。宋荦（1634—1713），字牧仲，号漫堂，一号西陂，别号绵津山人，河南商丘人。年十四，荫列侍卫，出为黄州（今湖北黄冈）通判，迁山东按察使，擢江西巡抚，调江苏巡抚，迁吏部尚书，以年老乞休。事具《清史稿》卷61。自编有《漫堂年谱》4卷，载《西陂类稿》卷47至卷50。宋氏早负盛望，几与王士禛齐名，乐与名士往来，提倡风雅，颇为名流所称述。所撰《绵津山人集》69卷，刻于康熙二十七年（1688），晚岁复增益之，别刻为《西陂类稿》50卷，今存康熙五十年家刻本。其卷23为《枫香词》，陈乃乾据以辑入《清名家词》，仅26首，《全清词》据录，复据诸选本增辑其词达53首。

易震吉中进士。易震吉（生卒年不详），字起也，号月槎，上元（今江苏南京）人。中进士后，授刑部主事，升郎中，出为大名知府，历嘉湖道江西参政副使。有《秋佳轩诗余》，计12卷，收词1184首。赵尊岳跋有云：“明人作词，此其篇帙最富者也。”并赞其“词笔取径稼轩一流，力求以疏秀取胜，虽不能至，犹较颦眉龋齿、强增色泽者为善”[①]。

徐士俊弟徐灏中进士，士俊作《步蟾宫·大津弟获隽南宫书寄》[②]一词贺之。按：徐灏（生卒年不详），字大津，崇祯七年进士。《全明词》存其《竹枝》词4首。

---

① 赵尊岳：《明词汇刊》，上海：上海古籍出版社1992年版，第1078页。
②《全明词》，第2137页。

三月，曹尔堪作《西江月·甲戌春季，复晤某姬于西湖。次前韵为赠》。是年另有《水调歌头》（水阁乘凉好），词前小序曰："七夕左右酷暑，避处水阁，忽焉假寐，梦中有作，时岁在甲戌。"又有《鹧鸪天·冬暮杂咏》30首，词前小序曰："甲戌冬暮，侨居远村，寂寥无欢，独行兴悲，孑然孤形，莫慰离怀。或鼓寒流之枻，或携奚囊之游，怡焉适而畅焉乐也。志之不能已于言，遂寄兴于短吟。抚时摅思，研媸杂陈，笔区所往，愉慽随之，辑一月所存，得《鹧鸪天》三十阕。题有各备，不能殚述，名之曰《杂咏》。"又有《满庭芳·甲戌除夕忆家仲氏燕邸》，其《点绛唇·深秋寄怀家仲氏京邸二阕，次东坡九日余杭韵》亦或作于是年。[①]

四月，王屋作《沁园春·甲戌四月，送周开鸿起家光禄少卿，兼贻同志》[②]。

四月，吴熙作《满庭芳·纪游》词4首，词前小序曰："甲戌初夏，陈子近修扫墓余杭，余附舟游洞霄宫，得兼观南湖之胜。南湖虽近市，然旁无庐舍，其广千顷，山高入云，周遭重碧，以西湖比之，正如烈女艳妇，相去岂直寻丈哉。窃怪近世遂无有能表彰者，第恐一受表彰，安知非为西湖之续耶。"[③]是年另有《百字令·甲戌秋，同家孟重行昆山道中，伤归文若奉世》[④]。

六月三日，潘炳孚作《千秋岁引·次舒王韵》，词前小序曰："甲戌夏季月三日，予晨卧未起，睹一术士语予曰：汝享年甚无几，当不以世务为怀，何汝自梏。因指后之所历若见途径。及觉，而忆其初度也，怪叹厥异，遂作此词，用志感尔。"[⑤]

崇祯八年　乙亥　1635

李日华卒，年七十一。万历二十年（1592）进士，官至太仆寺少卿。恬淡和易，与人无忤。工书画，精鉴赏，世称博物君子。《明史》卷288有传。著述宏

---

① 以上诸作依次见于《全明词》，第3278页、第3297~3298页、第3280~3284页、第3297页、第3265页。
②《全明词》，第1617~1618页。
③《全明词》，第1768~1769页。
④《全明词》，第1770页。
⑤《全明词》，第1941~1942页。

富，有《李太仆恬致堂集》40卷，明崇祯李肇亨刻本，今有《四库禁毁书丛刊》影印本。另有《官制备考》、《姓氏谱纂》、《槜李丛谈》、《书画想像录》、《紫桃轩杂缀》、《竹嬾画剩》、《六研斋笔记》、《恬致堂诗话》等多种。《惜阴堂汇刻明词》裁其词9首为《恬致堂诗余》，《全明词》据录。《全明词补编》另据《恬致堂诗话》及《嘉兴词征》录其词2首。

沈宜修卒，年四十六。幼擅文翰，好吟咏。嫁与同邑叶绍袁为妻，生三女皆工诗词。夫妇偕隐汾湖，与子女刻意诗词自娱。自小鸾、纨纨二女先后去世，遂病不起。有集名《鹂吹》，存词190首，词风婉约妍媚。王奕清《历代词话》称："吴江叶仲韶之配沈宜修，字宛君"，"其词甚富，尽称令晖、道韫萃于一门，惜乎天靳之以年也"。[①]冯金伯《词苑萃编》云："沈宜修宛君，天寥夫人也。三女纨纨、小纨、小鸾皆工诗词，有《午梦堂集》数种。尝曰：'昔和凝有句云：春思翻教阿母疑。'余以为破瓜之年，亦何须疑，直是当信耳。因作问疑词云云。"[②]《明词综》收其词5首。《鹂吹》有《惜阴堂汇刻明词》本。又辑录当时名媛诗文为《伊人思》1卷。

潘有功卒。潘有功（？—1635），字金城，又字臣伯，吴江（今属江苏）人。天启二年（1622）进士，授中书舍人，升兵部车驾司主事，迁职方司员外郎，晋本司郎中，擢陕西布政司参议，摄关内守道事，以抗击流寇，劳瘁而卒于官。其词不多见，《全明词补编》从《松陵绝妙词选》辑其《蝶恋花·西湖十咏，步莫仲玙韵》10首。

范承谟生。范承谟（1635—1676），字觐公，号螺山，汉军旗人，范文程子。顺治八年（1651）选充侍卫，次年成进士，选庶吉士，散馆授侍读学士。康熙六年（1667）官浙江巡抚，擢福建总督。十二年（1673），耿精忠叛清，被拘絷土室二年余。精忠事败复降清，杀之以灭口。追赠兵部尚书、太子少保，谥忠贞。事具《清史稿》卷252及柯汝霖编《范忠贞年谱》。后人编有《范忠贞公集》10卷。《全清词》据《吾庐存稿》所存词6首并《伯子诗余》所附1首共辑为7首。

---

①（清）王奕清等：《历代词话》卷10，见唐圭璋《词话丛编》，北京：中华书局2005年版，第1320页。
②（清）冯金伯：《词苑萃编》，卷16《纪事》，见唐圭璋《词话丛编》，北京：中华书局2005年版，第2106页。

钱芳标生。钱芳标（1635—1679），初名鼎瑞，字葆馚，一作宝汾，号莼渔，江南华亭（今属上海）人。康熙元年（1662）入太学，五年（1666）举顺天乡试，官中书舍人。十七年（1678），荐举博学鸿词，值丁内艰，不赴，旋卒。著有《金门稿》、《湘瑟词》。诗与董俞齐名，称“钱董”。尤工词，王晫《今世说》称其“总角即好倚声，酒肆粉墙，倡家团扇，每因兴会，辄有斜行”[①]。其词以香艳为宗，不脱脂粉气，虽措辞婉妙，造境亦浅，谭献称其为“才人之词”[②]。又喜和韵，和朱彝尊咏猫之作，开征事用典恶例。今传康熙间刊《湘瑟词》4卷。《全清词》收其词546首。

董元恺生。董元恺（1635—1687），字舜民，号子康，江苏武进人。顺治十七年（1660）举人。侘傺不自得，于是西出秦关，东走粤峤，登大梁城，泛小孤渚，吊祖龙（秦始皇）之陵，哭重瞳（项羽）之庙，激昂慷慨，悉寓于词。有《苍梧词》12卷，康熙刊本，陈乃乾辑入《清名家词》。《全清词》录其词693首。按：董元恺生年，旧无定说，诸书标注其生卒，或作1635—1687，亦未见其所据。姑置于是年以俟考订。

刘榛生。刘榛（1635—1690），字山蔚，号董园，河南商丘人。以古文名世，有志用世而不遇，以诸生终。陈维崧往返汴梁，常相过往。有《虚直堂文集》24卷，末卷为《董园词》，存词68首，康熙二十七年（1688）刊本，《全清词》据录。其词羞为怨绿愁红之态，顿挫感激，于中州词人中别竖旗垒。其《念奴娇·读宋名家词》及《送入我门来·答牧仲论词》[③]，集中表现了他力主气骨而摒弃脂粉的词学观。

章昞生。章昞（1635—1691），字天节，浙江余杭（今杭州）人。诸生。事迹见詹锡夔撰《传略》。著有《见山亭诗》2卷。康熙十三年（1674）在北京与陆次云、韩铨同辑《见山亭古今词选》行世，陆序称此选“杜明词之衰，彰当世之盛”[④]。其词不见有集，《全清词》仅据清初诸选本辑得5首。

---

① （清）王晫：《今世说》卷3，上海：古典文学出版社1957年版，第37页。

② （清）谭献：《复堂词话》，见唐圭璋《词话丛编》，北京：中华书局2005年版，第4013页。

③ 分见南京大学中国语言文学系全清词编委会编《全清词》（顺康卷），北京：中华书局2002年版，第6618页、第6620页。

④ （清）陆次云、章昞：《见山亭古今词选》，卷首陆次云自序，清康熙十四年（1675）见山亭刊本。

李良年生。李良年（1635—1694），字武曾，一作符曾，号秋锦，初名法远，小字阿京，人呼李十九，年三十始改今名，浙江秀水（今嘉兴）人。与兄李斯年、弟李符并有文名，人称“三李”。后至京师，诗文得龚鼎孳、汪琬称赏，并与朱彝尊结忘年交。康熙十年（1671）入黔，客巡抚曹申吉幕，“三藩”乱将作，辞归。康熙十七年（1678）应荐，以虞兆璜名赴博学鸿词试，报罢，入凤阳府幕，久归，筑“秋锦山房”著书授徒，弟子颇众。后两至福州督府，参划军事，寻应徐乾学之请，助修《一统志》。三十年归，遂不再出。事具《清史稿》及朱彝尊撰《征士李君行状》。工诗词文，著有《秋锦山房集》，含词2卷，存词70首，刻入《浙西六家词》中，多为早期作品，后期所作散见于各选本。朱彝尊称其“于词不喜北宋，爱姜尧章、吴君特诸家”①。陈廷焯评其“别乎其年、竹垞外自成高手”②。《全清词》录其词110首。

丁炜生。丁炜（1635—1696），字淡汝，号雁水，福建晋江人。顺治八年（1651）未弱冠补县学生。十二年（1655），清将济度统师取漳州，授漳州教谕，后迁知直隶献县（今属河北），内擢户部主事，由郎中出为赣南分巡道，迁湖北按察使。寻坐事谪官，居武昌。武昌兵变，胁使署巡抚，以死拒，弃家走安庆。事平，降补知府云南，寻复按察职。康熙二十八年（1689）以目疾辞归，后七年卒。事见《清史稿》及陈寿祺撰《丁炜传》。著有《问山诗集》10卷、《文集》8卷。他是清初闽派重要词人，与朱彝尊、吴绮、陈维岳、龚翔麟等名家均有唱和，有专集《紫云词》行世。《全清词》录其词216首。

李天馥生。李天馥（1635—1699），字湘北，号容斋，安徽合肥人。顺治十五年（1658）进士，改庶吉士。十八年（1661），授检讨，后历任少詹事、内阁学士、户部左侍郎、工部尚书。康熙三十一年（1692）拜武英殿大学士。卒谥文定。事迹见《清史列传》、《清史稿》等。著有《容斋千首诗》，有康熙三十六年（1697）刻本。其《容斋诗余》1卷，存词130余首，清康熙中金阊绿阴堂刊本，收入《百名家词钞》初集。其词旖旎婉丽，以小令为多，宗尚唐五代、北宋。《全清词》录其词136首。

---

①（清）朱彝尊：《曝书亭集》，卷80《征士李君行状》，上海：世界书局1937年版，第897页。

② 孙克强、杨传庆点校整理：《〈云韶集〉辑评》（之三），《中国韵文学刊》2011年第1期。

陶孚尹生。陶孚尹（1635—1709），字诞仙，自号白鹿山人，江苏江阴人。贡生。康熙二十五年（1686）廷试选桐城教谕，越五年告归，居白鹿山庄，为东坡居士田舍，饶园林水竹之胜，结纳当世名流，自钱谦益以次，姓名俱见集中。有《欣然堂集》10卷，清康熙五十一年（1712）陶士铨刻本，今有《四库全书存目丛书》影印本，其卷6附“诗余”27首，《全清词》据录。

陈维岳生。陈维岳（1635—1712），字纬云，晚号苦庵，江苏宜兴人，陈维崧三弟，在维崧诸弟中最有词名。长期飘流在外为幕客，后以太学生考选州判，未赴任，闭门著述，终老于家。著有《红盐词》，朱彝尊为之序，称：“宜兴陈其年，诗余绝妙天下，今之作者虽多，莫有过焉者也。其弟纬云继之，撰《红盐词》三卷，含宫咀商，骎骎乎小弦大弦，迭奏而不失其伦。噫，盛矣！”[①]原集未及刊，《全清词》仅据诸选本录其词45首。

江皋生。江皋（1635—1715），字在湄，号磊斋，安徽桐城人。顺治十八年（1661）进士，历官至兴泉道参政，罢归。耽吟咏，凡君国之忧、民生之戚，皆发于诗中。事迹见《碑传集》卷81。著有《江在湄文集》30卷、《诗集》41卷，藏于家，未见流传。其《染香词》1卷，收入聂先、曾王孙《百名家词钞》，有康熙间绿阴堂刊本。其词未脱“花间”、“云间”风气，侧艳为多。

陆次云或生于是年。陆次云（1635？—1690后），字云士，号北墅，钱塘（今浙江杭州）人。监生，考授州判。康熙十八年（1679）应博学鸿词试，报罢。次年选郏县知县，有政声，以丁父忧去职。服满，于二十四年（1685）起补江苏江阴令。事迹见《杭州府志》、《两浙輶轩录》。诗文并工，著有《澄江集》，《四库全书存目丛书》据清康熙刻7卷本影印。另有《湖壖杂记》、《北墅绪言》等。又有《玉山词》3卷，存词156首，尤侗、秦松龄阅定，康熙刊本，有评点。另有选本1卷，入《百名家词钞》。康熙十三年（1674）为“杜明词之衰，彰当世之盛”[②]，与章昞、韩铨同辑《见山亭古今词选》。《全清词》录其词167首。

曹尔堪《未有居词笺》刊刻，钱继登为之作序。

王象晋《重刻诗余图谱》刊于是年。按：王象晋（1561—1653），字荩臣，

---

①（清）朱彝尊：《曝书亭集》，卷40《陈纬云〈红盐词〉序》，上海：世界书局1937年版，第487页。
②（清）陆次云、章昞：《见山亭古今词选》，卷首陆次云自序，清康熙十四年（1675）见山亭刊本。

一字康宇，山东新城人，王象乾弟，王士禛祖父。万历三十二年（1604）进士，官至浙江右布政使。晚年优游林下二十年，编著有《群芳谱》、《清悟斋欣赏编》、《剪桐载笔》等。

【辨证】王象晋《重刻诗余图谱》与张綖《诗余图谱》嘉靖本有很大区别。该书卷首《〈重刻诗余图谱〉序》中云："南湖张子，创为《诗余图谱》三卷，图列于前，词缀于后，韵脚句法，犁然井然。一披阅而调可守，韵可循，字推句敲，无事望洋，诚修词家南车已。万历甲午、乙未间，予兄霁宇刻之上谷署中，见者争相玩赏，竟携之而去。今书簏所存，日见寥寥，迟以岁月，计当无剩本已。海虞毛子晋，博雅好古，见予雠校此编，遂请归而付之剞人，使四十年前几案间物，顿还旧观，亦一段快心事也。"[①] 王象晋重刻本《诗余图谱》，封面题为"诗余图谱三卷附录秦张两先生诗余合璧二卷"，《四库全书总目》著录的"《诗余图谱》三卷附录二卷"，看来即为此本。此刻本卷首题署为"高邮南湖张綖编辑，济南霁宇王象乾发刊，康宇王象晋重梓，姑苏子九毛凤苞订正"。凤苞为毛晋原名，刊刻此书时毛晋才37岁，大概那时还是名凤苞字子九，所以才如此题署。另外此书又曾收入毛晋辑刻的词集丛编《词苑英华》，其中包括《花间集》、《尊前集》、《草堂诗余》、黄昇《唐宋诸贤绝妙词选》、《中兴以来绝妙词选》以及杨慎《词林万选》等，故王象晋重刻本也就是《词苑英华》本。"重刻本"的编排体例一仍"嘉靖本"，其不同处有三：一是删去了蒋芝与张綖二序及《凡例》；二是书中所举例词，每调只保留1首，故全书所收为149调及所附录5个相近词调的例词，共154阕；三是更换了9个词调的例词。9个词调依次为《太常引》、《雨中花》、《传言玉女》、《风入松》、《金人捧露盘》、《烛影摇红》、《木兰花慢》、《喜迁莺》、《永遇乐》。

王象晋作《〈重刻诗余图谱〉序》及《〈秦张两先生诗余合璧〉序》。

文震孟为易震吉词集《秋佳轩诗余》作序。序中评及明代词人云："我明以

---

① （明）张綖：《诗余图谱》，卷首王象晋序，明末毛氏汲古阁刻词苑英华本，《四库全书存目丛书》集部第425册。

词名家者，刘诚意秾纤有致，去宋尚隔一尘；杨用修好入六朝丽事，似近而远；夏文愍最号雄爽，比辛词觉少精思。”直接抄录王世贞《艺苑卮言》中对明人词的评语。序署：“崇祯乙亥秋日，吴郡友人文震孟题于燕台邸中。”①《秋佳轩诗余》另有南洙源崇祯庚辰（1640）所作序，以及徐汧崇祯辛巳（1641）所作序。

正月十八日，俞彦作《长相思·崇祯八年正月十八日，贼陷池河。是日枢部发援兵》②。

二月十二日，吴熙作《沁园春·闻警》二首，词前小序曰：“流寇之毒，几半天下，江南块土浸浸有荡柝之忧。且传闻贼中语云，四月渡江，五月向浙。平居泄泄，临事仓皇，竟何益哉！果不悔祸，有死而已。乙亥二月十二日。”且词中有“岂曰皇家，从来贱武，只为承平三百年”③等句，可知此二词当作于明末。

五月五日，王屋作《沁园春》（去岁端阳），词前小序曰：“乙亥端阳日，爱女胜无，年三岁，堕河死。因念去年此日，在陈鸣迁家剧饮甚欢，岂意今日之悲耶。”是年另有《鹧鸪天·病中答友》词17首，词前小序曰：“病卧庵居，遂竟两月。日勤良友之顾，触暑冒风，心甚不谦。既返村舍，勤犹无已，殆神明小复，各致药石酒米之惠，充然累然，瓮盎咸宿饱矣。爰作《鹧鸪天》词一章以志颂。犹恨笔短意长，类难遍及，因各赋之，庶负载之弗胜，歌舞以永之耳。乙亥七月。”又有《四望楼·病中简得陈几亭书却寄》词3首，词前小序曰：“卧病两月不起，今日颇健，能久坐，简阅案头零籍，得几亭手书三纸，皆平昔论道往还之牍，虽娓娓数百言，无一字及私，真可仰对古人，俯质后世。欣然自慰者久之，作小令三阕，却寄几亭。乙亥七夕。”④

六月十九日，王屋为其词集《草贤堂词笺》作序，署：“崇祯八年六月十九日。”⑤《草贤堂词笺》另有钱继登序，亦作于是年。又有曹勋序，作于崇祯四年。

九月九日，陶奭龄作《摸鱼儿》（算从来、几登高处），词前小序曰：“乙亥重九，行父侄治具白塔寺中，为登高会。晨往夕返，坐客各沾醉。作《摸鱼儿》

① （明）易震吉：《秋佳轩诗余》，卷首文震孟序，明崇祯刻本，《续修四库全书》第1723册。
② 《全明词补编》，第735页。
③ 《全明词》，第1765页。
④ 以上诸作依次见于《全明词》第1618页、第1646~1649页、第1653~1654页。
⑤ （明）王屋：《草贤堂词笺》，卷首自序，明崇祯八年至九年（1635—1636）吴熙等刻本。

词，纪其胜，并以投谢。”[①]

钱应金作《念奴娇·乙亥送春》[②]。按：钱应金（？—1645），字而介，一字星白，号仙上，嘉兴（今属浙江）人，因居春波里，尝自署“春波词人钱点雁”。崇祯年间诸生。从李日华、姚士粦游，以诗文名于时。善词，谙声律，且精禅学。周履靖《梅颠稿选》卷首有陈继儒和钱应金二序，于此可以想见其时代与文坛地位。顺治二年禾城将破，死于游兵之刃。有《古处堂词》、《南雅集》等。《全明词》存其词6首。

曹尔堪作《捣练子·乙亥冬暮晓行》[③]。

易震吉是年在刑部主事任上，作《清平乐·金陵六十咏》，词前小序曰：“乙亥，恤谳赴楚，所至十五郡，犹旅客寓贫家耳。杪秋，岳阳署中步檐看菊，属有所思。客顾余曰：为莼羹鲈鲙与？余笑，示以夜来枕上事，则梦余之历历如见者，为金陵六十佳处。枕上似此，人生何可多得，亦甚不可无诗，以见旅人胸次，无境可束，何必如太白之刬君山、铺湘水、醉煞洞庭而后乐与？虽然，乡先正邻初顾公七言律咏之，步韵得若干首，余心若失，非远逊是愧，愧不为境束者复为诗束，岂达也哉！举酒为词，心稍就豁，灯花映笔，成以两夜，又历历如见，诗亦另有刻焉。”[④]

陈子龙作《满庭芳·送别》[⑤]。按：《明词纪事会评》引陈寅恪《柳如是别传》第3章：“寅恪案：徐乃昌《小檀栾室闺秀词钞》九及梁乙真《清代妇女文学史》第三章第二节‘柳如是’条，并引《玉台画史》，俱认此词乃河东君所作。不知淮海‘山抹微云’原词，虽题作‘晚景’，明是‘别妓’。盖不仅从语意得知，即秦词‘高城望断，灯火已黄昏’之结语，用唐欧阳詹别太原妓申氏姊妹之典，更可为证也。卧子即和原韵，其为送别河东君之作，词旨甚明，无待详辨矣。《今词初集》选于康熙十六年丁巳，《历代诗余》编于康熙四十六年丁亥，两书时皆

① 《全明词补编》，第689页。
② 《全明词》，第1805页。
③ 南京大学中国语言文学系全清词编委会编：《全清词》（顺康卷），北京：中华书局2002年版，第1293页。
④ 《全明词》，第2071页。
⑤ 《全明词》，第1915页。

较早。《陈忠裕全集》出庄师洛之手，考证颇精。此三书既皆以此词为卧子所作，殊可信也。”又：“此词本为卧子崇祯八年首夏送别河东君之旧作，而河东君所以复重录之于黄媛介扇面者，殆由画扇这时令，正与当年卧子送别已身之景物相同，因而枨触昔情，感念题此欤！”又：“崇祯八年首夏，河东君离去与卧子同居之徐氏南楼及同游之陆氏南园，别居松江他地，此地或即横云山。卧子有词赠别。词之佳妙，固不待论，即就陈、杨两人关系言之，此词亦其转捩点之重要记录也。”“‘青梅’句出《杜工部集》九《梅雨》诗前四句‘南京犀浦道，四月熟黄梅。湛湛长江去，冥冥细雨来。’河东君离去南园，当在梅子尚未青黄之时，盖亦暮春初夏之节候。‘带雨’二字岂复暗用白乐天《长恨歌》‘梨花一枝春带雨’之意与下文‘泪盈红袖’之语相应耶！”又：“孟浩然《留别王侍御维》诗云‘欲寻芳草去，惜与故人违。’卧子改‘欲寻’为‘共寻’者，盖卧子虽与河东君短期同居南园，乃暂寓性质，非家居所在。此句意谓其本人不久当离去，归其城中本宅，河东君亦将离去，移居横云山，因改‘欲寻’为‘共寻’耳。”又：“卧子用‘明知’二字者，可见其早已深悉河东君之性情既如此，己身家庭之状况又若是，则南楼及南园之会，绝无长久之理。虽已明知之，而复故犯之，致有如是结局。”又：“《淮海集·满庭芳》词云：‘多少蓬莱旧事，空回首，烟霭纷纷。’卧子此词既是和少游，则‘纷纷’二字，本于秦词，自不待言。但《玉台新咏》一《古诗为焦仲卿妻作》云：‘新妇谓府吏，勿复重纷纭。’‘纷纷’即‘纷纭’。卧子遣去河东君，当不出于阿母即唐宜人之意，实由卧子妻张孺人假祖母高太安人之命，执行其事。大樽著此‘纷纷’二字，盖兼具《淮海词》及《孔雀东南飞》诗之两重出处。其隐痛深矣。”又：“寅恪颇喜读卧子此词，又见媛介画款有‘东山阁’之语，遂戏改昔人成句，共赋短诗三章。兹附录于下：崇祯甲申夏日黄皆令于东山阁画扇，上有柳如是题陈卧子《满庭芳》词。词云：‘无非是，怨花伤柳，一样怕黄昏。’因戏改昔时旧语，兼采龚璱人诗句，而易其意旨，共赋三绝。‘美人顾影怜憔悴，烈士消魂感别离。一样黄昏怨花柳，岂知一样负当时。’‘清和景物对茫茫，画里江山更可伤。一念十年抛未得，柳花身世共回肠。’（寅恪考定此词为崇祯八年四月大樽送别河东君之作，至崇祯十七年首夏题扇时，已十年矣。是年河东君将偕牧翁自虞山往南都翊戴弘光也。）‘兴亡江左自

关情，远志休惭小草名。我为谢公转一语，东山妓即是苍生。'" ①

戴澳作《念奴娇·除夕》②，词题下自注："乙亥年。"

崇祯九年　丙子　1636

吴鼎芳卒，年五十四。年四十剃发为僧，名大香，居乌程之霞幕山。为诗萧闲简远，有出尘之致。与乌程（今浙江湖州）范讷有《披襟唱和集》。另有《云外诗余》，见《云外录》卷11。沈雄《古今词话》引《柳塘词话》称："传称吴凝父好游，每在莫厘、缥缈两峰间，数十日仅得一二绝句。先辈风流，应不似时人浪费笔墨也。词止小令三十首，极浓艳而又刻入。"又引江尚质语云："吴凝父有《春游曲》云：'雨余芳草绿新齐，亭榭无人丝幕低。忽慢好风传语笑，流莺飞过杏花西。'则诗亦词也。"③《全明词》存其词56首，《全明词补编》另辑得10首。

卓人月卒，年三十一。明诸生。喜交游，与孟称舜、袁于令颇有交谊。崇祯二年（1629），与徐白、徐士俊、孟称舜等先后入复社。六年（1633），随父侨寓南京时，与同里徐士俊合辑《古今词统》16卷，附《徐卓晤歌》1卷。王士禛《花草蒙拾》谓："卓珂月自负逸才，《词统》一书，搜采鉴别，大有廓清之力。乃其自运，去宋人门庑尚远，神韵兴象，都未梦见。"④邹祗谟《远志斋词衷》称："卓珂月、徐野君《词统》一书，搜奇葺僻，可谓词苑功臣。而珂月《蕊渊》、野君《雁楼》二集，亦复风致淋漓，艳佚竞响。但过于尖透处，未免浸淫元曲耳。"⑤有《蟾台集》4卷、《蕊渊集》12卷，附词，合为《卓珂月先生全集》16卷，有明崇祯十年（1637）传经堂刻本。另有《晤歌词》及杂剧《花舫缘》、《新西厢》等。《惜阴堂汇刻明词》裁其词为《蕊渊词》1卷、《晤歌》1卷。《明词综》卷6引王庭（字言远）评卓氏词："有意出新，独辟生面，但于宋人蕴藉处，不无快意欲尽之病。"⑥《全明词》据《蕊渊集》及诸选本录其词94首，《全明词补编》另据

---

① 尤振中、尤以丁：《明词纪事会评》，合肥：黄山书社1995年版，第335~337页。
②《全明词》，第1384页。
③（清）沈雄：《古今词话》词评下卷，见唐圭璋《词话丛编》，北京：中华书局2005年版，第1031页。
④（清）王士禛：《花草蒙拾》，见唐圭璋《词话丛编》，北京：中华书局2005年版，第685页。
⑤（清）邹祗谟：《远志斋词衷》，见唐圭璋《词话丛编》，北京：中华书局2005年版，第655页。
⑥（清）王昶：《明词综》卷6，清刻本。

《兰皋明词汇选》辑得1首。

董其昌卒，年八十二。万历十七年（1589）进士，选庶吉士，授编修，出为湖广副使。天启二年（1622），擢太常寺卿兼侍读学士，与修《神宗实录》。三年（1623），擢礼部侍郎。五年（1625），拜南京礼部尚书，逾年告归。崇祯四年（1631），起故官，掌詹事府事。七年（1634），诏加太子太保致仕。卒谥文敏。《明史》卷288有传。书法超越，画集宋元诸家之长。有《容台文集》10卷、《诗集》4卷、《别集》6卷，明崇祯八年（1635）董庭重刻本。另有《画禅室随笔》。《全明词》据手抄稿录其词3首，《全明词补编》另据《倚声初集》辑得1首。

张凤翼卒。张凤翼（？—1636），字九苞，代州（今山西代县）人。万历四十一年（1613）进士，授户部主事，崇祯时累官兵部尚书，庸懦无戡乱才。清兵入昌平，都城戒严，凤翼自请督师，与卢维宁、梁廷栋相犄角，皆退却不敢战，言官劾疏五六上，凤翼知不免，日服大黄，病卒。《明史》卷257有传。有《句注山房集》27卷，明孙传庭校刻本，今有《四库禁毁书丛刊》影印本，词在第10卷中。《全明词》据《句注山房集》录其词12首，《全明词补编》复补辑5首。

万时华约卒于是年。万时华（？—约1636），字茂先，南昌人。生而颖异，诸经、子、史无不历览成诵。工诗及古文词，以文名海内几四十年，终不获一第，学使侯峒曾称之为真儒。崇祯中保举守令，时华应诏北上，抵扬州病卒。有《溉园集》5卷，存词11首，惜阴堂裁为《溉园诗余》，《全明词》据录。

查容生。查容（1636—1685），字韬荒，号渐江，浙江海宁人。少应童子试，恶科场搜检之举，拂袖而出，遂弃举子业，从表兄朱彝尊出游四方。家贫而天才超绝，工诗文，精史学，长于诗论。性简傲，好臧否人物，坐此而不为世用，以布衣终，年五十客死于楚。著有《浣花词》，陈乃乾辑入《海宁三家词》。另有《弹筝集》、《江汉诗》。赵尊岳《惜阴堂汇刻明词》收录其《渐江词》凡106首，《全明词》据录，《全清词》同。另，其妻赵氏，钱塘（今浙江杭州）人，亦有词传世。

陈玉璂生。陈玉璂（1636—1699），字赓明，号椒峰，又号夫椒山人，江苏武进人。康熙六年（1667）进士，授内阁中书，以事罢职家居。康熙十八年（1679）荐举博学鸿词，未用。与同邑董以宁、邹祗谟、龚百药合称“毗陵四家”。著有《学文堂文集》49卷、《诗集》13卷、《耕烟词》（一名《映山堂词》）3

卷，清康熙刻本。《全清词》录其词307首。按：清代咸、同之间张德瀛亦有《耕烟词》，乃同名异书。

李时震生。李时震（1636—1702），字雷中，号恂庵，江苏山阳（今淮安）人。顺治十八年（1661）进士。康熙十二年（1673）始补内阁撰文中书，两年后告终养。二十五年（1686），服阕赴补，遂乞假归。有《去来吟》附诗余，计22首，康熙刊本，《全清词》据录。

徐釚生。徐釚（1636—1708），字电发，号虹亭，又号拙存，晚号枫江渔父，江苏吴江人。监生。康熙十八年（1679）召试博学鸿词，授检讨。二十五年（1686），罢官归里。后以原官起用，辞不受，乃筑“丰草亭”自居，著述终身。《清史稿》有传。著有《南州草堂集》30卷、《词苑丛谈》12卷，并《菊庄词》初、二集行世。早年受知于宋既庭，工诗，尤擅倚声，所刻《菊庄词》已名动海内外。其自记云：“余旧有《菊庄词》，为吴孝廉汉槎在宁古塔寄至朝鲜。有东国会宁都护府记官仇元吉题余词云：‘中朝寄得《菊庄词》，读罢烟霞照海湄。北宋风流何处是，一声铁笛起相思。’故阮亭先生有‘新传春雪咏，蛮徼绣弓衣’之句……皆一时实录也。同时有以成容若《侧帽词》、顾梁汾《弹指词》寄朝鲜者。朝鲜人有‘谁料晓风残月后，而今重见柳屯田’句。”[①]其词“绵丽幽深”，名噪南北，为其《枫江渔父图》题咏者数以十计，盛极一时。今传《菊庄词》初、二集，存词150余首，有丁澎、王嗣槐康熙十三年（1674）序，并傅燮诇康熙三十三年（1694）序，吴蔼跋。《全清词》录其词157首。

王晫生。王晫（1636—1698后），原名棐，字丹麓，一字木庵，号松溪子，自称松溪主人，浙江仁和（今杭州）人。诸生。毕生好读书、著书，其读书处曰“霞举堂”，又名“墙东草堂”。事迹见《杭州府志》。刊有《霞举堂集》35卷、《今世说》8卷、《遂生集》12卷，《四库全书》入存目。诗余有《峡流词》（一名《墙东草堂词》）3卷。王晫性喜结交海内名流，康熙十八年（1679），尝自制《听松图》，征得知名人士为题诗、赋、词、曲等多至116则；康熙二十四年（1685），50岁生辰，又填《千秋岁》词自寿，和者230余人。康熙三十七年（1698），将

① （清）徐釚：《词苑丛谈》，卷5《品藻》，见朱崇才《词话丛编续编》，北京：人民文学出版社2010年版，第364页。

上述和作手编为《听松图题辞》、《千秋雅调》两集刊行于世。两集各6卷，前者有海宁杨雍建序，编者自撰《松溪主人传》；后者有济南李涛、严州方象瑛、长洲尤侗三人序。两集共收词250余首，其中同调《千秋岁》233首，虽多为应酬之作，然亦不乏佳制，若干作者不见有词集刊行或著录于其他词选，姓名赖以流传。《全清词》录其词163首。

孙琮生。孙琮（1636—？），字执升，一字质声，号寒巢，原籍安徽黄山，寓居浙江嘉善。家有"山晓阁"，藏书数千卷，手自抄阅，笔耕赡老亲。善评点，每评选一书出，人争购之。晚岁放迹山水间，《晚晴簃诗汇》"诗话"称其"暇则与一二高僧逸士谈禅赋诗，盖国初江南隐君子也"①。著有《山晓阁诗》12卷，《山晓阁词》1卷附，康熙刊本，今有《四库全书存目丛书》影印本。其早期词作，与胡殿陈、顾璟芳、李葵生、顾琦坊、郑允达5人之作合编为《兰皋诗余近选》2卷，附《兰皋明词汇选》以行，有康熙元年（1662）刊本。《全清词》录其词105首。

徐之瑞中举人。徐之瑞（生卒年不详），字兰生，仁和（今浙江杭州）人。入清不仕，与曹溶、陆嘉淑等交游，清康熙十一年（1672）尚在世。有《横秋词》。《全明词》及《全清词》皆据《西陵词选》录其词7首。

嵇宗孟中举人。嵇宗孟（生卒年不详），字淑子，号子震，江苏山阳（今淮安）人。中举后授浙江知县。入清，为杭州守，后乞归。有《立命堂集》及词集《酒骨董》。《全清词》据诸选本录其词6首。

李长苞中举人。李长苞（生卒年不详），字竹西，后改名蒸，华亭（今属上海）人。王广心有《寿李竹西六十》诗。有《春词》、《秋词》。《全明词》据诸选本录其词10首。

卢纮中举人。卢纮（生卒年不详），字元度，号澹岩，湖北蕲州（今蕲春）人。清顺治六年（1649）进士，历官新泰知县、桂林府同知、东昌知府、长芦盐运使。康熙初，擢江南布政司左参政，管理苏松常镇粮储。纮为吴伟业典试湖北时所得士，恰值江南奏销之狱，伟业几至破家，多赖纮以弥缝。诗词模仿吴伟业，而才华远不及。有《四照堂诗集》11卷、《乐府》2卷、《诗余》1卷、《时曲》1卷，清康熙汲古阁刻本，今有《四库未收书辑刊》影印本。《全清词》存其词

---

① 徐世昌：《晚晴簃诗汇》卷51，北京：中华书局1990年版，第2035页。

111首。

吴洪化中举人。吴洪化（生卒年不详），字以蕃，号贰公，江苏宜兴人，吴本嵩父。入清官教谕。有《屑云词》，一名《惜云词》。《全清词》据诸选本存其词5首。

潘廷章于是年前后在世。潘廷章（生卒年不详），字美含，号梅岩，自称海峡樵人，海宁（今属浙江）人。明季诸生。工诗词，与仁和陆圻、同邑陆嘉淑友善，多有酬唱。中年不复应试，留心经学，多所撰述。家居硖石，尝辑《硖川志》1卷，《四库全书》已著录。事具《杭州府志》等。门人王廷献编其诗文《渚山楼集》，"二陆"为之序而梓行。词35首附于集中，近人海宁陈乃乾刻先贤遗词三家为《海宁三家词》，始盛传于世。赵尊岳辑为《渚山楼词》1卷，收入《明词汇刊》，《全明词》据录。《全清词》亦据《海宁三家词》录词35首。

钱继章《雪堂词笺》1卷，王屋《草贤堂词笺》10卷、《蘗弦斋词笺》1卷、《杂笺》1卷，吴熙《非水居词笺》3卷刊成。中国国家图书馆有明崇祯八年至九年（1635—1636）吴熙等刻本。

戴澳作《江城梅花引·海棠盛开感赋》①，词题下自注："丙子年。"

曹尔堪作《点绛唇·丙子夏日村墅》②。

盛于斯作《渔家傲·记情有引》，词前"引"曰："余己未冬，尝同一情痴围炉煮雪嚼梅花酒，唱子夜吴歌，对拈沉水香说盟说誓。今一俛仰间，遂十七年于兹。醉耶，梦耶，呜呼已矣。当奈何。"③按：盛于斯于明季鼎革之际在世，故"引"中之"己未"当为万历四十七年（1619），由此推知，该词当作于是年。盛于斯（生卒年不详），字此公，南陵（今属安徽）人。家多藏书，有声邑里。明季鼎革之际，散金结客，不治生产，屏迹著述。遗稿仅存《休庵集》前集1卷、后集1卷，清顺治五年周亮工刻本，后刊入《南陵先哲遗书》。词作以小令居多，抒写怀旧、春恨、记梦和自伤之情，独有性灵。赵尊岳据《南陵先哲遗书》本辑成《休庵词》1卷，收入《明词汇刊》。《全明词》存其词55首。

---

①《全明词》，第1385页。

② 南京大学中国语言文学系全清词编委会编：《全清词》（顺康卷），北京：中华书局2002年版，第1296页。

③《全明词》，第2586页。

王屋作《鹊桥仙·赠陈白石》词二首，词后跋语曰：“崇祯九年丙子，公年七十有二矣。征词于余，误以七十二为八十二也。因不复易，而请为后十年之颂。并赋绝句云：‘称觞怪独我来迟，只为尘缘固扰之。自算此生闲日少，为公先赋十年诗。’”①

除夕，叶绍袁作《水龙吟》（斜阳落去西风），词前小序曰：“内人有此调两阕，秋怀感旧之作也。丙子除夕，和韵作之。”②

崇祯十年　丁丑　1637

刘侗卒，年四十四。崇祯七年（1634）进士，除吴县知县，赴任途中死于扬州。作品风格幽深孤峭。与于奕正合撰《帝京景物略》，记述北京地区山川名胜、岁时风俗。《明词综》引王士禛语，谓“同人《帝京景物》一书，诠志奥轶，为善长《水经》注之继，填词是其余技，亦非纤宕者可比”③。《全明词》仅据《明词综》录其词1首。

查应光卒。查应光（？—1637），字宾王，乡人称玄岳先生，休宁（今属安徽）人。明万历二十五年（1597）举人，以双亲丧居里。崇祯十年（1636），当道者举荐，奉旨纪录优擢，有司劝驾，辞不赴，逾年而卒。著述甚富。有《丽崎轩诗》4卷、《诗余》1卷，明崇祯十二年（1639）欧阳铉刻本，今有《四库禁毁书丛刊》影印本。赵尊岳《惜阴堂汇刻明词》收录其《丽崎轩诗余》1卷，存词33首，《全明词》据录。

沈皞日生。沈皞日（1637—1703），字融谷，号柘西，又号茶星，浙江平湖人。拔贡。后以贡生授广西来宾知县，调大河，升辰州同知，卒于任。为浙西词派的代表性作家。康熙三十五年（1696）曾为淮安金人望《瓜庐词》作序，提出“一人有一人之性情”、“各自吐其所怀，自成其一家之言”的词学主张，成为浙西一派“别调”。序文中自述其创作情况，云：“余少从秀水游，学为倚声之学，

①《全明词》，第1685页。
②《全明词》，第1526页。
③（清）王昶：《明词综》卷6，清刻本。

好读玉田、白石诸作，偶有所作，按拍而讴，有《江楼合选》一刻，有《浙西六家词》一刻，有《岁寒词》一刻，皆词坛诸公不我见弃，谬为播扬。然余怀罔罔，夜蛩诉雨，败叶吟风，有感于中不能自已，若别之为南，别之为北，则茫茫无以答也。”[①]收入《浙西六家词》之小集曰《柘西精舍集》，词83首，《全清词》据录，又据清初各选本增辑3首。其存词为戊午（1678）、己未（1679）间所作，其早年与晚岁词作皆不传。

周斯盛生。周斯盛（1637—1708），字屺公，号铁珊，学者称证山先生，鄞县（今浙江宁波）人。顺治十八年（1661）进士，官山东即墨知县。其性傲睨，不善事上官，构祸论死，遇赦幸免。归里后，家徒四壁，而不废吟咏。著有《证山堂集》8卷，清康熙刻本，今有《四库全书存目丛书》影印本。另有未刊词稿《铁珊词》5卷，一名《证山堂诗余》，《全清词》据稿本录入，并从《续甬上耆旧集》辑得2首，共词336首。

秦松龄生。秦松龄（1637—1714），字汉石，又字次淑，号对岩，又号留仙，江苏无锡人。顺治十二年（1655）进士，改庶吉士，授检讨，“奏销案”发，削职归里。康熙十八年（1679）应荐赴博学鸿词试，举一等，复授检讨。二十年（1681），充日讲起居注，历左春坊左谕德。二十三年（1684），主顺天乡试，又因磨勘落职入狱，经徐乾学为之力解，得释放归，家居三十年而卒。著有《苍岘山人集》，文6卷，诗5卷。其“诗余”28首编为《微云集》，聂先、曾王孙辑入《百名家词钞》。《全清词》合散见于清初诸选本之集外词，计37首。其词幽淡而温厚，神韵风致颇似渔洋。

顾贞观生。顾贞观（1637—1714），初名华文，字华封，改华峰，号梁汾，江苏无锡人，明末东林党领袖顾宪成曾孙。顺治十一年（1654），与同里秦保寅、严绳孙及兄顾景文等结“云门社”。年二十余游京师，以诗受知于大学士魏裔介，名噪京城，超擢秘书监典籍。康熙六年（1667），扈驾出巡。康熙十年（1671），魏裔介被劾去位，贞观受牵累，落职南归。明年中举人，官内阁中书。十五年（1676），馆明珠家，结识明珠长子纳兰性德，为忘年交。纳兰性德卒后，还里构“积书岩”于惠山祖祠之侧，坐拥万卷，读书著述三十年，与同里秦松龄、严绳

---

① 严迪昌：《清词史》，南京：江苏古籍出版社1990年版，第258页。

孙并称为“三老”。为清初重要词人，《清史稿·文苑传》称：“世特传其词，与维崧及朱彝尊称词家三绝。”[①]著有《纑塘集》、《积书岩集》等。另有《弹指词》2卷，编有《唐五代词删》、《宋词删》，并与纳兰性德合选《今词初集》2卷。《全清词》录其词242首。

顾衡生。顾衡（1637—？），字孝持，一字霍南，号藿庵，江苏娄县（今属上海）人。贡生。康熙八年（1669）入梁清标幕，三十三年（1694）官临淮训导，年近八十犹能词。工书善画，尝与同里张渊懿，上海钱金甫，青浦陆纬、姜遴、陶尔穟等结“春藻堂社”。事迹散见《府志》及《清画家诗史》、《松江诗征》等书。著有《鹤巢诗钞》、《盘谷词钞》。其词以咏物见长，藻密意苦，承“云间”余风，多慢词而不专工小令。《盘谷词钞》存词120首，《全清词》据录，复从诸选本增辑3首。

曹亮武生。曹亮武（1637—？），原名璜，字渭公，号南耕，江苏宜兴人。早岁丧父，从舅父陈贞慧学，受业于侯朝宗，与陈维崧同学。有《南耕词》6卷（包括《岁寒词》1卷），刻于康熙间，今有《四库全书存目丛书》影印本。《四库全书总目·〈南耕词〉六卷〈岁寒词〉一卷》“提要”云：“亮武以倚声擅名，与陈维崧为中表兄弟，当时名几相埒。”[②]鉴于阳羡词人音律多不协，作《词韵》一书以规范之。又经陈维崧倡议，由曹氏联络蒋景祁、潘眉，同选《荆溪词初集》7卷，使荆溪词学腾声国中。亮武子曹臣襄有《月舫词》，未见传本。《全明词》仅据《瑶华集》及《全清词钞》录其词24首，《全清词》乃据《南耕词》录词301首。

欧阳铉中进士。欧阳铉（生卒年不详），字子玉，泰和（一作龙泉）人。中进士后，官休宁（一作汝宁）知县。有《野获园诗》2卷，明崇祯刻本，今有《四库全书存目丛书》影印本，后附“诗余”11首，《全明词》据录。

许承钦中进士。许承钦（生卒年不详），字漱石，汉阳（今属湖北武汉）人。官至兵部郎中。入清不仕，与孔尚任有交往，康熙二十六年（1687）尚在世。《明诗纪事》及《清诗别裁集》等均收录其作品。有《粘影词》1卷。《全明词》、

---

① 赵尔巽等：《清史稿》卷484，北京：中华书局1977年版，第13361页。
②（清）永瑢等：《四库全书总目》卷200，北京：中华书局1965年版，第1832页。

《全清词》存其词4首。

顾若群于是年前后在世。顾若群（生卒年不详），字石公，又字不党，号超士，刻徐渭《四声猿》而署澂道人，浙江钱塘（今杭州）人，顾若璞弟。明诸生，入清后落发为僧，号大瑸，初居西湖虎跑寺，后主云栖寺。有《石公稿》。曾作《重编〈嘉祐集〉序》，末署“崇祯十年冬十月乙卯，武林顾若群谨序”。《全清词》据选本录其词2首，《全明词》同。

曹尔堪等于是年始在嘉善结社唱和，称“柳洲八子”。嘉善县城北门（即熙宁门）外有一处名胜叫柳洲，其地建有柳洲亭，崇祯十年（1637）、十一年（1638）间，钱继振、魏学濂、吴亮中、曹尔堪等在此结社唱和，称“柳洲八子”，后乃有《柳洲诗集》与《柳洲词选》，此柳洲词派之所肇始也。按：钱继振（生卒年不详），继登仲弟，继章之兄，字尔玉，号冰心。在里中与郁之章等结柳洲社，为“柳洲八子”之一。有《萧斋集》。《柳洲词选》选其词3首，《全明词》仅收存1首。

潘游龙辑《古今诗余醉》刊于是年。此书凡15卷，选录唐五代宋金元明词1 346首，其中尤以宋、明两朝词为多。就一般通代词选而言，多选宋词是很自然的，而此书尤以多选明词为特色。此书按内容分类编排。潘氏于词下自拟“春暮”、“寒食”、“秋望”、“离别”之类题目，题下小字附注所用词调。有崇祯十年（1637）郭绍仪序、崇祯九年（1636）范文光、陈珽序及管贞乾序、潘游龙自序。管贞乾序开头云：“溯未有文字之先，文字藏性情间。既有文字之后，性情沁文字间。今人庄语、雄语、经济语、金华殿中语，毕竟不如情致语为流畅。今文台阁体、碎金体、诰诏羽檄体、天才人才鬼才三绝之体，毕竟不如风流体为骀荡。”[①] 如此标榜情致语和风流体，足征晚明文坛风尚。词中多有评点，然议论殊乏可采，稍有可采者往往袭自前人。是选今存明崇祯十年（1637）胡正言十竹斋刊本及清合刊本。

【辨证】《古今诗余醉》的成书时间，由于原刻本未题刊行时间，只能由

---

① （明）潘游龙：《精选古今诗余醉》，卷首管贞乾序，《新世纪万有文库》本，沈阳：辽宁教育出版社2003年版。

卷首各序来推测。或称此书初刻于崇祯九年，当是因为“是书卷首有崇祯九年（1636）陈珽、管贞乾、潘游龙三序”[①]。实际原书卷首共有5篇序文，范文英、陈珽二序作于崇祯丙子（崇祯九年，1636），管贞乾序及潘游龙自序未署时间。而潘游龙之师郭绍仪序文之末题署时间为：“岁在彊圉赤奋若皋月龙舟竞渡日。”[②]这是用岁阴、岁阳名目纪年，与干支纪年法对应，“彊圉赤奋若”即为丁丑年，而丁丑当为崇祯十年（1637）。是知诸序之中，郭绍仪序写在最后。所以《古今诗余醉》的初刻时间，应在崇祯十年而不是崇祯九年。此书为十竹斋刊本。潘游龙《自序》中谓“胡子曰从强欲示之同好”[③]，胡曰从即十竹斋主人胡正言。又范文英《诗余醉序》中云：“楚友潘子麟长，文学菁藻，妙选词令。而胡子曰从雅有俊致，刻之十竹斋，名曰‘诗余醉’”[④]。陈珽序中亦云：“是集也，选自潘子鳞长，刻自胡子曰从。”[⑤]这两篇作于崇祯九年丙子（1636）的序皆言之凿凿，可知《古今诗余醉》的初刻本即为胡正言（曰从）的十竹斋刊本。而此板片入清尚存，后人遂把武林（杭州）陈淏编选、乾隆二十七年（1762）玉田斋刊行的《精选国朝诗余》一卷置于卷首，两书合刊，仍名《古今诗余醉》。辽宁教育出版社“新世纪万有文库”出版的排印本，即以清人合编本为底本。

阮大铖为俞彦《近体乐府》作序，题名《仲茅先生〈近体乐府〉小引》，序署：“崇祯丁丑清明日，石巢友弟阮大铖拜手撰。”[⑥]文震亨另有《俞光禄先生〈近体乐府〉小引》，亦作于是年，署：“崇祯丁丑春三月，同郡社晚文震亨拜手撰并书。”文震亨“引”中略云：“以古乐府而成词，又何以称诗余也？譬诸五行然，金行之盛，清贵坚劲，而其余则为凄惋；木行之盛，条达蓊蔚，而其余则为妍

---

① 王兆鹏：《词学史料学》，北京：中华书局2004年版，第339页。

②（明）潘游龙：《精选古今诗余醉》，卷首郭绍仪序，《新世纪万有文库》本，沈阳：辽宁教育出版社2003年版。

③（明）潘游龙：《精选古今诗余醉》，卷首自序，《新世纪万有文库》本，沈阳：辽宁教育出版社2003年版。

④（明）潘游龙：《精选古今诗余醉》，卷首范文英序，《新世纪万有文库》本，沈阳：辽宁教育出版社2003年版。

⑤（明）潘游龙：《精选古今诗余醉》，卷首陈珽序，《新世纪万有文库》本，沈阳：辽宁教育出版社2003年版。

⑥（明）俞彦：《俞少卿集》，卷首阮大铖序，明崇祯刻本，《四库未收书辑刊》6辑第23册。

丽；水行之盛，纵横透迤，而其余则为冷澹；火行之盛，轻扬明洁，而其余则为飘忽；土行之盛，雄厚博大，而其余则为沉壮。以其盛而比诗，以其余而比词。故夫词者，其旨不专风雅，其材不纯书史，其法不本俳偶，而又不避巧令，言将焰发，而谱调以束之，思欲泉溢，而平仄以范之。自非性情笔舌，别具灵通，鲜有不袭五行衰败之气以为余者，而词之道亡矣。”①

正月一日，叶绍袁作《水龙吟·丁丑元旦》②。

正月十日，俞彦作《水调歌头·崇祯丁丑正月初十日迎春》③。

九月九日，卢象升作《渔家傲·丁丑重九日猎边外龙安山，次先贤范希文词》④二首。按：《明词纪事会评》引清代卢安节《明大司马卢公年谱》：崇祯十年（1637）丁丑，三十八岁，“八月，公从延庆州越永宁之龙安山，至靖胡堡河东口。”“九月，秋防靖，督兵还镇，道中次先贤范希文《渔家傲》词二首。”⑤赵尊岳《明词提要》评曰：“遗集附词七首，风格遒上。如丁丑重九次范希文《渔家傲》起拍云：‘怪是重阳风雨恶，东篱把菊寒酸作。醉掾当年吹帽落。皆寂寞。人间漫说登高乐。’遒劲有致。……又《渔家傲》换头：‘画角一声天地裂。熊狐蠢动惊魂掣。绝影骄骢看并逐。真捷足。将军应取燕然勒。’虽有失韵，雄而不犷，亦神逼稼轩，于以知其深于词也。”⑥

陈之遴中进士，徐灿作《满庭芳》（丽日重轮）一词以贺。小序云：“丁丑春，贺素庵及第，时中丞翁抚蓟奏捷。先太翁举万历进士，亦丁丑也。”⑦按：徐灿（生卒年不详），字湘蘋，号深明，吴县（今江苏苏州）人，陈之遴继室。买宅拙政园，吟咏其中。清顺治十五年（1658），之遴谪戍辽海，家产藉没，全家移徙盛京（今辽宁辽阳）。之遴殁后5年，徐灿疏请归骨，获允。晚年皈依佛法，更号紫言，静坐内养，无疾而终。善填词，工绘事。清初闺秀词，以湘蘋为

---

①（明）俞彦：《俞少卿集》，卷首文震亨序，明崇祯刻本，《四库未收书辑刊》6辑第23册。
②《全明词》，第1526页。
③《全明词补编》，第754页。
④《全明词》，第1823页。
⑤ 尤振中、尤以丁：《明词纪事会评》，合肥：黄山书社1995年版，第315页。
⑥ 赵尊岳：《惜阴堂汇刻明词提要·〈卢忠烈公词〉一卷》，《词学季刊》1933年第1卷第3号，第50页。
⑦ 南京大学中国语言文学系全清词编委会编：《全清词》（顺康卷），北京：中华书局2002年版，第452页。

第一，得北宋风格，绝去纤佻之习。俞陛云以其与顾春、吴藻为清代闺秀词三大家。其《拙政园诗余》3卷，顺治原刻本有陈之遴序。嘉庆间，吴骞合其诗词重刻为《拙政园诗集》，近人徐乃昌抽印《拙政园诗余》3卷入《小檀栾室汇刻闺秀词》第2集。《全清词》存词99首。《黄裳文集》中有《拙政园诗余跋》，可以参看。

戴澳作《倦寻芳·初夏闺情》[①]，词题下自注："丁丑年。"

刘荣嗣作《风入松·丁丑立冬》[②]，词中有"人生百岁能几许，况已是、皓首残形"等句，故该词当为其晚年之作。

曹尔堪作《满庭芳·丁丑初冬，过智月禅院》[③]。

崇祯十一年 戊寅 1638

孙承宗卒，年七十六。万历三十二年（1604）进士，授翰林院编修。熹宗即位，以左庶子充日讲官。天启初，进少詹事，未几，拜兵部尚书兼东阁大学士，入直内阁，兼理部事。又奉命督师抗清，出镇山海关，因魏忠贤谗之，不久辞归。家居7年，会清兵攻高阳，率家人拒守，城破自缢死。福王时追赠太傅，谥文忠，改谥文正。《明史》卷250有传。工诗词，著作甚富，惜其文集100卷为兵火所毁。有《高阳集》20卷，清顺治十二年（1655）孙之澇刻本，今有《四库禁毁书丛刊》影印本。卷10为"诗余"，存词49首（含残句1首），《惜阴堂汇刻明词》裁为《孙文忠公词》1卷。《明词提要》云："方其舍纶阁之重，慨请行边，词臣赋诗以赠，一时传为盛事，窃比于范希文、辛稼轩也。"并谓其词"清雄挺秀，落落有致。其尤似辛者，《水龙吟》云云。其澹宕处，若《浣溪沙》云云。夫以心事而与'风骀荡'、'雨潺湲'同其闲适，则亦非秋士幽人，不能道其情绪，词心所寄，可以知之"[④]。《全明词》据本集录词48首，而残句1首未录，《全明词补编》补录。

---

① 《全明词》，第1386页。
② 《全明词》，第1401页。
③ 南京大学中国语言文学系全清词编委会编：《全清词》（顺康卷），北京：中华书局2002年版，第1332页。
④ 赵尊岳：《惜阴堂汇刻明词提要·〈孙文忠公词〉一卷》，《词学季刊》1933年第1卷第3号，第56页。

刘荣嗣卒，年六十九。万历四十四年（1616）进士，历官户部主事、山东参政、顺天府尹、户部右侍郎、工部尚书，因治理运河未成，下狱论死，卒于狱中。诗文书画，皆卓然名家。有《半舫集》，又与钱谦益唱和之作编为《钱刘唱和诗》。钱谦益称“敬仲为诗，用意冲远，自谓迥出时流”①。今存著作有《简斋先生集》，其中诗选11卷、文选4卷，清康熙元年刘佑刻本，今有《四库禁毁书丛刊》影印本。卷11有“诗余”18首，《惜阴堂汇刻明词》裁为《简斋诗余》1卷，《全明词》据录，复据《明词综》补辑1首。沈雄《古今词话》曰：“刘司空忠而被谤，三年请室，故生平多牢落侘傺语，有《简斋集》。人谓其《中秋·踏莎行》，花明而月白者，如其人也。昔人谓陈简斋《无住词》，语意超绝，可摩坡仙之垒。吾于刘简斋亦云然。”②

卢象升卒，年三十九。天启二年（1622）进士，历大名、广平、顺德兵备，进按察使。象升善射，娴将略，能治兵。崇祯二年（1629），募兵入卫京师。九年，清兵入喜峰口，又领兵入卫，改总督宣大山西军务。十一年（1638），清军大举攻扰内地，象升奉命督师，时兵部尚书杨嗣昌、总监中官高起潜主和议，遇事辄掣肘。十二月，在巨鹿（今属河北）遇敌，孤军作战，阵亡。《明史》卷261有传。有《卢忠烈公集》3卷，清乾隆刻本。《惜阴堂汇刻明词》裁其词7首为《卢忠烈公词》1卷，《全明词》据录。

卓发之卒，年五十二。一生踯躅科场，仅得副贡荣身，与汤显祖、董其昌、顾宪成、高攀龙、钱谦益、焦竑、陈继儒、袁宏道等众多名士和复社人物均有交游。有《漉篱集》25卷、《遗集》1卷，明崇祯传经堂刻本，今有《四库禁毁书丛刊》影印本。卓尔堪《明遗民诗》收卓发之诗16首，实际发之卒于易代之前，称不得明遗民。《明词综》引王士禛语谓“左车词尚骏逸，颇有宋人风味”③。《全明词》存其词3首，《全明词补编》补辑其词4首。《全清词》因不明其卒年，并载其词。今其卒年既可考定，则《全清词》及卓尔堪《明遗民诗》等皆不应收录其作品。

---

①（清）钱谦益：《列朝诗集小传》丁集下，上海：上海古籍出版社1983年版，第656页。
②（清）沈雄：《古今词话》词评下卷，见唐圭璋《词话丛编》，北京：中华书局2005年版，第1030页。
③（清）王昶：《明词综》卷4，清刻本。

陈禘卒。陈禘（？—1638），字自訾，浙江会稽（今绍兴）人。《全明词补编》存其《蝶恋花·寓山十六景》词16首，赖《寓山十六景诗余》以存。

叶映榴生。叶映榴（1638—1688），字丙霞，号苍岩，上海人。顺治十八年（1661）进士，选庶吉士，值严治江南逋赋士绅，降为国子监博士，累迁礼部郎中，授湖广粮储道，署布政使事。逢夏逢龙之乱，自刎死，赠工部侍郎，谥号忠节。《清史稿》有传。有《叶忠节公遗稿》16卷，清康熙二十四年（1685）刊本，又名《苍岩山房遗稿》。其卷16为“诗余”，或称《苍岩词》，录词52首，《全清词》据录，复从《瑶华集》辑得1首。

万惟檀《诗余图谱》2卷刊行于是年。

【辨证】《诗余图谱》卷首有陈继儒、单恂、张慎言所作序。陈继儒序末署“八十一翁陈继儒顿首撰”[①]。陈继儒生于嘉靖三十七年（1558），卒于崇祯十二年（1639），享年82岁，故知此序作于陈氏去世前一年，即崇祯十一年（1638）。又，张慎言序末题“崇祯丁丑新正，阳城友人张慎言序”[②]，丁丑为崇祯十年（1637）。想来应是张慎言写序在前，陈继儒作序在后，但因为陈氏名气更大，故取以冠首。据此二序写作时间，把此书刊刻时间定为崇祯十一年应无问题。但赵尊岳《明词汇刊》于此集跋语中称：“斐云宗兄得见万历元刻本于京师，亟以寄视，不忍听其湮逸，因依式重雕。”[③]斐云即著名版本学家赵万里先生。据陈继儒、张慎言二序的写作时间，此书无论如何不可能为万历刻本。若是万历年间初刻而崇祯十一年（1638）重刻，卷首诸序中亦不会不加说明。赵万里不可能犯这样粗浅的错误。而赵尊岳不加辨识，径下断语，也未免太轻率了些。万氏《诗余图谱》2卷，是在张綖《诗余图谱》原书基础上的改造。书中收录的词调与排列顺序均相同。其改动之处有三个方面：其一，是把原书由3卷分为上下2卷。3卷与2卷并无本质分别，因为还是收录同样的词调，也是同样的排列顺序，而区别在于虽然还是按短者居前、长者在后的排列顺序，却回避了小令、中调、长调的三分之

① 赵尊岳：《明词汇刊》，上海：上海古籍出版社1992年版，第886页。
② 赵尊岳：《明词汇刊》，上海：上海古籍出版社1992年版，第888页。
③ 赵尊岳：《明词汇刊》，上海：上海古籍出版社1992年版，第933页。

法；其二，张綖原书为前具图谱，后系词作，万氏之谱则改为词与图谱双行并排平行对照的格式；其三，万氏把原书各调所用例词一概芟除，全部换上了他自己的词作。于是此书名为词谱，实际如同他的词集。其词水平差劣，置诸明词中亦当在水平线之下。

柳如是《戊寅草》结集，陈子龙为作序①。

十二月二日，曹尔堪作《望江南·戊寅初夏》②。是年另有《浪淘沙·戊寅十二月二日，过智月禅院，时冬燠红梅盛开》③。

崇祯十二年　己卯　1639

陈继儒卒，年八十二。诸生，隐居昆山之阳，后筑室东佘山，杜门著述，屡奉诏征用，皆以疾辞。《明史》卷298有传。工诗善文，小词短翰，均有风致。有《陈眉公先生全集》60卷，明崇祯吴震元等刻本。另有《晚香堂词》2卷。沈雄《古今词话》称“其小词潇洒，不作艳语”④。其《陈眉公诗余》1卷，有《惜阴堂汇刻明词》本。赵尊岳跋谓其“诗词要亦恬淡，自成简趣，工拙非所计也”⑤。《全明词》存其词59首，《全明词补编》另辑得2首。

陶奭龄卒，年六十九。万历三十一年（1603）举人，以谒选授建德教谕，升肇庆府推官，迁济宁知州，未任而归。与刘宗周共举证人社、白马山房讲会。有《赐曲园今是堂集》11卷，明崇祯刻本，今有《四库禁毁书丛刊》影印本。其卷11存词10首，《全明词补编》据录。

李符生。李符（1639—1689），字分虎，号耕客，初名符远，浙江秀水（今嘉兴）人。与胞兄李绳远、李良年齐名，号“浙西三李”。尝与朱彝尊、周篔结

---

① 该序见于谷辉之《柳如是诗文集》卷首，上海：上海古籍出版社2000年版。
② 南京大学中国语言文学系全清词编委会编：《全清词》（顺康卷），北京：中华书局2002年版，第1293页。
③ 南京大学中国语言文学系全清词编委会编：《全清词》（顺康卷），北京：中华书局2002年版，第1306页。
④（清）沈雄：《古今词话》词评下卷，见唐圭璋《词话丛编》，北京：中华书局2005年版，第1032页。
⑤ 赵尊岳：《明词汇刊》，上海：上海古籍出版社1992年版，第42页。

诗社，相互唱和。曹溶里居时，闻其名，称其才，出藏书资之，遂称弟子。客游四方，康熙二十八年（1689）暴卒于福州。事具高层云撰《布衣李君墓表》。著有《香草居集》，诗5卷，词2卷，词集名《耒边词》，存词140首。李符先学北宋，其词奇警峭拔处胜过乃兄良年。故《续修四库全书提要》论《耒边词》云："言近指远，风骨遒上，似不得以南宋止其境者。"[①]《耒边词》刻入《浙西六家词》。《全清词》据其本集收录，并从《耒边词》及诸选本中补辑，共得词作181首。

严曾榘生。严曾榘（1639—1700），字方贻，又字蠖庵，浙江余杭（今杭州）人，严沆长子。康熙三年（1664）进士，授庶吉士，与其父同朝。五年（1666），改广西侍御使。二十八年（1689），迁鸿胪寺卿。三十六年（1697），擢兵部右侍郎。著有《见闻琐异钞》，已佚。另有《垒罗词》，亦不传。《全清词》仅于诸选本中辑得10首。

沈岸登生。沈岸登（1639—1702），字覃九，号南渟，又号惰耕村叟，浙江平湖人，沈皞日侄。工诗词，善书画，人目为"三绝"。然性好泉石，不求闻达。著有《黑蝶斋诗词钞》、《古今体词韵》、《春秋纪异》等。其《黑蝶斋词》有《浙西六家词》本和《清名家词》本，以笔触细腻、工于造语、富有画意为特色。朱彝尊序《黑蝶斋词》有云："覃九鲜交游，故无先达之誉，又所作词不多，人或见其一二，辄忽之。然其《黑蝶斋词》一卷，可谓学姜氏而得其神明者矣。……今覃九年方壮，为之日久，其篇章必数倍于姜氏。"[②]今传《黑蝶斋词》词作仅76首，《全清词》据录，并增辑附载于高士奇《清吟堂词》之6首及《瑶华集》所选，共得83首。

陈世祥中举人。陈世祥（生卒年不详），字善伯，号散木，江南通州（今江苏南通）人。入清，官直隶新安县知县。罢归后，与冒襄、陈维崧等游。有《含影词》2卷，孙默刻入《国朝名家诗余》（一名《十六家词》）。《全清词》收录其词164首。

王岱中举人。王岱（生卒年不详），字山长，号了庵，别号九青石史，湖南湘潭人。中举后，授安乡县教谕。入清官京卫武学教授，后官广东澄海知县，卒

---

① 王云五：《续修四库全书提要・集部》，台北：台湾商务印书馆1971年版，第732页。
②（清）朱彝尊：《曝书亭集》，卷40《〈黑蝶斋诗余〉序》，上海：世界书局1937年版，第488页。

于任所。诗文书画皆工，有《了庵诗集》20卷、《文集》15卷，清乾隆刻本，今已收入《四库禁毁书丛刊》。《全清词》存词75首。

叶氏朴学斋抄元代凤林书院辑《精选名儒草堂诗余》3卷本。此抄本今存中国国家图书馆。

正月九日，蔡道宪作《南乡子·己卯孟春九日，亲友集于龙卧处，长者出绢征书》[①]。

二月，曹尔堪作《昭君怨·己卯二月，周斯羽兄弟招集舟中，观演家剧。魏子一于雨中，为余图扇，因调小词题其上》。是年另有《汉宫春·己卯冬日，同魏子一、子存、蒋亭彦兄弟，家子闲舟宿吴门，用辛韵》。又有《沁园春·己卯冬日，寒斋感兴》。[②]

清明，唐元甲作《踏莎行·己卯清明》[③]。

曾异撰作《满庭芳·己卯新秋，夜宿浦城客楼感事，次壁间韵》[④]。

唐世济作《减字木兰花·七十自寿》[⑤]。

朱芾煌作《忆王孙》（朔云漠漠影双飞），词前小序曰："己卯督营粮，见难民逃回者，皆言：曾于渡香河时，见德王与妃被掳，以黄尺组系其臂，一小竹兜引之。余忆纪宋事者，有《忆王孙》一词，遂作小令。"[⑥]

崇祯十三年　庚辰　1640

潘炳孚卒，年二十九。崇祯三年（1630）应乡试，主考拟擢第一，后以科试卷过放而罢黜。为人矜奇傲举，名行自砥。所著《珠尘遗稿》1卷，同里钱继章辑入《人琴录》。赵尊岳辑成《珠尘词》1卷，收入《明词汇刊》。《全明词》存其词51首。

---

①《全明词》，第2374页。

② 以上诸作依次见于南京大学中国语言文学系全清词编委会编《全清词》（顺康卷），北京：中华书局2002年版，第1296页、第1334页、第1338页。

③《全明词》，第2762页。

④《全明词》，第1570页。

⑤《全明词补编》，第665页。

⑥《全明词补编》，第821页。

葛一龙卒，年七十四。读书好古，破家产入资为郎，冀得一官以慰其母，后除云南布政司理问。钱谦益《列朝诗集小传》有云："正嘉之际，洞庭蔡九逵为清绮之词，颇自异于文（征明）、祝（允明）诸贤，以为独绝。震甫闻而说之，刊落剪刻，欲追配之于百年之上。已而年渐长，笔渐放，楚人谭友夏之流，相与尊奉之，浸淫征逐，时时降为楚调。人谓震甫之咻于楚，犹昌谷之移于秦，可为一喟也。"[①]其诗名播于吴楚，吴人呼为"葛髯"。有《葛震甫诗集》16种17卷，明崇祯刻本。词集名《艳雪篇》，1卷，存词26首，有《惜阴堂汇刻明词》本，《全明词》据录。《全明词补编》另从《倚声初集》辑得1首。

施绍莘卒，年五十三。少负俊才，有大志，因屡试不第，遂流连山水，放浪声色。《明词综》卷5引《青浦诗传》云："子野少负隽才，作别业于泖上，又营精舍于西佘，极烟波花药之美。时陈眉公居东佘，管弦书画，兼以名童妙伎，来往嬉游，故自号浪仙。亦慕宋张三影所作乐府，著《花影集》行世。"[②]绍莘善音律，平生所作以词曲最为著名，有《秋水庵花影集》5卷，明末刻本，今已收入《四库全书存目丛书》。前4卷为"乐府"，实即南北曲，第5卷为"诗余"，词凡190首，有《惜阴堂汇刻明词》本。其词风流侧艳，陈廷焯《词则》称"浪仙词格不高，然小令却间有佳者，较之马浩澜之陈言秽语，固自有别"，并赞其《谒金门》一词"情韵既深，笔力亦健，浪仙最高之作"[③]。沈雄盛赞"词至施子野《花影集》，旖旎极矣"[④]。赵尊岳称其《点绛唇》、《浣溪沙》等"均复俊爽，有师南宋处，庶窥见堂室之美备矣"[⑤]。

汪懋麟生。汪懋麟（1640—1688），字季甪，后更字蛟门，晚号觉堂，江苏江都（今扬州）人。康熙六年（1667）进士，授内阁中书，丁忧归。十六年（1677），举博学鸿词，以未终制辞。服除，以徐乾学荐，以刑部主事入史馆与修《明史》。从王士禛学诗，才思横逸，视王士禛为别格。《清史稿》有传。著有《百尺梧桐阁集》。其《锦瑟词》1卷，昵语温柔，藻采风流，甚负时誉，有康熙

① （清）钱谦益：《列朝诗集小传》丁集下，上海：上海古籍出版社1983年版，第610页。
② （清）王昶：《明词综》卷5，清刻本。
③ （清）陈廷焯：《词则·闲情集》，上海：上海古籍出版社1984年版，第942~943页。
④ （清）沈雄：《古今词话》词话下卷，见唐圭璋《词话丛编》，北京：中华书局2005年版，第807页。
⑤ 赵尊岳：《惜阴堂汇刻明词提要·〈秋水庵花影词〉一卷》，《词学季刊》1933年第1卷第3号，第65页。

间刻本，其后陈乃乾辑入《清名家词》。《全清词》录其词169首。

蒲松龄生。蒲松龄（1640—1715），字留仙，号柳泉，山东淄博人。19岁为诸生，后屡应乡试不售，以塾师为生计，清贫终生。早年与同邑名士李希梅、张笃庆等结“郢中诗社”，后幕居于孙蕙宝应知县署中。其《聊斋志异》大体成于毕际有“石隐园”中，时正执教于毕氏府邸。事迹见于路大荒《蒲松龄年谱》。著有《聊斋词》1卷，计76首，经路大荒辨证，收入上海古籍出版社《蒲松龄集》。今人再加辑集，共得词119首。其词纵笔写意，不拘绳墨，多诙谐趣，大抵以生活情状自遣为主，哀生悼逝之作亦情真意切，不矫揉造作，不雕琢生涩，以生动自然为尚。

周在浚生。周在浚（1640—1696后），字雪客，号梨庄，河南祥符（今开封）人，长期侨寓金陵（今江苏南京），周亮工长子。以贡监生考充国子监官学教习，后曾历官经历等职。事迹散见于周亮工《赖古堂集》所附《年谱》及冯景《解春集诗文钞》等。著有《花之词》、《梨庄词》，多俯仰古今、哀时伤逝之作。其词劲拔苍遒，绝少柔媚之姿，笔底富具史识，为康熙前期宗尚“稼轩风”之一名家。康熙十年（1671）寓京师“秋水轩”时，得龚鼎孳支持，由曹尔堪为首唱，组织“秋水轩唱和”活动，先后得26家约180首《贺新郎》“剪”字韵词作，影响南北，和韵遍海内，为清初词风转捩之关键。家藏词集甚夥，曾资助杭州卓回辑成《古今词汇》。另有《梨庄遗谷集》、《南唐书注》等传世。《全清词》存词243首。

周世臣中进士。周世臣（生卒年不详），字颖侯，江苏宜兴人。中进士后，官福建兴化司理。善画山水，长于诗歌。《全明词》存其词8首。

正月一日，李渔作《凤凰台上忆吹箫·元日，是年三十初度》①。

正月，来集之作《卜算子·庚辰新正史村席上口占》②。

正月，陶汝鼐作《临江仙·怀旧》，自注“庚辰正月”③。

闰正月九日，梁云构作《留春令·闰正初九见桃花》④。是年另有《杏花

①《全明词》，第2223页。
②《全明词》，第2535页。
③《全明词补编》，第885页。
④《全明词补编》，第791页。

天·纪梦》[①]，自注“庚辰闰正”。

闰正月十五日，徐士俊作题为《庚辰闰元宵作》之《长相思》、《凌波曲》、《一剪梅》、《菩萨蛮》、《兰陵王》词各1首[②]。

崇祯十四年　辛巳　1641

沈自征卒，年五十一。负才任侠，然累困场屋。崇祯二年（1629），尝客河北永平军中，为朝中当权者诱执袁崇焕。五年（1632），在歙县结“红叶社”。十三年（1640），以国子监长官被征，不就。工词曲，所作多悲伤哀怨之音。有杂剧《渔阳三弄》(《灞亭秋》、《鞭歌妓》、《簪花髻》)，人以之比徐渭《四声猿》。另有《翠屏山》及《耆英会》传奇。《惜阴堂汇刻明词》裁其词10首为《君庸先生词》，《全明词》据录，复从《明词综》增辑1首。《全明词补编》乃据《松陵绝妙词选》辑得2首。

范允临卒，年八十四。万历二十三年（1595）进士，授工部主事，仕至福建参议。工书画，与董其昌齐名。朱彝尊《静志居诗话》卷16范允临条附录云：“愚山云：‘长倩意匠浮动，墨沈横飞，未尝以琢句襞积为工。如雪山池中甄陀女，歌声柔软，能使清净五百仙人，皆心逸不自持。’”[③]有《输寥馆集》8卷，清顺治刻本。词7首在卷1，《惜阴堂汇刻明词》裁为《输寥馆诗余》1卷，《全明词》据录。

邵捷春卒。邵捷春（？—1641），字肇复，号剑津，福建侯官（今福州）人。万历四十七年（1619）进士，历吏部稽勋司郎中，出为四川布政司右参政，迁浙江按察使，大计坐贬。起复为四川按察副使，因剿寇功，进右参政，擢右佥都御史，巡抚四川，因失事被逮，服药亡。《明史》卷260有传。有《剑津集》10卷，明崇祯刻本，卷10存词10首，《全明词补编》据录，复从本集卷1辑得《江南春》1首。

---

①《全明词补编》，第791页。

② 以上诸作依次见于《全明词》第2141~2142页。

③（清）朱彝尊：《静志居诗话》卷16，北京：人民文学出版社1990年版，第485~486页。

吴晋昼卒，年二十七。崇祯九年（1636）举人。诗学李贺、杜甫，书得晋人笔法。有《蓬蒿园诗集》8卷，其卷8有词10首，《全明词补编》据录。

金烺生。金烺（1641—1702），字子阆，号雪岫，浙江山阴（今绍兴）人。贡生。尝客两广总督吴兴祚幕，主客以词唱和，称一时之盛。康熙四十年（1701），以贡生授儒林郎，官浙江湖州府学训导，次年病卒于任所。事具《国朝耆献类征》卷11及毛奇龄为其所撰《墓志铭》。雪岫词堪称清初名家，有《绮霞词》初编、续编，存词306首，康熙年间观文堂刊行，《全清词》据录，复从《观文堂诗余》增辑2首。

周铭生。周铭（1641—？），字勒山，江苏吴江人。诸生。生平足迹半天下，并常往来于日本诸国，终身未仕，结茅乡间，以诗词自娱。有诗集《华胥放言》，词集《华胥语业》1卷，词计95首，康熙间刊本。民国间曾重新排印，《全清词》据录，复从《今词初集》增辑1首。周铭承叶绍袁之后，辑成《林下词选》14卷，搜集女词人作品。又辑《松陵绝妙词选》4卷。

徐尔铉《诗韵考裁》成书于是年。《诗韵考裁》5卷，今有《四库未收书辑刊》本。徐尔铉（生卒年不详），字九玉，号核庵居士，华亭（今属上海）人。明崇祯间副贡，累举乡饮大宾，有义行，曾捐田百亩于青浦学。入清不仕，与董其昌友善，往来笔墨刻为《绖墨斋法帖》。好诗词，有《核庵集》2卷，含《核庵诗余》1卷，明崇祯二年（1629）刻本。《全明词》从《兰皋明词汇选》辑其词9首，《全明词补编》另据《核庵集》“诗余”部分录其词35首。《全清词》据诸选本录词5首。

朱芾煌作《念奴娇·秦淮游舫感事》①，自注“辛巳”。

崇祯十五年　壬午　1642

徐𤊹卒，年七十三。博闻多识，工文，善草隶。万历间，与曹学佺、谢肇淛等狎主闽中诗坛。𤊹为著名藏书家，积书数万卷，多善本、秘本，建红雨楼、绿玉斋贮之。以布衣终。有《鳌峰集》28卷，明天启五年（1625）南居益刻本，词附。

---

①《全明词补编》，第821页。

《全明词》据《鳌峰集》卷28录其词13首，《全明词补编》从同书同卷又录其漏收词1首。

王彦泓卒，年五十。穷年力学，屡困场屋，以岁贡为华亭县学训导。工艳体诗，词亦深婉凄丽，钱谦益称其“诗多艳体，格调似韩致光”①，贺裳亦谓“王次回喜作小艳诗，最多而工，《疑雨集》二卷，见者沁入肝脾，里俗为之一变，几于小元白云。词不多作，而善改昔人词，殊有加豪颊上之致”②。朱彝尊称王彦泓之作“结撰深得唐人遗意”③。有《泥莲集》、《疑云集》及《疑雨集》附词。《全明词》据《古今词汇》录其词2首，《全明词补编》另辑得9首。

万惟檀卒。万惟檀（？—1642），字子馨，曹县（今属山东）人。以贡生授直隶曲阳县令，后去职，复起为松江幕府参军，后补湖广保康知县。崇祯十五年（1642），李自成农民军攻陷保康，万氏一门俱死之。《明史》卷294有传。所撰《诗余图谱》，有《惜阴堂汇刻明词》本，存词150首，《全明词》据录。

孙致弥生。孙致弥（1642—1709），字恺似，号松坪，江苏嘉定（今属上海）人。康熙二十七年（1688）进士，改庶吉士，授编修，官至侍读学士。早年与赵俞、张云章等称“练川八子”。事迹见《练川名人画像》、《清史列传》等。著有《杕左堂词》，含《别花余事》2卷、《梅沜词》4卷、《衲琴词》1卷，存康熙刊本。其词不主一家，清疏流丽处较多北宋风格。又辑有《词鹄初编》15卷，康熙四十四年刻本。《全清词》录词216首。

宋存标本年为副贡生。宋存标（生卒年不详），字子建，号秋士，别署蒹葭秋士，江南华亭（今属上海）人。中副榜后，候补翰林院孔目。曾入复社、几社，与陈子龙、夏允彝等交往，并曾列名于声讨阮大铖的《留都防乱揭帖》。明亡后隐居著述，有《棣萼轩集》。词集名《秋士香词》，有清初刻本。《全清词》存其词31首，《全明词》同。

钱棻中举人。钱棻（生卒年不详），字仲方，号涤山，嘉善（今属浙江）人。善画山水，博通经史，著书涤山以终。有《萧林初集》8卷，明崇祯刻本。又《读

①（清）钱谦益：《列朝诗集小传》丁集下，上海：上海古籍出版社1983年版，第659页。
②（明）贺裳：《皱水轩词筌》，见唐圭璋《词话丛编》，北京：中华书局2005年版，第713页。
③（清）朱彝尊：《静志居诗话》卷19，北京：人民文学出版社1990年版，第570页。

易绪言》1卷，有《昭代丛书》本。《全明词》、《全清词》从诸选本辑得其词13首，《全明词补编》另据《萧林初集》卷3录词18首。

蒋平阶于是年前后在世。蒋平阶（生卒年不详），原名阶，一名雯阶，字驭闳，后改名平阶，字大鸿，别署杜陵生，华亭（今属上海）人。师事陈子龙，曾参加几社。崇祯十五年（1642）与同邑周宿来、陶冰修组织雅似堂文会，以继几社精神。清顺治二年（1645），弘光帝亡，清兵南下，平阶奔闽，投效唐王，授兵部司务，晋升御史。唐王败亡，平阶改名易道士服，漫游齐鲁吴越，以堪舆为生，后定居会稽（今浙江绍兴）以终。平阶诗文，时人称其“详赡典雅”。词有与弟子周积贤、沈亿年合撰之《支机集》，有《惜阴堂汇刻明词》本。《全明词》存其词62首，《全清词》存词69首。

周积贤于是年前后在世。周积贤（生卒年不详），字寿王，华亭（今属上海）人。早慧，12岁作诗文已沉博闳丽。卒时年仅30岁。《全明词》存其词77首，《全清词》录词75首。

沈亿年于是年前后在世。沈亿年（生卒年不详），字矩承，号豳祁，嘉兴（今属浙江）人。明亡后隐居嘉兴，编刻师徒三人唱和词《支机集》行于世。《全明词》存其词90首，《全清词》录词92首。

王翃作《南歌子·壬午》①。

陆庆臻作《水龙吟·壬午》②。

崇祯十六年　癸未　1643

蔡道宪卒，年二十九。崇祯十年（1637）进士，除大理推官，未赴，改长沙。十六年（1643），张献忠攻长沙，城陷被执，磔死。事闻，赠太仆少卿，谥忠烈。《明史》卷294有传。词凡8首，赵尊岳《惜阴堂汇刻明词》裁为《蔡忠烈公词》1卷，称其“诗词清婉绝俗。词凡八首，其《鹧鸪天》云云，极似杨升庵。

①《全明词》，第1834页。
②《全明词》，第3319页。

又《风入松》起拍云云，并皆思致敏妙，情绪婉然，入南宋之堂庑者矣”[①]。《全明词》据录。

邹溶生。邹溶（1643—1707），字可远，又字二辞，江苏无锡人。监生。康熙二十四年（1685），以结纳满族亡命客逮京论斩，系狱5年，减等，遣戍。三十八年（1699）赦归，寄食僧寺。擅丹青，山水学吴镇。喜吟咏，有《香眉亭词》1卷，词30首，侯晰辑入《梁溪十八家词选》，《全清词》据录。

汪鹤孙生。汪鹤孙（1643—？），字雯远，号梅坡，浙江钱塘（今杭州）人，汪汝谦孙。康熙十二年（1673）进士，才入词馆，即告假南归。好游历，善诗词，年臻七十，病殁于江苏扬州。著有《延芬堂集》2卷，光绪刻本，前有汪师韩撰小传，称其："性好游，年臻七十，没于江都，归葬西湖鸡笼山。生平诗最富，自中岁已刻有《梅坡诗钞》六卷；后又增删为《栖碧堂集》，凡二十三卷；晚年有《延芬堂定本》二十卷，亦尝锓版，而版不全，且不编年，前后错出。今检旧箧中，得先生手自评选之本，钞成上下卷，其题载年月者备录之，以存大概。"[②]又《汇香词》1卷，一名《蔗阁诗余》，初刊于康熙间，今未见。《百名家词钞》中有《蔗阁诗余》1卷，存词59首。《全清词》录词60首。

宋征璧中进士。宋征璧（生卒年不详），原名存楠，字尚木，又字让木，号幽谷朽生，别署歇浦村农，江南华亭（今属上海）人。与从弟征舆少负隽才，有"大小宋"之目。入清，官广东潮州知府。著有《含真堂诗稿》7卷、《左氏兵法测要》20卷。另《歇浦唱和香词》1卷，计50余首，有清初刻本。《全清词》存词55首。

沈龙中进士。沈龙（生卒年不详），字友夔，号青霜，江南华亭（今属上海）人，沈泓从弟。与泓同举崇祯十六年（1643）进士。际值国变，泓遁迹会稽（今浙江绍兴）国庆寺为僧，沈龙入山隐居，足迹不入城市数十年。与泓合刻有《雪初堂集》，内附沈龙词集1卷，计78首，有康熙刊本。《全明词》据《明词综》及《历代诗余》录其词2首，《全明词补编》据《兰皋明词汇选》另录1首，《全清词》则据《雪初堂集》录其词78首。按：《全明词》收沈龙《踏莎行·施公阊村

① 赵尊岳：《惜阴堂汇刻明词提要·〈蔡忠烈公词〉一卷》，《词学季刊》1933年第1卷第3号，第54页。
② 邓长风：《明清戏曲家考略全编·续稿》，上海：上海古籍出版社2009年版，第362页。

居九日》[①]词1首，采录自《明词综》卷7，另收沈友夔《念奴娇·江上晚归》[②]一词，采录自《历代诗余》卷69。由二人小传可知，沈龙、沈友夔实为同一人。

归起先中进士。归起先（生卒年不详），字裔兴，号律庵，晚号葛民，常熟（今属江苏）人。中进士后，授刑部主事。明亡不仕。有《天山集》等。《全明词补编》据《天山集》录其词10首。

徐远中进士。徐远（生卒年不详），字道招，号届甫，浙江嘉善人。中进士后，任中书舍人。入清不仕，以读书著述自娱，年七十八卒。《全明词》据《明词综》录其《踏莎行》1首，《全清词》据清初诸选本录词10首。

吴刚思中进士。吴刚思（生卒年不详），字德乾，一字见止，号修蟾，别号西龛居士，江苏武进人。中进士后，任给事中，旋告归。入清，以荐授江西饶州司理，谪武昌从事，抑郁以终。有《远山阁诗集》。《全清词》存词8首。

贺裳于是年前后在世。贺裳（生卒年不详），字黄公，号檗斋，又号白凤词人，江苏丹阳人。少以诸生入太学，与张溥、杨廷枢为友。工于词，有《红牙词》、《皱水轩词筌》等。《全明词》存其词10首，《全清词》存其词93首。另，贺裳之女贺洁（生卒年不详），字靓君，江苏丹阳人，溧阳史左臣妻。有《漱水词》，又名《亦政堂词》。《全清词》存词5首。

九月，徐籀作《水调歌头·舟中客思，癸未九月北归即事》[③]。

吴伟业在苏州结识名妓卞玉京，曾为玉京作诗词多首。《吴梅村全集》卷58《梅村诗话》："女道士卞玉京字云装，白门人也。善画兰，能书，好作小诗。曾题扇送余兄志衍入蜀一绝云：'剪烛巴山别思遥，送君兰楫渡江皋。愿将一幅潇湘种，寄与春风问薛涛。'后往南中，七年不得消息……余有《听女道士弹琴歌》及《西江月》、《醉春风》填词，皆为玉京作。"[④]

王翃作《满江红·癸未秋日》[⑤]。

---

①《全明词》，第2919页。
②《全明词》，第2990页。
③ 南京大学中国语言文学系全清词编委会编：《全清词》（顺康卷），北京：中华书局2002年版，第200页。
④（清）吴伟业：《吴梅村全集》，卷58《诗话》，上海：上海古籍出版社1990年版，第1139~1140页。
⑤《全明词》，第1843页。

曹尔堪作《念奴娇·送幼光还白门，同仲驭二调》[①]。

【辨证】 据清人钱撝禄所编《先公田间府君年谱》[②]，癸未，钱棅请终养，得允，解任归嘉善。钱秉镫曾于是年及次年先后多次往嘉善访钱棅，留钱棅家，得交钱继振、魏学濂、魏学渠等。钱秉镫与曹尔堪之交亦或始于此时。曹尔堪《念奴娇·送幼光还白门，同仲驭二调》两词收于《南溪词》中，乃次钱棅词韵之作，而钱棅卒于顺治二年（1645），故曹尔堪此二词当作于崇祯十六年（1643）至顺治二年（1645）间。又据《先公田间府君年谱》，钱秉镫于崇祯十六年（1643）秋冬之交有“返白门”事，而从曹词“孤舟初发，正严霜似雪，布帆如纸”句看，所写正是深秋之景。由此推之，曹尔堪《念奴娇·送幼光还白门，同仲驭二调》两词应作于崇祯十六年（1643）。另，据清留松阁刻本《南溪词》，《念奴娇·送幼光还白门，同仲驭二调》第二首后有钱继章评语：“癸未冬，幼光还金陵，吾辈俱作词祖行。顾庵词特为杰出，有横槊磨盾之概，未许幼安独擅千古也。”[③]亦可作为此二词作于是年之证。

崇祯十七年　甲申　1644

四月，李自成大顺军攻入北京，崇祯帝自缢于煤山，明朝灭亡。六月，清军入京。七月，多尔衮与诸王、贝勒、大臣等定议，拟建都北京。十月，顺治帝行定鼎登基礼，定大清国号，顺治纪元。

魏学濂卒，年三十七。魏大中次子。崇祯十六年（1643）进士，擢翰林院庶吉士。李自成入京后，曾一度受职，任户部司务，四十日后自惭，赋绝命词二章，自缢死。《明史》卷244有传。沈雄《古今词话》引《柳塘词话》云：“柳洲诸公寄情于《虞美人》曲者，不下百家。而魏学濂为最。”并谓“其词悲，其心

---

① 南京大学中国语言文学系全清词编委会编：《全清词》（顺康卷），北京：中华书局2002年版，第1335~1336页。
②（清）钱撝禄：《先公田间府君年谱》，清宣统三年（1911）铅印本。
③（清）曹尔堪：《南溪词》，清留松阁刻本。

苦矣"[①]。《全明词》据《兰皋明词汇选》录其词5首，《全明词补编》另辑得1首。另，其弟魏学洙（生卒年不详），字子闻，魏大中之少子。邑廪生，勤敏博学。至孝，侍母疾，心力交瘁，母愈，竟以是殒。亦工词，有《素水居遗稿》1卷，惜阴堂裁为《素水居词》。《全明词》存其词17首。

汤传楹卒，年二十五。崇祯十三年（1640），与长洲尤侗等在里结匡社；次年，与尤侗及嘉定黄淳耀等至常熟参加临社。后试秋闱不遇，忧郁不展。甲申三月闻国变，益发悲愤，哭临3日遂卒。尤侗撰有《汤卿谋小传》述其生平大略。有《闲余笔话》以及《湘中草》6卷，清康熙二十四年（1685）尤侗刻本。其《湘中草词》1卷，存词31首，清康熙刊本，今有《惜阴堂汇刻明词》本，《全明词》据录。《全明词补编》另辑其词4首。沈雄谓其"小词特多秀发之句，而藻思总不由人者"[②]。陈廷焯《词则》赞其《鹧鸪天》一词"兼晏、欧、周、秦之美"，词中"'鬓侧'七字摹写活现"[③]。《明词提要》称其词"秾艳奇奥，纵横排荡"，"绮语较多，遂稍失之轻。然风致流美，意态便娟，亦多慧语也"，并举其《西江月》、《鹧鸪天》，许为"要均喁喁可喜"，又称"至《桂枝香》'江左风流扫地矣。叹击楫中流，于今有几'云云，亦复见'慨当以慷'之致。而《摸鱼儿》上半阕'问青天、昨宵风雨，行行春脚何处'云云，则取法稼轩，能得其蹊径者也"[④]。

季孟莲卒，年四十八。少游于庠，博极群书，诗词工丽，见知于王思任。后游吴越，篇章日富，与董其昌、陈继儒诸公同刻诗词，名为八大家集。构月当楼，积书万卷，居其中，评诵不辍。著有《月当楼诗稿》，另有《月当楼后集》，未梓。《全明词》存词4首，《全清词》存词3首，《全明词补编》据其《月当楼诗稿》卷8录词112首。《全清词钞》及《全清词》等因不知其生卒年，皆收录季氏之作，不妥。

杨宛或于是年卒。杨宛（？—约1644），字宛叔，金陵（今江苏南京）人。能诗善草书，先适茅元仪，后从田宏遇。甲申之变，携田氏女还金陵，为盗所杀。有《钟山献诗余》，《惜阴堂汇刻明词》本收其词59首，《全明词》据录，复

---

①（清）沈雄：《古今词话》词话下卷，见唐圭璋《词话丛编》，北京：中华书局2005年版，第810页。
②（清）沈雄：《古今词话》词评下卷，见唐圭璋《词话丛编》，北京：中华书局2005年版，第1034页。
③（清）陈廷焯：《词则·闲情集》，上海：上海古籍出版社1984年版，第945页。
④ 赵尊岳：《惜阴堂汇刻明词提要·〈湘中草〉一卷》，《词学季刊》1933年第1卷第3号，第63~64页。

从诸选本增辑2首。

吴雯生。吴雯（1644—1704），字天章，先世辽阳（今属辽宁）人，父吴允升官山西蒲州学正，遂占籍蒲州。诸生，以诗有名于公卿间。康熙十八年（1679）荐博学鸿词试，不取。后游食于燕赵、齐鲁、吴越、秦楚，足迹半天下。以母丧哀毁卒。《清史稿》有传。有《莲洋集》12卷、《莲洋诗钞》30卷。乾隆二十九年（1764），孙谔编刊《莲洋诗钞》含词1卷。

储福畴为副贡生。储福畴（？—1658），字九游，江苏宜兴人。明亡后隐居不仕。顺治十五年（1658）毙于盗。有《秋色亭词》。生平事迹见储欣《在陆草堂文集》卷4《从兄九游传》。《全清词》据《倚声初集》存词1首，《全明词》同。

女词人吴山于是年前后在世。吴山（生卒年不详），字岩子，安徽当涂人，太平县丞卞琳妻。工书善画，诗词尤脍炙人口。家青山，转徙江淮无常地，所至必有集，若《西湖》、《梁溪》、《虎丘》、《广陵》等，后编成《青山集》。时当明清易代之际，卞琳遭家难，中道谢世。吴山携二女穷居，教长女习诗词，次女习画。暮年好道，筑室静修。以诗古文名明末清初四十年，邓汉仪赠诗以女遗民目之。她与秀水黄媛介为诗友，宁都名士魏禧（1624—1680）曾为其诗集作序，沈宜修（1590—1635）所辑《伊人思》收有其诗作，于此亦可想见其时代。有《青山集》附词。《众香词》录其词15首，《全明词》据录。徐乃昌辑入《小檀栾室汇刻闺秀词》。

黄媛介于是年前后在世。黄媛介（生卒年不详），字皆令，浙江秀水（今嘉兴）人。年十二能诗，十三作赋，适杨世功，布衣蔬食度日。乙酉（顺治二年，1645）逢乱被劫，转徙吴阊，羁迟白下，后入金沙，闭迹墙东。有《离隐歌》、《湖上草》。《全明词》存其词16首，《全明词补编》另辑其词1首。另，其姊媛贞、从姊德贞俱能词。黄媛贞（生卒年不详），字皆德，贵阳知府朱茂时妾。有《云卧斋诗稿》。《全明词补编》存其词108首。黄德贞（生卒年不详），字月辉，孙曾楠室。有《雪椒草》、《名闺诗选》、《彤奁词选》。《全明词》存其词15首，《全清词》存词16首。

商景徽于是年前后在世。商景徽（生卒年不详），字嗣音，会稽（今浙江绍兴）人，商周祚次女，徐太令仲山室。幼聪慧，工诗词，与姊景兰齐名。《全明词》存其词3首，《全清词》同。

纪映淮于是年前后在世。纪映淮（生卒年不详），字冒绿，小字阿男，江南上元（今江苏南京）人，纪映锺之妹，莒州诸生杜李室。崇祯十五年（1642）夫被难，守节三十余年。诗词系少时作，夫亡遂绝笔。有《真冷堂词》。《全明词》存其词5首，《全清词》存词7首。

纪松实于是年前后在世。纪松实（生卒年不详），字多零，江南上元（今江苏南京）人，纪映锺之女，王易室。工诗词，37岁卒。有《怀孟堂诗词》。《全明词》存其词6首，《全清词》同。

吴琪于是年前后在世。吴琪（生卒年不详），字蕊仙，号佛眉，江苏长洲（今苏州）人，管勋室。工诗善画。夫死后皈依空门，名上鉴，号辉宗。有《比玉新声集》、《锁香庵词》。《全明词》、《全清词》存词均为10首。

沈榛于是年前后在世。沈榛（生卒年不详），字伯虔，一字孟端，浙江嘉善人，明天启五年（1625）进士沈德滋女，清顺治十二年（1655）进士钱黯妻，年五十二卒。《众香词》著录有《洁园全稿》，今未见。又《嘉兴府志》著录有《松籁阁集》，亦未见。有《松籁阁诗余》1卷行世，存词45首，徐乃昌辑入《小檀栾室汇刻闺秀词》，《全明词》据录。

杜文焕于是年前后在世。杜文焕（生卒年不详），字弢武，昆山（今属江苏）人，延安卫（今属陕西）籍。万历年间，以父荫叙历延绥游击将军，累进参将、副总兵，擢宁夏总兵官，以破贼功，任延绥总兵官。入清后，返回昆山终老。有《太霞洞集》。《全明词补编》存其词34首。

季步騊于是年前后在世。季步騊（生卒年不详），字子尾，号尾孙，又号懒蚕居士，南直隶无为州（今安徽无为）人。明季诸生。入清后屏迹荒墟，多与僧游。有《懒蚕居士遗稿》7卷，清光绪二十年（1894）重刻本，末卷存词16首，《全明词补编》据录。

林时跃于是年前后在世。林时跃（生卒年不详），字遐举，号荔堂，自称明山遗民，鄞县（今浙江宁波）人。受业于刘宗周，又受学于黄道周，为"鹤山七子"之一。南明弘光元年（1645）贡生，授大理寺评事，改监察御史，未任而清兵入浙，遁入山中。有《朋鹤草堂集》12卷，其中词1卷，存词17首，《全明词补编》据录。

吕师濂于是年前后在世。吕师濂（生卒年不详），字黍子，号守斋，山阴（今浙江绍兴）人。甲申变后散财结客，好谈兵，慕徐文长之为人，历九边，游滇南，为幕府上客。后游粤、闽而归，其踪迹颇奇。诗豪迈不羁，时寓沧桑之慨。著有《何山草堂诗稿》7卷，方孝标、王士禛序康熙间刻本；又《二集》3卷，康熙二十三年（1684）刻本。《今乐考证》著录其传奇《金马门》。另有《守斋词》。今传《守斋词》为聂先、曾王孙编《百名家词钞》本，仅录15首，《全清词》据录。《全明词》仅据《全清词钞》录词1首。

卓回于是年前后在世。卓回（生卒年不详），字方水，号休园，仁和（今浙江杭州）人，卓发之次子，卓人月弟。明崇祯贡生。少聪慧，10岁能文，14岁善诗赋，与兄人月并工词学，才冠一时，杜门吟咏，以布衣终老。著有《东皋集》，未见。康熙间，尝与周在浚同编纂《古今词汇》，后因词学意见相左，未能合作至终。康熙十八年（1679）刊行《古今词汇三编》，自撰《凡例》6则，申明其词学主张及与周氏分歧所在。《三编》共8卷，选录清初220余人之作，计191调，670余首，众多不见于其他选本之清人词作赖以保存。《全明词》、《全清词》存其词1首。

陆世楷于是年前后在世。陆世楷（生卒年不详），字英一，又字孝山，晚号锢庵，浙江平湖人。少补弟子员，顺治五年（1648）以选贡除平阳府通判，越4年同知登州，又六年迁南雄知府。后十九年丁父艰，服满，补思州知府，先后视府二十四年未得升迁。告归后四年卒，年六十五。孝山善吟咏，在南雄时，与澹归和尚（金堡）唱和最盛，并助其营建丹霞别传寺。事迹见朱彝尊撰《墓志铭》。著有诗集《越吟》、《秋吟》、《晋吟》、《齐吟》、《岭外集》、《思阳集》多种，《种玉亭词》、《踞胜台词》各1卷，惜未见。今传者仅《国朝词雅》录存7首，《全清词》据录。

史惟圆于是年前后在世。史惟圆（生卒年不详），原名策，字云臣，号蝶庵，别署荆水钓客，又曾名若愚，江苏宜兴人。与陈维崧为姻表亲，论交三十年，为清初阳羡词派健将，有“平分髯客（陈维崧）旗鼓”①之目。蒋景祁辑《瑶华集》录其词45首，仅次于陈维崧、朱彝尊。著有《蝶庵词》初集、二集各2卷，存词257首，陈维崧为其集作序，《全清词》据录，又增辑散见于各词选本佚作52首，

① 语出曹贞吉《摸鱼子·寄赠史云臣》，见于南京大学中国语言文学系全清词编委会编《全清词》（顺康卷），北京：中华书局2002年版，第6524页。

计309首。

黄永于是年前后在世。黄永（生卒年不详），字云孙，号艾庵，武进（今属江苏）人。顺治十二年（1655）进士，官刑部员外郎，罹“奏销案”开革。事迹散见《锡金识小录》及陈维崧、董以宁等诗文集。工诗文，早年与董以宁、邹祇谟、陈维崧合称“毗陵四子”，名噪一时。有《溪南词》2卷，又名《淑水词》、《艾庵存稿词》，孙默留松阁《国朝名家诗余》收入其词集，刻于康熙四年（1665）前后。其词本工艳体，放废后转多清狂，悲慨心态出以闲放之姿，语多辛辣。《全清词》存词138首。

魏学渠于是年前后在世。魏学渠（生卒年不详），字子存，号青城，浙江嘉善人。顺治五年（1648）举人，授成都推官，历湖广学道、江西少参、刑部主事等。《鹤征录》有传。学渠负诗才，工骈文，兼善书法，名闻邑里，为“柳洲八子”之一，为官亦有政声，晚与钱澄之知交尤深。为柳洲词派之翘楚，在清初词坛有很大影响。今传《青城词》3卷，存词400余首，皆入清之后所作，康熙刊本，有钱继章序并自序。《全清词》存词405首。

田茂遇于是年前后在世。田茂遇（生卒年不详），字髴渊，号楫公，又号乐饥处士，华亭（今属上海）人。顺治十四年（1657）举人，授新城令，不赴。康熙十八年（1679）荐试博学鸿词，不遇，归筑水西草堂，觞咏以老。家贫而能好客，虽终岁布衣粝食，客至治具甚盛，留累月不厌。少师陈子龙，子龙殁后，子幼且贫，茂遇代纳官租二十年，复与友人梓其遗集。有《水西近咏》10卷、《红鹤轩诗草》2卷、《水西高逸咏》1卷、《南帆唱和诗》1卷，今有《四库未收书辑刊》本。能词，有《绿水词》、《清平词》各1卷，康熙刊本。又与张渊懿同选《清平初选后集》10卷，以云间一郡词人为多，清末石印本更名为《词坛妙品》。《全清词》存词79首。

沈雄于是年前后在世。沈雄（生卒年不详），字偶僧，吴江（今属江苏）人。诸生。尝从钱谦益游，诗词俱有宗法，撰有《竹窗笺体》、《柳塘绮语》诸集，曹秋岳称为“艺林拱璧”，惜未刊行。聂先、曾王孙《百名家词钞》辑《柳塘词》1卷，词60余首，《全清词》据录，并合散见于清初诸词选本者，共存词75首。有《古今词话》8卷，其中又分“词话”、“词品”、“词辨”、“词评”4部分，各为上下卷。辑前人词话并自作《柳塘词话》，收罗较富，但征引前人语往往不注出处。

米汉雯于是年前后在世。米汉雯（生卒年不详），字紫来，一作子来，号秀岩，一号秀峰，宛平（今属北京）人。顺治十八年（1661）进士。康熙十八年（1679）举博学鸿词，授翰林院编修，官至侍讲学士。性放达，喜纵游，有文名，书画承米芾家法，时人号为“小米”。有《漫园诗集》1卷、《始存集》1卷，皆清钞本，凡诗百数十首。本集仅存词4首。《全清词》辑得7首。

释弘伦于是年前后在世。释弘伦（一作“宏伦”）（生卒年不详），字叙彝，俗姓徐，字孝均，原籍无锡，顺治后期即流寓宜兴，住南岳寺反哺庵，自署“荆溪僧”。康熙二十五年（1686）迁梁溪采山禅院，康熙三十三年（1694）驻锡长寿寺，时年70左右。事迹散见其《璇玑碎锦序》及《梁溪词选》、《香胆词选》等。与阳羡词人交游密切，与万树尤称莫逆。著有《泥絮词》，今存黑格清抄本1帙，合各选本可辑得77首。弘伦系清初著名词僧，以弘伦为代表之阳羡词僧，为阳羡词派重要一翼。其词无寒伧味、说教语，声韵浏亮，具清刚郁勃深情，有强烈哀乐之感，写景清纯自然，融情于景，别具韵致。

董玄于是年前后在世。董玄（？—1651），字天孙，会稽（今浙江绍兴）人。曾与祁彪佳等结诗社“枫社”。南明鲁王监国，授礼部主事。顺治八年（1651），清兵攻舟山，城破，自缢殉节。有《〈西厢〉序》，末署“时在辛未春初盟弟董玄天孙山人题于醉月楼”[①]，辛未当为崇祯四年（1631）。祁彪佳《远山堂剧品》著录其杂剧《文长问天》1种。《全明词补编》据《寓山题咏·寓山词》辑其词35首。

陈衎于是年前后在世。陈衎（？—1645），字磐生，闽县（今福建福州）人。万历年间诸生。曾入曹学佺主持之阆风楼诗社。有《大江集》21卷、《大江草堂二集》18卷。《二集》有崇祯末刊本，自序署“甲申腊日”。《全明词补编》据《大江草堂二集》卷8录其词14首。

叶鸣鸾于是年前后在世。叶鸣鸾（生卒年不详），字燕龙，福建侯官（今福州）人。明诸生。顺治中由副贡生知长清县，因事去官，往来齐鲁间，以笔墨自给。为文敏快，甚有时誉。晚卜居兖城。有《蒿园藏稿》13卷。《全明词》据《全清词钞》存词1首，《全清词》据《词觏》录词15首。

---

① （明）董玄：《〈西厢〉序》，转引自吴毓华《中国古代戏曲序跋集》，北京：中国戏剧出版社1990年版，第173页。

贺裳词话《词筌》刊行于是年。另外两部词选《词旃》、《词榷》皆成书于是年之前。

【辨证】贺裳一般被视为清初人物，实际为明遗民。他与卓人月为挚友，其《蜕疣集》中有《吊卓珂月文》，情真意切，催人泪下。他论诗与吴乔最为相合，故《围炉诗话》卷3引“贺黄公曰”多达70则。清初词家如邹祗谟《远志斋词衷》、王又华《古今词论》、沈雄《古今词话》等，皆屡屡称引贺裳《皱水轩词筌》，这些亦可使人想见其时代。

贺裳《〈词筌〉序》中云：“余之于词数矣，顾《词旃》止掇芳蕤，未商工拙也；《词榷》止陈昭代，未及前朝也。因就尤所赏心，及当避忌者，漫列数端，谓之《词筌》。”[①]这里提到的《词旃》、《词榷》与《词筌》，可谓“贺氏词学三书”。已知《词筌》为词话，而前两种似为词选，只是未见其书，于其内容亦难得其仿佛。后乃从《四库未收书辑刊》中得阅贺裳《蜕疣集》，其《〈词筌〉序》正在集中。其文不长，故迻录如下：

> 世之言词者，咸称《花间》、《草堂》，顾金陵丽曲，不登西蜀之书，天水伧音，多半入武陵之帙，读者奈何自隘耳目也。近世撷词之博，无若《词品》，论词之精，无若《词评》，所谓既精且博，蔑以加矣。惜也弇州标举，止于目前，尚少张皇幽渺之功；用修阐隐抉微，备体备人，亦不无蛟螭蝼蚓之杂。要以开拓心胸，刮磨鄙谚，则新都真楞者之囷庾，琅琊亦眯者之指南矣。
>
> 王氏之言曰：词须宛转绵丽，浅至儇俏，至于慷慨磊落，纵横豪爽，抑亦其次。余尝用其意删辑今古，汇为一编，谓之《词旃》，务求香弱，亦犹《金荃》、《兰畹》之意云。顾止收艳什，率贵全编，若夫幽人侈花竹之娱，羁客写风霜之怨，或感深花鸟，或兴寄溪山，不乏芳蕤，实多遗漏。且夫香生文麝，未能通体皆脐；寒辟灵犀，安得周身尽角。因效杨氏体，别辑一编，谓之《词榷》。先之里系，间以品题，虽尚秾纤，兼存骏爽。如较量秋涧，可命瑶琴，判断春光，还须羯鼓。至

---

① (明)贺裳:《皱水轩词筌》，卷首自序，见唐圭璋《词话丛编》，北京：中华书局2005年版，第689页。

全瑜既录，纤美并收，则犹剪丰狐之腋毳，自得温肌；拔翠雀之脊毛，亦堪耀首云尔。昔新都详于列代，略于本朝，高、瞿、聂、马之外，概不复留。琅琊虽于刘、杨、夏三家咸有褒讥，亦止泛论，盖非以同时，而不敢显言优劣；即因后起，而未及撷取英华。余之是编，雅志续貂，不辞刻鹜。但平子已经，何烦架屋；嵇公未遇，始命入林。故耑搜一代之菁英，间及前朝之得失。所恨篚收不广，户履尤稀，虽逃朴嫩嘲，终作邓林之笑耳。

上引《〈词筌〉序》，见于《四库未收书辑刊》影印本贺裳《蜕疣集》。此本半叶9行，行20字，中缝上刻"蜕疣集"，下刻"鸯桨阁"。影印本封面径题为"清初鸯桨阁刊本"，而所谓"清初"，实无依据。从相关著录来看，实当为明末刻本，如孙殿起《贩书偶记》卷13著录作"〈蜕疣集〉二卷〈红牙集〉一卷附〈词筌〉一卷，明江左贺裳撰，崇祯甲申鸯桨阁刊"[①]。崇祯甲申即为明清易代的崇祯十七年（1644），故称此书为明末刻本或清初刻本似乎皆无不可，然而从贺裳本人的表达看来，把他视为清人是非常不妥当的。如其《〈词筌〉序》中说："《词榷》止陈昭代，未及前朝也。"这里所谓"昭代"，当然是指明代。又其《载酒园诗话》中所收《唐宋诗话缘起》，先述其所收范围为唐宋两朝，然后说"至胜国则苦见闻不多"[②]，此所谓"胜国"，也只能是指明代所胜之元朝而言。又上引《〈词筌〉序》中所谓"新都详于列代，略于本朝"，因为下面提及高（启）、瞿（佑）、聂（大年）、马（洪）等，更可知其所谓"本朝"只能是指明朝。

综合以上各条文献，可知贺裳《蜕疣集》、《皱水轩词筌》等书，皆成书于由明入清之前，那么这其中提及的曾编之词选《词旃》、《词榷》等，当然还会更早一些。又从《〈词筌〉序》中得知：《词旃》、《词榷》二书皆为词选。从编选范围与旨趣来看，二书各有偏重。《词旃》为通代词选，其宗旨是推本王世贞的论词主张，专选香弱艳丽之作；《词榷》则专选明词，而且是"虽尚秾纤，兼存骏爽"。有的学者未及目验，径把《词旃》、《词榷》列入清代词话之属，对于此二书的时代及属性而言，皆有失精准。

---

① 孙殿起：《贩书偶记》卷13，上海：上海古籍出版社1999年版，第330页。
②（明）贺裳：《载酒园诗话》，见郭绍虞《清诗话续编》，上海：上海古籍出版社1983年版，第399页。

三月二十三日，朱芾煌作《满江红·甲申三月二十三日至良乡，以贼东去，得遁，此时宫阙尚未毁》①。

五月五日，徐籀作《南柯子·甲申午日，避兵石湖，适当国变》。是年另有《满庭芳·山行即事。甲申春》、《齐天乐·甲申立夏前一日，水部山阴朱讱庵小斋坐月，同社苕水韩人谷适至，追述旧游，感而有作》、《长相思·甲申夏，山居感旧》、《西江月·甲申九日，住海外，无高可登，唯城堞数尺，聊拟参军故事，暮薄观剧漫记》、《贺新郎·甲申秋，见南都事有感》。②

是年王嗣奭79岁，入清4年卒；唐世济75岁；吴本泰72岁；钱士升70岁，入清8年卒；范凤翼70岁，入清11年卒；徐石麒68岁，入清1年卒；冯元仲66岁，入清16年卒；周永年63岁，入清3年卒；钱谦益63岁，入清20年卒；梁云构61岁，入清5年卒；陈龙正60岁，入清1年卒；黄道周60岁，入清2年卒；沈自继60岁，入清7年卒；阮大铖58岁，入清2年卒；朱芾煌58岁，入清18年卒；叶绍袁56岁，入清4年卒；李天植54岁，入清28年卒；王铎53岁，入清8年卒；袁于令53岁，入清30年卒；顾若璞53岁，入清37年卒；周懋宗52岁，入清2年卒；曹元芳52岁，入清30年卒；季来之51岁，入清23年卒；毛莹51岁；钱继登51岁，入清28年卒；李元鼎50岁，入清26年卒；傅冠50岁，入清2年卒；王屋50岁；余绍祉49岁，入清4年卒；陈于泰49岁，入清5年卒；方大猷48岁，入清16年卒；张岱48岁，入清35年卒；陈洪绶46岁，入清7年卒；毛晋46岁，入清15年卒；熊文举46岁，入清25年卒；丁耀亢46岁，入清27年卒；王泰际46岁，入清31年卒；赵士春46岁，入清31年卒；龚贤46岁，入清45年卒；王永积45岁，入清16年卒；郭士璟45岁，入清35年卒；孟称舜45岁，入清40年卒；陶汝鼐44岁，入清39年卒；陈名夏44岁，入清10年卒；王崇简43岁，入清34年卒；沈自炳43岁，入清1年卒；叶承宗43岁，入清4年卒；徐士俊43岁，入清37年卒；单恂43岁，入清27年卒；金俊明43岁，入清31年卒；祁彪佳42岁，入清1年卒；王翃42岁，入清9年卒；万寿祺42岁，入清9年卒；来集之41岁，入清39年卒；陈衍虞41岁，入清49年卒；黎景义41岁；商景兰40岁，入清

---

①《全明词补编》，第822页。

② 以上诸作依次见于南京大学中国语言文学系全清词编委会编《全清词》(顺康卷)，北京：中华书局2002年版，第187页、第199页、第202页、第179页、第187页、第208页。

32年卒；陈之遴40岁，入清22年卒；史可程39岁，入清40年卒；贺贻孙39岁，入清45年卒；钱肃乐39岁，入清4年卒；彭而述39岁，入清21年卒；傅山38岁，入清40年卒；王庭38岁，入清49年卒；陈子龙37岁，入清3年卒；傅占衡37岁，入清16年卒；李雯37岁，入清3年卒；梁清远37岁，入清40年卒；黄锡朋37岁；赵炳龙37岁，入清53年卒；吴伟业36岁，入清28年卒；殳丹生36岁，入清34年卒；纪映锺36岁，入清37年卒；朱一是35岁，入清27年卒；郑侠如35岁，入清29年卒；刘命清35岁，入清38年卒；李渔34岁，入清36年卒；吴景旭34岁；杜濬34岁，入清43年卒；宫伟镠34岁；冒襄34岁，入清49年卒；高珩34岁，入清52年卒；黄周星34岁，入清36年卒；陆世仪34岁，入清28年卒；方以智34岁，入清27年卒；汪价34岁；吴易33岁，入清2年卒；周亮工33岁，入清28年卒；金是瀛33岁，入清31年卒；刘体仁33岁，入清33年卒；张芳33岁，入清50余年卒；叶小纨32岁；曹溶32岁，入清41年卒；孙默32岁，入清34年卒；归庄32岁，入清29年卒；周茂源32岁，入清28年卒；程康庄32岁，入清35年卒；顾炎武32岁，入清41年卒；徐增32岁，入清29年卒；冯肇杞32岁；陆庆臻32岁，入清49年卒；金堡31岁，入清36年卒；宋琬31岁，入清29年卒；曹垂灿31岁，入清44年卒；陆圻31岁；陈大成31岁；沈永令31岁，入清54年卒；钱光绣31岁，入清34年卒；俞汝言31岁，入清35年卒；陈子升31岁，入清48年卒；彭孙贻30岁，入清29年卒；龚鼎孳30岁，入清29年卒；徐继恩30岁，入清40年卒；胡介29岁，入清20年卒；陆瑶林29岁；柴绍炳29岁，入清26年卒；李因29岁，入清41年卒；魏裔介29岁，入清42年卒；余怀29岁；卢元昌29岁，入清51年卒；余缙28岁，入清45年卒；邓汉仪28岁，入清45年卒；陆求可28岁，入清35年卒；于成龙28岁，入清40年卒；严沆28岁，入清34年卒；曹尔堪28岁，入清35年卒；宋征舆27岁，入清23年卒；柳是27岁，入清20年卒；尤侗27岁，入清60年卒；吴绮26岁，入清50年卒；王夫之26岁，入清48年卒；申涵光26岁，入清33年卒；张丹26岁；钱棅26岁，入清3年卒；顾媚26岁，入清20年卒；顾有孝26岁，入清45年卒；张煌言25岁，入清20年卒；周季琬25岁，入清24年卒；沈谦25岁，入清26年卒；魏际瑞25岁，入清33年卒；释行悦25岁，入清40年卒；计南阳25岁；孙枝蔚25岁，入清43年卒；毛先舒25岁，入清44年卒；陆嘉淑25岁，入清45年卒；梁清标25岁，入清47年卒；赵进美25岁，入清48年卒；

吴骐25岁，入清51年卒；宗元鼎25岁，入清54年卒；杨思本25岁；刘淑25岁；孙圣兰25岁；顾景星24岁，入清43年卒；任绳隗24岁；宋实颖24岁，入清61年卒；丁澎23岁，入清41年卒；徐喈凤23岁，入清45年卒；朱中楣23岁，入清28年卒；杜濬23岁，入清41年卒；张锡怿23岁，入清47年卒；徐倬23岁，入清67年卒；史鉴宗23岁，入清30年卒；毛奇龄22岁，入清72年卒；董汉策22岁，入清47年卒；周篔22岁，入清43年卒；陈祚明22岁，入清30年卒；顾贞立22岁，入清55年卒；彭师度21岁；曾王孙21岁，入清55年卒；韩纯玉21岁，入清59年卒；董白21岁，入清7年卒；陈维崧20岁，入清38年卒；李霨20岁，入清40年卒；曾灿19岁，入清45年卒；朱茂睭19岁；何采19岁，入清56年卒；谢良琦19岁，入清27年卒；王士禄19岁，入清29年卒；刘壮国19岁，入清35年卒；邹祗谟18岁，入清26年卒；王昊18岁，入清35年卒；华胥18岁，入清43年卒；汤斌18岁，入清43年卒；卓天寅18岁，入清51年卒；唐梦赉18岁，入清54年卒；冷士嵋18岁，入清66年卒；陆宏定17岁，入清24年卒；安致远17岁，入清57年卒；赵吉士17岁，入清62年卒；沈进17岁，入清47年卒；林云铭17岁；姜宸英17岁，入清55年卒；徐履忱16岁，入清56年卒；董以宁16岁，入清25年卒；顾景文16岁，入清47年卒；朱彝尊16岁，入清65年卒；张晋16岁，入清15年卒；梁佩兰16岁，入清61年卒；叶奕苞16岁，入清42年卒；魏允札16岁；陈维嵋15岁，入清28年卒；屈大均15岁，入清52年卒；陆棻15岁，入清55年卒；万树15岁，入清44年卒；夏完淳14岁，入清3年卒；周金然14岁；董俞14岁，入清44年卒；吴兆骞14岁，入清40年卒；彭桂14岁；彭孙遹14岁，入清56年卒；陈恭尹14岁，入清56年卒；杜首昌13岁；徐嘉炎13岁；王顼龄13岁，入清79年卒；吴嘉枚13岁，入清56年卒；吴兴祚13岁，入清54年卒；吴农祥13岁，入清64年卒；高层云12岁，入清45年卒；范荃12岁，入清61年卒；释大汕12岁，入清61年卒；毛际可12岁，入清64年卒。方中通11岁，入清54年卒；宋荦11岁，入清69年卒；王士禛11岁，入清67年卒；曹贞吉11岁，入清52年卒；钱芳标10岁，入清35年卒；董元恺10岁，入清43年卒；陶孚尹10岁，入清65年卒；刘榛10岁，入清46年卒；范承谟10岁，入清32年卒；章昞10岁，入清47年卒；陈维岳10岁，入清68年卒；李良年10岁，入清50年卒；李天馥10岁，入清55年卒；江皋10岁，入清71年卒；丁炜10岁，入清52年卒；陈玉璂9岁，入清55年卒；李时震9岁，入清58年卒；孙琮9岁；徐釚9岁，入清64年卒；王晫9岁；查容9岁，入清41年卒；顾衡8岁；曹亮武8岁；顾贞观8岁，入清70年卒；周斯盛8岁，入清64年卒；沈皞日8岁，入清59年卒；秦松龄8岁，入清70年卒；叶映榴7岁，入清44年卒；李符6岁，入清45年卒；沈岸登6岁，入清58年卒；严曾榘6岁，入清56年卒；蒲松龄5岁，入清71年卒；周在浚5岁；汪懋麟5岁，入清44年卒；周铭4岁；金烺4岁，入清58年卒；孙致弥3岁，入清65年卒；邹溶2岁，入清63年卒；汪鹤孙2岁。

附　录

一、词人年代简表

序号	姓名	生卒年	籍贯	存词数量	备注
1	张　翥	1287—1368	山西临汾	133	
2	谢应芳	1296—1392	江苏常州	65	
3	释梵琦	1296—1370	浙江象山	32	
4	唐桂芳	1299—1371	安徽歙县	9	
5	张以宁	1301—1370	福建古田	5	
6	周南老	1301—1383	湖南道县	2	其先本湖广道州人，徙家吴中
7	王　蒙	1301—1385	浙江湖州	2	
8	梁　寅	1303—1389	江西新余	41	
9	舒　頔	1304—1377	安徽绩溪	19	《彊村丛书》辑词22首，《全金元词》删去其中曲调3首
10	倪　瓒	1306—1374	江苏无锡	31	其中有曲调10首
11	华幼武	1307—1375	江苏无锡	3	
12	俞　和	1307—1382	浙江桐江	1	寓居浙江杭州
13	邵亨贞	1309—1401	浙江淳安	143	徙居上海；《全明词》存词146首，《全金元词》删去曲调3首
14	钱应庚	生卒年不详	浙江嘉兴	6	松江籍，尝居嘉善。钱霖弟，与邵亨贞交善
15	顾德辉	1310—1369	江苏昆山	4	
16	宋　濂	1310—1381	浙江浦江	6	
17	高　明	1310—1380	浙江瑞安	1	

续表

序号	姓名	生卒年	籍贯	存词数量	备注
18	刘　基	1311—1375	浙江青田	244	
19	陶　安	1312—1368	安徽当涂	24	一说卒于洪武四年（1371）
20	刘三吾	1312—?	湖南茶陵	12	永乐中卒
21	刘　夏	1314—1370	江西安福	5	
22	王　礼	1314—1389	江西吉安	2	
23	贝　琼	约1314—1379	浙江桐乡	28	其中《天净沙》13首是曲而非词
24	吴　会	1316—1388	江西金溪	8	
25	陶宗仪	1316—?	浙江黄岩	6	寓居松江。永乐元年犹存
26	赵　汸	1319—1369	安徽休宁	2	
27	王　逢	1319—1388	江苏江阴	1	
28	凌云翰	1323—1388	浙江杭州	28	
29	朱元璋	1328—1398	安徽凤阳	1	
30	王　行	1331—1395	江苏苏州	15	
31	刘昭年	1331—1410	江西万安	15	
32	杨　基	1332—1378后	四川乐山	80	后徙江苏苏州
33	韩　奕	1334—1406	江苏苏州	28	
34	林大同	1334—1410	江苏常熟	48	祖籍福建长乐
35	胡　奎	1335—1409	浙江海宁	8	
36	姚广孝	1335—1418	江苏苏州	7	
37	高　启	1336—1374	江苏苏州	35	
38	瞿　佑	1347—1433	浙江杭州	242	
39	王　璲	1349—1415	四川遂宁	1	侨居江苏苏州
40	程本立	?—1402	浙江桐乡	2	
41	张宇初	?—1410	江西贵溪	12	洪武十年（1377）袭掌道教
42	刘　炳	生卒年不详	江西波阳	19	洪武初，授中书博士。卒年69
43	董　纪	生卒年不详	上海	6	洪武十五年（1382）举贤良方正
44	林　鸿	生卒年不详	福建福清	30	洪武初，授福建将乐县训导
45	王　达	生卒年不详	江苏无锡	27	洪武初，举明经
46	张　肯	生卒年不详	浙江杭州	28	祖籍河南开封。永乐二十二年（1424）尚在世，卒年八十余

续表

序号	姓名	生卒年	籍贯	存词数量	备注
47	胡　俨	1361—1443	江西南昌	15	
48	杨士奇	1365—1444	江西泰和	25	
49	黄　淮	1366—1449	浙江永嘉	13	
50	虞原璩	1367—1439	浙江瑞安	4	
51	周　巽	生卒年不详	江西吉安	12	洪武九年（1376）仍在世
52	晏　璧	生卒年不详	江西吉安	12	永乐间为徐州判官
53	郑　棠	生卒年不详	浙江浦江	9	永乐中，官至翰林检讨
54	解　缙	1369—1415	江西吉水	3	
55	王　偁	1370—1415	广西永福	1	《全明词》所录之《杨柳枝》是诗而非词
56	杨　荣	1371—1440	福建建瓯	10	
57	李　祯	1376—1452	江西吉安	41	
58	朱高炽	1378—1425	安徽凤阳	8	
59	朱有燉	1379—1439	安徽凤阳	32	
60	王　直	1379—1462	江西泰和	13	
61	王　洪	1380—1420	浙江杭州	13	
62	陈　循	1385—1462	江西泰和	10	
63	马　洪	生卒年不详	浙江杭州	29	正统元年（1436）前后在世
64	兰　茂	1397—1476	云南嵩明	6	祖籍河南洛阳
65	朱瞻基	1398—1435	安徽凤阳	2	
66	倪　谦	?—1479	江苏南京	13	其先浙江杭州人
67	聂大年	1402—1456	江西抚州	10	
68	祝　颢	1405—1483	江苏苏州	3	
69	徐有贞	1407—1472	江苏苏州	10	
70	汤胤勣	?—1467	安徽凤阳	34	
71	卢　格	1412—1489	浙江东阳	17	
72	商　辂	1414—1486	浙江淳安	6	
73	张　宁	景泰五年（1454）进士	浙江海盐	26	
74	邱　濬	1418—1495	海南琼州	20	《全明词》所收《行不得也哥哥》、《不如归去》为禽言诗而非词

续表

序号	姓名	生卒年	籍贯	存词数量	备注
75	顾 恂	1418—1505	江苏昆山	138	
76	叶 盛	1420—1474	江苏昆山	5	
77	符 俊	?—1476后	浙江杭州	10	景泰元年（1450）举人
78	姚 绶	1422—1495	浙江嘉善	29	
79	王 越	1423—1498	河南浚县	28	
80	方 俊	景泰四年（1453）举人	广东东莞	2	
81	张 弼	1425—1487	上海	2	
82	胡 超	1425—1488	浙江龙游	12	
83	马文升	1426—1510	河南禹州	1	
84	沈 周	1427—1509	江苏苏州	46	
85	周 瑛	1430—1518	福建莆田	9	
86	萧 显	1431—1506	河北秦皇岛	8	
87	彭 华	1432—1496	江西安福	19	
88	秦 夔	1433—1495	江苏无锡	7	
89	史 鉴	1434—1496	江苏吴江	58	
90	祁 顺	1434—1497	广东东莞	15	
91	吴 宽	1435—1504	江苏苏州	34	
92	黄 潜	1435—1508	福建莆田	8	
93	章玄应	成化十一年（1475）进士	浙江乐清	23	其先为吴姓
94	张 泰	1436—1480	江苏太仓	7	
95	陆 容	1436—1494	江苏太仓	14	
96	章 懋	1437—1522	浙江兰溪	6	
97	夏 旸	生卒年不详	江西贵溪	39	成化十八年（1482）前后在世
98	张 旭	成化十年（1474）举人	安徽休宁	34	
99	洪 贯	成化十三年（1477）举人	浙江宁波	3	

续表

序号	姓名	生卒年	籍贯	存词数量	备注
100	程敏政	1445—1499	安徽休宁	22	
101	魏　偁	成化二十二年（1486）贡士	浙江宁波	14	
102	桑　悦	1447—1503	江苏常熟	27	
103	李东阳	1447—1516	湖南茶陵	13	
104	罗　玘	1447—1519	河南孟县	3	
105	林　俊	1447—1523	福建莆田	21	
106	吴　洪	1448—1525	江苏吴江	8	
107	谢　迁	1449—1531	浙江余姚	6	
108	唐　钦	1450—1497	江苏武进	8	
109	王　鏊	1450—1524	江苏苏州	7	
110	薛章宪	1454—约1513	江苏江阴	20	
111	夏　鍭	1455—1537	浙江天台	3	
112	杨循吉	1456—1544	江苏苏州	15	
113	赵　宽	1457—1505	江苏吴江	13	
114	储　巏	1457—1513	江苏泰州	13	
115	王鸿儒	1459—1519	河南南阳	23	
116	邵　宝	1460—1527	江苏无锡	9	
117	祝允明	1460—1527	江苏苏州	39	
118	鲁　铎	1461—1527	湖北天门	6	
119	朱　衮	弘治十五年（1502）进士	湖南永州	7	湖广永州卫籍，江南长洲县人
120	郑　满	弘治五年（1492）举人	浙江慈溪	5	
121	蒋　冕	1463—1533	广西全州	34	
122	朱　谏	1463—1541	浙江永嘉	20	
123	李　堂	1463—?	浙江宁波	18	
124	赵　珏	1464—1538后	江苏苏州	37	
125	罗钦顺	1465—1547	江西泰和	2	

续表

序号	姓名	生卒年	籍贯	存词数量	备注
126	徐子熙	弘治十八年（1505）进士	浙江上虞	27	
127	马　卿	弘治十八年（1505）进士	河南林州	27	
128	李　汎	弘治十八年（1505）进士	安徽歙县	48	
129	秦　镗	1466—1544	江苏无锡	2	
130	黄　玺	1468—1525	安徽歙县	7	
131	费　宏	1468—1535	江西铅山	20	
132	王九思	1468—1551	陕西户县	56	
133	戴　冠	正德三年（1508）进士	河南信阳	44	
134	朱彦汰	?—1544	安徽凤阳	64	弘治十七年（1504）进封江陵王
135	毛　宪	1469—1535	江苏武进	5	
136	唐　寅	1470—1524	江苏苏州	25	卒于嘉靖二年十二月初二日，按公元纪年则为1524年1月7日
137	吴　山	1470—1542	江苏吴江	3	
138	文征明	1470—1559	江苏苏州	48	
139	顾　潜	1471—1534	江苏昆山	22	
140	符　锡	弘治十四年（1501）举人	江西新余	11	
141	游　潜	弘治十四年（1501）举人	江西丰城	23	
142	李梦阳	1473—1529	甘肃庆阳	2	后徙居河南扶沟
143	顾鼎臣	1473—1540	江苏昆山	13	
144	何孟春	1474—1536	湖南郴州	4	
145	王廷相	1474—1544	河南兰考	66	
146	卢　雍	1474—?	江苏苏州	9	正德六年（1512）进士
147	张　璧	1475—1545	湖北石首	15	
148	唐　锦	1475—1554	上海	11	

续表

序号	姓名	生卒年	籍贯	存词数量	备注
149	朱祐杬	1476—1519	安徽凤阳	10	
150	桂　华	1476—1527	江西余江	14	
151	边　贡	1476—1532	山东济南	6	
152	钟　芳	1476—1544	海南三亚	13	改籍海南琼山
153	周　用	1476—1547	江苏吴江	43	
154	顾　璘	1476—1547	江苏苏州	45	先世江苏苏州人，明初隶匠籍徙居南京
155	刘　节	1476—1555	江西大余	89	
156	陈　寰	1477—1539	江苏常熟	8	
157	陆　深	1477—1544	上海	32	
158	杨士云	1477—1554	云南大理	6	
159	王尚絅	1478—1531	河南郏县	2	
160	崔　桐	正德十二年（1517）进士	江苏海门	33	嘉靖中晋礼部右侍郎
161	颜　木	正德十二年（1517）进士	湖北应山	20	诗文止于嘉靖二十年（1541）
162	陈　逅	正德十二年（1517）进士	江苏常熟	5	
163	王　教	1479—1541	河南开封	21	
164	韩邦奇	1479—1555	陕西朝邑	37	
165	陈　霆	1479—约1561	浙江德清	266	
166	丁　奉	1480—1543	江苏常熟	24	
167	方　凤	1480—1543	江苏南京	34	
168	严　嵩	1480—1566	江西分宜	19	
169	夏　言	1482—1548	江西贵溪	362	
170	李　默	?—1556	福建建瓯	4	
171	陈　淳	1483—1544	江苏苏州	24	
172	费　宷	1483—1549	江西铅山	25	
173	顾应祥	1483—1565	江苏南京	8	一作浙江长兴人
174	舒　芬	1484—1527	江西进贤	3	

续表

序号	姓名	生卒年	籍贯	存词数量	备注
175	张邦奇	1484—1544	浙江宁波	39	
176	钟　梁	1484—1565	浙江海盐	12	
177	孙承恩	1485—1565	上海	13	
178	江以达	嘉靖五年（1526）进士	江西贵溪	5	
179	许　论	嘉靖五年（1526）进士	河南灵宝	10	
180	杨育秀	嘉靖五年（1526）进士	江西贵溪	40	卒于嘉靖三十二年（1553）之后
181	霍　韬	1487—1540	广东南海	21	
182	张　綖	1487—1543	江苏高邮	100	
183	聂　豹	1487—1563	江西吉安	3	
184	张　治	1488—1550	湖南茶陵	2	
185	陈　儒	1488—1561		10	先世交南（今越南）人，锦衣卫籍
186	陈　铎	1488？—1521？	江苏南京	147	祖籍江苏睢宁
187	杨　慎	1488—1559	四川新都	368	
188	杨　仪	1488—1564	江苏常熟	77	
189	李　濂	1489—1566以后	河南开封	20	
190	包　梧	1491—？	浙江宁波	8	嘉靖二十九年（1550）仍在世
191	杨　爵	1493—1549	陕西富平	8	
192	秦　瀚	1493—1566	江苏无锡	11	
193	徐应丰	生卒年不详	浙江上虞	40	嘉靖间由儒士考选制敕房中书
194	陈　棐	嘉靖十四年（1535）进士	河南鄢陵	6	
195	陈德文	嘉靖四年（1525）举人	江西泰和	47	嘉靖十七年（1538）任政和知县
196	吴子孝	1496—1563	江苏苏州	202	
197	周复俊	1496—1574	江苏昆山	3	

续表

序号	姓名	生卒年	籍贯	存词数量	备注
198	苏志皋	1497—1569	河北固安	9	其先为直隶延庆州人
199	王凤娴	生卒年不详	上海	9	进士张本嘉室，张引元母
200	黄　峨	1498—1569	四川遂宁	3	
201	文　彭	1498—1573	江苏苏州	12	
202	袁　袠	1499—1548	江苏苏州	4	
203	陈如纶	1499—1552	江苏太仓	115	
204	崔廷槐	1499—约1560	山东平度	18	
205	费懋贤	1500—1545	江西铅山	10	
206	龚用卿	1500—1563	福建福州	26	
207	黄正色	1500—1576	江苏无锡	8	
208	吴承恩	约1500—约1582	江苏淮安	91	祖籍江苏涟水，后徙居江苏淮安
209	朱让栩	1501—1547	安徽凤阳	47	
210	郭廷序	1501—1547	广东潮阳	33	
211	文　嘉	1501—1583	江苏苏州	5	
212	吕希周	1501—1554后	浙江桐乡	44	
213	徐　阶	1503—1583	上海	8	
214	许　谷	1504—1586	江苏南京	20	
215	朱曰藩	嘉靖二十三年（1544）进士	江苏宝应	2	
216	程　诰	生卒年不详	安徽歙县	47	嘉靖年间布衣
217	陈　儒	1505—1559	江苏常熟	14	
218	林庭机	1506—1581	福建福州	8	
219	沈　錬	1507—1557	浙江绍兴	4	
220	张元谕	嘉靖二十六年（1547）进士	浙江浦江	7	
221	蔡宗尧	嘉靖十六年（1537）举人	浙江天台	38	嘉靖三十年（1551）任当涂知县
222	赵贞吉	1508—1576	四川内江	1	
223	陈　鎏	1508—1581	江苏苏州	12	

续表

序号	姓名	生卒年	籍贯	存词数量	备注
224	王　材	1508—1584	江西黎川	12	
225	王慎中	1509—1559	福建晋江	44	
226	赵时春	1509—1567	甘肃平凉	35	
227	王立道	1510—1547	江苏无锡	11	
228	邵圭洁	1510—1563	江苏常熟	16	
229	董　份	1510—1595	浙江湖州	4	
230	张天复	1513—1574	浙江绍兴	6	
231	尹　耕	1513—?	山西孝义	26	河北蔚县籍
232	胡汝嘉	嘉靖三十二年（1553）进士	江苏南京	29	
233	李攀龙	1514—1570	山东济南	3	
234	王　交	1514—1570	浙江慈溪	41	
235	宋仪望	1514—1578	江西永丰	14	
236	陆　楫	1515—1552	上海	23	
237	孙　楼	1515—1584	江苏常熟	16	
238	万士和	1516—1586	江苏宜兴	10	
239	陈士元	1516—1596	湖北应城	47	
240	王好问	1517—1582	河北东亭	3	
241	顾起纶	1517—1587	江苏无锡	3	
242	张引元	1517？—1553	上海	4	
243	任　环	1519—1558	山西长治	8	
244	周思兼	1519—1565	上海	24	
245	霍与瑕	嘉靖三十八年（1559）进士	广东南海	47	生年在正德十五年（1520）前后
246	曹大同	?—1581	江苏南通	9	
247	徐　渭	1521—1593	浙江绍兴	35	
248	管大勋	嘉靖四十四年（1565）进士	浙江宁波	5	
249	王世贞	1526—1590	江苏太仓	90	
250	张名由	1527—1604	上海	27	

续表

序号	姓名	生卒年	籍贯	存词数量	备注
251	张凤翼	1527—1613	江苏苏州	21	
252	宋　诺	1530—1585	河北故城	9	
253	卢维桢	?—1610	福建漳浦	4	
254	黄祖儒	生卒年不详	江苏南京	60	嘉靖、万历年间在世
255	冯敏效	生卒年不详	浙江平湖	16	隆庆元年（1567）前后在世
256	于慎思	1531—1588	山东东阿	20	
257	王祖嫡	1531—1592	河南信阳	42	
258	陈有年	1531—1598	浙江余姚	2	
259	杨时乔	1531—1609	江西上饶	7	
260	袁　黄	1533—1606	江苏吴江	2	
261	吴敏道	生卒年不详	江苏宝应	6	万历三年（1575）充岁贡
262	高　濂	生卒年不详	浙江杭州	205	其《雅尚斋诗草》二集卷首有万历九年（1581）自序
263	程可中	生卒年不详	安徽休宁	23	万历元年（1573）前后在世
264	王锡爵	1534—1610	江苏太仓	9	
265	王世懋	1536—1588	江苏太仓	8	
266	王家屏	1536—1603	山西雁门	2	
267	吕　坤	1536—1618	河南开封	5	
268	莫是龙	1537—1587	上海	23	
269	毕　木	1537—1601	山东淄博	8	
270	焦　竑	1540—1619	江苏南京	47	
271	李廷机	1542—1616	福建晋江	4	
272	周履靖	1542—1632	浙江嘉兴	265	
273	屠　隆	1543—1605	浙江宁波	10	
274	李应策	万历十一年（1583）进士	陕西蒲城	40	年八十卒。天启元年（1621）尚在世
275	卢龙云	万历十一年（1583）进士	广东南海	7	
276	范守己	1544—1611	河南洧川	5	
277	郑汝璧	1546—1607	浙江缙云	29	

续表

序号	姓名	生卒年	籍贯	存词数量	备注
278	马　朴	万历四年（1576）举人	陕西大荔	69	生年当不早于明嘉靖二十七年（1548）
279	庄履丰	1547—1589	福建晋江	28	
280	李　培	约1547—1621后	浙江嘉兴	38	
281	马守贞	1548—1604	江苏南京	9	秦淮歌妓
282	安绍芳	1548—1605	江苏无锡	2	
283	瞿汝稷	1548—1610	江苏常熟	39	
284	许乐善	1548—1627	上海	4	
285	汤显祖	1550—1616	江西抚州	16	
286	赵南星	1550—1627	河北高邑	3	
287	林　章	1551—1599	福建福清	16	
288	刘虞夔	1552—1596	山西高平	28	
289	王乐善	万历二十年（1592）进士	河北霸州	2	
290	夏树芳	1553—1632后	江苏江阴	127	
291	董其昌	1555—1636	上海	4	
292	胡文焕	生卒年不详	浙江杭州	19	万历二十四年（1596）前后在世
293	严　澂	生卒年不详	江苏常熟	12	万历二十四年（1596）前后在世，卒年七十九
294	马邦良	1557—?	浙江富阳	95	
295	陈继儒	1558—1639	上海	61	
296	范允临	1558—1641	江苏苏州	7	
297	苏惟霖	万历二十六年（1598）进士	湖北江陵	4	
298	朱柔英	生卒年不详	江苏昆山	37	万历十六年（1588）举人顾懋宏妻
299	冯　琦	1559—1604	山东临朐	9	
300	徐　媛	1560—1619	江苏苏州	12	
301	龙　膺	1560—1622	湖南常德	21	

续表

序号	姓名	生卒年	籍贯	存词数量	备注
302	朱翊鉥	生卒年不详	安徽凤阳	72	
303	吴　奕	万历二十八年（1600）进士	江苏武进	9	
304	徐　熥	1561—1599	福建福州	22	
305	赵善鸣	万历十九年（1591）举人	江西吉安	24	
306	沈朝焕	1562—1616	浙江杭州	7	
307	孙承宗	1563—1638	河北高阳	49	
308	王　衡	1564—1607	江苏太仓	7	
309	王濬初	1564—1634	山西雁门	4	
310	李　嵩	万历三十二年（1604）进士	浙江平阳	14	
311	顾起元	1565—1628	江苏南京	16	
312	李日华	1565—1635	浙江嘉兴	11	
313	王嗣奭	1566—1648	浙江宁波	8	
314	谢肇淛	1567—1624	福建长乐	41	
315	葛一龙	1567—1640	江苏苏州	27	
316	周　珽	1567—1647	浙江嘉善	10	
317	刘汝佳	万历三十五年（1607）进士	安徽无为	10	
318	莫秉清	生卒年不详	上海	65	万历十五年（1587）前后在世，清初犹存
319	查应光	?—1637	安徽休宁	33	万历二十五年（1597）举人
320	袁宏道	1568—1610	湖北公安	14	
321	宋楙澄	1569—1620	上海	12	
322	岳和声	1569—1629	浙江桐乡	5	
323	汪廷讷	约1569—1628后	安徽休宁	72	一作新安海阳人
324	刘荣嗣	1570—1638	河北曲周	19	
325	徐　𤊹	1570—1642	福建福州	14	
326	唐世济	1570—约1649	浙江桐乡	161	

续表

序号	姓名	生卒年	籍贯	存词数量	备注
327	钱夫人	生卒年不详	浙江湖州	6	唐世济室
328	张廷玉	万历三十八年（1610）进士	陕西延安	14	
329	王扬德	万历三十八年（1610）武进士	浙江绍兴	16	卒年八十四
330	郑以伟	1571—1633	江西上饶	29	
331	陶爽龄	1571—1639	浙江绍兴	10	
332	杨　涟	1572—1625	湖北应山	1	
333	俞　彦	1572—1641后	江苏南京	188	
334	陈于朝	1573—1606	浙江诸暨	9	
335	刘　铎	1573—1626	江西吉安	22	
336	吴本泰	1573—1662后	浙江海宁	2	寄籍杭州
337	戴　澳	万历四十一年（1613）进士	浙江奉化	27	
338	张凤翼	?—1636	山西代县	17	
339	范凤翼	1575—1655	江苏南通	27	
340	茅　维	1575—?	浙江湖州	93	
341	俞琬纶	1576—1618	江苏苏州	10	
342	万时华	?—约1636	江西南昌	11	
343	徐石麒	1577—1645	浙江嘉兴	10	
344	陈　禘	?—1638	浙江绍兴	16	
345	冯元仲	1579—1660	浙江慈溪	9	
346	贡修龄	万历四十七年（1619）进士	江苏江阴	11	
347	周永年	1582—1647	江苏吴江	11	
348	钱谦益	1582—1664	江苏常熟	4	
349	邵捷春	?—1641	福建福州	11	万历四十七年（1619）进士
350	秦士奇	天启五年（1625）进士	山东金乡	4	
351	万道光	生卒年不详	江西抚州	12	万历至崇祯年间在世

续表

序号	姓名	生卒年	籍贯	存词数量	备注
352	方一元	生卒年不详	安徽全椒	16	万历至崇祯年间在世
353	蒋　倪	生卒年不详	浙江绍兴	17	万历至崇祯年间在世
354	王元寿	生卒年不详	浙江杭州	16	万历至崇祯年间在世
355	柳人曾	生卒年不详	浙江绍兴	16	万历至崇祯年间在世
356	刘　广	生卒年不详	江苏苏州	16	万历至崇祯年间在世
357	陈国光	生卒年不详	浙江绍兴	8	万历至崇祯年间在世
358	殷时衡	生卒年不详	江苏苏州	16	万历至崇祯年间在世
359	潘有功	?—1635	江苏吴江	10	
360	万惟檀	?—1642	山东曹县	150	
361	吴鼎芳	1583—1636	江苏苏州	66	
362	梁云构	1584—1649	河南兰考	124	
363	顾同应	1585—1626	江苏昆山	7	
364	陈龙正	1585—1645	浙江嘉善	8	
365	黄道周	1585—1646	福建漳浦	2	
366	沈自继	1585—1651	江苏吴江	3	
367	董斯张	1586—1628	浙江湖州	47	
368	卓发之	1587—1638	浙江杭州	7	
369	阮大铖	1587—1646	安徽安庆	4	
370	朱芾煌	1587—1662	安徽无为	40	
371	陆云龙	1587—1666	浙江杭州	7	一作江苏无锡人
372	施绍莘	1588—1640	上海	190	
373	陆　钰	万历四十六年（1618）举人	浙江海盐	?	
374	冯鼎位	生卒年不详	上海	14	
375	周拱辰	生卒年不详	安徽桐城	62	崇祯岁贡生
376	徐尔铉	生卒年不详	上海	44	后居浙江嘉兴
377	王　微	生卒年不详	江苏扬州	49	崇祯元年（1628）前后在世
378	张　杞	生卒年不详	湖北黄陂	13	崇祯元年（1628）前后在世
379	钱应金	?—1645	浙江嘉兴	6	崇祯间诸生

续表

序号	姓名	生卒年	籍贯	存词数量	备注
380	宋存标	崇祯十五年（1642）副贡	上海	31	
381	陈孝逸	生卒年不详	江西抚州	31	
382	刘 芳	生卒年不详	浙江嘉善	34	
383	程公远	生卒年不详	山东海阳	210	
384	叶绍袁	1589—1648	江苏吴江	13	
385	曹 勋	1589—1655	浙江嘉善	3	
386	李 达	1590—1629	安徽贵池	19	
387	沈宜修	1590—1635	江苏吴江	190	
388	沈自征	1591—1641	江苏吴江	13	
389	李天植	1591—1672	浙江平湖	5	
390	曾异撰	1591—约1642	福建晋江	7	
391	张一如	崇祯四年（1631）进士	安徽芜湖	9	
392	罗明祖	崇祯四年（1631）进士	福建南平	19	
393	霍 达	?—1661	陕西西安	1	崇祯四年（1631）进士
394	范文光	?—1651	四川内江	13	
395	王 铎	1592—1652	河南孟津	3	
396	袁于令	1592—1674	江苏苏州	4	
397	顾若璞	1592—1681	浙江杭州	10	
398	李应昇	1593—1626	江苏江阴	1	
399	王彦泓	1593—1642	江苏金坛	11	
400	周懋宗	1593—1646	浙江绍兴	16	
401	曹元芳	1593—1674	浙江海盐	360	亦作“曹元方”
402	张 倩	1594—1627	江苏吴江	3	
403	刘 侗	1594—1637	湖北麻城	1	
404	季来之	1594—1667	江苏泰州	2	
405	钱继登	1594—1672	浙江嘉善	5	
406	毛 莹	1594—1670后	江苏吴江	64	

续表

序号	姓名	生卒年	籍贯	存词数量	备注
407	易震吉	崇祯七年（1634）进士	江苏南京	1184	
408	徐　灏	崇祯七年（1634）进士	浙江杭州	4	
409	傅　冠	1595—1646	江西进贤	6	
410	李元鼎	1595—1670	江西吉水	102	
411	王　屋	1595—?	浙江嘉善	647	
412	黄字鸿	1596—1631	浙江杭州	4	
413	余绍祉	1596—1648	江西婺源	1	
414	陈于泰	1596—1649	江苏宜兴	1	
415	潘廷章	生卒年不详	浙江海宁	35	与陆圻、陆嘉淑友善
416	翁吉熼	生卒年不详	福建永春	48	崇祯年间贡生
417	季孟莲	1597—1644	安徽无为	116	
418	方大猷	1597—1660	浙江湖州	6	
419	张　岱	1597—1679	浙江绍兴	17	侨寓浙江杭州
420	冯　樾	1597—?	上海	1	
421	钱　棅	1619—1647	浙江嘉善	4	
422	张大烈	天启七年（1627）举人	浙江杭州	23	
423	欧阳铉	崇祯十年（1637）进士	江西泰和	11	一作浙江龙泉人
424	许承钦	崇祯十年（1637）进士	湖北武汉	4	康熙二十六年（1687）尚在世
425	陈洪绶	1599—1651	浙江诸暨	38	
426	毛　晋	1599—1659	江苏常熟	6	
427	熊文举	1599—1669	江西新建	13	
428	杜漪兰	生卒年不详	江西吉水	4	熊文举室
429	丁耀亢	1599—1671	山东诸城	1	
430	赵士春	1599—1675	江苏常熟	9	
431	王泰际	1599—1675	上海	1	

续表

序号	姓名	生卒年	籍贯	存词数量	备注
432	龚 贤	1599—1689	江苏昆山	12	寓居江苏南京
433	卢象升	1600—1638	江苏宜兴	7	
434	王永积	1600—1660	江苏无锡	3	
435	郭士璟	1600—1679	江苏扬州	288	祖籍陕西泾阳
436	孟称舜	1600—1684	浙江绍兴	23	
437	周世臣	崇祯十三年（1640）进士	江苏宜兴	8	
438	陈名夏	1601—1654	江苏溧阳	1	
439	陶汝鼐	1601—1683	湖南宁乡	28	
440	沈自炳	1602—1645	江苏吴江	18	
441	叶承宗	1602—1648	山东济南	30	
442	单 恂	1602—1671	上海	25	
443	金俊明	1602—1675	江苏苏州	2	
444	王崇简	1602—1678	北京	3	
445	徐士俊	1602—1681	浙江杭州	202	
446	祁彪佳	1603—1645	浙江绍兴	7	
447	万寿祺	1603—1653	江苏徐州	16	
448	王 翃	1603—1653	浙江嘉兴	166	
449	宋征璧	崇祯十六年（1643）进士	上海	55	
450	沈 龙	崇祯十六年（1643）进士	上海	78	
451	归起先	崇祯十六年（1643）进士	江苏常熟	10	
452	徐 远	崇祯十六年（1643）进士	浙江嘉善	10	
453	吴刚思	崇祯十六年（1643）进士	江苏武进	8	
454	徐 籀	崇祯六年（1633）举人	江苏苏州	164	
455	顾若群	生卒年不详	浙江杭州	2	崇祯十年前后在世，顾若璞弟

续表

序号	姓名	生卒年	籍贯	存词数量	备注
456	汪　膺	1604—1634	江苏苏州	9	
457	黄淳耀	1604—1645	上海	2	
458	来集之	1604—1683	浙江萧山	64	
459	陈衍虞	1604—1693	广东潮安	10	
460	黎景义	1604—?	广东顺德	3	
461	徐石麒	生卒年不详	江苏扬州	89	其先为鄞人，后徙居扬州
462	杨　宛	?—约1644	江苏南京	61	
463	陈之遴	1605—1666	浙江海宁	99	
464	商景兰	1605—1676	浙江绍兴	56	
465	商景徽	生卒年不详	浙江绍兴	3	商周祚次女，徐太令仲山室
466	钱继章	1605—1674后	浙江嘉善	97	
467	吴脉鬯	1605—?	山东蓬莱	3	
468	卓人月	1606—1636	浙江杭州	95	
469	钱肃乐	1606—1648	浙江宁波	20	
470	彭而述	1606—1665	河南邓州	10	
471	史可程	1606—1684	河南开封	19	
472	贺贻孙	1606—1689	江西永新	44	
473	徐之瑞	崇祯九年（1636）举人	浙江杭州	7	与曹溶、陆嘉淑等交游，康熙十一年尚在世
474	嵇宗孟	崇祯九年（1636）举人	江苏淮安	6	
475	李长苞	崇祯九年（1636）举人	上海	10	
476	卢　纮	崇祯九年（1636）举人	湖北蕲春	111	清顺治六年（1649）进士
477	吴洪化	崇祯九年（1636）举人	江苏宜兴	5	
478	郭之奇	1607—1662	广东揭阳	14	
479	傅　山	1607—1684	山西阳曲	3	
480	王　庭	1607—1693	浙江嘉兴	276	

续表

序号	姓名	生卒年	籍贯	存词数量	备注
481	魏学濂	1608—1644	浙江嘉善	6	
482	陈子龙	1608—1647	上海	87	
483	李 雯	1608—1647	上海	129	
484	傅占衡	1608—1660	江西抚州	42	
485	梁清远	1608—1684	河北正定	19	
486	赵炳龙	1608—1697	云南剑川	13	
487	黄锡朋	1608—1687后	江苏宜兴	13	
488	吴伟业	1609—1672	江苏太仓	118	
489	殳丹生	1609—1678	浙江嘉善	2	迁寓吴江震泽镇
490	纪映锺	1609—1681	江苏南京	29	
491	陈世祥	崇祯十二年（1639）举人	江苏南通	164	
492	王 岱	崇祯十二年（1639）举人	湖南湘潭	75	
493	叶纨纨	1610—1632	江苏吴江	50	
494	朱一是	1610—1671	浙江海宁	171	
495	郑侠如	1610—1673	江苏扬州	51	
496	刘命清	1610—1682	江西抚州	75	
497	方以智	1611—1671	安徽桐城	31	
498	陆世仪	1611—1672	江苏太仓	22	
499	李 渔	1611—1680	浙江兰溪	359	
500	黄周星	1611—1680	湖南湘潭	4	后迁江苏南京
501	杜 濬	1611—1687	湖北黄冈	22	侨寓江苏南京40年
502	冒 襄	1611—1693	江苏如皋	14	
503	高 珩	1611—1696	山东淄博	40	
504	宫伟镠	1611—1673后	江苏泰州	63	
505	汪 价	1611—1678后	上海	97	
506	吴景旭	1611—1695后	浙江湖州	50	
507	潘炳孚	1612—1640	浙江嘉善	51	
508	吴 易	1612—1646	江苏吴江	21	

续表

序号	姓名	生卒年	籍贯	存词数量	备注
509	周亮工	1612—1672	河南祥符	1	
510	金是瀛	1612—1675	上海	10	
511	刘体仁	1612—1677	河南颍川	11	
512	张　芳	1612—1695后	江苏句容	8	
513	钱　棻	崇祯十五年（1642）举人	浙江嘉善	31	
514	蒋平阶	生卒年不详	上海	62	明末清初在世
515	周积贤	生卒年不详	上海	77	明末清初在世，卒时年仅30岁
516	沈亿年	生卒年不详	浙江嘉兴	90	明末清初在世
517	魏学洙	生卒年不详	浙江嘉善	17	魏大中之少子，魏学濂弟
518	吴　熙	1613-1657	浙江嘉善	167	
519	周茂源	1613—1672	上海	35	
520	归　庄	1613—1673	江苏昆山	2	
521	徐　增	1613—1673	江苏苏州	29	
522	程康庄	1613—1679	山西武乡	44	客寓江苏扬州
523	曹　溶	1613—1685	浙江嘉兴	282	
524	顾炎武	1613—1685	江苏昆山	6	
525	陆庆臻	1613—1693	上海	2	
526	叶小纨	1613—1655后	江苏吴江	15	
527	冯肇杞	1613—?	浙江绍兴	5	
528	宋　琬	1614—1673	山东莱阳	181	
529	钱光绣	1614—1678	浙江宁波	7	
530	俞汝言	1614—1679	浙江嘉兴	4	
531	金　堡	1614—1680	浙江杭州	468	
532	曹垂灿	1614—1688	上海	38	
533	陈子升	1614—1692	广东广州	24	
534	沈永令	1614—1698	江苏吴江	38	
535	陈大成	1614—1685后	江苏无锡	29	
536	陆　圻	1614—?	浙江杭州	1	

续表

序号	姓名	生卒年	籍贯	存词数量	备注
537	顾 樵	1614—?	江苏吴江	8	
538	张丽人	1615—1633	广东广州	7	其先吴籍，其母入粤生乔，遂为广州人
539	吴晋昼	1615—1641	浙江海盐	10	
540	蔡道宪	1615—1643	福建晋江	8	
541	彭孙贻	1615—1673	浙江海宁	231	
542	龚鼎孳	1615—1673	安徽合肥	203	
543	徐继恩	1615—1684	浙江杭州	18	
544	吴 绡	1615？—1695后	江苏苏州	56	
545	薛敬孟	约1615—?	福建福清	95	
546	叶小鸾	1616—1632	江苏吴江	94	
547	胡 介	1616—1664	浙江杭州	47	
548	柴绍炳	1616—1670	浙江杭州	1	
549	李 因	1616—1685	浙江杭州	22	一作浙江绍兴人
550	魏裔介	1616—1686	河北柏乡	3	
551	卢元昌	1616—1695	上海	4	
552	陆瑶林	1616—1688后	浙江平湖	268	
553	余 怀	1616—1696后	福建莆田	233	侨居江苏南京
554	严 沆	1617—1678	浙江杭州	14	
555	曹尔堪	1617—1679	浙江嘉善	592	
556	陆求可	1617—1679	江苏淮安	371	
557	于成龙	1617—1684	山西离石	8	
558	余 缙	1617—1689	浙江诸暨	21	
559	邓汉仪	1617—1689	江苏泰州	37	
560	柳 是	1618—1664	浙江嘉兴	34	一作江苏吴江人
561	宋征舆	1618—1667	上海	103	
562	尤 侗	1618—1704	江苏苏州	310	
563	顾 媚	1619—1664	江苏南京	3	

续表

序号	姓名	生卒年	籍贯	存词数量	备注
564	申涵光	1619—1677	河北永年	5	
565	顾有孝	1619—1689	江苏苏州	4	
566	王夫之	1619—1692	湖南衡阳	306	祖籍江苏高邮，徙湖南衡阳
567	吴　绮	1619—1694	江苏扬州	361	
568	吴秉仁	生卒年不详	江苏扬州	79	吴绮从兄
569	张　丹	1619—1700后	浙江杭州	20	原名张纲孙
570	汤传楹	1620—1644	江苏苏州	35	
571	张煌言	1620—1664	浙江宁波	6	
572	周季琬	1620—1668	江苏宜兴	13	
573	沈　谦	1620—1670	浙江杭州	219	
574	魏际瑞	1620—1677	江西宁都	80	
575	释行悦	1620—1684	江苏太仓	34	
576	孙枝蔚	1620—1687	陕西三原	186	
577	毛先舒	1620—1688	浙江杭州	182	
578	陆嘉淑	1620—1689	浙江海宁	91	
579	梁清标	1620—1691	河北正定	377	
580	赵进美	1620—1692	山东淄博	19	
581	吴　骐	1620—1695	上海	99	
582	宗元鼎	1620—1698	江苏扬州	53	
583	计南阳	1620—1686后	上海	36	
584	刘　淑	1620—?	江西安福	41	
585	孙圣兰	1620—?	浙江嘉善	2	
586	杨思本	1620—?	江西南城	9	一作安徽休宁人
587	顾景星	1621—1687	湖北蕲春	28	
588	宋实颖	1621—1705	江苏苏州	5	
589	任绳隗	1621—?	江苏宜兴	86	
590	朱中楣	1622—1672	江西南昌	74	
591	史鉴宗	1622—1674	江苏金坛	27	流寓宜兴
592	杜　溹	1622—1685	山东滨州	27	

续表

序号	姓名	生卒年	籍贯	存词数量	备注
593	丁 澎	1622—1685	浙江杭州	243	
594	徐喈凤	1622—1689	江苏宜兴	246	
595	张锡怿	1622—1691	上海	35	
596	徐 倬	1622—1711	浙江德清	101	
597	陈祚明	1623—1674	浙江杭州	52	
598	周 筼	1623—1687	浙江嘉兴	35	
599	董汉策	1623—1691	浙江湖州	150	
600	顾贞立	1623—1699	江苏无锡	169	
601	毛奇龄	1623—1716	浙江萧山	347	
602	仲 恒	1623？—1694后	浙江杭州	997	
603	钟 筠	生卒年不详	浙江杭州	34	仲恒室
604	董 白	1624—1651	江苏南京	3	
605	韩纯玉	1624—1703	浙江湖州	89	
606	彭师度	1624—?	上海	55	
607	陈维崧	1625—1682	江苏宜兴	1664	
608	李 霨	1625—1684	河北高阳	11	
609	陆 进	1625？—1697后	浙江杭州	394	
610	茅 麐	1625？—1680后	浙江湖州	76	
611	顾 岱	1625？—1697	江苏无锡	91	榜籍嘉定
612	谢良琦	1626—1671	广西全州	51	
613	王士禄	1626—1673	山东桓台	174	
614	刘壮国	1626—1679	河南许昌	65	
615	曾 灿	1626—1689	江西宁都	86	
616	何 采	1626—1700	安徽桐城	492	流寓江苏南京
617	朱茂晭	1626—?	浙江嘉兴	95	
618	冯云骧	1626？—1693？	山西代县	114	
619	邹祗谟	1627—1670	江苏武进	235	
620	王 昊	1627—1679	江苏太仓	12	
621	华 胥	1627—1687	江苏无锡	24	
622	汤 斌	1627—1687	河南睢县	8	

续表

序号	姓名	生卒年	籍贯	存词数量	备注
623	卓天寅	1627—1695	浙江杭州	1	
624	唐梦赉	1627—1698	山东淄博	22	
625	冷士嵋	1627—1710	江苏丹徒	13	
626	陆宏定	1628—1668	浙江海宁	61	
627	沈　进	1628—1691	浙江嘉兴	10	
628	姜宸英	1628—1699	浙江慈溪	4	
629	安致远	1628—1701	山东寿光	44	
630	赵吉士	1628—1706	安徽休宁	551	寄籍浙江杭州
631	林云铭	1628—1697后	福建福州	38	
632	张　晋	1629—1659	甘肃临洮	17	
633	董以宁	1629—1669	江苏武进	228	
634	叶奕苞	1629—1686	江苏昆山	41	
635	顾景文	1629—1691	江苏无锡	4	
636	徐履忱	1629—1700	江苏昆山	28	
637	梁佩兰	1629—1705	广东南海	21	
638	朱彝尊	1629—1709	浙江嘉兴	656	
639	魏允札	1629—?	浙江嘉善	181	卒于清康熙中，年八十余
640	陈维嵋	1630—1672	江苏宜兴	46	
641	万　树	1630—1688	江苏宜兴	528	
642	屈大均	1630—1696	广东广州	375	
643	陆　棻	1630—1699	浙江平湖	223	
644	曹　章	1630？—1698	浙江上虞	87	
645	张渊懿	1630?—1691后	上海	101	
646	吴本嵩	1630?—1685后	江苏宜兴	38	
647	夏完淳	1631—1647	上海	42	
648	吴兆骞	1631—1684	江苏吴江	3	
649	董　俞	1631—1688	上海	161	
650	彭孙遹	1631—1700	浙江海盐	215	
651	陈恭尹	1631—1700	广东顺德	29	

续表

序号	姓名	生卒年	籍贯	存词数量	备注
652	彭　桂	1631—1684后	江苏溧阳	302	
653	周金然	1631—1699后	上海	222	
654	吴兴祚	1632—1698	浙江绍兴	25	
655	吴嘉枚	1632—1700	浙江杭州	63	
656	吴农祥	1632—1708	浙江杭州	5	
657	王顼龄	1632—1723	上海	54	
658	杜首昌	1632—1698后	江苏淮安	66	
659	徐嘉炎	1632—?	浙江嘉兴	60	
660	高层云	1633—1689	上海	28	
661	范　荃	1633—1705	江苏扬州	187	
662	释大汕	1633—1705	江苏苏州	86	
663	毛际可	1633—1708	浙江淳安	190	
664	曹贞吉	1634—1696	山东安丘	256	
665	方中通	1634—1698	安徽桐城	50	
666	王士禛	1634—1711	山东桓台	134	
667	宋　荦	1634—1713	河南商丘	53	
668	范承谟	1635—1676		7	汉军旗人
669	钱芳标	1635—1679	上海	546	
670	蔡　捷	1635—1682	福建福州	3	
671	董元恺	1635—1687	江苏武进	693	
672	刘　榛	1635—1690	河南商丘	68	
673	章　昞	1635—1691	浙江杭州	5	
674	李良年	1635—1694	浙江嘉兴	110	
675	丁　炜	1635—1696	福建晋江	216	
676	李天馥	1635—1699	安徽合肥	136	
677	陶孚尹	1635—1709	江苏江阴	27	
678	陈维岳	1635—1712	江苏宜兴	45	
679	陆次云	1635？—1690后	浙江杭州	167	

续表

序号	姓名	生卒年	籍贯	存词数量	备注
680	查　容	1636—1685	浙江海宁	106	
681	陈玉璂	1636—1699	江苏武进	307	
682	李时震	1636—1702	江苏淮安	22	
683	徐　釚	1636—1708	江苏吴江	157	
684	王　晫	1636—1698后	浙江杭州	163	
685	孙　琮	1636—?	安徽黄山	105	寓居浙江杭州
686	沈皞日	1637—1703	浙江平湖	86	
687	周斯盛	1637—1708	浙江宁波	336	
688	秦松龄	1637—1714	江苏无锡	37	
689	顾贞观	1637—1714	江苏无锡	242	
690	顾　衡	1637—?	上海	123	
691	曹亮武	1637—?	江苏宜兴	301	
692	叶映榴	1638—1688	上海	53	
693	李　符	1639—1689	浙江嘉兴	181	
694	严曾榘	1639—1700	浙江杭州	10	
695	沈岸登	1639—1702	浙江平湖	83	
696	汪懋麟	1640—1688	江苏扬州	169	
697	蒲松龄	1640—1715	山东淄博	119	
698	周在浚	1640—1696后	河南开封	243	长期侨寓江苏南京
699	金　烺	1641—1702	浙江绍兴	308	
700	周　铭	1641—?	江苏吴江	96	
701	孙致弥	1642—1709	上海	216	
702	邹　溶	1643—1707	江苏无锡	30	
703	汪鹤孙	1643—?	浙江杭州	60	
704	储福畴	?—1658	江苏宜兴	1	崇祯十七年（1644）副贡
705	贺　裳	生卒年不详	江苏丹阳	93	明末清初在世
706	盛于斯	生卒年不详	安徽南陵	55	明末清初在世
707	吴　山	生卒年不详	安徽当涂	15	太平县丞卞琳妻

续表

序号	姓名	生卒年	籍贯	存词数量	备注
708	黄媛介	生卒年不详	浙江嘉兴	17	顺治二年逢乱被劫，转徙吴阊，羁迟白下，后入金沙
709	黄媛贞	生卒年不详	浙江嘉兴	108	贵阳知府朱茂时妾
710	黄德贞	生卒年不详	浙江嘉兴	16	孙曾楠室
711	纪映淮	生卒年不详	江苏南京	7	纪映锺之妹，莒州诸生杜李室
712	纪松实	生卒年不详	江苏南京	6	纪映锺之女，王易室
713	吴　琪	生卒年不详	江苏苏州	10	管勋室
714	沈　榛	生卒年不详	浙江嘉善	45	顺治十二年（1655）进士钱黯妻，年五十二卒
715	杜文焕	生卒年不详	江苏昆山	34	陕西延安籍
716	季步騆	生卒年不详	安徽无为	16	明季诸生。入清后屏迹荒墟
717	林时跃	生卒年不详	浙江宁波	17	南明弘光元年（1645）贡生
718	吕师濂	生卒年不详	浙江绍兴	15	明末清初在世
719	卓　回	生卒年不详	浙江杭州	1	卓发之次子，卓人月弟
720	陆世楷	生卒年不详	浙江平湖	7	顺治五年（1648）以选贡除平阳府通判
721	史惟圆	生卒年不详	江苏宜兴	309	明末清初在世
722	黄　永	生卒年不详	江苏武进	138	顺治十二年（1655）进士
723	魏学渠	生卒年不详	浙江嘉善	405	顺治五年（1648）举人
724	田茂遇	生卒年不详	上海	79	顺治十四年（1657）举人
725	沈　雄	生卒年不详	江苏吴江	75	明末清初在世
726	米汉雯	生卒年不详	北京	7	顺治十八年（1611）进士
727	释弘伦	生卒年不详	江苏无锡	77	一作“宏伦”，顺治后期流寓宜兴
728	沈际飞	生卒年不详	江苏昆山	14	明末清初在世
729	董　玄	?—1651	浙江绍兴	35	
730	陈　衎	?—1645	福建福州	14	万历年间诸生
731	叶鸣鸾	生卒年不详	福建福州	15	明诸生。顺治中由副贡生知长清县

二、明代词籍序跋一览表

序号	作者	序跋篇名	写作年代	出处
1	凌云翰	鸣鹤遗音序	著雍阉茂之岁（戊戌1358年）	明凌云翰撰《柘轩集》卷5,《武林往哲遗著》本
2	林　弼	梁山樵唱集序		明林弼撰《林登州集》卷13，清康熙刻本
3	刘　崧	刘尚宾东溪词稿后序		明刘崧撰《槎翁文集》卷8,《四库全书存目丛书》本
4	陈　谟	张子静乐府序	洪武九年（1376）	明陈谟撰《海桑集》卷5,《四库全书》本
5	孙大雅	天籁集叙	洪武丁巳（1377）春二月	元白朴《天籁集》卷首,《四印斋所刻词》本
6	姜福四	自跋姜忠肃祠堂钞本	洪武十年（1377）二月二十四日	夏承焘笺校《姜白石词编年笺校》，上海古籍出版社1981年版
7	叶　蕃	写情集序	洪武十三年庚申（1380）春正月	明刘基《诚意伯词》卷首,《明词汇刊》本
8	史　迁	和元遗山乐府序		明史迁撰《青金集》卷6,《北京图书馆古籍珍本丛刊》本
9	唐文凤	跋杨彦华书虞文靖公苏武慢词后		明唐文凤撰《梧冈集》卷7,《四库全书》本
10	马　洪	花影集序		明田汝成撰《西湖游览志余》卷13
11	陈敏政	乐府遗音序	天顺七年癸未（1463）仲冬	明瞿佑撰《乐府遗音》卷首,《续修四库全书》本
12	叶　盛	书草堂诗余后		明叶盛撰《菉竹堂稿》卷8,《四库全书存目丛书》本
13	吴　宽	跋天全翁词翰后		明吴宽撰《家藏集》,《四库全书》本
14	井　□	玉田词题识	成化丙午（1486）	南宋张炎撰，吴则虞校辑《山中白云词》，中华书局1983年版

续表

序号	作者	序跋篇名	写作年代	出处
15	殷　重	玉田词题识		南宋张炎撰，吴则虞校辑《山中白云词》，中华书局1983年版
16	李宗准	遗山乐府跋	弘治五年壬子（1492）重阳后一日	金元好问《遗山乐府》附，《彊村丛书》本
17	朱存理	跋鸣鹤余音后		明朱存理撰《楼居杂著》，《四库全书》本
18	周　瑛	词学筌蹄序	弘治甲寅（1494）	明周瑛撰《词学筌蹄》卷首，《续修四库全书》本
19	林　俊	词学筌蹄序	弘治九年丙辰（1496）	明周瑛撰《词学筌蹄》卷首，《续修四库全书》本
20	戴　冠	和朱淑真断肠词跋	弘治乙丑（1505）九月望后三日	明戴冠撰《戴氏集》卷11，《四库全书存目丛书》本
21	苏台云翁	竹山词跋	正德丁卯（1507）季夏十日	《唐宋名贤百家词》，明抄本
22	康　海	沜东乐府序	正德八年（1513）十二月	明嘉靖三年（1524）刻《沜东乐府》卷首，《续修四库全书》本
23	康　海	沜东乐府后录		明康海撰《对山集》卷10，《四库全书存目丛书》本
24	康　海	林泉清漱集序		明康海撰《对山集》卷14，《四库全书存目丛书》本
25	方　鹏	跋近体乐府后		明方鹏撰《矫亭续稿》卷3，《四库全书存目丛书》本
26	李　汎	苏武慢·寄白岳山人六首序	嘉靖六年丁亥（1527）春	明李汎撰《镜山诗余》，《明词汇刊》本
27	张　含	陶情乐府序		明张含撰《张禺山诗文选》卷7，《丛书集成续编》本
28	陈　霆	渚山堂词话自序	嘉靖庚寅（1530）秋七月	明陈霆《渚山堂词话》卷首，《词话丛编》本
29	李　濂	批点稼轩长短句序	嘉靖丙申（1536）春二月	南宋辛弃疾撰，邓广铭笺注《稼轩词编年笺注》，上海古籍出版社2007年版
30	李　濂	碧云清啸序		明李濂撰《嵩渚文集》卷56，《北京图书馆古籍珍本丛刊》本

续表

序号	作者	序跋篇名	写作年代	出处
31	蒋　芝	诗余图谱序	嘉靖丙申（1536）夏六月	明张綖撰《诗余图谱》卷首，《续修四库全书》本
32	张　綖	诗余图谱自序	嘉靖丙申（1536）夏四月下浣日	明张綖撰《诗余图谱》卷首，明嘉靖丙申刊本
33	张　綖	诗余图谱凡例	嘉靖丙申（1536）夏四月	明张綖撰《诗余图谱》卷首，明嘉靖丙申刊本
34	张　綖	草堂诗余别录跋	嘉靖戊戌（1538）五月十三日	《词学季刊》第3卷第1号
35	张　綖	淮海居士长短句跋	嘉靖己亥（1539）中秋日	宋秦观撰《淮海长短句》卷下，《四库全书》本
36	毛凤韶	中州乐府后序	嘉靖丙申（1536）九月庚辰	金元好问辑《中州乐府》附，《彊村丛书》本
37	彭汝寔	近刻中州乐府叙	嘉靖十五年丙申（1536）冬	金元好问辑《中州乐府》附，《彊村丛书》本
38	杨南金	升庵长短句序	嘉靖丁酉（1537）正月望日	明杨慎撰《升庵长短句续集》卷首，明嘉靖刊本
39	皇甫汸	桂洲公词序	戊戌（1538）十月既望	明夏言《桂洲集》卷首，《明词汇刊》本
40	吴一鹏	少傅桂洲公诗余序	嘉靖戊戌（1538）十一月	明夏言《桂洲集》卷首，《明词汇刊》本
41	陈宗谟	草堂诗余序	嘉靖十七年戊戌（1538）仲冬	明陈钟秀编选《草堂诗余》卷首，四印斋刻本
42	袁　袠	江南春词序		明袁袠撰《衡藩重刻胥台先生集》卷14，《北京图书馆古籍珍本丛刊》本
43	吴大器	诗余合选序		明杨言辑《诗余便览》卷首，明雨花斋刊巾箱本
44	石迁高	桂洲词序	庚子（1540）冬十月望日	明夏言《桂洲集》卷首，《明词汇刊》本
45	唐　锜	升庵长短句序	嘉靖庚子（1540）仲冬长至日	明杨慎撰《升庵长短句》卷首，明嘉靖刊本

续表

序号	作者	序跋篇名	写作年代	出处
46	王廷表	升庵长短句跋	嘉靖癸卯（1543）春正月望	明杨慎撰《升庵长短句》卷首，明嘉靖刊本
47	薛应旂	玉堂余兴引	嘉靖辛丑（1541）六月朔	明薛应旂撰《方山薛先生全集》卷3，《续修四库全书》本
48	任良幹	词林万选序	嘉靖癸卯（1543）季春	明杨慎辑《词林万选》卷首，《四库全书存目丛书》本
49	少岳山人	南唐二主词一卷阳春集一卷简斋词一卷跋	嘉靖甲辰（1544）冬十一月	瞿良士辑《铁琴铜剑楼藏书题跋集录》，上海古籍出版社2005年版
50	杨　仪	重刻桂翁词序	嘉靖丙午（1546）二月朔旦	明夏言撰《桂翁词》卷首，明嘉靖四十五年（1566）双泉童氏刻本
51	程敏政	天机余锦序目		明程敏政编，王兆鹏等校点《天机余锦》，《新世纪万有文库》本
52	李　谨	新刊草堂诗余引	嘉靖己酉（1549）望日	明嘉靖刊本《新刊古今名贤草堂诗余》卷首
53	刘时济	跋诗余后		明嘉靖刊本《新刊古今名贤草堂诗余》卷末
54	简绍芳	长春竞辰余稿序	嘉靖戊申（1548）中元日	明朱让栩《长春竞辰余稿》卷首，《明词汇刊》本
55	陈如纶	二余词自序	嘉靖庚戌（1550）三月	明陈如纶撰《冰玉堂缀逸稿二卷兰舟漫稿一卷附二余词一卷》，《四库全书存目丛书》本
56	何良俊	草堂诗余序	嘉靖二十九年（1550）	明何良俊撰《何翰林集》卷8，《四库全书存目丛书》本
57	杨　慎	跋赵文敏公书巫山词		明杨慎《升庵先生文集》卷10，明万历刊本
58	杨　慎	草堂诗余序		明杨慎批点《草堂诗余》卷首，《丛书集成续编》本
59	杨　慎	词品序	嘉靖辛亥（1551）仲春花朝	明杨慎《词品》卷首，《词话丛编》本
60	周　逊	刻词品序	嘉靖甲寅（1554）仲秋朔日	明杨慎《词品》卷首，《词话丛编》本

续表

序号	作者	序跋篇名	写作年代	出处
61	刘大昌	辞品后序	嘉靖辛亥（1551）仲春二月	明嘉靖珥江书屋校刻《辞品》卷末
62	王九思	碧山诗余序	嘉靖辛亥（1551）春正月丁巳	明王九思撰《碧山诗余》卷首，《续修四库全书》本
63	宋廷琦	碧山诗余后序	嘉靖辛亥（1551）春正月戊午日	明王九思撰《碧山诗余》卷首，《续修四库全书》本
64	吴承恩	花草新编序		刘修业辑校、刘怀玉笺校《吴承恩诗文集笺校》，上海古籍出版社1991年版
65	朱曰藩	南湖诗余序	嘉靖壬子（1552）仲春	明张綖撰《张南湖先生诗集》卷首，《四库全书存目丛书》本
66	李开先	烟霞小稿序		明李开先撰《李中麓闲居集》卷5，《续修四库全书》本
67	李开先	东村乐府序		明李开先撰《李中麓闲居集》卷5，《续修四库全书》本
68	李开先	乔龙溪词序		明李开先撰《李中麓闲居集》卷5，《续修四库全书》本
69	李开先	歇指调古今词序		明李开先撰《李中麓闲居集》卷5，《续修四库全书》本
70	李开先	西野春游词序		明李开先撰《李中麓闲居集》卷6，《续修四库全书》本
71	杨　金	重刻草堂诗余序	嘉靖甲寅（1554）春日	宋何士信辑《草堂诗余》卷首，明嘉靖三十三年（1554）杨金刻本
72	鳙溪逸史	汇选历代名贤词府全集叙略		明鳙溪逸史选编、一得山人点校《汇选历代名贤词府全集》卷首，民国间抄本
73	一得山人	词府全集后跋	嘉靖丁巳（1557）中秋日	明鳙溪逸史选编、一得山人点校《汇选历代名贤词府全集》卷首，民国间抄本
74	顾梦圭	玉霄仙明珠集序	嘉靖丁巳（1557）孟秋望日	明吴子孝撰《玉霄仙明珠集》卷首，《四库全书存目丛书》本
75	刘　凤	词选序		明刘凤撰《刘子威集》卷37，《丛书集成三编》本

续表

序号	作者	序跋篇名	写作年代	出处
76	顾起纶	花庵词选跋		《花庵绝妙词选》卷末，汲古阁刻《词苑英华》本
77	沈明臣	新刻邵复孺集叙	隆庆壬申（1572）秋八月望	《景刊宋金元明本词》本
78	徐师曾	诗余序说		明万历间铜活字印本《文体明辩》附录卷3
79	茅一相	题词评曲藻后	庚辰（1580）秋日	明王世贞撰《曲藻》卷末，《中国古典戏曲论著集成》本
80	温　博	花间集补序	万历八年（1580）	明温博辑《花间集补》，明万历八年（1580）茅氏凌霞山房刻本
81	顾梧芳	尊前集引	万历壬午（1582）春三月既望	《尊前集》卷首，明刻本
82	陈耀文	花草粹编叙	万历癸未（1583）冬日	明陈耀文编《花草粹编》卷首，明万历刊本
83	赵南星	刻花草粹编序		明赵南星撰《味檗斋文集》卷5，《丛书集成新编》本
84	李　蓘	花草粹编叙	万历丁亥（1587）三月廿一日	明陈耀文编《花草粹编》卷首，明万历刊本
85	沈懋孝	竹枝词引		明沈懋孝撰《长水先生文钞》，《四库禁毁书丛刊》本
86	张东川	草堂诗余后跋	甲申（1584）孟春月	明顾从敬编《类编草堂诗余》，万历甲申孟秋重刊本
87	许孚远	万历新刻杨升庵先生长短句序		王文才辑校《杨慎词曲集》，四川人民出版社1984年版
88	陈文烛	花草新编序		明陈文烛撰《二酉园续集》卷1，《四库全书存目丛书》本
89	王祖嫡	奉旨拟撰词曲序		明王祖嫡《师竹堂词》，《明词汇刊》本
90	姜　鳌	跋姜忠肃祠堂钞本	万历二十一年癸巳（1593）日南至	夏承焘笺校《姜白石词编年笺校》，上海古籍出版社1981年版
91	姚舜牧	题花间集		明姚舜牧撰《来恩堂草》卷3，《四库禁毁书丛刊》本

续表

序号	作者	序跋篇名	写作年代	出处
92	董逢元	唐词纪序	万历甲午（1594）季冬	《词学季刊》第2卷第3号
93	董逢元	词原序		《词学季刊》第2卷第3号
94	于若瀛	靳将军拟谱诗余题辞		明于若瀛撰《弗告堂集》卷22，《四库禁毁书丛刊》本
95	冯梦祯	序田子艺先生缦园心调		明冯梦祯撰《快雪堂集》卷1，《四库全书存目丛书》本
96	谢天瑞	新镌补遗诗余图谱序	己亥（1599）季秋望后十日	明张綖撰、谢天瑞补遗《诗余图谱》卷首，《续修四库全书》本
97	游元泾	增正诗余图谱引	万历辛丑（1601）季秋九日	明万历二十九年（1601）刊《增正诗余图谱》卷首
98	杨肇祉	词坛艳逸品叙		明杨肇祉辑《词坛艳逸品》卷首，明刊本
99	乔山书舍	草堂诗余引	万历壬寅（1602）孟冬月	明董其昌评订、曾六德参释《新锓订正评注便读草堂诗余》卷首，明万历三十年（1602）乔山书舍刻本
100	虞淳熙	刘伯坚诗余序		明虞淳熙撰《虞德园先生集》卷5，《四库禁毁书丛刊》本
101	董其昌	江南春题词		明董其昌撰《容台文集》卷3，《四库禁毁书丛刊》本
102	三华居士	题情词昔昔盐序	万历丙午（1606）初夏	明万历三十四年（1606）刻《新刻点板情词昔昔盐》卷首
103	胡桂芳	类编草堂诗余序	万历丁未（1607）季春谷旦	宋何士信辑，明胡桂芳重辑《类编草堂诗余》卷首，明万历三十五年（1607）黄作霖等刻本
104	黄作霖	类编草堂诗余后跋	万历丁未（1607）暮春	宋何士信辑，明胡桂芳重辑《类编草堂诗余》卷首，明万历三十五年（1607）黄作霖等刻本
105	吴汝绾	诗余画谱序	万历丙午（1606）	明汪氏辑《诗余画谱》，上海古籍出版社1988年版
106	汤宾尹	题诗余画谱		明汪氏辑《诗余画谱》，上海古籍出版社1988年版
107	黄冕仲	诗余画谱跋	壬子（1612）	明汪氏辑《诗余画谱》，上海古籍出版社1988年版

续表

序号	作者	序跋篇名	写作年代	出处
108	杜祝进	刻杨升庵百琲明珠引	万历癸丑（1613）冬	明杨慎辑《百琲明珠》卷首，《明词汇刊》本
109	茹天成	重刻绝妙词选引	万历岁在阏逢摄提格（1614）仲春	《绝妙词选》卷首，明万历秦堣刻本
110	钱允治	类编笺释国朝诗余序	万历甲寅（1614）季秋既望	明钱允治辑、陈仁锡笺释《类编笺释国朝诗余》卷首，《续修四库全书》本
111	钱允治	合刻类编笺释草堂诗余序	万历甲寅（1614）长至日	明顾从敬、钱允治辑，钱允治、陈仁锡笺释《类选笺释草堂诗余》卷首，《续修四库全书》本
112	陈仁锡	类选笺释草堂诗余叙	甲寅（1614）中秋	明顾从敬、钱允治辑，钱允治、陈仁锡笺释《类选笺释草堂诗余》卷首，《续修四库全书》本
113	陈仁锡	类编笺释续选草堂诗余序	甲寅（1614）秋日	明顾从敬、钱允治辑，钱允治、陈仁锡笺释《类编笺释续选草堂诗余》卷首，《续修四库全书》本
114	黄河清	续草堂诗余序		明沈际飞评《草堂诗余续集》卷首，明刊本
115	秦士奇	草堂诗余叙	万历甲寅（1614）	明顾从敬类选、沈际飞评正《草堂诗余正集》卷首，明刊本
116	来行学	草堂诗余序	甲寅（1614）	明顾从敬类选、沈际飞评正《草堂诗余正集》卷首，明刊本
117	沈际飞	序草堂诗余四集	甲寅（1614）	明顾从敬类选、沈际飞评正《草堂诗余正集》卷首，明刊本
118	沈　瓒	古香岑草堂诗余跋		明顾从敬类选、沈际飞评正《草堂诗余正集》卷首，明刊本
119	沈际飞	古香岑草堂诗余四集发凡		明顾从敬类选、沈际飞评正《草堂诗余正集》卷首，明刊本
120	沈际飞	草堂诗余别集小序	甲寅（1614）	明沈际飞选《草堂诗余别集》卷首，明刊本
121	汤显祖	花间集叙	万历乙卯（1615）春日	明万历四十八年（1620）闵暎璧刻朱墨套印《词坛合璧》本

续表

序号	作者	序跋篇名	写作年代	出处
122	戴　澳	孙子真乐府叙	丁巳年（1617）	明戴澳撰《杜曲集》卷7,《四库禁毁书丛刊》本
123	周懋宗	辞品序	万历戊午（1618）季春	明万历戊午（1618）周懋宗校刊《杨升庵辞品》四卷本卷首
124	程明善	啸余谱序	万历己未（1619）仲夏	明程明善辑《啸余谱》卷首,《续修四库全书》本
125	马鸣霆	题啸余谱序		明程明善辑《啸余谱》卷首,《续修四库全书》本
126	程明善	啸余谱凡例		明程明善辑《啸余谱》卷首,《续修四库全书》本
127	丘兆麟	草堂诗余序	已未（1619）仲冬	明吴从先辑《新刻李于麟先生批评注释草堂诗余隽》卷首，明万历四十七年（1619）师俭堂刊本
128	朱之蕃	词坛合璧序		明朱之蕃辑《词坛合璧》卷首，明刻本
129	茅　暎	词的序		明茅暎辑评《词的》卷首,《四库未收书辑刊》本
130	茅　暎	词的凡例		明茅暎辑评《词的》卷首,《四库未收书辑刊》本
131	无瑕道人	花间集跋	万历庚申（1620）菊月	五代赵崇祚辑，李一氓校《花间集校》，人民文学出版社1998年版
132	谭尔进	题南唐二主词	万历庚申（1620）花朝	《南唐二主词》，明万历庚申（1560）吕远墨华斋本
133	苏茂相	白猿奇书兵法杂占彖词叙	天启二年壬戌（1622）端阳月	王兆鹏著《唐宋词史论》，人民文学出版社2000年版
134	张师绎	合刻花间草堂序	天启甲子（1624）初夏	明杨慎评、钟人杰笺《花间集》卷首，明天启四年（1624）读书堂花间草堂合刻本
135	钟人杰	叙刻花间草堂合集		明杨慎评、钟人杰笺《花间集》卷首，明天启四年（1624）读书堂花间草堂合刻本
136	王思任	屠田叔笑词序		明王思任撰《谑庵文饭小品》卷5,《续修四库全书》本

续表

序号	作者	序跋篇名	写作年代	出处
137	叶向高	题朱批注释草堂诗余引	天启乙丑（1625）岁春王正月	明李廷机评注《新刻朱批注释草堂诗余评林》卷首，明天启五年（1625）周文耀刻朱墨套印本
138	孟称舜	古今词统序	己巳（1629）中秋	明卓人月、徐士俊辑《古今词统》，《续修四库全书》本
139	姚希孟	媚幽阁诗余小序		明姚希孟撰《响玉集》卷之余，《四库禁毁书丛刊》本
140	夏树芳	刻宋名家词序		明毛晋编《宋名家词》卷首，《四库全书存目丛书》本
141	胡震亨	宋名家词叙	庚午（1630）夏之朔	《宋六十名家词》，明汲古阁刊本
142	陆云龙	词菁序	辛未（1631）仲夏	明陆云龙辑《词菁》卷首，明崇祯四年（1631）刊翠娱阁行笈必携本
143	周永年	艳雪集原序		明周永年《艳雪篇》卷首，《明词汇刊》本
144	郑以伟	灵山藏诗余自序		明郑以伟《灵山藏诗余》卷首，《明词汇刊》本
145	徐士俊	古今词统序	癸酉（1633）花朝	明卓人月、徐士俊辑《古今词统》，《续修四库全书》本
146	卓人月	古今诗余选序		明卓人月撰《卓珂月先生全集》之《蟾台集》卷2，明崇祯传经堂刻本
147	邵经济	柳亭词引		明邵经济《西浙泉厓邵先生文集》卷7，《续修四库全书》本
148	吴鼎芳	徐卓晤歌序		明卓人月、徐士俊撰《徐卓晤歌》卷首，《明词汇刊》本
149	王象晋	重刻诗余图谱序	崇祯乙亥（1635）小春月	明王象晋重刻本《诗余图谱》卷首，《四库全书存目丛书》本
150	王象晋	秦张两先生诗余合璧序	崇祯乙亥（1635）长至日	明王象晋编《秦张两先生诗余合璧》卷首，《四库全书存目丛书》本
151	易震吉	清平乐·金陵六十咏序		明易震吉撰《秋佳轩诗余》，《续修四库全书》本

续表

序号	作者	序跋篇名	写作年代	出处
152	钱继登	草贤堂词笺序	崇祯八年（1635）冬十二月	明王屋撰《草贤堂词笺》卷首，明崇祯八年至九年（1635—1636）吴熙刻本
153	曹　勋	草贤堂词笺序	辛未（1631）仲冬、丙子（1636）六月	明王屋撰《草贤堂词笺》卷首，明崇祯八年至九年吴熙刻本
154	徐柏龄	草贤堂词笺序		明王屋撰《草贤堂词笺》卷首，明崇祯八年至九年（1635—1636）吴熙刻本
155	夏　缁	草贤堂词笺小引	崇祯九年（1636）冬十一月	明王屋撰《草贤堂词笺》卷首，明崇祯八年至九年（1635—1636）吴熙等刻本
156	支允坚	草贤堂词笺序		明王屋撰《草贤堂词笺》卷首，明崇祯八年至九年（1635—1636）吴熙刻本
157	董　升	草贤堂词笺小序		明王屋撰《草贤堂词笺》卷首，明崇祯八年至九年（1635—1636）吴熙刻本
158	王　屋	草贤堂词笺自序	崇祯八年（1635）六月十九日	明王屋撰《草贤堂词笺》卷首，明崇祯八年至九年（1635—1636）吴熙刻本
159	王　屋	草贤堂词笺考约		明王屋撰《草贤堂词笺》卷首，明崇祯八年至九年（1635—1636）吴熙刻本
160	陈龙正	四子诗余序		明陈龙正撰《几亭文录》卷56，《丛书集成三编》本
161	谭元春	辛稼轩长短句序		明谭元春撰《谭元春集》卷31，上海古籍出版社1998年版
162	郭绍仪	诗余醉叙	彊圉赤奋若（1637）皋月龙舟竞渡日	明潘游龙辑《精选古今诗余醉》，十竹斋刻本
163	范文英	诗余醉序	崇祯丙子（1636）中秋	明潘游龙辑《精选古今诗余醉》，十竹斋刻本
164	陈　珽	诗余醉叙	丙子（1636）秋尽	明潘游龙辑《精选古今诗余醉》，十竹斋刻本

续表

序号	作者	序跋篇名	写作年代	出处
165	管贞乾	诗余醉附言		明潘游龙辑《精选古今诗余醉》，清十竹斋刻本
166	潘游龙	诗余醉自序		明潘游龙辑《精选古今诗余醉》，十竹斋刻本
167	卓发之	莲漏词序		明卓发之撰《漉篱集》卷10，《四库禁毁书丛刊》本
168	阮大铖	仲茅先生近体乐府小引	崇祯丁丑（1637）清明日	明俞彦撰《俞少卿集》卷首，《四库未收书辑刊》本
169	文震亨	俞光禄先生近体乐府小引	崇祯丁丑（1637）春三月	明俞彦撰《俞少卿集》卷首，《四库未收书辑刊》本
170	张慎言	万子馨填词序	崇祯丁丑（1637）新正	明万惟檀改编本《诗余图谱》卷首，《明词汇刊》本
171	万惟檀	诗余图谱自序		明万惟檀改编本《诗余图谱》卷首，《明词汇刊》本
172	万惟檀	诗余图谱凡例		明万惟檀改编本《诗余图谱》卷首，《明词汇刊》本
173	单　恂	万子馨诗余图谱序		明万惟檀改编本《诗余图谱》卷首，《明词汇刊》本
174	陈继儒	万子馨诗余图谱序		明万惟檀改编本《诗余图谱》卷首，《明词汇刊》本
175	陈继儒	题顾仲方词序		明陈继儒撰《陈眉公集》卷6，《续修四库全书》本
176	陈继儒	题笔花楼新声		明陈继儒撰《白石樵真稿》卷19，《四库禁毁书丛刊》本
177	陈继儒	秋水庵花影集叙		明施绍莘撰《秋水庵花影集》卷首，《续修四库全书》本
178	顾乃大	秋水庵花影集序		明施绍莘撰《秋水庵花影集》卷首，《续修四库全书》本
179	顾胤光	秋水庵花影集序		明施绍莘撰《秋水庵花影集》卷首，《续修四库全书》本
180	沈士麟	秋水庵花影集序		明施绍莘撰《秋水庵花影集》卷首，《续修四库全书》本

续表

序号	作者	序跋篇名	写作年代	出处
181	施绍莘	秋水庵花影集序		明施绍莘撰《秋水庵花影集》卷首，《续修四库全书》本
182	施绍莘	秋水庵花影集杂纪		明施绍莘撰《秋水庵花影集》卷首，《续修四库全书》本
183	茅元仪	唾香集序		明茅元仪撰《石民四十集》卷17，《续修四库全书》本
184	文震孟	秋佳轩诗余叙	崇祯乙亥（1635）秋日	明易震吉撰《秋佳轩诗余》卷首，《续修四库全书》本
185	郑元勋	己卯春词引	崇祯己卯（1639）	明郑元勋撰《媚幽阁文娱二集》，《四库禁毁书丛刊》本
186	郑元勋	丽崎轩诗词小序	崇祯己卯（1639）	明查应光撰《丽崎轩诗集》卷首，明崇祯十二年（1639）刊本
187	张大复	艳词引		明张大复撰《梅花草堂笔谈》卷6，《续修四库全书》影印本
188	陶汝鼐	陈长公选刻名家诗余序		明陶汝鼐撰《荣木堂合集》卷35，《四库禁毁书丛刊》本
189	钱　菜	虞美人花词跋		明钱菜撰《萧林初集》卷7，《四库未收书辑刊》影印本
190	南洙源	秋佳轩诗余序	庚辰（1640）夏日	明易震吉撰《秋佳轩诗余》卷首，明崇祯刻本，《续修四库全书》
191	徐　汧	秋佳轩诗余序	辛巳（1641）秋杪	明易震吉撰《秋佳轩诗余》卷首，明崇祯刻本，《续修四库全书》
192	徐　𤊹	草堂诗余跋		明徐𤊹《重编红雨楼题跋》，《丛书集成三编》本
193	徐世溥	悦安轩诗余序		清王士禛、邹祗谟编选《倚声初集》前编卷2，《续修四库全书》本
194	唐襄钜	栩园词跋		《唐氏先世遗文》，《武进唐氏所著书十七种》本
195	陈子龙	幽兰草词序		明陈子龙撰，孙启治校点《安雅堂稿》卷5，《新世纪万有文库》本
196	陈子龙	三子诗余序		明陈子龙撰，孙启治校点《安雅堂稿》卷3，《新世纪万有文库》本

续表

序号	作者	序跋篇名	写作年代	出处
197	陈子龙	王介人诗余序		明陈子龙撰，孙启治校点《安雅堂稿》卷3，《新世纪万有文库》本
198	陈子龙	宋子九秋词稿序		明陈子龙撰《陈忠裕全集》卷26，清嘉庆八年簳山草堂刻本
199	朱一是	梅里词自序		明朱一是撰《梅里词》卷首，《续修四库全书》本
200	贺　裳	词榷序		明贺裳撰《蜕疣集》，《四库未收书辑刊》本
201	贺　裳	皱水轩词筌序		明贺裳撰《皱水轩词筌》卷首，《词话丛编》本
202	沈　谦	北墅竹枝词序		明沈谦撰《东江集钞》卷6，《四库全书存目丛书》本
203	沈　谦	陆荩思诗余序		明沈谦撰《东江集钞》卷6，《四库全书存目丛书》本
204	邱维屏	曾灿词序		明曾灿撰《六松堂集》卷首，《丛书集成续编》本
205	屈大均	红螺词序		清屈大均撰《翁山文外》卷2，《四库禁毁书丛刊》本
206	邹　枢	十美词纪自序	辛酉（1681）初夏	清邹枢《十美词纪》卷首，《明词汇刊》本
207	漫　叟	题溪堂词		汲古阁刊本
208	毛　晋	珠玉词跋		汲古阁刊本
209	毛　晋	六一词跋		汲古阁刊本
210	毛　晋	乐章集跋		汲古阁刊本
211	毛　晋	东坡词跋		汲古阁刊本
212	毛　晋	山谷词跋		汲古阁刊本
213	毛　晋	淮海词跋		汲古阁刊本
214	毛　晋	小山词跋		汲古阁刊本
215	毛　晋	东堂词跋		汲古阁刊本
216	毛　晋	放翁词跋		汲古阁刊本
217	毛　晋	稼轩词跋		汲古阁刊本
218	毛　晋	片玉词跋		汲古阁刊本

续表

序号	作者	序跋篇名	写作年代	出处
219	毛　晋	梅溪词跋		汲古阁刊本
220	毛　晋	白石词跋		汲古阁刊本
221	毛　晋	石林词跋		汲古阁刊本
222	毛　晋	酒边词跋		汲古阁刊本
223	毛　晋	溪堂词跋		汲古阁刊本
224	毛　晋	樵隐词跋		汲古阁刊本
225	毛　晋	竹山词跋		汲古阁刊本
226	毛　晋	书舟词跋		汲古阁刊本
227	毛　晋	坦庵词跋		汲古阁刊本
228	毛　晋	惜香乐府跋		汲古阁刊本
229	毛　晋	西樵语业跋		汲古阁刊本
230	毛　晋	竹屋痴语跋		汲古阁刊本
231	毛　晋	梦窗四稿跋		汲古阁刊本
232	毛　晋	近体乐府跋		汲古阁刊本
233	毛　晋	竹斋诗余跋		汲古阁刊本
234	毛　晋	金谷遗音跋		汲古阁刊本
235	毛　晋	散花庵词跋		汲古阁刊本
236	毛　晋	和清真词跋		汲古阁刊本
237	毛　晋	后村别调跋		汲古阁刊本
238	毛　晋	芦川词跋		汲古阁刊本
239	毛　晋	于湖词跋		汲古阁刊本
240	毛　晋	洺水词跋		汲古阁刊本
241	毛　晋	归愚词跋		汲古阁刊本
242	毛　晋	龙洲词跋		汲古阁刊本
243	毛　晋	初寮词跋		汲古阁刊本
244	毛　晋	龙川词跋		汲古阁刊本
245	毛　晋	姑溪词跋		汲古阁刊本
246	毛　晋	友古词跋		汲古阁刊本
247	毛　晋	石屏词跋		汲古阁刊本
248	毛　晋	海野词跋		汲古阁刊本

续表

序号	作者	序跋篇名	写作年代	出处
249	毛　晋	逃禅词跋		汲古阁刊本
250	毛　晋	空同词跋		汲古阁刊本
251	毛　晋	介庵词跋		汲古阁刊本
252	毛　晋	平斋词跋		汲古阁刊本
253	毛　晋	文溪词跋		汲古阁刊本
254	毛　晋	丹阳词跋		汲古阁刊本
255	毛　晋	懒窟词跋		汲古阁刊本
256	毛　晋	克斋词跋		汲古阁刊本
257	毛　晋	芸窗词跋		汲古阁刊本
258	毛　晋	竹坡词跋		汲古阁刊本
259	毛　晋	圣求词跋		汲古阁刊本
260	毛　晋	寿域词跋		汲古阁刊本
261	毛　晋	审斋词跋		汲古阁刊本
262	毛　晋	东浦词跋		汲古阁刊本
263	毛　晋	知稼翁词跋		汲古阁刊本
264	毛　晋	无住词跋		汲古阁刊本
265	毛　晋	后山词跋		汲古阁刊本
266	毛　晋	蒲江词跋		汲古阁刊本
267	毛　晋	琴趣外篇跋		汲古阁刊本
268	毛　晋	烘堂词跋		汲古阁刊本
269	毛　晋	漱玉词跋		汲古阁刊本
270	毛　晋	断肠词跋		汲古阁刊本
271	毛　晋	花间集跋		汲古阁刊本
272	毛　晋	草堂诗余跋		汲古阁刊本
273	毛　晋	词林万选跋		汲古阁刊本
274	毛　晋	尊前集跋		汲古阁刊本
275	毛　晋	花庵词选跋		汲古阁刊本
276	毛　晋	中州乐府集跋		汲古阁刊本
277	毛　晋	金荃集跋		汲古阁刊本
278	毛　晋	香奁集跋		汲古阁刊本

三、明代词选编刻年代一览表

序号	年代	词籍	备注
1	洪武二十五年（1392）	《增修笺注妙选群英草堂诗余》4卷	遵正书堂刊本
2	正统六年（1441）	吴讷辑《唐宋名贤百家词》	明抄本
3	成化十六年（1480）	《增修笺注妙选群英草堂诗余》4卷	刘氏日新书堂刊本
4	弘治七年（1494）	周瑛编《词学筌蹄》8卷	明抄本
5	正德十六年（1521）	《花间集》10卷	陆元大影刊宋本
6	嘉靖十五年（1536）	《中州乐府》1卷	高登九峰书院刊本
7	嘉靖十五年（1536）	张綖《诗余图谱》3卷	张綖序刊本
8	嘉靖十七年（1538）	《精选名贤词话草堂诗余》2卷	闽沙陈钟秀刊本
9	嘉靖十七年（1538）	张綖《草堂诗余别录》1卷	明黎仪抄本
10	嘉靖二十二年（1543）	杨慎《词林万选》4卷	任良幹刊本
11	嘉靖二十八年（1549）	《新刊古今名贤草堂诗余》4卷	刘时济刊本
12	嘉靖二十九年（1550）	《类编草堂诗余》4卷	顾从敬改编本
13	嘉靖三十三年（1554）	《草堂诗余》2卷	杨金刊本
14	嘉靖三十六年（1557）	鳙溪逸史编《汇选历代名贤词府全集》9卷	一得山人校点本
15	嘉靖初年	陈霆编《草堂遗音》	据陈霆《渚山堂词话》
16	嘉靖末年	《增修笺注妙选群英草堂诗余》2卷	安肃荆聚校刊本
17	嘉靖年间	《天机余锦》4卷	题程敏政编，实为托名
18	嘉靖年间	杨仪编《古今词钞》	据夏言词题
19	万历元年（1573）	徐师曾《词体明辨》9卷	明刊《文体明辨》本

续表

序号	年代	词籍	备注
20	万历二年（1574）	《中兴以来绝妙词选》10卷	舒伯明刊本
21	万历四年（1576）	《唐宋诸贤绝妙词选》10卷	舒伯明刊本
22	万历八年（1580）	《花间集》12卷	茅氏凌霞山房刊本
23	万历十年（1582）	《尊前集》2卷	顾梧芳刊本
24	万历十一年（1583）	陈耀文《花草粹编》12卷	陈耀文自刊本
25	万历十二年（1584）	《类编草堂诗余》4卷	张东川刊本
26	万历十三年（1585）	胡日新辑《诗余选》4卷	金陵书林吴桂崇文枢堂刊本
27	万历十六年（1588）	《重刻类编草堂诗余评林》6卷	书林勉斋詹圣学刊本
28	万历二十二年（1594）	董逢元《唐词纪》16卷	明刊本
29	万历二十三年（1595）	张綖《诗余图谱》3卷	王象乾刊本
30	万历二十三年（1595）	《新刻注释草堂诗余评林》6卷	书林郑世豪宗文书堂刊本
31	万历二十七年（1599）	谢天瑞《新镌补遗诗余图谱》12卷	明刊本
32	万历二十九年（1601）	游元泾《增正诗余图谱》3卷	明刊本
33	万历三十年（1602）	巾箱本《花间集》12卷	玄览斋刊本
34	万历三十年（1602）	《新锓订正评注便读草堂诗余》7卷	乔山书舍刊本
35	万历三十年（1602）	《新刻增修笺注妙选群英草堂诗余》2卷	余氏沧泉堂刊本
36	万历三十一年（1603）	《诗余类集》4卷	杨明盛刊本
37	万历三十五年（1607）	《类编草堂诗余》3卷	胡桂芬重辑本
38	万历三十六年（1608）	《新刻注释草堂诗余评林》6卷	起秀堂刊本
39	万历四十一年（1613）	杨慎《百琲明珠》5卷	杜祝进序刊本
40	万历四十二年（1614）	《唐宋诸贤绝妙词选》10卷、《中兴以来绝妙词选》10卷	秦堣据舒伯明刊本校刊合印本

续表

序号	年代	词籍	备注
41	万历四十二年（1614）	《类选笺释草堂诗余》6卷、《续选草堂诗余》2卷、《类选笺释国朝诗余》5卷	南城翁少麓校刊本
42	万历四十二年（1614）	钱允治《类编笺释国朝诗余》5卷	明刊本
43	万历四十三年（1615）	《新刻题评名贤词话草堂诗余》6卷	书林自新斋余文杰刊本
44	万历四十三年（1615）	《汤评花间集》4卷	汤显祖评点本
45	万历四十七年（1619）	程明善辑《啸余谱》10卷，其中《诗余谱》3卷	程明善流云馆自刊本
46	万历四十七年（1619）	《新刻李于麟先生批评注释草堂诗余隽》4卷	师俭堂萧少衢刊本
47	万历年间	《新刻分类评注草堂诗余》6卷	李良臣东壁轩利本
48	万历年间	《类编草堂诗余》4卷	上元昆石山人校刊本
49	万历年间	《评点草堂诗余》5卷	闵暎壁刊朱墨套印本
50	万历年间	茅暎《词的》4卷	明刻朱墨套印本
51	天启四年（1624）	《花间集》2卷	钟人杰重编，读书堂刊本
52	天启五年（1625）	《新刻朱批注释草堂诗余评林》	周文耀刊朱墨套印本
53	崇祯元年（1633）	卓人月、徐士俊《古今词统》16卷	明刊本
54	崇祯三年（1630）	毛晋《宋名家词》61种89卷	明刊本
55	万历年间	沈璟《古今词谱》20卷	明抄本
56	万历年间	张綖《诗余图谱》3卷	金銮校刊本
57	万历年间	徐师曾《词体明辨》	闽建阳游榕活板《文体明辨》本
58	崇祯四年（1637）	陆云龙《词菁》2卷	陆氏翠娱阁自刊本
59	崇祯八年（1635）	王象晋《重刻诗余图谱》3卷	明刊本

续表

序号	年代	词籍	备注
60	崇祯十年（1637）	潘游龙《古今诗余醉》15卷	胡氏十竹斋刊本
61	崇祯十一年(1638)	万惟檀改编《诗余图谱》2卷	明刊本
62	崇祯十二年(1639)	《精选名儒草堂诗余》3卷	叶氏朴学斋钞本
63	崇祯末年	《花间集》2卷	雪艳亭重编活字本
64	崇祯年间	《草堂诗余》9卷	题杨慎辑，明刊本
65	崇祯年间	周履靖《唐宋元明酒词》2卷	周氏《夷门广牍》本
66	崇祯年间	沈际飞《古香岑草堂诗余四集》17卷	夷门万贤楼刊本
67	崇祯年间	《新刊增修笺注妙选群英草堂诗余》2卷	慎节堂刊本
68	崇祯年间	《类编草堂诗余》4卷	博雅堂刊本
69	崇祯年间	沈际飞《古香岑草堂诗余四集》17卷	聚锦堂刊本
70	崇祯年间	沈际飞《古香岑草堂诗余四集》17卷	吴门童涌泉刊本
71	崇祯年间	沈际飞《古香岑草堂诗余四集》17卷	南城翁少麓刊本
72	崇祯年间	杨肇祉《词坛艳逸品》4卷	明刊本
73	崇祯年间	毛晋校刊《词苑英华》，其中含词集8种45卷：黄昇《唐宋诸贤绝妙词选》10卷和《中兴以来绝妙词选》10卷、武陵逸史（顾从敬）《草堂诗余》4卷、赵崇祚《花间集》10卷、《尊前集》2卷、杨慎《词林万选》4卷、张綖《诗余图谱》3卷、王象晋《秦张两先生诗余合璧》2卷	毛晋汲古阁刊本

说明：1. 本表词选取宽泛概念，其中包含词集丛刻；

2. 词谱在选择谱例时具有一定选本性质，故本表一并列入；

3. 前代词选在明代重刊或改编刊行的，一并列入；

4. 本表参考各家著录信息编成，少数词集未经目验。

四、明词别集叙录

明词别集是明代词学文献的重要一翼，对于了解和把握明代词学的发展与传播，具有重要的认识价值。然而由于文献难征，求全不易，至今尚未得到系统清理。本《叙录》勉力为之，非敢为先，提供基础而已，衷心希望诸博雅君子有以教正。

关于明词别集的甄别认定，本文注重“已有”或“曾有”，而不以今之存否或存词数量多寡为判断标准。具体的判断依据与操作方法，我们称之为“五看”。

其一，看文本。如刘基《写情集》、杨基《眉庵词》、高启《扣舷集》、瞿佑《乐府遗音》之类，流传至今，文本具在，故无需论证。

其二，看著录。从明代高儒《百川书志》、黄虞稷《千顷堂书目》，到现代的《西谛书目》、《一氓题跋》、《中国丛书综录》等等，皆在查考之列。当然，正如有些学者指出的那样，明代的目录书亦未可全信。有的虽然见于著录，其实著者未必目验，或竟未必定有其书。然而如高儒《百川书志》，不仅著录书名，而且注明收词数量，故较为可信。如林鸿词集，今未见传本，《百川书志》著录：“《鸣盛词》一卷，皇明员外三山林鸿子羽著，凡三十一首。”[①]以林鸿词流传情况相比勘，可知其言不虚。又如瞿佑词集，过去仅知除《乐府遗音》外，还有《余清词》，而这两种小集是各为一书，还是互有出入，却不得而知。《百川书志》则明确记载：“《余清词集》一卷，皇明钱塘瞿佑宗吉著，共二百首。”[②]又“《乐府余音》二卷，皇明瞿佑著，凡一百十二首，与《余清》相出入。”[③]于二书之关系交待甚明。值得注意的是，明代目录书于词集、曲集，往往一体视之，不加分别。如《千顷堂书目》于“张綖《南湖诗余》□卷”与“俞彦《近体乐府》一卷”前后，有“刘效祖《空中语》一卷”、“屠本畯《笑词》一卷”、“王衡《归田词》一卷”、

---

①（明）高儒：《百川书志》卷18，上海：古典文学出版社1957年版，第271~272页。
②（明）高儒：《百川书志》卷18，上海：古典文学出版社1957年版，第271页。
③（明）高儒：《百川书志》卷18，上海：古典文学出版社1957年版，第271页。

“黄方荫《陌花轩小词》一卷”[①]等等，虽然皆以词名之，实际皆是曲集而非词集。

其三，看序跋。明代有些词别集久佚无传，而当初自己或他人为此集所作序跋尚在，从而为我们判断或复原明词别集提供了有力佐证。如据刘崧《刘尚宾〈东溪词稿〉后序》，知明初刘夏有词集曰《东溪词稿》；据李濂《〈碧云清啸〉序》，知其不仅有批点本《稼轩集》，还有自作词集曰《碧云清啸》；据冯梦祯《序田子艺先生〈缦园心调〉》，知田艺蘅有词曲集《缦园心调》；据姚希孟《〈媚幽阁诗余〉小序》，知郑元勋（超宗）有《媚幽阁诗余》。

其四，看别集。明人诗文别集中附词者，情况多有不同。凡某集某卷之末附词者，皆不以词别集视之。然而凡词单独成卷且有词集专名者，或单独成卷且有专题序跋者，则作为词别集看待。如高启词集《扣舷集》，一见于正统九年刊本《凫藻集》后，再见于景泰初徐庸所编《高太史大全集》，本非严格意义的单行词集，然而由于该集既独立为一卷，又有词集专名，故历来皆作为词别集看待。又如郑以伟《灵山藏诗余》，本亦出于郑氏诗文别集《灵山藏》。然而其本集出于作者手定，其中各小集皆单独分卷，且各有专名，如“灵山藏笨庵吟卷之一”，“灵山藏杜吟卷之三”，“灵山藏诗余卷之五”；而且在各小集之首皆有专门的自序（小序），所以《灵山藏诗余》可视为合集中的小集（别集）。其他如葛一龙《葛震甫诗集》中的《艳雪篇》，吴易《吴长兴伯遗集》中的《北征小咏》，皆可作如是观。

其五，看丛书。明清以来词集丛编、丛刻中的小集，亦是“已有”词别集之重要载体。如沈宜修《鹂吹词》1卷、叶纨纨《芳雪轩词》1卷、商景兰《锦囊诗余》1卷，皆见于徐乃昌辑《小檀栾室汇刻闺秀词》，此前则仅见于个人诗文集而未有裁出以单行者。又如韩奕《韩山人词》1卷，见于朱孝臧《彊村丛书》，万时华《溉园诗余》1卷，见于赵尊岳《惜阴堂丛书》，亦皆为该词集“曾有”之唯一依据。这里想顺便说明一下，赵尊岳倾其半生精力辑成《明词汇刊》，于明代词学文献建设厥功至伟，然而其于明词有见必收，裁词加题，其中仅存一词者9家，存词在10首以下者105家，这从汇辑明词的角度来看是完全必要的，若一例视为别集则似有未当。当下明词作者已达2000余人，若一概加

① （清）黄虞稷：《千顷堂书目》卷32，上海：上海古籍出版社2001年版，第787页。

题称集，则有违“别集”之本义了。所以我们认可20世纪20年代刊行的《惜阴堂丛书》所包含的诸种别集，至于《明词汇刊》之所收，则不作为判断明词别集的基本依据。

根据以上所言“五看”之法，目前所认定的明词别集为80余种。我们相信一定还有相当数量的明词别集未能发现清理出来，恳请同道诸君相与搜辑，并对不当之处批评指正。

邵亨贞《蚁术词选》4卷

邵亨贞（1309—1401），字复孺，号清溪，祖籍浙江淳安，徙居华亭（今上海松江）。元末隐居乡里，入明，为松江府儒学训导。有《野处集》4卷、《蚁术诗选》8卷，又有《蚁术词选》4卷，存词140余首。有隆庆六年（1572）汪稷校刊本、《宛委别藏》丛书本、况周颐据知不足斋影钞本校刊本、王鹏运《四印斋所刻词》本，及《四部丛刊》三编影印本。

梁寅《石门词》1卷

梁寅（1303—1389），字孟敬，新喻（今江西新余）人。家贫力学，屡应乡试不利。后至元间就馆建康，以荐授集庆路儒学训导。元末兵起，隐居课徒。明洪武初，征入京修述礼制，书成辞还，结庐石门山，四方从学者甚众，学者称石门先生。有《新喻梁石门先生集》10卷，词附，清乾隆十五年（1750）刻本。《彊村丛书》本《石门词》1卷，据吴昌绶校唐鷦庵抄本，词33首。赵尊岳《明词汇刊》本《石门词》，凡40首，其中《折桂令》一首实为散曲，《全金元词》删之，而《全明词》照录。

刘基《写情集》4卷

刘基（1311—1375），字伯温，号犁眉，处州青田（今属浙江）人。元代元统元年（1333）进士，曾任浙东元帅府都事。50岁聘至金陵，佐明太祖朱元璋以定天下。有《覆瓿集》、《犁眉集》、《郁离子》等多种。词集《写情集》4卷，收词240余首，为刘基次子仲璟洪武十三年（1380）刻本，卷首有叶蕃序。后刻入《诚意伯集》，清末吴昌绶、陶湘辑入《景刊宋金元明本词》。民国间赵尊岳辑入《明词汇刊》，改题《诚意伯词》。

林鸿《鸣盛词》1卷

林鸿（生卒年不详），字子羽，福清（今属福建）人。洪武初以人才荐至京师，太祖亲试《龙池春晓》、《孤雁》二诗，称旨，授将乐县（今属福建）训导，后官至礼部精膳司员外郎。年未四十，自免归。有《鸣盛集》4卷，多为古近体诗，卷4末附词13首。《千顷堂书目》著录有“林鸿《鸣盛词》一卷”①；《百川书志》著录作：“《鸣盛词》一卷，皇明员外三山林鸿子羽著，凡三十一首。”②赵尊岳《明词汇刊》据明本收录《鸣盛词》一卷，亦为31首，跋语中称：“集中《蝶恋花》‘记得红桥西畔路’一首，盖红桥作，误入《鸣盛集》中者，兹依明本校梓，故未为删乙，一如其旧云。”③《全明词》则删去《蝶恋花》残篇，存词30首。

刘夏《东溪词稿》1卷

刘夏（1314—1370），字迪简，号商卿，江西安福人。元末客寓洪州，后避居瑞州。元至正二十五年（1365）因劝说宜春守将归附吴王朱元璋，被授尚宾馆副使。洪武三年（1370）奉使至交趾，事竣，回至南宁病故。有《刘尚宾文集》5卷、《续集》10卷，今有《续修四库全书》本，文集附录有杨胤撰《尚宾馆副使刘公墓志铭》。刘崧有《刘尚宾〈东溪词稿〉后序》，其中称刘夏“所赋词稿一帙，凡数十阕”④，今未见传本。《全明词补编》据《刘尚宾文续集》卷2录

---

①（清）黄虞稷：《千顷堂书目》卷32，上海：上海古籍出版社2001年版，第787页。
②（明）高儒：《百川书志》卷18，上海：古典文学出版社1957年版，第271~272页。
③ 赵尊岳：《明词汇刊》，上海：上海古籍出版社1992年版，第692页。
④（明）刘崧：《槎翁文集》卷8，明嘉靖元年徐冠刻本，《四库全书存目丛书》集部第24册。

其词5首。

凌云翰《柘轩词》1卷

凌云翰（1323—1388），字彦翀，号柘轩，又号避俗翁，浙江钱塘（今杭州）人。元末至正十九年（1359）举浙江乡试，授平江路学正，未赴。明洪武十四年（1381）以荐授成都府学教授，坐贡举乏人，贬谪南荒以卒。有《柘轩集》5卷，其中诗3卷、文1卷、词1卷。清光绪十三年（1887）钱塘丁氏刻《西泠词萃》，据其集本录为《柘轩词》1卷，收词27首。吴昌绶（伯宛）又据《西泠词萃》本重加编校，补词1首，朱孝臧辑入《彊村丛书》。

凌云翰《梅柳争春》1卷

凌云翰词别集，凡200首。其中《霜天晓角》一调咏梅词100首，《柳梢青》一调咏柳词100首，故名《梅柳争春》。瞿佑少时尝全和之。事见瞿佑《归田诗话》卷下。田汝成《西湖游览志余》卷12亦载此事，当以瞿佑《归田诗话》为本。今未见传本。

王行《半轩词》1卷

王行（1331—1395），字止仲，号半轩，晚号楮园，吴县（今江苏苏州）人。与高启等并称“北郭十子”。曾为江南巨富沈万三家塾师，后受蓝玉延揽，为教其子孙。洪武二十八年（1395）坐蓝玉党以殁。有《半轩集》、《楮园集》等。今传明弘治四年（1491）刻本《半轩集》12卷，其中卷11收词15首。单行本《半轩词》1卷，有清代何元锡辑钞《十家词钞》本、清劳权钞校《宋元明六家词》本、清缪荃孙辑钞《宋金元明人词》本。另，赵尊岳《明词汇刊》本《半轩词》，系自《半轩集》裁出，存词亦为15首。丁丙《善本书室藏书志》卷40著录“《半轩词》一卷”云：“止仲文踔厉风发，纵横排奡，诗格亦清刚萧爽，列名北郭十子之中。词则清润妍雅，吐属韵秀，异乎平日桀骜之才。惜仅传十五阕。”[①]

王达《耐轩词》1卷

王达（生卒年不详），字达善，号耐轩居士，无锡人。洪武初举明经，为本县训导，荐升国子助教。永乐初累官侍读学士。有《天游集》、《耐轩集》等。正统元年（1436）刻《天游杂稿》10卷本，其卷6存词24首。《耐轩词》1卷单行本，有吴讷《唐宋名贤百家词》本、《南词》本、明石村书屋钞《宋元三十三家词》本等。《全明词》及《全明词补编》共收录其词27首。《天机余锦》卷1所收《苏武慢·和桂孟平韵》4首，据王兆鹏《词学秘籍〈天机余锦〉考述》，当为王达作品[②]。

张肯《梦庵词》1卷

张肯（生卒年不详），字继梦，一作寄梦，号梦庵，其先浚仪（今河南开封）人，南渡后居钱塘（今浙江杭州）。少从宋濂学，诗文清丽有法度，尤长于词，有《梦庵集》。其《梦庵词》1卷，有明紫芝漫钞《宋元名家词》本、清鲍廷博校明钞本、何元锡辑钞《十家词钞》本、劳权钞校《宋元明六家词》本、清丁氏嘉惠堂钞《宋明十六家词》本。丁丙《善本书室藏书志》卷40著录“《梦庵词》一卷”[③]。赵尊岳《明词汇刊》本据钞本刊刻，存词27首。《全明词》复据《古今词统》辑补1首。

刘炳《春雨轩词》1卷

刘炳（生卒年不详），字彦昺，以字行，鄱阳（今属江西）人。洪武初，献

---

① （清）丁丙：《善本书室藏书志》卷40，清光绪二十七年（1901）钱塘丁氏刻本，《续修四库全书》第927册。

② 王兆鹏：《词学秘籍〈天机余锦〉考述》，《文学遗产》1998年第5期。

③ （清）丁丙：《善本书室藏书志》卷40，清光绪二十七年（1901）钱塘丁氏刻本，《续修四库全书》第927册。

书言事，平江西，授中书博士厅咨议典佥，出为大都督府掌记，除东阿知县，旋引疾归，卒年69岁。其别集一为《春雨轩集》10卷，明嘉靖十二年（1553）刘塾刻本。一为《鄱阳集》9卷，又称《刘彦昺集》，其卷8为“南词”，存词19首，赵尊岳《明词汇刊》裁为《鄱阳词》1卷，跋语中称：“有《鄱阳集》九卷，词一卷，未题‘春雨轩’名也。”[①]其《春雨轩词》1卷，高儒《百川书志》著录作：“元鄱阳刘彦昺撰，凡十八阕。”[②]《千顷堂书目》亦著录有“刘彦昺《春雨轩词》一卷”[③]。

杨基《眉庵词》1卷

杨基（1332—1378后），字孟载，号眉庵，祖籍嘉州（今四川乐山），后徙吴（今江苏苏州）。张士诚据苏州时，曾辟为丞相府记室，未几辞去。入明后累官至山西按察副使。有《眉庵集》12卷，其中词1卷，存词70首。《眉庵词》1卷，有《晨风阁丛书》本。胡玉缙《续四库提要三种》著录《眉庵词》1卷，为“江南图书馆所藏劳权钞本”[④]。赵尊岳《明词汇刊》收录《眉庵词》1卷。

韩奕《韩山人词》1卷

韩奕（1334—1406），字公望，号蒙斋，平江（今江苏苏州）人。明初时与王宾、王履齐名，称“吴中三高士”，生平见其《韩山人诗集》所附赵友同撰《故韩隐士行状》。有《韩山人诗集》9卷、《续集》8卷、《易牙遗意》2卷。《续集》8卷之末卷为词，存词30阕，故或著录作“《韩山人诗续集》7卷、词1卷”。朱孝臧从明刊《韩山人集》中录其词28首，题为《韩山人词》，收入《彊

① 赵尊岳：《明词汇刊》，上海：上海古籍出版社1992年版，第686页。
②（明）高儒：《百川书志》卷18，上海：古典文学出版社1957年版，第270页。
③（清）黄虞稷：《千顷堂书目》卷32，上海：上海古籍出版社2001年版，第786页。
④ 胡玉缙：《续四库提要三种：四库未收书目提要续编》卷4，上海：上海书店出版社2002年版，第390页。

村丛书》。

高启《扣舷集》1卷

高启（1336—1374），字季迪，号青丘子，长洲（今江苏苏州）人。洪武二年（1369），应召赴金陵纂修《元史》，翌年史成，授翰林院编修，旋擢为户部右侍郎，力辞放归。后坐苏州知府魏观撰上梁文一案获罪，被腰斩。有《青丘集》。其词集《扣舷集》1卷，为其内侄周立编，原附正统九年刊本《凫藻集》后，存词32首。高儒《百川书志》著录"高太史《扣舷集》一卷"，收词"凡二十九首"①。后辑入诗文全集并行，《明词汇刊》本改题作《扣舷词》。

瞿佑《乐府遗音》1卷

瞿佑（1347—1433），字宗吉，号存斋，钱塘（今浙江杭州）人。洪武元年以明经荐，先后官仁和、临安、宜阳训导，升为国子助教。永乐年间任周王府长史，以诗祸编管保安（今陕西延安），洪熙元年（1425）始释归。有《存斋诗集》、《归田诗话》及传奇小说集《剪灯新话》等。《乐府遗音》1卷，为瞿佑侄瞿暹于天顺七年（1463）付梓，有陈敏政天顺七年序。又有2卷本，当为单纯词集。高儒《百川书志》著录作："《乐府余音》二卷，皇明瞿佑著，凡一百十二首，与《余清》相出入。"②又有5卷本，为《四库全书总目》著录之本，其卷1、卷2为古乐府，卷3以下为词，最后附北曲17首，今有《四库全书存目丛书》影印本。赵尊岳《明词汇刊》本存词113首。

瞿佑《余清词》1卷

瞿佑词别集，有《乐府遗音》和《余清词》二种。《余清词》久佚。高儒

---

①（明）高儒：《百川书志》卷18，上海：古典文学出版社1957年版，第271页。
②（明）高儒：《百川书志》卷18，上海：古典文学出版社1957年版，第271页。

《百川书志》著录："《余清词集》一卷，皇明钱塘瞿佑宗吉著，共二百首。"[①]又于"《乐府遗音》二卷"下著录曰："凡一百十二首，与《余清》相出入。"[②]可知《乐府遗音》所收112首词有一部分并见于《余清词》。瞿佑词合《全明词》与《全明词补编》今存242首，可知《余清词》虽散佚，其词保存情况尚好。

黄淮《省愆词》1卷

黄淮（1366—1449），字宗豫，号介庵，永嘉（今属浙江）人。洪武三十年（1397）进士，授中书舍人，累官至户部尚书、武英殿大学士，卒谥文简。有《黄文简公介庵集》12卷，清抄本。另有《省愆集》2卷，明正统八年（1443）王豫刻本，下卷附词24阕。高儒《百川书志》卷18著录"《省愆词》一卷，皇明武英殿大学士黄宗豫著，十一首"[③]。《明史·艺文志》卷4、《千顷堂书目》卷32并见著录。孙诒让撰《温州经籍志》以为："明刊《省愆集》下，亦附词二十四阕。高氏《百川书志》所载疑即由集内析出著录，非真有单行刊本也（原注：高书诗词析出著录者甚多）。然《明志》及黄《目》并相沿著录，今姑存之，用备考核。"[④]赵尊岳《明词汇刊》本《省愆词》1卷，系从南京图书馆藏丁丙八千卷楼旧藏《省愆集》中录出，仅存词10阕。

李祯《侨庵诗余》1卷

李祯（1376—1452），字昌祺，庐陵（今江西吉安）人。永乐二年（1404）进士，选庶吉士，预修《永乐大典》。历广西、河南布政使。有《运甓漫稿》7卷，其中卷6为"诗余"，录词29首。词集《侨庵诗余》1卷，附录北乐府1卷，有清代何元锡钞《宋元明八家词》本、清人传钞毛氏汲古阁《宋元明人九家词》本、清丁氏嘉惠堂钞《宋明十六家词》本。赵尊岳《明词汇刊》从李祯《运甓集》中

---

①（明）高儒：《百川书志》卷18，上海：古典文学出版社1957年版，第271页。
②（明）高儒：《百川书志》卷18，上海：古典文学出版社1957年版，第271页。
③（明）高儒：《百川书志》卷18，上海：古典文学出版社1957年版，第272页。
④（清）孙诒让撰，潘猛补校补：《温州经籍志》，上海：上海社会科学院出版社2005年版，第1587页。

裁篇别出，题为《运甓词》，亦存词29首，但先后顺序不同。

马洪《花影集》3卷

马洪（生卒年不详），字浩澜，号鹤窗，浙江仁和（今杭州）人，刘泰（菊庄）弟子，《蟫精隽》作者徐伯龄内弟。布衣终生，以词名世。生平及词作主要见于《蟫精隽》和田汝成《西湖游览志余》。其词集曰《花影集》，自序中有“四十余年，仅得百篇”之语。又曰：“予欲以‘空中语’名其集，或曰不文，改称《花影集》。花影者，月下灯前，无中生有。以为假则真，谓为实犹涉虚也。”[①]《花影集》久佚。《千顷堂书目》著录作“马洪《花影集》□卷”[②]。《全明词》、《全明词补编》共辑其词29首。《中国词学大辞典》著录“《花影集》三卷。马洪撰，清刊本，凡词一百首”[③]，所谓“凡词一百首”云云，恐非出于目验，而是据马洪自序中“四十余年，仅得百篇”所推断出来的。

顾恂《啖蔗余甘词》1卷

顾恂（1418—1505），字维城，号桂轩，昆山（今属江苏）人。以子鼎臣贵，卒赠礼部尚书、武英殿大学士。喜好诗词，有《桂轩集》、《鳌峰集》等。清代顾登辑《玉峰雍里顾氏六世诗文集》，雍正十年（1732）刊行，中有其《昆山顾桂轩先生啖蔗余甘词》1卷，前有秦向香《〈啖蔗余甘〉题辞》，存词138首，《全明词》据录。

吴宽《匏庵词》1卷

吴宽（1435—1504），字原博，号匏庵，长洲（今江苏苏州）人。成化八年

①（明）杨慎：《词品》卷6，见唐圭璋《词话丛编》，北京：中华书局2005年版，第530页。
②（清）黄虞稷：《千顷堂书目》卷32，上海：上海古籍出版社2001年版，第787页。
③ 马兴荣、吴熊和、曹济平：《中国词学大辞典》，杭州：浙江教育出版社1996年版，第361页。

（1472）会试、廷试皆第一，授修撰，累官至礼部尚书。有《匏庵家藏集》77卷，其中诗30卷、文40卷。卷30下半卷存词34首，赵尊岳辑入《明词汇刊》，据其诗文别集之名改题作《匏翁词》。然沈雄《古今词话》引《耆旧续闻》作《匏庵词》，其中云："吴宽，字原博，有《匏庵词》。'繁花落尽留红药，新笋丛生带绿苔'，名句也。"[①]《全明词》据《明词汇刊》本《匏翁词》录其词34首，然如《明词综》卷2所选《采桑子》（纤云尽卷天如水）一首、钱允治《类选笺释国朝诗余》中所选《丑奴儿·十一月初十夜泛白云堤》一首，皆未收入。

戴冠《和朱淑真断肠词》1卷

戴冠（生卒年不详），字仲鹖，信阳（今属河南）人。正德三年（1508）进士，累官至山东提刑副使。有《邃谷集》，赵尊岳从中裁出词44首，称《邃谷词》，收入《明词汇刊》。而其中《和朱淑真断肠词》凡26首，前有总题，后有跋语，宜作小集视之。跋语中称："始予得朱淑真《断肠词》于钱唐处士陈逸山，阅之，喜其清丽，哀而不伤。癸亥岁除之夕，因乘兴遍和之。且系以诗，盖欲益白朱氏之心，非与之较工拙也。"[②]"癸亥"为明弘治十六年（1503）。

林廷玉《南涧诗余》1卷

林廷玉（1455—1530），字粹夫，号南涧，福建侯官（今福州）人。明成化二十年甲辰（1484）进士，除吏科给事中，累官至右佥都御史，巡抚保定，调任南京都察院管事，致仕。有《南涧文录》。明高儒《百川书志》及黄虞稷《千顷堂书目》均著录有《南涧诗余》1卷，今未见传本。《全明词》仅据《闽词征》录其词1首，散见各书的还有《浪淘沙·荔枝》等作。至于《全闽诗话》所引《咏愁·塞鸿秋》则是曲而非词。《全明散曲》辑录其散曲小令15首。

---

①（清）沈雄：《古今词话》词评下卷，见唐圭璋《词话丛编》，北京：中华书局2005年版，第1025页。

②（明）戴冠：《戴氏集》卷11，明嘉靖二十七年（1548）张鲁刻本，《四库全书存目丛书》集部第63册。

王九思《碧山诗余》1卷

王九思（1468—1551），字敬夫，号渼陂，一号碧山，陕西鄠县（今户县）人。弘治九年（1496）进士，曾官吏部郎中。有《渼陂集》，杂剧《杜子美沽酒游春》、《中山狼》，散曲集《碧山乐府》等。有《碧山诗余》1卷，嘉靖三十年（1551）刊行，卷首有王九思自序，后有宋廷琦跋。赵尊岳辑入《明词汇刊》，存词56首。另，《吴梅日记》中曾著录有“崇祯本”《碧山诗余》1册[①]。

陈铎《草堂余意》2卷

陈铎（1488？—1521？），字大声，号秋碧，又号七一居士，祖籍下邳（今属江苏睢宁），后徙金陵（今江苏南京）。正德年间，袭济州卫（今属山东济宁）指挥使。精研音律，时有“乐王”之目。有诗集《秋碧轩稿》等，曲集有《秋碧乐府》、《梨云寄傲》等。词集全称为《坐隐先生精订草堂余意》。“坐隐先生”为汪廷讷之别号，《草堂余意》即为汪氏环翠堂刻本。此集编排颇为特殊，本来全为陈铎所作，而和某人词即题某人名，唯一人两调相连，则第二阕题“陈大声”，所以看上去如选本，实际为陈铎词别集。况周颐对陈铎词评价甚高。《蕙风词话》卷5云：“陈大声词，全明不能有二。坐隐先生《草堂余意》，甲辰春，半塘假去，即付手民，盖亦契赏之至。写样甫竟，半塘自扬之苏，婴疾遽殇。元书及样本并失去，不复可求。其词境约略在余心目中，兼《乐章》之敷腴，《清真》之沉着，《漱玉》之绵丽。南渡作者，非上驷未易方驾。明词往往为人指摘，一陈先生掩百瑕而有余。是书失传，明词之不幸，半塘之隐恫矣。”[②]今有《明词汇刊》本所收《坐隐先生精订草堂余意》2卷，存词147首，《全明词》据录。

---

① 吴梅著，王卫民编校：《吴梅全集·日记卷》，石家庄：河北教育出版社2002年版，第132页。

② 况周颐：《蕙风词话》卷5，见唐圭璋《词话丛编》，北京：中华书局2005年版，第4510~4511页。

夏旸《葵轩词》1卷

夏旸（生卒年不详），字汝霖，贵溪（今属江西）人，夏鼎从兄，夏言从伯父。长于词曲，有《葵轩词》1卷。《千顷堂书目》著录有“夏旸《葵轩词》一卷”[①]。《北京图书馆古籍善本书目》著录为：“《葵轩词》一卷，明夏旸撰，明刻本，一册，十行十八字，白口左右双边。”[②]赵万里《西谛书目序》中载：“记得一九三〇年夏天，我在他（按：指郑振铎）上海虹口东宝兴路寓所中，看到他新收的天一阁旧藏的几种明版词集，中有明人夏言的《桂州词》、夏旸的《葵轩词》、陈德文的《建安诗余》，纸墨俱佳，十分漂亮。”[③]黄裳《梦雨斋读书记》之《天一阁被劫书目》亦著录有“明本《葵轩词》一本”[④]。赵尊岳《明词汇刊》所收，为赵万里（斐云）所得传抄本，中有词39首，南北曲100首。赵尊岳跋称此本“盖犹明刻所孳乳”，又称其中词曲兼收，“斐云兼治南北曲，坚属勿为删乙，故并存之”[⑤]。卢前《饮虹簃所刻曲》中有夏旸《葵轩词余》，收南北曲100首，实际亦为赵万里传抄本。有关曲学著作中皆称夏旸有《葵轩词余》1卷，中有小令100首云云，颇疑所谓《葵轩词余》与《葵轩词》原为一书，后分别称名而已。

方凤《改亭诗余》1卷

方凤（1480—1543），字时鸣，号改亭，江宁（今江苏南京）人，方鹏弟。正德三年（1508）进士，历监察御史。嘉靖时，数争大礼，以灾异指责时弊，出为广东提学佥事，谢病归卒。有《改亭存稿》10卷、《续稿》6卷。赵尊岳于金陵（今南京）得读仁和丁氏八千卷楼藏本，乃从《改亭续稿》中辑出其词40首，称《改亭诗余》，收入《明词汇刊》。《全明词》盖以其中《清

---

① （清）黄虞稷：《千顷堂书目》卷32，上海：上海古籍出版社2001年版，第787页。
② 《北京图书馆古籍善本书目》，北京：书目文献出版社1987年版，第2962页。
③ 郑振铎：《西谛书目》，卷首赵万里序，北京：文物出版社1963年版。
④ 黄裳：《梦雨斋读书记》，长沙：岳麓书社2005年版，第203页。
⑤ 赵尊岳：《明词汇刊》，上海：上海古籍出版社1992年版，第1263页。

江引·江村六适》为曲，删去不录，故实际存词34首。方凤词前有小序云："予性嗜山水，每游毕，辄记以小词，凡得三十首。其他名园小胜，尊俎偶乐者不与焉。"[①]可知其前30首记游山水风物之作为其手编小集。赵尊岳《明词汇刊》裁词加题之类，本不作为认定明词别集之依据，以其前有小序，故以词别集视之。

夏言《桂洲词》6卷

夏言（1482—1548），字公瑾，号桂洲，江西贵溪人。正德十二年（1517）进士，嘉靖时官至首辅，后为严嵩所嫉，诬陷至弃市。有《桂洲集》等。据王国维《庚辛之间读书记·桂翁词》考辨，夏言词集在"嘉靖一朝，前后三十年间已六付剞劂，古今词家未曾有也"[②]。嘉靖十七年（1538）刊本为《桂洲集》6卷，有吴一鹏《少傅〈桂洲诗余〉序》、皇甫汸《〈桂洲集〉跋》；嘉靖二十年（1541）刊本称《玉堂余兴》，有费寀（实为薛应旂代作）《〈玉堂余兴〉引》；此外还有闽中刻本、畿南刻本等。明万历间又有《桂洲先生词》9卷与其散曲集《鸥园新曲》合刻本。又其嘉靖二十一年（1542）归田时所撰《赐闲堂稿》10卷，卷10为词，存词80首。赵尊岳辑录《明词汇刊》时，以明嘉靖间皇甫汸刊本《桂洲集》255首仍称《桂洲集》，以《赐闲堂稿》中所裁出80首词称《桂洲集外词》。因夏言词集有《桂洲集》、《桂洲词》、《玉堂余兴》诸名，而其诗文别集亦称《桂洲集》，故其词集宜称《桂洲词》，以示区别。

顾应祥《崇雅堂乐府》1卷

顾应祥（1483—1565），字惟贤，号箬溪，上元（今江苏南京）人。弘治十八年（1505）进士，累官至南京刑部尚书。有《崇雅堂集》14卷、《归田诗选》4卷、《崇雅堂乐府》1卷等。生平见王世贞《箬溪顾公墓志铭》。《千顷堂书目》

---

① （明）方凤：《改亭续稿》卷6，明崇祯十七年（1644）方士骥刻本，《续修四库全书》第1338册。

② 王国维：《王国维文集》，北京：北京燕山出版社1997年版，第461页。

著录有“顾应祥《崇雅堂乐府》一卷”[①]，今未见传本。赵尊岳《明词汇刊》从其《归田诗选》中辑出其词8首，称《箬溪词》。

张綖《南湖诗余》1卷

张綖（1487—1543），字世文，别号南湖居士，江苏高邮人。正德八年（1513）中举，嗣后八上春官不第，嘉靖十四年谒选官武昌通判，后任光州知州，因上官以其耽于吟咏为辞，遂去职归家。有《南湖诗集》、《诗余图谱》等。其词共100首，原附其《张南湖先生诗集》以存。其卷1先收弘治十四年至十八年（1501—1505）所作词32首，又收正德元年至十六年（1506—1521）所作词14首；卷2收嘉靖元年至十三年（1522—1534）所作词21首；卷3收嘉靖十四年至十五年（1535—1536）所作词20首；卷4先收嘉靖十六年至十九年（1537—1540）所作词8首，又收嘉靖二十年至二十二年（1541—1543）所作词5首。可知张綖由15岁至57岁累计存词100首。崇祯年间，王象晋重刻张綖《诗余图谱》，乃把张綖词与其乡先贤秦观的词合编为《秦张两先生诗余合璧》2卷，附于《诗余图谱》之后，此即毛晋汲古阁刻《词苑英华》本，其中《南湖诗余》1卷仅收张綖词33首。赵尊岳《明词汇刊》据以录之，且误以《秦张诗余合璧》为张綖所编。

杨仪《七桧山人词》1卷

杨仪（1488—1564），字梦羽，号五川居士，又号七桧山人，常熟（今属江苏）人。嘉靖五年（1526）进士，历工部主事，兵部、礼部郎中，官至山东按察副使。后以疾乞归，家居以读书著述为事。有《杨氏南宫集》7卷，其卷7为“诗余”，凡82首（实际中间夹杂散曲若干首），赵尊岳裁出，称《南宫诗余》，收入《明词汇刊》。又有《七桧山人词》1卷，为清钞《杨梦羽南宫小集》本。《中国词学大辞典》称其“有《南宫诗余》、《七桧山人词》传世”[②]，实际乃同书异名，间

① （清）黄虞稷：《千顷堂书目》卷32，上海：上海古籍出版社2001年版，第787页。
② 马兴荣、吴熊和、曹济平：《中国词学大辞典》，杭州：浙江教育出版社1996年版，第166页。

有个别文字小异，如《南宫诗余》本《长相思·题画》，《七桧山人词》题作《唐伯虎画折枝》。《全明词》据《明词汇刊》本《南宫诗余》录其词而剔除其曲，凡74首；《全明词补编》复从《海虞文苑》辑录其词3首。

杨慎《升庵长短句》6卷

杨慎（1488—1559），字用修，号升庵，四川新都人。正德六年（1511）进士第一，授翰林院修撰，转经筵讲官。嘉靖三年（1524）因谏议“大礼”，遭廷杖削籍，远戍云南永昌卫（今保山），后卒于贬所。有《升庵集》。《升庵长短句》正集3卷，收词207首，卷首有嘉靖十六年（1537）杨南金等序；续集3卷（其中卷2有脱漏），收词104首，卷首有嘉靖二十二年（1543）王廷表序。赵尊岳辑入《明词汇刊》。

李濂《碧云清啸》1卷

李濂（1489—1566后），字川父，号嵩渚，祥符（今河南开封）人。正德九年（1514）进士，历官沔阳知州、宁波同知、山西佥事。嘉靖五年（1526）以大计免归，益肆力于学，里居四十余年，著述甚富。有《嵩渚文集》100卷，嘉靖刻本。又有批点本《稼轩长短句》，嘉靖十五年（1536）王诏刻本，在明代评点词集中属于较早的本子。《碧云清啸》为李濂词别集，其《〈碧云清啸〉序》中云：“余幼嗜声律，喜诵古人雅曲，抚景触事，潦草效颦，写兴适情，游戏翰墨，陶陶然而乐也。耕锄之暇，积稿渐多，爰命童史辑录，藏之箧笥，漫题其简首曰《碧云清啸》。碧云者，余小子山居之堂名也；清啸，其自放云。”[①]此集今不存。赵尊岳《明词汇刊》从其《乙巳春游稿》中裁出其词10首，仍以《乙巳春游稿》为题。《全明词补编》复据《汴京遗迹志》补录其词10首。

---

①（明）李濂：《嵩渚文集》卷56，明嘉靖刻本，《北京图书馆古籍珍本丛刊》第101册。

朱让栩《长春竞辰余稿》3卷

朱让栩（1501—1547），明皇室，蜀献王椿五世孙，正德五年（1510）袭封。性好学，喜儒雅。有《长春竞辰余稿》3卷，卷1拟古宫词，卷2为词，卷3拟元人乐府。前有嘉靖戊申（二十七年，1548）简绍芳序。卢前裁其卷3所收散曲小令38首、套数2套，以《长春竞辰余稿拟元人乐府》为题，刻入其《饮虹簃所刻曲》。赵尊岳裁其卷2词26首，仍以《长春竞辰余稿》为题，刻入《明词汇刊》，《全明词》据录。

陈德文《建安诗余》1卷

陈德文（生卒年不详），号石阳山人，江西泰和人。嘉靖四年（1525）举人。嘉靖十七年（1538）任政和知县，历工部员外郎，官至顺天府尹。有《孤竹宾谈》4卷，今有《四库全书存目丛书》据明嘉靖二十八年苏继等刻蓝印本影印本，前有杨维聪嘉靖二十八年（1549）序，又有陈德文《〈孤竹宾谈〉引》，作于嘉靖二十六年（1547）"丁未季夏"。又有《蠡海》2卷，上卷为诗话，下卷为五言古诗64首，亦为嘉靖间蓝印本，见《郑振铎日记》（1943年）正月二十六日记，曰："予十年前尝收《石阳山人诗余》一卷，为天一阁旧藏，版式与此正同，亦蓝印本。"[①]赵万里《〈西谛书目〉序》中云："西谛很早就开始收集唐宋以来词人的著作。记得一九三〇年夏天，我在他上海虹口东宝兴路寓所中，看到他新收的天一阁旧藏的几种明版词集，中有明人夏言的《桂洲词》、夏旸的《葵轩词》、陈德文的《建安诗余》，纸墨俱佳，十分漂亮，但作品功力不深，风格不高，值得一读的寥寥无几。"[②]今存《陈建安诗余》1卷，明嘉靖蓝印本，中国国家图书馆收藏，此与郑振铎（西谛）所收不知是否同为一本，存词46首。

---

① 郑振铎：《郑振铎日记全编》，太原：山西古籍出版社2006年版，第119页。
② 郑振铎：《西谛书目》，卷首赵万里序，北京：文物出版社1963年版。

吴子孝《玉霄仙明珠集》2卷

吴子孝（1496—1563），字纯叔，号海峰，晚号龙峰，长洲（今江苏苏州）人，吴一鹏子。嘉靖八年（1529）进士，授台州府推官，官至湖广布政司右参议。有《玉涵堂诗选》10卷。其词集《玉霄仙明珠集》2卷，存词201首[①]，有嘉靖三十六年（1557）吴子孝自刻本，卷首有顾梦圭嘉靖三十六年（1557）序，今有《四库全书存目丛书》影印本。郑振铎《西谛书话·劫中得书续记》称："明刊本明人词集最为罕见。四库全书一部未收，仅于'存目'著录瞿佑《乐府遗音》、吴子孝《玉霄仙明珠集》及施绍莘《花影集》三部。"[②]

赵时春《洗心亭诗余》1卷

赵时春（1509—1567），字景仁，号浚谷，甘肃平凉人。嘉靖五年（1526）进士，选庶吉士，累官至山西巡抚。其门人周鉴《明御史中丞浚谷赵公行实》称："公所著《平凉府志》、《浚谷文集》九卷、《诗集》六卷及《稽古绪论》、《洗心亭诗余》，已锓刻。"[③]可知其《洗心亭诗余》为明隆庆间刊刻。赵尊岳得其原刊本，收入《明词汇刊》。收词曲作品35首，其中《折桂令》、《清江引》当为曲。跋语中称赵氏"平生读书强记，文章豪肆，诗亦伉俍自喜，词曲合为《洗心亭诗余》一卷，门人周鉴为之序，男守严于隆庆间刊行之"[④]。

田艺蘅《缦园心调》1卷

田艺蘅（1524—1591），字子艺，钱塘（今浙江杭州）人，田汝成之子。以

---

①《四库全书总目》"提要"称其中存词"凡一百八十余阕"，与传本所收出入较大，疑非一本。见（清）永瑢等《四库全书总目》卷200，北京：中华书局1965年版，第1831页。
② 郑振铎：《西谛书话》，北京：生活·读书·新知三联书店1998年版，第310页。
③（明）赵时春：《浚谷先生集》，附周鉴撰《行实》，明万历八年（1580）周鉴刻本，《四库全书存目丛书》集部第87册。
④ 赵尊岳：《明词汇刊》，上海：上海古籍出版社1992年版，第1750页。

岁贡生为徽州府学训导，罢归。博学善属文，有《田子艺集》、《留青日札》、《煮泉小品》等。《缦园心调》为其词曲合集。其好友冯梦祯序中说："《缦园心调》者，吾友田子艺先生所著诗余、南北词曲也。"[①]冯梦祯《快雪堂集》卷34《答田子艺》书中又云："《缦园心调》甚佳。诗余逼真秦七、黄九，南北词施君美下，高则成上，必传无疑。"[②]此集未见传本，《全明词》仅据《古今词统》录其《竹枝》6首。

高濂《芳芷楼词》2卷

高濂（生卒年不详），字深甫，号瑞南，别署有千墨主、万花居、湖上桃花渔等，钱塘（今浙江杭州）人。国子监肄业，两赴秋试失利，乃入赀，候选鸿胪寺。后闻父丧归里，从此不再求仕。徐朔方《晚明曲家年谱》第2卷有《高濂行实系年》，考订他"出生在嘉靖六年（1527）或略前"，"万历三十一年（1606）后不久去世"[③]。有《遵生八笺》、《雅尚斋诗草》及传奇《玉簪记》等。《芳芷栖词》上下2卷，上卷104首，大率以西湖、时令、艳情及花事为题材，下卷则为"百花词"，收咏花词凡百首。黄裳《谈〈玉簪记〉》称其"尚有《芳芷栖词》二卷，汲古阁抄本，题'瑞南居士高濂深甫'。这个毛抄本原来是吴兴陆氏的藏书，现藏日本静嘉堂文库，静嘉堂秘籍志卷五十著录"[④]。赵尊岳《明词汇刊》本系据仁和丁丙八千卷楼藏本重梓。

周履靖《螺冠子诗余》

周履靖（1542—1632），字逸之，号螺冠子，又号梅颠道人，浙江秀水（今

---

① （明）冯梦祯：《快雪堂集》卷1，明万历四十四年（1616）黄汝亨朱之蕃等刻本，《四库全书存目丛书》集部第164册。

② （明）冯梦祯：《快雪堂集》卷34，明万历四十四年（1616）黄汝亨朱之蕃等刻本，《四库全书存目丛书》集部第164册。

③ 徐朔方：《晚明曲家年谱》，杭州：浙江古籍出版社1993年版，第197~198页。

④ 黄裳：《黄裳论剧杂文》，成都：四川人民出版社1984年版，第623页。

嘉兴）人。隐居不仕，为明代山人文学的代表人物。著述甚多，《四库全书总目》于其《梅颠稿选》20卷“提要”中云：“所著有《闲云稿》、《泛泖吟》、《咏物诗》、《螺冠子诗余》、《茹草编》诸集，陈继儒汇而选之，以成此编。”[①]所说《螺冠子诗余》，今未见传本。《全明词》仅录其词3首，《全明词补编》据《螺冠子咏物诗》、《唐宋元明酒词》及《梅颠稿选》汇录其词262首。《螺冠子咏物诗》凡26卷，卷26有“诗余”，存词198首，《四库全书总目》所谓《螺冠子诗余》，或即指《螺冠子咏物诗》所附“诗余”部分而言。

陈继儒《晚香堂词》2卷

陈继儒（1558—1639），字仲醇，号眉公，又号麋公，松江华亭（今属上海）人。诸生，终生不仕，为明季著名山人隐士。有《眉公十集》等多种。王昶《明词综》、王易《词曲史》及徐朔方、孙秋克《明代文学史》等均称其有《晚香堂词》2卷，饶宗颐《清词年表》以“陈继儒《晚香堂词》刊行”[②]系于顺治元年（1644），今未见传本。赵尊岳从其《眉公十集》中辑录其词50首，收入《明词汇刊》，称《陈眉公诗余》。

葛一龙《艳雪篇》1卷

葛一龙（1566—1640），字震甫，吴之洞庭（今江苏苏州）人。破家产入赀为郎，冀得一官以慰其母，后除云南布政司理问。读书好古，以诗鸣于吴楚。有《葛震甫诗集》17卷，明崇祯刻本，今有《四库禁毁书丛刊》影印本。中有小集10多种，其中之一为词集《艳雪篇》，收词26首。又有明崇祯间兴贤堂（书铺）刻《葛一龙集》14卷本，其中亦有《艳雪篇》1卷。明季词人周永年为作《〈艳雪集〉序》。

---

① （清）永瑢等：《四库全书总目》卷180，北京：中华书局1965年版，第1624页。

② 饶宗颐：《饶宗颐二十世纪学术文集·诗词学·清词年表》，台北：新文丰出版股份有限公司2003年版，第463页。

唐世济《琼靡集词选》1卷

唐世济（1570—约1649），字美承，号存忆，浙江乌程（今属桐乡）人。万历二十六年（1598）进士，授宁化知县，征为监察御史，巡按淮扬，总督漕运，历兵部右侍郎，累官至左都御史。年八十卒。有《琼縻集》、《西台春草》等。《琼縻集词选》1卷，有明崇祯十四年辛巳（1641）程尚序刻本，卷首有程尚二序，存词161首，《全明词补编》据录。

俞彦《近体乐府》1卷

俞彦（1572—1641后），字仲茅，一字容自，晚号柳下老人，江宁（今江苏南京）人。万历二十九年（1601）进士，上疏乞终养。万历四十四年（1616）起家，授兵部主事，历员外郎，迁光禄少卿。晚年隐居南京钟山之侧爰园。有《俞少卿集》6卷，依次为《古乐府》2卷、《拟古乐府题》1卷、《近体乐府》1卷、《爰园词话》1卷、《词余》1卷。前有阮大铖《仲茅先生〈近体乐府〉小引》，文震亨《俞光禄先生〈近体乐府〉小引》，皆写于崇祯十年丁丑（1637）。存词188首。

茅维《十赉堂词》1卷

茅维（1575—?），字孝若，自号僧昙，归安（今属浙江湖州）人，茅坤少子。不得志于科举，以经世自负，诗文戏曲创作颇丰。有《十赉堂集》。沈雄《古今词话》曰："盛明以帖括之余，而涉为诗词者，十不一工。孝若独浸淫于古，而才情又横放杰出，故一时艳称之，有《十赉堂词》。"[①]其《十赉堂集》分甲、乙、丙、丁4集，旧称其词在丙集卷12，凡36阕，赵尊岳析出，题《十赉堂词》，收入《明词汇刊》。其实《十赉堂乙集》卷18亦有词，凡53首，《全明词补编》据录。

①（清）沈雄：《古今词话》词评下卷，见唐圭璋《词话丛编》，北京：中华书局2005年版，第1030页。

郑以伟《灵山藏诗余》1卷

郑以伟（1571—1633），字子器，上饶（今属江西）人。万历二十九年（1601）进士，崇祯间官至礼部尚书，与徐光启并相，卒谥文恪。有《灵山藏》22卷，明崇祯刻本，今有《四库禁毁书丛刊》影印本。赵尊岳裁其词29首，以《灵山藏诗余》为名，辑入《明词汇刊》，跋语称郑氏“著《灵山藏集》，诗余附”[①]。其实郑以伟《灵山藏》出于手定，其中词1卷，亦不同于常见的文集附载之例。观其各卷题署，如“灵山藏笨庵吟卷之一”、“灵山藏杜吟卷之三”、“灵山藏诗余卷之五”，可知《灵山藏》为其别集之总名，实际取小集合刻之体例，故其每一小集均有自序。《灵山藏诗余》卷首《自序》云：“暇搜箧中诗余，半是充饯赠人事，或临小景，文情凡陋，音韵多舛，似棘喉涩吻，姑不忍吐弃”[②]云云，可知其词虽未单行，实同小集。《全明词》据《明词汇刊》本录其词29首。

张杞《和花间集》

张杞（生卒年不详），字迂公，湖北黄陂人。其《和花间词》不分卷，明清之际多有影响。沈雄《古今词话》引沈际飞语曰：“张杞和《花间集》，凡四百八十七首。篇篇押韵，未免拘牵，字字求新，亦饶生凿。惟《甘州遍》‘鸿影又被战尘迷’一句差胜。”[③]又《古今词话》引《词统》曰：“西蜀南唐而下，独开北宋之垒，又转为南宋之派，《花间》致语，几于尽矣。黄陂张迂公，得起而全和之，使人不流于庸滥之句，谓非其大力与？”[④]王士禛《花草蒙拾》则云：“绝调不可强拟，近张杞有《和花间词》一卷，虽不无可采，要如妄男子拟遍十九

---

① 赵尊岳：《明词汇刊》，上海：上海古籍出版社1992年版，第1833页。
② 赵尊岳：《明词汇刊》，上海：上海古籍出版社1992年版，第1828页。
③（清）沈雄：《古今词话》词品上卷，见唐圭璋《词话丛编》，北京：中华书局2005年版，第845~846页。
④（清）沈雄：《古今词话》词评下卷，见唐圭璋《词话丛编》，北京：中华书局2005年版，第1029页。

首，与郊祀铙歌耳。”[①]今其集不传。《全明词》从诸家词选辑录其词8首，《全明词补编》复辑得1首。而《古今诗余醉》收录其词6首，其中有4首未见于《全明词》及《补编》，故已知张杞词今存13首。

周永年《怀响斋词》1卷

周永年（1582—1647），字安期，吴江（今属江苏）人。诸生，少负才名，工诗文。晚逢易代之乱，居吴中西山，未几而卒。有《邓尉圣恩寺志》18卷、《吴都法乘》30卷、《怀响斋词》1卷。曾为葛一龙词集《艳雪篇》作序，称“诗余之为物，本缘情之旨，而极绮靡之变者也”[②]。沈雄《古今词话》称：“安期师，以博洽著名，冢宰白川之孙，固世其家学者。虞山钱牧斋师所撰《列朝诗选》，从中补辑亦多。所著《词规》未竟，无后而废。剩有《怀响斋词》，如‘宿雨揩磨新月色，晚风抬举好花枝’。新艳如是。”[③]《全明词》仅据《明词综》录其词1首，《全明词补编》另辑得10首。

顾同应《药房词》、《秋啸词》

顾同应（1585—1626），一名顾众，字仲从，号宾瑶，昆山（今属江苏）人，顾绍芳子，顾炎武生父。少补郡学诸生，七试不售，两中副榜。与同邑诸生结遗清堂社，其文海内传之。后其文散佚，《千顷堂书目》著录有“顾同应《药房集》，又《秋啸集》”[④]。清顺治间其婿陈济生辑有《药房词》和《秋啸词》，今亦未见传本。明季潘游龙编《精选古今诗余醉》，收录顾同应词凡15首，其词清隽秀逸，最得王世贞所谓“香而弱”之神韵。

---

①（清）王士禛:《花草蒙拾》，见唐圭璋《词话丛编》，北京：中华书局2005年版，第674页。

② 赵尊岳:《明词汇刊》，上海：上海古籍出版社1992年版，第1779页。

③（清）沈雄:《古今词话》词评下卷，见唐圭璋《词话丛编》，北京：中华书局2005年版，第1033~1034页。

④（清）黄虞稷:《千顷堂书目》卷26，上海：上海古籍出版社2001年版，第653页。

施绍莘《秋水庵花影词》1卷

施绍莘（1588—1640），字子野，号峰泖浪仙，华亭（今属上海）人。少补诸生，负俊才，20岁即弃举子业，与名士胜流出游九峰三泖之间。有《秋水庵花影集》5卷，为其词曲合集。前4卷为“乐府”（散曲），第5卷为“诗余”，存词190首。集前有顾乃大、顾胤光、沈士麟三序及峰泖浪仙（施绍莘）自序。赵尊岳《明词汇刊》裁其词1卷，改题作《秋水庵花影词》。

叶绍袁《迂聊集》1卷

叶绍袁（1589—1648），字仲韶，号粟庵，又号鸿振，别号天寥道人，吴江（今属江苏）人。天启五年（1625）进士，官工部主事。乙酉之变，弃家为僧。有《甲行日注》8卷、《天寥道人自撰年谱》1卷等。沈雄《古今词话》引江尚质语曰：“叶天寥水部词，偶见其《浣溪沙》云云。先辈遂有此新艳过人之句。其词三十三首，名《迂聊集》。”[①]此集今未见。《全明词》及《补编》据《笠泽词征》、《松陵绝妙词选》等录其词13首。

李达《李行季诗余》1卷

李达（1590—1629），字行季，安徽贵池人。幼擅敏才，为文顷刻立就。天启年间游京师，时魏忠贤擅政，作诗文刺之。《贵池先哲遗书》收其《李行季遗诗》，前有吴应箕、丁煜、刘城序，后附“诗余十九首”，著录或作“《李行季遗诗》一卷，《诗余》一卷”[②]。又有《丛书集成续编》影印本。

---

①（清）沈雄：《古今词话》词评下卷，见唐圭璋《词话丛编》，北京：中华书局2005年版，第1033页。
②《中国丛书综录》，上海：上海古籍出版社1986年版，第427页。

沈宜修《鹂吹词》1卷

沈宜修（1590—1635），字宛君，吴江（今属江苏）人。山东副使沈珫女，工部主事叶绍袁妻，生三女纨纨、小纨、小鸾，皆工诗词，一门风雅，蜚声乡邑。有集名《鹂吹》，叶绍袁辑入《午梦堂集》。存词190首。词集《鹂吹词》1卷，有徐乃昌《小檀栾室汇刻闺秀词》本、赵尊岳《明词汇刊》本。

毛莹《晚宜楼诗余》1卷

毛莹（1594—1670后），初名培征，字湛光，一字休文，晚号大休老人、净因居士，江苏吴江人。明诸生。入清不应试，结庐松陵禊湖之滨，日事吟咏，萧闲终老。有《晚宜楼集》16卷，其中《晚宜楼诗余》1卷，一名《竹香斋词》，收词64首，有康熙刊本。《全清词·顺康卷》及《全明词》皆据以录。

王屋《草贤堂词笺》10卷、《蘖弦斋词笺》1卷

王屋（1595—?），初名畹，字孝峙，又字蕙蘖、鲜民、无名，嘉善（今属浙江）人。邑诸生顾艾荐于魏大中，魏叹赏其诗，命诸子兄事之。魏罹难，王屋作长歌哭送，随护千里。与吴熙、钱继章等交往唱酬。今中国国家图书馆藏有合刻王屋撰《草贤堂词笺》10卷、《蘖弦斋词笺》1卷、《杂笺》1卷，钱继章撰《雪堂词笺》1卷，吴熙撰《非水居词笺》3卷，明崇祯八年至九年（1635—1636）吴熙等刻本，前有钱继登、曹勋、徐柏龄、夏缁、支允坚、董升诸序及王屋自序。《全明词》据《草贤堂词笺》录其词583首，据《蘖弦斋词笺》录其词64首。王屋自序中说："词凡千二百有奇，削其七而存其三，分甲乙等十集，集成序而名之《草贤堂词笺》。"序署"崇祯八年六月十九日"[①]。钱继登序作于"崇祯八年冬

---

①（明）王屋：《草贤堂词笺》，卷首自序，明崇祯八年至九年（1635—1636）吴熙等刻本。

十二月”[①]。

王翃《槐堂词存》2卷

王翃（1603—1653），字介人，号二槐，浙江秀水（今嘉兴）人。布衣终身，诗词曲兼擅。因遭盗、沉江，平生所作大多散佚。沈德潜《明诗别裁集》、王昶《明词综》、陈田《明诗纪事》等，皆视其为明人。今存《槐堂词存》2卷，乃其从弟王庭搜辑遗佚付梓，有康熙刻本。陈子龙曾为作《王介人诗余序》，称“其小令、长调，动皆擅长，莫不有俊逸之韵，深刻之思，流畅之调，秾丽之态”[②]。《全明词》据《槐堂词存》录其词165首。

单恂《竹香庵词》1卷

单恂（1602—1671），字质生，号狷庵，又号莼僧，江南华亭（今上海松江）人。生卒年据张慧剑《明清江苏文人年表》推定。崇祯十三年（1640）进士，官麻城知县。明亡不仕。有《竹香庵词》、《瓶庵集》、《枯树斋集》等。其《竹香庵词》1卷，今未见传本，《全明词》辑录其词24首。沈雄《古今词话》云：“曾见莼僧与同学论词，所尚当行者，选旨遥深，含情丽楚，纵复弦中防露，衿里回文，要不失三百篇与骚赋古乐府之遗意。故其《竹香庵词》工于言情，而藻思丽句，复不犹人也。”[③]《明诗纪事》辛签卷21据《松风遗韵》引陈子龙评单恂语，可以参看。

易震吉《秋佳轩诗余》12卷

易震吉（生卒年不详），字起也，号月槎，上元（今江苏南京）人。崇

---

①（明）王屋:《草贤堂词笺》，卷首钱继登序，明崇祯八年至九年（1635—1636）吴熙等刻本。

②（明）陈子龙撰，孙启治校点:《安雅堂稿》卷3，《新世纪万有文库》本，沈阳：辽宁教育出版社2003年版，第48页。

③（清）沈雄:《古今词话》词评下卷，见唐圭璋《词话丛编》，北京：中华书局2005年版，第1037页。

祯七年（1634）进士，授刑部主事，升郎中，出为大名知府，历嘉湖道、江西参政副使。易震吉是明代少数专力为词者之一，也是明代存词最多的词人。《秋佳轩诗余》12卷，存词1 184首[①]。卷首有崇祯八年（1635）文震孟序、崇祯十三年（1640）南洙源序、崇祯十四年（1641）徐汧序。赵尊岳辑入《明词汇刊》。

曹元方《淳村词》2卷

曹元方（1593—1674），字介皇，别号耘庵，海盐（今属浙江）人。明崇祯十六年（1643）进士，唐王隆武立，授吏部验封司郎中。兵败后还家，隐居海宁硖石以终，自署“槜李遗民”。《淳村词》2卷，有涉园张氏所藏抄本，卷上有词177首（原缺2页）；卷下182首。赵尊岳收入《明词汇刊》。

郑元勋《媚幽阁诗余》1卷

郑元勋（1604—1645），字超宗，号惠东，安徽歙县人，家扬州。崇祯十六年（1643）进士，官兵部职方司主事。清兵入关后因内讧遭误杀。工诗善画，为复社成员，与如皋冒襄等结社扬州。编有《媚幽阁文娱》19卷，为晚明著名的小品文集。有《影园诗稿》、《影园文稿》各1卷。词别集曰《媚幽阁诗余》。姚希孟《〈媚幽阁诗余〉小序》云：“广陵郑超宗，生于蕙兰纨质之乡，须眉轩翥，肝肠皎冽，其才无所不擅，而亦于小词津津焉。”[②]今其集未见流传，《全明词》、《全明词补编》皆未收录其词。

商景兰《锦囊诗余》1卷

商景兰（1605—1675），字媚生，又作眉生，会稽（今浙江绍兴）人。崇祯

---

① 其中卷12收录“竹枝词”120余首。

②（明）姚希孟:《响玉集》卷之余，明崇祯张叔籁等刻清闷全集本，《四库禁毁书丛刊》集部第178册。

间礼部尚书商周祚长女，适同邑祁彪佳，人称伯商夫人，或锦囊夫人，与其妹商景徽并入孙静庵《明遗民录》。其词集《锦囊诗余》1卷，一名《香奁集》，存词56首，有《小檀栾室汇刻闺秀词》本、赵尊岳《明词汇刊》本。

钱继章《雪堂词笺》1卷

钱继章（1605—1674后），字尔斐，号菊农，浙江嘉善人。明崇祯九年（1636）举人，入清不仕，为柳洲词派重要词人。沈雄《古今词话》曰："魏里钱尔斐，五十三年填词手也。曾贻我《菊农长短句》，见其编以岁月，感慨系之，其词亦整而有法。"[①]康熙十三年（1674）陈维崧往访嘉善名人时，曾有《贺新郎·魏塘舟中读尔斐先生菊农词稿》，于钱氏词大加称赏。其先有《雪堂词笺》，与王屋《草贤堂词笺》等同为崇祯八年至九年（1635—1636）吴熙刊本，入清后复编有《菊农词》。《全明词》据明刊本《雪堂词笺》录其词76首，又据《历代诗余》增辑14首。

贺贻孙《水田居诗余》1卷

贺贻孙（1606—1689），字子翼，号水田居士，江西永新人。明诸生，明亡后隐居不出，学使慕其名，特列贡榜，避而不就。御史笪重光欲以布衣荐举博学鸿词试，乃剪发衣缁，避入深山。有《水田居诗余》1卷，与《水田居文集》、《水田居存诗》合刻，有康熙刊本。《水田居文集》卷2有贺氏《诗余自序》曰："弱冠时寄意于诗余，兵燹后，得焚余若干首。今取视之，悲愤之中偶涉柔艳，乃所以为悲愤也。"[②]《全明词》据其本集录词44首。

---

① （清）沈雄：《古今词话》词评下卷，见唐圭璋《词话丛编》，北京：中华书局2005年版，第1034页。

② （清）贺贻孙：《水田居文集》卷2，清道光至同治间赐书楼刻水田居全集本，《四库全书存目丛书》集部第208册。

陈子龙《江蓠槛》1卷

陈子龙（1608—1647），字人中，更字卧子，号大樽，华亭（今上海松江）人。崇祯十年（1637）进士，选绍兴推官，擢兵科给事中。后为清兵所执，乘间投水死。有《陈忠裕公全集》。《江蓠槛》主要收陈子龙于崇祯十年中进士为官之前的作品，原出于陈子龙与李雯、宋征舆三人词合集《幽兰草》。该集共3卷，人各1卷，卷之上收李雯词42首，卷之中收陈子龙词55首，卷之下收宋征舆词48首。版心下分别刻有三人的堂号，李雯是“仿佛楼”，陈子龙是“江蓠槛”，宋征舆是“凤想楼”。可知明季以来广受称道的《江蓠槛》，并非单行之词集，而是以三人小集合刻形式出现的。

陈子龙《湘真阁存稿》1卷

陈子龙《湘真阁存稿》1卷，原出于云间之六家词人的唱和词集《倡和诗余》。该书凡6卷。人各1卷，即宋存标《秋士香词》1卷29首，宋征璧《歇浦倡和香词》1卷36首，宋征舆《海闾倡和香词》1卷34首，钱谷《倡和香词》1卷29首，陈子龙《湘真阁存稿》1卷29首，宋思玉《棣萼香词》1卷19首。该书刊于顺治七年（1650），前有吴伟业一序、宋征璧二序。也许因为陈子龙殉难时间未久，犹有忌讳，六人集中唯有《湘真阁存稿》未署名，仅署“张处中、王圣时手录”。张处中名宫，是陈子龙的内弟，王圣时即陈子龙的弟子王沄。据相关材料可知，《湘真阁存稿》所收词，皆为顺治四年（1647）春与诸人倡和之作。

朱一是《梅里词》3卷

朱一是（1610—1671），字近修，号欠庵，海宁（今属浙江）人。崇祯十五年（1642）举人。入清不仕，避居梅里，披缁衣授徒，主持当地文社。有《为可堂集》，版本甚多。《梅里词》3卷，有清初清远堂刻本。《全明词》录其词

171首。

叶纨纨《芳雪轩词》1卷

叶纨纨（1610—1632），字昭齐，吴江（今属江苏）人，叶绍袁与沈宜修之长女。幼即颖悟，13岁能诗。崇祯五年（1632）秋，幼妹小鸾将嫁而卒，纨纨因哭其妹过哀，亦发病而卒。其父叶绍袁集其所著诗词曰《愁言》（又名《芳雪轩遗集》），辑入《午梦堂集》。有词46首，徐乃昌裁为《芳雪轩词》1卷，刻入《小檀栾室汇刻闺秀词》。亦有赵尊岳《明词汇刊》本。

吴易《北征小咏》1卷

吴易（1612—1646），字日生，号惕庵，又号朔清，吴江（今属江苏）人。崇祯十六年（1643）进士，史可法荐授职方主事。甲申后起兵抗清，鲁王授其兵部右侍郎，封长兴伯。后为清兵所执，英勇就义。据近人陈去病《〈吴长兴伯遗集〉序》，吴易遗著有“诗二卷，曰《东湖遗稿》、《雁门子山中杂咏》。词一卷，曰《北征小咏》”[①]，以及《中兴恢复末议》诸作，因合编为《吴长兴伯遗集》。《北征小咏》存词21阕，因系北上谒见史可法及监军淮阴、徐州时所作，故题为《北征小咏》。赵尊岳收入《明词汇刊》时，据其本集改作《吴长兴伯词》。

吴熙《非水居词笺》3卷

吴熙（1613—1657）[②]，字止仲，后改名亮中，字寅仲[③]，号易庵，浙江嘉善人。

---

① 殷安如等编：《陈去病诗文集》，北京：社会科学文献出版社2009年版，第423页。原载《国粹学报》1905年第11期。

② 吴熙（亮中）生年，《全明词》作者小传谓其“生卒年不详”；《全清词》作者小传说他“生于明万历四十年（1612）”；吴熊和先生《〈柳洲词选〉与柳洲词派》一文中说：“顺治二年（1645）清兵下江南时，……吴亮中、曹溶三十三岁。”据此推算则吴熙当生于万历四十一年（1613），录此俟考。

③《柳洲词选》“先正遗稿姓氏”中“吴亮中”小传云：“吴亮中，字寅仲，原名熙，字止仲，顺治己丑进士，官部曹，有《词笺》行世。丁酉卒于京师。”

明崇祯年间与王屋、钱继章、曹尔堪等交往唱酬，为“柳洲八子”之一。清顺治九年壬辰（1652）进士①，历户部主事，至刑部侍郎，顺治十四年丁酉（1657）卒于京。有《非水居词笺》3卷，与王屋《草贤堂词笺》、钱继章《雪堂词笺》，皆为崇祯八年至九年（1635—1636）吴熙自刊本，中国国家图书馆有藏本。吴熙入清后中进士而为郎官，按传统看法当然应视为清人，但目前所见其词凡167首，全部见于明刊本《非水居词笺》3卷。《全清词》据《瑶华集》、《柳洲词选》等清初选本辑其词9首，亦全部见于《非水居词笺》。

徐石麒《坦庵词》3卷

徐石麒（生卒年不详），字又陵，号坦庵，其先为鄞人，流寓江都（今江苏扬州）。善诗词，工绘画。明亡后不仕，以著述自娱。有《诗余定谱》、《词府集统》、《坦庵订正词韵》，以及杂剧、传奇等多达40余种。孙静庵《明遗民录》论列其著述，称其有“《词府集统》四十卷，《诗余定谱》八卷，咸为论词之书。尤精词律，尝撰《订正词韵》四卷”，“所著之词有《瓮吟》四卷，《瓠声》四卷，《旦谣》一卷”②。今传本《坦庵词》3卷，凡《瓮吟》、《旦谣》、《美人词》3种各1卷，有民国二十六年（1937）开明书店排印陈乃乾辑《清名家词》本。另有清刊本《坦庵词曲六种》，其中有《瓮吟》4卷。与此徐石麒同时，另有嘉兴人徐石麒（1577—1645），字宝摩，号虞求，有《可经堂集》，诸书多误为一人。

吴绡《啸雪庵诗余》1卷

吴绡（1615?—1695后），字冰仙，一字片霞，号素公，江苏长洲（今苏州）人，通判吴水苍女，常熟许瑶妻。工书善画，兼善丝竹。有《啸雪庵集》，附词1

① 《柳洲词选》称吴亮中为顺治己丑（1649）进士，有误。今据《明清进士题名碑录》，实为顺治九年壬辰科（1652），与曹尔堪为同榜进士。

② 孙静庵:《明遗民录》卷19，杭州：浙江古籍出版社1985年版，第153页。

卷，刻于清康熙间，存词56首。有《小檀栾室汇刻闺秀词》本、赵尊岳《惜阴堂汇刻明词》本。

彭孙贻《茗斋诗余》2卷

彭孙贻（1615—1673），字仲谋，一字羿仁，号茗斋，浙江海盐人。明季选贡生。痛父殉国难，终身不仕。有《茗斋集》。其词集《茗斋诗余》2卷，存词231首，有清道光蒋氏《别下斋丛书》本、赵尊岳《明词汇刊》本。蒋光煦跋称彭氏词“俊爽婉媚兼而有之，实擅南北宋之长”[①]。赵尊岳《明词提要》称其词“侧艳芬芳，淫思古意，以俊爽药庸下，以婉约运清空，惟开清初神韵之途，则亦未能遽免尔”[②]。

叶小鸾《疏香阁词》（又名《返生香》）1卷

叶小鸾（1616—1632），字琼章，又字瑶期，吴江（今属江苏）人，叶绍袁与沈宜修之幼女。自幼颖慧，琴棋书画兼善。聘于昆山张立平，嫁前五日而殁。有诗词集《返生香》，又名《疏香阁遗集》，其父叶绍袁编入《午梦堂集》。其词1卷，存词92首，徐乃昌题为《疏香阁词》，收入《小檀栾室汇刻闺秀词》，赵尊岳《惜阴堂丛书》本题为《返生香》。

程公远《醒心谚》2卷

程公远（生卒年不详），字坦然，号学钓子，海阳富溪（今属山东）人。家贫，幼失怙恃，于崇祯二年（1629）参郡司兵曹执事。撰有以词劝善之书曰《醒心谚》。崇祯五年（1632）役满，向上司陈情乞银助梓其书。《一氓题跋》中有《明崇祯本〈醒心谚〉》，对此书有具体描述，其文如下：“明程公远撰。

---

① 赵尊岳：《明词汇刊》，上海：上海古籍出版社1992年版，第487页。

② 赵尊岳：《惜阴堂汇刻明词提要·〈茗斋诗余〉二卷》，《词学季刊》1933年第1卷第3号，第53页。

计二卷，有崇祯戴英序，程志孝序，金如玉叙，程自序。卷后有王尚逵跋，崇祯程公远《献书陈情稿》。别见一抄本，有崇祯彭士玉序，此本缺。文前有吕明臣《访友图》版画一幅，属徽派。此乃一本劝善书，共二百十题，上卷多属忠、孝、节、义类，正面讲；下卷多属戒嫖、戒赌类，反面讲。上卷有词西江月一〇三首、鹧鸪天二首，下卷同。每首一题。……以其为明代希见书，以其有版画一幅，特别以其为词，故收之。”①《全明词》据明刊本《醒心谚》录词210首。

徐尔铉《核庵诗余》1卷

徐尔铉（生卒年不详），字九玉，号核庵居士，华亭（今属上海）人，刑部侍郎徐陟孙。明崇祯间副贡生，累举乡饮大宾。有《核庵集》2卷，含《核庵诗余》1卷，明崇祯二年（1629）刻本。卷首有陈继儒、董其昌、张所望、许经诸家序及徐氏自序。又有《诗韵考裁》5卷，崇祯十四年（1641）刻行。诸书今有《四库未收书辑刊》影印本。崇祯本《核庵诗余》1卷，存词41首。《全明词》仅据选本录其词9首，《全明词补编》据《核庵诗余》另辑其词35首。

万惟檀《万子馨填词》2卷

万惟檀（？—1642），字子馨，曹县（今属山东）人。以贡生授直隶曲阳县令，后去职，复为松江幕府参军，后补湖广保康知县。崇祯十五年（1642），李自成农民军政陷保康，万氏一门俱死之。所撰《诗余图谱》，乃取张綖原书150调，而用自作词150首为例词，故其名为词谱，实同词别集，赵尊岳辑入《明词汇刊》,《全明词》即据此录其词150首。因《诗余图谱》不宜作词集之名，此据卷首张慎言《万子馨填词序》而称《万子馨填词》。

---

① 李一氓:《一氓题跋》，北京：生活·读书·新知三联书店1981年版，第181~182页。

余怀《玉琴斋词》不分卷

余怀（1616—1696后），字澹心，一字无怀，号曼翁，又号曼持老人，莆田（今属福建）人，流寓金陵（今江苏南京），晚年定居苏州。有《味外轩稿》、《板桥杂记》等。陈田《明诗纪事》录其诗31首。其词有《玉琴斋词》，收词212首，卷首有康熙辛亥岁（1671）梅村居士（吴伟业）、尤侗题辞，有民国十七年（1928）国学图书馆影印本。又有《秋雪词》，收词43首，收入聂先、曾王孙《百名家词钞》中，有康熙金阊绿荫堂刻本。《全明词》存其词233首。

曹堪《未有居词笺》5卷

曹堪（1617—1679），即曹尔堪，字子顾，号顾庵，嘉善（今属浙江）人，曹勋之子。明崇祯时与王屋、曹元方、吴熙、钱继章以词相唱酬。《未有居词笺》5卷，署名曹堪，收词309首，作于明崇祯三年至七年（1630—1634），是作者14至18岁时所作词之别集。赵尊岳《惜阴堂汇刻明词纪略》曾云："明代亡国时，词人特多，尤极工胜，以视南宋末年，几有过之，殊无不及。且煌煌巨著，如曹元方、王屋、曹堪诸家，均积至数百首，更视稼轩、后村为富。"[①]实际明季《未有居词笺》作者曹堪，与清代《南溪词》作者曹尔堪原为同一人。曹尔堪入清后为名家名臣，自当属清人，然《未有居词笺》刻于明代，仍当以明词别集视之。

陆嘉淑《射山诗余》1卷

陆嘉淑（1620—1689），字冰修，一字孝可，号辛斋，又号射山，海宁（今属浙江）人，陆钰子，宏定之兄。明诸生，入清后弃诸生籍，不应有司之试。有

① 赵尊岳：《明词汇刊》，附录一《惜阴堂汇刻明词纪略》，上海：上海古籍出版社1992年版。

《辛斋遗稿》10卷，附词集《辛斋诗余》1卷，收词88首。另有词集《射山诗余》1卷，况周颐、赵尊岳及今之《全明词》、《全清词》等皆系于陆钰名下，实际是陆嘉淑的作品。一方面是陆嘉淑号射山无可置疑，其婿查慎行《敬业堂诗集》中有《外舅陆射山先生挽歌》等可证，其次是《射山诗余》中可系年之作，往往在陆钰乙酉年（1645）卒后。且《辛斋诗余》与《射山诗余》中有18首相同，可知《射山诗余》与《辛斋诗余》皆为陆嘉淑之作。

曾灿《六松堂诗余》1卷

曾灿（1626—1689），本名传灿，字青藜，号止山，江西宁都人。南明时随其父曾应遴抗清，兵败后祝发为僧。有《六松堂诗文集》14卷，附词1卷，有康熙五十七年（1718）其子尚倪所编本。民国四年（1915）胡思敬辑刻《豫章丛书》，将曾灿《六松堂诗文集》收入“明季六遗老集”。其卷10为《六松堂诗余》，存词86首，后赵尊岳辑入《明词汇刊》。

陆宏定《凭西阁长短句》1卷

陆宏定（1628—1668），字紫度，号轮山，别字蓬叟，海宁（今属浙江）人，陆钰次子，与其兄嘉淑并称“二陆”。生当明清易代之际，一生未仕，亦未应科举。诗有《一草堂集》、《爰始楼集》、《宁远堂集》等。其词集《凭西阁长短句》1卷，况周颐所得为“孙式熊抄存”[①]本，存词61首，赵尊岳辑入《明词汇刊》。据瞿冕良《中国古籍版刻辞典》，陆钰《陆射山诗余》1卷、陆宏定《凭西阁长短句》1卷，有清周氏省吾庐刻本，今未见传本。

夏完淳《玉樊堂词》1卷

夏完淳（1631—1647），原名复，字存古，别号小隐、灵胥，松江华亭（今

① 况周颐:《蕙风词话》卷5，见唐圭璋《词话丛编》，北京：中华书局2005年版，第4516页。

属上海）人。15岁随父允彝及陈子龙抗清，任鲁王中书舍人，参谋吴易军事，后被俘遇难。其集有《玉樊堂集》、《夏节愍全集》、《夏完淳集》等版本。沈雄《古今词话》引《柳塘词话》曰："夏存古《玉樊堂词》，向得之曹顾庵五集中。见其词致慷慨淋漓，不须易水悲歌，一时凄感，闻者不能为怀。留此数阕，以当《东京梦华录》也。"[①]夏完淳词今存42阕，据沈雄"留此数阕"语，所见似非全部。亦不知其所谓《玉樊堂词》，是真有此别集还是因《玉樊堂集》而移用其名。赵尊岳从《夏内史集》中录其词41首，收入《明词汇刊》，称《夏内史词》。

①（清）沈雄：《古今词话》词评下卷，见唐圭璋《词话丛编》，北京：中华书局2005年版，第1035页。

词人词籍索引

H

J

Q

R

X

参考书目

A

《安雅堂稿》，陈子龙撰，辽宁教育出版社2003年版，《新世纪万有文库》本

B

《八家诗选》，吴之振选，清康熙十一年（1672）鉴古堂刊本

《白雨斋词话》，陈廷焯撰，人民文学出版社1959年版

《百川书志》，高儒撰，古典文学出版社1957年版

《百家词》，吴讷编，天津古籍书店1992年影印版

《半轩集》，王行撰，《四库全书》本

《北京图书馆古籍善本书目》，北京图书馆编，书目文献出版社1987年版

《碧山诗余》，王九思撰，明嘉靖刻本，《续修四库全书》本

《冰玉堂缀逸稿二卷兰舟漫稿一卷附二余词一卷》，陈如纶撰，明万历刻本，《四库全书存目丛书》本

C

《藏园群书经眼录》，傅增湘撰，中华书局1983年版

《草堂诗余》，杨金刊，明嘉靖三十三年（1554）刊本

《草堂诗余》，杨慎批点，忏花庵本，《丛书集成续编》本

《草堂诗余别录》，张綖辑，明黎仪抄本

《草堂诗余续集》，长湖外史辑，《草堂诗余四集》本

《草贤堂词笺》，王屋撰，明崇祯八年至九年（1635—1636）吴熙等刻本

《槎翁文集》，刘崧撰，明嘉靖元年（1522）徐冠刻本，《四库全书存目丛书》本

《晁氏宝文堂书目》，晁瑮撰，《四库全书存目丛书》本
《陈去病诗文集》，殷安如等编，社会科学文献出版社2009年版
《池北偶谈》，王士禛撰，中华书局1982年版
《词的》，茅暎辑，明万历刻本
《词话丛编》，唐圭璋编，中华书局2005年版
《词话丛编续编》，朱崇才编纂，人民文学出版社2010年版
《词集考》，饶宗颐撰，中华书局1992年版
《词籍序跋萃编》，施蛰存主编，中国社会科学出版社1994年版
《词林辑略》，朱汝珍辑，江苏广陵古籍刻印社1989年影印本
《词林纪事》，张宗橚辑，清乾隆刻本
《词林万选》，杨慎选，清乾隆十七年（1752）曲溪洪振珂重印明末毛氏汲古阁刻《词苑英华》本，《四库全书存目丛书》本
《词菁》，陆云龙辑，明崇祯四年刊翠娱阁行笈必携本
《词论》，刘永济撰，上海古籍出版社1981年版
《词律》，万树撰，《四库全书》本
《词品》，杨慎撰，人民文学出版社1960年版
《词曲史》，王易编，上海书店1989年影印本
《词史》，刘毓盘撰，上海书店1985年影印本
《词坛合璧》，朱之蕃辑，明刻本
《词选》，张惠言、张琦选评，中华书局1957年版
《词学概论》，宛敏灏撰，上海古籍出版社1987年版
《词学季刊》，上海书店1985年影印本
《词学论丛》，唐圭璋撰，上海古籍出版社1986年版
《词学论著总目》，林枚仪主编，台湾“中央研究院”中国文哲研究所筹备处1995年版
《词学筌蹄》，周瑛撰，清初抄本，《续修四库全书》本
《词学史料学》，王兆鹏撰，中华书局2004年版
《词学通论》，吴梅撰，复旦大学出版社2006年版
《词与音乐关系研究》，施议对撰，中国社会科学出版社1985年版
《词苑丛谈》，徐釚撰，中华书局2008年版
《词苑萃编》，冯金伯辑，《词话丛编》本
《词苑英华》，毛晋辑，明末汲古阁刊本
《词则》，陈廷焯编选，上海古籍出版社1984年版

《词徵》，张德瀛撰，《词话丛编》本
《词综》，朱彝尊、汪森编，上海古籍出版社1978年版
《词综补遗》，林葆恒编，张璋整理，上海古籍出版社2005年版
《翠渠摘稿》，周瑛撰，《四库全书》本

D

《东江集钞》，沈谦撰，清康熙十五年（1676）沈圣昭沈圣晖刻本，《四库全书存目丛书》本
《赌棋山庄词话》，谢章铤撰，《词话丛编》本

E

《二十五史人名大辞典》，黄惠贤主编，中州古籍出版社1997年版

F

《贩书偶记》，孙殿起撰，上海古籍出版社1999年版
《贩书偶记续编》，孙殿起撰，上海古籍出版社1980年版
《方山薛先生全集》，薛应旂撰，明嘉靖刻本，《续修四库全书》本
《方志著录元明清曲家传略》，赵景深、张增元编，中华书局1987年版
《非水居词笺》，吴熙撰，明崇祯八年至九年（1635—1636）吴熙等刻本
《复古诗集》，杨维桢撰，《四库全书》本
《妇人集》，陈维崧撰，中华书局1985年版，《丛书集成初编》本
《复社姓氏录》，吴翻撰，清道光十一年（1831）文蔚斋吴懋堂刻本
《复堂词话》，谭献撰，《词话丛编》本

G

《高青丘集》，高启撰，金檀辑注，上海古籍出版社1985年版
《古代日记选注》，陈左高选注，上海古籍出版社1982年版
《古夫于亭杂录》，王士禛撰，中华书局1988年版
《古今词话》，沈雄撰，《词话丛编》本
《古今词论》，王又华撰，《词话丛编》本
《古今词统》，卓人月、徐士俊编，明崇祯刊本
《古今词选》，沈时栋选，清康熙间瘦吟楼刻本
《古香岑草堂诗余四集》，沈际飞编，明吴门童涌泉刊本

《广陵倡和词》，王士禄、曹尔堪等撰，清康熙刻本
《广箧中词》，叶恭绰编，浙江古籍出版社1999年版
《归田诗话》，瞿佑撰，明弘治刻本，《四库全书存目丛书》本
《闺秀词钞》，徐乃昌辑，清宣统元年（1909）小檀栾室刻本
《国朝词雅》，姚阶编次，清嘉庆三年（1798）刻本
《国朝杭郡诗辑》，吴颢辑，吴振棫补辑，清同治十三年（1874）刊本
《国朝耆献类征初编》，李桓撰，清光绪十年（1884）湘阴李氏刻本
《国朝先正事略》，李元度撰，岳麓书社1991年版
《国朝献征录》，焦竑撰，明文书局1991年版

H

《海桑集》，陈谟撰，《四库全书》本
《韩山人诗集》，韩奕撰，清钞本，《四库全书存目丛书》本
《何翰林集》，何良俊撰，明嘉靖四十四年（1565）何氏香严精舍刻本，《四库全书存目丛书》本
《衡藩重刻胥台先生集》，袁袠撰，明万历十二年（1584）衡藩刻本，《北京图书馆古籍珍本丛刊》本
《湖海楼集》，陈维崧撰，《四部备要》本
《湖录经籍考》，郑元庆撰，民国吴兴刘氏嘉业堂刊本
《花草粹编》，陈耀文辑，明万历刊本
《花草蒙拾》，王士禛撰，《词话丛编》本
《花间集》，赵崇祚辑，杨慎评，钟人杰笺，明天启四年（1624）读书堂花间草堂合刻本
《花间集补》，温博辑，辽宁教育出版社1998年版，《新世纪万有文库》本
《〈花间集〉接受史论稿》，李冬红撰，齐鲁书社2006年版
《花间集校》，赵崇祚辑，李一氓校，人民文学出版社1958年版
《淮海长短句》，秦观撰，《四库全书》本
《黄裳论剧杂文》，黄裳撰，四川人民出版社1984年版
《悔庵年谱》，尤侗自订，清康熙间刻本
《蕙风词话》，况周颐撰，人民文学出版社1960年版
《汇选历代名贤词府全集》，鳙溪逸史编选，一得山人点校，明嘉靖刻本

J

《汲古阁书跋》，毛晋撰，上海古籍出版社2005年版

《汲古阁珍藏秘本书目》，毛晋辑，《续修四库全书》本
《稼轩词编年笺注》，辛弃疾撰，邓广铭笺注，上海古籍出版社2007年版
《坚瓠集》，褚人获撰，上海古籍出版社2007年版，《清代笔记小说大观》本
《剪灯新话》，瞿佑撰，上海古籍出版社1981年版
《见山亭古今词选》，陆次云、章昞辑，清康熙十四年（1675）见山亭刊本
《江泠阁诗集》，冷士嵋撰，清康熙间刻本，《四库全书存目丛书》本
《江南通志》，《四库全书》本
《今词初集》，顾贞观、纳兰性德辑，清康熙刻本，《续修四库全书》本
《今词苑》，陈维崧等辑，清康熙十年（1671）南硐山房刻本
《今世说》，王晫撰，古典文学出版社1957年版
《金粟词话》，彭孙遹撰，《词话丛编》本
《金元词论稿》，赵维江撰，中国社会科学出版社2000年版
《金元词通论》，陶然撰，上海古籍出版社2001年版
《金元明清词精选》，严迪昌编选，江苏古籍出版社1992年版
《金元明清词选》，夏承焘、张璋编，人民文学出版社1983年版
《近三百年名家词选》，龙榆生编，上海古籍出版社1979年版
《惊鸿集》，黄裳撰，东方出版中心2008年版
《荆溪词初集》，曹亮武编，康熙十七年（1678）刻本
《精选古今诗余醉》，潘游龙辑，辽宁教育出版社2003年版，《新世纪万有文库》本
《景刊宋金元明本词》，吴昌绶、陶湘辑，上海古籍出版社1989年版
《静志居诗话》，朱彝尊撰，人民文学出版社1990年版
《菊坡丛话》，单宇撰，明成化九年（1473）刻本，《四库全书存目丛书》本
《浚谷先生集》，赵时春撰，明万历八年（1580）周鉴刻本，《四库全书存目丛书》本

K

《康熙词谱》，王奕清等编，岳麓书社2000年版
《客座赘语》，顾起元撰，中华书局1987年版
《快雪堂集》，冯梦祯撰，明万历四十四年（1616）黄汝亨朱之蕃等刻本，《四库全书存目丛书》本

L

《兰皋明词汇选·附兰皋诗余近选》，顾璟芳等编，辽宁教育出版社1998年版

《类编草堂诗余》，胡桂芳辑，明万历三十五年（1607）黄作霖等刊本
《类选笺释草堂诗余》，顾从敬辑，明嘉靖刊本
《类编笺释国朝诗余》，钱允治辑，陈仁锡笺释，明万历四十二年（1614）刻本，《续修四库全书》本
《历代词话》，王奕清等撰，《词话丛编》本
《历代词话》，张璋等编纂，大象出版社2002年版
《历代词话续编》，张璋等编纂，大象出版社2005年版
《历代词人考略》，南京图书馆古籍部编，全国图书馆文献缩微复制中心2003年影印本
《历代名人生卒录》，钱保塘编，北京图书馆出版社2002年版
《历代诗话续编》，丁福保辑，中华书局1983年版
《历代诗余》，沈辰垣等编，上海书店1985年版
《两头蛇：明末清初第一代天主教徒》，黄一农撰，上海古籍出版社2006年版
《两浙輶轩录》，阮元辑，清嘉庆仁和朱氏碧溪草堂、钱塘陈氏种榆仙馆刻本，《续修四库全书》本
《列朝诗集小传》，钱谦益撰，上海古籍出版社1983年版
《林下词选》，周铭辑，清康熙十年（1671）刻本，《续修四库全书》本
《柳如是别传》，陈寅恪撰，生活·读书·新知三联书店2001年版
《柳如是诗文集》，谷辉之辑，上海古籍出版社2000年版
《柳洲词选》，戈元颖等编，清初刻本
《龙榆生词学论文集》，龙榆生撰，上海古籍出版社1997年版

M

《美国哈佛大学哈佛燕京图书馆中文善本书志》，沈津撰，上海辞书出版社1999年版
《梦雨斋读书记》，黄裳撰，岳麓书社2005年版
《明别集版本志》，崔建英辑，中华书局2006年版
《明词汇刊》，赵尊岳辑，上海古籍出版社1992年影印版
《明词纪事会评》，尤振中、尤以丁编著，黄山书社1995年版
《明词史》，张仲谋撰，人民文学出版社2002年版
《明词综》，王昶编，清刻本
《明代词选研究》，陶子珍撰，台湾秀威资讯科技股份有限公司2003年版
《明代词学通论》，张仲谋撰，中华书局2013年版
《明代词学之建构》，余意撰，上海古籍出版社2009年版

《明代文学史》，徐朔方、孙秋克撰，浙江大学出版社2006年版
《明代浙江进士研究》，多洛肯撰，上海古籍出版社2004年版
《明季南略》，计六奇撰，中华书局1984年版
《明季实录》，顾炎武辑，河北教育出版社1996年版，《清代笔记小说》本
《明末清初文人结社研究》，何宗美撰，南开大学出版社2003年版
《明末忠烈纪实》，徐秉义撰，浙江古籍出版社1987年版
《明清词谱史》，江合友撰，上海古籍出版社2008年版
《明清词研究史》，陈水云撰，武汉大学出版社2006年版
《明清江苏文人年表》，张慧剑编撰，上海古籍出版社1986年版
《明清进士题名碑录索引》，朱保炯、谢沛霖编，上海古籍出版社1980年版
《明清两代嘉兴的望族》，潘光旦撰，上海书店1991年版
《明清曲家考》，汪超宏撰，中国社会科学出版社2006年版
《明清苏南望族文化研究》，江庆柏撰，南京师范大学出版社1999年版
《明清戏曲家考略全编》，邓长风撰，上海古籍出版社2009年版
《明清之际江南词学思想研究》，李康化撰，巴蜀书社2001年版
《明清之际士大夫研究》，赵园撰，北京大学出版社1999年版
《明人传记资料索引》，台湾“中央图书馆”编，中华书局1987年版
《明儒学案》，黄宗羲撰，中华书局1985年版
《明诗纪事》，陈田辑撰，上海古籍出版社1994年版
《明实录》，台湾“中央研究院”历史语言研究所校印本1983年版
《明史》，张廷玉等撰，中华书局1974年版
《明遗民录》，孙静庵编撰，浙江古籍出版社1985年版
《明遗民录汇辑》，谢正光、范金民编，南京大学出版社1995年版
《明遗民传记索引》，谢正光编，上海古籍出版社1992年版

N

《南词叙录》，徐渭撰，《中国古典戏曲论著集成》本
《南濠诗话》，都穆撰，清乾隆道光间长塘鲍氏刻知不足斋丛书本，《四库全书存目丛书》本
《南雷文定》，黄宗羲撰，商务印书馆1936年版
《南明史略》，谢国桢撰，上海人民出版社1957年版
《南唐二主词校订》，王仲闻校订，人民文学出版社1957年版
《南溪词》，曹尔堪撰，清康熙间留松阁刻本

《倪文僖集》，倪谦撰，《四库全书》本

P

《彭燕又文集》，彭宾撰，清康熙刻本
《曝书亭集》，朱彝尊撰，世界书局1937年版

Q

《七修类稿》，郎瑛撰，台湾新兴书局，《笔记小说大观》本
《齐东野语》，周密撰，中华书局1983年版
《启祯两朝遗诗小传》，陈济生撰，明文书局1991年版，《明代传记丛刊》本
《千顷堂书目》，黄虞稷撰，上海古籍出版社2001年版
《彊村丛书》，朱孝臧辑，上海书店、江苏广陵古籍刻印社1989年版
《秦张两先生诗余合璧》，王象晋编，明末毛氏汲古阁刻词苑英华本，《四库全书存目丛书》本
《清閟阁全集》，倪瓒撰，《四库全书》本
《清词别集知见目录汇编》，吴熊和、严迪昌、林枚仪合编，台湾"中央研究院"文哲研究所筹备处1997年版
《清词史》，严迪昌撰，江苏古籍出版社1990年版
《清初人选清初诗汇考》，谢正光、佘汝丰撰，南京大学出版社1998年版
《清初诗文与士人交游考》，谢正光撰，南京大学出版社2001年版
《清初遗民词人群体研究》，周焕卿撰，上海古籍出版社2008年版
《清代词学》，孙克强撰，中国社会科学出版社2003年版
《清代词学的建构》，张宏生撰，江苏古籍出版社1998年版
《清河书画舫》，张丑撰，《四库全书》本
《清名家词》，陈乃乾编，上海书店1982年版
《清人别集总目》，李灵年、杨忠主编，安徽教育出版社2000年版
《清人诗文集总目提要》，柯愈春撰，北京古籍出版社2001年版
《清诗话》，丁福保编，上海古籍出版社1978年版
《清诗话续编》，郭绍虞编选，上海古籍出版社1983年版
《清诗纪事初编》，邓之诚撰，上海古籍出版社1982年版
《清史编年》（第一卷：顺治朝），史松、林铁钧撰，中国人民大学出版社1985年版
《清史稿》，赵尔巽等撰，中华书局1977年版

《清史列传》，中华书局1987年版
《秋佳轩诗余》，易震吉撰，明崇祯刻本，《续修四库全书》本
《秋水庵花影集》，施绍莘撰，明末刻本，《续修四库全书》本
《秋水轩倡和词》，曹尔堪等撰，清康熙十年（1671）遥连堂刻本
《瞿佑全集校注》，瞿佑著，乔光辉校注，浙江古籍出版社2010年版
《曲律》，王骥德撰，《中国古典戏曲论著集成》本
《曲谱研究》，周维培撰，江苏古籍出版社1999年版
《全金元词》，唐圭璋辑，中华书局1979年版
《全明词》，饶宗颐初纂，张璋总纂，中华书局2004年版
《全明词补编》，周明初、叶晔补编，浙江大学出版社2007年版
《全明诗话》，周维德集校，齐鲁书社2005年版
《全清词》（顺康卷），南京大学中国语言文学系全清词编委会编，中华书局2002年版
《全清词钞》，叶恭绰编，中华书局1982年版
《全宋词》，唐圭璋编纂，王仲闻参订，孔凡礼补辑，中华书局1999年版

R

《饶宗颐二十世纪学术文集》，饶宗颐撰，台湾新文丰出版股份有限公司2003年版
《人间词话》，王国维撰，上海古籍出版社1998年版
《日本藏宋人文集善本钩沉》，严绍璗编撰，杭州大学出版社1996年版
《日本填词史话》，神田喜一郎撰，程郁缀、高野雪译，北京大学出版社2000年版

S

《三才图会》，王圻编，中华书局1963年影印版，《中国古代音乐史料辑要》本
《三冈识略》，董含撰，辽宁教育出版社2000年版
《桑园读书记》，邓之诚撰，邓瑞点校，辽宁教育出版社1998年版，《新世纪万有文库》本
《珊瑚木难》，朱存理编，《适园丛书》本
《山樵暇语》，俞弁撰，上海涵芬楼影印华亭朱象玄手钞本，江苏古籍出版社1997年版，《明诗话全编》本
《善本书室藏书志》，丁丙撰，清光绪二十七年（1901）钱塘丁氏刻本，《续修四库全书》本
《少室山房笔丛》，胡应麟撰，上海书店2001年版
《诗墙诗词考释》，杨杰主编，中国文联出版社1999年版
《诗学权舆》，黄溥撰，明天启五年（1625）黄氏复礼堂刻本，《四库全书存目丛书》本

《施愚山集》，施闰章撰，黄山书社1993年版
《诗余图谱》，张綖撰，明嘉靖丙申（1536）刊本
《诗余图谱》，张綖撰，明末毛氏汲古阁刻词苑英华本，《四库全书存目丛书》本
《诗源辨体》，许学夷撰，人民文学出版社1987年版
《十五家词》，孙默编，《四库全书》本
《式古堂书画汇考》，卞永誉纂辑，上海书画出版社1993年版，《中国书画全书》本
《世善堂藏书目录》，陈第撰，《明代书目题跋丛刊》本
《书城挹翠录》，沈津撰，上海社会科学院出版社1996年版
《菽园杂记》，陆容撰，中华书局1985年版
《水南稿》，陈霆撰，《四库全书》本
《四库全书总目》，永瑢等撰，中华书局1965年版
《四库全书总目辨误》，杨武泉撰，上海古籍出版社2001年版
《四库未收书目提要》，阮元撰，商务印书馆1955年版
《四印斋所刻词》，王鹏运辑，上海古籍出版社1989年影印本
《宋金元词话全编》，邓子勉编，凤凰出版社2008年版
《宋六十名家词》，毛晋辑，上海古籍出版社1989年版
《宋人别集叙录》，祝尚书撰，中华书局1999年版
《宋人总集叙录》，祝尚书撰，中华书局2004年版
《宋诗纪事补遗》，陆心源编撰，山西古籍出版社1997年版
《宋元戏曲史》，王国维撰，台湾商务印书馆1964年版
《岁寒居词话》，胡薇元撰，《词话丛编》本

T

《太和正音谱》，朱权撰，《中国古典戏曲论著集成》本
《谭元春集》，谭元春撰，上海古籍出版社1998年版
《唐词纪》，董逢元辑，钞本，《四库全书存目丛书》本
《唐宋词汇评》（两宋卷），吴熊和主编，浙江教育出版社2006年版
《唐宋词汇评》（唐五代卷），王兆鹏主编，浙江教育出版社2004年版
《唐宋词集序跋汇编》，金启华等编，江苏教育出版社1990年版
《唐宋词史论》，王兆鹏撰，人民文学出版社2000年版
《唐宋词书录》，蒋哲伦、杨万里撰，岳麓书社2007年版
《唐宋金元词钩沉》，周泳先辑，商务印书馆1937年排印本

《唐宋元明酒词》，周履靖辑，明《夷门广牍》本
《天风阁学词日记》，夏承焘撰，浙江古籍出版社1984年版
《天机余锦》，程敏政编，辽宁教育出版社2000年版，《新世纪万有文库》本
《天一阁集》，范钦撰，宁波出版社2006年版
《铁琴铜剑楼藏书题跋集录》，瞿良士辑，上海古籍出版社2005年版
《蜕疣集》，贺裳撰，明鸯桨阁刻本，《四库未收书辑刊》本

W

《晚明曲家年谱》，徐朔方撰，浙江古籍出版社1993年版
《晚晴簃诗话》，徐世昌撰，华东师范大学出版社2009年版
《晚晴簃诗汇》，徐世昌编，中华书局1990年版
《王国维文集》，王国维撰，北京燕山出版社1997年版
《王侍御类稿》，王圻撰，明万历四十八年（1620）王思义刻本，《四库全书存目丛书》本
《王渔洋事迹征略》，蒋寅撰，人民文学出版社2001年版
《温州经籍志》，孙诒让撰，潘猛补校补，上海社会科学院出版社2005年版
《文体明辨》，徐师曾撰，明万历建阳游榕活字印本，《四库全书存目丛书》本
《文章辨体》，吴讷撰，明天顺八年刻本，《四库全书存目丛书》本
《吴承恩诗文集笺注》，吴承恩撰，刘修业辑校，刘怀玉笺校，上海古籍出版社1991年版
《吴梅村全集》，吴伟业撰，上海古籍出版社1990年版
《吴梅村先生年谱》，顾师轼编，顾思义订，清光绪三年（1877）重刻本
《吴梅全集》，吴梅撰，王卫民编校，河北教育出版社2002年版
《吴县志》，曹允源、李根源纂修，民国二十二年（1933）铅印本
《吴廷翰集》，吴廷翰撰，容肇祖点校，中华书局1984年版
《吴熊和词学论集》，吴熊和撰，杭州大学出版社1999年版
《吴中名贤传赞》，邵忠、李瑾编撰，江苏古籍出版社1997年版
《午梦堂集》，叶绍袁编，中华书局1998年版

X

《西谛书话》，郑振铎撰，生活·读书·新知三联书店1998年版
《西谛书目》，郑振铎撰，文物出版社1963年版
《西湖游览志余》，田汝成辑撰，上海古籍出版社1980年版
《峡流词》，王晫撰，清霞举堂刻本

《先公田间府君年谱》，钱㧑禄编，清宣统三年（1911）铅印本
《湘皋集》，蒋冕撰，明嘉靖三十三年（1554）王宗沐等刻本，《四库全书存目丛书》本
《小说考信编》，徐朔方撰，上海古籍出版社1997年版
《啸余谱》，程明善辑，明万历刻本，《续修四库全书》本
《新镌补遗诗余图谱》，谢天瑞补遗，明万历二十七年（1599）刊本
《新刻李于麟先生批评注释草堂诗余隽》，吴从先辑，明万历四十七年（1619）师俭堂刊本
《新刻朱批注释草堂诗余评林》，李廷机评注，明天启五年（1625）周文耀刻朱墨套印本
《新锓订正评注便读草堂诗余》，董其昌评定，曾六德参释，明万历三十年（1602）乔山书社刻本
《新余历代名人》，江西省新余市政协文史委员会编，上海远东出版社2007年版
《虚舟集》，王偁撰，《四库全书》本
《续四库提要三种》，胡玉缙撰，吴格整理，上海书店出版社2002年版
《续修四库全书提要》，王云五主持，台湾商务印书馆1971年版
《雪堂词笺》，钱继章撰，明崇祯八年至九年（1635—1636）吴熙等刻本

Y

《严迪昌论文自选集》，严迪昌撰，中国书店2005年版
《俨山外集》，陆深撰，《四库全书》本
《杨慎词曲集》，王文才辑校，四川人民出版社1984年排印本
《阳羡词派研究》，严迪昌撰，齐鲁书社1993年版
《瑶华集》，蒋景祁编，中华书局1982年版
《荛圃藏书题识》，黄丕烈撰，上海远东出版社1999年版
《叶嘉莹教授八十华诞暨国际词学研讨会纪念文集》，南开大学出版社2005年版
《一氓题跋》，李一氓撰，生活·读书·新知三联书店1981年版
《倚声初集》，邹祇谟、王士禛辑，清顺治十七年（1660）刻本，《续修四库全书》本
《艺概》，刘熙载撰，上海古籍出版社1978年版
《艺蘅馆词选》，梁令娴编，广东人民出版社1981年版
《艺苑卮言》，王世贞撰，《词话丛编》本
《艺苑卮言校注》，王世贞撰，罗仲鼎校注，齐鲁书社1992年版
《蟫精隽》，徐伯龄撰，《四库全书》本
《幽兰草》、《倡和诗余》，陈子龙、李雯、宋征璧撰，辽宁教育出版社2000年版
《渔洋山人感旧集》，王士禛撰，民国间石印本

《渔洋诗话》，王士禛撰，《四库全书》本
《俞少卿集》，俞彦撰，明崇祯刻本，《四库未收书辑刊》本
《玉霄仙明珠集》，吴子孝撰，明嘉靖刻本，《四库全书存目丛书》本
《元明清词》，严迪昌编，天地出版社1997年版
《元人传记资料索引》，王德毅等编，中华书局1987年版
《爰园词话》，俞彦撰，《词话丛编》本
《远志斋词衷》，邹祇谟撰，《词话丛编》本
《苑洛集》，韩邦奇撰，《四库全书》本
《苑洛志乐》，韩邦奇撰，《四库全书》本
《乐府遗音》，瞿佑撰，明抄本，《续修四库全书》本
《乐律举要》，韩邦奇辑，《学海类编》本，《丛书集成初编》本
《乐律全书》，朱载堉撰，《四库全书》本
《云间考述》，何惠明编，汉语大词典出版社2006年版

Z

《增订四库简明目录标注》，邵懿辰撰，邵章续录，上海古籍出版社1979年版
《增修笺注妙选群英草堂诗余》，何士信辑，明洪武二十五年（1392）遵正书堂刊本
《增正诗余图谱》，游元泾校订，明万历二十九（1601）年刊本
《查继佐年谱》，沈起撰，中华书局1992年版
《张南湖先生诗集》，张綖撰，明嘉靖三十二年（1553）张守中刻本，《四库全书存目丛书》本
《支机集》，蒋平阶等编，清顺治九年（1652）刻本
《中国词学大辞典》，马兴荣、吴熊和、曹济平主编，浙江教育出版社1996年版
《中国词学批评史》，方智范等撰，中国社会科学出版社1994年版
《中国词学史》，谢桃坊撰，巴蜀书社1993年版
《中国丛书综录》，上海图书馆编，上海古籍出版社1986年版
《中国大百科全书》（中国文学卷），中国大百科全书出版社1986年版
《中国古代名人生卒·历史大事年谱》，吴荣光编，北京图书馆出版社2002年版
《中国古代书坊研究》，戚福康撰，商务印书馆2007年版
《中国古代戏曲文学辞典》，邓绍基主编，人民文学出版社2004年版
《中国古代戏曲序跋集》，吴毓华编著，中国戏剧出版社1990年版
《中国古代音乐史稿》，杨荫浏撰，人民音乐出版社1981年版

《中国古典戏曲论著集成》，中国戏曲研究院编，中国戏剧出版社1959年版
《中国古典戏曲序跋汇编》，蔡毅编著，齐鲁书社1989年版
《中国古籍版刻辞典》，瞿冕良编著，苏州大学出版社2009年版
《中国古今地名大辞典》，臧励龢等编，商务印书馆1982年版
《中国古今书画家年表》，张彬编著，文物出版社2006年版
《中国历代词学论著选》，陈良运编选，百花洲文艺出版社1998年版
《中国历代名人辞典》，南京大学历史系编，江西教育出版社1982年版
《中国历代人名辞典》，邱树森编，江西教育出版社1989年版
《中国曲学大辞典》，齐森华等主编，浙江教育出版社1997年版
《中国善本书提要》，王重民撰，上海古籍出版社1983年版
《中国文学编年史》，陈文新主编，湖南人民出版社2006年版
《中国文学编年史研究》，陈文新主编，中华书局2009年版
《中国文学大辞典》，钱仲联等撰，上海辞书出版社2000年版
《中国文学史大事年表》，吴文治撰，黄山书社1993年版
《中国文学通典·诗歌通典》，杨镰、薛天纬主编，解放军文艺出版社1999年版
《中州文献总录》，吕友仁主编，中州古籍出版社2002年版
《众香词》，徐树敏、钱岳辑，清康熙二十九年（1690）锦树堂刻本
《皱水轩词筌》，贺裳撰，《词话丛编》本
《朱竹垞先生年谱》，杨谦编，清刻本
《渚山堂词话》，陈霆撰，《词话丛编》本
《槜李诗系》，沈季友编，《四库全书》本

后　记

自从1997年开始转向明代词学研究，转瞬之间十多年过去了。除了若干单篇论文之外，先后出版了两部书。2002年由人民文学出版社编刊的《明词史》获第四届“夏承焘词学奖”一等奖，2013年由中华书局出版的《明代词学通论》入选“国家哲学社会科学成果文库”。我想前辈学者及同道俊彦之所以对我多所鼓励，不是因为我取得了多么了不起的成就，而是因为过去研治明代词学的人不多，所以有点成绩，容易被关注乃至放大。这几年明清词学已成为新的学术生长点，大批学术新秀投身其中，取得了很多具有开创意义的成果。如本书引言中提到的陶子珍、李康化、刘勇刚、张若兰、余意、江合友、岳淑珍、陈雪军、郑海涛诸君，以及更年轻的叶晔、汪超诸小友，皆出于上庠名师之门，基础厚而能力强，起点高而出手快，其后出转精、超越既往，都是可以想见的。随着这一代年轻学者的成长，明代词学研究必将会展现出全新的面貌。作为一个较早涉足明词研究的探路者，看到这种千帆竞发、雏凤和鸣的可喜景象，确实不胜欣慰而跂予望之。

在《明词史（增订本）》“后记”里，我曾经这样写道：“因为事属草创，我对明词发展史程框架体系的建构一直不无隐忧，惟恐因自己提出的‘未定之论’对后人构成误导。……像唐诗、宋词那样久经评骘，早已尘埃落定，当然会让研究者有更无开拓余地的苦闷，但像明词这样几乎毫无研究基础，也会让人如行走在四望空阔的大漠上，一方面是仿佛可以一空依傍，哪里都是路，但同时也让人担心，不知自己踏出的路径能否为后人所认可。”这种隐忧是我真实的想法。《明代词学编年史》的研究与写作，就是想借助编年史体例，以明代的原始文献及明代以来相关研究成果，最大限度地还原或展示明词发展的原生态图景，使得过去那些在传统文学史体例下被遮蔽的史实得以显露，为重新审视、建构明代词史及词学史提供思维与建构的材料。虽然这种追求现在看来只是心向往之而有未至，但对于明代词学研究，尤其是新踏入这个领域的年轻学者，相信还会起到一定的推进作用。

王靖懿君硕士、博士阶段皆从予问学，其为人诚笃，学风扎实，一直深受同学、同事之佳评。宋代张方平（安道）称老友苏洵之二子，即后来与乃父并称“三苏”的子瞻、子由，谓长者明敏，少者谨重，世以为有知人之鉴。二公之文才自不可及，如其为人，靖懿君殆兼有二子之长。此书之编撰，历时三年，靖懿出力实多，乃坚执师生名分，必欲让我名字居前。这使我欣慰而又不安，特在此说明并致谢意。

在本书出版过程中，责任编辑孙璐女士悉心审读，提出不少商榷意见和修改建议，其敬业精神与专业眼光，令人感佩，谨此致以衷心感谢！

张仲谋　甲午夏日于南京